Fornasari-Verce, Andreas J

Theoretisch-praktische Anleitung zur Erlernung der italienischen Sprache

Fornasari-Verce, Andreas Joseph, edler von

Theoretisch-praktische Anleitung zur Erlernung der italienischen Sprache

Inktank publishing, 2018

www.inktank-publishing.com

ISBN/EAN: 9783747775394

Theoretisch-praktische

Anleitung zur Erlernung

der

italienischen Sprache

in

einer neuen und faßlicheren Darstellung

der auf ihre richtigen und einfachsten Grundsätze
zurückgeführten Regeln.

Von

A. J. Edl. v. Fornasari-Verce,

k. k. Professor der italienischen Geschäftssprache, Literatur und des Styls an der
Universität und an der Theresianischen Ritter-Akademie in Wien.

Dreizehnte Auflage.

———⬥⬦⬥———

Wien, 1848.

Friedrich Volke's Buchhandlung.
(Singerstraße 885.)

Vorrede zur ersten Auflage.

Ein vieljähriger vertrauter Umgang mit den besten Classikern meines Vaterlandes, und ein ernstlich philosophisches Studium der Sprache überhaupt, haben meine vorgefaßte Meinung der Unzulänglichkeit der bisherigen praktischen italienischen Grammatiken immer mehr und mehr bestärkt; und wirklich ist auch das Bedürfniß eines Lehrbuches, welches nebst den wahren Grundsätzen der Sprache auch eine reichliche systematische Praktik enthielte, um den Lernenden auf eine erleichterte Art zur vollkommenen Kenntniß des Italienischen zu führen, nie so fühlbar gewesen, als im gegenwärtigen Zeitpuncte.

Die pomphafte Aeußerung betreffend, daß man diese so herrliche Tochtersprache Latiums (deren Studium doch unserm großen tragischen Dichter Alfieri nach seinem eigenen Geständnisse in seiner Selbstbiographie zehn volle Jahre Anstrengung und Mühe kostete) in einem Zeitraume von 3 bis 4 Monaten inne haben könne, glaube ich vielmehr, trotz der Behauptung dergleichen neuer Grammatiker, daß nur grober Charlatanismus oder Unwissenheit sie verleiten konnte, sich gegen jede nüchterne Ueberlegung so sündhaft zu vergehen. — Oder sollte es wirklich möglich sein, daß man jene Fundgruben, welche die Schätze und den Geist so vieler in dem Gebiete der italienischen Literatur unsterblicher Männer bergen, mit jener gepriesenen Schnelligkeit, und besonders nach der von ihnen vorgezeichneten Methode, öffnen könne?? — Ich glaube nicht. — Noch weniger aber glaube ich, daß das schon »Sprachen können« heiße, wenn man saftlose Formeln des conventionellen Lebens hersagt, und, indem man einige Worte zusammen zu setzen weiß, den Geist der Sprache schon zu besitzen meint. Wenigstens stellen sich die meisten Grammatiker, als ob sie um dieses Geheimniß wüßten.

Es ist unläugbar, daß eine gute Praktik den Sprachunterricht ungemein erleichtere; allein eben so einleuchtend ist, daß diese Praktik einem zweckmäßigen System anpassend vorgenommen werden müsse.

Ich will mich weder in eine Kritik über diese Machwerke einlassen, noch mir das Ansehen geben, als ob ich Alles gethan hätte — denn wie Vieles wäre nicht noch zu thun übrig! — Aber ich hielt es schon jetzt für meine Pflicht, den Schleier von den so irrigen Vorurtheilen, und der so oberflächlichen Behandlungsart

IV

der italienischen Sprache ein wenig zu lüften. Daß ich von diesem Eifer beseelt, meinem ganzen Plane treu blieb, werden meine Leser auf den ersten Blick wahrnehmen. Mit dem mühsamen Fleiße eines Sprachforschers suchte ich alle Verzweigungen auf, zeigte, wie Alles in einander greife, und ohne eine Regel aufzustellen, und sie mit einem Dutzend Ausnahmen zu unterstützen, suchte ich vielmehr Alles auf die möglichste Art zu verschmelzen, und mit architektonischer Kunst und Sparsamkeit den Bau der Sprachlehre neu aufzuführen. Wo ich es nur vermochte, gab ich den Grund der Regel an, suchte auf diese Art selbst oft den Pfad der dunkelsten Italienismen, und um jedem Vorwurf auszubeugen, unterließ ich nicht, die nöthigen Materialien, aus den gangbarsten neuern Schriftstellern entlehnt, der Theorie in hinreichender Menge anzuhängen.

Als Propedeutik glaubte ich nicht umhin zu können, auch eine Einleitung als Schlüssel zu einer jeden Sprache beizufügen. Diese Einleitung soll in Kürze den logischen Bau der Sprachlehre kennen und rechtfertigen lehren. Wenigstens glaubte ich dieses für Solche nothwendig, welche schon zu lange aus der Schule entfernt, diese Formeln nicht mehr in ihrer ganzen Klarheit inne haben können.

Dies, glaubte ich, sei die kürzeste und beste Methode, um zu jenem Ziele zu gelangen, wo das Verstehen der besten Autoren, die Verfertigung aller Gattungen von echt italienischen Aufsätzen, der Sinn für die Wendungen und den Numerus, ja selbst für die Harmonie der Sprache, keiner Schwierigkeit mehr unterworfen sei. Die Zeit dazu mag durch die Fähigkeit des Lehrers sowohl als des Schülers bestimmt werden. — Dies als Vorwort und Rechtfertigung.

Und nun erlaube man mir noch zu gestehen, daß die gegenwärtig glücklich hergestellte Verbindung des schönen Italiens mit Oesterreichs mildem Zepter ein Beweggrund mehr zur Herausgabe dieser Sprachlehre geworden ist. Da ich sie so viel als möglich allgemeinnützend machen wollte, so schmeichle ich mir, Geschäftsmännern (bei dieser gebieterischen Nothwendigkeit, sich in eine vollkommene Kenntniß dieser Sprache zu setzen) ein nicht unwillkommenes Werk geliefert zu haben. — Systematische Genauigkeit, Beseitigung verwirrender Casuistik und dem Genius der Sprache gemäße Behandlung des Ganzen, waren mein einziges Ziel und Bestreben. In wie fern ich mein Problem gelöset habe, mögen nun wahre Kenner entscheiden.

Geschrieben im März 1815.

6

Vorrede zur gegenwärtigen Auflage.

Die besonders günstige Aufnahme dieses Werkes, welches an so vielen Lehranstalten als Lehrbuch eingeführt ist, der dadurch herbeigeführte schnelle Absatz der früheren starken Auflagen, so wie das vortheilhafte Urtheil der Kritik *), wodurch es so ehrenvoll empfohlen wird, scheinen mir um so mehr auf die unzweideutigste Art die öffentliche Anerkennung seines inneren Gehaltes und seines allgemein gefühlten Bedürfnisses zu beurkunden, als es Jedermann täglich einleuchtender wird, daß die bisherigen praktischen Sprachlehren bei ihrer seichten Behandlung der Grundsätze nur höchstens dazu dienen, oberflächliche Italiener, keineswegs aber gründliche Sprachkenner zu bilden, welche im Stande wären, die Classiker, wie z. B. die Novellen des Bocaccio, zu lesen und zu verstehen, die doch das vollkommenste Muster echter Schriftsprache sind, und nach welchen die zierlichsten Schriftsteller in allen Fächern der italienischen Literatur sich gebildet haben.

Aufgemuntert durch den schmeichelhaften Beifall der Sachverständigen, war ich stets darauf bedacht, gegenwärtiger neuen Auflage die möglichste Vollständigkeit, deren sie fähig sein konnte, zu geben, und somit ein Lehrbuch zu liefern, welches für Anfänger von den allerverschiedensten Fähigkeiten, von den verschiedensten Graden von Bildung und für beide Geschlechter brauchbar, zugleich aber für den Lehrer, er sei nun vollendeter Kenner, oder noch ein Bischen Neuling, bequem wäre; ein Lehrbuch, welches bei aller seiner Leichtigkeit zum Gebrauche für Anfänger, doch auch für Solche noch Brauchbarkeit behielte, welche sich der Stufe der Vollendung nähern, und sich nur noch über die allerschwersten Gegenstände der Sprache unterrichten möchten.

---

*) Recension in der Wiener Allgem. Literaturzeitung, Nr. 1. S. 239. 1816: „Der Herr Verfasser hat sich durch die Herausgabe dieser Grammatik als einen „gründlichen Kenner und Meister der italienischen Sprache beurkundet . . . Wir „machen es uns zu einer angenehmen Pflicht, nach sorgfältiger Prüfung gegenwär-„tige Anleitung zu einem gründlichen Studium der italienischen Sprache, deren „Grundsätze Herr F.... nach einer faßlichen und lichtvollen Methode ent-„wickelt, ohne sich in vom Ziele ablenkende Spitzfindigkeiten einzulassen, nicht nur „Anfängern, sondern auch Geübteren zu empfehlen ꝛc.”

Der Theorie, welche den ersten Theil dieses Lehrbuches bildet, folgt ein zweiter praktischer Theil, der in drei Abtheilungen zerfällt. Die erste Abtheilung enthält Uebungen zum Uebersetzen aus dem Deutschen in's Italienische, die nun beträchtlich vermehrt, vorzüglich geeignet sein werden, die Eigenthümlichkeit eines jeden Redetheiles insbesondere praktisch durchzugehen.

Da ferner jede Sprache, unabhängig von den allgemeinen Grundsätzen derselben, ganz besondere Eigenthümlichkeiten und zierliche Wendungen hat, die man als Charakteristik der Sprache ansehen kann, die italienische aber insbesondere an dergleichen eigenthümlichen Redensarten und Lehrsprüchen, aus denen der wahre Geist einer Sprache hervorleuchtet, ausnehmend reichhaltig ist; so hielt ich es zum Nutzen Jener, welchen besonders viel daran gelegen ist, durch Memoriren die Fertigkeit im Sprechen zu beschleunigen, und sich den Uebergang zum Lesen schwerer Schriftsteller zu erleichtern, für dienlich, als Gedächtniß-Uebungen eine beträchtliche Menge derselben, mit beständiger Hinweisung auf die Sprachregeln im theoretischen Theile, aufzunehmen, wodurch die zweite Abtheilung des praktischen Theiles dieses Lehrbuches entstanden ist, welche allerdings sehr viel dazu beitragen wird, den Genius der italienischen Sprache in allen Arten von Ausdrücken und Idiotismen praktisch kennen zu lernen.

Die dritte Abtheilung des praktischen Theiles endlich enthält zweckmäßige Lese-Uebungen mit Auszügen aus classischen Schriftstellern vermehrt, welche dem Anfänger einen seiner Bemühungen würdigen Stoff an die Hand geben.

Der Verfasser.

Inhalt.

Einleitung.

Erster, theoretischer Theil.

Einleitung.

Uebersicht und Erläuterung

der

Redetheile einer Sprache überhaupt.

1. Ein Satz entsteht, wenn wir mehrere Wörter so mitsammen verbinden, daß ein vollständiger Satz daraus entspringt. Z. B. Gli antichi lavorávano la terra con attrézzi di legno, die Alten bearbeiteten die Erde mit hölzernen Werkzeugen.

2. Zur Bildung eines Satzes werden drei Hauptbestandtheile erfordert, nämlich: das Subject, das Prädicat und das Verbindungswort, welches das Subject und das Prädicat in unmittelbare Verbindung bringt, und dem Subjecte entweder Etwas zu= oder abspricht. Z. B. L'álbero è verde, der Baum ist grün. — Baum ist Subject, grün ist Prädicat, — und „ist" befindet sich als Verbindungswort, wodurch dem Subjecte etwas zugesprochen wird.

3. In jedem Zeitworte ist das Verbindungswort seyn mit dem Prädicate enthalten, so z. B. Piétro dorme, Peter schläft, heißt so viel als: Piétro è dormiénte, Peter ist schlafend; io vivo, ich lebe, statt io sono vivente, ich bin lebend.

4. Die Person oder Sache, von welcher etwas gesagt wird, heißt das Subject, sonst auch Nominativ genannt; man befragt sich dabei immer mit der Frage: wer ist der Gegenstand, der eine Handlung verrichtet, erleidet, oder eine Eigenschaft hat? Z. B. I fiori sono freschi, die Blumen sind frisch; wer ist der Gegenstand, der frisch ist? die Blumen. La sorella canta, die Schwester singt; wer singt? die Schwester. Lo scelerato è odiato, der Lasterhafte wird gehaßt; wer wird gehaßt, d. i. wer ist der Gegenstand, der den Haß erleidet? der Lasterhafte. — Das, was wir vom Subjecte sagen, d. i. einem Subjecte beilegen oder nicht beilegen, heißt Prädicat oder Attribut.

5. Unter allen Redetheilen hat nur das Zeitwort allein die Kraft, dem Subjecte ein Prädicat, d. i. eine Handlung, einen Zustand, oder eine Beschaffenheit beizulegen, weßwegen es auch Attribut genannt wird. Z. B. Il padre scrive, der Vater schreibt; il fratéllo dorme, der Bruder schläft; l'álbero fiorisce, der Baum blüht — Im ersten Beispiele wird durch das Zeitwort die Handlung des Schreibens angezeigt, d. i. die Handlung des Schreibens wird dem Subjecte Vater beigelegt, — im zweiten wird der Zustand des Subjectes, und im dritten die Beschaffenheit desselben angezeigt.

6. Aus dem nun Angeführten erhellet, daß zur Bildung eines Satzes folgende drei Redetheile nothwendig sind, nämlich das Hauptwort, das Beiwort und das Zeitwort. — Der Artikel hingegen, das Vorwort, das Nebenwort, das Bindewort und das Empfindungswort sind dabei nicht unumgänglich nothwendig.

1

Von dem Hauptworte (del Sostantivo).

7. Hauptwort ist jedes Wort, welches eine Person oder Sache bezeichnet, die für sich selbst als wirklich gedacht werden kann, wenn sie gleich nicht immer für sich selbst bestehend vorhanden ist.

8. Es gibt also zweierlei Hauptwörter, und zwar: 1. Selbstständige, als: uomo, Mensch; casa, Haus; fiore, Blume. Diese bezeichnen körperliche und wirklich bestehende Dinge, die sich zählen lassen, und in der Natur so vorhanden sind. 2. Selbstständig gedachte, als: bellezza, Schönheit; gioja, Freude; virtù, Tugend; amarezza, Bitterkeit. Diese sind nicht in der Natur für sich bestehend vorhanden, sondern nur an oder in andern Dingen befindlich; sie werden aber, von andern Dingen abgesondert, doch so gedacht und betrachtet, als wenn sie wirklich für sich selbst bestehend vorhanden wären.

9. Die selbstständigen Hauptwörter werden eingetheilt:

a) In Eigennamen (nomi proprj), welche nur einer einzelnen Person oder Sache eigen sind, und sie nur als ein Mal darstellen. Z. B. Francesco, Franz; Vienna, Wien; Danúbio, Donau.

b) In Gattungsnamen oder Gemeinnamen (nomi comuni, appellativi), welche allen Personen oder Sachen, die zu einer Classe oder Gattung gehören, zukommen, als: cane, Hund; dieses Hauptwort ist ein Gattungsname, weil es nicht einen einzelnen Hund, den ich oder Jemand anderer besitzt, anzeigt; sondern weil es überhaupt alle die vierfüßigen Thiere, welche bellen können, bezeichnet. Eben so sind: uómo, Mensch; calzolájo, Schuster; sartóre, Schneider; libro, Buch; fiume, Fluß ꝛc. Gattungsnamen.

Geschlecht der Hauptwörter.

10. Die deutsche Sprache hat drei Geschlechter, das männliche, weibliche und unbestimmte (sächliche); die italienische hingegen nur zwei, das männliche (génere maschile), und das weibliche (feminile).

a) Alles, was männlich ist, oder dafür gehalten wird, gehört zum männlichen Geschlechte: il príncipe, der Fürst; il lupo, der Wolf; il dente, der Zahn.

b) Alles hingegen, was weiblich ist, oder als solches angesehen wird, ist weiblichen Geschlechtes in der italienischen Sprache. Z. B. la regina, die Königin; la leonéssa, die Löwin; la rábbia, die Wuth.

Von der Zahl.

11. Das Hauptwort ist in der Einzahl (Singolare), wenn es nur einen Gegenstand allein bezeichnet, z. B. un uómo, ein Mensch; l'uomo, der Mensch; un il libro, ein Buch; — in der Mehrzahl (Plurale), wenn von mehreren Gegenständen einer Art oder Gattung die Rede ist. Z. B. gli uómini, die Menschen; i libri, die Bücher.

Abänderung und Beugung der Hauptwörter.

12. In einem Satze können mit dem Zeitworte mehrere Hauptwörter verbunden werden, deren jedes aber in einem andern Verhältnisse (d. i. in einer andern Endung steht, als: Il fratello consegnò al servitore i libri di Giovanni; der Bruder übergab dem Bedienten die Bücher des Johann. Im Deutschen werden diese Verhältnisse (Endungen) theils an dem Hauptworte selbst, durch Anhängung gewisser End- oder Beugungssilben, theils blos durch den vorgesetzten Artikel, meisten Theils aber auf beide Arten zugleich bezeichnet, z. B. der Tag, des Tages, dem Tage, den Tag. Die Endsilben, welche zur Bezeichnung der verschiedenen Verhältnisse (Endungen) einem Hauptworte angehängt werden, heißen Beugungsfälle oder Endungen (Casus).

Im Italienischen hingegen wird zur Bezeichnung der verschiedenen Verhältnisse der Ausgang des Hauptwortes nie verändert; um also die verschiedenen Beugungsfälle oder Endungen (casi) der Deutschen auszudrücken, bedienen sich die Italiener einiger Vorwörter, die man deßhalb auch Endungszeichen oder Fallzeichen (segnacasi) nennt. In der ersten und vierten Endung bekommt das Hauptwort kein Vorwort, in der zweiten erhält es di, in der dritten a, und in der sechsten da vor sich, ohne Unterschied des Geschlechtes und der Zahl des Hauptwortes, welches den Artikel bei sich führen kann oder nicht, je nachdem dasselbe näher bestimmt werden soll oder nicht:

1)	giorno —	il giorno.
2)	di giorno —	del giorno.
3)	a giorno —	al giorno.
4)	giorno —	il giorno.
6)	da giorno —	dal giorno.

13. In der deutschen Sprache gibt es nur vier, in der italienischen hingegen sechs Endungen oder Beugfälle (casi).

1) Erster Beugungsfall oder Nominativ, nominativo.
2) Zweiter — — Genitiv, genitivo.
3) Dritter — — Dativ, dativo.
4) Vierter — — Accusativ, accusativo.
5) Der rufende Fall oder Vocativ, vocativo.
6) Der trennende Fall oder Ablativ, ablativo.

Verbindung des Hauptwortes mit anderen Hauptwörtern.

14. Wenn zwei oder mehrere Hauptwörter gleich nach einander in einem Satze vorkommen, so hat man darauf zu sehen, ob sie in einem gleichen oder ungleichen Verhältnisse stehen.

15. Sind die Hauptwörter in gleichem Verhältnisse, so stehen sie auch in einerlei Endung (caso). Z. B.

Himmel und Erde verkünden seine Allmacht.	Cielo e terra maniféstano la sua onnipotenza.
Weder Furcht, noch Hoffnung, weder Drohen, noch Bitten bewogen ihn.	Nè timór, nè speranza, nè minacce, nè preghiére lo móssero.
Ich kenne dich am Gange, an der Stimme, an der Kleidung.	Ti conosco all' andar, alla voce, ai panni.
Ist dies von Gold oder von Silber?	È questo d'oro o d'argento?

16. Die Hauptwörter bleiben auch noch in gleicher Endung (caso), wenn dem einen Hauptworte noch andere zur näheren Erklärung desselben beigefügt werden; d. i. wenn eine Apposition (erklärender Beisatz) Statt findet, als:

Der Tod, die letzte Hoffnung der Unglücklichen.	La morte, ultima speranza degl' Infelici.
Paris, die Hauptstadt von Frankreich.	Parigi, capitale della Fráncia.
Ich schreibe meinem Bruder, dem Hofrathe.	Scrivo a mio fratello, Consigliere Aulico.

17. Apposition oder erklärender Beisatz heißt also, wenn zwei Hauptwörter in einerlei Endung (caso) erklärungsweise neben einander stehen, als: die Stadt Rom; der Monat Mai; das Wort Ehre. — Dagegen das Wort Gottes; der König von Baiern; ist keine Apposition, weil hier nicht einerlei Endung (casus) Statt findet.

18. Zwei oder mehrere Hauptwörter stehen in ungleichem Verhältnisse, d. i. in ungleicher Endung dann, wenn ein Hauptwort durch das andere regiert wird, und dann das regierte immer zur näheren Bestimmung des regierenden dient. Im Deutschen wird das regierte Wort entweder in

1*

die zweite Endung gesetzt, oder es erhält ein Vorwort (meistens von) vor sich. Im Italienischen hingegen nimmt das regierte Wort entweder eines der Fallzeichen di, a, da, oder irgend ein anderes Vorwort vor sich. Z. B.

Der Palast des Herzogs.	Il palazzo del Duca.
Die Belagerung von Hamburg.	L' assédio di Amburgo.
Ein Musikliebhaber.	Un dilettante di música.
Der König von Preußen.	Il Re di Prússia.
Ein Mensch zu Pferde.	Un uómo a cavállo.
Hut nach der Mode.	Cappéllo alla moda.
Papier zum Schreiben.	Carta da scrivere.
Kupferstecher.	Incisóre in rame.

In diesen Beispielen sind Palast, Belagerung ꝛc. regierende Hauptwörter; — Herzog, Hamburg ꝛc. die regierten, welche zur näheren Bestimmung des regierenden dienen, indem sie anzeigen, wessen Palast, wessen Belagerung ꝛc. hier gemeint wird.

Von dem Beiworte (dell' Aggettivo).

19. Das Beiwort drückt die Eigenschaft oder die Beschaffenheit irgend einer Person oder Sache aus. Z. B. Un piccolo villággio, ein kleines Dorf. Il villággio è piccolo, das Dorf ist klein. Im ersten Falle drückt das Beiwort eine Eigenschaft aus, weil diese mit dem Hauptworte vereinigt gedacht und ausgedrückt wird. Im zweiten Falle ist klein ein Beschaffenheitswort, weil es die Beschaffenheit für sich allein und von dem Hauptworte abgesondert darstellt.

20. Die Beiwörter richten sich im Geschlechte und in der Zahl nach dem Hauptworte, zu dem sie gehören; als:

Ein reicher Kaufmann.	Un ricco mercante.
Eine reiche Frau.	Una ricca Signora.
Die reichen Kaufleute.	I ricchi mercanti.

21. Das Beiwort wird öfters statt eines Hauptwortes gebraucht. Z. B.

Wir müssen das Nützliche dem Angenehmen vorziehen.	Dobbiamo preferire l' útile al dilettévole.

22. Das Beiwort kann die Eigenschaft einer Person oder Sache bald in einem höheren, bald in einem niedrigeren Grade bezeichnen; d. i. eine Steigerung auf- und abwärts annehmen; so z. B. kann man sagen:

Dieser Bediente ist getreu, getreuer, sehr getreu, der getreueste.	Questo servo è fedéle, più fedele, molto fedele (oder fedelissimo), il più fedele.

Diese Art, die Eigenschaften auszudrücken, nennt man Stufen der Vergleichung. Es sind deren im Deutschen wie im Italienischen drei; nämlich: die erste Stufe (positivo); die zweite (comparativo); und die dritte (superlativo).

23. Die erste Stufe (positivo) drückt die bloße Eigenschaft ohne Vergleichung aus. Z. B.

Ein alter Mann.	Un uomo vécchio.
Die finstern Nächte.	Le notti oscúre.

24. Die zweite Stufe (comparativo) drückt außer der Eigenschaft noch eine Vergleichung aus.

Wenn zwei Dinge mit einander verglichen werden, so sind die Grade der Eigenschaft in beiden entweder gleich, als:

Eine Leinwand, so weiß wie der Schnee.	Una tela sì bianca come la neve.
Dieses Tuch ist eben so theuer, als das andere.	Questo panno è così caro come l'altro.

Oder ungleich, als:

Dein Bruder ist reicher als Peter.	Tuo fratéllo è più ricco che Piétro.
Es ist besser lernen als müßig gehen.	E méglio studiáre che stare in ózio.

25. Die dritte Stufe (superlativo) drückt entweder

a) die Eigenschaft eines Gegenstandes im höchsten oder niedrigsten Grade, in Vergleichung mit allen übrigen Gegenständen seiner Art aus, als:

Peter ist der reichste Kaufmann in Wien.	Piétro è il più ricco mercánte di Vienna.

Und dann heißt die dritte Stufe Superlativo relativo, Vergleichungs=Su= perlativ (Uebertreffungsstufe); oder

b) sie drückt die Eigenschaft nur in einem sehr hohen oder sehr geringen Grade aus, ohne Vergleichung mit andern Gegenständen, und dann wird sie Su= perlativo assoluto genannt. Z. B.

Ein sehr fleißiger Schüler.	Uno scoláre diligentíssimo, oder molto diligénte.
Es gibt hier sehr schöne Gegenden.	Ci sono de' contórni bellíssimi.

Von dem Zeitworte (del Verbo).

26. Das Zeitwort ist ein Wort, welches die Zeit anzeigt, entweder 1) wann ein Subject (Person oder Sache) Etwas thut; oder 2) wann es Etwas erleidet; oder 3) wann es sich in einem Zustande befindet.

Die erste Gattung nennt man thätige oder übergehende Zeitwörter (verbi attivi oder transitivi); die zweite leidende (passivi); die dritte zu= ständliche oder unübergehende (neutri oder intransitivi).

27. Außerdem theilt man die Zeitwörter noch ein: in zurückwirkende (verbi reciproci), in unpersönliche (impersonali) und in Hilfszeitwör= ter (verbi ausiliari).

28. Thätige Zeitwörter erfordern alle Mal einen leidenden Gegenstand, d. i. eine vierte Endung (Object), auf den sie hinwirken, oder mit dem sie unmittelbar in Verbindung gebracht werden, daher sie der Lateiner sehr richtig transitiva nennt, d. i. solche, durch welche die Thätigkeit auf einen andern Gegen= stand übergeht. Dahin gehören z. B. lodare, lobe n; amare, liebe n; punire, strafe n ꝛc. Sage ich: il padre loda, ama, punisce, der Vater lobt, liebt, straft, so muß ich mir schlechterdings noch einen Gegenstand (Object) außer dem Vater, etwa den Sohn, denken, auf welchen die Wirkung des Lobens, Lie= bens oder Strafens übergeht; ich sage daher: il padre loda, ama, punisce il figlio, der Vater lobt, liebt, straft den Sohn. — Diese Zeitwörter sind also thätige (selbstthätige), und der Sohn ist der andere Gegenstand (Ob= ject), auf den vom Vater (dem Subjecte) hingewirkt wird.

Dies ist das unterscheidende Merkmal, woran die thätigen Zeitwörter mit Sicherheit erkannt werden können. — Aus ihnen entstehen nun die

29. Leidenden Zeitwörter. Darunter versteht man alle diejenigen, welche aus den thätigen Zeitwörtern gebildet werden, und das Subject (oder die erste Endung) in einen leidenden Zustand bringen. In dem Satze: Der Sohn liebt seinen Vater, il figlio ama suo padre; ist „Sohn" das Sub= ject, und „lieben" ein thätiges Zeitwort. Kehre ich aber den Satz um, und sage: Der Vater wird von seinem Sohne geliebt, il padre è amáto da suo figlio; so ist nun „Vater" (selbstthätig) das Subject, er wird aber nicht als handelnd, sondern als leidend (unselbstthätig) vorgestellt; und, wird geliebt, ist das Zeitwort, welches den leidenden Zustand des Vaters anzeigt, nämlich welche Wirkung das Subject (Vater) von dem Sohne empfängt.

30. Unübergehende Zeitwörter werden auch zuständliche oder Mit-
telzeitwörter (verbi neutri) genannt, weil sie das Subject (die erste
Endung) als Ursache einer an ihm selbst vorgehenden Wirkung, thätig und leidend
zugleich darstellen, mithin eine Mittelgattung zwischen blos thätigen und blos leidenden Zeitwörtern ausmachen. Diese unterscheiden sich also von den thätigen
dadurch, daß sie keinen Gegenstand brauchen, auf den sie hinwirken, weil ihre Wirkung in dem Subjecte selbst, das sie hervorbringt, sich endigt; daher sie auch von
dem Lateiner intransitiva (unübergehende) genannt werden. Sie legen also dem
Subjecte eine Beschaffenheit, Handlung, oder einen Zustand bei. Dahin
gehören: laufen, sterben, sitzen, schlafen, liegen, blühen ꝛc. Wenn
ich sage: der Mann läuft, schläft, liegt, questo uomo corre, dorme,
giace; so ist hier kein Gegenstand, auf den die Wirkung des Laufens, oder der
Zustand des Schlafens oder Liegens übergeht, sondern das Laufen geht an und
mit dem Manne selbst vor, ꝛc. — Solche Zeitwörter können auch nicht in leidende umgewandelt werden; ich kann also nicht sagen: ich werde gelaufen,
geschlafen, gelegen ꝛc.

31. Zurückwirkende Zeitwörter. Zu dieser Classe gehören alle Zeitwörter, bei denen das wirkende Subject durch Zurückwirkung auf sich selbst,
zugleich auch das leidende Object ist. In solchen Fällen wird das Subject
zweimal genannt, einmal als wirkend oder thätig, und das andere Mal als
leidend durch die persönlichen Fürwörter: mich, dich, sich, uns, euch, mi,
ti, si, ci, vi. Dahin gehören: sich betrüben, attristársi; sich freuen,
rallegrarsi; sich rühmen, vantarsi; sich schlagen, báttersi, ecc. Wenn
ich z. B. sage: ich gräme mich, io mi affliggo, so ist meine Person „ich" das
wirkende Subject, von welchem der Gram ausgeht, und eben diese meine Person
„mich" zugleich das leidende Object, auf welches der Gram zurückwirkt.

32. Unpersönliche Zeitwörter. Diese leiden die persönlichen Fürwörter,
ich, du, er ꝛc., nicht vor sich, sondern bezeichnen das handelnde Ding unbestimmt,
als ein unbekanntes Etwas, durch das Wörtchen es. Diese Zeitwörter sind blos in
der dritten Person einfacher Zahl gebräuchlich; z. B.

Es regnet,	plóve.	Es trägt sich zu,	accade.
Es schneiet,	névica.	Es schickt sich,	conviéne.

33. Ganz besonders sind die Zeitwörter Haben, avére, und Sein, essere,
zu bemerken, die man Hilfszeitwörter nennt, insofern sie andere Zeitwörter
in den zusammengesetzten Zeitformen abwandeln helfen. Z. B. Ich habe es gesagt, l'ho detto; er ist gestorben, egli è morto, ecc.

Von dem Artikel (dell' Articolo).

34. Der Artikel oder der Bestimmer ist eines von jenen Wörtern*),
welche zur näheren Bestimmung eines Gegenstandes dienen. Er dient entweder die

---

*) Außer dem Artikel dienen noch die Zahlwörter, Fürwörter und
Beiwörter zur näheren Bestimmung eines Dinges. Hier gilt die Regel: Wenn
ein Gattungswort ein anderes Bestimmungswort bei sich führt, welches die Selbst-
ständigkeit des Hauptwortes hinlänglich bezeichnet, und den Gegenstand (Person oder
Sache) von andern seines Gleichen genugsam oder mit größerer Bestimmtheit unterscheidet, als es der Artikel vermag, so bleibt dieser als überflüssig weg. Z. B. jenes
Pferd, quel cavallo; dieses Pferd, questo cavallo; jedes Pferd, ogni
cavallo; ein Pferd, un cavallo; zwei Pferde, due cavalli, ecc. — Wenn
hingegen ein Bestimmungswort den Gegenstand für sich allein nicht hinlänglich zu
unterscheiden und zu bestimmen vermag, so nimmt selbes den Artikel vor sich. Z. B.
das schlechte Wetter, il tempo cattivo; die schönen Künste, le belle
arti; die drei Grazien, le tre Grazie; zu den drei Mohren, ai tre
mori; die zwei Fremden, die gestern ankamen, i due forestiéri, che
arrivárono jeri; die ganze Welt, tutto il mondo, ecc.

unbestimmte allgemeine (generische) Bedeutung eines Dinges zu bestimmen, oder sie auf ein einzelnes gewisses Ding, oder auf mehrere gewisse Dinge (Individuen) einzuschränken. Beispiele werden dies näher erklären.

35. Will ich einen Gegenstand blos nennen, ohne ihn weder im Allgemeinen, noch im Besondern näher zu bestimmen, wo also der bloße Name des Gegenstandes schon bezeichnend genug ist, da steht das Hauptwort ohne Artikel. Z. B.

An dem gewissen Orte waren nur Männer.	Nel tal luogo non v'érano che *uómini*.
Er ist mit Stiefeln und Spornen ausgegangen.	Egli è uscito con *stivâli* e *sproni*.
Er redet von Schafen und Pferden.	Egli parla di *pécore* e di *cavalli*.
Er hat Feigenholz gekauft.	Ha comprato *legno* di fico.

In diesen Beispielen sind Männer, Stiefel, Sporne, Schafe, Pferde, ohne Artikel, weil ich diese Gegenstände blos überhaupt und allgemein nannte, ohne weder im Allgemeinen noch im Besondern bestimmen zu wollen, welche? oder wie viele?

36. Will man aber durch ein Hauptwort die ganze Gattung, mit allen darunter gehörigen Dingen, bezeichnen und bestimmen, welches immer der Fall ist, wenn man von einer Art von Gegenständen (Objecten) etwas Allgemeines aussagt, so wird immer in solchen Fällen der Artikel dem Hauptworte vorgesetzt. Z. B.

Der Mensch ist sterblich, oder die Menschen sind sterblich.	L'uómo è mortale, o gli uómini sono mortali.
Die Vögel fliegen, die Fische schwimmen.	Gli uccelli vólano, i pesci nuótano.
Die Luft ist ein elastischer Körper.	L'ária è un corpo elástico.
Die tugendhaften Leute werden geschätzt.	Gli uómini virtuósi sono pregiati.

Welches eben so viel heißt, als sagte man: Alle Menschen, ein jeder Mensch, tutti gli uómini, ogni uómo; alle Vögel, tutti gli uccelli; alle jene Leute, denen die Eigenschaft tugendhaft zukommt, tutti quegli uómini, a cui conviene il titolo di virtuósi, ecc.

37. Oder will man ein einzelnes gewisses Ding, oder mehrere einzelne gewisse Dinge (individuelle Gegenstände) durch das Hauptwort bezeichnen, und von andern seiner Gattung unterscheiden, oder sonst näher bestimmen, so steht immer das Hauptwort mit dem Artikel. Z. B.

Der Mann, welcher dich sucht.	L'uómo, che ti cerca.
Die Vögel des Bruders singen nicht.	Gli uccélli del fratello non cántano.
Die Luft von Wien.	L'ária di Vienna.

In dem ersten Beispiele ist das Hauptwort Mann durch den Nachsatz bestimmt, und von andern seines Gleichen unterschieden; im zweiten durch den darauf folgenden Genitiv; im dritten durch das darauf folgende Wort mit dem Vorworte.

38. Die Eigennamen der Städte, Oerter und Personen stehen gewöhnlich ohne Artikel, weil diese Wörter als Namen einzelner gewisser Dinge (individueller Begriffe) keiner weitern Unterscheidung und Bestimmung bedürfen. Z. B.

Wie befindet sich Peter?	Come sta Piétro?
Die Einwohner von Wien.	Gli abitánti di Vienna.

Doch nehmen sie den Artikel vor sich:

1. Wenn sie als Gattungsnamen stehen, welches der Fall ist, wenn sie figürlich zur Bezeichnung einer andern Person gebraucht werden, oder in der vielfachen Zahl genannt werden. Z. B.

Der Salomon von Nord.	Il Salomóne del Nord.
Der Homer von Italien.	L'Oméro d'Italia.
Die Cicerone unserer Zeit.	I Ciceróni de' nostri tempi.

2. Wenn der Eigenname durch Beilegung eines Prädicats genauer bestimmt wird. Z. B.

Der wahre Gott.	Il vero Dio.
Der Gott der Kriegsheere.	Il Dio degli esérciti.
Der olimpische Jupiter.	Il Giove Olimpio.
Das südliche Frankreich.	La Fráncia meridionale.
Das schöne Italien.	La bella Italia.

39. Die Deutschen haben überdies den Artikel eingeführt, um das Geschlecht der Hauptwörter anzuzeigen, und derselben mangelhafte Beugung zu ersetzen; dies ist aber im Italienischen nicht der Fall *), denn da bleiben die Hauptwörter durch alle Casus unverändert, und die Casus werden blos durch die Vorsetzung der Vorwörter di, a, da bezeichnet, die deshalb auch Endungs- oder Casus Zeichen heißen. Was das Geschlecht der italienischen Hauptwörter anbelangt, so erkennt man dieses aus dem Endselbstlaute derselben. Die eigentliche Function des italienischen Artikels besteht also blos in der Bestimmung und Individualisirung des Gattungsbegriffes.

Von dem Fürworte (del Pronome).

40. Das Fürwort ist ein Wort, welches die Stelle des Hauptwortes vertritt, um desselben zu oftmalige, übelklingende Wiederholung zu vermeiden. Man sagt kurz und gut: Fleißige Schüler bemühen sich ihre Aufgabe auswendig zu lernen. Ohne die Fürwörter sich und ihre müßte man fleißige Schüler dreimal wiederholen, welches äußerst mißklingend sein würde.

Von dem Mittelworte (del Participio).

41. Das Mittelwort ist, seiner Bildung nach, dem Beiworte, seiner Herkunft nach, dem Zeitworte verwandt, also an beiden theilnehmend, und drückt eine Beschaffenheit mit dem Nebenbegriffe der Zeit aus. Beim italienischen Mittelworte finden alle Veränderungen des Beiwortes Statt. Z. B.

Er wird geliebt.	Egli è amato.
Sie wird geliebt.	Ella è amata.
Sie werden geliebt.	Essi sono amati.
Sie werden geliebt.	Esse sono amate.

42. Die Mittelwörter dienen auch die Rede abzukürzen, indem man durch dieselben mehrere Sätze in einen zusammenziehen kann, als: ho ricevuto le mercanzie speditemi, ich habe die mir geschickten Waaren erhalten; statt: le mercanzie che mi avete spedite, die Waaren, die ihr mir geschickt habet. Vedúto il padre, esclamò, statt: vide il padre ed esclamò, als er den Vater sah, rief er aus.

Von dem Vorworte (della Preposizione).

43. Die Vorwörter oder Verhältnißwörter bezeichnen die Verhältnisse der Gegenstände und Personen gegen einander. Zwei selbstständige Dinge, d. i. zwei Hauptwörter, beziehen sich oft vermittelst eines Vorwortes auf einander, oder stehen in irgend einem Verhältnisse, als:

Joseph geht in die Kirche.	Giuseppe va in chiesa.
Die Schüler kommen aus der Schule.	Gli scolari véngono dalla scuóla.

---

*) Wie unerfahren und unkundig der Sprache sind nicht jene Verfasser italienischer Sprachlehren, welche sagen, daß der Artikel das Geschlecht der Hauptwörter bestimmt, und durch denselben das Nennwort abgeändert wird! — Brauche ich wohl einen Artikel, um zu wissen, wessen Geschlechtes, in welcher Zahl und Endung die Hauptwörter in folgendem Satze sind: vende ábiti di panno, er verkauft Kleider von Tuch???

Im erſten Beiſpiele zeigt das Vorwort in das Verhältniß an, in welches Jo‑ ſeph und Kirche zu einander durch das Zeitwort geſetzt ſind; nämlich: das Verhältniß des Eindringens in einen Gegenſtand ꝛc.

44. Die Vorwörter erſetzen das, was an einem Hauptworte nicht durch die Endungen (casus) allein ausgedrückt werden kann. Sie ſelbſt ſind unveränderlich; erfordern aber allezeit, daß das Hauptwort, vor oder nach welchem ſie ſtehen, im Deutſchen in eine gewiſſe Endung geſetzt werde; im Italieniſchen hingegen ſteht nach dem Vorworte das Hauptwort entweder ganz allein, oder nach der Verſchieden‑ heit des Verhältniſſes, in welches es durch das zufällige Zeitwort geſetzt wird, nimmt es noch eines der Casus‑Zeichen di, a oder da, mit oder ohne Artikel, zu ſich. Z. B. Er iſt hinter der Thür, egli è *dietro* la porta; er geht hinter ihm, egli va dietro di lui, d. i. dietro la persona di lui; er läuft dem Hunde nach, egli corre dietro al cane.

Die Vorwörter drücken die Verhältniſſe mit beſonderer Genauigkeit (Präci‑ ſion) aus, als: Er arbeitet für den Ruhm, travaglia per la glória; ſtatt: er arbeitet, und der Gegenſtand ſeiner Arbeit iſt der Ruhm, tra‑ vaglia, e l'oggetto del suo travaglio è la gloria.

Von dem Nebenworte (dell' Avverbio).

45. Die Wörter, welche einen Nebenumſtand bezeichnen, und zur vollkomm‑ neren Beſtimmung des Zeitwortes dienen, heißen Nebenwörter, auch Umſtands‑ oder Beſchaffenheitswörter. Z. B. Wenn man ſagt: der Vogel fliegt, l'uccello vola; ſo iſt dies ſchon eine verſtändliche Rede. Allein zuweilen iſt es nöthig, zu beſtimmen, wie? oder auf welche Art und Weiſe? wann? oder zu welcher Zeit, wo? oder an welchem Orte, und wie oft? wir einem Dinge Etwas beilegen; als: der Vogel fliegt jetzt geſchwind herab, l'uccello vola adesso pre‑ sto abbasso. Die Wörter jetzt, geſchwind, herab, beſtimmen genauer die Ne‑ benumſtände der Zeit, der Art und des Ortes, wann, wie und wohin der Vogel fliegt. — Sie ſelbſt ſind der Abänderung unfähig, und ſtehen im Satze ne‑ ben dem Zeitworte, daher ſie auch den Namen Nebenwörter erhalten haben.

46. Das Nebenwort iſt übrigens nichts anders als ein abgekürzter Ausdruck ſtatt eines Hauptwortes und eines Vorwortes, als: großmüthig, genero‑ samente; heute, oggi; hier, qui; ſtatt: mit Großmuth, con generosità; an dieſem Tage, in questo giorno; an dieſem Orte, in questo luogo.

Von dem Bindeworte (della Congiunzione).

47. Wörter, welche ſowohl die verſchiedenen Redetheile, als auch ganze Sätze mit einander verbinden, heißen Bindewörter. Z. B.

Ich möchte, daß er ginge und nie mehr zurückkäme.	Vorrei *che* andasse, *e* non tornasse mai più.
Wollet ihr euer Buch, oder das Geld?	Volete il vostro libro, *o* i danari?
Ich traue weder ihm, noch ſeiner Frau.	Non mi fido *nè* di lui, *nè* di sua moglie.
Obwohl es Alle ſagen, ſo glaube ich es doch nicht.	*Benchè* tutti lo dicano, io *però* non lo credo.

Die Bindewörter laſſen ſich nach den verſchiedenen Arten des Verhältniſſes, worin die Glieder der Rede in ihrer Verknüpfung zu einander ſtehen können, auch in verſchiedene Claſſen ordnen.

Von dem Empfindungsworte (dell' Interjezione).

48. Ausrufungs‑ oder Empfindungswörter ſind eigene und beſondere Wörter, mit welchen man den Gemüthszuſtand des Redenden ausdrückt; als: Oh! allegro! luſtig! Viva! Glück auf! Ah! Ahimè! ach! o wehe! ajuto! Hilfe! Oh pòvero! Ach, der Arme! pian piano! ſachte! zitto! Pſt! ꝛc.

Anmerkung für Lehrer und Lernende.

Alle accenti acuti ('), womit die Wörter in dieser Gram=
matik bezeichnet sind, dienen blos, um den Anfängern die
richtige Betonung derselben zu bemerken; in den gewöhnlichen
Schriften außer der Grammatik werden sie gar nicht accentuirt.
Die Wörter, die keinen Accent haben, bekommen den Tonfall
auf die vorletzte Silbe. (Sieh §§. 6 und 9.)

Von der italienischen Aussprache.

Die Italiener haben nur 22 Buchstaben, die ihr Alphabet (l'abbicci)
ausmachen, und folgender Maßen ausgesprochen werden:

A a,	B b,	C c,	D d,	E e,	F f,	G g,	H h,	I i,	J j,	L l,
a.	bi.	tschi.	bi.	e.	effe.	dschi.	affa.	i.	i.	elle.

M m,	N n,	O o,	P p,	Q q,	R r,	S s,	T t,	U u,	V v,	Z z,
emme.	enne.	o.	pi.	ku.	erre.	esse.	ti.	u.	we.	bseta.

Ihre Aussprache ist von jener der Deutschen im Allgemeinen nicht viel
unterschieden, einige wenige Fälle ausgenommen, welche unten vorkommen
werden.

Im Italienischen müssen alle Selbstlaute deutlich ausgespro=
chen werden, selbst dann, wenn mehrere Selbstlaute in einer Silbe zu=
sammentreffen, als: guérra, Krieg, quále, welcher, ꝛc.

C, G, Sc vor e und i.

C vor e und i lautet wie tsche, tschi. — Ge, gi wie dsche,
dschi, — und sce, sci wie sche, schi. Z. B.

Célebre,	berühmt.	Francése,	Franzos.
Civíle,	höflich.	Fácile,	leicht.

Sprich: tschelebre, tschiwile, Frantschese, fatschile.

Gelo,	Frost.	Parígi,	Paris.
Erígere,	errichten.	Astrología,	Astrologie.

Sprich: dschelo, eridschere, Paridschi, astrolodschia.

Ruscéllo,	Bach.	Pesce,	Fisch.
Scímia,	Affe.	Scipióne,	Scipio.

Sprich: ruschello, schimia, pesche, Schipione.

Anmerk. Wenn vor dem e oder i zwei cc oder gg sich befinden, so gehört
im Italienischen das vordere c oder g in der Aussprache nicht zur ersten Silbe,
sondern sie werden beide mitsammen, in einem Laute, jedoch etwas gedehnter und
nachdruckvoller als das einfache ausgesprochen, als:

Accénto,	Accent.	Eccellénte,	vortrefflich.
Uccídere,	tödten.	Succédere,	nachfolgen.

Sprich: attschento, uttschidere, ettschellente, ßuttschedere und
nicht: attschento, uttschidere, ꝛc.

Léggere,	lesen.	Fríggere,	in der Pfanne backen.
Oggi,	heute.	Fuggire,	fliehen.

Sprich: lebbschere, obbschi, fribbschere, fubbschire, und nicht: legbschere, ogbschi ꝛc.

C, G, Sc vor a, o, u und vor einem Mitlaute.

C vor a, o, u und vor einem Mitlaute lautet wie im Deutschen ka, ko, ku. — Ga, go, gu, ebenfalls wie im Deutschen ga, go, gu. — Sca, sco, scu, wie ßka, ßko, ßku. Z. B.

Casa,	Haus.	Poco,	wenig.
Cómodo,	bequem.	Cleménte,	gütig.
Alcúno,	Jemand.	Crudéle,	grausam.
Gallína,	Henne.	Gobbo,	buckelig.
Gusto,	Geschmack.	Guanto,	Handschuh.
Grasso,	fett.	Inglése,	englisch.
Scarpa,	Schuh.	Scúffia,	Haube.
Scorno,	Schimpf.	Scrivere,	schreiben.

Wenn im Italienischen vor e und i das c wie k, und das g wie das deutsche g, und sc wie ßk lauten sollen, so wird zwischen dem c oder g und dem e oder i ein h eingeschaltet, welches h sodann blos als Schrift-Zeichen des harten Lautes des c, g und sc anzusehen ist. Dem zu Folge werden die Silben che, chi, wie ke, ki, — ghe, ghi, wie im Deutschen ge, gi, — und sche, schi, wie ßke, ßki ausgesprochen. Z. B.

Turchi,	Türken.	Perchè,	warum.
Oche,	Gänse.	Fiánchi,	Seiten, Hüften.

Sprich: turki, oke, perkè, fianki.

Maghe,	Zauberinnen.	Ghirlánda,	Kranz.
Impiéghi,	Aemter.	Leghe,	Meilen.

Sprich: mage, impiegi, girlanda, lege, wie im Deutschen geben, gibt.

Scherno,	Spott.	Schifáre,	Ekel haben.
Loschi,	Schielende.	Mosche,	Fliegen.

Sprich: ßkerno, loßki, ßkifare, moßke.

Wenn vor a, o, u, das c gequetscht wie tsche, — das g gelind wie dsche, — und das sc wie sche lauten sollen, so muß zwischen dem c oder g und den Selbstlauten a, o, u, ein i eingeschaltet werden, welches i aber dann nicht besonders gehört wird, sondern sich in den Lauten tsche, dsche, sche verliert. In dergleichen Fällen ist auch das i kein Selbstlaut mehr, sondern ein bloßes Schrift-Zeichen (wie im Französischen der Cedil in ça), welches anzeigt, daß das c den gequetschten Laut (tsche), und das g den gelinden Laut (dsche) vor a, o und u annehmen. Z. B.

Ciascúno,	Jedermann.	Bráccio,	Arm.
Cioè,	das ist.	Ciúrma,	Haufe.

Sprich: tschaßkuno, tschoè, brattscho, tschurma.

Giállo,	gelb.	Giórno,	Tag.
Giúbilo,	Jubel.	Giústo,	gerecht.

Sprich: dschallo, dschubilo, dschorno, dschusto.

Coscia,	Schenkel.	Sciócco,	dumm.
Sciólto,	aufgelöst.	Asciútto,	trocken.

Sprich: koscha, scholto, schokko, aschutto.

Gl vor i, und vor a, e, o, u.

Gl, wenn es vor i sich befindet, hat einen zweifachen Laut, den ge-linden, fast wie lji, und den runden, wie in den deutschen Wörtern glimmen, glatt.

1. Den gelinden Laut lji hat es in den Fürwörtern egli, er, quegli, Jener, bei dem Artikel gli, die, und in allen daraus zusam-mengesetzten Wörtern, als: eglino, sie; agli, den; dagli, von den; glielo disse, er sagte es ihm; — wie auch, wenn auf das gli noch ein Selbstlaut folgt, als: vóglio, ich will; móglie, Ehefrau; consigliáre, rathen.

2. In allen übrigen Fällen hat gli den runden Laut, als negli-génza, Nachlässigkeit; anglicáno, englisch.

3. Wenn gl vor e, a, o, u sich befindet, so hat es immer den runden Laut, als: Inglése, Engländer; gladiátore, Fechter; glória, Ruhm.

Anmerk. Hier kann man wohl den Fehler derjenigen einsehen, welche den Artikel gli vor jenen Wörtern apostrophiren, die nicht mit einem i anfangen, z. B. wenn sie gl' amici, die Freunde; gl' oggétti, die Gegenstände; gl' estri, die Einfälle; statt: gli amici, gli oggetti, gli estri, schreiben, weil man im ersten Falle aussprechen müßte, als ob glamici, gloggetti, glestri, geschrieben wäre.

Gn. — Gn vor einem Selbstlaute, als: gna, gne, gni, gno, gnu, wird ungefähr wie nja, nje, nji, njo, nju, oder wie in den fran-zösischen Wörtern *mignon*, *peigner*, ausgesprochen.

Magnífico,	prächtig.	Ingegnóso,	erfinderisch.
Agnéllo,	Lamm.	Cagna,	Hündin.

Io, ie, uo.

Das o bildet mit dem i und u häufig die beiden Doppellaute io und uo. In beiden Fällen hat das o den offenen Laut. Die beiden Selbstlaute in gedachten zwei Doppellauten werden dergestalt mit einander ausgespro-chen, daß das u gleichsam mit dem o, und das i mit dem darauf folgenden Selbstlaute zusammenfließen, und zwar so, daß der letztere Selbstlaut, worauf der Ton ruht, fast allein gehört wird. Z. B.

Cuóre,	Herz.	Fioríno,	Gulden.
Buóno,	gut.	Ciélo,	Himmel.

Anmerk. Die Römer lassen das u vor dem o nie hören, und sprechen daher obige Wörter ungefähr aus wie core, bono, foco, ecc. Die Florentiner hin-gegen sprechen beide Selbstlaute deutlich und scharf aus, als: cuore, buono, fuoco.

Letztere haben das Vortheilhafte dabei, daß sie nie in lächerliche Zweideutigkeiten gerathen, wie es bei folgenden Wörtern leicht geschehen kann, als: io sono, ich bin, und io suono, ich läute; io noto, ich schreibe auf, und io nuoto, ich schwimme, ꝛc.

S.

S hat einen zweifachen Laut, einen schärferen (gagliárdo), wie im deutschen Worte Wissen, und einen gelinderen (rimésso), wie in Wiese.

I. Der schärfere Laut des S (wie ß), welcher im Italienischen auch am häufigsten vorkommt, findet immer Statt:

1. Im Anfange der Wörter, als:

sale, sempre, signóre, súbito, | Salz, immer, Herr, gleich.

2. Vor den Mitlauten C, F, P, Q, T, als:

scudo, mosca, sformato, spedále, | Schild, Fliege, verunstaltet, Spital, zer-
squarciare, pásqua, stampa, | reißen, Ostern, Druck.

3. Nach einem Mitlaute, als:

forse, insigne, senso, | vielleicht, ansehnlich, Sinn.

4. Wenn das S verdoppelt steht, als:

stesso, cassa, rosso, mosso, | selbst, Kiste, roth, bewegt.

II. Den gelinden Laut hat das S:

1. Vor allen Mitlauten, die oben angeführten C, F, P, Q, T, ausgenommen, als:

sbarcare, disdégno, smembrare, | ausschiffen, Unwille, zerstücken, abgezehrt,
smunto, snervare, | entnerven.

2. Zwischen zwei Selbstlauten:

avviso, tesóro, paése, virtuóso, | Nachricht, Schatz, Land, tugendhaft,
cortése (così ausgenommen), | höflich.

T.

T behält im Italienischen immer seinen natürlichen Laut, wie in den Wörtern Ton, tadeln; und wird nie, wie im Lateinischen oder Deutschen, wenn auch ein Doppellaut io, ia darauf folgt, als z ausgesprochen. Z. B.

Natío,	angeboren.	Intiéro,	ganz.
Malattía,	Krankheit.	Simpatía,	Sympathie.

V.

V wird im Italienischen wie das deutsche W ausgesprochen. Z. B.

Vuóle, voláre, vióla, vízio, | Er will, fliegen, Veilchen, La-
venire. | ster, kommen.

Sprich: wuole, wolare, wiola, wizio, wenire.

Z.

Z hat einen zweifachen Laut, einen geschärften (**aspro**), wie in den Wörtern zanken, Zeit, und einen gelinderen (**rimesso**), wie ds.

Im Allgemeinen ist der scharfe Laut des z als der herrschende zu betrachten. Z. B.

Giustízia,	Gerechtigkeit.	Benefízio,	Wohlthat.
Pozzo,	Ziehbrunnen.	Zío,	Onkel.

Z wird in vielen Wörtern gelind wie ds ausgesprochen. Z. B.

Mezzo,	halb.	Zafferáno,	Saffran.
Zodíaco,	Thierkreis.	Organizzáre,	organisiren ꝛc.

In der Mitte der Wörter kann sowohl das einfache als das doppelte z den scharfen und den gelinden Laut haben.

Nach der jetzt üblichen Orthographie wird in der Mitte der Wörter das z gewöhnlich verdoppelt, wenn es zwischen zwei Selbstlauten steht, wie in bellezza, Schönheit; folgt aber auf das z ein Doppellaut, so bleibt es einfach, und hat dann auch immer den scharfen Laut, wie in ringraziáre, danken.

H.

Weil die Italiener keinen Hauchlaut (**Aspirazione**), wie die Deutschen, Lateiner und Andere haben, so hat das h bei ihnen auch gar keinen Laut. Indessen gibt es doch Fälle, wo man es gebraucht, und zwar als ein Zeichen, wenn man es nach c und g setzt, um den runden Laut desselben vor e und i zu bezeichnen (wie in che, chi, ke, ki, welche Wörter ohne h, ce, ci, tsche, tschi, lauten würden); oder sonst als Unterscheidungszeichen, um die Zweideutigkeit einiger Wörter zu vermeiden. In dieser letzteren Eigenschaft wird das h in einigen Wörtern des Hilfszeitwortes avére, haben, gebraucht, die man ho, hai, ha, hanno, ich habe, du hast, er hat, sie haben, schreibt, um die Verwechselung derselben mit o, oder; dem Artikel ai, den; mit dem Vorworte a, zu; und anno, Jahr, zu verhüten.

Da diese Unterscheidung blos für das Auge ist, das h aber in der Aussprache völlig stumm bleibt, so bedienten sich **Metastasio** und andere neuere Schriftsteller, die das h ganz aus dem Italienischen verbannt wissen wollen, und darum Puristen genannt werden, bei avére, statt des h, des accento grave, und schreiben ò, ài, à, ànno.

Uebrigens wird noch das h in der Mitte und am Ende einiger Ausrufungswörter, als in ah! ahi! deh! ohi! ohimè! eh! ecc. gebraucht, wo durch das h die Dehnung der Aussprache bezeichnet, und durch die stärkere Bewegung, womit solche Empfindungswörter ausgestoßen werden, der Hauch einiger Maßen vernommen wird.

Kurze Wiederholung der Aussprache.

ci	tschi	gi	dschi	sci	schi	gli	lji	gni	nji
ce	tsche	ge	dsche	sce	sche	gle	gle	gne	nje
ca	ka	ga	ga	sca	ska	gla	gla	gna	nja
co	ko	go	go	sco	sko	glo	glo	gno	njo
cu	ku	gu	gu	scu	sku	glu	glu	gnu	nju

Wiederholung jener Silben, wo das h und das i als Schriftzeichen des veränderten Lautes der Buchstaben c, g, gl und sc stehen.

chi	ki	ghi	gi	schi	ßki	gli	lji
che	ke	ghe	ge	sche	ßke	glie	lje
cia	tscha	gia	dscha	scia	scha	glia	lja
cio	tscho	gio	dscho	scio	scho	glio	ljo
ciu	tschu	giu	dschu	sciu	schu	gliu	lju

Zur Uebung in der Aussprache.

Ceceróne, cecità, cénere, ucciso, cibo, città, cíelo, accénto, citáre, società, ciúrma, sfacciáto, sincerità, siccóme, caríno, fácile, piacére.

Che dite? chi cercáte? chi chiedéte? schiavitù, scherno, perchè, imperciocchè, annichiláre, cérchio, ciaschedúno, schiacciáto.

Génio, gesto, giro, gigánte, giúdice, maggióre, leggiádro, giórno, giústo, gióvane, giúgno, sággia, giardíno.

Figlio, lúglio, pigliáre, fóglio, orgóglio, páglia, abbagliáre, consíglio, tógliere.

Ghirlánda, maghe, agghiadáre, ghetto, streghe.

Campágna, vegnente, scrigno, bagnáre, legno, magnífico, ingégno, ignúdo, signóra, giúgnere, pegno.

Scemare, scégliere, asciútto, disciógliere, avvertísce, úscio, preferísce, addolcísci.

Guárdia, guánto, guércio, guida, guérra, guásto, guáncia.

Quánto, cinque, quíndici, quárto, quarésima, questo, quegli.

Scharfes z: = Nozze, fazzolétto, disgrázia, benefizio.

Gelindes z wie ds: = Lázzaro, rozzo, zodíaco, organizzare, orzo.

Capitel I.

Vorläufige Bemerkungen über die italienische Orthographie.

K, W, X, Y, J.

§. 1. Die Buchstaben k, w, x und y kommen im Italienischen nie vor, und sind vom italienischen Alphabete gänzlich ausgeschlossen;

das k wird durch c oder ch, — das w durch v, — das x durch s oder ss, und wenn das x in den fremden Wörtern vor einem e sich befindet, durch c, — das y endlich durch i ersetzt; z. B.

Kali, *cali*; — Kermes, *chermes*: — Krim, *Criméa*; — Klotilde, *Clotilda*; — Wien, *Vienna*; — Xaverius, *Savério*; — Xerxes, *Serse*; — Alexander, *Alessándro*; — excellens, *eccellente*; — exceptus, *eccetto*; — gyrus, *giro*; — Syntaxis, *sintassi*; — Kyrie, *Chirie*.

§. 2. Der Mitlaut j der fremden Sprachen wird im Italienischen gewöhnlich in ge, gi verwandelt, als von Jesus, *Gesù*; — Jerusalem, *Gerusalemme*; — juvenis, *gióvine*; — major, *maggióre*; — Julius, *Giúlio*; — pejor, *peggióre*; — juvare, *giovare*.

Ph, th, ps, pt.

§. 3. Statt des ph brauchen die Italiener das f; und statt des th das einfache t. Z. B. Phidias, *Fidia*; — Philippus, — *Filippo*; — Philosophus, *filósofo*; — theoria, *teoria*; — thema, *tema*; — theologia, *teologia*.

Bei ps und pt der fremden Sprachen, wenn sie im Anfange des Wortes stehen, bleibt im Italienischen der erste Mitlaut weg; als: Ptolomaeus, *Toloméo*; — Psalmus, *Sálmo*.

§. 4. Wenn in lateinischen Wörtern auf einen der Mitlaute b, c, d, g, m, p noch ein anderer unmittelbar darauf folgt, so werden sie im Italienischen weggelassen, und dafür der zweite verdoppelt, daher sagen und schreiben die Italiener anstatt der lateinischen Wörter: subditus, *súddito*; — factum, *fatto*; — actus, *atto*; — doctor, *dottóre*; — admiror, *ammiro*; — enigma, *enímma*; — damnum, *danno*; — scriptum, *scritto*; — abnegare, *annegare*; — Conrad, *Corrádo*; — scripsi, *scrissi*.

Anmerk. Die Mitlaute werden in der Mitte eines Wortes deßwegen verdoppelt, damit man sie gedehnter und nachdruckvoller ausspreche, und zwar so, daß man ihre Verdopplung merken könne. Z. B. Carro, fatto, cassa, sanno, faremmo, diremmo, vedemmo, crebbe ecc. klingen ganz anders, als: caro, fato, casa, sano, faremo, diremo, ecc. welche auch eine ganz andere Bedeutung haben. — Eben in dieser wohlbeachteten richtigen Aussprache der doppelten Mitlaute besteht der Vorzug und die Eigenthümlichkeit des angenehmen Nachdrucks in der reinen toscanischen und römischen Mundart, wodurch sie sich auch von andern Mundarten Italiens besonders unterscheiden, die gewöhnlich diese Verdopplung wenig hören lassen.

§. 5. Die Mitlaute b, c, g werden vor den Doppellauten ia und io meistens verdoppelt, als: *ábbia*, *dúbbio*, *góccia*, *fáccio*, *péggio*, *veleggiáre*, ecc.

Capitel II.
Von dem Accente (dell' Accénto).

§. 6. Die italienische Sprache hat gewöhnlich nur einen Accent (`) als Tonzeichen für die Schrift, accento grave genannt, welcher auf die End-Selbstlaute einiger Wörter gesetzt wird, um anzuzeigen, daß dieselben am Ende um einen Buchstaben oder um eine Silbe abgekürzt worden sind (daher sie auch abgekürzte Wörter, *voci tronche*, heißen), und daß die Betonung deshalb nicht verrückt, sondern auf dem nämlichen Selbstlaute beibehalten wird, auf welchem sie vor der Abkürzung sich befand, als: *facilità*, Leichtigkeit, statt: *facilitàde*; *portò*, er trug, statt: *portòe*; *virtù*, Tugend, statt: *virtùde*; *diè*, er gab, statt: *diéde*; *finì*, er endigte, statt: *finìo*; *più*, mehr, statt: *piùe*; *fù*, er war, statt: *fùe*, ecc. Würde in einem abgekürzten mehrsilbigen Worte der betonte Selbstlaut nicht ausdrücklich durch den Accent bezeichnet, so könnte die Betonung auf einen andern Selbstlaut übertragen werden, und dadurch das Wort oft eine andere Bedeutung erhalten; so heißt z. B. *facilità*, Leichtigkeit, und *facilita*, er erleichtert; *portò*, er trug, *pórto*, ich trage, oder der Hafen; *terrà*, er wird halten, *térra*, die Erde.

§. 7. Von den einsilbigen Wörtern werden nur jene accentuirt, welche verschiedener Bedeutungen fähig sind; desgleichen solche, welche auf zwei Selbstlaute endigen, also den Ton auf dem einen oder auf dem andern haben können. Daher schreibt man:

à,	er hat	*a,*	Vorwort	= ò,	ich habe	*o,*	oder	
dà,	er gibt	*da,*	von	= piè,	Fuß	*piè,*	fromme	
è,	er ist	*e,*	und	= sì,	ja	*si,*	sich.	
già,	schon	*gia,*	er ging	= più,	mehr			
là,	da	*la,*	Artikel	= può,	kann			
nè,	weder, noch	*ne,*	davon,	= giù,	unten			

So auch: fè statt fede, Glaube; fe' statt fece, er that; stè statt stette, er stand; siè statt siede, er sitzt.

§. 8. Einsilbige Wörter, so wie auch jene mehrsilbigen, welche den Ton (Accent) auf der letzten Silbe haben, verdoppeln in der Zusammensetzung mit andern Wörtern den Anfangsmitlaut des angehängten Wortes (wenn es nicht mit einem S, worauf ein anderer Mitlaut folgt, anfängt), verlieren aber dafür ihren Accent; so bilden in der Zusammensetzung:

fra	und	tanto	= frattanto,	indessen.
si	—	che	= sicchè,	so daß.
più	—	tosto	= piuttosto,	lieber.
fa	—	mi	= fammi,	mach mir.
amò	—	la	= amolla,	er liebte sie.
è	—	vi	= evvi,	es ist, es gibt.
da	—	lo	= dallo,	von dem.

§. 9. Neuere Schriftsteller bedienen sich auch des accento acuto (') als Ton- und Unterscheidungszeichen in solchen Fällen, wo mehrsilbige Wörter, welche am Ende auf den Doppellaut ia, ie oder io ausgehen, durch die Betonung des i eine andere Bedeutung erhalten, z. B. gía, ging (abgekürzt von giva), natío (statt nativo), angeboren; balía, Gewalt; malvagía, Malvasierwein, ꝛc. um diese Wörter von

2

già, schon; bália, Amme; malvágia, weiblich von malvagio, bos=
haft, zu unterscheiden. (Sieh pag. 10 die Anmerkung.)

Anmerk. Da die italienische Betonung (Prosodie) fast ganz durch den Ge=
brauch bestimmt ist, so läßt sie sich auch auf keine aus der inneren Beschaffenheit
der Wörter geschöpfte Regel zurückführen.

Capitel III.
Vom Apostroph (dell' Apóstrofo).

§. 10. Der Apostroph oder das Auslassungszeichen (') deutet an,
daß in dem Worte, welchem es beigefügt steht, ein Selbstlaut ausge=
lassen ist. Er wird demnach überall gebraucht, wo des Wohllautes
wegen, entweder zu Anfange oder am Ende eines Wortes, ein
Selbstlaut weggelassen wird, weil da das vorhergehende Wort mit einem
Selbstlaute endigt, und das folgende Wort mit einem Selbstlaute an=
fängt. Z. B. sopra 'l letto, auf dem Bette; sotto 'l cielo, unter
dem Himmel; e'n questo, e'n quello, sowohl in diesem als
in jenem; l'ópera, das Werk; bell' usanza, schöne Gewohn=
heit; senz' anima, ohne Seele, statt: sopra il letto; sotto il cielo;
e in questo, e in quello; la opera; bella usanza; senza anima.

§. 11. Von dem Apostroph muß man die Abkürzung der
Wörter wohl unterscheiden, d. h. wo Buchstaben, ohne daß man sie apo=
strophirt, ausgelassen werden. So kann der Endselbstlaut immer in
einem Worte weggelassen werden, wenn demselben einer der vier flüssigen
Mitlaute l, m, n, r unmittelbar vorhergeht, und das folgende Wort
mit einem Mitlaute, der kein s impura ist*), anfängt, ohne daß
man ihn apostrophirt, als:

Der vergangene Fasching.	Il carnevál passato.
Rechter Hand.	A man destra.
Jedermann schwieg.	Ogni uom tacéa.
Er will dieses thun.	Vuol far questo.

statt: carnevale, mano, uomo, vuole fare.

§. 12. Bei Wörtern, die sich auf llo endigen, pflegt die ganze letzte
Silbe weggelassen zu werden, wenn das darauf folgende Wort mit einem
Mitlaut, der kein s impura ist, anfängt, als: bel, quel, val, caval,
uccel, fratel, tranquil, ecc. statt: bello, quello, vallo, cavallo,
uccello, fratello, tranquillo, und einige haben davon im Plural ei, als:
bei, quei, fratei, statt: belli, quelli, fratelli.

Anmerk. Dergleichen Abkürzungen der Endselbstlaute finden nicht Statt am
Ende eines Abschnittes der Rede, es sei vor einem Punct, Kolon oder Komma;
daher sagt man nicht:

Sie hat eine schöne Hand.	Ella ha una bella man,
	sondern mano.
Wer ist jener Herr?	Chi è quel Signor?
	sondern Signore, ecc.

*) S impura, unreines s, ist bei den Grammatikern ein s, worauf ein an=
derer Mitlaut folgt, als: spirito, Geist; scettro, Zepter.

Capitel IV.
Von dem Artikel (dell' Articolo).

§. 13. Der Artikel ist eines von den verschiedenen Bestimmungs=
wörtern, welche zur näheren Bestimmung eines Gegenstandes dienen.
(Sieh in der Einleitung, von dem Artikel, S. 6, Nr. 34.)

Anmerk. Die italienische Sprache hat gleich der französischen nur zweierlei
Geschlechter, das männliche und das weibliche. Es gibt also nicht, wie im Deut=
schen und Lateinischen, auch ein sächliches Geschlecht, obwohl es der Cardinal
Bembo behaupten wollte.

Von den Artikeln il, lo, der; la, die.

§. 14. Die Italiener haben drei Artikel: il und lo für das
männliche, und la für das weibliche Geschlecht.

§. 15. Der Artikel il, der im Plural i hat, wird vor jenen männ=
lichen Wörtern gebraucht, welche mit einem Mitlaute (s impura
ausgenommen) anfangen; z. B.

il giardino, der Garten,	il signóre, der Herr,	il tempo, die Zeit.
i giardini, die Gärten;	i signóri, die Herren;	i tempi, die Zeiten.

§. 16. Den Artikel lo (im Plural gli) braucht man vor jenen männ=
lichen Wörtern, welche mit einem s impura anfangen, d. i. mit einem s,
worauf ein anderer Mitlaut folgt *); z. B.

lo spirito, der Geist,	lo straniére, der Fremde.
gli spiriti, die Geister;	gli straniéri, die Fremden.

§. 17. Den Artikel lo, aber apostrophirt (l'), braucht man auch
vor allen männlichen Wörtern, die mit einem Selbstlaute an=
fangen; z. B.

l'ángelo, der Engel,	l'impiégo, das Amt,
gli ángeli, die Engel;	gl'impiéghi, die Aemter **).

§. 18. Der Artikel la (im Plural le) wird vor weiblichen Wörtern,
die mit Mitlauten anfangen, gebraucht; z. B.

la távola, der Tisch,	la madre, die Mutter,
le távole, die Tische;	le madri, die Mütter.

---

*) Die Alten bedienten sich häufig des Artikels lo auch nach dem Vorworte per,
als: per lo consiglio di colui, auf dessen Anrathen; per lo più, mei=
stens, und einige neuere Schriftsteller brauchen den Artikel lo auch vor männlichen
Wörtern, die mit einem z anfangen, als: lo zecchino, der Ducaten.
**) Im Plural kann gli nur vor Wörtern apostrophirt werden, welche mit
einem i anfangen, weil das g vor a, e, o, u seinen gelinden Laut (lji) verliert,
und den harten (wie in glimmen, gleich) annimmt; daher schreibt man nicht:
gl'ángeli, gl'erróri, gl'órdini, ecc., weil dies lauten würde, als ob glangeli,
glerrori, glordini geschrieben stände; man muß also immer schreiben: gli angeli,
gli errori, gli ordini; hingegen schreibt man: gl'impieghi, degl'ingegni, ecc.

2*

§. 19. Vor jenen Wörtern weiblichen Geschlechtes, welche mit einem Selbstlaute anfangen, wird la apostrophirt (l'), als:

l'ánima, die Seele, | l'erba, das Kraut (Gras),
le ánime, die Seelen; | l'erbe, die Kräuter *).

Capitel V.

Von der Zusammenziehung der einsilbigen Vorwörter di, a, da, in, con, per, su, mit den Artikeln: il, lo, la.

§. 20. Um allen Mißklang beim Zusammentreffen mehrerer einsilbigen Wörter, die in der Rede oft vorkommen, zu vermeiden, werden in der italienischen Sprache **), deren Hauptcharakter Wohlklang und Harmonie ist, die einsilbigen Vorwörter di, a, da, in, con, per, su, wenn sie mit den Artikeln il, lo, la, i, gli, le, zusammentreffen, mit diesen in ein Wort zusammengezogen. — Bei diesen Zusammenziehungen werden wir finden, daß Buchstaben theils verändert, theils weggelassen, theils hinzugefügt worden sind, nach Gesetzen, welche zuerst die größere Bequemlichkeit der Aussprache veranlaßt, und als Gebrauch eingeführt, späterhin aber der Wohllaut mehr ausgebildet und genau bestimmt hat.

§. 21. Die Zusammenziehung geschieht auf folgende Art (sieh §. 428):

Statt: di il — del	statt: a il — al	statt: da il — dal
di i — dei	a i — ai	da i — dai
di lo — dello	a lo — allo	da lo — dallo
di gli — degli	a gli — agli	da gli — dagli
di la — della	a la — alla	da la — dalla
di le — delle	a le — alle	da le — dalle

In, in; con, mit; su, auf; per, für, durch.

Statt: in il — nel	statt: con il — col
in i — nei	con i — coi
in lo — nello	con lo — collo ***)
in l' — nell'	con l' — coll'
in gli — negli	con gli — cogli
in la — nella	con la — colla
in le — nelle	con le — colle

*) Le wird blos vor Wörtern apostrophirt, welche mit einem e anfangen, z. B. l'esperiénze, l'eresie, ecc. Vor den übrigen Selbstlauten wird es in der Regel nicht apostrophirt, als: le anime, le insegne, le opere, le usanze.

**) Solche Zusammenziehungen findet man auch im Deutschen häufig, als da sind: ins, aufs, fürs, im, am, ans, zum, zur, vom, anstatt: in das, auf das, für das, in dem, an dem, an das, zu dem, zu der, von dem, 2c.

***) Wenn der Artikel, welcher auf con folgt, mit l anfängt, so ist die Zusammenziehung willkürlich, denn man sagt gleich richtig: con lo oder collo scettro, mit dem Zepter; col oder con l'inganno, mit dem Betrug; con la oder colla signora, mit der Frau; con le oder colle braccia, mit den Händen, 2c.

Statt:	su il	—	*sul*
	su i	—	*sui*
	su lo	—	*sullo*
	su gli	—	*sugli*
	su la	—	*sulla*
	su le	—	*sulle*
	su l'	—	*sull'*

statt:	per il	—	*pel*
	per i	—	*pei (pe')*
	per gli	—	*pegli*

Uebrigens ist per il, per i und per gli eben so gut gesagt. Mit dem Artikel hingegen, der mit l anfängt, wird per nie zusammengezogen, und man sagt getrennt: per lo passato, per la casa, per le sorelle.

§. 22. Die Vorwörter tra und fra, zwischen, unter, können mit dem Artikel zusammengezogen werden, wenn er mit l anfängt, und dann wird das l verdoppelt; z. B. fralle montágne, zwischen den Gebirgen; tralle due sorélle, zwischen den beiden Schwestern; frallo scrigno e la sédia, zwischen dem Kasten und dem Sessel. Wenn tra oder fra mit dem Artikel i verbunden wird, so wird dieser letztere apostrophirt und heißt: fra' cugíni, tra' fratélli, ecc. Mit gli werden sie nicht zusammengezogen, als: fra gli amíci, tra gl' infelíci, ecc. Wenn fra oder tra vor il steht, so wird gewöhnlich das i in der Aussprache nicht gehört und in der Schrift apostrophirt, z. B. fra 'l sonno, unter dem Schlafe; tra 'l sì e 'l no, zwischen ja und nein.

Capitel VI.

Von der Declination,

oder:

von der Art und Weise, im Italienischen die verschiedenen Endungen (casus) der Hauptwörter, welche die Deutschen, Lateiner und Griechen mittelst der Veränderung oder Beugung der Endsilben ausdrücken, zu bezeichnen.

§. 23. Im Deutschen (so wie im Griechischen und Lateinischen) werden die Hauptwörter, um die verschiedenen Verhältnisse (casus) derselben zu bezeichnen, declinirt, d. h. durch Veränderungen oder Beugungen der Endsilben abgeändert. — Da nun aber die italienischen Hauptwörter immer den nämlichen Ausgang (la medésima desinenza) im Singular, wie auch den nämlichen Ausgang im Plural beibehalten, so kann man nicht sagen, daß sie Endungen (casus) haben, und folglich auch keine eigentliche Declination.

§. 24. Die verschiedenen Ausgänge (le varie terminazioni dei nomi) der italienischen Hauptwörter, wie wir in der Folge sehen werden, können uns nur zu zwei Sachen dienen, und zwar 1) um das Geschlecht anzuzeigen und 2) um anzudeuten, ob man von einem oder von mehreren Gegenständen spricht. So z. B. pássero, Sperling, läßt uns nicht nur an den Gegenstand denken, den es bezeichnet, sondern zeigt uns auch an, daß man von einem Männchen; — und pássere, Sperlinge (Weibchen), gibt uns zu erkennen, daß man von Weibchen vorgenannter Gattung, und zwar von mehr als einem redet.

§. 25. Aus dem, was im §. 24 gesagt worden, kann Jedermann leicht einsehen, daß in den Sprachen, welche keine Endungen (casus) und folglich keine Declinationen haben (wie dies im Italienischen, Französischen, Spanischen und Englischen der Fall ist), der Artikel keineswegs, wie es mehrere Sprachlehrer fälschlich behauptet haben, eingeführt ist, um dadurch das Geschlecht und die Endungen (casus) der Hauptwörter zu bezeichnen, — sondern der Artikel wird als ein Bestimmungswort einem Hauptworte vorgesetzt, um es als ein bestimmtes Object von andern Objecten seiner Gattung zu unterscheiden.

§. 26. Diesem unumstößlichen, unabänderlichen Grundsatze zufolge läßt man im Italienischen den Artikel immer weg, wenn man den Gegenstand in allgemeiner, unbestimmter Bedeutung nimmt (vergleiche Einleitung Nr. 35); z. B.

Ich habe weder Gold, noch Silber.	Non ho nè *oro*, nè *argénto*.
Peter liest Lustspiele.	Pietro legge *commédie*.
Ich habe Meerfische gegessen.	Ho mangiáto *pesci* di mare.

Im ersten Beispiele sind die Sachen Gold und Silber genannt, blos um sie von andern Sachen überhaupt, als von Eisen, Kupfer, Zinn, Stein rc. zu unterscheiden, und dazu ist der bloße Name hinreichend; oro und argento zeigen mir also an, daß die Sachen, die ich nicht habe, in die Classe der Metalle gehören, und jenen Namen führen, ohne auszudrücken, welches oder wie viel Gold und Silber ich nicht habe. Ich habe also hier von diesen Sachen allgemein und unbestimmt gesprochen. Auf ähnliche Weise lassen sich die zwei andern Beispiele erklären.

§. 27. Soll aber der Gegenstand bestimmt, d. i. von andern Gegenständen seiner Art unterschieden und besonders bezeichnet werden, so muß man den Artikel vorsetzen (vergleiche Einleitung Nr. 36 und 37); z. B.

Ich habe weder das Gold, noch das Silber mehr.	Non ho più nè *l'oro*, nè *l'argento*.
Peter liest die Lustspiele des Kotzebue.	Piétro legge *le* commédie di Cozzebue.
Die Fische des adriatischen Meeres sind sehr schmackhaft.	I pesci *del* mare Adriático sono mólto saporíti.

Im ersten Beispiele ist von einem bestimmten Gold und Silber die Rede, welches als schon bekannt vorausgesetzt wird. Im zweiten und dritten Beispiele sind die Lustspiele und Fische im Verfolg der Rede näher bestimmt und von andern ihrer Art näher unterschieden.

§. 28. Die Artikel il, lo, la, sind eben so unabänderlich wie das Hauptwort, und verändern sich blos nach der Verschiedenheit des Geschlechtes und der Zahl desselben.

§. 29. Wie werden also die verschiedenen Endungen (casus) der Hauptwörter im Italienischen bezeichnet?

Um die verschiedenen Endungen (casus) der Hauptwörter im Italienischen zu bezeichnen, braucht man gewisse Vorwörter, welche, wenn sie den Hauptwörtern vorgesetzt sind, vollkommen die Beugfälle der Deutschen,

Lateiner und Griechen ersetzen, und deshalb Casus- oder Endungs-Zeichen (segnacasi) genannt werden.

§. 30. Solcher Vorwörter oder Endungszeichen (segnacasi) gibt es drei; und zwar in der zweiten Endung (genitivo) wird dem Hauptworte Di vorgesetzt; in der dritten Endung (dativo) das Vorwort A, und in der sechsten Endung (ablativo) das Vorwort Da; und dies ohne Unterschied, in der Einzahl wie in der Mehrzahl; vor dem männlichen, wie vor dem weiblichen Hauptworte.

§. 31. In der ersten (nominativo) und in der vierten Endung (accusativo) steht das Hauptwort allein, oder begleitet von einem Bestimmungsworte ohne Vorwort. — Diese zwei Endungen (casus) werden durch die Stelle, die sie vor oder nach dem Zeitworte einnehmen, hinlänglich von einander unterschieden, folglich benöthigen sie auch weiter keines Unterscheidungszeichens; z. B.

Alexander besiegte den Darius.	Alessándro vinse Dario.
Der Vater liebt den Sohn.	Il padre ama il figlio.
Drei Studenten begegneten einem Bauer.	Tre studenti incontrárono un contadino.
Ein Jäger sah einen Hirsch.	Un cacciatóre vide un cervo.

Declination italienischer Hauptwörter mit und ohne Artikel.

Einzahl (Singolare).

1. End. *Nominativo.*		Libro	— il libro,	das Buch.
2. End. *Genitivo.*	di	libro	— del libro,	des Buches.
3. End. *Dativo.*	a	libro	— al libro,	dem Buche.
4. End. *Accusativo.*		libro	— il libro,	das Buch.
6. End. *Ablativo.*	da	libro	— dal libro,	von dem Buche.
	in	libro	— nel libro,	in dem Buche.
	con	libro	— col libro,	mit dem Buche.
	per	libro	— pel libro,	für das Buch.
	su	libro	— sul libro,	auf das Buch.

Mehrzahl (Plurale) *).

1. End. *Nominativo.*		Libri —	i	libri **),	die Bücher.
2. End. *Genitivo.*	di	libri —	dei (*de'*) libri,	der Bücher.
3. End. *Dativo.*	a	libri —	ai (*a'*) libri,	den Büchern.
4. End. *Accusativo.*		libri —	i	libri,	die Bücher.
6. End. *Ablativo.*	da	libri —	dai (*da'*) libri,	von den Büchern.
	in	libri —	nei (*ne'*) libri,	in den Büchern.
	con	libri —	coi (*co'*) libri,	mit den Büchern.
	per	libri —	pei (*pe'*) libri,	für die Bücher.
	su	libri —	sui (*su'*) libri,	auf den Büchern.

*) Vorläufig kann die Regel dienen: alle Wörter (männliche und weibliche) verändern den End-Selbstlaut im Plural in i; als: il padre, der Vater, i padri; — il poéta, der Poet, i poéti; il cervo, der Hirsch, i cervi; — la madre, die Mutter, le madri; — la mano, die Hand, le mani. Davon sind blos jene weiblichen Wörter ausgenommen, die auf a ausgehen, welche im Plural das a in e verändern, als: la sorella, die Schwester, le sorelle.

**) Bei einigen alten Schriftstellern wird man im Plural li, delli, alli, dalli, statt i, dei, ai, dai finden, nun aber ist dies nicht mehr gebräuchlich.

Singular.

1. End. *Nominativo.*		Schióppo —		lo schióppo,		die Flinte.
2. End. *Genitivo.*	di	schióppo —		dello schióppo,		der Flinte.
3. End. *Dativo.*	a	schióppo —		allo schióppo,		der Flinte.
4. End. *Accusativo.*		schióppo —		lo schióppo,		die Flinte.
6. End. *Ablativo.*	da	schióppo —		dallo schióppo,	von der Flinte.
	in	ischióppo —		nello schióppo,	in der Flinte.
	con	ischióppo —		collo schióppo,	mit der Flinte.
	per	ischióppo —		per lo schióppo,	für die Flinte.
	su	schióppo —		sullo schióppo,	auf der Flinte.

Plural.

1. End. *Nominativo.*		Schióppi —	gli schióppi,		die Flinten.
2. End. *Genitivo.*	di	schióppi —	degli schióppi,		der Flinten.
3. End. *Dativo.*	a	schióppi —	agli schióppi,		den Flinten.
4. End. *Accusativo.*		schióppi —	gli schióppi,		die Flinten.
6. End. *Ablativo.*	da	schióppi —	dagli schióppi,	von den Flinten.
	in	ischióppi —	negli schióppi,	in den Flinten.
	con	ischióppi —	cogli schióppi,	mit den Flinten.
	per	ischióppi —	pegli schióppi,	für die Flinten.
	su	schióppi —	sugli schióppi,	auf die Flinten.

Singular (siehe §. 17).

1. End. *Nominativo.*		Anéllo —	l' anéllo,		der Ring.
2. End. *Genitivo.*	d'	anéllo —	dell' anéllo,		des Ringes.
3. End. *Dativo.*	ad	anéllo *)—	all' anéllo,		dem Ringe.
4. End. *Accusativo.*		anéllo —	l' anéllo,		den Ring.
6. End. *Ablativo.*	da	anéllo —	dall' anéllo,	von dem Ringe.
	in	anéllo —	nell' anéllo,	in dem Ringe.
	con	anéllo —	coll' anéllo,	mit dem Ringe.
	per	anéllo —	per l' anéllo,	für den Ring.
	su	anéllo —	sull' anéllo,	auf dem Ringe.

Plural.

1. End. *Nominativo.*		Anélli —	gli anélli,		die Ringe.
2. End. *Genitivo.*	di	anélli —	degli anélli,		der Ringe.
3. End. *Dativo.*	ad	anélli —	agli anélli,		den Ringen.
4. End. *Accusativo.*		anélli —	gli anélli,		die Ringe.
6. End. *Ablativo.*	da	anélli —	dagli anélli,	von den Ringen.
	in	anélli —	negli anélli,	in den Ringen.
	con	anélli —	cogli anélli,	mit den Ringen.
	per	anélli —	pegli anélli,	für die Ringe.
	su	anélli —	sugli anélli,	auf den Ringen.

---

*) Der Wohllaut, welcher auf die Bildung und Aussprache der Wörter im Italienischen so vielen Einfluß gehabt hat, fordert, daß dem Casus-Zeichen a, wenn es vor einen Selbstlaut zu stehen kommt, öfters ein d angehängt werde; daher sagt man statt a onore, a amico, besser ad onore, ad amico. Eben darum wird auch oft das di apostrophirt vor den Wörtern, welche mit einem Selbstlaute anfangen, als capo d'opera, segno d'umiltà — Das Casus-Zeichen da hingegen wird nie apostrophirt, sondern immer ganz geschrieben, um die Zweideutigkeit mit di zu vermeiden, und der etwaige Mißlaut im Zusammentreffen zweier Selbstlaute muß in diesem Falle geduldet werden, da die Deutlichkeit ein höherer Zweck ist als der Wohllaut.

Singular.

1. End. *Nominativo.*		Casa —		la casa,	das Haus.
2. End. *Genitivo.*	di	casa —		della casa,	des Hauses.
3. End. *Dativo.*	a	casa —		alla casa,	dem Hause.
4. End. *Accusativo.*		casa —		la casa,	das Haus.
6. End. *Ablativo.*	da	casa —		dalla casa,	von dem Hause.
	in	casa —		nella casa,	in dem Hause.
	con	casa —		colla casa,	mit dem Hause.
	per	casa —		per la casa,	für das Haus.
	su	casa —		sulla casa,	auf dem Hause.

Plural.

1. End. *Nominativo.*		Case —		le case,	die Häuser.
2. End. *Genitivo.*	di	case —		delle case,	der Häuser.
3. End. *Dativo.*	a	case —		alle case,	den Häusern.
4. End. *Accusativo.*		case —		le case,	die Häuser.
6. End. *Ablativo.*	da	case —		dalle case,	von den Häusern.
	in	case —		nelle case,	in den Häusern.
	con	case —		colle case,	mit den Häusern.
	per	case —		per le case,	für die Häuser.
	su	case —		sulle case,	auf den Häusern.

Singular (siehe §. 19).

1. End. *Nominativo.*		Arte —		l' arte,	die Kunst.
2. End. *Genitivo.*	d'	arte —		dell' arte,	der Kunst.
3. End. *Dativo.*	ad	arte —		all' arte,	der Kunst.
4. End. *Accusativo.*		arte —		l' arte,	die Kunst.
6. End. *Ablativo.*	da	arte —		dall' arte,	von der Kunst.
	in	arte —		nell' arte,	in der Kunst.
	con	arte —		coll' arte,	mit der Kunst.
	per	arte —		per l' arte,	für die Kunst.
	su	arte —		sull' arte,	auf der Kunst.

Plural.

1. End. *Nominativo.*		Arti —		le arti,	die Künste.
2. End. *Genitivo.*	di	arti —		delle arti,	der Künste.
3. End. *Dativo.*	ad	arti —		alle arti,	den Künsten.
4. End. *Accusativo.*		arti —		le arti,	die Künste.
6. End. *Ablativo.*	da	arti —		dalle arti,	von den Künsten.
	in	arti —		nelle arti,	in den Künsten.
	con	arti —		colle arti,	mit den Künsten.
	per	arti —		per le arti,	für die Künste.
	su	arti —		sulle arti,	auf den Künsten.

Capitel VII.

Von den andern Bestimmungswörtern außer dem Artikel.

§. 32. Außer dem Artikel gibt es noch andere Wörter, deren jedes in seiner Art mehr oder weniger zur Bestimmung des Gegenstandes dient. — Dergleichen sind die Zahlwörter, Fürwörter und Beiwörter.

Hier gilt als Regel: daß die andern Bestimmungswörter, wenn sie den Gegenstand (Person oder Sache) hinlänglich oder mit noch größerer Bestimmtheit bezeichnen, als es der Artikel selbst ver=

mag, diesen überflüssig machen; außerdem aber werden dieselben im=
mer von dem Artikel begleitet.

Um die Endungen (casus) bei diesen Wörtern zu bezeichnen,
braucht man ebenfalls nur die Casus=Zeichen di, a, da vorzusetzen, wie
man aus folgenden Abänderungsarten ersehen kann.

Singular.

	Eine Blume.			Ein Schild.			Ein Freund.
	un fióre *)			uno scudo			un amico.
d'	un fióre		d'	uno scudo		d'	un amico.
ad	un fióre		ad	uno scudo		a l	un amico.
	un fióre			uno scudo			un amico.
da	un fióre		da	uno scudo		da	un amico.
in	un fióre		in	uno scudo		in	un amico.
con	un fióre		con	uno scudo		con	un amico.
per	un fióre		per	uno scudo		per	un amico.

Plural.

	Einige Blumen.			Einige Schilde.			Einige Freunde.
	alcúni fióri			alcúni scudi			alcúni amici.
d'	alcúni fióri		d'	alcúni scudi		d'	alcúni amici.
ad	alcúni fióri		ad	alcúni scudi		ad	alcúni amici.
	alcúni fióri			alcúni scudi			alcúni amici.
da	alcúni fióri		da	alcúni scudi		da	alcúni amici.
in	alcúni fióri		in	alcúni scudi		in	alcúni amici.
con	alcúni fióri		con	alcúni scudi		con	alcúni amici.
per	alcúni fióri		per	alcúni scudi		per	alcúni amici.

	Eine Henne.			Eine Gans.
	una gallina			un' oca
d'	una gallina		d'	un' oca
ad	una gallina		ad	un' oca
	una gallina			un' oca
da	una gallina		da	un' oca
in	una gallina		in	un' oca
con	una gallina		con	un' oca
per	una gallina		per	un' oca

Im Plural hätten sie alcune galline, einige Hühner, und alcune oche,
einige Gänse.

	Singular.		Plural.
	Das ganze Volk.		Alle Völker.
	tutto il pópolo **)		tutti i pópoli
di	tutto il pópolo	di	tutti i pópoli
a	tutto il pópolo	a	tutti i pópoli
da	tutto il pópolo	da	tutti i pópoli
in	tutto il pópolo	in	tutti i pópoli
con	tutto il pópolo	con	tutti i pópoli
per	tutto il pópolo	per	tutti i pópoli

*) Man sieht, daß vor männlichen Wörtern, die mit einem Mitlaute anfangen,
un; vor *s impura*, uno; und vor einem Selbstlaute un; vor weiblichen Wörtern
mit einem Mitlaute una, und vor einem Selbstlaute un' stehet.

**) Die Zahlwörter tutto und ambedue haben das Eigenthümliche, daß sie
den Artikel nach sich führen, wenn sie vor dem Hauptworte stehen, als: tutto
il mondo; ambedue i fratelli.

Singular.

	Jener Garten.		Dieser Vogel.		Jeder Soldat.
	quel giardíno		quest' uccéllo		ogni soldáto
di	quel giardíno	di	quest' uccéllo	d'	ogni soldáto
a	quel giardíno	a	quest' uccéllo	ad	ogni soldáto
da	quel giardíno	da	quest' uccéllo	da	ogni soldáto
in	quel giardíno	in	quest' uccéllo	in	ogni soldáto
con	quel giardíno	con	quest' uccéllo	con	ogni soldáto
per	quel giardíno	per	quest' uccéllo	per	ogni soldáto

Plural.

	Jene Gärten.		Diese Vögel.		Fünf Soldaten.
	quei giardíni		questi uccélli		cinque soldáti
di	quei giardíni	di	questi uccélli	di	cinque soldáti
a	quei giardíni	a	questi uccélli	a	cinque soldáti
da	quei giardíni	da	questi uccélli	da	cinque soldáti
in	quei giardíni	in	questi uccélli	in	cinque soldáti
con	quei giardíni	con	questi uccélli	con	cinque soldáti
per	quei giardíni	per	questi uccélli	per	cinque soldáti

§. 33. Eigene Namen (nomi proprj) der Götter, Personen, Städte, Oerter, stehen im Singular immer ohne Artikel, weil ihre ausschließende individuelle Bedeutung keine genauere Bestimmung und Unterscheidung mehr nöthig hat, folglich den Artikel entbehrlich macht.

	Wien.		Carl		Amalie.		Jupiter.		Gott.
	Vienna		Carlo		Amália		Gióve		Dio
di	Vienna	di	Carlo	d'	Amália	di	Gióve	di	Dio
a	Vienna	a	Carlo	ad	Amália	a	Gióve	a	Dio
	Vienna		Carlo		Amália		Gióve		Dio
da	Vienna	da	Carlo	da	Amália	da	Gióve	da	Dio
in	Vienna	in	Carlo	in	Amália	in	Gióve	in	Dio
con	Vienna	con	Carlo	con	Amália	con	Gióve	con	Dio
per	Vienna	per	Carlo	per	Amália	per	Gióve	per	Dio

Capitel VIII.

Vom Gebrauche der Endungen (casus), oder vielmehr der Vorwörter di, a, da, in, con, per, welche als Grundlage der italienischen Sprache anzusehen sind.

§. 34. Erste Endung (Nominativo). In diesem Falle steht die handelnde oder leidende Person oder Sache (Subject), von welcher Etwas gesagt wird. Man fragt dabei: wer? oder was? chi? che? Z. B.

Die Schwester singt.	La sorella canta.
Anton ist gelobet worden.	António è stato lodato.
Die Stadt ist groß.	La città è grande.

§. 35. Zweite Endung (Genitivo). (Verhältniß der näheren Bestimmung überhaupt.) In dieser Endung stehen diejenigen Hauptwörter, welche die allgemeine Bedeutung eines anderen näher bestimmen und beschränken. Man fragt dabei: wessen? was für ein? wovon? di chi? di che? onde? Z. B.

Die Liebe des Vaters.	L'amore del padre.
Jacobs Buch.	Il libro di Giácomo.
Ein Pfund Fleisch.	Una libbra di carne.
Gartenthür *).	Porta di giardino.

Die Liebe, Buch, ein Pfund und Thür sind die regierenden Hauptwörter, von denen die Bestimmungswörter des Vaters, Jacobs, Fleisch und Garten regiert werden, welche bestimmen und beschränken, wessen Liebe, wessen Buch, wovon ein Pfund, wessen Thür man hier meint.

§. 36. Die Fälle, wo im Italienischen ein Wort als Bestimmungswort im Genitiv steht, sind folgende:

1) Steht im Italienischen der Genitiv, wenn dieser auch im Deutschen Statt findet und wessen gefragt wird, z. B.

Die Länder des Fürsten.	I paési del principe.
Die Größe der Stadt.	La grandezza della città.
Die Güte Gottes.	La clemenza di Dio.

2) Von den zusammengesetzten deutschen Hauptwörtern steht dann das Bestimmungswort im Genitiv, wenn es blos überhaupt zur nähern Bestimmung und Beschränkung des Grundwortes dient (vergleiche die §§. 131, 141), und mit wessen? was für ein? gefragt werden kann, z. B.

Der Hausherr.	Il padróne di casa **).
Ein Musikliebhaber.	Un dilettánte di música.
Ein Steinbruch.	Una cava di piétra.
Herbstfrüchte.	Frutti d'autúnno.

3) Wenn im Deutschen ein Hauptwort in Apposition (als erklärender Beisatz) sich befindet, d. i. wenn zwei Hauptwörter in einerlei Endung (casus) erklärungsweise nebeneinander stehen, so kommt im Italienischen das zweite, wobei was für ein? welcher, e? wovon? che? quale? di che? gefragt werden kann, in den Genitiv, z. B.

Die Stadt Venedig.	La città di Venézia.
Das Königreich Frankreich.	Il regno di Fráncia.
Der Monat Juli.	Il mese di Lúglio.
Der Name Franz.	Il nome di Francésco.
Die Insel Corfu.	L'isola di Corfù.

---

*) Jedes zusammengesetzte Wort im Deutschen besteht aus zwei Theilen. Der letzte Theil desselben zeigt allezeit den Hauptbegriff an, und heißt deswegen das Grundwort oder das regierende Wort; und das vordere Wort, wodurch das Grundwort bestimmt wird, heißt das Bestimmungswort. In Gartenthür ist Thür das Grundwort und Garten das Bestimmungswort, weil es bestimmt, was für eine Thür man meint. Das Bestimmungswort steht dann im Italienischen gewöhnlich in der zweiten Endung.

**) Soll aber der Gegenstand, welcher in der zweiten Endung steht, von andern Gegenständen seiner Art unterschieden und besonders bezeichnet werden, so muß nebst dem Vorworte di noch der Artikel hinzukommen, als: il padrone della casa dove abitiamo, der Herr des Hauses, wo wir wohnen. Un boccale del vino che bevvi l'altra sera, eine Maß von dem Weine, welchen ich neulich Abends trank. — In solchen Fällen hat der Artikel eine demonstrative Kraft und bedeutet eben so viel, als ob man sagte: di quella casa dove abitiamo — di quel vino che, ecc.

4) Dieser Fall findet besonders Statt nach den Wörtern, die eine Menge oder Quantität, ein Maß oder Gewicht anzeigen, als

Eine Menge Schafe.	Una quantità *di pécore.*
Ein Zentner Heu.	Un centinájo *di fiéno.*
Ein Dutzend Löffel.	Una dozzina *di cucchiáj.*
Eine Elle Tuch.	Un bráccio *di panno.*
Eine Flasche Wein.	Una bottiglia *di vino.*
Zwei Loth Kaffee.	Un' óncia *di caffe.*

5) Die deutschen Beiwörter, welche den Stoff oder die Materie bezeichnen, woraus ein Ding gemacht ist; — desgleichen solche, welche von Namen der Länder, Völker und Städte abstammen, werden im Italienischen meistens mit Hauptwörtern im Genitiv ausgedrückt, z. B.

Eine goldene Uhr *),	un orológio *d' oro*	(Uhr von Gold).
Marmorne Statue,	státua *di marmo*	(Statue von Marmor).
Italienische Seide,	seta *d' Italia*	(Seide von Italien).
Leipziger Messe,	fiéra *di Lipsia*	(Messe von Leipzig).

6) Auch andere deutsche Beiwörter, besonders die von Nebenwörtern der Zeit und des Ortes hergeleitet sind, werden im Italienischen mit Hauptwörtern in der zweiten Endung ausgedrückt, als:

Die hintere Thür.	La porta *di diétro.*
Der gestrige Tag.	Il giórno *di jeri.*
Zehnjähriger Wein.	Vino *di diéci anni.*

7) Die Eigenschaft, die Einem beigelegt wird, steht ebenfalls in der zweiten Endung, als:

Ein verdienstvoller Soldat.	Un soldáto *di mérito.*
Ein talentvoller Jüngling.	Un gióvane *di talénto.*
Eine Person von hohem Range.	Una persóna *di alto rango.*

8) Die unbestimmte Art eines Zeitwortes, welches zur näheren Erklärung und Bestimmung eines andern Wortes dient, nimmt auch das Vorwort di vor sich, wenn man mit was für ein? fragen kann, als:

Er hat eine große Lust zu reisen. Was für eine Lust? zu reisen.	Ha un gran desidério *di* viaggiare.
Es ist Zeit zu gehen.	È tempo *di* andare.

9) Das Vorwort von, wenn es keine Trennung, Entfernung, Abhängigkeit, Ableitung, Abstammung bezeichnet (vergleiche den Ablativ §. 40), sondern vor einem Hauptworte steht, welches blos zur näheren Bestimmung überhaupt des regierenden Hauptwortes dient, wird im Italienischen immer mit dem Genitiv ausgedrückt, als:

---

*) Im Italienischen gilt ein Hauptwort in der zweiten Endung oft so viel als ein Beiwort, dessen Stelle es vertritt, daher ist es gleichviel zu sagen: statua di marmo, cittadini di Vienna, soldato di mérito, gióvane di spirito, ecc.; oder statua marmórea, cittadini Viennési, soldato meritévole, gióvane spiritóso, ecc.

Der Kaiser von Oesterreich.	L'Imperatóre d'Austria.
Der König von Baiern.	Il Re di Baviéra.
Die Belagerung von Mantua.	L'assédio di Mántova.
Er spricht von dem Bruder.	Egli parla del fratéllo.

§. 37. **Dritte Endung** (Dativo). (Bezeichnet die Annä=
herung, Aehnlichkeit, oder die Richtung zu einem Dinge,
Ziele oder Zwecke hin.) In diesem Falle steht jene Person oder Sache,
zu welcher hin die Handlung der ersten Endung (des Subjectes)
sich nähert oder gerichtet ist; man fragt dabei: wem? a chi? a
che? und im Italienischen auch: zu wem? an wen? woran? wo=
hin? Z. B.

Nähere dich dem Tische.	Accóstati alla távola.
Dem Hunde gebet die Knochen.	Al cane date gli ossi.
Der Sohn ist dem Vater ähnlich.	Il figlio rassomíglia al padre.
Ich werde mit dem Cousin darüber sprechen.	Ne parlerò al cugino.
Am Gesange erkennt man den Vogel.	Al canto si riconósce l'uccéllo.
Der Geizige denkt nur ans Geld.	L'aváro non pensa che al danáro.

§. 38. **Vierte Endung** (Accusativo). (Das Object oder Gegen=
stand der Handlung.) In diesem Falle steht jene Person oder Sache, auf
welche die Handlung des Subjectes unmittelbar übergeht. Man fragt
dabei: wen? oder was? chi? che? che cosa? Z. B.

Joseph sucht den Hund.	Giuseppe cerca il cane.
Anton kauft Papier.	António cómpra carta.

§. 39. **Fünfte Endung** (Vocativo). In diesem Falle steht jene
Person oder Sache, die angeredet oder gerufen wird, als:

Freund! wo gehst du hin?	Amico! dove vai?
Lieber Vater! verzeihen Sie mir.	Caro padre! mi perdóni.

Dieser Fall wird auch bei Ausrufungen gebraucht, als: oh ciélo!
o Himmel! oh mísero! ach Elender! Iddio sia lodáto! Gott sei Dank!

§. 40. **Sechste Endung** (Ablativo). (Bezeichnet die Entfernung,
Trennung, Abhängigkeit, Ableitung, Abstammung.) In
diesem Falle steht jene Person oder Sache, von welcher die Trennung
oder Entfernung geschieht; — von welcher Etwas abhängt oder abstammt;
— von welcher Etwas abgeleitet, oder eine Handlung vollbracht wird;
man fragt dabei: von wem? woher? seit wann? da chi? da che
cosa? d'onde? da quando in qua? Z. B.

Entferne dich von diesem Orte.	Scóstati da questo luogo.
Er ist von Wien abgereiset.	Egli è partito da Vienna.
Ich komme vom Garten, vom Hause.	Io vengo dal giardino, da casa.
Der Vogel ist aus dem Käsiche heraus.	L'uccéllo è uscito dalla gábbia.
Er schöpft Wasser aus dem Brunnen.	Cava acqua dal pozzo.
Das hängt vom Glücke, von euch, ab.	Ciò dipénde dalla fortúna, da voi.
Karthago wurde von Dido erbaut.	Cartágine fu fabbricáta da Didóne.
Raphael von Urbino, d. i. von dort ge= bürtig.	Rafaéllo da Urbino.
Seit vorigem Jahre.	Dall' anno passáto in qua.
Seit zwei Monaten.	Da due mesi in qua.

§. 41. Wenn die Zeitwörter uscire, partire, venire, fuggire, ecc.
statt des Vorwortes da, das Vorwort di vor dem Orte der Entfer=

nung oder der Abstammung bei sich führen, so ist dann der Satz
elliptisch, wobei immer das Vorwort *da* mit einem allgemeinen Hauptworte (nome universale) darunter verstanden wird. Z. B.

Von Rom ankommen, oder abreisen.	Venire, o partire *di Roma,* heißt: *dalla città* di Roma.
Von Frankreich zurückkommen.	Ritornáre *di Fráncia,* d. h. *dal paese o regno* di Francia.
Da sie aus dem Schlosse nicht heraus-kamen.	Non uscéndo essi *del castello,* d. h. *dall' interno* del castello.
Verlassen wir den Ort.	Usciámo *di qua,* d. h. *dal luogo* di qua.
Er ist aus London.	Egli è *di Londra,* d. h. *dalla città* di Londra.
Aus dem Hause, von Hof, aus dem Rath-hause, aus dem Theater, aus der Kirche gehen.	Uscire oder sortire di casa, di corte, di palázzo, di teátro, di chiésa, ecc.

§. 42. Die Zeitwörter, welche eine Bewegung hin, oder ein Befinden, einen Aufenthalt in Beziehung auf die Wohnung einer
Person, bei welcher man war, wohnt, oder zu der man
hingeht, anzeigen, werden mit da statt mit a construirt, als:

Zum Arzte, zum Schuster gehen.	Andáre *dal* médico, *dal* calzolájo.
Kommet zu mir, zum Kaufmanne.	Venite *da* me, *dal* mercánte.
Ich bin bei ihm, beim Bruder gewesen.	Sono stato *da* lui, *dal* fratéllo.
Er wohnt bei seinem Oheim.	Abita, allóggia *da* suo zio.

Anmerk. Dies steht zwar im Widerspruche mit der gesunden Sprachlogik,
allein man muß es als eine Unregelmäßigkeit ansehen, die einmal der gemeine
Sprachgebrauch eingeführt und sanctionirt hat. Uebrigens heißt bei Einem wohnen auch: abitáre *presso* qualcuno oder *in casa* di qualcuno.

In, in.

§. 43. Das Vorwort in bezeichnet den Aufenthalt, das Befinden in dem Innern eines Dinges, oder das Geschehen einer
Handlung in demselben; — bezeichnet ferner die Bewegung oder
das Eindringen in dieses Innere; — und endlich das Dasein in
einer Zeit, oder in einem bestimmten Zustande; man fragt
dabei: wo? wohin? worin? Z. B.

Er ist im Garten, in jenem Zimmer, in der Stadt, auf dem Platze.	Egli è *nel* giardino, *in* quella cá-mera, *in* città, *in* piazza*).
Er wird nach Deutschland, nach Spanien gehen.	Egli andrà *in* Germánia, *in* Ispagna.
Im Jahre 1700.	Nell' anno mille sette cento**).

---

*) Vor den öfter vorkommenden und sehr bekannten Dingen, obwohl sie sehr
bestimmt sind, pflegt man oft, dem Sprachgebrauche zu Folge, den Artikel wegzu-
lassen, und man sagt: egli va *nella* cámera, *nella* città, *nella* chiésa, *nella*
cantina, ecc., oder: egli va *in* cámera, *in* città, *in* chiésa, *in* cantina, ecc.
**) Das Vorwort *in* wird im Italienischen, wenn von Zeit die Rede ist, vor
den Wörtern Tag, Woche, Monat, Jahr, Morgens, Abends gewöhnlich
weggelassen, und man sagt: l'anno che morì il Galileo, nacque il Newton;
il mese venturo; la settimana scorsa; la notte che viene, ecc. anstatt:
nell' anno, nel mese, ecc.

Er hielt sich einige Zeit in Rom auf.	Soggiornò alquánto *in* Roma.
Jesus Christus wurde in Bethlehem geboren.	Gesù Cristo nacque *in* Bettelémme.
Er starb im Jahre 1300.	Egli morì *nel* mille tre cento.
Einen ins Wasser tauchen.	Immérgere uno *nell'* ácqua.
Er war in diesem Augenblicke da.	Egli era qui *in* quest' istánte.
Er liegt in den letzten Zügen.	Egli è *in* agonia.

§. 44. Unser Gemüthszustand, in welchen wir durch die abwechselnden Leidenschaften versetzt werden, wird, dem vorigen §. 43 zu Folge, ebenfalls mit *in* bezeichnet, als:

Zornig, fröhlich, betrübt sein.	Essere *in* cóllera, *in* giúbbilo, *in* afflizióne, d. i. *nello stato* di cóllera, di giúbbilo, ecc.

§. 45. Wird hingegen der **Aufenthalt** oder das **Befinden bei**, und nicht **in** einem Dinge; — oder blos die Bewegung, Annäherung oder Streben zu **einem Dinge hin**, und nicht das **Hineingehen** oder **Eindringen in dasselbe** bezeichnet, so wird das Vorwort **a** und nicht *in* gebraucht. Z. B.

Er ist auf dem Balle, beim Feste, bei Tische, im Concerte, beim Spielen, beim Studiren.	Egli è *al* ballo, *al* festino, *a* távola, *al* concerto, *a* giuocáre, *a* studiáre.
Ich gehe auf den Ball, zu Tische, zum Abendessen, zum Lernen, zum Spielen.	Io vado *al* ballo, *a* távola, *a* cena, *a* imparáre, *a* giuocáre.

§. 46. Die Eigennamen der **Städte** und **Oerter** machen von der im §. 43 enthaltenen Regel eine Ausnahme, und nehmen, wenn der **Aufenthalt** oder das **Befinden** in denselben auf die Frage **wo?** bezeichnet wird, die Vorwörter a oder in*) vor sich, daher kann man sagen:

Er ist zu oder in Neapel.	Egli è *a* oder *in* Nápoli.
Als er sich einmal zu Paris befand.	Trovándosi egli una volta *a* Parigi.
Sie ist in Warschau angekommen.	Ella è arrivata *a* oder *in* Varsávia.

§. 47. Die Bewegung hingegen zu **einem Orte hin**, wenn dieser eine **Stadt** oder ein **Dorf** ist, wird auf die Frage **wohin?** immer blos mit a bezeichnet, als:

Gehen wir mit ihm nach Petersburg.	Andiámo con lui *a* Pietrobúrgo.
Er reisete von München ab, um sich nach Wien zu begeben.	Egli partì da Mónaco per recársi *a* Vienna.
Er begab sich nach Laxenburg.	Egli si portò *a* Lassenbúrgo.

§. 48. Die Namen der **Welttheile**, **Länder**, **Provinzen** und **Inseln** nehmen auf die Frage **wo?** und **wohin?** das Vorwort in vor sich, weil da das **Hineingehen**, das **Eindringen**, oder das **Befinden**, der **Aufenthalt** in denselben (§. 43) bezeichnet wird, als:

---

*) Den genauen Unterschied zwischen a und in in solchen Fällen wird man aus folgenden Beispielen einsehen. Sagt man: è in Vienna, so bedeutet dies im engern Sinne, daß Etwas wirklich in dem Orte, d. i. innerhalb der Linien von Wien sich befindet, oder daß Etwas darin sich zugetragen hat; sagt man hingegen: è a Vienna, so bedeutet dies im weitern Sinne, daß er zu Wien sei, aber auch in die Umgebungen Wien's sich begeben könne, ohne nothwendig immerwährend innerhalb der Linien sich zu befinden.

Ich gehe nach Baiern, nach Schweden.	Io vado in Baviéra, in Isvézia.
Er ist in Frankreich, in China.	Egli è in Francia, nella China.
Er wurde auf der Insel Lesbos geboren.	Nacque nell' isola di Lesbo.
Der Pascha wurde auf die Insel Cypern verwiesen.	Il Bascià fu esiliáto nell' isola di Cipri.

§. 49. Mit den Zeitwörtern partire, abreisen; continuare, fortsetzen, nimmt der Ort oder das Land, zu welchem hin die Bewegung gerichtet ist, das Vorwort per vor sich, als:

Er ist nach Salzburg, nach Augsburg, nach der Schweiz abgereiset.	Egli è partito per Salisbúrgo, per Augústa, per la Svizzera.
Seinen Weg nach Polen, nach Moskau fortsetzen.	Continuare il suo viággio per la Polónia, per Mosca.

§. 50. Die Wörter casa, corte, palázzo, teátro, letto, scuóla, haben eine doppelte Bedeutung, die eigentliche (ursprüngliche) und die figürliche. Im ersten Falle nehmen sie wie andere gemeine Hauptwörter auf die Frage wo? und wohin? das Vorwort in, und im letzten das Vorwort a ohne Artikel vor sich, als:

Er ist im Hofe, im Palaste, im Theater (d. i. im Schauspielhause), im Bette, in der Schule (d. i. im Schulzimmer), im Hause.	Egli è nella corte, nel palázzo, in teátro, in letto, in iscuóla, in casa.
Er ist bei Hofe, am Rathhause, bei der Theater-Vorstellung, bettlägerig, zu Hause (d. i in seiner Wohnung).	Egli è a corte, a palázzo, a teátro, a letto, a casa, ecc.
Ich gehe in den Hof, in den Palast, in's Schauspielhaus, in's Bett, in das Schulzimmer, in das Haus.	Io vado nella corte, nel palázzo, nel teátro, nel letto, nella scuóla, nella casa.
Ich gehe nach Hof, aufs Rathhaus, zur Vorstellung, zu Bette (d. i. schlafen), zum Schulunterrichte, nach Hause (d. i. in meine Wohnung).	Io vado a corte, a palázzo, a teátro, a letto, a scuóla, a casa.

Con, mit.

§. 51. Con bezeichnet das Verhältniß der Gemeinschaft, oder der Gesellschaft, als:

Mit dem Bruder gehen.	Andáre col fratéllo.
Er trat mit einem Kaufmann in Gesellschaft.	Si associò con un mercante.

Und weil die Werkzeuge, deren wir uns bei unsern Arbeiten bedienen, bei diesen gleichsam unsere Gesellschafter sind, so sagen wir auch:

Mit der Feile, mit dem Pinsel, mit dem Meißel arbeiten, ꝛc.	Lavoráre colla lima, col pennéllo, collo scarpéllo, ecc.

Mit Con, ohne Artikel, werden viele eigenthümliche, adverbielle Redensarten gebildet, so sagt man:

Etwas mit Vergnügen, mit Schmerz, mit Leichtigkeit, mit Mühe, mit Gewandtheit, mit guter Art machen.	Fare una cosa con piacére, con dolóre, con facilità, con difficoltà, con destrézza, con buon garbo.

3

Per, durch, für, um zu, aus.

§. 52. Per bezeichnet: 1. Die Bewegung durch einen Ort, d. i. das Verhältniß des Durchdringens eines Gegenstandes, als:

Er ging durch das Zimmer.	Egli passò per la cámera.
Nach Rom kann man entweder über Florenz, oder über Loretto gehen.	A Roma si può andáre o per Firenze, o per Lorétto.

2. Die Ursache, warum? und den Zweck, zu welchem Etwas geschieht, als:

Er schweigt aus Furcht, aus Scham.	Egli tace per timóre, per vergogna.
Er ist gekommen, um euch zu sehen.	È venúto per vedervi.
Er arbeitet des Gewinnstes wegen.	Lavora per guadagno.

3. Die Fähigkeit zu Etwas (vergleiche §§. 139, 141), als:

Er ist nicht der Mann, der einer schlechten Handlung fähig wäre.	Egli non è uomo per fare un' azióne cattiva (oder da fare, ecc.).
Er ist zu ehrlich, um euch zu betrügen.	Egli è troppo onésto per ingannarvi.

4. Das Verhältniß der Verwechslung eines Dinges mit einem andern, als:

Eine Sache für die andere machen.	Fare una cosa per un' altra.
Etwas um zehn Gulden verkaufen.	Véndere una cosa per diéci fiorini.

5. Eine Fortdauer oder Fortsetzung, als:

Eine Meile weit laufen.	Córrere per un miglio.
Einen ganzen Tag hindurch arbeiten.	Faticáre per tutto un giórno
Zu Lande, zu Wasser reisen.	Andáre per terra, per mare.

6. Wird auch im distributiven Sinne gebraucht, als:

So viel täglich — des Monats.	Tanto per giórno — per mese.
So viel auf den Mann — für jeden.	Tanto per uomo — per testa.

7. Endlich sagt man auch:

Bei der Hand führen.	Guidár per mano.
Bei einem Arme nehmen.	Préndere per un braccio.
Bei den Haaren ziehen.	Tirár pe' capégli.

um anzudeuten, an welchem Theile eine Handlung verübt wird.

Ich werde für euch sprechen.	Io parlerò per voi (st a favor vostro).
Für gewiß halten.	Tenér per fermo (st. come fermo).
Für wahr halten.	Créder per vero (st. come vero).

Capitel IX.
Von dem Beiworte (dell' Aggettivo).

§. 53. Die Italiener haben zweierlei Beiwörter oder Eigenschaftswörter (voci aggiuntive), einige, welche auf o, und andere, die auf e ausgehen, als: póvero, arm; forte, stark.

§. 54. Die Beiwörter auf o sind männlichen Geschlechtes, und verändern im weiblichen das o in a. Die männlichen verändern im Plural das o in i, und die weiblichen das a in e, als:

il póvero uomo *),	der arme Mann,	i póveri uómini.
la póvera donna,	die arme Frau,	le póvere donne.

§. 55. Die Beiwörter auf e dienen ganz unverändert für das männliche und weibliche Geschlecht; im Plural verändern sie das e in i, als:

il cappéllo verde,	der grüne Hut,	i cappélli verdi.
la fóglia verde,	das grüne Blatt,	le fóglie verdi.

Anmerk. Die Wörter, die sich auf *tore* und weiblich in *trice* endigen, stehen auch oft als Beiwörter, jedoch immer nach ihrem Hauptworte, als: uomo vincitore — donna vincitrice.

§. 56. Die Beiwörter müssen im Italienischen, sie mögen vor oder nach ihren Hauptwörtern stehen, immer im Geschlechte und in der Zahl mit diesen übereinstimmen, als:

Ein gelehrter und vernünftiger Mann.	Un uomo dotto e ragionévole.
Gelehrte und vernünftige Männer.	Uómini dotti e ragionévoli.
Eine weise und kluge Frau.	Una donna sávia e prudente.
Weise und kluge Frauen.	Donne sávie e prudenti.
Junge Schäferinnen, wie glücklich seid ihr!	Gióvani pastorélle, quanto siéte felici!

Anmerk. Mezzo bleibt unverändert, wenn es nach seinem Hauptworte steht, und la metà, die Hälfte, bedeutet, als: un' ora e *mezzo*, anderthalb Stunden; due libbre e *mezzo*, dritthalb Pfund.

§. 57. Wenn das Beiwort auf zwei Hauptwörter verschiedenen Geschlechtes sich bezieht, so steht es im Plural und im männlichen Geschlechte, als dem vornehmern bei den Grammatikern, z. B.

Der Mann und das Weib sind den nämlichen Leidenschaften unterworfen.	L'uomo e la donna sono soggetti alle stesse passióni.
Die Bäume und die Reben wurden von dem Hagel zu Grunde gerichtet.	Gli álberi e le viti fúron distrutti dalla gragnuóla.

§. 58. Sind aber die Hauptwörter ungleichen Geschlechtes mehr als zwei, so richtet sich das Beiwort im Geschlechte gemeiniglich nach der größeren Zahl, als:

Der Vater, die Tante und die Cousinen sind abgereiset.	Il padre, la zia e le cugine sono partite.
Die Schwestern, der Vater und die Brüder sind spazieren gegangen.	Le sorélle, il padre ed i fratélli sono andáti a passeggiáre.

§. 59. Die Beiwörter**) bello, schön; quello, jener; grande, groß; santo, heilig, verlieren vor einem Worte, welches mit einem Mitlaute anfängt (ausgenommen vor s impura), die ganze letzte Silbe, als:

bel giardino,	schöner Garten.	bei (be') giardini.
quel signóre,	jener Herr,	quei (que') s'gnóri.
gran cappello,	großer Hut,	gran cappélli.
san Piétro,	heiliger Peter,	santi Piétri.

*) Der Artikel richtet sich immer nach dem Anfangs-Buchstaben desjenigen Wortes, welches unmittelbar darauf folgt, als: il sublime esémpio, das erhabene Beispiel, l'esémpio sublime; i sublimi esémpj, gli esémpj sublimi. L'ábito stretto, das enge Kleid; lo stretto ábito. — L'imprésa pericolósa, die gefährliche Unternehmung, la pericolósa imprésa.
**) Vergleiche §§. 11 und 12.

3*

Anmerk. *Gran* kann auch vor weiblichen Wörtern in der Einzahl und Mehrzahl abgekürzt werden, als:

gran casa,	großes Haus,	gran case.

§. 60. Vor einem Selbstlaute stehen obige Beiwörter apostrophirt, als:

bell' occhio,	schönes Auge,	belli und begli occhj.
quell' uccello,	jener Vogel,	quelli — quegli uccelli.
grand' álbero,	großer Baum,	grandi álberi.
sant' António,	heiliger Anton,	santi Antonj.

§. 61. Vor s impura dürfen die Beiwörter nie abgekürzt werden, man muß daher sagen:

bello specchio,	schöner Spiegel,	belli und begli specchj.
quello scoglio,	jener Felsen,	quelli — quegli scogli.
grande strépito,	großer Lärm,	grandi strépiti.
santo Stéfano,	heiliger Stephan,	santi Stéfani.

§. 62. Uno und buono verlieren den Endselbstlaut vor einem Worte, welches mit einem Mitlaute anfängt, der kein s impura ist, als:

un giardino,	buon figlio.

§. 63. In der italienischen Sprache hängt es in den meisten Fällen von der Willkür des Redenden ab, ob er das Beiwort vor oder nach dem Hauptworte setzen will, je nachdem es ihm für den Nachdruck oder für den Wohlklang der Rede in jedem Falle am zuträglichsten scheint; so kann man sagen:

Con vergógna etérna, oder etérna vergógna, mit ewiger Schande; un cavállo bellissimo, oder un bellissimo cavállo, ein sehr schönes Pferd; un contégno pregiábile, oder un pregiábile contégno, eine schätzbare Aufführung.

§. 64. In manchen Fällen gilt jedoch die Regel, daß das Beiwort (aggettivo) nach dem Hauptworte (sostantivo) stehe, so strenge, daß man wenigstens in der Prosa nicht so leicht davon abweichen darf. Dies ist der Fall:

1. Bei den Beiwörtern, welche von Namen der Völker, Länder und Städte abgeleitet sind, als:

die deutsche Literatur,	la letteratúra tedésca.
die florentinische Akademie,	l' accadémia fiorentina.
das spanische Volk,	il pópolo spagnuólo.

2. Bei den Beiwörtern, welche die Form oder die Farbe der Dinge bezeichnen, als:

ein runder Platz,	una piázza rotónda.
eine viereckige Figur,	una figúra quadráta.
schwarze Tinte,	inchióstro néro.
weißes Papier,	carta biánca.
rothe Mütze,	berétta rossa.
blaues Kleid,	ábito turchino.

3. Bei den Beiwörtern, welche mehr Silben haben, als ihr Hauptwort — oder eines von den Zusatzwörtern: poco, molto, assai, troppo, bene, così, ecc. vor sich haben, als:

ein vernünftiger Alter,	un vécchio ragionévole.
eine artige Frau,	una donna graziósa.
ein wenig nützliches Buch,	un libro *poco* útile.
ein sehr angenehmer Geruch,	un odór *molto* grato.
ein zu gefährlicher Mann,	un uómo *troppo* pericoloso.
eine sehr bedeutende Marine,	una marina *ben* importante.
ein so dichter Wald,	un bosco *così* folto.

4. Die **Mittelwörter**, die als Beiwörter gebraucht werden, stehen am besten nach dem Hauptworte, als:

| ein rührender Blick, | uno sguárdo commovénte. |
| ein gelehrter Mann, | un uomo erudito, letteráto. |

5. Ueberhaupt werden die Beiwörter, welche (natürliche) **körperliche Eigenschaften**, die in die **Sinne** fallen, oder **körperliche Gebrechen, Mängel, Geruch, Geschmack, Amt, Charakter** ausdrücken, dem Hauptworte **nachgesetzt**, als:

feines Tuch,	panno fino.
bitteres Kraut,	erba amára.
dürres Holz,	legno secco.
frisches Brot,	pan fresco.
die blinde Liebe,	l'amór cieco.
mit hinkendem Fuße,	a piè zoppo.
der kaiserliche Mantel,	il manto imperiale.
der Hofrath,	il Consigliere aulico.
kaiserlicher Garten,	giardino imperiale.

Anmerk. Da der gewöhnliche **Gebrauch** gewissen Beiwörtern vorzugsweise die Stelle bald **vor** bald **nach** ihrem Hauptworte angewiesen hat, dafür aber keine bestimmten Regeln existiren, so bleibt dem Lernenden hier nichts anderes übrig, als zu eben diesem **Gebrauche** und zur Lesung guter Autoren seine Zuflucht zu nehmen. — Wo aber der **Gebrauch** nichts vorzugsweise bestimmt, da entscheidet der **Wohlklang**, auf welchen die **Wortstellung** im Italienischen ganz besondere Rücksicht nimmt.

§. 65. Das Beiwort kann auch eine substantive Bedeutung annehmen, d. i. als **Hauptwort** gebraucht werden, wo es dann den Artikel vor sich nimmt, als:

| Das Grüne entsteht aus einer Mischung des Gelben und des Blauen. | *Il verde* nasce da una composizione del giallo e del turchino. |
| Ein wenig Gutes, ein wenig Böses. | Un *poco* di bene, un *poco* di male. |

Anmerk. Beiwörter, welche, je nachdem sie vor oder hinter dem Hauptworte stehen, einen verschiedenen Sinn geben, kommen im praktischen Theile vor.

Capitel X.
Von der Bildung der Mehrzahl.

§. 66. Alle Wörter im Italienischen verändern im Plural ihren **Endselbstlaut** in i, als:

	Singular.		Plural.
männl.	il proféta,	der Prophet,	i proféti.
	il principe,	der Fürst,	i principi.
	lo spirito,	der Geist,	gli spiriti.
weibl.	la madre,	die Mutter,	le madri.
	la mano,	die Hand.	le mani.

§. 67. Von dieser allgemeinen Regel sind nur die weiblichen Wörter auf a ausgenommen, welche im Plural das a in e verändern, als:

la cámera,	das Zimmer,	le camere.
la stella,	der Stern,	le stelle.

§. 68. Jene Wörter aber, die schon im Singular auf i endigen, — oder den Endselbstlaut accentuirt haben, — oder einsilbig sind (sieh §§. 6, 7), leiden im Plural keine Veränderung, als:

il cavadenti,	der Zahnbrecher,	i cavadenti.
la tesi,	der Lehrsatz,	le tesi.
il lunedì,	der Montag,	i lunedì.
la città,	die Stadt,	le città.
la virtù,	die Tugend,	le virtù.
il re,	der König,	i re.
il piè,	der Fuß,	i piè.
il dì,	der Tag,	i dì.

§. 69. Folgende Wörter sind im Plural unregelmäßig, als:

Dio,	Gott,	*gli Déi.*	il bue,	} der Ochs,	*i buói.*
l' uomo,	der Mensch,	*gli uómini.*	il bove,		
la móglie,	das Eheweib,	*le mogli.*	mille,	tausend,	*due mila.*

§. 70. Wörter, die sich auf ajo endigen, bilden ihren Plural durch Wegwerfung des Endselbstlautes o, als:

il libràjo,	der Buchhändler,	i libráj.
il calamájo,	das Tintenfaß,	i calamáj.
il granájo,	der Kornboden,	i granáj.

Besondere Bemerkungen über die Bildung des Plurals.

§. 71. Wörter, die in der Einzahl auf io ausgehen, endigen in der Mehrzahl auf dreierlei Art, nämlich auf i, ii und j.

Um genau zu wissen, wann der eine oder der andere Fall Statt findet, braucht man nur auf folgende Eintheilung Acht zu haben; nämlich: entweder ist das i in io nicht betont, wie in témpio, Tempel; sággio, weise; — oder es ist betont (gleichsam accentuirt), wie in calpestío, Fußstampfen.

In dem Falle, wo das i in io nicht betont ist, steht das i entweder als ein bloßes Zeichen da, wie in sággio (vergleiche Seite 11 und 15); — oder als ein wirklicher Selbstlaut, der mit dem o einen Doppellaut, folglich eine Silbe bildet, wie in témpio.

§. 72. In den Wörtern, wo das i in io als Zeichen dasteht, um den gequetschten oder weichen Laut des vorhergehenden Mitlautes zu bezeichnen, nämlich in den Wörtern, welche in cio, gio, scio, glio endigen, wird im Plural das io blos in ein i verändert*), als:

---

*) In dem Worte sággio ist das i als Zeichen, denn sonst ohne i würde es saggo und nicht sadscho lauten. Im Plural muß nach der Regel das o in i verändert werden. Das g vor i lautet nun schon dschi und nicht wie das deutsche g i, daher ist auch das i (welches im Singular nach dem g nothwendig war, um ihm vor o den Laut des dsche zu geben) im Plural überflüßig; es bleibt demnach in sággi nur das i, welches aus o entstanden, und dasjenige, welches im Singular vor dem o als Zeichen war, bleibt im Plural als überflüssig weg.

lo squárcio,	das Bruchstück,	gli squarci.
il póggio,	der Hügel,	j poggi.
il fáscio,	der Bündel,	i fasci.
il figlio,	der Sohn,	i figli.

§. 73. In allen übrigen Wörtern, die sich auf io endigen, wo das i nicht betont ist, und auch nicht als Zeichen dasteht, sondern wo die beiden Selbstlaute i und o einen Doppellaut, folglich eine Silbe bilden, verändert man im Plural io in j, als dem Zeichen des doppelten ii, welches aus dem Doppellaute io entsteht; z. B.

il témpio,	der Tempel,	i témpj.
l'avversário,	der Gegner,	gli avversárj.
l'occhio,	das Auge,	gli occhj.

§. 74. In den Wörtern hingegen, wo das i in io betont ist, also das i und o zwei Silben (und nicht einen Doppellaut) bilden, wird im Plural das io in íí verändert, als:

il mormorio,	das Geräusch,	i mormorii.
il desio,	die Begierde,	i desii.
il zio,	der Oheim,	i zii.
natio statt nativo,	gebürtig,	natii.
pio,	fromm,	pii.
il leggio,	das Schreibpult,	i leggii.

Anmerk. Wenn man die Wörter mit einem j oder mit einem i schreiben möchte, so würden sie im Plural eine Silbe weniger haben als im Singular, z. B. de-si-o hat im Singular drei Silben, folglich muß es im Plural eben so viele beibehalten, de-si-j; möchte man aber de sj oder de-si schreiben, so hätte man nur zwei Silben.

§. 75. Einige Wörter in llo bilden des Wohllautes wegen vor einem s impura, und auch vor einem Selbstlaut, ihren Plural in gli, als:

bell' occhio,	schönes Auge,	begli occhj.
quello spécchio,	jener Spiegel,	quegli specchj.
capéllo arricciáto,	gekraustes Haar,	capégli arricciáti.

§. 76. Alle Wörter auf ca und ga nehmen im Plural nach c und g ein h an, als:

la mánica,	der Aermel,	le maniche.
la spiga,	die Aehre,	le spighe.
l'Arcidúca,	der Erzherzog,	gli Arcidúchi.

§. 77. Die weiblichen Wörter in cia, gia, scia, wo das i in der Einzahl als Zeichen dasteht, endigen in der Mehrzahl in ce, ge, sce. (Vergleiche §. 72.) Z. B.

la guáncia,	die Wange,	le guance.
la spiággia,	die Küste,	le spiagge.
la cóscia,	der Schenkel,	le cosce.

Anmerk. Die Wörter in glia hingegen endigen sich im Plural auf glie, als: figlia, im Plural figlie, nicht figle, weil im letzteren Falle figle ausgesprochen werden müßte. (Sieh S. 12 und 15 von gl.)

§. 78. In den Wörtern aber, wo das i in ia betont ist, also das i und a zwei Silben bilden, wird im Plural das ia in ie verändert, als: la bugia, die Lüge, le bugie.

§. 79. Von den Wörtern auf co und go nehmen die zweisilbigen immer im Plural nach c und g ein h an, als:

il vico,	enge Gasse,	i vichi.
l'arco,	der Bogen,	gli archi.
il fico,	die Feige,	i fichi.
l'ago,	die Nähnadel,	gli aghi.

Ausgenommen sind porco, Schwein; Greco, Grieche, welche in ci ausgehen, als: porci, Greci. Wenn aber greco als Beiwort gebraucht wird, so bekommt es ein h, als: vini grechi, prodotti grechi. — Mago, Zauberer, hat maghi, man sagt aber doch i tre Re Magi, die heil. 3 Könige.

§. 80. Bei den Wörtern hingegen, die mehr als zwei Silben haben, läßt sich keine so genaue Regel angeben. Jedoch kann Folgendes zur Richtschnur dienen:

1) Die mehrsilbigen auf go endigen sich im Plural in der Regel immer auf ghi, als:

l'albergo,	das Gasthaus,	gli alberghi.
l'impiégo,	das Amt,	gl'impiéghi.
il diálogo,	das Gespräch,	i diáloghi.

Astrólogo, Teólogo, können sich auch in gi endigen, als: Astrólogi, Teólogi.

2) Die mehrsilbigen, welche vor co einen Mitlaut haben, nehmen im Plural ebenfalls immer ein h an, als:

| il Tedésco, | der Deutsche, | i Tedeschi. |
| il catafalco, | das Trauergerüst, | i catafalchi. |

3) Diejenigen mehrsilbigen hingegen, welche vor co einen Selbstlaut haben, gehen gemeiniglich auf ci aus, als:

l'amíco,	der Freund,	gli amici.
il médico,	der Arzt,	i médici.
il canónico,	der Domherr,	i canónici.
l'Austríaco,	der Oesterreicher,	gli Austríaci.
il mendico,	der Bettler,	i mendici.

Ausgenommen: antico, alt; cárico, Fracht; rammárico, Kummer; mánico, Heft, ecc., welche antíchi, cárichi, rammárichi, mánichi, haben.

§. 81. Viele Wörter, die im Singular auf o ausgehen, haben außer ihrem regelmäßigen Plural in i, auch noch einen zweiten in a. Wenn sie aber im Plural den Ausgang auf a haben, so werden sie zugleich weiblich, und nehmen dann auch den weiblichen Artikel an. Die mit dem Sternchen * bezeichneten sind weniger üblich. Hier sind die gebräuchlichsten:

Singolare.			Plurale.
l'anello,	der Ring,	gli anelli,	le anella.
il braccio,	der Arm,	i brácci*,	le bráccia.
il budello,	der Darm,	i budelli,	le budella, budelle.
il calcagno,	die Ferse,	i calcagni*,	le calcagna.
il castello,	das Schloß,	i castelli,	le castella*.
il ciglio,	die Augenbraune,	i cigli*,	le ciglia.
il ditello,	die Achselgrube,	i ditelli*,	le ditella, ditelle.
il dito,	der Finger,	i diti,	le dita.

Singolare.		Plurale.	
i fondamento,	der Grund, die Grundlage,	i fondamenti,	le fondamenta, Grundfeste eines Baues.
il frutto,	die Frucht,	i frutti,	le frutta, frutte [1]).
il gesto,	die Geberde,	i gesti,	le gesta [2]).
il ginócchio,	das Knie,	i ginócchj *,	le ginócchia.
il grido,	das Geschrei,	i gridi*,	le grida.
il labbro,	die Lippe,	i labbri*,	le labbra.
il legno,	das Holz,	i legni,	le legna [3]).
il lenzuólo,	das Betttuch,	i lenzuóli *,	le lenzuóla.
il membro,	das Glied,	i membri,	le membra [4]).
il muro,	die Mauer,	i muri,	le mura (Stadtmauern).
il pugno,	die Faust,	i pugni,	le pugna*.
l'osso,	das Bein, die Knochen,	gli ossi, Knochen für Hunde,	le ossa, die Gebeine des Menschen.
il riso,	das Lachen, der Reis,	i risi, Reis,	le risa, Lachen.
il tempo,	die Zeit,	i tempi, die Zeiten,	le quattro témpora, Quatember.
il vestigio,	die Spur, Fußstapfe,	i vestigi,	le vestigia.

§. 82. Es gibt einige Hauptwörter auf o, die im Plural immer blos auf a sich endigen, als:

il centinájo,	der Zentner,	le centinája.
un migliájo,	Anzahl von 1000,	le migliája.
un miglio,	eine Meile,	le miglia.
il móggio,	der Scheffel,	le móggia.
un pájo,	ein Paar,	le paja.
il rúbbio,	das Malter,	le rúbbia.
l'uovo,	das Ei,	le uova.
lo stajo,	der Scheffel,	le staja.
mille,	tausend,	tre mila.

§. 83. Die Hauptwörter in ere können im Singular auch in ero ausgehen, im Plural aber endigen sie in beiden Fällen in i, als:

pensiére oder pensiéro,	Gedanke,	i pensieri.
destriere — destriero,	Roß,	i destrieri.
forestiere — forestiero,	Fremder,	i forestieri, ecc.

Desgleichen:

scoláre oder scoláro,	Schüler,	gli scolári.
cónsole — cónsolo,	Consul,	i cónsoli.

---

[1]) Man bemerke, daß frutta, frutte nur vom Obst, Nachtisch, gesagt wird, im allgemeinen und figürlichen Sinne hingegen nur frutti, als: i frutti della sua indústria, die Früchte seines Fleißes.

[2]) Gesti wird von Geberden im Reden, und gesta, auch geste, von ruhmvollen Thaten gesagt.

[3]) Wenn legno Holz überhaupt, oder ein Fahrzeug (Kutsche oder Schiff) bedeutet, so hat es im Plural legni, wenn es aber Brennholz bezeichnet, so hat es im Plural le legna oder legne.

[4]) Man sagt membra, wenn von Gliedern des Leibes, und membri, wenn von Gliedern einer Gesellschaft oder Versammlung die Rede ist, als: i membri del parlamento.

Die Hauptwörter in aro können auch in ajo sich endigen, als:

Gennaro und Gennajo,	Jänner,
calzolaro — calzolajo,	Schuster, ꝛc.

§. 84. Die Hauptwörter, welche auf dem Endselbstlaute à oder ù einen Accent haben, können besonders in erhabener oder dichterischer Schreib= art in ade oder ate — ude oder ute (mit dem harten t jedoch seltener) sich endigen, als: città, virtù, verità; — cittáde und cittáte, virtúde und virtúte, ecc. und dann im Plural: cittádi, virtúdi, ecc.

§. 85. Folgende Wörter, als: réquie, Ruhe; spécie, Gestalt; superficie, Oberfläche; effigie, Ebenbild; témperie, Witte= rung, bleiben im Plural unverändert, und zwar des unangenehmen Lau= tes wegen, welchen die zwei ii verursachen würden, wenn man requii, specii, ecc. schriebe.

§. 86. Es gibt Wörter, welche nur in der Einzahl gebräuchlich sind; als:

prole,	Kinder.	stirpe,	Geschlecht, Stamm.
progénie,	Nachkommenschaft.	mane,	der Morgen.

Es gibt andere, welche nur in der Mehrzahl gebraucht werden, als:

le nozze,	die Hochzeit.	l' eséquie,	das Leichenbegäng= niß.
gli sponsali,	die Verlobung.		
le forbici,	die Schere.	le viscere,	
i calzoni,	die Hosen.	le interióra,	} die Eingeweide.
i reni,	die Nieren.	le fauci,	der Schlund, Ra= chen.
i vanni,	die Flügel (Schwung= federn).		

Endlich gibt es noch Wörter, die im Singular zwei verschiedene Aus= gänge, nämlich a und e, oder a und o haben, und daher im Plural die der Singular=Endung entsprechende Form e und i annehmen, als:

Singolare.			Plurale.	
l.'ala,	ale,	der Flügel,	le ale,	ali.
l'arma,	arme,	die Waffe,	le arme,	armi.
la dota,	dote,	die Mitgift,	le dote,	doti.
la canzona,	canzone,	das Lied,	le canzone,	canzoni.
la froda,	frode,	der Betrug,	le frode,	frodi.
la fronda,	fronde,	das Laub,	le fronde,	frondi.
la gréggia,	grégge,	die Heerde,	le greggie,	greggi.
la loda,	lode,	das Lob,	le lode,	lodi.
l' orécchia,	orécchio,	das Ohr,	le orécchie,	gli orécchj.
la rédina,	rédine,	der Zügel,	le rédine,	rédini.
la vesta,	veste,	das Kleid,	le veste,	vesti.

Capitel XI.
Von dem Geschlechte der Hauptwörter.

§. 87. Die italienische Sprache hat nur zwei Geschlechter, das männliche und das weibliche. Jedes Hauptwort endigt sich auf einen der fünf Selbstlaute a, e, i, o und u.

1. Von den Hauptwörtern, die in a ausgehen.

§. 88. Dieser Buchstab ist der Kennbuchstab (léttera caratte= istica) des weiblichen Geschlechtes, daher sind auch jene Hauptwörter, die ſich auf a endigen, in der Regel weiblich, als: la casa, das Haus; la stella, der Stern, ꝛc. Folgende ausgenommen, die männlich ſind:

1) Die eigenen Namen männlicher Perſonen, als: Andréa, Anaságora, Catilina, Enéa, Geremía, Giona, Giuda, Tobía, ecc.

2) Die Hauptwörter, welche Würden, Aemter und Beſchäftigungen der Männer bezeichnen, als:

Papa, Patriarca, Monarca,	Papſt, Patriarch, Monarch,
Arciduca, legista, geómetra,	Erzherzog, Rechtsgelehrter, Feldmeſſer,
poéta, proféta, Barnabita, ecc.	Dichter, Prophet, Barnabit.

3) Und die Hauptwörter, die vom Griechiſchen herſtammen, als:

poema, emblema, clima,	Gedicht, Sinnbild, Himmelsſtrich,
stratagemma, sistéma, enimma,	Kriegsliſt, Syſtem, Räthſel,
pianeta, dramma, tema,	Planet, Drama, Aufgabe,
problema, epigramma, fantasma,	Problem, Epigramm, Geſpenſt,
teorema, idioma, cataplasma, ecc.	Lehrſatz, Sprache, Umſchlag.

2. Von den Hauptwörtern auf e.

§. 89. Für das Geſchlecht der Wörter auf e laſſen ſich keine ganz beſtimmten Regeln angeben, ſie ſind bald männlich, bald weiblich. Denen, die Latein verſtehen, kann Folgendes zur Richtſchnur dienen: daß ſolche Wörter gemeiniglich das Geſchlecht der lateiniſchen beibehalten, von deren ſechster Endung (Ablativo) ſie herſtammen, als:

il monte, der Berg; il ponte, die Brücke; il fióre, die Blume; la porzióne, der Antheil; la fame, der Hunger; la radice, die Wurzel; l'occasióne, die Gelegenheit; welche alle von den lateiniſchen mons, pons, flos, portio, famis, radix, occasio abſtammen, und im Ablativ monte, ponte, flore ecc. haben.

§. 90. Doch darf man folgende Regeln annehmen:

Hauptwörter, welche in me, re, nte, ore und one ausgehen, ſind männlich, als: il costúme, die Gewohnheit; il mare, das Meer; il dente, der Zahn; il dolóre, der Schmerz; il padróne, der Herr, ꝛc.

Ausgenommen ſind:

la fame,	der Hunger.	la speme,	(poetiſch) Hoffnung.
la madre,	die Mutter.	la torre,	der Thurm.
la febbre,	das Fieber.	la pólvere,	der Staub.
la scure,	die Hacke.	la mente,	das Gemüth.
la gente,	das Volk.	la corrente,	der Strom, ꝛc.

Folgende Wörter ſind männlichen und weiblichen Geſchlechts:

il oder la fólgore,	der Blitz.	il oder la cárcere,	das Gefängniß.
il — la lepre,	der Haſe.	il — la cénere,	die Aſche.
il — la fronte,	die Stirne.	il — la fune,	das Seil.
il — la fonte,	die Quelle.	il — la trave,	der Balken.
il — la fine,	das Ende.	il — la serpe,	die Schlange.
il — la gregge,	die Heerde.	il — la palúde,	der Sumpf.

3. Von den Hauptwörtern auf i.

§. 91. Die Hauptwörter auf i ſind auf eine ſehr geringe Zahl beſchränkt, und meiſtens weiblichen Geſchlechtes, als:

la diócesi,	die Diöces.	l'análisi,	die Zergliederung.
la crisi,	die Criſis.	la perifrasi,	die Umſchreibung.

la metrópoli,	die Hauptstadt.	l'énfasi,	der Nachdruck.
l'éstasi,	die Entzückung.	la sintassi,	die Wortfügung.

nebst einigen andern Wörtern griechischen Ursprungs in i.

Ausgenommen sind: il bríndisi, das Bescheidthun beim Zutrinken; il Tamígi, die Themse (Fluß); il barbagianni, die Eule; l'eclissi, Finsterniß der Sonne oder des Mondes; il dì, der Tag und die daraus zusammengesetzten Wörter, als: il mezzodì, Mittag; il lunedì, Montag; il martedì, Dinstag; il mercordì, Mittwoch; il giovedì, Donnerstag; il venerdì, Freitag, welche alle männlichen Geschlechtes sind.

§. 92. Eigene Namen männlicher Personen, so wie jene Hauptwörter auf i, welche Aemter, Beschäftigungen und Schimpfnamen der Männer bezeichnen, sind männlich; als:

Giovanni,	Johann.	il guardasigilli,	der Siegelbewahrer.
il cavadenti,	der Zahnbrecher.	il guardaboschi,	der Waldhüter.
il cacastecchi,	der Knicker.	il conciatetti,	der Dachdecker.
il guastamestieri,	der Pfuscher.	il mazzamarroni,	der Tölpel.

4. Von den Hauptwörtern auf o.

§. 93. Das o ist als der Kennbuchstabe (léttera caratteristica) des männlichen Geschlechtes anzusehen, daher sind auch alle Hauptwörter, die auf o ausgehen (das Wort la mano, Hand, ausgenommen, welches weiblich ist), des männlichen Geschlechtes.

Anmerk. Die übrigen weiblichen Wörter in o sind entweder eigene Namen griechischer Weiber, als: Clio, Saffo, Calipso, ecc. oder lateinische Wörter, als: Dido; immago, Bildniß; vorágo, Abgrund; testúdo, Schildkröte, welche die Dichter anstatt Didone, immágine, vorágine, testúdine, zu brauchen pflegen.

5. Von den Hauptwörtern auf u.

§. 94. Die italienische Sprache hat sehr wenige Wörter auf u, sie haben alle den Accent auf dem Endselbstlaute ù, und sind durchgehends weiblichen Geschlechtes, ausgenommen: Gesù, Jesus, und Perù, das Land in Amerika; Pegù, Corfù, Poitù, Belzebù, Esaù, welche männlich sind.

Hier folgen die sechs weiblichen:

la gioventù,	die Jugend.	la schiavitù,	} die Knechtschaft.
la grù,	der Kranich.	la servitù,	
la virtù,	die Tugend.	la tribù,	die Zunft.

Capitel XII.

Von der Veränderung der Wörter männlichen Geschlechtes in das weibliche.

§. 95. Männliche Wörter, die in o oder e ausgehen, werden weiblich, wenn sie das o oder e in a verändern, als:

cognáto,	Schwager,	cognáta,	Schwägerin.
padróne,	Herr,	padróna,	Frau.

Folgende sind davon ausgenommen:

Dio,	Gott,	Dea,	Göttin.
Re,	König,	Regina,	Königin.
Principe,	Fürst,	Principéssa,	Fürstin.
Conte,	Graf,	Contéssa,	Gräfin.
Baróne,	Freiherr,	Baronéssa,	Freiin.
Filósofo,	Philosoph,	Filosoféssa,	Philosophin.
mercante,	Kaufmann,	mercantéssa,	Kaufmannsfrau.
oste,	Wirth,	ostéssa,	Wirthin.
gallo,	Hahn,	gallina,	Henne.
elefánte,	Elephant,	elefantéssa,	Elephantin.
pavóne,	Pfau,	pavonéssa,	Pfauhenne.
cane,	Hund,	cagna,	Hündin.

§. 96. Einige behalten unverändert ihren Ausgang im männlichen und weiblichen Geschlechte, als:

il consórte,	der Gemahl,	la consórte,	die Gemahlin.
l'eréde,	der Erbe,	la eréde,	die Erbin.
il nipóte,	der Neffe,	la nipóte,	die Nichte.
il parénte,	der Verwandte,	la parénte,	die Verwandte.
un Francése,	ein Franzose,	una Francése,	eine Französin.
un Inglése,	ein Engländer,	una Inglése,	eine Engländerin.
un Milanése,	ein Mailänder,	una Milanése,	eine Mailänderin.

§. 97. Wörter, die in a ausgehen und männlich sind, gehen, wenn sie weiblich werden, in essa aus, als:

Duca,	Herzog,	Duchéssa,	Herzogin.
Poéta,	Dichter,	Poetéssa,	Dichterin.
Proféta,	Prophet,	Profetéssa,	Prophetin.
Podestà,	Stadtrichter,	Podestéssa,	Stadtrichtersfrau.

§. 98. Jene, die sich in tóre endigen, endigen im weiblichen Geschlechte in trice, als:

Imperatóre,	Kaiser,	Imperatrice,	Kaiserin.
Ambasciatóre,	Bothschafter,	Ambasciatríce,	Bothschafterin.
cantatóre,	Sänger,	cantatrice,	Sängerin.
pittóre,	Maler,	pittrice,	Malerin.
attóre,	Schauspieler,	attrice,	Schauspielerin.

Ausgenommen:

Dottóre,	Doctor,	Dottoréssa,	Doctorin.
fattóre,	Verwalter,	fattoréssa,	Verwalterin.

§. 99. Die Namen der Bäume sind männlich; die nämlichen Wörter mit dem weiblichen Ausgange in a bezeichnen die Frucht desselben Baumes; z. B.

il castagno,	der Kastanienbaum,	la castagna,	die Kastanie.
il ciriégio,	der Kirschenbaum,	la ciriégia,	die Kirsche.
il pero,	der Birnbaum,	la pera,	die Birne.
il prugno,	der Pflaumenbaum,	la prugna,	die Pflaume.
il noce,	der Nußbaum,	la noce,	die Nuß, 2c.

Doch fico, Feigenbaum und Feige; cedro, Citronenbaum, Citrone; dáttero, Dattelbaum, Dattel; pomo, Apfelbaum, Apfel, sind immer männlich, und bedeuten sowohl den Baum als die Frucht selbst.

§. 100. Von den Namen der Thiere verändern einige, um weiblich zu werden, regelmäßig das o in a, als: cavállo, Pferd; caválla, Stute; gatto, Kater; gatta, Katze, ꝛc.

Andere haben für jedes Geschlecht besondere Endsilben und Benennungen, als: leóne, Löwe; leonessa, Löwin; bue, Ochs; vacca, Kuh; becco, Bock; capra, Ziege; montóne, Widder; pécora, Schaf, ꝛc.

Einige, ob sie schon für beide Geschlechter gelten, sind immer männlich, als: tordo, Krammetsvogel; corvo, Rabe; scarafággio, Käfer, ꝛc. Andere hingegen sind immer weiblich, als: róndine, Schwalbe; pantéra, Pantherthier; vipera, Otter; anguilla, Aal. Andere endlich sind gemeinsamen Geschlechtes, als: il oder la lepre, der Hase; il oder la serpe, die Schlange.

§. 101. Wenn andere Redetheile als Hauptwörter gebraucht werden, so sind sie männlich, als: il bello, das Schöne; il léggere, das Lesen; l'último addío, das letzte Lebewohl.

Capitel XIII.

Von dem Theilungs-Genitiv,

oder vielmehr von der Art und Weise, eine unbestimmte Quantität von irgend einem Dinge, oder von Individuen, die zu einer Classe gehören, zu bezeichnen (della maniera di accennare una quantità indeterminata, o soltanto alcuni oggetti indeterminatamente).

§. 102. Wenn mehrere Hauptwörter blos in allgemeiner, unbestimmter Bedeutung sich zusammengesellen, d. i. wenn blos die Namen der Dinge im Allgemeinen (enumerative) angeführt werden, so bekommen sie weder den Artikel, noch ein anderes Bestimmungswort vor sich, z. B.

Er hat Ochsen, Kälber, Schafe und Ziegen gekauft.	Ha compráto manzi, vitélli, pécore e capre.
Er hat weder Aeltern, noch Verwandte.	Egli non ha nè genitori, nè parénti.
Weizen, Wein und Oehl sind die Haupterzeugnisse dieses Landes.	Frumento, vino ed ólio sono i prodótti principali di questo paése.

§. 103. Um einen bestimmten Theil oder eine bestimmte Menge (Quantität) von einem Dinge (oder von Individuen, die zu einer Classe gehören) zu bezeichnen, bedient man sich der Zahlwörter, z. B.

Ich möchte zwei Bücher.	Vorréi due libri.
Ich habe dreißig Soldaten gesehen.	Ho veduto trenta soldáti.
Ich habe drei Pfund Kaffee gekauft.	Ho compráto tre libbre di caffè.

In diesen Beispielen ist überall die Quantität der Gegenstände bestimmt, denn ich weiß, wie viele Bücher, Soldaten, Pfund Kaffee gemeint sind, ohne jedoch noch zu wissen, welche zwei Bücher, welche dreißig Soldaten, welche drei Pfund Kaffee ꝛc. gedacht werden. Will ich auch dies Letztere wissen, so füge ich noch den Artikel dazu, als: Vorréi i due libri di mia sorella, ich möchte die zwei Bücher meiner Schwester, ꝛc.

§. 104. Will man eine große Menge unbestimmt bezeichnen, so sagt man:

eine große Menge Feinde,	una gran quantità di nemici.
eine unendliche Anzahl Leute,	un numero eccessivo di gente.
ich habe viele Hirsche gesehen,	ho veduto molti cervi.

§: 105. Will man aber einen **unbestimmten Theil** von einem Dinge, oder eine **unbestimmte Quantität** von Individuen, die zu einer Classe gehören, bezeichnen, so gebraucht man im Italienischen das Casus-Zeichen *di* **mit dem Artikel,** d. h. es wird die zweite Endung **mit dem Artikel** gesetzt, welcher in dieser Gestalt von einigen Grammatikern auch irrig der **Theilungs-Artikel** genannt wird, und immer durch alcúni, einige, manche, oder alquánto, Etwas, ersetzt werden kann, z. B.

Ich möchte Bücher *) zum Lesen haben.	Vorréi avére *dei libri* da léggere.
Ich habe hier Soldaten vorbeigehen gesehen.	Ho veduto *de' soldati* passáre per di qua.
Ich habe Kaffee gekauft.	Ho compráto *del caffè.*
Nehmet euch etwas Wein.	Pigliátevi *del vino.*
Gebet mir etwas Brot.	Dátemi *del pane.*

Man könnte hier überall eben so gut sagen: Vorréi avére *alcúni* libri da léggere, ich möchte **einige** Bücher zum Lesen; ho vedúto *alcúni* soldáti, ich habe **einige** Soldaten gesehen; ho compráto *alquánto* caffè, ich habe **einigen** oder **etwas** Kaffee gekauft; pigliátevi *alquanto* vino, nehmet **etwas** Wein; dátemi *alquanto* pane, gebet mir **etwas** Brot **).

§. 106. Aus dem bis jetzt Gesagten kann Jedermann leicht einsehen, daß der **unbestimmte Theil** oder die **unbestimmte Quantität,** welche auf diese Art durch die Wörter del, dei, dello, degli ecc. anstatt alcúni, alquanto bezeichnet wird, in dem Verhältnisse zum Ganzen immer nur gering ist.

Dieser Gebrauch des Artikels, der im Französischen in allen Fällen dieser Art sehr pünctlich, und als Gesetz beobachtet wird, ohne je weggelassen werden zu dürfen, ist im Italienischen in vielen Fällen **willkürlich**; denn man setzt statt desselben auch eben so häufig blos das Hauptwort ohne del, dei ecc. und sagt: Vorréi avére libri da léggere, pigliátevi vino, dátemi pane, ecc. welches auch eben so richtig und verständlich ist; jedoch kommt es hier in solchem Falle mehr auf die Bezeichnung des Gegenstandes überhaupt als auf die Bezeichnung einer **unbestimmten Quantität** desselben an.

---

*) Im Deutschen kennt man diesen Gebrauch des Artikels gar nicht, denn man setzt in solchen Fällen **blos das Hauptwort ohne Artikel.**

**) Viele suchen den Grund von diesem Gebrauche des Artikels auch aus der grammatischen Figur Ellipsis zu erklären, vermöge welcher, um der Kürze willen, Wörter weggelassen werden, die eigentlich gesetzt werden sollten. So wird in dem Satze: *vorréi avére dei libri* darunter verstanden: vorréi avére alcuni oggetti della classe dei libri; eben so in diesem: *ho veduto dei soldati,* wird darunter verstanden: ho veduto *alcuni individui della classe* dei soldati. In dem Satze: *dátemi del pane,* versteht man: dátemi una porzione del pane che è lì.

Folgendes soll dies noch deutlicher erklären. — Der Satz: Ich sehe Menschen, kann im Italienischen auf zweierlei Art gegeben werden, und auch deßwegen zweierlei Sinn haben. Wenn ich bloß sagen will, daß die Gegenstände, die ich sehe, Individuen aus der Classe der Menschen sind, so ist der Artikel nicht nöthig, und ich sage vedo uomini; will ich aber ausdrücken, daß ich einige Menschen sehe, so muß ich mich dann des Theilungs-Genitivs oder des Wortes alcúni bedienen, als: vedo *degli* uomini, oder alcúni uomini.

Allgemeine Regel.

§. 107. Aus dem nun Vorausgeschickten folgt, daß im Italienischen der Theilungs-Genitiv sehr sparsam gebraucht wird, und zwar nur dann, wenn man dem deutschen Hauptworte, welches ohne Artikel da ist, die Wörter etwas oder einige vorsetzen kann, oder vorsetzen will. Kann man nicht oder will man nicht diese Wörter vorsetzen, so bleibt im Italienischen das Wort ohne Artikel, wie §. 102 angezeigt wurde *).

§. 108. Da im Italienischen der genannte Theilungs-Genitiv anstatt *alcuno, alquanto* gebraucht wird, so kann der Theilungs-Genitiv, so wie alcuno, alquanto, noch dann gesetzt werden, wenn ein Beiwort vor dem Hauptworte steht, als:

Er hat (einige) schöne Paläste.	Egli ha *de'* bei palázzi (statt *alcúni* bei palázzi)
Ich habe euch (einige) gute Nachrichten mitzutheilen.	Ho *delle* buóne nuove da dárvi (st. *alcúne* buóne nuove).

§. 109. Aus eben dem Grunde kann auch ein Vorwort im Italienischen vor dem Theilungs-Genitiv stehen, als:

Er glaubt mit dummen Leuten zu sprechen.	Crede parlár *a degli* sciocchi (d. i. *ad alcúni* sciocchi).
Mit etwas Geld.	Con *del* danáro (d. i. con *alquanto*, con un poco di danáro).

§. 110. Einige Grammatiker sagten, daß im Italienischen das Casus-Zeichen di ohne Artikel manchmal in der Bedeutung des Theilungs-Genitivs zu stehen pflege, und führen folgende Beispiele an:

Alle übrigen, die bei den Tafeln waren, worunter es auch ausgezeichnete Männer gab.	Gli altri tutti che alle távole érano, che v'avéva *di* valenti uómini.
Wirklich man hört schöne Sachen.	In verità che si séntono *di* belle cose.

Allein im Grunde sind dies lauter elliptische Sätze, wo man darunter versteht: un buon número di valenti uómini; una quantità di belle cose.

---

*) Durch diese gründlichen und unabänderlichen Regeln und Erläuterungen aufgeklärt, wird nun wohl Jedermann im Stande sein, das Unvollkommene und Falsche der meisten Grammatiken einzusehen.

Capitel XIV.

Ueber den Gebrauch des Artikels und des Wortes der unbestimmten Einheit uno, un, una, in allgemeinen und besondern Fällen.

§. 111. Den aus dem Begriff des Artikels abgeleiteten Regeln zu Folge, kann im Italienischen das Hauptwort auf d r e i verschiedene Arten gesetzt werden; nämlich: o h n e Artikel, mit dem Artikel, und mit dem T h e i l u n g s = G e n i t i v, als: bere vino, bere il vino, und bere del vino.

Im ersten Falle heißt es glattweg, daß man allenfalls Wein trinkt, also den Wein nicht verschmähet; im zweiten, daß man einen bestimmten Wein, und zwar ganz austrinkt; und im dritten, daß man eine kleine unbestimmte Quantität, d. i. e t w a s Wein t r i n k t.

§. 112. Aus der eigenthümlichen Function des Artikels lassen sich, als Leitfaden für die S e t z u n g oder N i c h t s e t z u n g desselben, folgende allgemeine Regeln aufstellen, die aber nicht für alle die besondern Fälle gelten können, wo der Sprachgebrauch oder der eigenthümliche Geist der Sprache eine Ausnahme davon machen.

1) In allen Fällen, wo ein Gegenstand blos genannt wird, ohne ihn im A l l g e m e i n e n, noch im B e s o n d e r e n näher zu bestimmen, steht das Hauptwort o h n e Artikel. (Sieh §§. 26, 102 und Einleitung S. 7.) Z. B.

Er lebt von Kräutern.	Egli vive di erbe.)
Die Wissenschaften erfordern Fleiß und Verstand.	Le scienze richiédono stúdio ed ingégno.
Sie tödteten ohne Unterschied Männer, Weiber, Greise und Kinder.	Trucidárono uómini, donne, vecchi e fanciúlli senza distinzione veruna.

A n m e r k. In S p r i c h w ö r t e r n stehen das Subject und das Object der Rede oft o h n e Artikel, um dadurch die A l l g e m e i n h e i t der Bedeutung desto ausdrücklicher zu bezeichnen, als: Amóre non ha sapiénza, ed ira non ha consiglio; appetito non vuol salsa; gioventù disordinata fa vecchiézza tribolata; vivere insiéme come cane e gatta.

2) Wird aber der Gegenstand, von dem die Rede ist, auf irgend eine Art n ä h e r b e s t i m m t, so ist der Artikel nöthig (sieh Einleitung S. 7.), als:

Der Mensch ist ein vernünftiges Thier.	L'uomo è un animale ragionévole.
Der Todte fühlt nichts mehr.	Il morto non sente più niénte.
Der Mensch, der dich betrogen hat.	L'uomo che ti ha ingannáto.
Der Todte in deinem Zimmer.	Il morto nella tua cámera.
Die Schwester eures Herrn.	La sorella del vostro padróne.
Der Palast der neuen Kirche gegenüber.	Il palázzo incóntro alla chiésa nuóva.

A n m e r k. Der Artikel bleibt aber weg, wo das Hauptwort ein a n d e r e s B e s t i m m u n g s w o r t bei sich führt, welches den Gegenstand hinlänglich, oder mit größerer Bestimmtheit bezeichnet und unterscheidet, als der Artikel vermag; dergleichen Bestimmungswörter sind: questo, quello, ogni, ciascúno, tanto, quanto, altrettanto, niúno, nessúno, nullo, ecc. (Sieh §. 32.)

4

§. 113. Eigene Namen der Menschen und Götter (nomi proprj), welche vermöge ihrer ausschließend individuellen Bedeutung an und für sich hinlänglich bestimmt, und von andern Individuen unterschieden sind, haben keinen Artikel nöthig, als:

Gestern sah ich den Jacob.	Jeri vidi Giácomo.
Die Gemahlin Josephs.	La móglie di Giuséppe.
Er hat es der Therese gesagt.	L'ha detto a Terésa.
Gott ist gerecht.	Dio oder Iddio è giusto.
Alles Gute kommt von Gott.	Tutto il bene vién da Dio.
Juno, Jupiters Gemahlin.	Giunóne, móglie di Gióve.

§. 114. Die besonderen Fälle, wo bei eigenen Namen der Menschen und Götter der Artikel gebraucht wird, sind folgende:

a) Wenn sie ein Beiwort vor sich haben, oder sonst durch Beilegung eines Prädicats genauer bestimmt werden, als:

Der allmächtige Gott.	L'onnipoténte Iddio.
Der Gott unserer Väter.	Il Dio de' nostri padri.
Gott Neptun.	Il Dio Nettúno.
Der Apoll vom Belvedere.	L'Apollo di Belvedére.
Die Venus vom Capitol.	La Vénere del Campidóglio.
Der tapfere Cäsar.	Il valoróso Césare.
Der göttliche Raphael.	Il divino Rafaéllo.

b) Eigene Namen der Menschen und Götter nehmen im Plural den Artikel an, weil sie dann als Gattungsnamen (nomi appellativi) stehen, als: i Demósteni, i Ciceróni, gli Oméri, i Virgilj, i Neróni, i Tibérj; gli Déi degli antichi Románi; al tempo degli Déi falsi e bugiárdi; — so auch wenn sie im Singular zur Bezeichnung einer andern Person gebraucht werden; z. B. Il Solóne della Fráncia; l'Oméro d'Itália.

c) Wenn bekannte Personen, vorzüglich Gelehrte und Künstler, blos mit ihren Familiennamen genannt werden, so stehen sie mit dem Artikel, als: Il Tasso, l'Ariósto, il Petrárca, il Metastásio, il Goldóni, il Federici, il Tiziáno, il Buonarótta, il Baruffáldi, ecc. In diesen Fällen wird immer eines der Wörter poéta, pittore, signore, darunter verstanden, wo es also eigentlich heißen sollte: il *poeta* Tasso, il *pittore* Tiziáno, il *Signor* Baruffáldi.

Geht aber der Taufname dem Familiennamen voran, so bleibt der Artikel weg; als: Torquato Tasso, Michelángelo Buonarótta.

d) Die Taufnamen der Weiber, obwohl sie in der Regel keinen Artikel annehmen, bekommen doch einen, wenn sie eine bekannte Person bezeichnen, als: la Fiametta, la Cristina, l'Annetta, ecc., wo dann der Artikel so viel ist, als wenn man sagte: *quella Fiametta*, che voi ben conoscéte; *quella Cristina*, che ben vi è nota, ecc.

§. 115. Die Namen der Städte stehen wie im Deutschen ohne Artikel, als: egli è di Vienna, er ist von Wien; va a Venézia, er geht nach Venedig; parte da Londra, er reist von London ab; soggiórna in Pietrobúrgo, er wohnt in Petersburg. — Ausgenommen einige wenige Städte, die immer den Artikel haben, als: il Cáiro, wahrscheinlich,

weil dieſe Stadt gewöhnlich il gran Cáiro heißt; la Roccella, la Mirán-
dola, la Bastia.

§. 116. Manche Namen von Welttheilen, Ländern, Rei-
chen, Provinzen, Inſeln, können bald mit, bald ohne den Artikel ſtehen; manche nehmen den Artikel nie, andere hingegen erfordern
ihn immer, je nachdem der Gebrauch es eingeführt hat, der hier mehr
Willkürliches zeigt, als in den meiſten andern Fällen.

Indeſſen kann Folgendes zur Richtſchnur dienen:

1. Alle Namen von Welttheilen, Ländern, Inſeln ꝛc. haben im Allgemeinen immer den Artikel, wenn vom ganzen
Welttheile, vom ganzen Lande, von der ganzen Inſel, —
oder von einem beſtimmten Theile derſelben die Rede iſt, z. B.

Europa iſt mehr bevölkert, als Afrika.	L'Európa è più populáta dell' Africa.
Die Staaten von Amerika.	Gli Stati dell' América.
Italien iſt auf drei Seiten vom Meere umgeben.	L'Itália è da tre parti circondáta dal mare.
Das mittägliche Spanien.	La Spagna meridionále.
Ober-, Unteröſterreich.	L'Aústria superióre, inferióre.
In Savoyen und Piemont waren fran-zöſiſche Münzen im Umlauf.	Nella Savoja e nel Piemonte avéan corso le monéte di Fráncia.

2. Nur in zwei Fällen machen die Welttheile, und die be-
kannteſten und häufiger genannten (vornehmlich europäiſchen) Länder
und Provinzen eine Ausnahme, und ſtehen ohne Artikel, nämlich:

a) In der zweiten Endung, wenn dieſe Welttheile und
Länder blos zur näheren Erklärung und Beſtimmung eines andern Wortes, welches als Hauptgegenſtand der Rede da iſt, dienen, als:
l'equilíbrio d'Európa; il parlamento d'Inghilterra; l'Imperatore d'Aú-
stria; il Margraviato di Morávia; l'armata d'Egitto, ecc.

b) Mit dem Vorwort in, wenn von einem unbeſtimmten Theile
derſelben die Rede iſt, als: egli morì in Ispagna; va in Boémia; vive
in Itália; lo vidi in Germánia, ecc.

§. 117. Selbſt in dieſen beiden Fällen ſetzt man in einem beſtimmten
Sinne, wenn unſer Augenmerk vorzüglich auf das Land gerichtet, oder
vom ganzen Lande die Rede iſt, den Artikel, als: le province
della Spagna; la città dell' Itália; i Príncipi della Germánia; gli
Armeni sparsi nella Turchía; nella Scózia si parla la lingua cél-
tica, etc.

§. 118. Einige europäiſche und die außereuropäiſchen Länder und
Inſeln haben immer den Artikel, als: il Tirolo, la Svízzera, la
Moldávia, la Moréa, la Criméa, la China, il Giappone, il Perù, le
Indie, il Brasíle, la Virginia, ecc., la Sicília, la Sardégna, la Cor-
sica, l'Irlanda, l'Islanda, l'Elba, la Capraja, ecc.

Die Namen der Länder, welche wie ihre Hauptſtadt heißen, als:
Nápoli, Venézia, Génova, Lucca, desgleichen die Namen folgender In-
ſeln: Cipro, Corfù, Creta, Cerigo, Cándia, Majorica, Minorica,
Malta, Ischia, Prócida, Lípari, Rodi, Scio, ecc. haben nie einen
Artikel.

4*

§. 119. Die Namen der M e e r e, F l ü s s e und B e r g e haben immer den Artikel, als: l'Arcipélago, l'Atlántico, il Danúbio, l'Elba, il Tamigi, l'Adige, il Po, il Reno, il Tévere, l'Appennino, i Pirenéi, le Alpi, il Ceníso, il Vesúvio, l'Etna, il Chimborasso.

§. 120. Die Namen der M o n a t e und T a g e stehen o h n e Artikel, als:

Der Monat Mai.	Il mese di Mággio.
Am letzten Juni.	L'último di Giùgno.
Den ersten Juli.	Il primo di Lúglio.
Gegen Ende Jänner.	Verso il fine di Gennájo.
Er hat gesagt Sonntag oder Montag hinzugehen.	Ha detto d'andarvi Doménica o Lunedì.

Wenn aber von einem b e s t i m m t e n Monate oder Wochentage die Rede ist, so setzt man den Artikel vor, als:

Im October verflossenen Jahres.	Nell' Ottóbre dell' anno passáto.
Den ersten des künftigen März.	Il primo del Marzo futúro.
Die Post nach Italien geht Mittwoch und Samstag ab.	La posta parte per l'Itália il Mercoledì ed il Sábbato.

§. 121. Die Namen der H i m m e l s g e g e n d e n bekommen (besonders im Nominativ) den Artikel. Mit den V o r w ö r t e r n hingegen di, a, da, in, verso, tra, wenn sie in unbestimmter, allgemeiner Bedeutung genommen werden, stehen sie o h n e A r t i k e l, wenn anders der Wohlklang und der Gebrauch ihn nicht nothwendig machen; weshalb einige dieser Namen immer den Artikel vor sich haben, z. B.

Aufgang oder Osten.	L'Oriente, il Levante, l'Est.
Niedergang oder Westen.	L'Occidente, il Ponente, l'Ovest.
Mitternacht oder Norden.	Il Settentrione, il Nord, la Tramontana.
Mittag oder Süden.	Il Mezzogiorno, il Mezzodì, il Sud.
Der von Westen nach Osten oder von Osten nach Westen gehen wollte.	Che *di* Ponente *ver* Levante andár voléva, o *di* Levante *in* Ponente.
Nach Norden liegend, östlich, südlich, westlich.	Situato, posto *a* Tramontana, *al* Nord, *al* oder *a* Settentrione, — *a* Levante, *all'* Oriente, *all'* Est, — *al* Sud, *a* Mezzodì, *a* Meriggio; — *a* Ponente, *a* Sera, *all'* Occidente, *all'* Ovest.
Der Wind kommt aus Westen.	Il vento tira *da* Ponente, *dall'* Occidente.
Gegen oder nach Westen, Norden segeln.	Far vela *verso* Ponente, *verso* il Nord.
Wie es im Orient geschah.	Come *in* Oriente avéa fatto.
Zwischen Süden und Osten.	*Tra* Mezzodì e Levante.
Nordost; Nordwest; Südost.	Nord-est; Nord-ovest; Sud-est.

§. 122. Wenn von den E i g e n s c h a f t e n der B e s t a n d t h e i l e des Körpers eines Menschen, Thieres oder Gewächses die Rede ist, so steht im Italienischen das Beiwort gewöhnlich n a c h dem Hauptworte, und dann wird diesem der Artikel vorgesetzt, als:

Caroline hat einen runden Kopf, weiße Zähne, rothe Lippen, schwarze Haare, und lebhafte Augen.	Carolina ha *la* testa rotónda, *i* denti biánchi, *le* labbra vermiglie, *i* capelli neri, e *gli* occhj viváci.
Dieser Baum hat eine harte Rinde.	Quest' álbero ha *la* scorza dura.

§. 123. Der Artikel wird immer gesetzt vor Wörtern, welche Titel, Rang und Würden bezeichnen, selbst dann, wenn sie vor eigenen Namen stehen, als:

L'Imperatóre Giuséppe, il Re Carlo, il Príncipe Eugénio, il Duca Alberto, il Cardinál Bembo, il Véscovo Salviáti, il Conte Orlándo, il Generále Loudon, il Cónsole Fabio, il Signor António, la Signora Beatrice.

Bei einigen kommt der Artikel nachzustehen, als: Madama la Principéssa; a Madama la Contéssa; di Madamigella la Baronéssa.

Anmerk. Die Titelnamen: Don, Donna, Madama, Monsignore, Santo, Suora, Frate, Messere, Ser und Maéstro stehen jedoch ohne Artikel, als: Don Roberto, Madama Persichi, Monsignor Salviati, San Paolo, Suora Cecilia, Fra Piétro, Messer Cino, Ser Brunetto, Maéstro Anselmo.

§. 124. In gewissen bestimmten Redensarten gebrauchen die Italiener den Artikel, obschon die Deutschen keinen beisetzen, als:

Ich wünsche euch einen guten Tag.	Vi auguro il buón giorno.
Seid mir willkommen.	Siate il benvenúto.
Könnt ihr deutsch? italienisch?	Sapéte il tedésco? l'italiáno?
Schildwache stehen.	Far la sentinélla, far la guárdia.

§. 125. Wenn zwei Hauptwörter durch e oder nè mit einander verbunden sind, und das erste hat den Artikel, so wird derselbe auch vor dem andern wiederholt, z. B.

Der Adel und die Geistlichkeit.	I nóbili ed i preti.
Weder der Fürst, noch das Volk.	Nè il principe, nè il pópolo.

§. 126. Wenn das Beiwort als auszeichnende Eigenschaft den eigenen Namen der Personen und Städte beigefügt wird, so steht es nach denselben, und der Artikel tritt zwischen beide, als:

Plato der Göttliche.	Platóne il Divino.
Peter der Große.	Piétro il Grande.
Philipp der Kühne.	Filippo il Temerário.
Das schöne Florenz.	Firenze la Bella.

Anmerk. Einige Eigennamen haben in solchen Fällen das Magno aus dem Lateinischen beibehalten, als: Carlo Magno, Carl der Große; Alessandro Magno, Costantino Magno.

§. 127. Die Ordnungs-Zahlwörter aber stehen im Italienischen, wenn sie als Unterscheidungszeichen der regierenden Personen von andern gleichen Namens dem Eigennamen beigefügt werden, ohne Artikel hinter demselben; als:

Franz der Erste.	Francésco primo.
Friedrich der Zweite.	Federico secóndo.
Ludwig der Achtzehnte.	Luigi decimottávo.
Leo der Zwölfte.	Leóne duodécimo.

Dasselbe gilt auch bei Ueberschriften und Titeln, als:

Erster Aufzug.	Atto primo.
Zweiter Auftritt.	Scena secónda.
Sechstes Buch.	Libro sesto.
Dritte Novelle.	Novella terza.

§. 128. Wenn einem Worte ein (erklärender) Beisatz zur näheren Erklärung oder Unterscheidung desselben beigefügt wird, so nennt man solches Apposition, und die Hauptwörter, die in Apposition stehen, nehmen weder den Artikel, noch uno, una vor sich, weil sie durch ihr Verhältniß zu dem ersteren hinlängliche Bestimmtheit erhalten. (Vergleiche Einleit. Nr. 16, 17.)

3. B. Ho letto il Floridánte, poéma di Bernárdo Tasso, padre di Torquato; — l'ignoránza, madre della superstizióne; — la religióne, figlia del Cièlo, unica consolazióne de' miseri mortali.

§. 129. Da der Artikel, wie wir hinlänglich gesehen haben, blos des Hauptwortes wegen da ist, und nur mit diesem sich verbindet, so folgt daraus, daß, wenn er ja vor andern Redetheilen steht, diese dann als wahre Hauptwörter zu betrachten sind, als:

Das Warum, das Wo will ich wissen.	Il perchè, il dove vóglio sapére.
Das Weib, welches sah, daß ihr das Bitten nichts half, nahm zum Drohen ihre Zuflucht.	La donna vedendo, che il pregár non le valéva, ricórse al minucciáre.
Eure Sparsamkeit im Schreiben.	La vostra scarsézza nello scrivermi.
Das gut Urtheilen hängt vom gut Verstehen ab.	Il ben giudicáre dipende dal ben inténdere.
Die Aehnlichkeit im Schreiben.	La somigliánza dello scrivere.

Anmerk. Dieser Vortheil unserer Sprache, besonders die Zeitwörter als Hauptwörter gebrauchen zu können, ist eine von den vorzüglichsten Quellen ihres Reichthums. (Sieh §§. 354 und 391.)

§. 130. Das Wort der unbestimmten Einheit uno wird im Italienischen oft weggelassen, wo es im Deutschen gesetzt wird. Dies ist der Fall nach den Zeitwörtern éssere, sein; divenire, diventare, farsi, werden; náscere, geboren werden; morire, sterben; esser créduto, reputato, gehalten werden; parére, sembrare, scheinen; ritornare, wiederkehren; spacciarsi per, sich ausgeben für; esser dichiarato, erklärt werden, wenn ein Hauptwort darauf folgt, welches die Nation, den Stand, das Amt oder die Würde einer Person anzeigt; z. B.

Er ist ein Italiener, ein Franzose.	Egli è Italiáno, Francése, ecc.
Dieser Herr ist ein Hauptmann.	Questo signóre è Capitáno *).
Er ist ein Kaufmann geworden.	Egli è diventáto mercánte.
Er scheint ein ehrlicher Mann.	Pare ob. sembra galantuómo.
Er ist ein geborner Edelmann.	Egli nacque gentiluómo.
Er wird ein schlechtes Ende nehmen.	Farà cattivo fine.
Sich für einen Schweden ausgeben.	Spacciarsi per Svedése.

§. 131. Hingegen veranlaßt uno zuweilen im Italienischen eigene Redensarten, in welchem Falle dann selbes im Deutschen oft nicht stehen kann, als:

Ihr habet gut reden.	Voi avéte un bel dire.
Er hat gut machen.	Egli ha un bel fare.
Das heißt mich zum Besten haben.	Questo è un burlarsi di me.

---

*) Man sagt aber: egli è un ufficiále di mérito; questa dama è un' Italiána di mia conoscénza.

§. 132. Die Italiener kommen oft mit den Deutschen und Franzosen darin überein, daß viele Zeitwörter in allgemeinen Redensarten ihr Object ohne Artikel bei sich führen, als:

Hunger, Durst, Schlaf, Lust haben.	Avér fame, sete, sonno, vóglia, ecc.
Nachricht, Antwort geben.	Dar ragguáglio, rispósta.
Dank sagen; Glauben beimessen.	Rénder grázie; prestár fede.

Capitel XV.

Von der Verbindung mehrerer Hauptwörter in ungleichem Verhältnisse. (Siehe S. 3, Nr. 18.)

Di.

§. 133. Die Fälle, wo bei den zusammengesetzten deutschen Wörtern, oder wenn sonst zwei Hauptwörter mitsammen verbunden stehen, im Italienischen das Bestimmungswort mit dem Casus-Zeichen di (in der zweiten Endung) stehen soll, sind schon oben in den §§. 35 und 36 vorgekommen. Hier bleiben nur jene noch anzuzeigen übrig, wo das Bestimmungswort im Dativ mit a, oder im Ablativ mit da zu stehen habe.

A. (Vergleiche §. 37.)

§. 134. Wenn von den zwei mitsammen verbundenen Hauptwörtern das Bestimmungswort die Aehnlichkeit der Form des regierenden Hauptwortes, oder die Art und Weise, wie Etwas gemacht oder beschaffen ist, anzeigt, so bekommt es das Vorwort a vor sich, als:

Schneckenstiege.	Scala a lumáca *).
Ein dreieckiger Hut.	Cappéllo a tre punte.
Modekleid.	Abito alla moda.
Hosen auf englische, deutsche Art.	Calzóni all' inglése, alla tedésca **).
Ein geblümtes, gestreiftes Kleid.	Una veste a fióri, a liste.
Eine Pendeluhr, eine Sanduhr.	Un orológio a péndolo, a pólvere.
Ein Segelschiff, ein Ruderschiff.	Una nave a vela, a remi.

§. 135. Und so wird a gewöhnlich noch gebraucht in den Redensarten, die sonst frasi avverbiali heißen, welche den Umstand, die Art und Weise der Handlung oder des Zustandes bezeichnen, z. B.

Er bat ihn mit gefalteten Händen.	Lo pregò a mani giunte.
Du wolltest nach deinem Willen thun.	Volesti far a tuo modo.
Vom Blatte weg spielen.	Suonare a prima vista.
Mit Sechsen fahren.	Andare con tiro a sei.
Er hat es theuer verkauft.	L'ha vendúto a caro prezzo.
Tropfenweise.	Góccia a góccia, a stilla a stilla.
Die Festung hat sich unter dieser Bedingung ergeben.	La fortézza si è resa a questo patto.

§. 136. Auf die Frage wann? bei der Zeitrechnung oder Zeitbestimmung, besonders wenn von Stunden, Zeiten des Tages oder

---

*) Einige dieser Redensarten sind elliptisch, wo man simile darunter versteht, als: scala simile a lumáca, ecc.

**) Bei diesen Redensarten werden die Hauptwörter fóggia, moda, maniéra, usanza, hinzugedacht.

von Feſttagen die Rede iſt, ſteht auch die dritte Endung oder das Vorwort a, als:

Sie werden zur beſtimmten Stunde kom= men.	Verránno all' ora stabilita.
Um die Mittags=, Mitternachtszeit.	A mezzo giórno, a mezza notte.
Er iſt zu rechter Zeit gekommen.	E venuto a tempo.
Heut zu Tage.	Al di d'oggi.
Er wird zu Michaelis, zu Oſtern wieder= kommen.	Ritornerà a San Michéle, a Pasqua.

§. 137. Hauptwörter, welche die Gattung oder die Werkzeuge der verſchiedenen Spiele anzeigen, werden nach giuocáre mit dem Vorworte a geſetzt, als:

Ein Spiel, Würfel, Karten, Schach, Treſette, Ombre, Ball, ꝛc. ſpielen.	Giuocáre a un ginoco, ai dadi oder a dadi, — alle carte oder a carte, — agli oder a scacchi, a tresette, all' ombre, alla palla, ecc.
Machen wir eine Parthie Billard.	Facciamo una partita al bigliárdo.

§. 138. Bei den muſikaliſchen Inſtrumenten, wo man im Deutſchen die Zeitwörter ſpielen, ſchlagen oder blaſen braucht, wird im Italieniſchen immer das Zeitwort suonare mit dem Accuſativ des Inſtrumentes gebraucht, als:

Auf der Geige, auf dem Clavier ſpielen.	Suonáre il violino, il clavicémbalo.
Auf der Guitarre ſpielen, Flöte blaſen.	Suonáre la chitarra, il flauto.

Anmerk. Man ſagt auch suonáre di violino, d. i. lo strumento di violino.

Da.

§. 139. Von den zwei mitſammen verbundenen Wörtern ſteht das Beſtimmungswort immer mit dem Vorworte da, ſobald es die Ange= meſſenheit, die Fähigkeit, den Gebrauch oder die Beſtim= mung zu einem Zwecke anzeigt. Man fragt dabei: für wen ziemt ſich Etwas? wem iſt es angemeſſen? wofür? wozu dient Etwas? wozu iſt Etwas beſtimmt? z. B.

Una magnificenza da principe.	Eine fürſtliche Pracht, d. i. eine Pracht, wie ſie einem Fürſten ange= meſſen iſt, ohne daß jener, der dieſe Pracht führt, ſelbſt ein Fürſt ſei.
Un' azióne da cavaliére.	Eine Handlung, wie ſie einem Edel= manne zukommt, oder für ihn ange= meſſen iſt.
Fazzolétto da collo, da naso.	Hals=, Schnupftuch; da collo, da naso, zeigen mir an, zu welchem Ge= brauche, zu welchem Zwecke das Tuch beſtimmt iſt.
Bicchiére da vino.	Ein Weinglas, d. i. ein ſolches, wel= ches beſtimmt iſt, um Wein daraus zu trinken, worin aber ſich noch kein Wein befindet.
Carta da scrivere.	Schreibpapier, d. i. ſolches, das die Beſtimmung hat, um darauf zu ſchrei= ben.

Anmerk. Man sieht, daß auch die Infinitive, wenn sie als Hauptwörter dastehen, und den Gebrauch, die Tauglichkeit, oder die Bestimmung zum Zwecke bezeichnen, das Vorwort *da* vor sich nehmen, als:

Dátegli l'aqua *da* lavár le mani.	Gebt ihm das Wasser zum Händewaschen (hier ist der Zweck bestimmt, zu dem das Wasser dienen soll).
Non ho danári *da* giuocáre.	Zum Spielen habe ich kein Geld (wiewohl ich Geld zu anderem Zwecke habe).
Eh là! portate *da* bere, *da* mangláre, *da* sedére (*cioè qualche cosa che è da bére, ecc.*).	He! bringet Etwas zu trinken, zu essen, zum Sitzen.

§. 140. Jedoch findet man auch, daß das bestimmende Wort, welches den Gebrauch oder Zweck des andern anzeigt, anstatt da das Vorwort di mit dem Artikel vor sich bekommt. Dies geschieht vorzüglich dann, wenn der Gebrauch oder Zweck der Behältnisse oder Gefäße bezeichnet wird, als:

il magazzíno *del* fiéno, *del* grano.	la biláncia *dell'* oro.
la cassa *della* farina.	il mortajo *della* pietra.
la casa *della* páglia.	

welches bedeutet: das Magazin, worin Heu oder Korn, — die Kiste, worin Mehl, — das Haus, worin Stroh aufbewahrt, — die Wage, womit Gold gewogen, — der Mörser, worin Stein gestoßen wird. — Würde man aber hier den Artikel weglassen, und blos di setzen und sagen: un magazzino di fiéno; una cassa di farina; una casa di paglia; una biláncia d'oro; un mortajo di piétra, so hätte dieses eine ganz andere Bedeutung, und hieße: ein Magazin voll Heu, — eine Kiste mit Mehl, — ein Haus von Stroh, — eine goldene Wage, — ein steinerner Mörser.

§. 141. Der Analogie zu Folge werden ungefähr oder bei, für, als und wie, wenn diese letzteren Wörter die Angemessenheit, die Schicklichkeit zum Zwecke bezeichnen, auch durch das Vorwort da ausgedrückt, als:

Ich habe bei diesem Kauf ungefähr 1000 Gulden gewonnen.	Ho guadagnáto in questa compra *da* mille fiorini (statt mille fiorini incirca).
Ich habe mich dort ungefähr zwei Jahre aufgehalten.	Mi ci sono trattenuto *da* due anni (due anni incirca).
Ich schrieb ihm ungefähr (bei) zehn Briefe.	Gli scrissi *da* diéci léttere.
Dies ist keine Wohnung für Menschen, sondern für Hunde.	Questa non è abitazione *da* uómini, ma *da* cani.
Dieses Kleid schickt sich nicht für Sie.	Quest' ábito non è *da* par suo.
Ich handle mit euch als ein ehrlicher Mann.	Io tratto con voi *da* uomo onesto.
Er lebt wie ein Fürst.	Egli vive *da* Principe.

§. 142. Wenn der Name des Geburtsortes einer Person (besonders der berühmten Gelehrten und Künstler) als ein charakteristisches Unterscheidungszeichen derselben dient, so wird dem Geburtsorte das Vorwort da vorgesetzt; als: Guidotto da Cremóna; Guido da Siéna; Rafaéllo da Montelupo; San Francésco da Assisi.

Wenn in folchen Fällen der Name des Geburtsortes mit einem Selbstlaute anfängt, so pflegt man da auch elliptisch, z. B. S. Francésco d'Assisi, Guittone d'Arezzo zu fagen, worunter *dalla città*, nämlich d'Ass'si, d'Arezzo verstanden wird.

§. 143. Bei den Poeten findet man auch häufig Perfonen durch Beilegung eines sinnlichen unterscheidenden Merkmals, dem das Vorwort *da* mit dem Artikel vorgefeßt wird, charakterifirt, als: Nice *dalle* bionde chióme; Fille *dagli* occhj bruni; la giovanetta *dalle* chiome d'oro; die blondhaarige Nice, — die braunäugige Phyllis, — das goldhaarige Mädchen. Solcher Umschreibungen müffen sich die Italiener bedienen, wenn sie deutfche oder griechifche zufammengefeßte Beiwörter überfeßen oder nachahmen wollen.

So oft daher ein Hauptwort als ein befonderes (individuelles) Unterscheidungsmerkmal einer Perfon dafteht, so kommt es in die fechste Endung mit dem Artikel, als:

Friedrich mit der gebiffenen Wange.	Federigo *dalla* guáncia morsa.
Die Milchfrau.	La donna *du* latte.

Uebrigens können dergleichen Merkmale auch mit dem Genitiv bezeichnet werden; als: Federigo *della* guáncia morsa, Friedrich mit der gebiffenen Wange.

§. 144. Diefes ift einzig und allein der wahre Gebrauch der Vorwörter di, a, da. Es ift zwar wahr, daß das Vorwort di in verfchiedenen elliptifchen Redensarten (fieh Capitel XXXIII.) die Stelle und die Bedeutung verschiedener anderer Vorwörter, als da find: a, da, per, in, con, tra, zu haben fcheint; allein diefe Vorwörter werden immer mit noch einem Hauptworte, von welchem eigentlich das Wort mit di abhängt, darunter verftanden; fo z. B.

Im Winter muß man den Abend benützen; verftehe: in der Jahreszeit des Winters.	D'invérno si deve profittáre della sera; verftehe: *nella stagióne d'invérno.*
Im Monat April blühen die Bäume.	Di Aprile fioriscono gli álberi; verftehe: *nel mese di Aprile.*
Bei der Nacht arbeitet man ruhiger, als beim Tage.	Di notte si lavóra più chetamente che di giórno; verftehe: *in tempo di notte, ecc.*
An Montagen arbeitet man nicht.	Di Lunedì non si lavóra; verftehe: *nei giorni di...*
Des Abends und des Morgens findet man ihn im Garten.	Di sera è di mattina tróvasi nel giardino; verftehe: *in tempo di sera.*
Ja, nein fagen.	Dir di sì; dir di no; verftehe: *dir la parola di sì, ecc.*
Mit zwanzig Jahren war er fchon tapfer.	Di vent' anni era già valoróso; verftehe: *nell' età di vent' anni.*
Einem neidifch fein.	Aver invidia di uno; verftehe: *aver invidia alla fortúna di uno.*
Ischia ift eine Infel fehr nahe bei Neapel.	Ischia è un' isola assái vicina di Nápoli (Bocc.), (*vicina alla città di Nápoli*).
Von Wien abreifen.	Partir di Vienna (*dalla città di Vienna*).

Sie starben ohne Zeugen.	*Di* questa vita senza testimónio trapassávano (Bocc.), *(dal soggiórno di questa vita).*
In einem gewissen Jahre geboren sein.	Esser nato *del* tal anno *(nel corso del tal anno).*
Im zwanzigsten Jahre sterben.	Morir *di* venti anni *(nell' età di).*
Wache, Dienst haben.	Essere *di* guárdia, *di* servigio *(éssere nello stato, o nell' occupazione di).*
Einem langweilig oder angenehm sein.	Essere *di* noja o *di* piacére *(esser cagione di noja).*
Vor Freude, vor Schmerz weinen.	Lagrimár *di* allegrézza, piángere *di* dolóre *(per cagióne di allegrézza).*
Er fiel durchbohrt von jener Lanze.	Passáto *di* quella láncia cadde (Bocc.), *(con un colpo di quella láncia).*
Vom Almosen leben.	Vivere *di* limósine *(col mezzo di).*

§. 145. Dieses Vorwort di in Verbindung mit H a u p t = oder B e i = w ö r t e r n bildet eine Menge adverbieller Redensarten (frasi avverbiali), (welche, so wie jene, die mit a, da, in, con, per gebildet werden, im praktischen Theile dieses Lehrbuches angeführt sind), als:

di certo,	gewißlich,	statt: certamente.
di nascosto,	heimlich,	— nascostamente.
di necessità,	nothwendiger Weise,	— necessariamente.

Daraus kann man nun sehen, daß das Vorwort *di* nie an der Stelle eines andern Vorwortes sich befindet, und daß nur aus Mangel der gehörigen Kenntnisse die Grammatiker in den Fehler geriethen, andere Regeln darüber zu geben. Lehrer sollten ja nicht verabsäumen, bei jeder vorkommenden elliptischen Redensart die Schüler darauf aufmerksam zu machen.

C a p i t e l XVI.
Von den Vergleichungsstufen.

§. 146. Es gibt d r e i Vergleichungsstufen; nämlich die e r s t e (positivo), die z w e i t e (comparativo) und die d r i t t e (superlativo).

1) In der ersten Vergleichungsstufe steht das Beiwort ohne irgend eine Aenderung, als: ricco, r e i c h; grande, g r o ß.

2) Die zweite Vergleichungsstufe wird aus der ersten mit Vorsetzung des più, m e h r, oder meno, m i n d e r, gemacht, als:

più ricco,	reicher,	meno ricco,	minder reich.

3) Die dritte Vergleichungsstufe wird aus der zweiten gebildet, indem man den Artikel il oder la vor più oder meno setzt, als:

il più ricco,	der reichste,	la meno ricca,	die mindest reiche.
i più grandi,	die größten,	i meno grandi,	die mindest großen.

Anmerk. Daraus sieht man, daß più und meno im Italienischen die Zeichen der Vergleichungsstufen sind.

§. 147. Wenn z w e i Dinge (Objecte) mit einander verglichen werden, so geschieht dieses durch eine E i g e n s c h a f t, die beiden gemein ist. Diese Eigenschaft ist nun in beiden Dingen entweder im g l e i c h e n Grade vorhanden, oder ein D i n g hat m e h r oder w e n i g e r von der Eigen=

schaft an sich, als das andere. Im ersten Falle haben wir eine Vergleichung in gleichen Graden, und im zweiten eine Vergleichung in un=
gleichen Graden.

I. Von der Vergleichung in gleichen Graden.

§. 148. Um den gleichen Grad der Eigenschaft in zwei Dingen zu
bezeichnen, bedient man sich der Wörter: così (sì) — come, oder così
— che; tanto — quanto, oder tanto — che; altrettanto — quanto
oder che; und auch al pari di..; als:

Eine Leinwand so weiß wie Schnee.	Una tela *sì* bianca *come* la neve.
Eine Pomeranze so süß wie Zucker.	Un' aráncia *così* dolce *come* zúcchero.
Dieses Tuch ist so theuer als das an= dere.	Questo panno è *tanto* caro *quanto* l' altro.
Ich bin so gut wie ihr.	Io conto *tanto che* voi.
Er ist eben so fleißig als sein Bruder nachlässig ist.	Egli è *altrettanto* diligente, *che* suo fratello è trascurato.
Ein Schauspiel eben so groß als furcht= bar.	Spettácolo *altrettanto* grande *quanto* terríbile.
Er ist eben so schlau als sie.	È furbo *al pari di* lei.

Anmerk. Vor einem Hauptworte wird tanto — quanto gebraucht, und
mit demselben im Geschlechte und in der Zahl übereingestimmt, als:

Darius unterjochte fast eben so viele Völ= ker, als Cyrus selbst.	Dario soggiogò quasi *tante* nazióni, *quante* ne avea soggiogáto Ciro medésimo.

§. 149. Das erste der beiden Vergleichungswörter kann aber auch
manchmal weggelassen werden, als:

Eine Pomeranze süß wie Zucker.	Un' aráncia dolce *come* zúcchero.
Ich habe so viel Geschicklichkeit als ein Anderer.	Abilità ne ho *quant'* un altro.
Du bist ein Mensch wie ich.	Tu sei uómo *come* me *).
Ich bin Soldat wie er.	Io sono soldáto *come* lui.
So unwissend als ich.	Ignorante *quanto* me *(Alf.)*.

II. Von der Vergleichung in ungleichen Graden.

1) Von der zweiten Vergleichungsstufe (del comparativo).

§. 150. Wenn unter zwei Gegenständen, die mit einander vergli=
chen werden, die gemeinschaftliche Eigenschaft in dem einen in einem hö=
heren oder geringeren Grade vorhanden ist, als in dem andern, so
findet da der Comparativo Statt; und der zweite Gegenstand der Ver=
gleichung kann entweder in der zweiten Endung, — oder mit dem Ver=
gleichungsworte che stehen, als:

Der Onkel ist reicher als der Neffe.	Il zio è più ricco del nipóte, oder che il nipóte.
Die Tochter ist nicht so schlau als die Mutter.	La figlia è meno astúta della madre, oder che la madre.

---

*) Wenn zwischen zwei Hauptwörtern die Vergleichung in gleichen Graden
Statt findet, so stehen beide in gleicher Endung; ist aber der zweite Gegen=
stand der Vergleichung ein persönliches Fürwort, so kann es im Accusa=
tiv oder im Nominativ stehen; so kann man hier sagen: tu sei uómo come
o, oder come me.

Anmerk. Die wahre Ursache, warum der zweite Gegenstand der Vergleichung im Genitiv steht, läßt sich aus der grammatischen Figur Ellipsis erklären, vermöge welcher a paragone, in confronto, im Vergleich ausgelassen wird, daher il zio è più ricco del nipóte, bedeutet in confronto, a paragone del nipóte. Diesem zu Folge kann man folgende Grundregel aufstellen: »Der zweite Gegenstand der Vergleichung steht nur dann im Genitiv, wenn in confronto, a paragone, im Vergleich, darunter verstanden werden kann; kann aber a paragone nicht darunter verstanden werden (wie unten im §. 156 der Fall ist), so muß die Vergleichung mit che geschehen.«

§. 151. In den meisten Fällen ist es zwar willkürlich, ob nach dem Comparativo die zweite Endung oder das Vergleichungswort che gesetzt werde; doch gibt es Fälle, wo man lieber die zweite Endung, als che setzt, und andere, wo man immer che setzen muß.

§. 152. Gewöhnlich setzt man lieber die zweite Endung, als che, wenn auf den Comparativo ein Hauptwort mit dem Artikel oder ein Fürwort folgt, als:

Die Sonne ist größer als der Mond.	Il sole è più grande *della* luna (statt *che* la luna).
Der Eine ist schlimmer als der Andere.	L'uno è più cattivo *dell'* altro (statt *che* l' altro).
Mein Zimmer ist weniger hell als das eurige.	La mia cámera è meno chiára *della* vostra (statt *che* la vostra).
Lysander ist gesünder als ich.	Lisandro è più sano *di* me (und nicht *che* io).

Anmerk. Wenn ein persönliches Fürwort auf den Comparativo folgt, so muß immer die zweite Endung, und nie che gesetzt werden.

§. 153. Wenn aber auf den Comparativo ein Wort ohne Artikel folgt; — oder wenn più oder meno für sich allein ohne Beiwort stehen: — so setzt man lieber che, als die zweite Endung, z. B.

Dante ist schwerer zu verstehen als Petrarca.	Dante è più difficile ad inténdere *che* Petrarca (statt di Petrarca).
London ist größer als Paris.	Londra è più grande *che* (statt di) Parigi.
Er ist zufriedener als ein Fürst.	È più contento *che* un principe (statt d'un principe).
Dieses hier gefällt mir mehr als jenes dort.	Mi piace *più* questo qui, *che* quello là (statt di quello là).
Das grüne Tuch gefällt mir weniger als das blaue.	Il panno verde mi piace *meno che* 'l turchino (statt del turchino).

§. 154. Wenn hingegen auf den Comparativo ein Nebenwort oder Zeitwort folgt, so muß man immer che setzen, als:

Lieber Etwas wie nichts.	Meglio qualche cosa *che* niente.
Es ist besser lernen als müßig gehen.	È meglio studiare *che* stare in ózio.
Er ist vernünftiger als ihr glaubt.	Egli è più sàvio *che* voi credete.
Sie hat mir mehr gegeben als ich wollte.	M'ha dato più *di quel ch'*io voléva, oder più *ch'*io voléva, oder più *ch'*io *non* voléva.

§. 155. In solchen Fällen, wo auf die zweite Vergleichungsstufe ein bestimmtes Zeitwort folgt, ist der Satz immer elliptisch, und es sollte eigentlich heißen: mi ha dato più *in confronto di quel che* io voléva. In der gewöhnlichen Abkürzung heißt es dann: mi ha dato più *di quel che* io voléva, oder *più che* io voléva, und in diesem letzten Falle, wo *che* allein vorkommt, kann noch, des Nachdruckes wegen, das *non* eingeschaltet werden, als: mi ha dato *più che* io *non* voléva; ella è più sávia *che* voi *non* credete.

§. 156. Eben so, wenn nicht eine und dieselbe Eigenschaft an zwei verschiedenen Gegenständen, sondern zwei verschiedene Eigenschaften an einem und demselben Gegenstande verglichen werden, muß auch immer *che* gesetzt werden, als:

Dieses Zimmer ist mehr lang als breit	Questa cámera è più lunga *che* larga.
Das Kleid ist mehr gelb als weiß.	L'ábito è più giallo *che* bianco.
Er ist ein besserer Soldat als Feldherr.	Egli è miglior soldato *che* capitano.
Er schreibt mehr als er spricht.	Egli scrive più *che non* parla.

§. 157. Die zweite Vergleichungsstufe kann durch Vorsetzung der Nebenwörter vie, assai, molto, bene, di gran lunga, noch mehr erhöht werden, als:

Desto zufriedener.	*Vie* più conténto.
Er ist weit ärmer als du.	E *assái* oder *molto* più póvero di te.
Er ist weit höher als ich.	E *molto* più alto di me.
Er ist weit größer.	E *di gran lunga* maggióre.

2) Von der dritten Vergleichungsstufe (grado superlativo).

§. 158. Es gibt zweierlei dritte Vergleichungsstufen, eine, die in Vergleichungen gebraucht wird, und Superlativo relativo oder di paragone heißt; und die andere, welche nie vergleichungsweise gebraucht, und Superlativo assoluto genannt wird.

A. Del Superlativo relativo o di paragone (in Vergleichung).

§. 159. Durch den Superlativo relativo wird der höchste oder niedrigste Grad der Eigenschaft eines Gegenstandes in Vergleichung mit allen übrigen Gegenständen seiner Art ausgedrückt, und das zweite Object der Vergleichung steht dann mit dem Vorworte tra oder fra, oder im Genitiv mit di, als:

Dieser ist der schönste aus allen.	Questi è il più bello *fra* oder *di* tutti.
London ist die größte unter allen Städten Europa's.	Londra è la più grande *di* tutte le città d' Europa.
Das glücklichste unter allen Weibern.	La più avventurósa *fra* tutte le donne.

§. 160. Wenn auf den Superlativo das beziehende Fürwort che (il quale) und ein bestimmtes Zeitwort folgen, so steht dieses in der verbindenden Art, als: la più bella cosa che (statt *la quale*) si possa vedére; l'avventura la più strana, ch'io ábbia mai intésa.

B. Del Superlativo assoluto (ohne Vergleichung).

§. 161. Bei dem Superlativo assoluto findet nie eine Vergleichung mit andern Gegenständen Statt (deswegen heißt er auch assoluto), und er bedeutet nicht den höchsten oder den geringsten, — sondern nur einen sehr hohen oder sehr geringen Grad der Eigenschaft.

§. 162. Dieser Superlativo assoluto wird gebildet, entweder: 1) wenn vor das Beiwort molto oder *assái* (sehr) gesetzt wird, als: ricco, reich, *molto* ricco oder *assái* ricco, sehr reich; — oder 2) wenn der Endselbstlaut eines Beiwortes in íssimo oder íssima, nach Art der Lateiner, verwandelt wird, als: bello, schön, *bellíssimo*, sehr schön; garbata, artig, *garbatíssima*, sehr artig. Z. B.

Die Straße ist sehr schlecht.	La strada è *molto* cattiva, oder *assái* cattiva, oder *cattivíssima*.

§. 163. Uebrigens erhöhen die Italiener auch häufig ihre Beiwörter zum Superlativo assoluto durch die vergrößernden Nebenwörter, bene, recht; oltre modo, überaus; fuor di misúra, außerordentlich; singolarmente, vorzüglich; stra oder tra, und arci, als:

Er ist außerordentlich stolz.	Egli è fiéro *oltre modo.*
Er ist überaus reich.	È ricco *fuor di misúra.*
Vorzüglich oder sehr gelehrt.	*Singolarmente* dotto.
Aeußerst, gleichsam erzschön.	*Tra-* oder strabello, *arcibellíssimo.*

§. 164. Der Superlativo assoluto in íssimo wird besonders gebraucht in Titeln, wie auch bei einer Anrede oder Ausrufung, als:

Hochverehrtester Herr!	Illustrissimo Signóre!
Unterthänigster Diener.	Umilissimo Servo.
Gehorsamster Sohn.	Obbedientissimo figlio.
Gerechtester Gott!	Giustissimo Iddio!

§. 165. Auch die Nebenwörter haben Vergleichungsstufen und zwar so, daß der Comparativo, eben so wie bei den Beiwörtern, mit Vorsetzung des più oder meno gebildet wird, als: *più* fortemente, stärker; *meno* discretamente, weniger bescheiden. Im Superlativo aber gehen sie nur in issimamente aus, als: fortissimamente, am stärksten; discretissimamente, am bescheidensten.

§. 166. Um die Eigenschaft mit einem besonderen Nachdruck auszusprechen, pflegen die Italiener das Beiwort zu wiederholen, und dies ist dann als eine Gattung des Superlativo assoluto anzusehen. Z. B. Un ragazzo píccolo píccolo (d. i. piccolíssimo), ein sehr kleiner Knabe; duro duro, steinhart; freddo freddo, eiskalt, ꝛc.

§. 167. Folgende Beiwörter können, nebst den obigen gewöhnlichen, noch auf eine ihnen ganz eigene Art die Vergleichungsstufen bilden, nämlich:

Positivo.	Comparativo.	Superl. relativo.			Superl. assoluto.
buóno,	miglióre,	il — la	miglióre,		óttimo,
gut;	besser;	der — die	beste;		sehr gut.
cattivo,	peggiore,	il — la	peggióre,		péssimo,
schlimm;	schlimmer;	der — die	schlimmste;		sehr schlimm.
grande,	maggióre,	il — la	maggióre,		mássimo, -
groß;	größer;	der — die	größte;		sehr groß.
piccolo,	minóre,	il — la	minóre,		ménomo,
klein;	kleiner;	der — die	kleinste;		sehr klein.
alto,	superióre,	il suprémo — la supréma,			sommo,
hoch;	höher;	der — die	höchste;		sehr hoch.

3. B. Der Wein ist g u t.	Il vino è *buóno*.
Dieser Wein ist besser als der erste.	Questo vino è *più* buóno, oder è *miglióre* del primo.
Schicket mir den besten Wein, den ihr habt.	Mandátemi *il più* buóno, oder *il migliór* vino che abbiáte.
Der Wein ist sehr gut.	Il vino è *molto* buóno, oder *assái* buóno, oder *buonissimo*, oder *óttimo*.

Eben so auch die Nebenwörter davon:

molto, viel; più, maggiormente, mehr;	il più, al più, am meisten; moltissimo, sehr viel.
poco, wenig; meno, weniger;	il meno, al meno, am wenigsten; pochissimo, sehr wenig.
bene, gut; méglio, besser;	il meglio, am besten; ottimamente, benissimo, sehr gut.
male, schlecht; péggio, ärger;	il peggio, am ärgsten; pessimamente, malissimo, sehr schlecht.

A n m e r k. Die Beiwörter integro, redlich; acre, scharf, sauer; célebre, berühmt, und salubre, heilsam, haben im Superlativo assoluto: integérrimo, acérrimo, celebérrimo und salubérrimo.

C a p i t e l XVII.

Von der Vergrößerung und Verminderung der Nennwörter. (De' nomi alterati.)

§. 168. Die Italiener pflegen sehr häufig in ihrer Sprache die B e d e u t u n g der Wörter (durch Hinzufügung einer oder mehrerer Silben zum Stammworte) zu v e r g r ö ß e r n oder zu v e r m i n d e r n.

1. Von den vergrößernden Nennwörtern.
(De' nomi aumentativi o accrescitivi.)

§. 169. Unter den v e r g r ö ß e r n d e n Wörtern gibt es einige, die blos eine w i r k l i c h e G r ö ß e oder E r h ö h u n g anzeigen, sie endigen in one, als:

álbero,	Baum,	alheróne,	großer Baum.
cappello,	Hut,	cappellóne,	großer Hut.
porta,	Thür,	portóne,	großes Thor.
sala,	Saal,	salóne,	großer Saal.

A n m e r k. Diese letzteren werden durch die Vergrößerung m ä n n l i c h, wenn sie auch ursprünglich w e i b l i c h sind.

Es gibt auch vergrößernde Wörter auf otto und otta, welche ebenfalls blos etwas G r o ß e s, D i c k e s und S t a r k e s anzeigen, als:

gióvane,	Jüngling,	giovanótto,	ein großer, starker Jüngling.
contadína,	Bäuerin,	contadinótta,	eine große, rüstige Bäuerin.

§. 170. Es gibt aber andere, welche einen s c h l e c h t e n, v e r ä c h t l i c h e n Begriff von einer Sache geben.

Die männlichen endigen sich da auf accio, astro, azzo, — und die weiblichen auf accia, astra, azza, aglia, ecc., als:

Aváro,	Geizhals,	avaráccio,	schmutziger Erzgeizhals.
Dottóre,	Doctor,	dottoráccio,	schlechter Doctor.
médico,	Arzt,	medicástro,	schlechter Arzt.
pópolo,	Volk,	popolázzo,	niedriger Pöbel.
villána,	Bäuerin,	villanáccia,	grobe Bäuerin.
sérva,	Magd,	serváccia,	häßliche Magd.
génte,	Leute,	gentáglia,	schlechtes Gesindel.

II. Von den verkleinernden Nennwörtern. (De' diminutivi.)

§. 171. Was die verkleinernden Nennwörter anbelangt, so ist die italienische Sprache daran besonders reich.

1) Einige braucht man zur Bezeigung der Liebe, der Zärtlichkeit und des Mitleids, oder auch nur zur bloßen Verkleinerung. Diese endigen sich in ino, etto, ello, — und im weiblichen Geschlechte auf ina, etta, ella, als:

Principe,	Prinz,	Principino,	hübscher kleiner Prinz.
Conte,	Graf,	Contino,	junger Graf.
Contessa,	Gräfin,	Contessina,	junge Gräfin.
ragázzo,	Knabe,	ragazzino,	hübscher kleiner Knabe.
mano,	Hand,	manina,	kleine hübsche Hand.
cuóre,	Herz,	cuoricino,	Herzchen.
signóra,	Frau,	signorina,	Fräulein.
cane,	Hund,	cagnolino,	hübsches Hündchen.
póvero,	arm,	poverino,	guter, armer Mann.
caro,	lieb,	carino,	Liebchen.
vécchio,	alter Mann,	vecchiétto,	altes Männchen.
póvero,	arm,	poverétto,	armer Mann.
pazzo,	Narr,	pazzaréllo,	kleines Närrchen.
villána,	Bäuerin,	villanélla,	hübsche junge Bäuerin.

2) Andere geben von der Sache keinen günstigen Begriff, und bedeuten vielmehr etwas Verächtliches. Diese endigen sich auf uolo, uccio, uzzo, und weiblich auf uola, uccia, uzza, als:

uómo,	Mensch,	uomicciuólo,	kleiner, elender Mensch.
donna,	Weib,	donnicciuóla,	kleines, gemeines Weib.
soldáto,	Soldat,	soldatúccio,	kleiner, elender Soldat.
casa,	Haus,	casúccia,	kleines, schlechtes Haus.
frate,	Mönch,	fratúzzo,	ein armseliger Mönch.

§. 172. Das nämliche Wort kann bisweilen auf alle nun angeführten Arten verkleinert werden, ja ein schon verkleinertes Wort kann noch mehr verkleinert werden; so kann man sagen:

libro, librétto, librettíno, libricíno, librúccio, librettúccio, libricciuólo, libretticciuólo, ecc.; eben so: casa, casáccia, casétta, casélla, casíno, casellíno, casótto, casúccia, casúpola, ecc.

Anmerk. Auch die Beiwörter sind dieser Vergrößerung oder Verminderung fähig, als: bello, schön, bellíno, niedlich schön; grande, groß, grandicello, hübsch groß; un poco, ein wenig, un pochettino, ein klein wenig, ꝛc. Von verde, grün, sagt man verdigno, grünlich; von rosso, roth, rossiccio, röthlich; von amáro, bitter, amarógnolo, amarétto, etwas bitter, ꝛc.

5

§. 173. Die Endungen in ame, ume, aglia, ecc. bedeuten eine zusammengehäufte Menge, einen Ueberfluß, als:

Pollame, Geflügel; bestiáme, eine Menge Vieh; uccelláme, eine Menge Vögel; ossáme, viel Gebeine; legnáme, Holzwerk; gentáme, gentáglia, ein Haufen Gesindel; ragazzáme, ragazzáglia, Haufen Buben; salvaggiúme, eine Menge Wildbret; carnúme, eine Menge Fleisch; verdúme, viel grüne Waare; salúme, salsúme, eine Menge Salzfleisch; soldatésca, viel Militär; figliuolánza, Kinder; maestránza, Meisterschaft; fraternità, Bruderschaft, ecc.

Capitel XVIII.
Von den Zahlwörtern (dei númeri).

§. 174. Die Zahlwörter drücken eine bestimmte Menge, oder die Ordnung der Dinge aus. Die bestimmten Zahlwörter bezeichnen und unterscheiden den Gegenstand, dessen Vielheit sie bestimmen, genauer, als der Artikel vermag; daher machen sie, wenn sie vor einem Gattungsworte stehen, den Artikel entbehrlich. Sie können als Beiwörter und als Hauptwörter gebraucht werden.

Es gibt fünferlei Zahlwörter.

1. Grundzahlen (númeri cardinali).

1 uno, una.		20 venti.	
2 due.		21 vent' uno.	
3 tre.		22 venti due.	
4 quattro.		30 trenta.	
5 cinque.		40 quaránta.	
6 sei.		50 cinquánta.	
7 sette.		60 sessánta.	
8 otto.		70 settánta.	
9 nove.		80 ottánta.	
10 diéci.		90 novánta.	
11 úndici.		100 cento (unveränderlich).	
12 dódici.		200 { duecento.	
13 trédici.		{ dugento.	
14 quattórdici.		300 tre cento, ecc.	
15 quindici.		1000 mille (veränderlich).	
16 sédici.		2000 due mila.	
17 { diecisétte.		100,000 cento mila.	
{ diciusette.		1,000,000 un millione (veränderlich).	
18 diciótto.		6,000,000 sei millioni.	
19 { diecinóve.			
{ diciunove.			

2. Ordnungszahlen (númeri ordinali).

il primo,	der 1te.	il décimo,	der 10te.
il secóndo,	— 2te.	l' undécimo,	— 11te.
il terzo,	— 3te.	il duodécimo,	— 12te.
il quarto,	— 4te.	il décimo terzo,	— 13te.
il quinto,	— 5te.	il décimo quarto,	— 14te.
il sesto,	— 6te.	il décimo quinto,	— 15te.
il séttimo,	— 7te.	il décimo sesto,	— 16te.
l' ottávo,	— 8te.	il décimo séttimo,	— 17te.
il nono,	— 9te.	il décimo ottávo,	— 18te.

il décimo nono,	der 19te.	il settantésimo, *settuagésimo,*	der 70ste.
il ventésimo, *vigésimo,*	— 20ste.	l' ottantésimo, *ottuagésimo,*	— 80ste.
il ventésimo primo,	— 21ste.	il novantésimo, *nonagésimo,*	— 90ste.
il ventésimo secóndo, ecc.	— 22ste.	il centésimo,	— 100ste.
il trentésimo, *trigésimo,*	— 30ste.	il millésimo,	— 1000ste.
il quarantésimo, *quadragésimo,*	— 40ste.	il diéci millésimo,	— 10,000ste.
il cinquantésimo, *quinquagésimo,*	— 50ste.	l' antipenúltimo,	der vorvorletzte.
il sessantésimo, *sessagésimo,*	— 60ste.	il penúltimo,	der vorletzte.
		l' último,	der letzte.

Anmerk. 1. Wenn man den Endselbstlaut o in a verändert, so werden diese Wörter weiblich, als: la *prima* cámera, la *secónda* città, ecc.

2. Il millésimo, als Hauptwort, bedeutet die Jahrzahl, als: mettéteci il millésimo, setzet die Jahrzahl dazu.

3. Wenn der Artikel ausgelassen wird, so kann man die Ordnungszahlen als Nebenwörter brauchen, als: primo, erstens; secóndo, zweitens; terzo, drittens, ꝛc. Man kann aber auch sagen: primieraménte, erstens, und secondariaménte, zweitens; und dann weiter die Ordnungszahlen mit Hinzufügung des luógo, als: in terzo luógo, drittens; in quarto luógo, viertens, ꝛc.

3. Zahlen des Zuwachses (númeri proporzionali).

Sémplice,	einfach.	céntuplo,	hundertfach.
dóppio,	doppelt.	una volta,	einmal.
triplo,	dreifach.	due volte,	zweimal.
quádruplo,	vierfach.	tre volte, ecc.	dreimal.
quintuplo,	fünffach.	cénto volte,	hundertmal.

4. Sammelzahlen (númeri collettivi).

Un ambo,		una decina,	10 Stück.
un terno,		una dozzina,	1 Dutzend.
un quattérno,	im Lottospiele.	una ventina,	20 Stück.
un quintérno,		una quarantina,	40 Stück.
una cinquina,		un centinájo,	1 Zentner.
una novena, eine Frist von 9 Tagen.		un migliájo,	1000 Stück.

Wenn diese Sammelwörter mit einem Hauptworte verbunden sind, so steht dieses mit dem Vorworte *di*, als: un pajo di galline, ein Paar Hühner; una cinquantina di fiorini, eine Anzahl von 50 Gulden. (Siehe §. 36. Nr. 4.)

5. Die Vertheilungszahlen (númeri distributivi).

Ad uno ad uno,	je eins und eins.	un terzo,	ein Drittel.
a due a due,	je zwei und zwei.	un quarto,	ein Viertel.
a tre a tre,	je drei und drei.	due quinti,	zwei Fünftel.
la metà,	die Hälfte.	un e mezzo,	anderthalb.

Z B. Tenéansi per mano *a due a due*, sie hielten sich bei der Hand je zwei und zwei; vénnero a decine, a ventine, a cinquantine, a centinája, a migliája, sie kamen zu zehn, zu zwanzig, zu fünfzig, zu hundert, zu tausend. (Sieh §. 135.)

§. 175. Wenn bei vent' uno, trent' uno, cinquant' uno, ecc. das Hauptwort nach dem Zahlworte steht, so steht es im Singular,

5*

als: ebbe vent' uno scudo, er hatte 21 Thaler; mi son morte
trent' una pecora, es sind mir 31 Schafe hingeworden. Steht
aber das Hauptwort vor dem Zahlworte (welches auch besser ist), so wird
es in den Plural gesetzt; man sagt also: **Pisóne visse anni trent' uno**,
Piso lebte 31 Jahre, anstatt: **Pisóne visse trent' un anno.**

§. 176. Alle zwei, alle drei, alle vier, ıc. heißt im Italienischen auch tutti e due, tutti e tre,. tulti e quattro, ecc. anstatt tutti
due, tutti tre, ecc. was eben so richtig ist. Folgt darauf das dazu gehörige
Hauptwort, so wird demselben der Artikel vorgesetzt, als: alle drei
Brüder, tutti e tre i fratelli; alle drei Schwestern, tutte e tre
le sorelle.

§. 177. Unser einer hat zweierlei Bedeutung; denn es heißt entweder einer von uns, oder unsers gleichen. Im ersten Falle sagt
man: uno di noi, im zweiten: un nostro pari oder noi altri. Unser
einer muß zufrieden sein, un nostro pari deve contentársi, oder
noi altri dobbiámo contentárci.

Die Zahlwörter werden manchmal auch als Hauptwörter gebraucht, als: il tre, il nove, il dódici, un terzo, un quarto, due
terzi, tre quarti, ecc.

§. 178. Es sind unser fünf; wie viel sind euer? u. dgl.
kann im Italienischen nicht wörtlich übersetzt werden. Man muß sagen:
siámo cinque oder siámo in cinque; quanti oder in quanti siéte? Es
kamen ihrer vier, vénnero in quattro; es speiseten ihrer vier
mit einander, desinárono in quattro; sie reiseten ihrer drei
ab, partírono in tre.

Capitel XIX.
Von der Art Stunden, Jahre und Tage zu zählen.

§. 179. Auf die Frage: Wie viel ist es? che ora è oder fa?
wird in der Antwort im Italienischen das Wort ora entweder ausdrücklich
gesetzt, oder darunter verstanden; im letzteren Falle muß der Artikel
dem Zahlworte vorgesetzt werden, welcher mit dem darunter verstandenen
ora übereinstimmt, im ersteren Falle hingegen ist kein Artikel nöthig, als:

Es ist 2 Uhr,	sono due ore, oder sono le due.
Es ist ¼ auf 4,	sono tre ore ed un quarto, oder sono le tre ed un quarto.

§. 180. Die gewöhnlichen Redensarten bei Bestimmung der Stunden auf die Frage: wie viel ist es? sind folgende:

Es ist Mittag.	È mezzo giórno.
Es ist ein Viertel auf eins — es ist halb eins — es ist ¾ auf ein Uhr.	È un quarto dopo mezzodì — è mezz'ora — sono tre quarti dopo mezzodi, oder dopo mezza notte.
Es ist ein Uhr.	È un' ora.

Es ist ¼ auf 2.	È un' ora ed un quarto.
Es ist halb 2 Uhr.	È un' ora e mezzo.
Es ist ¾ auf 2 Uhr.	È un' ora e tre quarti.
Es ist 2, 3, 4, 5, 6, 7, 8, 9, 10, 11 Uhr.	Sono le due, — le tre — le quattro — le cinque — le sei — le sette — le otto — le nove — le diéci — le úndici.
Es ist 8 Uhr vorbei.	Sono le otto passáte.

§. 181. Auf die Frage: um wie viel Uhr? wann? A che ora? quando? antwortet man mit dem Dativ, und der Artikel stimmt ebenfalls mit dem darunter verstandenen ora oder ore überein; z. B.

Um Mittag — um 1, 2, 3, 4, 5, 6, 7, 8, 9, 10, 11 Uhr — um Mitternacht.	A mezzodì — all' una oder *al tocco* — alle due — alle tre — alle quattro — alle cinque — alle sei — alle sette — alle otto — alle nove — alle diéci — alle úndici — a mezza notte.
Um ¾ auf 12.	Alle úndici e tre quarti.
Gegen halb 5 Uhr.	Verso le quattro e mezzo.
Nach ein Viertel auf 6 Uhr.	Dopo le cinque ed un quarto.

§. 182. Bei der Bezeichnung der Tage im Monate (d. i. des Datums) ist zu merken, daß außer il primo und l'ultimo immer die Grundzahlen gebraucht werden, als: il due, il tre, il quattro, ecc. di Gennajo; worunter eigentlich das Wort di, als: il dì due, ecc. verstanden ist. Uebrigens kann das Datum auch im Dativ oder mit dem veralteten Artikel li stehen, als:

Wien den 1sten — den letzten März.	Viénna *il primo* — *l'último* di Marzo.
Paris den 12ten Juli 1814.	Parigi il dì oder addì 12 Luglio 1814.
	— il 12 Luglio 1814.
	— ai 12 di Luglio 1814.
	— li 12 Luglio 1814.
Wien 7. Februar 1842.	Viénna 7 Febbrajo 1842.
In den ersten Tagen des August.	Al primi d'Agósto.
Anfangs November.	Al principio di Novémbre.
In den letzten Tagen des September.	Verso gli último di Settémbre.
Zwischen dem 8. und 9. Jänner.	Tra gli *otto* e i *nove* di Gennájo.
Bis Ende Mai.	Fino a tutto Mággio.
Im Jahre 1815.	Nell' anno mille ottocénto quindici.

§. 183. Die deutsche Redensart, um das Alter eines Menschen anzugeben, wird nicht wörtlich ins Italienische übersetzt, man sagt nämlich:

Wie alt ist er?	Che età ha oder quanti anni ha?
Er ist 5 Jahre alt.	Egli ha cinque anni.
Ich war damals 26 Jahre alt.	Io avéa allóra venti sei anni.
Sie ist 60 Jahre alt.	Ella è nell' età di sessánt' anni.
Er ist ungefähr in dem Alter meiner Tochter.	Egli è presso a poco dell' età di mia figlia.

Capitel XX.
Von den Fürwörtern (dei pronómi).

1. Von den perſönlichen Fürwörtern (personáli).

§. 184. Perſönliche Fürwörter drücken das Verhältniß der Perſonen aus, in welchem ſie ſich in dem Augenblicke der Rede befinden. Sie
ſind zweierlei, nämlich: 1. verbindend=perſönliche Fürwörter
(congiuntívi); 2. ſelbſtſtändig=perſönliche Fürwörter (assolúti).

1. Von den verbindend=perſönlichen Fürwörtern
(congiuntívi oder affissi).

§. 185. Dieſe heißen darum ſo, weil ſie immer unmittelbar entweder
vor dem Zeitworte ſtehen, oder demſelben nachgeſetzt und angehängt
werden, und ohne Zeitwort für ſich allein gar nichts bedeuten. Sie haben
nur den Dativ und Accuſativ, als:

Singular.

Dat. mi, mir;	ti, dir;	gli, ihm;	le, ihr;	si, ſich.
Acc. mi, mich;	ti, dich;	lo, il, ihn, es;	la, ſie;	si, ſich.

Plural.

Dat. ci (ne), uns;	vi, euch;	loro, ihnen;	si, ſich.
Acc. ci (ne), uns;	vi, euch;	li, ſie;	le, ſie;	si, ſich.

2. Von den ſelbſtſtändig=perſönlichen Fürwörtern
(assolúti).

§. 186. Dieſe können für ſich allein auch ohne Zeitwort ſtehen, und
unterſcheiden und bezeichnen die Perſon, auf welche ſie ſich beziehen, mit
beſonderer Beſtimmtheit und Nachdruck, als:

Wen ſuchet ihr? mich oder ihn?	Chi cercáte? *me o lui?*
Er gab es mir und nicht dir.	Egli lo diede *a me e non a te.*

Singular.

io	tu	egli, ei,	esso	ella, essa,	—
ich	du	er		ſie	—
di me	di te	di lui,	di esso	di lei,	di essa	di se
meiner	deiner	ſeiner		ihrer		ſeiner, ihrer
a me	a te	a lui,	ad esso	a lei,	ad essa	a se
mir	dir	ihm		ihr		ſich
me	te	lui,	esso	lei,	essa	se
mich	dich	ihn		ſie		ſich
da me	da te	da lui,	da esso	da lei,	da essa	da se
von mir	von dir	von ihm		von ihr		von ſich

Plural.

noi wir	voi ihr	églino, essi sie	élleno, esse sie	—
di noi unser	di voi euer	di loro, di essi ihrer	di loro, di esse ihrer	di se sich
a noi uns	a voi euch	a loro, ad essi ihnen	a loro, ad esse ihnen	a se sich
noi uns	voi euch	loro, essi sie	loro, esse sie	se sich
da noi von uns	da voi von euch	da loro, da essi von ihnen	da loro, da esse von ihnen	da se von sich.

Anmerk. Den besten Autoren zu Folge werden egli, ella blos in Beziehung auf Personen; esso, essa hingegen in Beziehung auf Personen sowohl, als auf Sachen gebraucht.

§. 187. In der Regel stehen die Affissi vor dem Zeitworte in der anzeigenden und in der verbindenden Art, als:

Er sagt mir.	Er hat mir gesagt.
egli mi dice, er sagt mir.	egli mi ha detto.
— ti dice, — — dir.	— ti ha detto.
— gli dice, — — ihm.	— gli ha detto.
— le dice, — — ihr.	— le ha detto.
— ci dice, — — uns.	— ci ha detto.
— vi dice, — — euch.	— vi ha detto.
— dice loro, — — ihnen.	— ha detto loro.

Loro wird gemeiniglich dem Zeitworte nachgesetzt.

Er ruft mich.	Er hat mich gerufen.
egli mi chiáma, er ruft mich.	egli mi (*uómo*) ha chiamáto.
— ti chiáma, — — dich.	— mi (*donna*) ha chiamáta*).
— lo chiáma, — — ihn.	— ti (*uómo*) ha chiamáto.
— la chiáma, — — sie.	— ti (*donna*) ha chiamáta.
— ci chiáma, — — uns.	— lo ha chiamáto.
— vi chiáma, — — euch.	— la ha chiamáta.
— li chiáma, — — sie.	— ci (*uómini*) ha chiamáti.
— le chiáma, — — sie.	— ci (*donne*) ha chiamáte.
	— vi (*uómini*) ha chiamáti.
	— vi (*donne*) ha chiamáte.
	— li ha chiamáti.
	— le ha chiamáte.

§. 188. Ist aber das Zeitwort in der gebietenden Art (die dritte Person im Singular und Plural, und den Fall der Verneinung ausgenommen), in der unbestimmten Art, im Gerundio oder im Mittelworte, so werden die Affissi nachgesetzt und angehängt, als:

I. In der gebietenden Art.

Bejahend.		Verneinend.	
Crédimi,	glaube mir.	non *mi* crédere,	glaube mir nicht.
mi creda,	er soll mir glauben.	non *ci* creda,	er soll uns nicht glauben.
crediámogli,	glauben wir ihm.		
credéteci,	glaubet uns.	non *le* crediámo,	glauben wir ihr nicht.
ci crédano,	sie sollen uns glauben.	non *mi* credéte,	glaubet mir nicht.
		non *gli* crédano,	sie sollen ihm nicht glauben.

---

*) Jedes Mittelwort eines thätigen Zeitwortes muß mit der von ihm regierten vorausgehenden vierten Endung im Geschlechte und in der Zahl übereinstimmen (Siehe §. 375).

2. In der unbeſtimmten Art, im Gerundio und im Mittelworte.

um euch zu ſehen,	per vedérvi *).
weil er euch geſehen hat,	per avérvi vedúto.
indem er ihm glaubt,	credéndogli.
da er ihm geglaubt hatte,	avéndogli credúto.
als er ihn geſehen hatte,	vedútolo.

§. 189. Wenn die Perſonal-Affiſſi mi, ti, ci, vi, si, die Beziehungswörter lo es, la ſie, li ſie, le ſie, ne davon, dafür, damit, ꝛc. nach ſich haben, ſo verändern ſie das i in e, und werden dann doppelte Affiſſi genannt; als:

me lo	me la	me li	me le	me ne
te lo	te la	te li	te le	te ne
ce lo	ce la	ce li	ce le	ce ne
ve lo	ve la	ve li	ve le	ve ne
se lo	se la	se li	se le	se ne
gliélo	gliéla	gliéli	gliéle	gliéne

Anmerk. Nur bei gli, wenn lo, la, li, le, ne darauf folgen, kann das i nicht in e verändert werden, ſondern es bekommt noch dazu ein e, als: gliélo, gliéla, gliéli, gliéle, gliéne; die Urſache davon iſt klar.

§. 190. Wenn le, ihr (Dativ weibl.) eines der Beziehungs-Affiſſi lo, la, li, le, ne nach ſich bekommt, ſo verändert es ſich des Wohllautes wegen in gli, und die Zuſammenſetzung geſchieht dann wie im männlichen Geſchlechte; alſo ſtatt le lo, le la, le li, le le, le ne, was keinen guten Laut hätte, ſagt man: gliélo, gliéla, gliéli, gliéle, gliéne, und auf dieſe Art ſind dieſe letzteren doppelten Affiſſi männlich und weiblich, als: non posso dirgliélo heißt: ich kann es ihm oder es ihr nicht ſagen, ꝛc. Z. B.

Habt ihr der Schweſter die Bücher gegeben? Ja, ich habe ſie ihr dieſen Morgen gegeben.	Avéto dato i libri alla sorélla? Sì, gliéli ho dati stamattina (nicht le li).

§. 191. Wenn in dem Satze, wo Affiſſi ſich befinden, zwei Zeitwörter ſind, das beſtimmte und ein Infinitiv, ſo kann das Affiſſo mit dem einen oder mit dem andern verbunden werden, man kann alſo gleich richtig ſagen: ich muß mich beklagen, debbo lagnármi, *mi* debbo lagnáre, und débbomi lagnáre. Indeſſen iſt doch die gewöhnlichſte und beſte Stelle die erſte, denn da iſt das Affiſſo mit jenem Zeitworte verbunden, welchem es eigentlich angehört.

Von dem Gebrauche der Affiſſi und der ſelbſtſtändig-perſönlichen Fürwörter und deren Unterſchied.

§. 192. Um zu wiſſen, wann man die Affiſſi mi, ti, ci, ecc. oder die ſelbſtſtändig-perſönlichen Fürwörter a me, me, a te, te, noi, ecc. ſetzen ſoll, iſt es nöthig auf nachſtehende Regeln ſein Augenmerk zu richten:

---

*) Wenn dem Infinitiv ein Affiſſo nachgeſetzt und angehängt wird, ſo muß, des Wohllautes wegen, und damit das zuſammengeſetzte Wort mit mehr Kraft ausgeſprochen werden könne, der Endſelbſtlaut e (und wenn vor dem e zwei r ſind, re) immer weggelaſſen werden, alſo ſagt man: amárlo, nicht amárelo; avérla, nicht avérela; produrne, nicht produrrene.

1) Liegt der Nachdruck auf dem Zeitworte oder auf einem andern Worte der Rede, und nicht auf dem persönlichen Fürworte, so setzt man die Affissi, als:

Er wird mir es morgen leihen.	Egli *me lo* impresterà dománi.
Er hat es dir versprochen.	*Te lo* ha promésso.

2) Wenn hingegen die Person, welche durch das Fürwort bezeichnet wird, von andern Personen unterschieden werden soll, und mit einem gewissen Nachdruck belegt wird (dies ist der Fall bei einer Frage, oder wo ein ausdrücklicher oder darunter verstandener Gegensatz vorhanden ist), oder wenn sonst der Sinn der Rede vornehmlich auf der Person ruhet, so werden die selbstständig=persönlichen Fürwörter gesetzt, als:

Wem wird er es leihen? mir?	A chi *lo* impresterà egli? *a me?*
Er wird es mir und nicht ihr leihen.	*lo* impresterà *a me* e non *a lei.*
Er wird es zuerst mir leihen.	*lo* impresterà prima *a me.*
Hat er es dir versprochen?	*lo* ha promésso *a te?*
Er hat es mir und dir versprochen.	*lo* ha promésso *a me* e *a te.*
Er liebt sie und nicht ihr Geld.	egli ama *lei*, non già il *di lei* danáro.

3) Nach Vorwörtern stehen auch immer die selbstständig=persönlichen Fürwörter, als: fra me e te, zwischen mir und dir; con me, mit mir; per te, für dich; verso di noi, gegen uns; senza di voi (§. 269), ohne euch; dirimpétto a lui, ihm gegenüber.

Beispiele.

Affissi.	Pronómi assolúti.
Egli *ti* cérca.	Chi cercáte? io cérco *te.*
Er sucht dich.	Wen suchet ihr? ich suche dich?
Egli *me lo* dice.	Perché *lo* dice *a me* e non *a lei?*
Er sagt es mir.	Warum sagt er es mir und nicht ihr?
Il padróne *mi* ha chiamáto.	Egli ha chiamáto *me* e *te.*
Der Herr hat mich gerufen.	Er hat mich und dich gerufen.
Io *vi* cercáva dappertútto.	Io cercáva *voi* e vostra sorélla.
Ich suchte euch überall.	Ich suchte euch und eure Schwester.
Giélo voléva dire.	*Lo* voléva dire *a lui* e *a voi.*
Er wollte es ihm sagen.	Er wollte es ihm und euch sagen.

Von den Beziehungs=Affissi ci, vi, ne.

§. 193. Die Affissi ci und vi werden auch als beziehende Nebenwörter des Ortes gebraucht, in welchem Falle sie Abkürzungen der Nebenwörter des Ortes quici und quivi sind. Im Deutschen heißen sie alsdann: hier, dort, hin, darin, darauf, daran, ɔc.

Ci zeigt eigentlich den Ort an, wo der Redende sich befindet, und vi, dort, den Ort, wo der Redende sich nicht befindet. Dieses wird jedoch nicht immer strenge beobachtet, da beide häufig, obwohl ihrer eigenthümlichen Bedeutung zuwider, mit einander verwechselt werden; z. B.

Seid ihr schon in diesem Palast gewesen? Nein, ich bin noch nie hier gewesen.	Siéte stato altre volte in questo palázzo? No, non *ci* sono stato mai ancora.
Ich bin in Paris gewesen, und kann wieder dahin gehen.	Sono stato a Parigi, e *vi* posso ritornáre.

Ich muß selbst hingehen.	Bisogna ch'io stesso *ci* (statt vi) vada.
Dieser Garten ist immer offen, und darum kommen Schweine herein.	Questo giardino è sempre aperto, e perciò *v'éntrano* i porci (statt ci éntrano).
Ich habe nicht daran gedacht.	Non *ci* ho pensato.
Es ist Niemand hier.	Non *c'* è verúno.

§. 194. Ne als Personal-Affisso heißt uns; als beziehendes adverbielles Wörtchen (dem französischen en gleich) bedeutet es davon, dafür, damit, darauf, ꝛc. und könnte durch di oder da questo, di oder da quello ersetzt werden, als:

Ich werde euch nicht davon geben können.	Io non potrò dárvene, bedeutet so viel als: *io non potrò darvi di questo*.
Er kam heraus.	Egli *ne* uscì, d. i. uscì *da quel luogo*.
Ich bin euch dafür verbunden.	*Ve ne* sono obbligato.
Jenes Brot ist gut.	Quel pane è buóno.
Gebt mir ein wenig davon.	Dátemene un poco.
Gebt ihm oder ihr davon.	Dátegliene.
Gebt ihnen davon.	Dátene loro.
Seid ihr damit zufrieden.	*Ne* siéte contento?
Ich erinnere mich nicht daran.	Non *me ne* ricórdo.

§. 195. Statt lo, ihn, es, sagt man oft zierlich il vor einem Zeitworte, welches mit einem Mitlaute anfängt, der kein s impura ist, als: assai volte in vano *il* chiamò, er rief ihn oft vergebens; s'io *il* desiderássi, wenn ich es wünschte; *il* vedo, ich sehe es. — Geht ein anderes Affisso voran, so wird *il* apostrophirt, als: ve 'l dico, ich sage es euch; ce 'l diéde, er gab es uns. — Wenn non vorhergeht, so wird das n weggelassen, als no 'l fece, er that es nicht, oder auch nol fece; più nol riconobbe, er erkannte ihn nicht mehr. Doch sagt man auch non lo fece, non lo riconobbe.

§. 196. Wenn mehrere Affissi (außer dem im §. 189 erwähnten Falle) zusammentreffen, so kann die Regel dabei zur Richtschnur dienen, daß jenes Affisso voraussteht, welches einer vornehmeren Person angehört. Bei den Grammatikern ist nun die erste Person vornehmer als die zweite, und die zweite wieder vornehmer als die dritte. Treffen aber zwei Affissi von der nämlichen Person zusammen, so entscheidet der Gebrauch und der Wohllaut; so findet man gli si und se gli; mi ci, vi ti, le si (man ihr), z. B.

Wer wird sich dir widersetzen?	Chi *ti si* opporrà?
Man sagt mir.	*Mi si* dice.
Es handelt sich da um meine Ehre.	*Vi si* tratta del mio onóre.
Niemand kennt mich da.	Niúno *mi vi* conosce.
Man arbeitet dabei.	*Ci si* lavora.
Man pfiff ihn aus.	*Gli si* (auch se gli) fécero le fischiáte.
Was soll man ihr geben?	Che cosa *le si* ha da dare?
Ich werde dir da eine Bettdecke hinlegen, darauf lege dich schlafen.	*Vi si* porrò una coltricélla, e dórmiviti.

§. 197. Wenn mi, ti, ci, vi mit gli zusammenkommen, so stehen erstere vor gli, und verändern, wie vor lo, la, ne, das i in e, als: me gli, te gli, ce gli, ve gli, z. B.

| Grüßen Sie mir den Herrn Verni, und empfehlen Sie mich ihm. | Salùti il Signor Verni, e *me gli* raccomàndi. |
| Man machte ihm den Prozeß. | *Se gli* fece il procésso. |

§. 198. Die alten Classiker zeigen viel Willkürliches bei der Zusammensetzung der Affissi, worin sie aber nicht nachzuahmen sind, als:

Wenn sie euch gefallen, so werde ich sie euch gerne schenken.	Se elle *vi* piácciono, io *vi* (ve le) donerò volontiérl. (*Bocc.*)
Ich muß es euch wohl zurückgeben.	A me dée piacére di rénder*lovi* (rénder*velo*). (*Id.*)
Ich werde es euch sagen.	Io *il vi* (ve'l) dirò. (*Id.*)
Denke es mir zu halten.	Pénsa di osservár*lomi* (osservár*melo*).

§. 199. Man bildet im Italienischen mit ecco (siehe, da ist, hier sind): éccomi, da bin ich; éccoci, hier sind wir; éccolo, hier ist er; éccovi, nun da seid ihr, 2c. In diesen Redensarten stehen mi, ci, lo, vi, als Object im Accusativ da, welches man deutlich einsehen kann, wenn das durch die Ellipsis Weggelassene wieder ersetzt wird, als: éccomi che domándi tu? Hier bin ich, was begehrst du? d. i. écco *mi vedi*, che domándi tu?

§. 200. Anstatt zu sagen: con me, con te, con se, kann man sagen: *meco, teco, seco,* nach dem Lateinischen mecum, tecum, ecc., und in der Poesie sagt man auch *nosco, vosco,* statt *con noi, con voi,* als:

Saget ihm, daß er mit mir komme.	Ditegli, che *meco* se ne venga.
Wer war kurz vorher mit dir?	Chi era *teco* poco fa?
Wer ist jener, der so eben mit euch sprach?	Chi è quell' uno, che *seco voi* ha parlato in quest' istante?
Ich brach mit ihm jede Gemeinschaft ab.	Ruppi *seco lui* ogni corrispondenza.
Euripides ist da mit uns.	Euripìde v' è *nosco*. (*Dant.*)

§. 201. Esso, er, essa, sie, essi, sie, esse, sie, werden häufig statt egli, ella, églino und élleno gebraucht. Oft setzt man nach esso, um die Person mit besonderem Nachdruck zu bezeichnen, die Fürwörter lui, lei, loro, allein esso bleibt dann unverändert, als:

Sie ist mit ihm gegangen.	Ella se n'è andáta con *esso lui* (statt con lui allein).
Er ist eben bei ihr.	Egli è appunto da *esso lei*.
Er ist mit ihnen ausgegangen.	E uscito con *esso loro*.

§. 202. In der zierlichen Schreibart, und besonders in der Poesie, können die Affissi in allen den Zeiten, wo sie gewöhnlich vor dem Zeitworte hergehen, auch demselben hinten angehängt werden, wenn nicht etwa eine zu besorgende Zweideutigkeit oder der Mißklang es verbieten; daher sagt man: *vántomi* statt mi vanto, ich rühme mich; *vántasi* statt si vanta; *vantávasi* statt si vantáva; *vantáronsi* statt si vantárono; *scrissegli* statt gli scrisse; *rendiámcegli* statt ce gli rendiámo; *réndesegli* statt se gli rende. In den zusammengesetzten Zeiten werden die Affissi immer dem Hülfszeitworte beigefügt oder angehängt, als: io *mi* sono impadronito, oder *sónomi* impadronito, ich habe mich bemächtigt; *si* sarébbe accórto, oder *sarébbesi* accórto, er würde es wahrgenommen haben.

§. 203. Wenn das Zeitwort, dem man das Affisso hinten anhän=
gen will, eine voce tronca ist, d. i. den Accent auf dem Endselbstlaute
hat, oder einsilbig ist, so wird der Anfangsmitlaut des angehängten
Affisso verdoppelt, aber dafür der Accent dann weggelassen. (Sieh §. 8.)
Daher sagt und schreibt man statt lo farò, ich werde es machen;
vi dirò, ich werde euch sagen; si pentirà, es wird ihn reuen;
mi fa, er macht mir; ci dà, er gibt uns; auch: farollo, dirovvi,
pentirássi, fammi, dacci. Nur mit gli geschieht diese Verdoppelung
nicht, weil es ohnehin mit einem zusammengesetzten Mitlaute anfängt,
also sagt man statt gli dirò, ich werde ihm sagen; gli scriverò,
ich werde ihm schreiben: dirógli, scriverógli.

§. 204. Die meisten italienischen Grammatiker sagen, daß man
anstatt egli, ella, io, ecc. die Wörter lui, lei, me, loro, ecc. im
Nominativ brauchen könne, um das Subject der Rede zu bezeichnen,
und führen folgende Beispiele an:

Theobaldus wunderte sich außerordent= lich, daß jemand ihm dergestalt ähn= lich sähe, daß man diesen oft für ihn selbst gehalten habe.	Maraviglióssi forte Tebaldo, che al- cúno in tanto il somigliásse, che fosse credúto lui. (Bocc.)
Wenn ich an seiner, an ihrer, an deiner Statt wäre.	Se io fossi lui, s'io fossi lei, s'io fossi te.
Da er mich für dich gehalten hat.	Credéndo egli ch'io fossi te. (Bocc.)
Er schämte sich dem Mönche das zu thun, was er selbst so gut verdient hätte, wie derselbe.	Si vergogno dì fare al mónaco quel- lo che egli, siccóme lui avéva meritáto. (Bocc.)
Er, der Glückliche! Ich Glücklicher!	Lui beáto! Me felice!

Allein ich glaube, daß sich Alle geirrt haben, und daß in keinem
dieser angeführten Beispiele lui, lei, me, ecc. als Subject der Rede
(d. i. als Nominativ) gebraucht worden sind. Um sich davon zu
überzeugen, braucht man nur die ursprüngliche Constructions=Ordnung
herzustellen, und das vermöge der Ellipsis Weggelassene zu ersetzen, als:

1) Maraviglióssi forte Tebaldo che alcúno in tanto il somigliásse, che
fosse credúto (éssere) lui.

2) Credéndo egli ch'io fossi (in) te.

3) Si vergogno di fare al mónaco quello, ch'egli avéa (meritáto) siccóme (sapeva aver) lui meritáto.

4) Lui beáto! Me felice! d. i. miráte lui beáto! mirate me felice!

§. 205. Die Fürwörter egli, gli, ei, e', er, ella, la, si, werden
oft aus bloßer Zierlichkeit, und zwar als Füllwörter (ripieni), wie das
deutsche unpersönliche es (wenn dieses als Nominativ da steht), ge=
braucht, als:

Es ist wahr,	egli è vero; oder gli è vero.
Es wird regnen,	ei pioverà.
Es ist schon ein Jahr,	egli è già un anno.
Es sind ihrer Viele,	egli vi sono molti.
Es ist doch sonderbar,	ella è oder la è pur cosa strana.
Die Sache verhält sich so,	il fatto si è.
Wahr ist es,	vero si è.

In allen diesen und dergleichen Fällen kann egli, ella weggelassen
werden.

§. 206. Das unbestimmte Es (im Accusativ stehend) wird oft durch eine besondere Eigenheit der italienischen Sprache durch la zierlich ausgedrückt, weil cosa darunter verstanden wird, und veranlaßt viele Redensarten, als:

Ihr sollet es mir bezahlen.	Voi me *la* pagheréte.
Ich werde es (diesen Streich) euch nie verzeihen.	Non ve *la* perdonerò mai.
Gott gebe, daß es gnädig ablaufe.	Iddio *la* mandi buóna.
Mit Einem Händel anfangen; es mit Einem aufnehmen.	Pigliárse*la* con uno.
Mein Bruder hat's (ist im Streit begriffen) mit dem Schneider.	Mio fratéllo *l'*ha col sartóre.
Ich kann es nicht verstehen.	Io non *la* so capire.

Von der höflichen Anrede im Italienischen.

§. 207. Die Anrede im Italienischen geschieht gewöhnlich durch Voi, Ihr, als: Dove andáte? Wo gehet Ihr hin? Che dite voi? Was saget ihr? Mi avéte vedúto? Habet ihr mich gesehen? No, non *vi* ho vedúto. Nein, ich habe euch nicht gesehen. Io *vi* dirò, ich werde euch sagen.

§. 208. Allein es gibt auch eine andere Art, Jemanden höflicher anzureden. Im deutschen Geschäftsstyl sagt man z. B. Euer Wohlgeboren, Dieselben, Hochdieselben, Höchstdieselben, Eure Herrlichkeit, Eure Excellenz, Eure Hoheit, Eure Majestät. Die Italiener brauchen für gewöhnlich Vostra Signoría (zusammengezogen: Vossignoría, V. S., Eure Herrlichkeit), und wenn von hochadeligen Personen die Rede ist: Vossignoría Illustrissima, Vostra Eccellénza; von fürstlichen Personen: Vostra Altézza; von Monarchen: Vostra Maestà.

Da nun alle diese Titel durch weibliche Hauptwörter, und zwar im Singular ausgedrückt werden, so bedient man sich im Italienischen, um deren oftmalige Wiederholung zu vermeiden, des weiblichen persönlichen Fürwortes im Singular Ella, welches dem deutschen Sie gleich gilt. Ella ist also hier eigentlich nur das Relativ von obigen Titeln.

Es sollte zwar (wie es auch in Toscana geschieht) im Nominativ immer blos Ella, und im Accusativ Lei gesagt werden, als: Come sta Ella? Wie befinden Sie sich? Sta Ella bene? Sind Sie wohlauf? Come ha Ella dormito*)? Wie haben Sie geschlafen? In Rom jedoch und den übrigen Provinzen Italiens sagt man in der Umgangssprache auch im Nominativ Lei, als: come sta *Lei*? sta *Lei* bene? come ha *Lei* dormito? und es würde dort affectirt klingen, wenn man sich nach florentinischer Art des Ella im Nominativ bedienen wollte.

§. 209. In der Anrede durch Voi, Ihr, richtet sich das darauf bezogene Beiwort oder Particip nach dem eigentlichen Geschlechte und der Zahl der angeredeten Personen, als:

---

*) Diese Art anzureden ist so wie die deutsche, wenn man zu Weibern gemeinen Standes spricht, und sagt: wie befindet sie sich? ist sie wohlauf? wie hat sie geschlafen?

Voi (*uómo*) siéte allégro, | voi (*uómini*) siéte allégri.
voi (*donna*) siéte allégra, | voi (*donne*) siéte allégre.

Allein in der Anrede durch **Ella** soll, den vorzüglichsten Schrift=stellern zu Folge, das **Beiwort** oder **Particip**, weil es als auf **Vossignoría** ecc. sich beziehend gedacht wird, immer weiblich sein, daher soll man sagen:

Wenn Sie die Güte gehabt hätten. | Se Ella si fosse compiaciúta.
Wie lange ist es schon, daß Sie ange= | Quant' è già ch' Ella è arrivàta?
kommen sind? |

und nicht compiaciúto oder arrivàto, wie es Einige bei der Anrede männlicher Personen gerne sagen und schreiben.

1) Vossignoría | Ella auch Lei,   Sie.
2) di Vossignoría | di Lei (suo, sua),   Ihr.
3) a Vossignoría | a Lei, le,   Ihnen.
4) Vossignoría | Lei, la,   Sie.
6) da Vossignoría | da Lei,   von Ihnen.

Anmerk. Wenn die angeredete Person mit besonderem Nachdruck und unterscheidungsweise genannt wird (sieh §. 192), so setzt man a **Lei** und **Lei**; ist dies aber nicht der Fall, so wird le und la gebraucht. — Trifft le mit den Beziehungs=Affissi lo, la, li, le, ne, zusammen, so wird es in gli verwandelt (siehe §. 190), und heißt dann glielo, gliela, glieli, gliele, gliene, es Ihnen, sie Ihnen.

Beispiele.

1.

Wo gehen Sie hin? | Dove va Vossignoría? oder *Ella?* *Lei?*
Haben Sie sich immer wohlauf befun= | È *Ella* stata sempre bene?
den? |
Sie sehen sehr gut aus. | *Lei* ha buonissima ciéra.

2.

Ihre Bemerkung ist richtig. | Il riflésso di **V. S.** oder di **V. Ecc.** è giústo, oder il riflésso *di Lei* oder il *di Lei* riflésso, oder il *suo* ri-flésso è giústo.
Wo sind Ihre Handschuhe? | Dove sono i guánti *di Lei?* oder i *di Lei* guánti? oder i *suói* guánti?
Welches ist Ihr Zimmer? | Qual è la cámera *di Lei?* oder la *di Lei* cámera? oder la *sua* cámera?
Ich setze mich hieher zu Ihnen. | Io seggo qui presso *di Lei.*

3.

Gehen wir spazieren, wenn es Ihnen gefällig ist. | Andiámo a spasso, se *le* piáce.
Dieses wird weder Ihnen noch ihm gefallen. | Questo non piacerà nè *a Lei*, nè *a lui.*
Ich sage Ihnen unterthänigsten Dank. | *Le* rendo devotissime grázie.
Ich statte Ihnen und dem Herrn Onkel den schuldigsten Dank ab. | Rendo *a Lei* e al Signor zio le do-vúte grázie.
Hören Sie also, ich werde es Ihnen gleich sagen. | Ascólti dúnque, *glielo* dirò súbito.
Er will es weder Ihnen, noch mir sagen. | Non *lo* vuól dire nè *a Lei*, nè *a me.*

Ihnen allein werde ich es sagen.	Lo dirò *a Lei* sola
Ich werde Ihnen dafür ewig verbunden sein.	Gliene sarò eternaménte obbligàto.
Ich werde sie Ihnen sehen lassen.	Glieli (i libri) farò vedére.
Ich werde sie Ihnen und der Schwester sehen lassen.	Li farò vedére *a Lei* e alla sorélla.
Ich werde ihn Ihnen morgen zeigen.	Gliela (lettera) mostrerò dománi.
Wohlan! Ihnen kann ich nichts abschlagen.	In buon' ora! *a Lei* non posso dare un rifiùto.

4.

Ich bitte Sie, bemühen Sie sich nicht.	Non s'incómodi, *la* prégo.
Ich habe Sie, nicht den Bruder gebeten.	Ho pregáto *Lei* e non il fratéllo.
Verzeihen Sie, wenn ich Sie unterbreche.	Scusi, se *la* interrómpo.
Er hat Sie und uns unterbrochen.	Egli ha interrótto *Lei* e *noi*.
Ich danke Ihnen dafür.	Ne *la* ringràzio.
Ich danke Ihnen und allen Andern dafür.	Ne ringràzio *Lei* e tutti gli altri.
Versagen Sie mir diese Gnade nicht, ich beschwöre Sie darum.	Via, non mi rifiùti questo favóre, *ne la* scongiúro.
Morgen werde ich mit Ihnen zum Cousin gehen.	Dománi andrò con *Lei* dal cugino.

5.

Dies hängt von Ihnen ab.	Questo dipénde *da Lei*.
Das rührt von Ihnen her.	Questo proviéne *da Lei*.
Er war schon zweimal bei Ihnen.	Era già due volte *da Lei*.

§. 210. Das Zeitwort steht immer in der **verbindenden Art**, wenn die höfliche Anrede Bitte, Wunsch, Erlaubniß, Begehren, Fordern ausdrückt.

Beispiele.

Se **V. S.** desidera di farmi conóscere l'amóre che mi porta, mi *scriva* quanto più spesso *Ella* può, e *viva* liéta. (*Tasso*.) — *Ascólti*, *senta* un poco. — Mi *permetta* di dirle una paróla. — Non se ne *offenda* la prego. — *Abbia* la bontà di pórgermi il vino. — *Vénga* a ritrovármi. — Si *degni* commandáre anche a me. — Ci *fáccia* il nostro conto. — *Favorisca* di venir con me. — *Avrébbe* la bontà di dirmi per dove si va alla posta? — *S'accómodi* la prego. — *Vorrébbe* avér la bontà d'imprestármi un libro? — Signóri, *stiano* atténti. — Ci *fácciano* questa grázia, *réstino* qui.

II. Von den zueignenden Fürwörtern (possessivi).

§. 211. Die zueignenden Fürwörter zeigen den Besitz oder das Eigenthum nach dem Verhältniß der besitzenden Person an.

Sie sind entweder conjunctiv, wenn sie ein Hauptwort bei sich haben, z. B. il mio cappéllo, mein Hut; — oder absolut, wenn sie ohne Hauptwort stehen, z. B. egli vive del suo, er lebt von dem Seinigen.

§. 212. Dem Geiste der italienischen Sprache scheinen die Fürwörter für sich allein noch nicht bestimmend genug zur ausschließenden Bezeichnung des Gegenstandes; daher ihnen, wenn sie mit einem Hauptworte verbunden stehen, gewöhnlich der Artikel vorausgesetzt wird, als: il mio giardíno; nella vostra casa; della tua libertà.

Singular.

il mio,	túo,	súo,	nóstro,	vóstro,	lóro *giardino*.
mein,	dein,	sein,	unser,	euer,	ihr Garten.
la mia,	túa,	súa,	nóstra,	vóstra,	lóro *penna*.
meine,	deine,	seine,	unsere,	eure,	ihre Feder.

Plural.

i miéi,	tuói,	suói,	nóstri,	vóstri,	lóro *giardini*.
meine,	deine,	seine,	unsere,	eure,	ihre Gärten.
le mie,	túe,	súe,	nóstre,	vóstre,	loro *penne*.
meine,	deine,	seine,	unsere,	eure,	ihre Federn.

Beispiele.

Ecco il *suo* prato. I Signóri Belfióri hanno vendúto il *loro* prato e i *loro* caválli. Come sta la *súa* Signóra madre? Ecco il *súo* ventáglio. Il *súo* Signór padre me l'ha dato. Letta la *róstra* léttera, entrò nelle *súe* cámere. Amici *miéi*, cari amici, io non ho colpa nel *vóstro*, nel *mio* destino. Tutto l'amór *túo* veggo, veggo il *túo* duól, la *túa* beltade. La fortúna col *súo* riso, colla *súa* ruóta, co' *suói* tesóri, con le *súe* promésse inganna gli uómini. E un pezzo che ci onóra delle *súe* visite. Alla salúte del *vóstro* futúro sposo! Hai nettáto le *mie* scarpe, lustrato i *miéi* stiváli?

§. 213. Wenn diese Fürwörter allein vor den Hauptwörtern, die eine Würde oder Verwandtschaft andeuten, stehen, so pflegt man im Singular keinen Artikel vorzusetzen, als:

Gl'interéssi *di Súa* Maestà.	Die Vortheile Seiner Majestät.
Scrivo *a Súa* Altézza.	Ich schreibe Seiner Hoheit.
Avéte salutato *mia* madre.	Ihr habt meine Mutter gegrüßt.
Tu rassomígli in tutto *a túo* padre.	Du siehst ganz deinem Vater ähnlich.
Egli è partito *con súo* fratéllo.	Er ist mit seinem Bruder abgereist.
Il zio *di mia* móglie.	Der Onkel meiner Gemahlin.

§. 214. Wenn aber die Namen der Würde und der Verwandtschaft noch ein Beiwort vor sich führen — oder das zueignende Fürwort nach sich haben — oder im Plural sind, so nehmen sie den Artikel an, als:

Il *mio* caro padre.	Mein lieber Vater.
Della túa ténera madre.	Deiner zärtlichen Mutter.
La Maestà *súa*.	Seine Majestät.
Il fratéllo *mio*.	Mein Bruder.
Le loro Maestà.	Ihre Majestäten.
Le nóstre sorélle.	Unsere Schwestern.
I vóstri genitóri.	Eure Aeltern.

§. 215. Wenn man sagt: il mio, das Meinige; il tuo, das Deinige; il suo, das Seinige; il nostro, das Unsrige; il vostro, das Eurige; il loro, das Ihrige; so ist das eine elliptische Redensart, und das darunter verstandene Wort ist: avére oder bene, Habe oder Eigenthum, z. B.

Viéni, e dománda *il túo*. (*Bocc.*)	Komm und begehre das Deinige.
Io vi vidi *in sul vostro*. (*Bocc.*)	Ich sah euch auf eurem Gute.
Víver *del súo*.	Von dem Seinigen leben.

§. 216. Diese nämlichen im Plural, als: i miéi, die Meinigen; i tuói, die Deinigen; i suói, die Seinigen; i nostri, die

Unfrigen; i vostri, die Eurigen; i loro, die Ihrigen; bezeichnen parénti, famigliári, Angehörige, Anverwandte, Hausgenossen, z. B.

Il nemico fece *a' nóstri* assái ver- gógna e danno. (*Petr.*)	Der Feind that den Unsrigen viel Schimpf und Schaden.
Vado a chiamáre tutti i *miéi.*	Ich gehe, um alle meine Angehörigen her- zurufen.
Rivedére i *suói*, cioè: i suói parénti.	Die Seinigen wiedersehen.

Einige Bemerkungen über den Gebrauch des di lui, di lei und loro, statt súo, súa, ecc.

§. 217. Von suo ist zu merken, daß es immer gebraucht wird, wenn es auf das Subject der Rede (auf den Nominativ) sich bezieht, und dieses im Singular sich befindet, als:

Il Tenénte loda i *suói* soldáti *).	Der Lieutenant lobt seine Soldaten.
La cognáta è uscita colla *súa* serva.	Die Schwägerin ist mit ihrer Magd aus- gegangen.

§. 218. Bezieht sich suo, sua auf ein Hauptwort im Plural, so braucht man statt dessen lieber loro, als:

I Generáli lodávano i *lóro* (statt i suói) soldáti.	Die Generale lobten ihre Soldaten.
Il padre áma i suói figli, e questi ámano il *lóro* padre.	Der Vater liebt seine Kinder, und diese lieben ihren Vater.

§. 219. Bezieht sich aber suo nicht auf das Subject der Rede (auf den Nominativ), sondern auf ein anderes Hauptwort, so muß immer di lui, di lei, statt suo gesetzt werden, so oft dieses Letztere eine Zweideutigkeit verursachen könnte, z. B.

Giuseppe ama *sua* sorélla e i figli *di lei* oder *di essa* **).	Joseph liebt seine Schwester und deren Kinder.
Piétro avvisa il suo amico di avér vendúto il *di lui* giardino (o il giardino *di esso*).	Peter meldet seinem Freunde, er habe dessen Garten verkauft.

§. 220. Ueber die Setzung oder Weglassung des Artikels vor den possessiven Fürwörtern werden noch folgende Beispiele zur näheren Erläuterung dienen; man kann nämlich sagen:

1) Sono mie terre; oder queste terre sono *mie.*
2) Sono le mie terre.

Im ersten Beispiele wird der Besitz, das Eigenthum der Sache überhaupt ausgedrückt (in diesem Falle braucht man keinen Arti- kel), und angezeigt, daß die Grundstücke, von welchen ich rede, zwar mir gehören, aber daß dies nicht alle meine Grundstücke, sondern nur ei- nige derselben sind. — Im zweiten hingegen heißt es, daß die ange- führten Grundstücke alle jene sind, die ich besitze.

---

*) In diesem Falle heißt es so viel als: i *próprj* soldáti, seine eigenen Sol- daten. — Daher gebraucht man auch oft próprio statt suo, als: ábita in *própria* casa, er wohnt in seinem (eigenen) Hause.

**) Wenn man sagte: e i *suoi* figli, so würde man nicht wissen, ob von Jo- sephs Kindern oder von jenen seiner Schwester die Rede ist.

6

Die possessiven Fürwörter stehen daher, dem ersten Beispiele zu Folge, in der Antwort auf die Frage: wem (überhaupt) Etwas gehört, oder wessen Eigenthum Etwas ist, ohne Artikel, als:

Wem gehört dieses Buch? oder: wessen ist dieses Buch?	Di chi è questo libro?
Es gehört mir, dir, ihm, oder: es ist mein, dein, sein,	È mio, è tuo, è suo.
Dieses Haus gehört ihm, oder: dieses Haus ist sein.	Questa casa è sua.
Ich bin ganz der eurige.	Sono tutto vostro.

In den eigenthümlichen Redensarten stehen die possessiven Für=wörter auch ohne Artikel. Dies geschieht besonders, wenn sie vor selbst=ständig gedachten Hauptwörtern sich befinden, wobei man keinen eigentlichen Besitz eines körperlichen, wirklich bestehenden Dinges, sondern blos eine Beschaffenheit oder einen Zustand anzeigen will, als:

Persona di *mia* conoscénza.	Ein Bekannter von mir.
A *suo* dispetto.	Ihm zum Trotz.
Salutátelo da parte *mia*.	Grüßet ihn von mir.
Sta in *nostro* potére.	Es steht in unserer Macht.
Per *mio* avviso.	Meines Erachtens.

Endlich sagt man auch:

Un suo servitóre, statt: uno dei suói servitóri.	Ein Bedienter von ihm, statt: einer von seinen Bedienten.
Un mio amico.	Ein Freund von mir.

III. Von den anzeigenden Fürwörtern (dimostrativi).

§. 221. Die anzeigenden Fürwörter bezeichnen und unterschei=den den Gegenstand genauer, als der Artikel vermag, daher machen sie, wenn sie vor einem Hauptworte stehen, den Artikel entbehrlich. (Siehe pag. 25, §. 32.) Sie sind folgende:

Singular.		Plural.
Questo, questa,	dieser, diese, dieses; dies, das,	questi, queste.
Cotésto, cotésta*),	der dort, die dort,	cotésti, cotéste.
Quello, quella,	jener, jene, jenes,	quelli, quelle.
Costúi,	dieser Mensch da,	
Costéi,	diese Weibsperson,	} costóro.
Colúi,	jener, der Mann, derjenige,	
Coléi,	jene, das Frauenzimmer, diejenige,	} colóro.
Cotestúi,	der Mensch dort,	
Cotestéi,	das Frauenzimmer dort,	} cotestóro.

Ciò è vero oder *questo* è vero,	dieses ist wahr.
Portáte tutto *quel che* avéte,	bringet Alles, was ihr habt.
Avréte *ciò che* voléte,	ihr sollt haben, was ihr wollet.
Ciò che fin' ora avéte detto,	das, was ihr bis jetzt gesagt habt.

*) Questo-a, zeigt Dinge an, die demjenigen näher sind, welcher spricht; cotesto-a, zeigt hingegen Dinge an, die jenem näher sind, zu dem man spricht. Man sagt also: prendétevi questo libro, das, welches ich in der Hand habe; und dátemi cotesto, das nämlich, welches ihr in der Hand habt. Ist aber das Buch von dem Redenden sowohl, als von dem Angeredeten entfernt, so sagt man: prendete quel libro, oder dátemi quel libro.

Diese Fürwörter sind entweder conjunctiv, als: questo giardíno, quel cavállo; oder absolut, als: conosco questo e quello — ausgenommen: costúi, costéi, colúi, coléi, cotestúi, welche immer absolut stehen.

§. 222. Wenn che so viel als „was" bedeutet und nicht gefragt wird, so muß demselben immer quello oder ciò vorgesetzt werden, als: Avréte *ciò* oder *quel che* desideráte, ihr werdet (das) bekommen, was ihr verlangt.

§. 223. Wenn im Italienischen eine männliche Person im Nominativ (also als Subject) durch ein anzeigendes Fürwort bezeichnet werden soll, so braucht man nicht questo und quello, sondern questi, dieser, und quegli, jener; so z. B. muß man sagen: dieser war glücklich, jener unglücklich; *questi* su felice, *quegli* sfortunato, und nicht: *questo* su felice, *quello* sfortunato, denn questo und quello (im Nominativ und selbstständig) deutet nur eine Sache, aber keine Person an.

Questi und quegli, absolut genommen, können nur im Nominativ (also als Subject) stehen und eine männliche Person anzeigen. In den übrigen Endungen (casus) braucht man immer questo und quello, es mag von Personen oder Sachen die Rede sein, als:

Questi *) venne premiato, e *quegli* castigato.	Dieser wurde belohnt, und jener bestraft.
Io conósco *questo* e *quello*.	Ich kenne diesen und jenen, oder: dieses und jenes.
Parláte di *questo* o di *quello*?	Redet ihr von diesem oder von jenem?
Dátelo a *questo* piuttósto che a *quello*.	Gebt es lieber diesem als jenem.
Ciò dipende da *questo* e non da *quello*.	Dies hängt von diesem und nicht von jenem ab.

Statt questa mattina, questa sera, questa notte, kann man sagen: stamattina oder stamane, diesen Morgen; staséra, diesen Abend; stanótte, diese Nacht.

§. 224. Anstatt im Italienischen ein Hauptwort zu wiederholen, braucht man quello oder colui, um sich damit auf selbes zu beziehen, das Hauptwort mag im Deutschen das zweite Mal wirklich wiederholt werden oder nicht; z. B.

Dein Hut ist so groß wie der Hut meines Bruders.	Il tuo cappello è grande come *quello* di mio fratello.
Er sucht seinen Nutzen, aber nicht den seines Herrn.	Egli cerca il suo profitto, e non *quello* del suo padróne.

§. 225. Die Fürwörter costúi, costéi, colúi, coléi, bedeuten so viel als: questi, questa, quegli, quella, sie bezeigen aber gewöhnlich etwas Geringschätzendes, und werden daher nie gebraucht, wenn von Personen die Rede ist, die Achtung verdienen. Der Zierlichkeit wegen können diese Fürwörter im Genitiv ohne di gebraucht werden, wie:

Il costúi padre, anstatt il padre di costúi; *la costéi bellézza*, anstatt la bellézza di costéi; *le colúi maniére*, anstatt le maniére di colúi; *la coléi*

---

*) Wenn aber das anzeigende Fürwort nicht absolut, sondern conjunctiv, d. i. mit einem Hauptworte verbunden wäre, so müßte man questo brauchen, als: Chi è questo signore? wer ist dieser Herr?

6*

prudenza, anstatt la prudenza di coléi; *la colóro arrogánza,* anstatt: l'arrogánza di colóro.

Cotésti und cotestúi, der Mensch dort, werden sehr selten gebraucht.

Anmerk. Um den wahren Gebrauch der anzeigenden Fürwörter questo, cotesto und quello, den oft selbst Italiener verfehlen, besser einzusehen, werden noch folgende Erläuterungen nicht überflüssig sein: in questa città, heißt in dieser Stadt, wo ich der Redende wohne; in cotésta città hingegen heißt in der Stadt, wo der Angeredete wohnt; in quella città endlich, heißt in jener Stadt, von welcher bereits die Rede war, oder die der Redende blos als von ihm entfernt andeutet, ohne weiter zu bemerken, ob sie dem Angeredeten nahe oder fern ist. — So heißt ferner da questo Govérno, von der hiesigen Regierung, an dem Orte des Redenden; da cotésto Govérno, von der dortigen Regierung, an dem Orte des Angeredeten; da quel Govérno, von jener Regierung, deren bereits erwähnt worden ist.

Beispiele (§. 223).

Oh Ciélo! *questi* è Riccárdo. Non è *quegli* mio fratéllo Giovánni, che discende? Ma chi è *questi* che tutto mesto e a passo lento a me sen viéne? *Questi* è il più bel quadro ch'io m'ábbia mai vedúto. Ma *questo* Signóre mi mancherébbe egli di paróla? La sua ária éra *quella* d'un uom dabbéne. Orsù! lasciamo *queste* freddure, e venghiamo a *quello* che più impórta. Spero che *quell'* ábito le starà bene. Non abbiáte timóre di *questo*. Questo è troppo caro. Si danno di *questi* che non sono mai conténti. Giuocherémo insiéme *questo* dopo pranzo. *Questa* è casa mia. *Questi* sono i miéi libri. È *questa* la vostra figlia? Su *questo* vi do la mia parola.

(§§. 222. 224.)

Io so *quello che* dico. Per me, dico *ciò che* ha detto Giácomo. Eccoli, Signóre, interrogáteli e sentiréte *ciò che* pénsano. Avéte capito *ciò che* vóglio da voi? Non si farà nè più, nè meno di *quello* che piacerà a voi. Fate di me *ciò che* vi aggrada, sono nelle vostre mani. Servitelo e fate tutto *ciò che* gli occórre. *Ciò* vi fa onore. È bnóno che su di *ciò* restiáte nell' ignoránza. *Ciò* dipende da lui. Che vorréste dire per *ciò*? Non ha sapúto nulla di tutto *ciò*. Su di *ciò* che ne dite? Voi non vi divertíte a *quel ch'io* vedo.

(§. 225.)

Coléi che non dirà la verità. *Colóro* che l'indovineránno. *Costúi* v'ingannerà, non vi fidáte di lui. *Costóro* sosténtano che avrémo guérra. *Colóro* non gli crédono. Dátelo *a cotúi*. *Costéi* è sua cugina. *Coléi* è la cameriéra di lei. Come altiéro è *costúi*! Servíréte di esémpio a *colóro*, che non si conténtano del loro stato. T'acchéta, *di costúi* non parlare. Donde tant' ódio e tant' audácia in *costéi*? Ognúno tanto sangue versò sol per *costúi*. Folle è *coléi*, che al tuo favór si fida, instabile fortùna! Ove si ascónde *coléi* che ti assali.

§. 226. *Desso, dessa,* im Plural *dessi, desse,* ebenderselbe, ebendieselbe, oder er selbst, sie selbst, der oder die nämliche, bezeichnen mit kräftigerem Nachdruck die Identität der Person oder Sache, bedeuten so viel als quello stesso, quel proprio, quella stessa, und werden nur mit éssere und paré́re gebraucht, z. B.

Tu non mi pári *desso*.	Du scheinst mir nicht derselbe.
È *desso*; mi par *dessa*.	Er ist es; es scheint mir, sie ist es selbst.
Giovánni quel *desso* che....	Johann, eben derselbe, welcher....

94

§. 227. Stesso, medésimo — stessa, medésima, ſelbſt, der=
ſelbe, der nämliche, einerlei, dienen, um das Fürwort oder
Hauptwort, mit dem ſie verbunden werden, mit größerem Nachdruck
zu bezeichnen, z. B.

Io, tu, egli *stesso* oder *medésimo.*	Ich, du, er ſelbſt.
Ella stessa, oder ella *medésima.*	Sie ſelbſt.
Noi, voi, essi *stessi* oder *medésimi.*	Wir, ihr, ſie ſelbſt.
Di me *stesso;* oder di me *medésimo.*	Von mir ſelbſt.
A lei *stessa,* oder a lei *medésima.*	Ihr ſelbſt.
Dallo *stesso* oder dal *medésimo* sol-	Von dem nämlichen Soldaten.
dáto.	
Disse seco *medésimo.*	Er ſagte zu ſich ſelbſt.
Meco *stesso.*	Mit mir ſelbſt.
In quel dì *stesso* oder *medésimo.*	An demſelben Tage.
Nello *stesso* modo.	Auf dieſelbe Weiſe.
Tutto è lo *stesso.*	Es iſt ganz dasſelbe, einerlei.
Lo *stesso* gli ho detto anche io.	Dasſelbe habe auch ich ihm geſagt.

Wenn stesso, stessa auf Wörter folgen, die mit einem Mitlaute
endigen, ſo ſagt man istésso, istéssa, als: per istésso modo, con
istéssa arte.

IV Von den beziehenden Fürwörtern (relativi).

§. 228. Beziehende Fürwörter ſind jene, die ſich auf ein vorher=
gehendes Hauptwort beziehen; dieſe ſind:

Singular.

Il — la quale,	che	—— welcher, e.
Del — della quale,		di cui, weſſen, welcher.
Al — alla quale,		a cui, welchem, er.
Il — la quale,	che	cui, welchen, e.
Dal — dalla quale,		da cui, von welchem, er.

Plural.

I — le quali,	che	—— welche.
Dei — delle quali,		di cui, welcher.
Ai — alle quali,		a cui, welchen.
I — le quali,	che	cui, welche.
Dai — dalle quali,		da cui, von welchen.

Chi (ſtatt colúi che), jener welcher, ſiehe §. 232.

Beiſpiele.

L'uómo *il quale* tutto seppe.	Der Mann, welcher Alles wußte.
L'amico *del quale* v'ho parláto.	Der Freund, von welchem ich mit euch
	geſprochen habe.
La signóra *alla quale* avete detto.	Die Frau, zu welcher ihr geſagt habt.
I nemici *i quali* restárono uccisi.	Die Feinde, welche todt blieben.
La léttera *dalla quale* avete rilevato.	Der Brief, aus welchem ihr erſehen
	habt.
I gióvani *coi quali* giuocáte.	Die Jünglinge, mit welchen ihr ſpielet.
La casa, *nella quale* abitiámo.	Das Haus, worin wir wohnen.

§. 229. Das beziehende il quale, la quale, i quali, le quali, be=
zeichnet die Beziehung manchmal zu umſtändlich und mit größerem Nach=
druck, als der Sinn der Rede bedarf; daher braucht man anſtatt deſſen

auch meistens und lieber im Nominativ und Accusativ in beiden Geschlech=
tern und Zahlen das beziehende che, welches ganz geschlechtslos ist, z. B.

Un pàdre *che* (anstatt il quale) ti ama, un zio *che* ti vuól bene.	Ein Vater, der dich liebt, ein Onkel, der dir wohl will.
La donna *che* (statt la quale) vedéte.	Das Weib, welches ihr sehet.
Le carte *che* (statt le quali) vi fùrono intercétte.	Die Papiere, die da aufgefangen wurden.
Gli scolári *che* (i quali) stúdiano.	Die Schüler, welche lernen.

Anmerk. Che wird von einigen Autoren auch mit dem Casus=Zeichen gebraucht,
als: gli occhj *di che* io parlái si caldamente. (*Petr.*) Die Augen, von welchen ich
mit so großer Wärme sprach. — Vor che wird oft das Vorwort in weggelassen, als:
nel tempo ch'egli era qui, statt: *in che* oder *in cui* era qui.

§. 230. Cui wird statt des beziehenden il quale oder che in allen
Endungen (außer im Nominativ) gebraucht, und gilt unverändert für beide
Geschlechter und Zahlen. Vorzugsweise steht es blos in Beziehung auf
Personen, jedoch braucht man es auch bei unbelebten Sachen, z. B.

L'uómo *di cui* (del quale) voi par- láte, ed *a cui* (al quale) avéte dato la vostra fidúcia.	Der Mann, von dem ihr redet, und dem ihr euer Zutrauen geschenkt habt.
Quello *cui* (il quale, che) téngono per Dio.	Jenen, welchen sie für Gott halten.
L'amico *da cui* (dal quale) speráva ajúto.	Der Freund, von dem ich Hilfe hoffte.
Nello stato *in cui* (nel quale) sono.	In dem Zustande, in welchem ich bin.
La porta *per cui* (per la quale) siéte entráto.	Die Thür, durch welche ihr hereinkamt.

§. 231. Onde wird im erhabenen Style bei den Dichtern anstatt
il quale, cui, in folgenden und ähnlichen Fällen gebraucht, z. B.

L'ánima gloriósa *onde* (di cui, della quale) si parla. (*Dante*).	Die glorreiche Seele, von der man spricht.
Que' begli ócchj, *ond'* éscono saétte (statt: da cui, dai quali). (*Pe- trarca*).	Jene schönen Augen, aus welchen Blitze strahlen.
La mano *onde* (con cui, colla quale) io scrivo.	Die Hand, mit der ich schreibe.
Per la medésima porta *onde* (per cui, per la quale) éra entráto.	Durch die nämliche Thür, durch die er her= eingekommen war.
Non so d'*onde* venga (d. i.: da qual luogo).	Ich weiß nicht, woher er kommen mag.
Non so d'*onde* procéda (d. i.: da qual cosa).	Ich weiß nicht, woher dies kommen mag.

§. 232. Chi in beziehender allgemeiner Bedeutung heißt so viel als
colui che, quegli che, oder colóro che, wer, derjenige welcher ꝛc.,
und steht immer in der Endung (casus), in welcher dann colui stehen
würde. Es ist auch geschlechtslos und gilt unverändert für beide Geschlech=
ter und Zahlen, als:

chi, derjenige welcher (wer),	anstatt:	colui che.
di chi, desjenigen welcher,	—	di colui che.
a chi, demjenigen welcher,	—	a colui che.
chi, denjenigen welcher,	—	colui che.
da chi, von demjenigen welcher,	—	da colui che.

O quanto è folle *chi* (colui che) 'l male altrúi desidera. — O wie einfältig ist nicht jener, der Andern Böses wünscht.

Non guardáte al caráttere *di chi* (di colúi che) vi préga — Sehet nicht auf den Stand desjenigen, der euch bittet.

Crédi *a chi* (a colui che) ti salvò. — Glaube dem, der dich errettete.

Ama *chi* (colui che) t'ama. — Liebe denjenigen, der dich liebt.

Sappi ch'io son buópo *con chi* (con colui che) cede, ed implacábile *con chi* mi contrásta. — Wiffe, daß ich gut bin mit dem, der mir nachgibt, und unversöhnlich mit dem, der mir widerstrebt.

Befondere Bemerkungen.

§. 233. Wenn dem beziehenden Fürworte mehrere Hauptwörter verschiedenen Geschlechtes vorangehen, so geschieht es oft, daß che, weil es geschlechtslos ist, die Beziehung zu unbestimmt ausdrückt, und dadurch zweideutig wird; in solchen Fällen muß man demnach der Deutlichkeit wegen il quale statt che oder cui gebrauchen.

So z. B. wenn man sagt: la cugína del conte *che* jeri vedéste in teátro — la figlia del mercante *che* passò jeri per di qua, weiß man nicht, ob im erften Beispiele das *che* auf conte oder cugína zu beziehen sei; — und im zweiten kann *che* eben so gut auf mercánte als auf figlia sich beziehen. Sagt man aber: la cugína del conte *la quale* jeri vedéste in teátro — la figlia del mercánte *il quale* passò jeri per di qua, so ist jedem Doppelsinne vorgebeugt.

§. 234. In den Fällen aber, wo che und il quale in der Beziehung zweideutig werden könnten, so, daß man nicht wiffen würde, ob sie als Subject (im Nominativ), oder als Object (im Accusativ) dastehen, setzt man statt derselben cui, denn dadurch ist die Zweideutigkeit gehoben, weil cui nie als Subject der Rede (im Nominativ) gebraucht werden kann, z. B.

Wenn man sagt: Conosco la donna *che* oder *la quale* loda vostro fratello, so ist es zweifelhaft, ob die Frau von dem Bruder, oder der Bruder von ihr gelobt wird; sagt man aber: conosco la donna *cui* loda vostro fratello, so fällt alles Mißverständniß weg, denn Jedermann weiß, daß cui im Accusativ, folglich vostro fratello im Nominativ dasteht.

§. 235. Che steht zuweilen substantivisch mit dem Artikel vor sich, und dann bedeutet es la qual cosa, als:

Il che (auch lo che) non dico di voi (statt *la qual cosa*). — Was ich von euch nicht sage.

Mio padre mi richiáma, *il che* mi óbbliga a partire. — Mein Vater ruft mich nach Hause, dies nöthigt mich abzureisen.

Wenn aber *che* in dieser Beziehung im Genitiv oder Dativ steht, so kann der Artikel gesetzt oder weggelassen werden, als:

Di che oder *del che* io ho ragióne di dolérmi (statt: *della qual cosa*). — Worüber ich Urfache habe, mich zu beklagen.

A che oder *al che* gli fu risposto (statt: *alla qual cosa*). — Worauf man ihm antwortete.

Im Ablativ muß man immer *dal che* oder *dalla qual cosa* sagen, denn *da che* heißt: feitdem.

Nach den Vorwörtern in, con, oltre, senza wird es gewöhnlich ohne Artikel gebraucht, als:

In che io differisco da voi (ſtatt: *nella qual cosa*).	Worin ich mich von euch unterſcheibe.
Con che volle dire (ſtatt: *colla qual cosa*).	Womit er ſagen wollte.
Oltre di che voi saréte anche beſſáto (*oltre la qual cosa*).	Außerbem werbet ihr auch noch verſpottet werben.
Senza di che morréte di ſame (*senza la qual cosa*).	Ohne welches ihr vor Hunger ſterben werbet.

§. 236. Der Zierlichkeit wegen können vor cui die Caſus-Zeichen di und a weggelaſſen werden, ſo wie wir bereits im §. 225 von costúi, costéi, costóro angemerkt haben, als:

Il cui splendóre, ſtatt: lo splendóre di cui, beſſen Glanz; *le cui bellézze,* ſtatt: le bellezze di cui, beren Schönheit; *in cui casa,* ſtatt: in casa di cui, in beſſen Hauſe; le signóre *cui* (ſtatt a cui) avéte detto, bie Frauen, benen ihr geſagt habt; voi però *cui* (a cui) è nota la mia innocénza, aber ihr, bem meine Unſchuld bekannt iſt.

§. 237. Nach den Ordnungszahlen wird oft das beziehende Fürwort il quale ober che weggelaſſen, unb das Zeitwort in bie unbeſtimmte Art mit a geſeßt, als:

Tu sei il primo *a dire, a fare* questo.	Du biſt ber erſte, welcher bies ſagt ober thut.
Il secóndo *a entrare* fu António.	Der zweite, ber hineinging, war Anton.
L'ultimo *a cantare* fu Tito.	Der leßte, welcher ſang, war Titus.

V. Von den fragenden Fürwörtern (interrogativi).

§. 238. Fragende Fürwörter ſind brei, welche von den beziehenden hergenommen, unb nur durch die Wortfügung zum Fragen beſtimmt werben. Sie ſind nämlich: Chi? Wer? bei Perſonen; Che? Was? bei Sachen; unb Quale? Welcher? zum Unterſcheiden bei Perſonen unb Sachen; z. B. Chi è? Antwort: tuo fratello; nun fragt man weiter: Quale? welcher? — Che cosa ha portato? Antwort: un libro. — Quale? welches? — Die fragenden Fürwörter werben immer ohne Artikel abgeändert, als:

1) Chi? Wer? welches bei Perſonen gebraucht wirb, z. B.

Chi è quel signóre?	Wer iſt jener Herr?
Di chi è quel libro?	Wem gehört jenes Buch?
A chi déggio domandár consiglio?	Wen ſoll ich um Rath fragen?
Da chi avéte udito questa nuova?	Von wem habt ihr bieſe Neuigkeit gehört?
Per chi mi avéte preso?	Für wen habt ihr mich angeſehen?
Im Plural: *Chi* sono costóro?	Wer ſind bieſe Leute?

2) Che? Was? *) wirb gebraucht, wenn man nach Sachen fragt, z. B.

---

*) Statt che ſagt man auch *che cosa?* was? z. B. che cosa voléte? was wollet ihr? *che cosa avéte?* was habt ihr? — Im Geſpräche läßt man auch oft che weg, unb ſagt blos cosa, als: cosa avéte? cosa voléte? cosa fate? dies iſt jeboch nur in ber Sprache bes gemeinen Lebens, aber nicht in ber Schrift zuläſſig.

Che c'è? *che* è successo?	Was gibt's? was ist geschehen?
Che cosa è stato?	Was ist es gewesen?
Di che paése siéte voi?	Aus welchem Lande seid ihr?
A che pensate?	Woran denket ihr?
Con che vorréste ch'io vi ajúti?	Womit wollet ihr, daß ich euch helfen soll?
Che libri sono questi?	Was sind dies für Bücher?

3) Quale? welcher, was für ein? dient zum Unterscheiden.

Ecco due spade; *quale* voléte?	Hier sind zwei Degen, welchen wollet ihr?
Quali fra questi libri sono i miéi?	Welche unter diesen Büchern sind die meinigen?
Di qual Principe leggete voi l'istória?	Welches Fürsten Geschichte leset ihr?
A quale dei due fratelli avéte parláto?	Mit welchem von beiden Brüdern habt ihr gesprochen?

§. 239. Da quale nur zum Unterscheiden dient, so kann in der allgemein verwundernden und ausrufenden Form nicht quale, sondern blos che, chi gebraucht werden, als: che grandézza! welche Größe! che dolore! welcher Schmerz! che uomo! welch' ein Mann! che bella giornáta! welch' ein schöner Tag! o chi l'avrebbe mai credúto! o, wer hätte es je geglaubt! Sciócco, che tu sei! Dummkopf du! Pazzi, che noi siámo! O, wir Narren!

§. 240. Es gibt noch einige andere Wörter, die zum Fragen dienen; dergleichen sind: quanto? wie viel? dove? ove? wo? wohin? d'onde? woher? quando? wann? da quando in qua? seit wann? come? wie?

Dátemi arance! — *quante* ne voléte? Gebet mir Pomeranzen? — wie viele wollet ihr davon haben?

Ho finito le mie léttere; — *quante* avéte scritte? Ich habe meine Briefe beendigt; — wie viele habt ihr geschrieben?

Quanto vi devo? Wie viel bin ich euch schuldig?
Dove va Lei cosi in fretta? Wohin gehen Sie so eilfertig?
D'onde venite? Wo kommt ihr her?

§. 241. Oft steht quale statt come, als:

L'Imperatóre d'Austria *qual* Re d'Ungheria.	Der Kaiser von Oesterreich als König von Ungarn.
Il Conte N *qual* Ambasciatóre è persona sacra.	Der Graf N. als Botschafter ist unverletzbar.

Quale wird auch in der Vergleichung gebraucht, wo dann das correlative tale entweder ausdrücklich dasteht, oder darunter verstanden wird (siehe §. 149), als:

Tale qual mi vedéte.	So wie ihr mich sehet.
Spero che saranno *quali* io li vóglio; d. i. *tali quali*, ecc.	Ich hoffe, daß sie so sein werden, wie ich sie haben will.

§. 242. Quale erhält durch Wiederholung, wie die Fürwörter chi, cui, altri, uno, tale, questi, quegli, eine enumerative oder distributive Bedeutung:

Qual sen' andò in campágna, *qual* qua, *qual* là.	Dieser ging auf's Land, der hier hin, jener dort hin.
Quale è buóno, *quale* è cattivo.	Einer ist gut, der Andere böse.
Chi è avventuróso, *chi* è misero.	Der Eine ist glücklich, der Andere elend.

A chi piàce, *a chi nò.*	Dem gefällt es, jenem nicht.
Diede *a cui tre*, *a cui* quattro fiorini.	Dem Einen gab er 3, dem Andern 4 fl.
Altri legge, *altri* scrive.	Der Eine liest, der Andere schreibt.
Uno piange, *uno* ride.	Einer weint, der Andere lacht
Tale è troppo timido, *tale* è troppo ardito.	Einer ist zu furchtsam, der Andere zu kühn.
Questi di tutto è pago, *quegli* di tutto si lagna.	Dieser ist mit Allem zufrieden, jener beklagt sich über Alles.

VI. Von den übrigen Fürwörtern.

Altri, ein Anderer; altrúi, eines Andern, und altro, etwas Anderes.

§. 243. Altri wird nur als Subject (also blos im Nominativ) gebraucht, und bedeutet so viel als: *altr' uómo*, ein anderer Mensch.

In den übrigen Endungen (casus) des Singular hat es uno vor sich, z. B.

Nè voi, nè *altri* mi potrà più dire, che ecc.	Weder ihr, noch ein Anderer werdet mir hinfort sagen können, daß ꝛc.
Parla *d'un altro.*	Er spricht von einem Andern.
Lo diède *ad un altro.*	Er gab es einem Andern.
Proviène *da un altro.*	Es rührt von einem Andern her.

Manchmal steht es auch in der Bedeutung des man, z. B. *altri lo dice*, man sagt es.

§. 244. Altrúi kann nie als Subject der Rede (also niemals im Nominativ) gebraucht werden, und kann sich nur auf Personen beziehen, z. B.

Egli non ha mai detto male *d'altrúi.*	Er hat nie von Andern übel geredet.
Fece *ad altrúi* del bene.	Er erwies andern Leuten Gutes.
Gli fece rispóndere *da altrúi.*	Er ließ ihm durch Andere Antwort geben.

§. 245. Die Casus-Zeichen di und a können vor altrúi auch weggelassen werden, z. B.

I casi *altrúi*, oder gli *altrúi* casi; statt: i casi *d'altrúi.*	Die Schicksale anderer Leute.
L'*altrúi* capriccio; statt: il capriccio *d'altrúi.*	Die Laune anderer Leute.
Non fate male *altrúi*; statt: ad *altrúi.*	Thut Andern nichts Böses.

§. 246. Altro, altri; altra, altre werden immer adjective gebraucht, und können mit und ohne Artikel stehen, z. B.

Egli ha un *altro* ábito.	Er hat ein anderes Kleid.
Ora vediámo anche l'*altra* cámera.	Nun besichtigen wir auch das andere Zimmer.
Di *altre* delizie non mi curo.	Um andere Vergnügungen kümmere ich mich nicht.
Degli *altri* due (*uómini*) non si parláva.	Von den andern Beiden sprach man nicht.

Anmerk. Altri, altre in Verbindung mit noi, voi, loro, bezeichnen eine Verschiedenheit des Standes, Geschlechtes ꝛc., als:

Noi altri médici; *voi altre* donne.	Wir Aerzte; ihr Weiber.
Noi altri resterémo a casa, e *voi altre* che farete?	Wir werden zu Hause bleiben, und ihr, was werdet ihr machen?

§. 247. Substantive genommen heißt *altro* so viel als *altra cosa*, und *altra* so viel als *altra donna*, z. B.

Non temo *altro* al mondo che ciò.	Ich fürchte auf der Welt nichts Anderes als das.
Parliámo *d'altro*.	Reden wir von Etwas Anderem.
Ad *altro* non pensáva che, ecc.	Er dachte an nichts Anderes, als ꝛc.
D'*altra* non parláva che di lei.	Er sprach von keiner Andern als von ihr.

L'altro jeri und jer altro heißen v o r g e s t e r n; l'altro giórno und l'altro anno sind gleichbedeutend mit giórni fa und un' anno fa, v o r einigen Tagen, vor einem Jahre.

§. 248. L'uno e l'altro, der Eine und der Andere, z. B.

Tanto l'uno, quanto l'altro dovrebbero morire.	Sowohl der Eine als der Andere sollten sterben.
Gli uni e gli altri non si volévano arréndere.	Weder die Einen noch die Andern wollten sich ergeben.
Conósco l'una e l'altra.	Ich kenne die Eine und die Andere.

§. 249. L'un l'altro ohne e heißt e i n a n d e r, z. B. dobbiámo ajutárci l'un l'altro, wir müssen einander helfen; gli uni gli altri, alle zusammen.

——————

§. 250. Die nun folgenden Fürwörter können entweder 1) blos adjective, oder 2) blos substantive, oder 3) endlich bald adjective und bald substantive gebraucht werden.

1. Adjective, wenn sie wie ein Beiwort mit einem Hauptworte verbunden sind.

2. Substantive hingegen, wenn sie ohne Hauptwort allein stehen, und in diesem Falle beziehen sie sich immer blos auf Personen, weil immer uómo oder persona darunter verstanden wird.

§. 251. Ogni, jeder, jede; qualche, irgend einer, eine, dienen unverändert für das männliche und weibliche Geschlecht, und können nur adjective und im Singular gebraucht werden (siehe §§. 254, 260), z. B.

Ogni uómo ha il suo débole.	Jedermann hat seine schwache Seite.
Ogni sciénza mi piáce.	Jede Wissenschaft gefällt mir.
Con *ogni* arte.	Mit aller Kunst.
Tu starái pronto ad *ogni* mio cénno.	Du wirst auf jeden Wink von mir bereit sein.
Guardándo da *ogni* parte.	Indem er sich überall umsah.

A n m e r k. Ognóra heißt jederzeit; ogni cosa gilt so viel als *tutto*, Alles, und ogni dove so viel als *ogni luógo* oder *dappertutto*, überall, aller Orten; ogni dì, ogni settimána, ogni anno, heißt alle Tage, alle Wochen, alle Jahre; ogni cento scudi, jede hundert Thaler.

Non v'è *qualche* ragázzo per mandárlo da lui?	Ist nicht irgend ein Knabe da, um ihn zu ihm zu schicken?
In *qualche* modo.	Auf irgend eine Art
Dátegli *qualche* cosa.	Gebet ihm Etwas.
Credo che ábbia bisógno di *qualche* soccórso.	Ich glaube, daß er einiger Hülfe bedürfe.

§. 252. Tanto, tanta; cotanto, cotanta, so viel; altrettanto, altrettanta, eben so viel; *cotánto* ist mit *tanto* gleichbedeutend, nur gibt jenes der Rede mehr Klang und Nachdruck, z. B.

Se possedessi *tante* ricchezze *quante* ne hanno tutti i príncipi della terra.	Wenn ich so viele Reichthümer besäße, als alle Fürsten der Erde.
Nel cospetto di *tanto* giúdice (verstehe darunter: quanto egli è).	Vor einem solchen Richter.
Non vóglio più soffrir *tanti* incómodi (verstehe: quanti ne ho sofferti).	Ich will nicht mehr so viele Ungemächlichkeiten ausstehen.
Di *tanto* io nol credéva capáce.	Ich hielt ihn nicht für so fähig.
Di *quanto* io mi ricórdo.	So viel ich mich erinnere.
Tanto vóglio dire.	Ich will blos so viel sagen
Ditemi il *quanto*.	Saget mir wie viel.
Dátemi un *tantino* (un tantinéllo) di sale.	Gebet mir ein klein wenig Salz.
Egli non è *da tanto*. (§. 139.)	Er ist nicht so viel im Stande.
Egli non ha letto più che *tanto*.	Er hat nicht mehr als dies gelesen.
Di *tanto* in *tanto*.	Von Zeit zu Zeit.
Fin a *tanto* che.	So lange bis.
Vi prego *quanto* più posso.	Ich bitte euch so dringend als ich kann.
Quanto a me.	Was mich betrifft.
Cotánti anni gli ho portáto *cotánto* amóre!	Ich habe ihn so viele Jahre und so sehr geliebt!
Avéndo preso baldánza di quella *cotánta* vittória.	Nachdem er durch jenen so großen Sieg übermüthig geworden war.
Quaránta lupi ed *altrettánte* volpi.	Vierzig Wölfe und eben so viele Füchse.
Per *quanto* dotto voi siate, oder: per dotto che voi siate, ignorate molte cose.	So gelehrt ihr auch seid, so wisset ihr doch Vieles nicht.
Per *quante* ricchezze églino possiédano.	So viele Reichthümer sie auch besitzen mögen.

Anmerk. Tutto quanto, tutta quanta, im Plural tutti quanti, tutte quante, bedeuten all, alle, insgesammt, als:

Distrusse *tutti quanti* i podéri.	Er verwüstete alle Landgüter.
Perírono *tutti quanti*.	Sie gingen insgesammt zu Grunde.
Vi darò *tutto quanto*.	Ich will euch Alles zusammen geben.

§. 253. Alquánto, alquánta heißt so viel als *alcúno, un poco*, oder *qualche cosa*, Einiges, Etwas, z. B.

Dopo *alquánto* spázio disse —	Nach einer kleinen Pause sagte er —
Con *alquánta* gente.	Mit einiger Mannschaft.
La supérbia d' *alquánte* donne.	Der Stolz einiger Frauen.
Alquánti fúrono uccisi, *alquánti* annegárono.	Einige wurden getödtet, andere ertranken.
Mi dispiáce *alquánto*.	Es thut mir ein wenig leid.
Con *alquánto* di buón vino lo confortò.	Er labte ihn mit etwas gutem Weine.

§. 254. Ognúno, ognúna, ein Jeder, eine Jede, Jedermann, wird immer nur substantive gebraucht, z. B.

La ricchézza *ognúno* la desídera.	Ein Jeder wünscht sich Reichthümer.
Con grandíssima ammirazióne d' *ognúno*.	Zu Jedermanns größter Bewunderung.

§. 255. Ciaschedúno, ciaschedúna; ciascúno, ciascúna, Jeder, Jede, Jedermann, welche mit dem allgemeineren ognúno nicht zu verwechseln sind, können substantive und adjective stehen, z. B.

Ciascúno oder ciaschedúno badì ai fátti suói.	Jeder bekümmere sich um seine Angelegenheiten.
Ciascúna di noi sa che, ecc.	Jede von uns weiß, daß, ꝛc.
Con gran piacére di ciascúna delle parti.	Zum großen Vergnügen einer jeden der Parteien.
Ciascún uómo, ciascúna donna.	Jeder Mann, jedes Weib.
Ciascún paése ha le sue usánze.	Jedes Land hat seine Sitten.

Anmerk. Statt ciascúno wird auch cadaúno in der Volkssprache gebraucht.

§. 256. Qualúnque, qualsisía, qualsivóglia, wer immer, wer es auch sei; checchessía, was immer, was es auch sei, werden adjective gebraucht, und bleiben für beide Geschlechter unveränderlich, z. B.

Qualúnque uomo si fosse.	Wer es auch immer wäre.
Qualúnque sia la vostra intenzióne.	Eure Absicht sei, welche sie wolle.
Non può ésser rotto da qualsisía colpo di pistóla.	Das kann durch keinen noch so starken Pistolenschuß durchgebrochen werden.
Di qualsivóglia specie.	Von was immer für einer Gattung.
Checchè si sia che vi ábbia ritenúto.	Was es auch sei, das euch abgehalten habe.
Caricare le tasche di checchessía	Sich mit was immer die Taschen füllen.

§. 257. Chiúnque, chicchessía, chi che si sia, wer immer, wer es auch sei, ein Jeder, werden blos substantive gebraucht, z. B.

Chiúnque egli fosse.	Wer er auch immer sein mag.
Secóndo il giudízio di chiúnque.	Nach Jedermanns Urtheil.
Lo potrái dire a chiúnque.	Du kannst es wem immer sagen.
Venga chicchessía, non lo lasciár avánti.	Es komme wer immer, laß' keinen vor.
Può misurarsi con chi si sia.	Er kann sich mit Jedermann messen.
Io non invidio la sorte di chicchè si sia.	Ich beneide Niemanden um sein Glück.

§. 258. Alcúno, alcúna, Jemand, irgend Einer; alcúni, alcúne, einige, werden substantive und adjective gebraucht, z. B.

Se alcúno lo vedésse.	Wenn ihn Jemand sähe.
Nocque ad alcúna già l'ésser sì bella.	Es hat schon Mancher geschadet, daß sie so schön war.
Esser bene della grázia di alcúno.	Sehr in Gnaden bei Einem stehen.
Senza ésser d'alcúna cosa provveduto.	Ohne mit irgend Etwas versehen zu sein.
Vi sono alcúne donne, che lo desiderano.	Es gibt einige Frauen, die es wünschen.
Più che alcun altro iracóndo.	Mehr als irgend Einer dem Zorne ergeben.

§. 259. Steht alcúno mit den Verneinungs-Partikeln non oder nè, so bedeutet es so viel als nessúno, Niemand, Keiner, Keine, z. B.

Non v'è alcúno che lo sappia.	Niemand weiß es.
Nè alcúno lo nega.	Auch läugnet es Niemand.
Nè vi potéva d'alcúna parte il sole penetráre.	Auch konnte die Sonne von keiner Seite hineinbringen.

§. 260. Qualcúno, qualcúna; qualchedúno, qualchedúna, irgend Einer, Jemand, unterscheiden sich von qualche darin, daß dieses immer adjective, und jene immer substantive gebraucht werden, z. B.

Qualcúno che mi vuòl male.	Jemand, der mir nicht wohl will.
Qualcúna di queste donne.	Irgend eine von diesen Frauen.
Conosco *qualcúni* che non lo sanno.	Ich kenne Einige, die es nicht wissen.
Mandátemi *qualchedúno*.	Schicket mir Jemanden.
Diámolo a *qualchedúno*.	Geben wir es Jemanden.

§. 261. Certúno, certúna, irgend Jemand, ein Gewisser; talúno, talúna, ein Gewisser, Mancher, Jemand, werden blos substantive gebraucht, z. B.

Talúno oder uno si lusinga.	Irgend Einer schmeichelt sich.
Certúni non lo vógliono capire.	Einige wollen es nicht verstehen.
Mi dirà forse *talúno*.	Es wird mir vielleicht Jemand sagen.

An ihre Stelle setzt man auch *un certo, un tale, un cotale, il — la tale*, der und der, die und die, eine gewisse Person oder Sache, die ich entweder nicht angeben kann, oder nicht angeben will, als:

Un *certo* oder *certúno* che voi ben co-noscéte.	Ein Gewisser, den ihr gut kennet.
Un *tale* oder *talúno* potrébbe crédere.	Mancher könnte glauben.
Un *certo* Signór Gerónio.	Ein gewisser Herr Geronius.
In una *certa* casa mi fu detto —	In einem gewissen Hause wurde mir gesagt —
Il *tale*, la *tale* mi disse —	Eine gewisse Person sagte mir —
Verrò alla *tal'* ora.	Ich werde zu der und der Stunde kommen.
Una *cotale* infermità.	Eine gewisse (unbestimmte) Krankheit.
Ho compráto *certi* quadri.	Ich habe gewisse Gemälde gekauft.

§. 262. Nissúno, nissúna (*nessúno*); niúno, niúna (*neúno*); verúno, verúna; nullo, nulla, wenn sie substantive stehen, bedeuten so viel als Niemand, Keiner; adjective hingegen bedeuten sie keiner, keine, keines.

Diese Fürwörter sind entweder von einer Verneinungs=Partikel non, senza, ecc. begleitet oder nicht.

1. Haben diese Fürwörter keine negative Partikel bei sich, so stehen sie vor dem Zeitworte, und sind in diesem Falle immer streng verneinend, z. B.

Niúno, verúno ardisce d'avvicinársi.	Niemand wagt es sich zu nähern.
A *niúno*, a *nissúno*, a *verúno* di noi.	Keinem von uns.
A *niúna* gli Dei fúrono mai sì favo-révoli.	Keinem Weibe waren je die Götter so günstig.
Nullo parla volentiéri al sordo udi-tóre.	Niemand spricht gern mit einem tauben Zuhörer.
Di *niún*, di *nissún*, di *verún* campo.	Von keinem Acker.
Niúna gloria è ad un' áquila l'aver vinta una colomba.	Es ist keine Ehre für den Adler, eine Taube überwunden zu haben.
In *nessún* luogo; in *verún* modo.	An keinem Orte; auf keine Weise.

2. Führen sie aber eine Verneinungs=Partikel bei sich, so steht diese vor, und das Fürwort nach dem Zeitworte. In diesem Falle wird

in der Bedeutung nichts verändert, denn sie bleiben immer streng ver neinend; daher kann ich Beides sagen:

Nissúno lo crederà , oder *non* lo crederà *nissúno.*	Niemand wird es glauben.
Niúno quaggiù è pienaménte felice, oder *non* v' ha *niúno* quaggiù pienaménte felice.	Niemand ist hienieden vollkommen glücklich.

§. 263. Würde man aber die n e g a t i v e Partikel sammt dem Fürworte v o r das Zeitwort setzen und sagen: *niúno non è quaggiù p'enaménte felice*, so wäre dann die Bedeutung verändert, d. i. statt ver neinend wäre sie b e j a h e n d, weil das *niúno non è* mit *tulti sono* gleichbedeutend wäre.

§. 264. Niúno, nessúno, verúno sind, wenn sie in verbietender, fragender oder zweifelnder Form, oder mit *senza* gebraucht werden, auch ohne eine negative Partikel b e j a h e n d, und bedeuten *alcúno*, J e m a n d, z. B.

Astenétevi di schernir *nessúno* (statt *alcúno*).	Enthaltet euch irgend Jemand zu beleidigen.
Senza che *niúno* lo veda.	Ohne daß es Jemand sehe.
Faréste danno a noi senza fare a voi prò *verúno*.	Ihr würdet uns schaden, ohne euch irgend einen Nutzen zu verschaffen.

§. 265. Niénte oder núlla, n i c h t s. Auch diese stehen entweder allein, oder sie führen noch eine Verneinungs-Partikel mit sich; im ersten Falle stehen sie v o r, und im letztern n a ch dem Zeitworte, z. B.

Niénte la notte passata avéa dormito.	Vergangene Nacht hat er gar nicht geschlafen.
Nulla quaggiù dura.	Nichts dauert hienieden.
Non ho inteso *nulla.*	Ich habe nichts gehört.
Non ne capisco *niénte.*	Ich verstehe nichts davon.

§. 266. Zuweilen werden diese Wörter auch substantive gebraucht, als:

Non si ricórda *di niénte.*	Er erinnert sich an Nichts.
Tutto ciò si ridúce *a niénte* oder *a nulla.*	Alles das läuft auf Nichts hinaus.
Egli è quasi ridótto *al niénte.*	Er ist fast auf Nichts heruntergekommen.

Capitel XXI.
Von den Vorwörtern (delle preposizioni).

§. 267. Das Vorwort bezeichnet das Verhältniß, in dem ein Gegenstand zu einem andern sich befindet. (S. Einl. S. 9.)

Wenn ich sage: Luigi è *con* António, so zeigt mir *con* an, daß *Luigi* und *António* in dem Verhältnisse der Gesellschaft zu einander stehen.

§. 268. Die Vorwörter bezeichnen entweder a l l e i n, a n u n d f ü r s i ch, vollständig das Verhältniß zweier Gegenstände, wie im vorigen Beispiele beim Vorworte *con* der Fall ist, und dann steht das Vorwort g a n z allein (ohne eines der Casus-Zeichen *di*, *a*, *da* nach sich zu haben) vor dem Hauptworte, z. B.

Avánti l'ora di mangiare; si ritirò *sotto* il tetto; *appo* gl'Indiáni; *dopo* alcúni anni; *verso* la sera; *innánzi* quel giórno; *per* debiti è *in* prigióne; verrò *dopo* pranzo.

Oder sie können an und für sich allein das Verhältniß nicht vollständig ausdrücken, in welchem Falle sie dann immer eines der Casus-Zeichen a oder da nach sich nehmen, je nachdem das Vorwort die Bewegung oder Richtung zu einem Orte oder Ziele hin, — oder die Richtung von einem Dinge ab, eine Trennung, Ableitung oder Ursprung ausdrücken soll, z. B.

È giúnto *fino a* Nápoli.	Er ist bis nach Neapel gekommen.
È venúto *fin dall'* América.	Er ist aus Amerika hergekommen.
Presso a Roma. (*Davanz.*)	Nahe bei Rom.
Fuór *dal* forno. (*Bocc.*)	Aus dem Ofen heraus.
Non *lúngi dal* campo. (*Dav.*)	Nicht weit vom Lager.
Vicino *alla* Residénza.	Nahe bei der Residenz.

§. 269. Wenn nach einem Vorworte das Casus-Zeichen di steht, so ist der Satz immer elliptisch, wo nämlich ein allgemeines, leicht darunter zu verstehendes Wort im Accusativ, oder mit einem der Casus-Zeichen a oder da ausgelassen ist (siehe §. 144), z. B.

Presso del mattíno. (*Dant.*) Sollte heißen: *prèsso all' ora del mattíno.*	Gegen Morgen.
Crepi fuóri di questa pátria. (*Dav.*) statt: *fuóri dal soggiórno* oder *dai confíni di questa pátria.*	Er soll nur außer dem Vaterlande sterben.
Lúngi di qui, statt: *lúngi dal luógo di qui.*	Weit von hier.
Vicino di Pavia, statt: *vicino alla città di Pavia.*	Nahe bei Pavia.
Vérso di voi, statt: *vérso la persóna di voi.*	Gegen euch.
Contro di lui, statt: *contro la persóna di lui.*	Gegen ihn.
Apprésso della bella fónte cenárono; statt: *apprésso al luógo, al sito della bella fónte.*	Nahe bei der schönen Quelle nahmen sie das Nachtmahl ein.
Senza di voi, statt: *senza la compagnia di voi.*	Ohne euch.

Einige Vorwörter, wenn sie als Nebenwörter gebraucht werden, werden dem Zeitworte nachgesetzt, z. B. va *avánti*, io ti verrò *apprésso*, gehe voraus, ich werde dir nachkommen; egli mi salta *addósso*, er springt auf mich herauf; non gli posso star continuaménte *apprésso*, ich kann nicht immer bei ihm sein.

§. 270. Im Italienischen herrscht übrigens bei den meisten Vorwörtern eine große Willkür in der Annahme der Casus-Zeichen di, a, da nach sich; denn oft kann man nach Belieben entweder eines derselben dem Vorworte nachsetzen, oder es auch ganz weglassen, ohne daß dadurch eine wesentliche Verschiedenheit oder Modification des Verhältnisses und der Begriffe verursacht werde, so z. B. kann man sagen: dinánzi il Re, dinánzi al

Re, dinánzi dal Re, dinánzi del Re; — circa quel tempo, circa a quel tempo, circa di quel tempo; — contra noi, contra a noi, contra di noi, ecc.

Zur Bequemlichkeit der Lernenden folgen hier in alphabetischer Ordnung die uneigentlichen Vorwörter mit ihren Endungen (Casus), welche sie regieren.

Ueber den Gebrauch der eigentlichen Vorwörter di, a, da, in, con, per siehe §§. 34 bis 52.

Accanto, allato, accosto alla cámera.	Neben dem Zimmer.
Sedére *allato* ad uno.	Einem zur Seite sitzen.
Allato del letto. *(Bocc.)*	Neben dem Bette.
Addosso al cavallo.	Auf dem Pferde.
Non ha il mantello *addosso.*	Er hat keinen Mantel um.
Non ho danari *addosso.*	Ich habe kein Geld bei mir.
Appetto a costúi.	In Vergleich mit dem da.
Appo gl' Indiani.	Bei den Indianern.
Appresso la morte.	Nach dem Tode.
Appresso la Fiammetta.	Neben Fiammetta.
Appresso a un tavolino.	Bei einem Tische.
Appresso della bella fonte.	Bei der schönen Quelle.
Attorno al giardino.	Um den Garten herum.
Vennero *attorno, dattorno* a lui.	Sie kamen um ihn herum.
A lei *d' intorno. D'intorno* alla chiesa.	Um sie herum. Um die Kirche.
Intorno ai piedi.	Um die Füße.
Intorno ai fatti vostri.	In Betreff eurer Geschäfte.
Intorno trent' anni. }	
Intorno di trent' anni. }	Ungefähr dreißig Jahre.
Avanti l' autunno.	Vor dem Herbste.
Presentarsi *avanti* ad uno.	Vor Einem erscheinen.
Era venuto *avanti* di lui.	Er war vor ihm gekommen.
Circa il noto affare.	Was die bekannte Sache betrifft.
Circa alla sua condotta.	Was seine Aufführung betrifft.
Circa a dieci mila fiorini.	Ungefähr 10,000 Gulden.
L' altezza è *circa* di tre braccia.	Die Höhe beträgt ungefähr 3 Ellen.
E in età *d'incirca* vent' anni.	Er ist gegen 20 Jahre alt.
Conforme alla ragione.	Der Vernunft gemäß.
Contro il volére del padre.	Gegen den Willen des Vaters.
Contra il generál costume.	Wider die allgemeine Gewohnheit.
Medicina *contro* al male.	Arznei gegen das Uebel.
Contro a quella porta.	Jener Thür gegenüber.
Contro di lui.	Wider ihn.
Passando *davanti* la casa.	Als er vor dem Hause vorbeiging.
Inginocchiossi *davanti* al Papa.	Er kniete vor dem Papste nieder.
Dentro la, alla, dalla, della casa (meistens aber mit dem Dativ).	Im Hause.
Di costa al palagio. (Siehe *accanto.*)	Bei dem Palaste.
Dietro la oder alla porta.	Hinter der Thüre.
Dietro di voi.	Hinter euch.
Di là dai monti.	Jenseits der Berge.
Di qua dal fiume.	Diesseits des Flusses.
Dinanzi la chiesa di S. Pietro.	Vor der Peterskirche.
Dinanzi alla casa del giudice.	Vor dem Hause des Richters.
Dinanzi al principe.	Vor dem Fürsten.
Innanzi a tutti. *Innanzi* sera.	Vor Allen. Vor dem Abend.

7

Dirimpetto al palazzo.	Dem Palaste gegenüber.
Poco da lei *discosto*.	Nicht fern von ihr.
Dopo alquanti giorni.	Nach einigen Tagen.
Dopo pranzo, *dopo* cena.	Nachmittag, nach dem Abendessen.
Non molto *dopo* a questo.	Nicht lange nachher.
Dopo ti te.	Nach dir, hinter dir.
Eccetto la Domenica. (S. *fuori*.)	Sonntag ausgenommen.
Ha perduto ogni cosa *eccetto* oder *salvo* l'onore.	Er hat Alles verloren, die Ehre ausgenommen.
Entro le mura oder alle mura.	Innerhalb der Mauern.
Fino, *infino*, *sino*, *insino* a quel tempo.	Bis zu jener Zeit.
Fino al piè di quel monte.	Bis an den Fuß jenes Berges.
Fino da piccolino.	Seit seiner ersten Kindheit.
Tutti vi furono, *fuor* solamente uno, oder *fuorchè* uno.	Alle waren da, nur Einer nicht.
Fuor dal oder del forno.	Außerhalb des Backofens.
Fuori di casa; *fuor* di questo.	Außer dem Hause; außer dem.
Uscita del bell' albergo *fuora*.	Aus dem schönen Wohnorte heraus.
Da me *infuori*.	Außer mir; ich ausgenommen.
Giusta il parér suo. (S. *secondo*.)	Nach seinem Gutachten.
Giusto al potére. (*Bocc*.)	Nach Vermögen.
Incontro al sole. (S. *appetto*.)	Der Sonne gegenüber.
Farsi *incontro* ad uno.	Einem entgegen gehen.
Venne *all'* *incontro* di noi.	Er kam uns entgegen.
All' incontro alla torre.	Dem Thurme gegenüber.
In contro *In fronte* } al nemico.	Dem Feinde gegenüber.
In faccia *Dirimpetto* *Di contro* } alla chiesa. (S. *contra*.)	Der Kirche gegenüber.
Lontano dalla città.	Weit von der Stadt.
Non guari *lontano* al bel palagio. (*Bocc*.)	Nicht gar weit vom schönen Palaste.
Non lungi dal campo.	Nicht weit vom Lager.
Non molto *lungi* al percuótere delle onde, ecc. (*Petr*.)	Nicht gar weit, wo die Wellen anschlagen, 2c.
Di lungi dal castello presso ad un miglio.	Ungefähr eine Meile weit von dem Schlosse.
Lungo il oder al lido del mare.	Längs dem Meerufer.
Lungo il fiume, la via.	Längs dem Flusse, dem Wege.
Malgrado mio, oder mio *malgrado*.	Wider meinen Willen.
Mediante cento fiorini.	Mittelst hundert Gulden.
Oltre monti, *oltre* mare.	Jenseits der Berge, des Meeres.
Oltre modo, *oltre* misura.	Ueber die Maßen.
Dieci persone *oltre* i figli.	Zehn Personen ohne die Kinder.
Ciò vale *oltre* a mille scudi.	Dies kostet über 1000 Thaler.
Oltre a ciò oder *oltre* di ciò.	Ueberdies — außerdem.
Oltre alla sua speranza.	Ueber seine Hoffnung.
Per rispetto dell' amico vi perdóno.	Um des Freundes willen verzeihe ich euch.
Per me, io ne son contento.	Was mich betrifft, ich bin damit zufrieden.
Presso le donne.	Bei den Weibern.
Presso alla città.	Nahe an der Stadt.
Presso della torricella.	Bei dem Thürmchen.
Presso di me.	Bei mir.
Presso di cinque mesi.	Beinahe fünf Monate.

Vecchio di *presso* a cent' anni.	Gegen hundert Jahre alt.
Prima della tua partenza.	Vor deiner Abreise.
Prima di te. *Prima* di sera.	Vor dir. Vor Abend.
Quanto oder *inquanto* al noto affare.	Was die bekannte Sache betrifft.
Quanto oder *inquanto* a noi.	Was uns betrifft.
In *riguardo* alla novità di jeri.	In Betreff der gestrigen Neuigkeit.
Rasente il lido, la terra.	Nahe am Ufer vorbei.
Rasente al muro.	Dicht an der Mauer hin.
Tutti, o *salvo* pochi se ne fuggirono.	Alle, oder nur Wenige ausgenommen, ergriffen die Flucht.
Secondo la mia opinione.	Nach meiner Meinung.
Secondo il comandamento del Re.	Dem Befehle des Königs gemäß.
Secondo uóm di villa.	So gut es ein Bauer vermag.
Senza testimonio; *senza* di te.	Ohne Zeugen; ohne dich.
Sopra (*sovra*) la távola.	Auf dem Tische.
Arrestarsi *sovra* qualche cosa.	Sich bei einer Sache aufhalten.
Si portárono *sopra* luogo.	Sie begaben sich an Ort und Stelle.
Cento miglia *sopra* Tunisi.	Hundert Meilen oberhalb Tunis.
Andare *sopra* i nemici.	Dem Feinde zu Leibe gehen.
Alquanto *sopra* se stette.	Er stand einige Zeit in Gedanken.
Andare *sopra* se; stare *sopra* se.	Aufrecht gehen; gerade stehen.
Il *soppracciò* in dogana.	Der Aufseher der Mauth.
Sopra ad un oder d'un albero.	Auf einen Baum, einen Baume.
Cominciò a piagnere *sopra* di lei.	Er fing an über sie zu weinen.
Di *sopra* i verdi cespiti levò il capo.	Er erhob das Haupt über die grünen Sträuche.
Di sopra alle montagne.	Ueber den Bergen.
Il delfino salta *di sopra* dell' acqua.	Der Delphin springt über das Wasser heraus.
Di sopra da' cigli. (*Dant.*)	Ueber den Augenbraunen.
Sotto il Re Carlo III.	Unter dem Könige Carl III.
Sotto pretesto; *sotto* condizione.	Unter dem Vorwande; unter der Bedingung.
Sotto pena di morte.	Bei Todesstrafe.
E meglio stare *sotto* a un solo Re.	Es ist besser unter einem einzigen Könige zu stehen.
Aveva *sotto* di se castella.	Er hatte Schlösser unter sich.
Di sotto la, alla, della tavola.	Unter dem Tische.
Andò *verso* Londra.	Er ging gegen London.
Andò *alla volta* di Parigi.	Er ging nach Paris zu.
Présero la via *in verso* un giardino	Sie nahmen ihren Weg gegen einen Garten.
Le ali spando *verso* di voi. (*Petr.*)	Ich breite meine Flügel gegen euch aus.
Mostrò pietà *inverso* di lui.	Er bezeigte Mitleid gegen ihn.
Via di qua con questa cosa.	Weg mit der Sache.
Vicino alla Residenza.	Nahe an der Residenz.
È stata nella mia casa *vicin* di tre mesi.	Sie hat sich beinahe drei Monate in meinem Hause aufgehalten.

Vorwörter, die ursprünglich Hauptwörter sind.

In fronte al nemico.	Dem Feinde gegenüber.
A fronte di tutto questo.	Ungeachtet dessen, trotz dessen.
A modo, *a foggia*, *a guisa* delle bestie.	Wie das Vieh, nach Art des Viehes.
A piè oder *appiè* del monte.	Am Fuße des Berges.
A dispétto } *Ad onta* } della mia proibizióne.	Ungeachtet, trotz meines Verbotes.

7*

Vóglio convincervi *a costo* di tutto.	Ich will euch überzeugen, es koste was es wolle.
A tenóre delle sue savie disposizioni.	Laut seiner weisen Verfügungen.
Andò *alla volta* di Roma.	Er schlug seinen Weg nach Rom ein.
A rispétto di suo fratéllo.	In Ansehung seines Bruders.
In *conformità* de' suoi comandi.	Seinen Befehlen gemäß
In mezzo de' oder a' prati.	Mitten auf den Wiesen.
In mezzo alla strada.	Mitten auf der Straße.
In mezzo di loro la fécero sedére.	Sie ließen sie mitten unter sich sitzen.
In capo all' anno.	Am Ende des Jahres.
In vece di eternáre gli ódj.	Anstatt den Haß zu verewigen.
A rotta di collo.	Ueber Hals und Kopf.
In riguardo alla novità di jeri.	In Betreff der gestrigen Neuigkeit.
A seconda delle proprie brame.	Nach eigenem Wunsche.

Capitel XXII.
Von dem Nebenworte (dell' avverbio).

§. 271. Die Nebenwörter gehören eigentlich zu den Zeitwörtern, weil sie die Art und Weise bestimmen (s. Einl. S. 9), wie man wirkt und leidet. Solche Nebenwörter leiden nun keine andere Abänderung, als die der Vergleichungsstufen, z. B.

Bei gehen kann man sagen: présto, geschwind; più présto, geschwinder; prestissimaménte, am geschwindesten; so auch molto, viel; più, moltíssimo, ecc.

§. 272. Viele Nebenwörter können aus den Beiwörtern gebildet werden.

Bei den Beiwörtern, die in o ausgehen, geschieht dies, wenn der Endselbstlaut in *aménte* verwandelt wird, als aus vero — *veraménte*; distinto — *distintaménte*; sávio — *saviaménte*; verissimo — *verissimaménte*, ecc.

Wenn das Beiwort in e ausgeht, oder auch in i, so wird nur *ménte* hinzugesetzt, als: forte — *forteménte*; felice — *feliceménte*; pàri — *pariménte*.

Geht aber dem Endselbstlaute e ein l oder r vorher, so wird das e in der Bildung des Nebenwortes weggelassen, z. B. civile — *civilménte*; particoláre — *particolarménte*, ecc.

Doch muß man merken, daß in dieser Sprache auch das Beiwort statt eines Nebenwortes gebraucht werden könne, z. B. statt zu sagen: guardár fissaménte, starr ansehen, kann man auch sagen: *guardár fisso*; statt: chiaraménte — *chiáro*, ecc.

§. 273. Das Nebenwort ist meistens nur ein abgekürzter Ausdruck, welcher sonst mittelst eines Hauptwortes und Vorwortes gegeben werden müßte, daher es auch oft geschieht, daß die Art und Weise, wie Etwas sich zuträgt, nach Belieben, bald mit dem eigentlichen Nebenworte, bald aber mit dem Hauptworte und einem Vorworte ausgedrückt wird (siehe §§. 135 und 144), wie aus folgenden Beispielen zu ersehen ist, als:

maravigliosaménte,	wunderbar,	a maraviglia.
liberaménte,	frei,	alla libera.
forzataménte,	gezwungen,	per fórza.
sinceraménte,	aufrichtig,	con sincerità.
generalménte,	insgemein,	in génere, in generale.
indubitataménte,	ungezweifelt,	senza dúbbio.
nascostaménte,	heimlich,	di nascósto.

§. 274. Die Nebenwörter nehmen, wenn sie die Stelle der Hauptwörter vertreten, den Artikel an, z. B. vóglio sapére *il dóve e il quando* ciò sia accadúto, ich will wissen, wo und wann dies geschehen sei; vóglio sapére *il perchè,* ich will wissen, warum, ꝛc.

1. Nebenwörter des Ortes.

Dore son' io? *ore* se' tu?	Wo bin ich? wo bist du?
U' (poet. statt *ore*) sono i versi?	Wo sind die Verse?
Il sole sparge la sua luce *per ogni dove.*	Die Sonne verbreitet überall ihr Licht.
Sin dove andate?	Wie weit gehet ihr?
Domandò *d'onde* oder *onde* venisse, e *dore* andasse.	Er fragte, woher er käme, und wohin er ginge.
Donde sai tu il mio stato?	Woher weißt du meinen Zustand?
Non andrò per quella via *donde* tu *qui* venisti.	Ich werde den Weg nicht gehen, auf welchem du hieher gekommen bist.
Su nell' aria. Andár *su.*	Oben in der Luft. Hinaufgehen.
Andár *giù;* por *giù.*	Hinuntergehen; ablegen.
Mandár *giù;* in *già.*	Verschlingen; hinabwärts.
Chi è *là su? là giù?* (lassù, laggiù, oder colassù, colaggiù?)	Wer ist dort oben? dort unten?
Costà, costù; costaggiù, costassù.	Dort, daselbst; dort unten, dort oben.
Or *qua,* or *là.*	Bald da, bald dort.
Accostátevi *qua.*	Tretet näher hieher.
Di qua stanno bene.	Diesseits stehen sie gut.
Fatti più *in là, in qua.*	Gehe weiter hin, hieher.
Fin *qua,* fin *qui.*	Bis hier, bis hieher.
Qua e *là.* Di *qua* e di *là.*	Hier und dort. Auf beiden Seiten.
Egli è di *qui.*	Er ist von hier.
Di qui innánzi.	Künftighin.
Fra *qui* e pasqua.	Zwischen jetzt und Ostern.
Rimáse *quiri* oder *ivi* dove Ricciárdo era.	Er blieb dort, wo Richard war.
Quiri s'entrava. Infino *quici.*	Da ging man hinein. Bis dahin.
Quiri dentro, *iv'* entro.	Dort darin.
Di *quiri; d'ivi.*	Von dort aus (von dannen); von dorther.
Da *ivi* in pochi giorni.	Wenige Tage darnach.
Quindi sono. *Quindi giù — quindi su.*	Da bin ich her. Von dort herunter — dort hinauf.
Indi, *quindi* è; di *quinci* viene.	Daher kommt es.
Passár *quindi;* uscir per *quindi.*	Dort durchreisen; an dem Orte hinausgehen.
Quindi a pochi dì.	Wenige Tage darnach.
Da *quinci* innánzi; di *quinci* innánzi.	Von derselben Zeit an.
Quinci e *quindi.*	Hieher und dorthin.
Venire *innánzi.*	Hervortreten.
Il lavóro va *innánzi.*	Die Arbeit geht vorwärts.
Da *indi,* da quell' ora *innánzi;* da ora *innánzi.*	Von der Zeit an; von nun an.

Poco *innánzi;* poc' *anzi.*	Kurz vorher.
Egli è molto *innánzi.*	Er ist schon recht weit gekommen.
Bisognáva pensárci *innánzi* tratto.	Daran mußte man vorher denken.
Andáre *attórno.*	Rings umher, herum gehen.
Volgi *altrove* gli ócchj tuói.	Wende deine Augen anderswohin.
Fece sembiánte di venire *altrónde.*	Er stellte sich, als käme er anders woher.
Dorúnque io sono, dì e notte si so- spira. *(Petr.)*	Wo ich auch immer mich befinde, da wird Tag und Nacht geseufzt.
Dall' altra parte.	Auf der andern Seite.
Da parte; *in disparte.*	Bei Seite; seitwärts.
Essere *dappertutto.*	Ueberall sein.
È andato *dentro.*	Er ist hineingegangen.
Egli éra *di dentro.*	Er war inwendig.
Egli è *fuóri,* di *fuóri, fuóra.*	Er ist draußen.
Egli è *dietro,* di *dietro.*	Er ist hinten, rückwärts.
Eravámo *di sopra* — in *alto.*	Wir waren oben — droben.
Sono andati *abbásso.*	Sie sind hinuntergegangen.
Egli è *sotto.*	Er ist unten.
Essere *al di sotto.*	Unten liegen.

2. Nebenwörter der Zeit.

Quando arriverà egli?	Wann wird er ankommen?
Da *quando* in qua?	Seit wann?
Ci véngono *di quando in quando.*	Sie kommen manches Mal daher.
Continuárono il loro viággio *quando* a piè, e *quando* a cavállo.	Sie setzten ihre Reise bald zu Fuß, bald zu Pferde fort.
È venúto *oggi.*	Er ist heute gekommen.
Partirà *dománi* o *posdománi.*	Er wird morgen oder übermorgen abreisen.
Lo vidi *jeri.*	Ich sah ihn gestern.
Tosto o *tardi.*	Ueber lang oder kurz.
La sera *tardi.*	Des Abends spät.
Non lo vedo *mai.*	Ich sehe ihn niemals.
Chi fu *mai?*	Wer war es denn?
Non lo farò *mai più.*	Ich werde es nie wieder thun.
Mai sempre.	Immer, jederzeit.
Maisì che lo conósco.	Ich kenne ihn allerdings.
Jeri l' altro *L' altro jeri* } fu da noi. *Avanti jeri*	Vorgestern war er bei uns.
Fate *presto!*	Machet schnell!
Or' ora. Or questo, or quello.	Sogleich. Bald dieses, bald jenes.
Oramai, ormai.	Nunmehr, schon.
Adésso che farò?	Nun, was werde ich jetzt machen.
Adésso adésso vengo.	Im Augenblicke komme ich.
Da *altóra* in qua.	Seit der Zeit.
Da *allóra* innánzi.	Von der Zeit an.
Il tempo d' *allóra.*	Die damalige Zeit.
Talóra, talvólta ci vediámo.	Manchmal, zuweilen sehen wir uns.
Lo vidi *tempo fa.*	Ich sah ihn vor einiger Zeit.
È partito { *poco fa.* *poc' avanti.* *poco prima.*	Er ist kurz vorher abgereist.
In *avvenire* lo farémo altriménti.	Künftig machen wir es anders.
Veniva *di mattina e di sera.*	Er kam des Morgens und Abends.
A *mezza notte* tutti érano a casa.	Um Mitternacht waren Alle zu Hause.
Per lo *passáto* } si vivéa altriménti. Per l' *addiétro*	Vorher, ehedem lebte man anders.

3. Nebenwörter der Beschaffenheit.

Lo fece	*di buon grado.* / *di buóna vóglia.* / *volentiéri.*	Er that es gerne.
Vi acconsentì	*di mal grado.* / *di mala vóglia.* / *mal volentiéri.*	Er willigte ungerne ein.
È venuto	*a bella posta.* / *a bello stúdio.* / *apposta.* / *avvertitamente.* / *espressamente.*	Er ist geflissentlich gekommen.
È arriváto	*a propósito.* / *all' improvviso.* / *a caso, a sorte.* / *inaspettatamente.* / *accidentalmente.*	Er ist eben recht / unversehens } angekommen. / zufällig / unerwartet.
Egli venne	*spontaneamente.* / *di nascósto.* } / *di soppiátto.* }	Er kam zufälliger Weise. / freiwillig. / insgeheim, verstohlen.
Porre *a monte* alcuna cosa.		Eine Sache unvollendet liegen lassen, bei Seite setzen.
Corrévano *a gara.*		Sie liefen um die Wette.
Impàra *a mente.*		Er lernt auswendig.
Lo disse *per ischérzo, per burla.*		Er sagte es aus Scherz.
Soffre *a torto.*		Er leidet unverschuldeter Weise.

4. Nebenwörter der Menge und Ordnung.

Troppo,	zu viel.	Ancóra, eziandio,	
Tanto,	so viel.	pure, pur anco,	noch, auch.
Altrettánto,	eben so viel.	Al più,	auf's höchste.
Poco meno,	nicht viel weniger.	Primieraménte,	erstlich.
Meno, manco,	weniger.	In secóndo luogo,	zweitens.
Alméno, almánco,	wenigstens.	Gradatamente,	stufenweise.
Abbastánza, }		Successivaménte,	nach und nach. .
A sufficiénza, }	genug.	A vicénda, }	
Di sopérchio, }		Vicendevolmente, }	wechselweise.
Di vantággio, }	überflüssig.	Scambievolmente, }	
Soverchiamente, di so- / verchio, di troppo,	zu viel.	L'un dopo l'altro,	Einer nach dem Andern.
Di gran lunga,	bei weitem.	Insiéme,	mit einander.
Neppúre, nemmeno,	nicht einmal.	A schiéra,	truppweise.
Inóltre,	ferners.	Alla rinfúsa, }	verworren, durch einander.
Smisuratamente, }		Confusamente, }	
Fuor di modo, }	über die Maßen.	Spesse volte, }	oft.
Fuor di misúra, }		Spesse fiate, }	

5. Nebenwörter des Bejahens und Verneinens.

Sì, così è,	ja, so ist es.	Senza fallo, }	ohne Zweifel.
Certo, }		Senza dúbbio, }	
Certamente, }	gewiß, sicher.	Affè, }	
Sicuramente, }		In fede mia, }	bei meiner Treue.
Davvéro, }	fürwahr.	Per mia fè, }	
In verità, }	wahrhaftig.	Per appúnto, }	eben das, richtig.
Veraménte, }	in Wahrheit.	Per l'appúnto, }	wirklich, so ist es.
Per verità, }		Da senno,	im Ernst.

Da galantuómo,	bei meiner Treue.	Scommétto di no,	ich wette, nein.
No, neinz non,	nicht.	Credo di sì,	ich glaube, ja.
Non già, }	nicht doch, gar	Infallibilmente,	unfehlbar.
Non mica, }	nicht.	Non altrimenti,	nicht anders.
Niente affàtto,	ganz und gar nicht.		

Einige Redensarten mit Nebenwörtern.

Disse egli: *bene! o sì bene!*	Er sagte: gut! ja wohl!
Gli sta *bene*, merita *peggio*.	Es geschieht ihm Recht, er verdient es noch ärger.
Ci guadagnò *bene*.	Er gewann viel dabei.
Egli si lagna *e giorno e notte*.	Er beklagt sich Tag und Nacht.
Egli ne mormoráva *anzi che no*.	Er murrte etwas darüber.
Non ha *guari*; — non andò *guari*, che ricevétti sue nuóve.	Es ist noch nicht lange; — es währte nicht lange, daß ich Nachricht von ihm erhielt.
Non è *guari* lontáno da quel luogo.	Er ist nicht sehr weit von dem Orte.
Non lo conóbbe *punto*.	Er kannte ihn gar nicht.
Erano *sul punto* di partire.	Sie waren im Begriff abzureisen.
Nol farà *mai più*.	Er wird es nie wieder thun.
Maisì che lo conósco	Ich kenne ihn allerdings.
Fu il più conténto uómo che *giammái* fosse.	Er war so vergnügt, als je Einer gewesen ist.
Andár di *bene in meglio*.	Immer besser gehen.
Andár di *male in peggio*.	Immer schlechter gehen.
Vostra mercè ho quanto basta.	Durch euch habe ich so viel ich brauche.
Io *insiéme* con mio padre.	Ich sammt meinem Vater.
Verrò *senz' altro*.	Ich werde gewiß kommen.

Capitel XXIII.

Von den Bindewörtern (delle congiunzioni).

§. 275. Bindewörter sind unabänderliche Theile der Rede, wodurch man einzelne Wörter sowohl, als auch große und kleine Sätze zusammen verbindet.

Man sehe nach, was §§. 348 und 351 über den Gebrauch der anzeigenden und verbindenden Art gesagt wird.

Anmerk. Die mit einem Sternchen * bezeichneten Bindewörter haben die verbindende Art nach sich, und die mit einem Kreuze † bezeichneten können nach Umständen mit der anzeigenden und mit der verbindenden stehen.

*Acciò, }	damit, auf daß.	*Anzichè, }	vielmehr, ehe als,
*Acciocchè, }		*Piuttosto, }	ehe daß, bevor
*A condizióne che, }	unter der Bedin=	Avantichè, }	als.
*Con patto che, }	gung, daß.	*Primachè, }	
*Affinchè, damit, auf daß.		*Priachè, }	
A fine di far q. c., um Etwas zu thun.		Attesochè, angesehen daß.	
Almeno, wenigstens.		*Ancorchè, }	
Altresì, gleichfalls, ebenfalls, auch.		*Ancorachè, }	
Anche, anco, ancora, eziandio, auch.		*Avvegnachè, }	obgleich, wenn gleich,
Anzi, }	im Gegentheil, viel=	*Abbenchè. }	obschon, obwohl.
Al contrário, }	mehr, lieber.	*Benchè, }	
All' incontro, }		*Sebbene, }	

*Tuttochè, } obgleich, wenn gleich,
*Quantochè, } obschon, obwohl.
*Con tuttochè, obgleich, bei allem dem.
*Quantunque, { obschon, obgleich, wenn auch.
A pena oder appena, kaum.
Bensì, wohl zwar.
Caso che no, }
Se no, } sonst.
Altrimenti, }
†Che, daß (siehe §§. 349, 351—353).
Uebrigens wird chè auch als Abkürzung der Bindewörter: fuór che, se non che — finchè — acciochè — imperocchè; perchè — gebraucht.
Come oder poichè, nachdem, als.
*Comechè, } als wenn, wiewohl, obwohl.
Ancorchè, } wohl.
Come pure, wie auch, desgleichen.
In oder per conseguenza, } folglich,
conseguentemente, } also,
quindi, onde, } daher.
Così, so, also.
Dacchè, }
Dappoichè, dopochè, } seit, seitdem.
posciachè, }
*Datochè, }
*Postochè, } gesetzt daß, im Falle daß.
In caso che, }
Di maniera che, } dergestalt, so daß.
Di modo che, }
Dopo, nachdem,
Dopochè. seitdem, nachdem.
Dunque. adunque, } also, daher,
quindi, onde, } folglich.
E, ed, und.
Eziandio, auch, sogar.
Esempigrazia, zum Beispiel.
*Finattantochè, }
*Sinattantochè, }
*Finchè, } bis daß, so lange bis.
*Sinchè, }
*Infinchè, }
*Forza è che tu mora, { so mußt du sterben.
Frattanto che, } inzwischen daß, während daß.
Intanto che, }
Fuorchè, }
Se non, } außer, ausgenommen daß.
Salvochè, }
Giacchè, }
Poichè, }
Imperciocchè, } weil, weil doch, denn da, indem.
Perciocchè, }
Imperchè, }
Perocchè, }
Imperocchè, }

Perciò, } weil, weil doch, denn da,
Posciachè, } indem.
Indi, }
Quindi, } daher, deshalb.
Inoltre, }
Di più, } ferner.
Laddove, }
Purchè, } wenn nur.
Laddove, statt daß.
Laonde, }
Onde, } deshalb, daher.
Ma, aber, allein, sondern.
Ma anco, }
Ma eziandio, } sondern auch.
Massimamente, } und zwar um so
Particolarmente, } mehr als . . .
E tanto più, } besonders weil.
Mentre, } indem, so lange, während
Mentrechè, } daß, unterdessen,
Stantechè, } indessen, weil.
Nè, auch nicht, weder.
Nè — nè, weder — noch.
Neppure, }
Nemmeno, } auch nicht, nicht einmal.
Nemmanco, }
Neppur io, }
Nè anch' io, }
Nè men' io, } ich auch nicht.
Nè tampoco io, }
Non che, geschweige denn, als auch.
Come pure, wie auch.
Non meno, } sowohl — als.
Tanto — che, }
Non solamente, nicht allein.
Ma anche, sondern auch.
Non di meno, } nichts desto weniger,
Nulla di meno, } dessen ungeachtet,
Niénte di meno, } dennoch.
*Non ostantechè, }
A dispetto di, }
Ciò nonostante, } ungeachtet daß,
Ciò non pertanto, } obgleich, obwohl.
Malgrado che, }
Non per altro che per, } nur um.
A solo fine di . . . ., }
O, od, oppure, } oder.
Ovvéro, ossia, }
O — o, entweder — oder.
Ora, da, nun.
Onde, } daher, woher, weshalb, deswegen.
Ognorachè, immer wenn.
Oltrachè, oltrechè, } außer daß.
Oltre di che, }
Oltre a (di) ciò, überdies.
†Perchè, weswegen, warum, weil, mit dem Indicativo; — wenn aber perchè

statt assine , acciocchè , benchè (da=
mit, auf daß, obgleich) steht, regiert es
den Congiuntivo.

Perciò,
Per tanto,
Non per tanto, } darum, deshalb, den=
Tuttavia, } noch.
Tutta volta,
Non di meno,
Però, } dennoch, jedoch, daher, doch,
Pure, } auch, immerhin.
Perocchè, } weil, da.
Perciocchè,
*Per quanto sia avaro,
Per avaro che sia, } so geizig als
Tuttochè sia avaro, } er auch ist.
Quantunque sia avaro,
Poichè,
Posciachè,
Dopo che, } als, weil, da.
Giacchè,
*Primachè, } ehe, bevor.
*Pria che,
*Purchè, } wenn nur, nur daß,
*Solo che, } allein daß.
Quando,
Quandochè, } da, als, wann.
Allora quando,
Quand' anche, wenn auch.
*Quantunque, } obgleich, obschon, ob=
wohl, wenn auch.
*Quasi, } als ob, als wenn, gleich=
Quasichè, } sam als ob.
Come se,
Quindi, } daher, folglich, deshalb.
Indi,

Onde, daher, folglich, deshalb.
†Se, wenn, wofern, mit dem Indic.
und Congiunt., als: s'egli vuole, lo
può, — s'egli volesse, lo potrebbe.
Se anche, wenn auch.
*Sebbéne, obschon.
Secondochè, } je nachdem.
A misura che,
Se non che,
Altrimenti, } sonst.
Caso che no,
Se no,
Se non se, außer.
Senzachè , außerdem.
Si — sì, sowohl — als.
Siccóme, so wie.
Sicchè, so daß.
*Solamente che,
Solchè, } wenn nur.
Soltanto che,
Purchè,
Subitochè,
Tostochè, } sobald als.
Appenachè,
*Suppostochè, vorausgesetzt, daß.
Stantechè, } indem, da, weil.
Attesochè,
*Tutto che,
Con tutto che, } obwohl, ungeachtet.
Benchè,
Tuttavolta, } immer, wenn, dennoch.
Ognorachè,
Tuttavia, } dennoch, doch, dessen=
Tutta volta, } ungeachtet.
Non pertanto,

Capitel XXIV.

Von den Empfindungswörtern (delle interjezioni).

§. 276. Ausrufungs= oder Empfindungswörter sind eigene und be=
sondere Wörter, mit welchen man den Gemüthszustand des Redenden
ausdrückt.

§. 277. Da die Ausrufungen vornehmlich in der Sprache des gemei=
nen Lebens häufig gebraucht werden, so hat jedes Volk seine besonderen
Wörter für den Ausdruck der Affecte, welche oft im Munde des Pöbels
von unsittlicher, obscöner Bedeutung sind, was vorzüglich im Italienischen
der Fall ist.

Die nachstehenden sind die gewöhnlichsten unter denen, die man auch
in Schriften findet, und zwar:

1) Der Freude.
Oh! o! allégro! } lustig!
allegria!
Giúbbilo! heissa!

Viva, evviva! Glück auf!
Beáto me! felice me! } ich Glücklicher!
o me beáto! o me
felice!

2) Der Verwunderung.

Oh! eh! ei!

Capperi, cospetto di Bácco, corpo di Bácco! } poztausend!

Per Bácco! come mai! poffáre il mondo! } ist's mög= lich!

Pah! pape! — ei poztausend.

3) Der Aufmunterung.

Orsù! — wohlan!

Su! via! su su! — auf! auf!

Animo! — auf! vorwärts!

Erri! — Wort der Eseltreiber.

4) Des Beifalls.

Beníssimo! — sehr wohl! trefflich!

Oh bella! — o schön!

Bello, bellíssimo! — allerliebst!

Stupendo! — herrlich!

Bravo, bravíssimo! — brav, sehr brav!

5) Der Bejahung und Betheuerung.

O sì! — o ja!

Così è! — so ist es!

Si bene! — ja wohl!

Sì davvéro! — ja wahrlich!

Già, già! — ja, ja! gut, gut!

A fè! affè! — bei meiner Treu!

Sicúro! — sicherlich!

In ánima mia! — meiner Seele!

In coscienza mia! — auf mein Gewissen!

Per Dío! — bei Gott!

6) Der Verneinung.

Nò! — nein!

Non mái! mái, mái! — nimmer!

Anzi! al contrário! — im Gegentheil!

Ahibò, oibò! — { ei nicht doch! warum nicht gar!

Niénte affátto! — gar nichts!

7) Der Dankbarkeit und Bitte.

Iddio sia lodáto! — Gottlob!

Mercè di Dio! La Dio mercè! } durch Gottes Hilfe!

Per l'amór di Dio! Per grázia di Dio! } um Gotteswillen!

Di grázia! — aus Gnade!

Deh, mercè! — ach, Gnade!

Perdóno! — Verzeihung!

8) Des Schmerzes und der Betrübniß.

Ah! ahi! ahimè! Oh! ohi! oimè! } o wehe, wehe mir!

Deh! — ach!

Ahi lásso! — ach, ich Elender!

Póvero me! — ich Armer!

Mísero me! — ich Elender!

Infelice me! — ich Unglücklicher!

9) Der Furcht und Angst.

Oh! ajúto! — ach! Hülfe!

Oh Dío! — o Gott!

10) Des Widerwillens.

Fi! — pfui!

Via! via! — fort! fort!

Básta! básta! — genug! genug!

Váttene! — pack dich fort!

Dio me ne guárdi! — Gott behüte mich da= vor!

Dio me ne liberi! — Gott befreie mich da= von!

11) Der Verwünschung und des Zornes.

Guái a te! — wehe dir!

Guái e sopra, guái a voi! } dreifaches Wehe über euch!

Maledétto! — verflucht!

Váttene in malóra! — geh zum Henker!

12) Des Mitleidens.

Oh póvero! ahi poveréllo, po= verino! pove= ráccio! } ach der Arme!

Poverétto te! — ach, du Armer!

13) Der Warnung.

Guardátevi! — nehmt euch in Acht!

Badáte a voi! — vorgesehen!

Adágio! adágio! — langsam!

Pián, piáno! — sachte!

14) Reden und Stillschweigen zu gebieten.

Di sù! dite sù! — sage her! bekenne!

Alto! — laut!

Táci! — schweig!

Tacéte! — schweiget!

Zi, zitto! — st! stille!

Silénzio, chéto! — ruhig! stille!

Státevi zitto oder zitta! — seid stille.

15) Um Einen zu rufen.

Eja! olà! — heda! holla!

Eh, eh! — he, he! pst!

Capitel XXV.

I. Von der Abwandlung der Zeitwörter (della congiugazione de' verbi).

I. Abwandlung des Hilfszeitwortes éssere, sein.

Anzeigende Art. *Indicativo.*   Verbindende Art. *Congiuntivo.*

Gegenwärtige Zeit. *Presénte.*

Io sono,	ich bin.	Ch'io sia,	daß ich sei.
tu sei (*se'*),	du bist.	che tu sia (*sii*),	daß du seiest.
egli (*esso*) è,	er ist.	ch'egli sia,	daß er sei.
ella (*essa*) è,	sie ist.	ch'ella sia,	daß sie sei.
si è,	man ist.	che si sia,	daß man sei.
noi siámo,	wir sind.	che noi siámo,	daß wir seien.
voi siéte,	ihr seid.	che voi siáte,	daß ihr seid.
églino (*essi*) sono,	sie sind.	ch'essi siano (*sieno*),	daß sie seien.
élleno (*esse*) sono,	sie sind.	ch'esse siano,	daß sie seien.

Erste halbvergangene Zeit. *Imperfetto.* — Bedingende gegenwärtige Zeit. *Condizionale presénte.*

Io era (*ero*),	ich war.	S'io fóssi,	wenn ich wäre.
tu eri,	du warst.	se tu fóssi,	wenn du wärest.
egli era,	er war.	s'egli fósse,	wenn er wäre.
noi eravámo,	wir waren.	se noi fóssimo,	wenn wir wären.
voi eraváte,	ihr waret.	se voi fóste,	wenn ihr wäret.
essi érano,	sie waren.	s'essi fóssero,	wenn sie wären.

Zweite halbvergangene Zeit. *Passato indeterminato.* — Beziehende gegenwärtige Zeit. *Correlativo presénte.*

Io fui,	ich war.	Io saréi,	ich würde
tu fosti,	du warst.	tu sarésti,	du würdest
egli fu (*fue*),	er war.	egli sarébbe {*saria* poet. *fora*}	er würde
noi fúmmo,	wir waren.	noi sarémmo,	wir würden
voi foste,	ihr waret.	voi saréste,	ihr würdet
essi fúrono,	sie waren.	essi sarébbero,	sie würden
(poet. *fúro*).		(*sariano*, poet. *fórano*).	

(rechte Spalte zusammengefaßt: „sein.")

Völlig vergangene Zeit. *Passato determinato.* — Völlig vergangene Zeit. *Passato perfetto.*

Ich bin gewesen, rc.

Io sono stato—a.	Daß ich gewesen sei, rc.
tu sei stato—a.	ch'io sia stato—a.
egli è stato.	che tu sii stato—a.
ella è stata.	ch'egli sia stato.
noi siámo stati—e.	ch'ella sia stata.
voi siéte stati—e.	che noi siámo stati—e.
essi sono stati.	che voi siáte stati—e.
esse sono state.	ch'essi siano stati.
	ch'esse siano state.

Erſte früher ob. vorvergangene Zeit.
Primo passato perfetto anteriore.

Ich war geweſen, ꝛc.
io era stato—a.
tu eri stato—a.
egli era stato.
ella era stata.
noi eravámo stati—e.
voi eraváte stati—e.
essi érano stati.
esse érano state.

Zweite früher oder vorvergangene Zeit.
2do passato perfetto anteriore.

Ich war geweſen, ꝛc.
io fui stato—a.
tu fósti stato—a.
egli fu stato.
ella fu stata.
noi fummo stati—e.
voi fóste stati—e.
essi fúrono stati.
esse fúrono state.

Künftige Zeit. *Futuro.*

Io sarò,	ich werde	
tu sarái,	du wirſt	
egli sarà (poet. *fia*),	er wird	fein.
noi sarémo,	wir werden	
voi saréte,	ihr werdet	
essi saránno	ſie werden	
(poet. *fieno*).		

Gebietende Art. *Imperativo.*

Sil (*sia*),   ſei du.
non éssere, ſtatt: ſei du nicht, ſtatt:
   non deri éssere, du ſollſt nicht ſein.
sia egli,   ſei er.
siámo noi,   laßt uns ſein.
siáte voi,   ſeid ihr.
siano églino,   laßt ſie ſein.

Gerundio presénte.

essèndo (*sendo*), indem man iſt.

Gerundio passato.

essèndo stato,   { indem man gewe- ſen iſt.

Mittelwort. *Participio.*

stato—a, } geweſen.
stati—e, }

Bedingende vergangene Zeit. *Condizionale passato.*

Wenn ich geweſen wäre, ꝛc.
s'io fóssi stato—a.
se tu fóssi stato—a.
s'egli fósse stato.
s'ella fosse stata.
se noi fóssimo stati—e.
se voi foste stati—e.
s'essi fóssero stati.
s'esse fóssero state.

Beziehende vergangene Zeit. *Correlativo passato.*

Ich würde geweſen ſein, ꝛc.
io saréi stato—a.
tu sarésti stato—a.
egli sarébbe stato.
ella sarébbe stata.
noi sarémmo stati—e.
voi saréste stati—e.
essi sarébbero stati.
esse sarébbero state.

Bedingende künftige Zeit. *Futuro condizionale.*

Wenn ich werde geweſen ſein, ꝛc.
quando io sarò stato—a.
—   tu sarái stato—a.
—   egli sarà stato.
—   ella sarà stata.
—   noi sarémo stati—e.
—   voi saréte stati—e.
—   essi saránno stati.
—   esse saránno state.

Unbeſtimmte Art. *Infinitivo.*

Pres. Éssere, ſein.
di
ad } éssere, zu, um zu ſein.
da
per
con
coll' } éssere, indem man iſt.
in
nell'
Pass. éssere stato, geweſen ſein.
con
coll' { éssere stato, indem man
in { geweſen iſt.
nell'
Futur. éssere per éssere, im Begriff
ſein zu ſein.
ella è per partire, ſie iſt im
Begriff abzureiſen.

II. Abwandlung des Hilfszeitwortes avére, haben

Anzeigende Art. *Indicativo*.　　Verbindende Art. *Congiuntivo*.

Gegenwärtige Zeit. *Presénte.*

Io ho (ò)*),	ich habe.	Ch'io ábbia,	daß ich habe.
tu hai (ài),	du hast.	che tu ábbia (abbi),	daß du habest.
egli } ella } ha (à),	er } sie } hat.	ch'egli} ch'ella} ábbia,	daß er }habe. daß sie }
noi abbiámo,	wir haben.	che noi abbiámo,	daß wir haben.
voi avéte,	ihr habet.	che voi abbiáte,	daß ihr habet.
églino} élleno} hanno (ànno),	sie haben.	ch'essi } ch'esse } ábbiano,	daß sie haben.

Erste halbvergangene Zeit. *Imperfetto.*　　Bedingende gegenwärtige Zeit. *Condizionale presénte.*

Io avéva (avévo),	ich hatte,	S'io avéssi,	wenn ich hätte.
tu avévi,	du hattest.	se tu avéssi,	— du hättest.
egli avéva (avéa),	er hatte.	s'egli avésse,	— er hätte.
noi avevámo,	wir hatten.	se noi avéssimo,	— wir hätten.
voi avevàte,	ihr hattet.	se voi avéste,	— ihr hättet.
essi avévano (avéano),	sie hatten.	s'essi avéssero,	— sie hätten.

Zweite halbvergangene Zeit. *Passato indeterminato.*　　Beziehende gegenwärtige Zeit. *Correlativo presénte.*

Io ebbi,	ich hatte.	Io avréi,	ich würde
tu avésti,	du hattest.	tu avrésti,	du würdest
egli ebbe,	er hatte.	egli avrébbe (avria),	er würde
noi avémmo,	wir hatten.	noi avrémmo,	wir würden
voi avéste,	ihr hattet.	voi avréste,	ihr würdet
essi ébbero,	sie hatten.	essi avrébbero (avriano),	sie würden

(rechts: haben.)

Völlig vergangene Zeit. *Passato determinato.*　　Völlig vergangene Zeit. *Passato perfetto.*

Ich habe gehabt, ꝛc.		Daß ich gehabt habe, ꝛc.
io ho avúto**).		ch'io ábbia avúto.
tu hai avúto.		che tu ábbia avúto.
egli } ella } ha avúto.		ch'egli } ch'ella } ábbia avúto.
noi abbiámo avúto.		che noi abbiámo avúto.
voi avéte avúto.		che voi abbiáte avúto.
essi } esse } hanno avúto.		ch'essi } ch'esse } ábbiano avúto.

Erste früher oder vorvergangene Zeit. *Primo passato perfetto anteriore.*　　Bedingende vergangene Zeit. *Condizionale passato.*

Ich hatte gehabt, ꝛc.		Wenn ich gehabt hätte, ꝛc.
io avéva avúto.		s'io avéssi avúto.
tu avévi avúto.		se tu avéssi avúto.
egli, ella avéva avúto.		s'egli avésse avúto.
noi avevámo avúto.		se noi avéssimo avúto.
voi avevàte avúto.		se voi avéste avúto
essi, esse avévano avúto.		s'essi avéssero avúto.

---

*) Der Gebrauch ò, ài, à, ànno, statt ho, hai, ha, hanno, zu schreiben, ist von Metastasio befolgt worden.

**) Wenn das Mittelwort mit avére veränderlich ist, siehe §. 375.

Zweite früher oder vorvergangene Zeit.
Secondo passato perfetto anteriore.

Ich hatte gehabt, ꝛc.
io ebbi avúto.
tu avésti avúto.
egli ebbe avúto.
noi avémmo avúto.
voi avéste avúto.
essi ébbero avúto.

Künftige Zeit. *Futuro*

Io avrò,	ich werde	
tu avrái,	du wirst	
egli avrà,	er wird	haben.
noi avrémo,	wir werden	
voi avréte,	ihr werdet	
essi avránno,	sie werden	

Gebietende Art. *Imperativo.*

Abbi tu,	habe du.
non avére, statt:	habe nicht, statt: du
non devi avére,	sollst nicht haben.
ábbia egli,	er soll haben.
abbiámo noi,	lasset uns haben.
abbiáte voi,	ihr sollet haben
ábbiano essi,	sie sollen haben.

Gerundio presente.

avéndo, indem man hat.

Gerundio passato.

avéndo avúto,	{	indem, da man ge= habt hat.

avénte,	habend.
avúto—a,	} gehabt.
avúti—e,	

Beziehende vergangene Zeit. *Correlativo passato.*

Ich würde gehabt haben, ꝛc.
io avréi avúto.
tu avrésti avúto.
egli avrébbe avúto.
noi avrémmo avúto.
voi avréste avúto.
essi avrébbero avúto.

Bedingende künftige Zeit. *Futuro con- dizionale.*

Wenn ich werde gehabt haben, ꝛc.
quando io avrò avúto.
  —   tu avrái avúto.
  —   egli avrà avúto.
  —   noi avrémo avúto.
  —   voi avréte avúto.
  —   essi avránno avúto.

Unbestimmte Art. *Infinitivo.*

Pres. Avére, haben.

di	
ad	
da	avére, zu, um zu haben.
per	

con	
coll'	avére, indem, da, weil
in	man hat.
nell'	

Pass. avére avúto, gehabt haben.

con	
coll'	avére avúto, indem, da,
in	weil man gehabt hat.
nell'	

Futur. avér da avére, zu haben haben.

Anmerkungen.

§. 278. Die persönlichen Fürwörter io, ich; tu, du; egli, er; ella, sie ꝛc., welche im Deutschen zur Bezeichnung der Personen des Zeitwortes nothwendig sind, brauchen dem italienischen Zeitworte nicht nothwendig vorgesetzt zu werden, sondern sind als schon in demselben zugleich mit ausgedrückt anzusehen; denn die italienische Conjugation ist durchgehends bestimmter als die deutsche, da die verschiedenen Personen in der italienischen Conjugation durch die Verschiedenheit der Ausgänge in dem Zeitworte schon hinreichend deutlich bezeichnet werden. Man kann daher im Italienischen eben so wohl sagen: *sono, sei, è;* *avrò, avrái, avrà;* als: io sono, tu sei, egli è; io avrò, tu avrái, egli avrà. Die italienische Conjugation hat also hierin vor der deutschen den Vorzug der größeren Kürze und Mannigfaltigkeit des Ausdruckes.

§. 279. Wenn aber die Person in der Rede mit Nachdruck belegt wird, oder ein Gegensatz Statt findet, dann müssen diese Fürwörter

ausdrücklich gesetzt werden. Z. B. *io v'entrerò dentro, io,* ich werde
hineingehen, ich; *noi erriámo, noi siámo ingannáti, e non voi,*
wir irren, wir sind betrogen, ihr nicht.

§. 280. Die deutschen unpersönlichen Redensarten es ist, es gibt,
es sind vorhanden (mit dem französischen il y a gleichbedeutend),
werden im Italienischen gewöhnlich mittelst *éssere* ausgedrückt, wenn
man ci oder vi (s. §. 193) demselben vorsetzt, aber doch so, daß *éssere*
immer in der Zahl und im Geschlechte mit dem es begleitenden Hauptworte übereinstimmt; z. B.

C'è oder v'è una gran quantità.	Es ist eine große Menge.
Ci sono oder vi sono delle persone.	Es gibt Menschen.
C'era una volta un sávio Gréco.	Es war einmal ein weiser Grieche.
V'érano de' pópoli.	Es gab Völker.
C'è stata una cantatrice.	Es ist eine Sängerin gewesen.
Ci sono stati de' Príncipi.	Es hat Fürsten gegeben.
C'è oder v'è, ecci oder ervi (s. §. 8.) qui un qualche médico?	Ist hier irgend ein Arzt?

§. 281. Anstatt *éssere* könnte auch *avére* in solchen Fällen gebraucht werden; dieses kann im Singular stehen, wenn auch das Hauptwort im Plural ist, z. B.:

V'ha (statt v'hanno) de' Príncipi.	Es gibt Fürsten.
V'ha molte cose.	Es gibt viele Sachen.
V'ha oder havvi molta gente povera.	Es gibt viele arme Leute.
Molti soldáti v'aréa.	Es gab viele Soldaten.

§. 282. Führen die Redensarten es ist, es gibt, es sind vorhanden, noch eines der Wörter davon, deren, dessen bei sich, so
werden diese im Italienischen durch ne ausgedrückt (vergleiche §§. 183
und 194), als:

Non ce n'è più.	Es ist nichts mehr davon da.
Ce ne sono molti.	Es gibt deren Viele.
Non ve n'érano che due.	Es waren ihrer nur zwei da.
Médici qui non ce ne sono.	Hier gibt es keine Aerzte.
Non credo che ve n'ábbia.	Ich glaube nicht, daß es deren hier gibt.

§. 283. Manchmal kann man obige Redensarten auch mit *si dà*
oder *si dánno* ausdrücken, als:

Non si dà al mondo cosa peggióre.	Es gibt nichts Schlimmeres auf der Welt.
Si danno di quelli che sosténzono —	Es gibt solche, welche behaupten —
Dánnosi qui de' gran commerciánti?	Gibt es hier große Handelsleute?

§. 284. Da die Affissi ci und vi als Nebenwörter des
Ortes nur den Ort bezeichnen, wo etwas vorgegangen ist, so folgt
hieraus, daß sie dann wegbleiben müssen, wenn von der Zeit die
Rede ist, als:

È un mese; sono due anni.	Es ist ein Monat; es sind zwei Jahre.
Pochi mesi sono oder fa.	Vor wenigen Monaten.
E un bel pezzo, che non l'ho veduta.	Es ist eine geraume Zeit, daß ich sie nicht gesehen habe.
Ciò accadde due mesi fa.	Dies geschah vor zwei Monaten.

§. 285. Dem Infinitiv nach *avére* und *éssere* wird *da* vorgesetzt, wenn die Hilfszeitwörter so viel als **sollen** oder **müssen** bedeuten, oder einen Zweck, eine Tauglichkeit, oder eine Bestimmung zu Etwas ausdrücken, z. B.

Avete da farlo così, statt *dovete* farlo così.	Ihr sollet es so machen.
Egli *ha da* sapére.	Er soll wissen.
Abbiámo tutti *da* morire.	Wir müssen Alle sterben.
È da temérsi.	Es ist zu befürchten.
Egli non *è da* scusáre.	Er ist nicht zu entschuldigen.

§. 286. Außer diesen Fällen wird a vor den Infinitiv gesetzt, als:

Avréi a pregárla d'un favóre.	Ich hätte Sie um eine Gefälligkeit zu bitten.
Ella *fu a* ritrovárla.	Sie ging sie zu besuchen.

III. Von der Abwandlung regelmäßiger Zeitwörter.

§. 287. Der Infinitiv der italienischen Zeitwörter endigt auf dreierlei Art; er hat nämlich in der vorletzten Silbe a, wie amáre, lieben, oder ein e, wie crédere, glauben, und temére, fürchten, oder endlich ein i, wie dormíre, schlafen.

Am-*are*, lieben.	Créd-*ere*, glauben.	Nutr-*ire*, ernähren.

Anzeigende Art. *Indicativo.*

Gegenwärtige Zeit. *Presente.*

Ich liebe, 2c.		Ich glaube, 2c.		Ich ernähre, 2c.	
am-o,		cred-o,		nutr-o	*(isco).*
— i,		— i,		— i	*(isci).*
— a,		— e,		— e	*(isce).*
— iámo,		— iámo.		— iámo.	
— áte,		— éte,		— ite.	
— ano,		— ono,		— ono	*(iscono).*

Erste halbvergangene Zeit. *Imperfetto ossia pendente.*

Ich liebte, 2c.		Ich glaubte, 2c.		Ich ernährte, 2c.	
am-áva	*(áeo),*	cred-éva	*(evo),*	nutr-íva ·	*(íro).*
— ávi,		— évi,		— ívi.	
— áva,		— éva,	*(éa),*	— iva	*(ia).*
— avámo,		— evámo,		— ivámo.	
— aváte,		— eváte,		— íváte.	
— ávano,		— évano	*(éano),*	— ivano	*(iano).*

Zweite halbvergangene Zeit. *Passato perfetto indeterminato.*

Ich liebte, 2c.		Ich glaubte, 2c.		Ich ernährte, 2c.	
am-ái,		cred-éi	*(étti),*	nutr-ii.	
— ásti,		— ésti,		— isti.	
— ò	*(amóe),*	— è	*(étte),*	— ì	*(nutrío).*
— ámmo,		— émmo,		— immo.	
— áste,		— éste,		— iste.	
— árono	*(poet. áro),*	— érono	*(éttero),*	— irono	*(íro).*
		(éro),			

8

Völlig vergangene Zeit. *Passato perfetto determinato.*

Ich habe geliebt, 2c.	Ich habe geglaubt, 2c.	Ich habe ernährt, 2c.
ho hai ha abbiámo } amáto, avéte hanno	credúto,	nutríto.

Erste früher oder vorvergangene Zeit. *Primo passato perfetto anteriore.*

Ich hatte geliebt, 2c.	Ich hatte geglaubt, 2c.	Ich hatte ernährt, 2c.
avéva avévi avéva avevámo } amáto, aveváte avévano	credúto,	nutríto.

Zweite vorvergangene Zeit. *Secondo passato perfetto anteriore.*

Ich hatte geliebt, 2c.	Ich hatte geglaubt, 2c	Ich hatte ernährt, 2c
ebbi avésti ébbe avémmo } amáto, avéste ébbero	credúto,	nutríto.

Künftige Zeit. *Futuro.*

Ich werde lieben, 2c.	Ich werde glauben, 2c.	Ich werde ernähren, 2c.
am-erò,	cred-erò,	nutr-irò.
— erái,	— erái,	— irái.
— erà,	— erà,	— irà.
— erémo,	— erémo,	— irémo.
— eréte,	— eréte,	— iréte.
— eránno,	— eránno,	— iránno.

Gebietende Art. *Imperativo.*

Gegenwärtige Zeit. *Presente.*

Liebe du, 2c.		Glaube du, 2c.	Ernähre du, 2c.	
am-a,	liebe du,	cred-i,	nutr-i	(isci).
non amáre,	liebe nicht,	non crédere,	non nutríre.	
am-i,	liebe er,	cred-a,	nutr-a	(isca).
— iámo,	lieben wir,	— iámo,	— iámo.	
— áte,	liebet ihr,	— éte,	— ite.	
— ino,	lieben sie,	— ano,	— ano	(iscano).

Verbindende Art. *Congiuntivo.*

Gegenwärtige Zeit. *Presente.*

Daß ich liebe, 2c.	Daß ich glaube, 2c.	Daß ich ernähre, 2c.	
ch'io ám-i,	cred-a,	nútr-a	(isca).
— i,	— a (i),	— a (i)	(isca).
— i,	— a,	— a	(isca).
— iámo,	— iámo,	— iámo.	
— iáte,	— iáte,	— iáte.	
— ino,	— ano,	— ano	(iscano).

Bedingende gegenwärtige Zeit. *Condizionale presente.*

Wenn ich liebte, ꝛc.	Wenn ich glaubte, ꝛc.	Wenn ich ernährte, ꝛc.
s'io am-ássi,	cred-éssi,	nutr-íssi.
— ássi,	— éssi,	— íssi.
— ásse,	— ésse,	— ísse.
— ássimo,	— éssimo,	— íssimo.
— áste,	— éste,	— íste.
— ássero,	— éssero,	— íssero.

Beziehende gegenwärtige Zeit. *Correlativo presente.*

Ich würde lieben, ꝛc.	Ich würde glauben, ꝛc.	Ich würde ernähren, ꝛc.
amer-éi *),	creder-éi	nutrir-éi.
— ésti,	— ésti,	— ésti.
— ébbe (ia),	— ébbe (ia),	— ébbe (ia).
— émmo,	— émmo,	— émmo.
— éste,	— éste,	— éste.
— { ébbero (iano),	— { ébbero (iano).	— { ébbero (iano).
{ ébbono,	{ ébbono.	{ ébbono.

Völlig vergangene Zeit. *Passato perfetto.*

Daß ich geliebt, ꝛc.	Daß ich geglaubt, ꝛc.	Daß ich ernährt habe, ꝛc.
ch'io ábbia		
che tu ábbia		
ch'egli ábbia	amáto, creduto,	nutrito.
che noi abbiámo		
che voi abbiáte		
ch'essi ábbiano		

Bedingende vergangene Zeit. *Condizionale passato.*

Wenn ich geliebt hätte, ꝛc.	Wenn ich geglaubt hätte, ꝛc.	Wenn ich ernährt hätte, ꝛc.
s'io avéssi		
se tu avéssi		
s'egli avésse	amáto, credúto,	nutríto.
se noi avéssimo		
se voi avéste		
s'essi avéssero		

Beziehende vergangene Zeit. *Correlativo passato.*

Ich würde geliebt, ꝛc.	geglaubt, ꝛc	ernährt haben, ꝛc.
avréi		
avrésti		
avrébbe	amáto, credúto,	nutrito.
avrémmo		
avréste		
avrébbero		

Bedingende künftige Zeit. *Futuro condizionale.*

Wenn ich werde geliebt, ꝛc.	geglaubt, ꝛc.	ernährt haben, ꝛc.
quando avrò		
— avrái		
— avrà	amáto, credúto,	nutrito.
— avrémo		
— avréte		
— avrànno		

---

*) Diese Zeit ist vom Futuro abgeleitet, z. B. amerò, wenn man das ò in ei verändert, ameréi.

8 *

Unbestimmte Art. *Infinitivo.*

Pres.	amáre, lieben,	crédere, glauben,	nutrire. ernähren.
Pass.	avér amáto, geliebt haben,	avér credúto, geglaubt haben.	avér nutrito. ernährt haben.
Futur.	ésser per } avér ad } amáre, im Begriffe sein zu lieben,	crédere, glauben,	nutrire. ernähren.

Mittelwörter. *Participj.*

Pres.	amánte, liebend,	credénte, glaubend,	nutrénte. ernährend.
Pass.	amáto—a, amáti—e, geliebt,	credúto—a, credúti—e, geglaubt,	nutrito—a. nutriti—e. ernährt.

Gerundj.

Pres	amándo, indem man liebt,	credéndo, indem man glaubt,	nutréndo, indem man ernährt.
Pass.	avéndo amáto, indem man geliebt,	credúto, geglaubt,	nutrito. ernährt hat.

di, a, da, per amáre, zu, oder um zu lieben, con, coll', in, nell' amáre, indem man liebt, per, con, coll', in, nell' avér amáto, weil, indem man geliebt,	crédere, glauben, crédere, glaubt, credúto, geglaubt,	nutrire. ernähren. nutrire. ernährt. nutrito. ernährt hat.

IV. Von der Abwandlung leidender Zeitwörter (de' verbi passívi).

§. 288. Um die leidende Bedeutung zu bilden, pflegen die Italiener dem Mittelworte vergangener Zeit das Hilfszeitwort éssere, oft auch venire, in den einfachen Zeitformen vorzusetzen. (Vergleiche §. 316.)

Indicativo.   *Congiuntivo.*

Presente.

Ich werde geliebt, ꝛc.				Daß ich geliebt werde, ꝛc.			
Io sono	oder vengo	amáto—a		Che io	sia	oder venga	amáto—a.
tu sei	— viéni	amáto—a.		— tu	sia	— venga	amáto—a.
egli è	— viéne	amáto.		— egli	sia	— venga	amáto.
ella è	— riéne	amáta.		— ella	sia	— venga	amáta.
noi siámo	— veniámo	amáti—e.		— noi	siámo	— veniámo	amáti—e.
voi siéte	— venite	amáti—e.		— voi	siáte	— veniáte	amáti—e.
essi sono	— véngono	amáti.		— essi	siano	— véngano	amáti.
esse sono	— véngono	amáte.		— esse	siano	— véngano	amáte.

Imperfetto.

Ich wurde geliebt, 2c.

Io *era*	oder *veniva*	amáto-a.
tu *eri*	— *venivi*	amáto-a.
egli *era*	— *veniva*	amáto.
ella *era*	— *veniva*	amáta.
noi *eravámo*	— *venivámo*	amáti-e.
voi *eraváte*	— *veniváte*	amáti-e.
essi *érano*	— *venivano*	amáti.
esse *érano*	— *venivano*	amáte.

Passato indeterminato.

Ich wurde geliebt, 2c.

Io *fui*	oder *venni*	amáto-a.
tu *fosti*	— *venisti*	amáto-a.
egli *fu*	— *venne*	amáto.
ella *fu*	— *venne*	amáta.
noi *fummo*	— *venimmo*	amáti-e.
voi *foste*	— *veniste*	amáti-e.
essi *fúrono*	— *vénnero*	amáti
esse *fúrouo*	— *vénnero*	amáte.

Passato determinato.

Ich bin geliebt worden, 2c.
Io *sono stato* amáto.
io *sono stata* amáta, ecc.
noi *siamo stati* amáti.
noi *siamo state* amáte, ecc.

1do passato perfetto anteriore.

Ich war geliebt worden, 2c.
Io *éra stato* amáto, ecc.

2do passato perfetto anteriore.

Ich war geliebt worden, 2c.
Io *fui stato* amáto, ecc.

Futuro.

Ich werde geliebt werden, 2c.
Io *sarò* oder *verrò* amato—a, ecc.

Infinitivo.

Essere amáto —a,　　geliebt werden.
essere stato amáto,　{ geliebt wor-
essere stata amáta, ecc. } den fein.

Condizionale presente.

Wenn ich geliebt würde, 2c.

Se io *fossi*	oder *venissi*	amáto-a.
— tu *fossi*	— *venissi*	amáto-a.
— egli *fosse*	— *venisse*	amáto.
— ella *fosse*	— *venisse*	amáta.
— noi *fóssimo*	— *venissimo*	amáti-e.
— voi *foste*	— *veniste*	amáti-e.
— essi *fóssero*	— *venissero*	amáti.
— esse *fóssero*	— *venissero*	amáte.

Correlativo presente.

Ich würde geliebt werden, 2c.

Io *saréi*	oder *verréi*	amato-a.
tu *sarésti*	— *verrésti*	amáto-a.
egli *sarébbe*	— *verrébbe*	amáto.
ella *sarébbe*	— *verrébbe*	amáta.
noi *sarémmo*	— *verrémmo*	amáti-e.
voi *saréste*	— *verréste*	amáti-e.
essi *sarébbero*	— *verrébbero*	amáti.
esse *sarébbero*	— *verrébbero*	amáte.

Passato perfetto.

Daß ich geliebt worden fei, 2c.
Ch'io *sia stato* amáto.
ch'io *sia stata* amáta, ecc.
che noi *siamo stati* amáti.
che noi *siamo state* amáte, ecc.

Condizionale passato.

Wenn ich geliebt worden wäre, 2c.
Se io *fossi stato* amáto, ecc.

Correlativo passato.

Ich würde geliebt worden fein, 2c.
Io *saréi stato* amáto, ecc.

Futuro condizionale.

Wenn ich werde geliebt worden fein, 2c.
Quan lo io *sarò stato* amáto—a, ecc.

Gerundio.

Essendo io amáto—a, { weil ich ge-
{ liebt werde.
essendo noi amáti—e, { da wir geliebt
{ werden.
essendo io *stato* amáto, ecc.
weil ich geliebt worden bin.
essendo noi *stati* amáti, ecc.
weil wir geliebt worden sind.

V. Conjugation der zurückkehrenden Zeitwörter. (Congiugazione de' verbi recíproci.)

Diféndersi, fich vertheibigen (vergleiche §§. 187 und 188).

Indicativo.		Congiuntivo.	

Presente.

Io *mi* difendo,	ich vertheibige mich.	Che io *mi* difénda,	daß ich mich vertheibige.
tu *ti* difendi,	du vertheibigest dich.	— tu *ti* difénda,	— du dich vertheibigest.
egli) *si* difende, ella)	er) vertheibiget fie) fich.	— egli) *si* difénda, — ella)	— er) fich vertheibigt. — fie)
noi *ci* difendiámo,	wir vertheibigen uns.	— noi *ci* difendiámo,	— wir uns vertheibigen.
voi *vi* difendéte,	ihr vertheibiget euch.	— voi *ri* difendiáte,	— ihr euch vertheibiget.
essi) *si* diféndono, esse)	(fie vertheibigen (fich.	— essi) *si* diféndano, — esse)	(daß fie fich vertheibigen.

Imperfetto.

Ich vertheibigte mich, rc.
Mi difendéva.
ti — évi.
si — éva.
ci — evámo
ri — eváte.
si — évano.

Condizionale presente.

Wenn ich mich vertheibigte, rc.
Se *mi* difendéssi.
— *ti* — éssi.
— *si* — ésse.
— *ri* — éssimo.
— *ri* — éste.
— *si* — éssero.

Passato indeterminato.

Ich vertheibigte mich, rc.
Mi difési.
ti difendésti.
si difése.
ci difendémmo.
vi difendéste.
si difésero.

Correlativo presente.

Ich würde mich vertheibigen, rc.
Mi difenderéi.
ti — résti.
si — rébbe.
ci — rémmo.
ri — réste.
si — rébbero.

Passato determinato.

Ich habe mich vertheibigt, rc.
Mi sono)
ti sei } diféso—a *).
si è)
ci siámo)
vi siéte } difési — e.
si sono)

Passato perfetto.

Daß ich mich vertheibigt habe, rc.
Che *mi* sia)
— *ti* sia } diféso—a.
— *si* sia)
— *ci* siámo)
— *vi* siáte } difési—e.
— *si* siano)

---

*) Im Italienischen werden die zurückkehrenden Zeitwörter als leidend betrachtet und werden daher in den zusammengesetzten Zeiten mit éssere construirt; wegen Uebereinstimmung des Particips siehe §§. 325, 326 und 376.

1mo passato perfetto anteriore.

Ich hatte mich vertheidigt, ꝛc.

Mi	era	
ti	eri	diféso—a.
si	era	
ci	eravámo	
vi	erayáte	difési—e.
si	érano	

2do passato perfetto anteriore.

Ich hatte mich vertheidigt, ꝛc.

Mi	fui	
ti	fosti	diféso—a.
si	fu	
ci	fummo	
ri	foste	difési—e.
si	fúrono	

Futuro.

Ich werde mich vertheidigen, ꝛc.
Mi difenderò.

ti	—erái.
si	—erà.
ci	—erémo.
ri	—eréte.
si	—eránno.

Imperativo (siehe §. 188).

Vertheidige du dich, ꝛc.
Difendii tu.
non *ti* diféndere.
si difénda egli.
difendiámoci noi.
difendétevi voi.
si diféndano essi.

Condizionale passato.

Wenn ich mich vertheidigt hätte, ꝛc.

Se *mi*	fossi	
— *ti*	fossi	diféso—a.
— *si*	fosse	
— *ci*	fóssimo	
— *vi*	fóste	difési—e.
— *si*	fóssero	

Correlativo passato.

Ich würde mich vertheidigt haben, ꝛc.

Mi	saréi	
ti	sarésti	diféso—a.
si	sarébbe	
ci	sarémmo	
vi	saréste	difési—e.
si	sarébbero	

Futuro condizionale.

Wenn ich mich werde vertheidigt haben, ꝛc.

Quando *mi*	sarò	
— *ti*	sarái	diféso—a
— *si*	sarà	
— *ci*	sarémo	
— *ri*	saréte	difési—e.
— *si*	saránno	

Infinitivo (siehe §. 188).

Diféndersi	sich vertheidigen.
Essersi diféso,	sich vertheidigt haben.
Essere per di-	im Begriffe sein sich
féndersi,	zu vertheidigen.

Participj (siehe §. 188).

Difendéntesi, sich vertheidigend.
difésosi
difésasi
difésisi sich vertheidigt habend.
difésesi

Gerundj (siehe §. 188).

Difendéndomi,	indem ich mich vertheidige.	essendomi		da ich mich vertheidigt habe.
—*ti*,	— du dich vertheidigest.	—*ti*	diféso—a,	— du dich vertheidigt hast.
—*si*,	— er sich vertheidiget.	—*si*		— er sich vertheidigt hat.
—*ci*,	— wir uns vertheidigen.	—*ci*		— wir uns vertheidigt haben.
—*vi*,	— ihr euch vertheidiget.	—*ri*	difési—e,	— ihr euch vertheidigt habt.
—*si*,	— sie sich vertheidigen.	—*si*		— sie sich vertheidigt haben.

§. 289. Wenn zwei persönliche Fürwörter (affissi) mit dem Zeitworte verbunden werden, so werden beide entweder vor dasselbe gesetzt (in der anzeigenden und verbindenden Art), oder sie werden dem Zeitworte (im Imperativo, Infinitivo und Gerundio) beide nachgesetzt und angehängt (siehe §§. 188, 189).

Procurárselo, sich es verschaffen.

Indicativo.			Congiuntivo.		

Presente.

Ich verschaffe es mir, ꝛc.			Daß ich es mir verschaffe, ꝛc.		
Io	me lo procuro.		Che io	me lo procuri.	
tu	te lo	—i.	— tu	te lo	—i.
egli ⎫ ella ⎭	se lo	—a.	— egli ⎫ — ella ⎭	se lo	—i.
noi	ce lo	—iámo.	— noi	ce lo	—iámo.
voi	ve lo	—áte.	— voi	ve lo	—iáte.
essi ⎫ esse ⎭	se lo	— ano.	— essi ⎫ — esse ⎭	se lo	—ino.

Imperfetto.	Condizionale presente.
Ich verschaffte es mir, ꝛc.	Wenn ich es mir verschaffte, ꝛc.
Io me lo procuráva, ecc.	S'io me lo procurássi, ecc.

Passato indeterminato.	Correlativo presente.
Ich verschaffte es mir, ꝛc.	Ich würde es mir verschaffen, ꝛc.
Io me lo procurái, ecc.	Io me lo procureréi, ecc.

Pass. determinato (§§. 313, 314).	Passato perfetto.

Ich habe es mir verschafft, ꝛc.			Daß ich es mir verschafft habe, ꝛc.		
Io	me lo sono ⎫		Che io	me lo sia ⎫	
tu	te lo sei ⎪ procurato *).		— tu	te lo sia ⎪ procurato.	
egli ⎫ ella ⎭	se lo è ⎬		— egli ⎫ — ella ⎭	se lo sia ⎬	
noi	ce lo siámo ⎫		— noi	ce lo siámo ⎫	
voi	ve lo siéte ⎪ procurato.		— voi	ve lo siáte ⎪ procurato.	
essi ⎫ esse ⎭	se lo sono ⎬		— essi ⎫ — esse ⎭	se lo siano ⎬	

1mo passato perfetto anteriore.	Condizionale passato.
Ich hatte es mir verschafft, ꝛc.	Wenn ich es mir verschafft hätte, ꝛc.
Me lo era procurato, ecc.	S'io me lo fossi procurato, ecc.

2do passato perfetto anteriore.	Correlativo passato.
Ich hatte es mir verschafft, ꝛc.	Ich würde es mir verschafft haben, ꝛc.
Me lo fui procurato, ecc.	Me lo saréi procurato, ecc.

Futuro.	Futuro condizionale.
Ich werde es mir verschaffen, ꝛc.	Wenn ich es mir werde verschafft haben, ꝛc.
Me lo procurerò.	Quando me lo sarò procurato, ecc.

*) Bei den Zeitwörtern, die das persönliche Fürwort im Dativ bei sich führen, kann in den vergangenen Zeiten éssere oder avére gebraucht werden, als: me lo sono oder me lo ho procurato.

Imperativo.		*Infinitivo.*	
Procúra*telo* tu,	verſchaffe es dir.	Procurár*selo*,	es ſich verſchaf=
non *te lo* procurare,	verſchaffe es dir		fen.
	nicht.	ésser*selo* procuráto,	es ſich verſchafft
se lo procúri egli,	er verſchaffe es		haben.
	ſich.		
procuriámo*celo* noi,	wir ſollen es uns	*Gerundj.*	
	verſchaffen.		
procúra*telo* voi,	verſchaffet es euch.	Procurándo*selo*,	indem man es ſich
se lo procúrino essi,	ſie mögen es ſich		verſchafft.
	verſchaffen.	esséndo*selo* procu-	indem man es ſich
		ráto,	verſchafft hat.

Bemerkungen über die Abwandlung regelmäßiger Zeitwörter.
(Osservazioni sulle conjugazioni de' verbi regolari.)

§. 290. Die Infinitive in are, ere und ire können den Endſelbſt=
laut e ſowohl vor einem Selbſtlaute, als auch vor einem Mitlaute
(s impura ausgenommen, vor dem kein Wort abgekürzt werden darf) ver=
lieren, ohne mit Apoſtroph bezeichnet zu werden, z. B.

Vóglio légger questo libro.	Ich will dieſes Buch leſen.
Egli vuol far questo.	Er will dieſes thun.
Non dormir niente.	Gar nicht ſchlafen.

§. 291. Die Wegwerfung des Endſelbſtlautes vor einem Mit=
laute kann auch noch in jenen Perſonen der Zeitwörter Statt finden, welche
in *mo* endigen und die vorletzte Silbe betont (lang) haben, als:

>   Siám liberi; erarám contenti; sarém lodati;
>   Amiám sinceramente; temerám la sua frode.

Man ſagt aber nicht: *fóssim* colpevoli; *aréssim* veduto; *amás-*
sim tutti; denn in dieſen Perſonen liegt der Ton auf der vorvorletz=
ten Silbe.

Dieſe Abkürzung kann ferner in allen dritten Perſonen des Plural
Statt finden, welche ſich in no und ro endigen, als:

>   áman, crédon, sénton, amávan, amerán.
>   amásser, potrébber oder potrébbon, avrébbon, ecc.

Die dritte Perſon des Plural in der zweiten halbvergangenen Zeit
erlaubt mehr als Eine Abkürzung, als:

>   andárono — andáron — andáro — andár.
>   fúrono — fúron — fúro — fur.

Endlich wird die dritte Perſon des Presente im Singular der Zeit=
wörter in ere häufig abgekürzt, wenn dem Endſelbſtlaute ein l, r oder n
vorhergeht, z. B.

>   si *suol* dire, si *duol* di questo, ciò *val* molto, *vuol* fare.

So auch: par, pon, tién, vién, rimán, son, ſtatt: *pare, pone,*
tiene, viene, rimane, sono.

§. 292. Das Zeitwort wird ſeinem Nominativ nach geſetzt, als:
la virtù *mérita* ricompensa. — Befindet ſich das Verneinungswort non

in dem Satze, so wird es dem Zeitworte vorgesetzt, als: non dúbito, ich zweifle nicht; non dórmo, ich schlafe nicht.

§. 293. Wenn die persönlichen Fürwörter (affissi) mi, ti, ci, vi, si, lo, la, li, le, ne, vor dem Zeitworte sich befinden, so kommt *non* vor diese zu stehen, als:

Io *non* lo faréi.	Ich würde es nicht thun.
Non ve ne ha dato avviso.	Er hat euch keine Nachricht davon gegeben.

§. 294. Befindet sich aber nebst *non* noch eines der Verneinungswörter niente, mai, mica, punto, guari, già, ancóra dabei, so haben diese ihren Platz immer zunächst nach dem Zeitworte, und in den zusammengesetzten Zeitformen in der Regel gleich nach dem Hilfszeitworte, als:

Io *non* inténdo *niénte*.	Ich verstehe nichts.
Voi *non* saréte *mai* conténti.	Ihr werdet nie zufrieden sein.
Egli *non* è *mica* un minchióne.	Er ist kein Narr.
Egli *non* è *punto* venúto.	Er ist gar nicht gekommen
Non ha *guari*.	Es ist nicht lange
Non vóglio *già* dir per questo —	Deswegen will ich wohl nicht sagen —
Non me ne sono *mai* più ricordato.	Ich habe mich nie mehr daran erinnert.
Non si sente *più niénte*.	Man hört nichts mehr.

§. 295. Um im Italienischen in der zweiten Person des Imperativo ein Verbot auszudrücken, setzt man den Infinitivo mit non; als: *non negár questo*, läugne das nicht; welches dann elliptisch ist, und so viel heißt, als: non *devi* negár questo. — In den übrigen Personen des Imperativo braucht man, um Etwas zu verbieten, nur *non* vorzusetzen, als: *non* créda, *non* crediámo, *non* credéte, *non* crédano.

1. Anmerkungen über die Zeitwörter in are.

§. 296. Die Zeitwörter, welche sich im Infinitivo auf care oder gare endigen, als: cercare, suchen; pagare, zahlen, ꝛc., nehmen, wenn das g und c vor e oder i zu stehen kommen, ein h an, als:

Pres. Cerco, cerchi (nicht cerci), cerchiamo, ecc.
Futur. Cercherò, cercherái, cercherà, cercheremo, ecc.
Pres. Cong. Ch'io cerchi, ecc. cerchiámo, cerchiáte, cerchino.

§. 297. Bei den Zeitwörtern, die sich in ciare, giare, gliare und sciare endigen, befindet sich das i als Zeichen (vergleiche §§. 72 und 77). Folglich muß dieses Zeichen i, so oft es bei der Veränderung des *are* in die verschiedenen Ableitungssilben, mit einem i oder e zusammentrifft, weggelassen werden, also bei: minacci-áre, mangi-áre, consigli-áre, lasci-áre, wird man schreiben: tu minacci, mangi, consigli, lasci; — io minaccerò, mangerò, consiglierò (hier ist das Zeichen i wieder nöthig), lascerò, und im *Correlativo:* io minacceréi, mangeréi, consiglieréi, lasceréi.

Die anderen Zeitwörter in are erhalten, wenn bei der Abwandlung am Ende zwei ii zusammentreffen sollen, ein j, als das Zeichen zweier ii (vergleiche §. 73), also bei glori-are, insidi-are, statt glori-i, insidi-i,

wird man schreiben: *tu glorj, insidj*, ecc. Wo aber das i in der ersten
Person des **Presente indicativo** den Ton hat (vergleiche §. 74), da schreibe
man die zweite Person immer mit zwei ii, als: invi-o, spi-o; tu *invi-i,*
tu *spi-i*, ecc.

Anmerk. Durch die Befolgung dieser Regeln wäre es leicht, zu einer einförmi-
gen Schreibart der gedachten Ausgänge zu gelangen.

§. 298. Die meisten Zeitwörter in are, welche mehr als dreisil-
big sind, haben in der ersten Person des **Presente** den Ton auf der vor-
vorletzten Silbe, als: applicáre, anwenden; noveráre, zählen ꝛc.
haben *ápplico, nóvero*, ecc.

2. Anmerkungen über die Zeitwörter in ere.

§. 299. Die größte Abweichung bei den Zeitwörtern in ere findet in
der zweiten halbvergangenen Zeit (**Passato perfetto indeterminato**) und im **Particip** Statt.

Die wenigsten Zeitwörter auf ere haben in der zweiten halbvergangenen Zeit den regelmäßigen Ausgang auf ei, und selbst jene,
welche ihn haben, können überdies noch einen unregelmäßigen Ausgang,
nämlich den auf etti erhalten, wie oben bei der Conjugation von crédere
zu sehen ist, welches credéi und credétti hat.

§. 300. Um nun bei den Zeitwörtern, die in der zweiten halbvergangenen Zeit nicht regelmäßig auf ei ausgehen, diese Zeit richtig
conjugiren zu können, muß man zuerst die erste Person des Singular
wissen, so z. B. placére, gefallen, hat: *piácqui*, ich gefiel; weiß
man einmal die erste Person, so wird dann die dritte Person vom Singular
gebildet, wenn man den Endselbstlaut i der ersten Person in e verändert,
also von piácqui, ich gefiel, *piácque*, er gefiel; fügt man nun zu
der dritten Person vom Singular die Silbe ro hinzu, so erhält man die
dritte Person des Plural, also: piácque, er gefiel, *piácquero*, sie
gefielen. — Die drei andern Personen werden immer regelmäßig vom
Infinitiv abgeleitet, als von piac-ére, piac-ésti, du gefielst;
piac-*émmo*, wir gefielen; piac-*éste*, ihr gefielet.

Nach dieser Regel kann scrivere, schreiben, welches in der zweiten halbvergangenen Zeit scrissi, ich schrieb, hat, folgender Maßen
conjugirt werden:

scrissi,	ich schrieb,	scriv-*émmo*,	wir schrieben,
scriv-*ésti*,	du schriebst,	scriv-*éste*,	ihr schriebet,
scrisse,	er schrieb,	*scrissero*,	sie schrieben.

und so alle übrigen.

§. 301. Die Zeitwörter auf ere können sich in der zweiten halbvergangenen Zeit (**Passato perfetto indeterminato**) endigen:

1. In *éi* und *étti.*

Diese doppelte Form, nämlich die regelmäßige in ei und die unregelmäßige in etti, haben nur die hier verzeichneten, und werden auf folgende
Art conjugirt, z. B. báttere, schlagen; battuto, geschlagen.

battéi ober battétti,	ich ſchlug.
battésti,	bu ſchlugſt.
battè ober battétte,	er ſchlug.
battémmo,	wir ſchlugen.
battéste,	ihr ſchluget.
battérono ober battéttero,	ſie ſchlugen.

Die Form in **etti** ſcheint den Toscanern gemeiner zu ſein.

Assistere,	beiſtehen,	assistéi	— étti,	assistito,
desistere,	von Etwas abſtehen.			
esistere,	exiſtiren, ſein.			
Insistere,	auf Etwas beſtehen.			
resistere,	widerſtehen,			
sussistere,	beſtehen.			
báttere,	ſchlagen,	battéi	— étti,	battúto.
combáttere,	kämpfen.			
compiere,	vollbringen,	compléi	— ett',	compiúto.
empiere,	anfüllen.			
crédere,	glauben,	credéi	— etti,	credúto.
esigere,	fordern,	esigéi	— etti,	esatto.
féndere,	ſpalten,	fendéi	— etti,	fenduto (fesso).
frémere,	brauſen,	freméi	— etti,	fremuto.
gémere,	ächzen,	gemei	— etti,	gemuto.
miétere,	mähen,	mietei	— etti,	mietuto.
péndere,	hängen,	pendei	— etti,	penduto.
pérdere,	verlieren,	perdei	— etti,	perduto.
prémere,	drücken,	premei	— etti,	premuto.
protéggere,	beſchützen,	proteggei	— tessi,	protetto.
ricévere,	erhalten,	ricevei	— etti,	ricevuto.
sérpere,	ſich ſchlängeln,	serpei	— etti,	serputo.
sólvere,	auflöſen,	solvei	— etti,	soluto.
spléndere,	glänzen,	splendei	— etti,	splenduto.
strídere,	kreiſchen,	stridei	— etti,	striduto.
véndere,	verkaufen,	vendei	— etti,	venduto.

Zeitwörter in **ei** und **etti** mit dem Ton auf der vorletzten Silbe.

Cadére,	fallen,	cadéi	— étti,	cadúto.
dovére,	müſſen,	dovei	— etti,	dovúto.
godére,	genießen,	godei	— etti,	godúto,
potére,	können,	potei	— etti,	potúto.
sedére,	ſitzen,	sedei	— etti,	sedúto.
temére,	fürchten,	temei	— etti,	temúto.

Einige haben außer den beiden angeführten Formen in **ei** und **etti** auch noch eine dritte in **si**; es ſind folgende:

assólvere,	losſprechen,	assolvéi	— étti und assólsi,	{ assolúto. { assólto.
risólvere,	beſchließen.			
chiúdere,	ſchließen,	chiudei	— etti und chiusi,	chiúso.
cédere,	abtreten,	cedei	— etti und cessi,	{ cedúto. { césso.
concédere,	zugeben.			
conclúdere,	beſchließen,	concludei	— etti und conclúsi,	conclúso.
lúcere,	leuchten,	lucei	— etti und lussi,	(mangelt).
pérdere,	verlieren,	perdei	— etti und persi,	{ perdúto. { perso.
persuadére,	überreden,	persuadei	— etti und persuasi,	persuaso.
dissuadére,	abrathen.			

presúmere,	vermuthen,	presumei	— etti und presunsi,	presunto.
réndere,	wiedergeben,	rendei	— etti und resi,	{ rendúto. / reso.
spéndere,	ausgeben,	spendei	— etti und spesi,	speso.
bévere, bere, }	trinken,	bevei	— etti und bevvi,	bevúto.

Bei diesen ist bald die eine, bald die andere Art gebräuchlich.

2. In *equi* — folgende fünf Zeitwörter und die daraus zusammengesetzten:

Piacére,	gefallen,	piacqui	— piaciúto.
giacére,	liegen,	giacqui	— giaciuto.
tacére,	schweigen,	tacqui	— taciuto.
nuócere,	schaden,	nocqui	— nociuto.
náscere,	geboren werden,	nacqui	— nato.

3. B. *tacqui*, tacésti, *tacque*, tacemmo, tacéste, *tácquero*.

3. In *bbi* — folgende drei Zeitwörter:

Avére,	haben,	ebbi	— avuto.
conóscere,	kennen,	conobbi	— conosciúto.
créscere,	wachsen,	crebbi	— cresciúto.

3. B. *crebbi*, crescésti, *crebbe*, crescémmo, crescéste, *crébbero*.

4. In *ddi* — folgende zwei:

Cadére,	fallen,	caddi	— caduto.
dére,	sehen,	{ vidi / veddi	— veduto. / — visto.

3. B. *caddi*, cadésti, *cadde*, cadémmo, cadéste, *cáddero*.

5. In *ppi* — folgende zwei:

Rómpere,	brechen,	ruppi	— rotto.
sapére,	wissen,	seppi	— saputo.

3. B. *ruppi*, rompésti, *ruppe*, rompémmo, rompéste, *rúppero*.

6. In *vi* — folgende zwei:

Bere (bévere),	trinken,	bevvi	— bevuto.
parére,	scheinen,	parvi	— { paruto. / parso.

3. B. *parvi*, parésti, *parre*, parémmo, paréste, *párvero*.

7. In *li* und *ni* — folgende zwei:

Volére,	wollen,	volli	— voluto.
tenére,	halten,	tenni	— tenuto.

8. In *si* und *ssi*. — Alle andern Zeitwörter endigen sich in der zweiten halbvergangenen Zeit in *si* oder *ssi*, und im Particip in *so*, in *to* oder *sto*.

Hier folgt ein Verzeichniß derselben nach alphabetischer Ordnung, welches dem Lernenden von sehr großem Nutzen sein wird.

Infinitivo.		Pres.	Pass. indet.	Partic.	Futuro.
Accéndere,	anzünden,	accendo,	accesi,	acceso,	accenderò.
riaccéndere*),	wieder anzünden.				

*) Abgeleitete oder zusammengesetzte Zeitwörter werden eben so conjugirt, wie die einfachen. — Ferner ist zu merken, daß die einsilbigen Partikeln a, o,

Infinitivo.		Pres.	Pass. indet.	Partic.	Futuro.
Accórgersi,	gewahr werden,	accorgo,	accorsi,	accorto,	accorgerò.
scórgere, merfen, wahrnehmen.					
Affliggere*),	betrüben,	affliggo,	afflissi,	afflitto,	affliggerò.
Appéndere,	anhängen,	appendo,	appesi,	appeso,	appenderò.
sospendere, auffchieben.					
Ardere,	brennen,	ardo,	arsi,	arso,	arderò.
Ascóndere,	verbergen,	ascondo,	ascosi,	{ ascoso, ascosto,	asconderò.
nascóndere, verbergen.					
Assólvere,	loßfprechen,	assolvo,	assolsi,	assolto.	assolverò.
risólvere, befchließen.					
Assórbere,	in fich ziehen,	assorbo,	assorsi,	assorto,	assorberò.
Assúmere,	aufnehmen,	assumo,	assunsi,	assunto,	assumerò.
presúmere, vermuthen.					
riassúmere, wieder vornehmen.					
Chiédere,	begehren,	chiedo,	chiesi,	chiesto,	chiederò
richiédere, forbern.					
Chiúdere,	fchließen,	chiudo,	chiusi,	chiuso,	chiuderò.
conchiúdere, befchließen.					
inchiúdere, einfchließen.					
racchiúdere,					
richiúdere, } wieder einfchließen.					
rinchiúdere,					
schiúdere, aufmachen.					
socchiúdere, halb zumachen, anlehnen.					
Cingere, ober } gürten,		{ cingo, cigno,	cinsi,	cinto,	{ cingerò. cignerò.
cignere,					
accingersi ober accignersi, fich anfchicken.					
Cógliere**) } fammeln,		{ coglio, colgo,	colsi,	colto,	{ coglierò. corrò.
ob. corre,					
accógliere ober accorre, empfangen.					
raccógliere ober raccorre, fammeln.					
Connéttere,	verbinden,	connetto,	connessi,	connesso,	connetterò.
Córrere,	laufen,	corro,	corsi,	corso,	correrò.
accórrere, herbeilaufen.					
concórrere, zufammenlaufen; einen Concurs mitmachen.					
discórrere, fprechen.					
incórrere, in Etwas verfallen.					
percórrere, durchlaufen.					
ricórrere, feine Zuflucht nehmen.					
Cuócere,	kochen,	cuoco,	cossi,	cotto,	cuocerò.
Delúdere,	täufchen,	deludo,	delusi,	deluso,	deluderò.
allúdere, anfpielen.					

da, fra, ra, so, su, in ber Zufammenfetzung immer den folgenden Anfangs= mitlaut, wenn er kein s impura ift, verdoppeln; als: accórrere, opporre, dabbene, framméttere, raggiungere, socchiúdere, suddividere, ecc.

*) Die Zeitwörter, bie vor *gere* einen Selbftlaut haben, werden mit ver= boppeltem *gg* gefchrieben; als: *léggere*, leggo, leggi, legge, leggiàmo, leggéte, léggono, ecc. — Ferner ift zu bemerken, baß die Zeitwörter, die in ggere, vere und arre ausgehen, als: *affliggere, scrivere, trarre*, in der zweiten halb= vergangenen Zeit das s verdoppeln, und im Particip zwei t erhalten, als: af- flissi, scrissi, trassi — afflitto, scritto, tratto. (S. §. 5.)

**) Die Zeitwörter in gliere verändern in der zweiten halbvergangenen Zeit biefe Endungsfilben in lsi, und im Particip in lto, als: sció-gliere, sció-lsi, sció-lto; tó-gliere, to-lsi, to-lto, ecc.

Infinitivo.		Pres.	Pass. indet.	Partic.	Futuro.
illúdere, täuſchen, betrügen.					
Diféndere, vertheidigen,		difendo,	difesi,	difeso,	difenderò.
offéndere, beleidigen.					
Discutere, { genau unterſu= chen, erörtern,		discuto,	discussi,	discusso,	discuterò.
Distinguere, unterſcheiden,		distinguo,	distinsi,	distinto,	distinguerò.
estinguere, auslöſchen.					
Dividere, theilen,		divido,	divisi,	diviso,	dividerò.
suddividere, unterabtheilen.					
Dolére, ſchmerzen,		{ dolgo, doglio,	dolsi,	doluto,	dorrò.
Erigere, errichten,		erigo,	eressi,	eretto,	erigerò.
Esclúdere, ausſchließen,		escludo,	esclusi,	escluso,	escluderò.
conclúdere, beſchließen.					
inclúdere, einſchließen.					
Espéllere, austreiben,		espello,	espulsi,	espulso,	espellerò.
impéllere, hineinſtoßen.					
Esprímere, ausdrücken,		esprimo,	espressi,	espresso,	esprimerò.
opprimere, unterdrücken.					
comprimere, zuſammendrücken.					
deprimere, niederdrücken; erniedrigen.					
imprímere, einprägen.					
sopprimere, unterdrücken.					
Figgere, heften,		figgo,	fissi,	{ fisso, fitto,	figgerò.
affiggere, öffentlich anſchlagen.					
crocifiggere, kreuzigen.					
prefiggersi, ſich vornehmen.					
sconfiggere, beſiegen.			sconfissi,	sconfitto,	sconfiggerò.
trafiggere, durchbohren.					
Fingere, erdichten,		fingo,	finsi,	finto,	fingerò.
Fóndere, gießen,		fondo,	fusi,	fuso,	fonderò.
confóndere, vermengen, verwechſeln.					
diffóndere, verſchütten, ausgießen.					
infóndere, eingießen.					
rifóndere, wieder umgießen.					
trasfóndere, umſchütten.					
Frángere oder frágnere, } brechen,		{ frango, fragno,	fransi,	franto,	{ frangerò. fragnerò.
infrangere, zerbrechen.					
rifrángere, brechen (der Lichtſtrahlen).					
Friggere, backen (in d. Pfanne),		friggo,	frissi,	fritto,	friggerò.
Giúngere oder giúgnere, } anlangen, ankommen,		{ giungo, giúgno,	giunsi,	giunto,	{ giungerò. giugnerò.
aggiúngere, hinzufügen.					
congiúngere, vereinigen.					
disgiúngere, trennen.					
raggiúngere, einholen.					
soggiúngere, hinzufügen; erwiedern.					
sopraggiúngere, sovraggiúgnere, } dazu kommen.					
Incidere, einſchneiden,		incido,	incisi,	inciso,	inciderò.
circoncidere, beſchneiden.					
decidere, entſcheiden.					
recidere, abſchneiden.					
Intridere, einrühren, kneten,		intrido,	intrisi,	intriso,	intriderò.

Infinitivo.		Pres.	Pass. indet.	Partic.	Futuro.
Léggere,	lefen,	leggo,	lessi,	letto,	leggerò.
eléggere,	wählen.				
riléggere,	wieder lefen.				
Mérgere,	tauchen,	mergo,	mersi,	merso,	mergerò.
immérgere,	untertauchen.				
sommérgere,	unter Waffer fetzen.				
Méttere,	fetzen,	metto,	misi,	messo,	metterò.
amméttere,	zulaffen.				
comméttere,	begehen.				
compromettérsi,	fich einer Gefahr ausfetzen.				
disméttere,	abfetzen.				
framméttere,	⎫				
inframméttere,	⎬ dazwifchenlegen.				
omméttere,	unterlaffen, auslaffen.				
perméttere,	erlauben.				
preméttere,	vorfetzen.				
prométtere,	verfprechen.				
rimméttere,	überliefern				
scomméttere,	wetten.				
sommétere,	⎫				
sottométtere,	⎬ unterwerfen.				
trasméttere,	übertragen,		überfenden.		
Mórdere,	beißen,	mordo,	morsi,	morso,	morderò.
Múngere und	⎫	⎧ mungo,			⎧ mungerò.
mùgnere,	⎬ melfen,	⎨ mugno,	munsi,	munto,	⎨ mugnerò.
Muóvere,	bewegen,	muovo,	mossi,	mosso,	muoverò.
commóvere,	rühren.				
dismuóvere,	abwenden.				
promóvere,	befördern.				
rimuóvere,	entfernen.				
smuóvere,	bewegen, wegfchieben.				
Negligere,	vernachläffigen,	negligo,	neglessi,	negletto,	negligerò.
Opprimere,	unterdrücken,	opprimo,	oppressi,	oppresso,	opprimerò.
Percuótere,	fchlagen,	percuoto,	percossi,	percosso,	percuoterò.
scuótere,	fchütteln, rütteln.				
riscuótere,	Gelder eintreiben.				
Piángere,	weinen,	piango,	piansi,	pianto,	piangerò.
Pingere und	⎫				
pignere,	⎬ malen,	pingo,	pinsi,	pinto,	pingerò.
dipingere,	malen.				
Pórgere,	reichen,	porgo,	porsi,	porto,	porgerò.
Préndere,	nehmen,	prendo,	presi,	preso,	prenderò.
appréndere,	lernen, vernehmen.				
compréndere,	begreifen; enthalten, umfaffen.				
intrapréndere,	unternehmen.				
ripréndere,	wieder nehmen; erwiedern.				
sorpréndere,	überrafchen; überfallen.				
Púngere,	ftechen,	pungo,	punsi,	punto,	pungerò.
Rádere,	fchaben,	rado,	rasi,	raso,	raderò.
Redimere,	loskaufen,	redimo,	redensi,	redento,	redimerò.
Réggere,	regieren,	reggo,	ressi,	retto,	reggerò.
corréggere,	verbeffern.				
ricorréggere,	wiederholt ausbeffern.				
dirigere,	leiten, richten.				
erigere,	aufrichten.				
Ridere,	lachen,	rido,	risi,	riso,	riderò.

Infinitivo.		Pres.	Pass. indet.	Partic.	Futuro.
deridere, auslachen;		sorridere, lächeln.			
Rimanére,	verbleiben,	rimango,	rimasi,	rimasto, rimaso,	rimarrò.
Rispóndere,	antworten,	rispondo,	risposi,	risposto,	risponderò.
corrispóndere, entsprechen.					
Ròdere,	nagen,	rodo,	rosi,	roso,	roderò.
corródere, mitnagen.					
Scégliere ob. scerre,	wählen,	sceglio, scelgo,	scelsi,	scelto,	sceglierò. scerrò.
prescégliere, mit Vorliebe wählen.					
Scéndere,	herabsteigen,	scendo,	scesi,	sceso,	scenderò.
ascéndere, hinaufsteigen.					
condiscéndere, Nachsicht haben, willfahren.					
discéndere, hinabsteigen.					
trascéndere, übersteigen.					
Sciógliere ob. sciorre,	auflösen,	scioglio, sciolgo,	sciolsi,	sciolto,	scioglierò. sciorrò.
disciorre und disciógliere, auflösen.					
Scrivere,	schreiben,	scrivo,	scrissi,	scritto,	scriverò.
ascrivere, dazu schreiben; zuschreiben, beimessen.					
descrivere, beschreiben.					
inscrivere, einschreiben.					
prescrivere, vorschreiben.					
rescrivere, abschreiben, ein Rescript geben.					
soprascrivere, überschreiben.					
sottoscrivere, unterschreiben.					
trascrivere, abschreiben.					
Sórgere oder súrgere,	aufstehen,	sorgo, surgo,	sorsi, sursi,	sorto,	sorgerò. surgerò.
insórgere, sich auflehnen, empören.					
risórgere, wieder aufstehen.					
Spárgere,	verbreiten, ausstreuen,	spargo,	sparsi,	sparso,	spargerò.
Spéndere,	ausgeben,	spendo,	spesi,	speso,	spenderò.
Spérgere,	verschleudern,	spergo,	spersi,	sperso,	spergerò.
aspérgere, besprengen.					
cospérgere, begießen, benetzen.					
dispérgere, zerstreuen.					
Spingere ob. spignere,	antreiben,	spingo,	spinsi,	spinto,	spingerò.
respingere, respignere,	zurückstoßen.				
sospingere, sospignere,	fortstoßen, forttreiben.				
Stringere ob. strignere,	zusammen= drücken,	stringo,	strinsi,	stretto,	stringerò. strignerò.
astringere, costringere,	zwingen, zusammenziehen.				
restringere, ristringere,	einschränken.				
Strúggere,	zerstören,	struggo,	strussi,	strutto,	struggerò.
distrúggere, zerstören.					
Svéllere ob. sverre,	ausrotten, ausreißen,	svello, svelgo,	svelsi,	svelto,	svellerò. sverrò.
Téndere,	streben,	tendo,	tesi,	teso,	tenderò.
atténdere, abwarten.					

9

Infinitivo.		Pres.	Pass. indet.	Partic.	Futuro.
conténdere, ſtreiten.					
esténdere, ausdehnen.					
inténdere, verſtehen.					
preténdere, begehren, behaupten, Anſpruch machen.					
soprinténdere, die Oberaufſicht haben.					
sottinténdere, darunter verſtehen.					
Térgere,	abwiſchen, ſäubern,	tergo,	tersi,	terso,	tergerò.
Tìngere oder tignere,	färben,	tingo,	tinsi,	tinto,	tingerò.
intingere, eintauchen.					
attingere, erreichen.					
ritingere, wieder färben.					
Tógliere oder torre,	nehmen,	toglio, tolgo,	tolsi,	tolto,	togliderò. torrò.
distógliere oder distórre, abwenden, abbringen.					
ritógliere — ritorre, wieder nehmen.					
Tórcere,	drehen,	torco,	torsi,	torto,	torcerò.
contórcere, verdrehen, zuſammenkrümmen.					
ritórcere, wieder drehen.					
Valére,	gelten,	valgo,	valsi,	valso, valuto,	varrò.
prevalére, den Vorzug haben, überwiegen.					
Uccidere,	tödten,	uccido,	uccisi,	ucciso,	ucciderò.
ancidere (poet.), tödten.					
decidere, entſcheiden.					
circoncidere, beſchneiden.					
recidere, abſchneiden.					
Ungere,	ſchmieren,	ungo,	unsi,	unto,	ungerò.
Vincere,	ſiegen,	vinco,	vinsi,	vinto,	vincerò.
convincere, überzeugen, überführen.					
Vivere,	leben,	vivo,	vissi,	vivuto, vissuto,	vivrò.
rivivere, wieder aufleben.					
sopravvivere, überleben.					
Vólgere,	wenden,	volgo,	volsi,	volto,	volgerò.
avvólgere, ravvólgere, rinvólgere,	einwickeln, einhüllen.				
sconvólgere, umſtürzen, gänzlich umkehren.					
stravólgere, travólgere,	umwälzen.				

§. 302. Die Zeitwörter, die ſich in úcere, gliere, nere, acre endigen, erleiden eine Zuſammenziehung im Infinitiv, dergeſtalt, daß ſie auf ſolche Art zwei Infinitive erhalten, nämlich den alten, den die Lateiner hatten, als: addúcere, cógliere, pónere, tráere, und den neuen, der aus der Zuſammenziehung entſteht, als: addurre, corre, porre, trarre. Der zweite, zuſammengezogene, iſt als Infinitiv im Italieniſchen gebräuchlich, von welchem das *Futuro* und das *Correlativo presente* abgeleitet werden, als: addurrò, corrò, porrò, trarrò und addurréi, corréi, porréi, trarréi. Alle übrigen Zeiten werden von dem alten Infinitiv abgeleitet; alſo von condúc-ere: conduc-o, conduc-i, conduc-e, ecc., conduc-eva, ecc., conduc-essi, ecc.

Bei folgenden Zeitwörtern findet die Zusammenziehung im Infinitiv Statt, die dann auch im **Futuro** und im **Correlativo presente** beibehalten wird, als:

Infinitivo.	Pres.	Pass. indet.	Partic.	Futuro.
Addurre, anführen, statt: *addúcere,*	addúco,	addússi,	addótto,	addurrò.
condúrre,	statt: *condúcere,*		führen.	
dedúrre,	— *dedúcere,*		ableiten.	
introdúrre,	— *introdúcere,*		einführen.	
prodúrre,	— *prodúcere,*		hervorbringen.	
ricondúrre, ridúrre,	— *ricondúcere,*		zurückführen.	
riprodúrre,	— *riprodúcere,*		wieder vorbringen.	
sedúrre,	— *sedúcere,*		verführen.	
tradúrre,	— *tradúcere,*		übersetzen.	
bere, trinken, statt: *bévere,*	beo, statt: bevo,	bevvi,	beúto, fl. berúto,	berò.
porre, setzen, statt: *pónere,*	pongo,	posi,	posto,	porrò.

Und so alle die daraus Zusammengesetzten, als:

antepórre,	vorziehen.	*impórre,*	auflegen.
appórre,	hinzufügen.	*oppórre,*	entgegensetzen.
compórre,	zusammensetzen.	*pospórre,*	nachsetzen.
contrappórre,	entgegensetzen.	*prepórre,*	vorsetzen.
depórre,	absetzen.	*propórre,*	vorschlagen.
dispórre,	verfügen.	*soprappórre,*	oben aufstellen.
espórre,	ausstellen.	*sottopórre,*	unterwerfen.
frappórre,	dazwischensetzen.	*suppórre,*	muthmaßen,

trarre, ziehen, statt: *tráere,*	traggo,	trassi,	tratto,	trarrò.
astrárre,	abziehen.	*detrárre,*	abziehen.
attrárre,	an sich ziehen.	*estrárre,*	ausziehen.
contrárre,	zusammenziehen.	*sottrárre,*	entziehen.

corre *) ob. cógliere,	sammeln,	coglio, colgo,	colsi,	colto,	corrò ob. coglierò.
scerre ob. scégliere,	wählen,	scéglio, scelgo,	scelsi,	scelto,	scerrò ob. sceglierò.
sciórre ob. sciógliere,	lösen,	scióglio, sciólgo,	sciolsi,	sciolto,	sciorrò ob. scioglierò.
torre ob. tógliere,	nehmen,	tóglio, tolgo,	tolsi,	tolto,	torrò ob. toglierò.

§. 303. Außer diesen sind noch die Zeitwörter in **ére** lang, d. i. mit der Betonung auf der vorletzten Silbe, welche die Zusammenziehung nicht im **Infinitiv**, sondern blos im **Futuro** und **Correlativo presente** haben, wo sie den Selbstlaut e der vorletzten Silbe wegwerfen, als:

avére,	haben,	avrò —	avréi.
		statt: *arerò* —	*areréi.*
dovére,	müssen,	dovrò —	dovréi.
potére,	können,	potrò —	potréi.

*) Bei den Zeitwörtern in gliere sind die Zusammenziehungen gewöhnlich mehr in der Poesie gebräuchlich.

9*

sapére,	wissen,	saprò	—	sapréi.
vedére,	sehen,	vedrò	—	vedréi.
parére,	scheinen,	parrò	—	parréi.

§. 304. Wenn aber die Zeitwörter in ére lang, in nére und lére sich endigen, so wird in dieser Zusammenziehung das n oder l vor dem r des Wohllautes wegen in r verwandelt, als:

rimanére,	bleiben,	rimarrò	—	rimarréi *).
tenére,	halten,	terrò	—	terréi.
dolére,	schmerzen,	dorrò	—	dorréi.
valére,	gelten,	varrò	—	varréi.
volére,	wollen,	vorrò	—	vorréi.

Conjugation eines Zeitwortes mit zwei Infinitiven.

Addúrre, anführen; ehemals addúc-ere — addússi — addotto. (Siehe §. 302.)

Indicativo presente.
Adduc-o, ich führe an, ꝛc.
— i.
— e.
— iámo.
— éte.
— ono.

Congiuntivo presente.
Adduc-a, daß ich anführe, ꝛc.
— a.
— a.
— iámo.
— iate.
— ano.

Imperfetto.
Adduc-éva, ich führte an, ꝛc.
— évi.
— éva.
— evámo.
— eváte.
— évano.

Condizionale presente.
Adduc-éssi, wenn ich anführte, ꝛc.
— éssi.
— ésse.
— éssimo.
— éste.
— éssero.

Passato indeterminato.
Addússi, ich führte an, ꝛc.
adduc-ésti.
addússe.
adduc émmo.
— éste.
addússero.

Passato determinato.
Ho addótto, ecc.   ich habe ange-
                   führt, ꝛc.

Primo passato perfetto anteriore.
Avéva addótto, ecc. ich hatte ange-
                    führt, ꝛc.

Condizionale passato.
S'io avvessi adotto, wenn ich ange-
ecc.   führt hätte, ꝛc.

Correlativo presente.
Addurr-éi, ich würde anführen, ꝛc.
— ésti.
— ébbe.
— émmo.
— éste.
— ébbero.

Correlativo passato.
Avréi adotto, ecc. ich würde ange-
                   führt haben, ꝛc.

---

*) In allen diesen Zusammenziehungen wird der dem r vorhergehende Mitlaut n oder l des Wohllautes wegen in r verwandelt, so z. B. anstatt rimanerò, dolerò, sollte es heißen riman'rò, dol'rò; weil aber des Wohllautes wegen n und l vor r auch in r verwandelt werden, so entsteht daraus rimarrò, dorrò.

Futuro.	*Futuro Condizionale.*

Futuro.

Addurr-ò, ich werde anführen, ꝛc.
— ái.
— à.
— émo.
— éte.
— ánno.

Futuro Condizionale.

Quando avrò ad- ⎰ wenn ich werde an-
dótto, ecc. ⎱ führt haben, ꝛc.

Infinitivo.

Pres. addúrre, anführen.
Pass. avére addótto, angeführt haben.

Imperativo.

Addúc-i, führe du an, ꝛc.
non addúrre.
addúc-a.
— iámo.
— éte.
— ano.

Gerundj.

Pres. adduc-éndo, ⎰ indem man an-
⎱ führt.
Pass. avéndo ad- ⎰ indem man an-
dótto, ⎱ geführt hat.
di, a, da, per ad- ⎰ anzuführen oder
dúrre, ⎱ um anzuführen.

3. Anmerkungen über die Zeitwörter in ire.

§. 305. Von den Zeitwörtern in ire sind nur die hier angeführten ganz regelmäßig:

Infinitivo.		Pres.	Pass. indet.	Partic.
aprire,	öffnen,	apro,	aprii (apérsi),	aperto.
bollire,	sieden,	bollo,	bollii,	bollito.
convertire,	bekehren,	converto,	convertii,	convertito.
coprire,	bedecken,	copro,	coprii (copérsi),	coperto.
cucire,	nähen,	cucio,	cucii,	cucito.
dormire,	schlafen,	dormo,	dormii,	dormito.
fuggire,	fliehen,	fuggo,	fuggii,	fuggito.
partire,	abreisen,	parto,	partii,	partito.
pentirsi,	bereuen,	mi pento,	mi pentii,	pentitosi.
seguire,	folgen,	seguo,	seguii,	seguito.
sentire,	fühlen,	sento,	sentii,	sentito.
servire,	dienen,	servo,	servii,	servito.
soffrire,	leiden,	soffro,	soffrii (sofférsi),	sofferto.
sortire,	ausgehen,	sorto,	sortii,	sortito.
vestire,	kleiden,	vesto,	vestii,	vestito.

§. 306. Die übrigen Zeitwörter in ire weichen von der oben angege-benen regelmäßigen Form des Presente ab, und endigen in der ersten Person desselben auf *isco* anstatt regelmäßig auf o, als: cap-ire, ver-stehen, hat cap-isco, und nicht cap-o, ecc. Diese Unregelmäßigkeit wird dann auch im Presente der verbindenden und gebietenden Art beibehalten, wie oben in der Conjugation bei nutrire (S. 113) an-gezeigt worden.

Anmerk. Die Regel für die Form der ersten und zweiten Person des Plurals bei diesen Zeitwörtern ist noch nicht mit der gehörigen Genauigkeit ent-schieden, denn im allgemeinen Sprachgebrauche sowohl, als bei den Schriftstellern findet man fast eben so häufig: finischiamo, nutrischiamo, ecc. als: siniamo, nutriamo. — Neuere Schriftsteller tragen indessen kein Bedenken, die erste und zweite Person des Plurals regelmäßig zu bilden (wie oben bei nutrire), jene Fälle ausgenommen, wo der Wohlklang beleidigt werden, oder in der ersten Person des Plurals ein Doppelsinn Statt finden könnte. Beispiele eines sol-chen Doppelsinnes geben unter andern die Zeitwörter ardire, wagen; atterrire, erschrecken; marcire, faulen; smaltire, verdauen, ꝛc.; wo man vermeidet, *ardiamo*, *atterriamo*, *marciamo*, *smaltiamo* zu sagen, weil die erste Person des Plurals von árdere, brennen; atterrare, niederreißen; marciare, marschiren; smaltare, in Schmelz arbeiten, emailliren, eben so lautet. Es findet also hier keine andere Regel Statt, als der Gebrauch.

Die hier folgenden Zeitwörter endigen in den angeführten drei Zeiten immer in isco, und eben so die daraus Zusammengesetzten:

Infinitivo.		Pres.	Pass. indet.	Partic.
abolire,	abschaffen,	abolisco,	abolii,	abolíto.
*abborrire,	verabscheuen,	abborrisco,	abborrii,	abborrito.
arricchire,	bereichern,	arricchisco,	arricchii,	arricchito.
arrossire,	roth werden,	arrossisco,	arrossii,	arrossito.
bandire,	verbannen,	bandisco,	bandii,	bandito.
capire,	begreifen,	capisco,	capii,	capito.
colpire,	treffen,	colpisco,	colpii,	colpito.
compatire,	bemitleiden,	compatisco,	compatii,	compatito.
concepire,	empfangen,	concepisco,	concepii,	concepito.
digerire,	verdauen,	digerisco,	digerii,	digerito.
eseguire,	vollziehen,	eseguisco,	eseguii,	eseguito.
fiorire,	blühen,	fiorisco,	fiorii,	fiorito.
gradire,	genehmigen.	gradisco,	gradii,	gradito.
*impazzire,	närrisch werden,	impazzisco,	impazzii,	impazzito.
incrudelire,	grausam werden,	incrudelisco,	incrudelii,	incrudelito.
*languire,	schmachten,	languisco,	languii,	languito.
patire,	leiden,	patisco,	patii,	patito.
perire,	umkommen,	perisco,	perii,	perito.
spedire,	wegschicken,	spedisco,	spedii,	spedito.
tradire,	verrathen,	tradisco,	tradii,	tradito.
ubbidire,	gehorchen,	ubbidisco,	ubbidii,	ubbidito.
unire,	vereinigen,	unisco,	unii,	unito.

Anmerk. Die Zeitwörter, die mit dem Sternchen * bezeichnet sind, haben in der ersten Person des Presente nebst dem Ausgange in isco, als: abborrisco, auch den regelmäßigen in o, als: abborro; allein von dergleichen Zeitwörtern ist zu bemerken, daß die unregelmäßige Form in isco, als die gewöhnlichere im gemeinen Leben, auch in der prosaischen Schreibart die gebräuchlichste ist; der regelmäßige Ausgang in o aber vorzüglich von Dichtern und im höhern Style gebraucht wird.

§. 307. Die Zeitwörter aprire, coprire, ricoprire, scoprire, offerire, und eben so: differire, profferire, sofferire, können auf zweierlei Art die zweite halbvergangene Zeit haben, nämlich regelmäßig: aprii, offerii, und unregelmäßig: apérsi, offérsi, und so die andern daraus Zusammengesetzten, als:

aprii oder apérsi,	aprimmo.
apristi,	apriste.
aprì oder apérse,	aprirono oder apérsero.

Influire, auch influere, einfließen, hat blos influssi.

Das Zeitwort apparire, und das daraus zusammengesetzte comparire, haben in der zweiten halbvergangenen Zeit nebst der regelmäßigen Art in ii, auch jene in vi, als:

apparii und apparvi,	apparimmo.
apparisti,	appariste.
apparì und apparve,	apparirono und appárvero.

Die Abweichung dieser Zeitwörter in der zweiten halbvergangenen Zeit ist eigentlich dem zweifachen Ausgang im Infinitiv zuzuschreiben, wo sie ere und ire haben, denn man sagt auch apparére, comparére, obgleich dieses Letztere nicht sehr gebräuchlich ist.

§. 308. Von den Zeitwörtern in ire haben folgende drei die Zusammenziehung (siehe §. 384) im Futuro und Correlativo:

moríre, sterben, — morrò — morréi.
salíre, steigen, — sarrò — sarréi (poetisch).
in der Prosa besser salirò — salíréi.
veníre, kommen, — verrò — verréi.

Doppelten Infinitiv hat blos dire, einst dícere, sagen. (Siehe §. 302.)

Unregelmäßige Zeitwörter in are (verbi anómali).

Folgende sind die vier einzigen unregelmäßigen Zeitwörter in are, als: andáre, gehen; fáre (einst fácere), machen, thun; dáre, geben; stáre, stehen.

Presente Indicativo.

Ich gehe,	ich mache,	ich gebe,	ich stehe,
vo (vado),	fo (faccio),	do,	sto.
vai,	fai,	dái,	stai.
va,	fa (face),	dà,	sta.
andiámo,	facciámo,	diámo,	stiámo.
andáte,	fate,	date,	state.
vanno,	fanno,	danno,	stanno.

Imperfetto.

Ich ging,	ich machte,	ich gab,	ich stand.
and-áva.	fac-éva (fea),	da-va,	sta-va.
— ávi,	— évi,	— vi,	— vi.
— áva,	— éva (fea),	— va,	— va.
— avámo,	— evámo,	— vámo,	— vámo.
— aváte,	— eváte,	— váte,	— váte.
— ávano,	— évano (féano),	— vano,	— vano.

Passato indeterminato.

Ich ging,	ich machte,	ich gab,	ich stand.
and-ái,	feci (fei),	diédi (detti),	stetti.
— asti,	fac-ésti,	desti,	stesti.
— ò,	fece (fè, feo),	diéde (diè, détte),	stette.
— ammo,	fac-émmo,	demmo,	stemmo.
— aste,	— éste,	deste,	steste.
— árono,	fécero (fenno, férono),	diédero (diérono, déttero, denno),	stéttero.

Passato determinato.

Ich bin gegangen,	ich habe gemacht,	ich habe gegeben,	ich bin gestanden,
sono andato.	ho fatto,	ho dato,	sono stato.

Futuro.

Jch werde gehen,	machen,	geben,	stehen,
and-rò,	fa - rò,	da - rò,	sta-rò.
— rai,	— rai.	— rai,	— rai.
— rà,	— rà,	— rà,	— rà.
— remo,	— remo,	— remo,	— remo.
— rete,	— rete,	— rete,	— rete.
— ranno,	— ranno,	— ranno,	— ranno.

. Imperativo.

va, gehe du,	fa, mache du,	dà, gib du,	sta, stehe du.
non andare,	non fare,	non dare,	non stare.
vada,	faccia,	dia,	stia.
andiámo,	facciámo,	diàmo,	stiámo.
andáte,	fate,	date,	state.
vádano,	fácciano,	diano,	stiano.

Presente Congiuntivo.

daß ich gehe,	mache,	gebe,	stehe.
che io vada,	fáccia,	dia,	stia.
— tu vada (vadi),	fáccia,	dia (dii),	stia (stii).
— egli vada,	fáccia,	dia,	stia.
— noi andiámo,	facciàmo,	diámo,	stiámo.
— voi andiáte,	facciàte,	diáte,	stiáte.
— essi vádano,	fácciano,	diano (dieno),	stiano (stieno).

Condizionale presente.

wenn ich ginge,	machte,	gábe,	stände.
se io and-ássi,	fac-éssi,	dessi,	stessi.
se tu — ássi,	— éssi,	dessi,	stessi.
s' egli — ásse,	— ésse (fesse),	desse,	stesse.
se noi — ássimo,	— éssimo,	déssimo,	stéssimo.
se voi — áste,	— éste,	deste,	steste.
s'eglino — ássero,	— éssero,	{ désscro, déssono,	{ stéssero. stéssono.

Condizionale passato.

wenn ich gegangen wäre, }	gemacht hätte,	gegeben hätte,	gestanden wäre.
se fossi andato,	avessi fatto,	avessi dato,	fossi stato, ecc.

Correlativo presente.

ich würde gehen,	machen,	geben,	stehen,
andr-éi,	far-éi,	dar-éi,	star-éi.
— ésti,	— ésti,	— ésti,	— ésti.
— ébbe,	— ébbe (ia),	— ébbe,	— ébbe.
— émmo,	— émmo,	— émmo,	— émmo.
— éste,	— éste,	— éste,	— éste.
— ébbero,	— { ébbero (iano), ébbono,	— { ébbero, ébbono,	— { ébbero. ébbono.

Correlativo passato.

ich würde gegangen fein, sarei andato,	gemacht haben, avrei fatto,	gegeben haben, avrei dato,	gestanden fein. sarei stato, ecc.

Gerundj.

andándo, esséndo andato,	facéndo, avéndo fatto,	dando, avéndo dato,	stando. esséndo stato.

Anmerk. Die aus dare und stare Zusammengesetzten, als: secondare, circondare, ridondare — accostare, contrastare, ostare, restare, costare, werden regelmäßig wie *amare*, — ridare hingegen wie *dare*, und soprastare oder sovrastare wie *stare* conjugirt.

Die aus fare Zusammengesetzten, als: disfare, rifare, soddisfare, sopraffare, ecc. werden immer unregelmäßig wie *fare* conjugirt.

II. Unregelmäßige Zeitwörter in ere.

§. 309. Wenn man die Unregelmäßigkeiten, von denen die §§. 300, 301, 302, 303 handeln, gut weiß, dann braucht man hier bei den unregelmäßigen Zeitwörtern nichts anders mehr zu lernen, als das Presente im Indicativ und Conjunctiv, und um dieses leicht zu können, braucht man nur Folgendes sich zu merken: — Wenn ein unregelmäßiges Zeitwort in der ersten Person des Presente andere Mitlaute erhält, die sich im Infinitiv nicht befinden, wie in potere, wo es statt poto, posso heißt, so behält es diese neuen Mitlaute auch in der ersten und dritten Person des Plurals, als: possiámo, póssono, und in dem ganzen Presente des Conjunctivs, als: possa, possi, possa, possiámo, possiáte, póssano; das Imperfetto und Condizionale presente werden immer regelmäßig vom Infinitiv abgeleitet, also z. B. von pot-ére = pot-éva, pot-éssi, etc.

1. Mit dem Ton auf der vorletzten Silbe.

1) *Potére*, können.

Pres. indic.	*Pres. cong.*
Posso, ich kann, ꝛc.	Ch'io possa, daß ich könne, ꝛc.
puói,	che tu possa (*possi*).
può (*puóte*),	ch'egli possa.
possiámo,	che noi possiámo.
potéte,	che voi possiáte.
póssono (*ponno*).	ch'eglino póssano.

Imperf.	Potéva, ecc., ich konnte, ꝛc.
Pass. indet.	Potei (*potetti*), potesti, potè (*potette*), potemmo, poteste, potérono (*potettero*); ich konnte, ꝛc.
Pass. deter.	Ho potúto, ich habe gekonnt, ꝛc.
Futuro.	Potrò, potrai, ecc., ich werde können, ꝛc.
Correl. pres.	Potrei (*potria*), potresti, ecc. ich würde können, ꝛc.

138 Unregelmäßige Zeitwörter in ere.

Condiz. pres.	Se potéssi, ecc. wenn ich könnte, 2c.
Gerundio.	Poténdo, indem man kann.
Partic.	Potúto, gekonnt.

2) *Dovére*, müffen.

Pres. indic.	*Pres. cong.*
Devo (*debbo, déggio*), ich muß, 2c.	Ch'io debba (*déggia*), daß ich müffe, 2c.
devi (*debbi, dei*),	che tu debba (*déggia*).
deve (*debbe, dée*),	ch' egli debba (*déggia*).
dobbiámo (*dovémo, deggiámo*),	che noi dobbiámo (*déggiamo*).
dovéte,	che voi dobbiáte (*deggiáte*).
dévono (*débbono, déggiono*).	ch' eglino débbano (*déggiano, déano*).

Imperf.	Dovéva, ecc. ich mußte, 2c.
Pass. indet.	Dovéi (*dovétti*), dovésti, dovè (*dovette*) — dovémmo, dovéste, dovérono (*dovéttero*); ich mußte, 2c.
Pass. deter.	Ho dovuto, ecc. ich habe gemußt, 2c
Futuro.	Dovrò, dovrái, ecc. ich werde müffen, 2c.
Correl. pres.	Io dovréi, ecc. ich würde müffen, 2c.
Condiz. pres.	Se dovéssi, ecc. wenn ich müßte, 2c.
Gerundio.	Dovéndo, indem man muß.
Partic.	Dovúto, gemußt

3) *Volére*, wollen.

Die unregelmäßigen Zeitwörter in lére (lang), als: volére, solére, dolére, valére, mit ihren Zusammengesetzten, nehmen in der erſten Perſon ein g an, welches in den im §. 300 angeführten Fällen beibehalten wird. Bei dolére und valére kann das g vor oder nach dem l ſtehen, ausgenommen in der erſten und zweiten Perſon des Plural, wo der gelinde Laut dogliamo. dogliate, dem härtern dolghiamo, dolghiate, vorzuziehen iſt.

Pres. indic.	Vóglio (*vo'*), vuói, vuóle — vogliámo, voléte, vógliono; ich will, 2c.
Pres. cong.	Che io vóglia, tu vogli (*róglia*), egli vóglia — vogliámo, vogliáte, vógliano; daß ich wolle, 2c.
Imperf.	Voléva, ecc. ich wollte, 2c.
Pass. indet.	Volli, volésti, volle — volémmo, voléste, vóllero.
Pass. deter.	Ho voluto, ecc. ich habe gewollt, 2c.
Futuro.	Vorrò, vorrái, ecc. ich werde wollen, 2c.
Correl. pres.	Io vorrei, tu vorresti, ecc. ich würde wollen, 2c.
Condiz. pres.	Se voléssi, ecc wenn ich wollte, 2c.
Gerundio.	Voléndo, indem man will.
Partic.	Volúto, gewollt.

4) *Solére*, pflegen, gewohnt ſein.

Pres. indic.	Soglio, suoli, suole; — sogliamo, solete, sógliono; ich pflege, 2c.
Pres. cong.	Ch' io, tu, egli soglia; — sogliamo, sogliate, sógliano; daß ich pflege, 2c.
Imperf.	Soleva, solevi, soleva, ecc. ich pflegte, 2c.
Condiz. pres.	Se io solessi, tu solessi, egli solesse, ecc. wenn ich pflegte, 2c.
Gerundio.	Solendo, indem man pflegt.
Partic.	Sólito, gepflegt, gewohnt.

Dieſes Zeitwort iſt ſonſt mangelhaft, und die abgängigen Zeiten können durch das Particip mittelſt Vorſetzung des éssere ergänzt werden, als: io sono, io era, io fui, io sarò sólito, ecc.

148

5) *Sapére*, wiſſen.

Pres. indic.	So, sai, sa; sappiámo, sapete, sanno, ich weiß, 2c.
Pres. cong.	Ch'io sáppia, tu sappi (*sappia*), egli sáppia — noi sappiámo, voi sappiáte, essi sáppiano; daß ich wiſſe, 2c.
Imperf.	Sapeva, sapevi, ecc. ich wußte, 2c.
Pass. indet.	Seppi, sapesti, seppe — sapemmo, sapeste, séppero.
Pass. deter.	Ho saputo, ecc. ich habe gewußt, 2c.
Futuro.	Saprò, saprái, ecc. ich werde wiſſen, 2c.
Corr. pres.	Io sapréi, tu saprésti, egli saprebbe, ecc. ich würde wiſſen, 2c.
Condiz. pres.	Se io sapéssi, tu sapéssi, egli sapésse, ecc. wenn ich wüßte, 2c.
Imperat.	Sappi tu, sáppia egli — sappiámo noi, sappiáte voi, sáppiano essi; wiſſe du, 2c.
Gerundio.	Sapéndo, indem man weiß.
Partic.	Sapúto, gewußt.

6) *Vedére*, ſehen.

Die Zeitwörter in dére (lang) können auch in der erſten Perſon des **Presente** anſtatt d ein g annehmen, welches zwiſchen zwei Selbſtlauten verdoppelt ſteht, und entweder hart wie das deutſche g, oder gelind wie dſche lauten kann. Nur iſt hier, wie oben, zu bemerken, daß in der erſten und zweiten Perſon der vielfachen Zahl der gelinde Laut, nämlich: veggiamo, veggiate, dem harten: *vegghiamo, vegghiate*, vorzuziehen iſt.

Pres. indic.	Védo (*reggo, reggio*), vedi (*re'*), vede — vediámo (*reggiamo*), vedéte, védono (*réggono, réggiono*); ich ſehe, du ſiehſt, 2c.
Pres. cong.	Ch'io, tu, egli veda (*regga, réggia*), noi vediámo (*veggiámo*); daß ich ſehe, 2c.
Imperf.	Io vedéva, tu vedévi, ecc. ich ſah, 2c.
Pass. indet.	Vidi (*vedti*), vedésti, vide (*vedde*) — vedemmo, vedeste, videro (*réddero*); ich ſah, 2c.
Pass. deter.	Ho vedúto, ich habe geſehen, 2c.
Futuro.	Io vedrò, tu vedrái, ecc. ich werde ſehen, 2c.
Correl. pres.	Io vedréi, tu vedrésti, ecc. ich würde ſehen, 2c.
Condiz. pres.	Se io vedéssi, tu vedessi, ecc. wenn ich ſähe, 2c.
Imperat.	Védi tu, veda (*regga*) egli — vediamo (*reggiamo*) noi, vedete, védano (*reggano*) essi; ſiehe du, 2c.
Gerundio.	Vedéndo (*reggendo*), indem man ſieht.
Partic.	Vedúto (*visto*), geſehen.

7) *Sedére*, ſitzen.

Pres. indic.	Siedo (*seggo, seggio*); siedi, siede; — sediamo (*seggiamo*), sedete, siédono (*seggono, seggiono*); ich ſitze, 2c.
Pres. cong.	Ch'io, tu, egli sieda (*segga, seggia*), sediamo (*seggiamo*), sediate (*seggiate*), siédano (*seggano, seggiano*); daß ich ſitze, 2c.
Imperf.	Io sedéva, tu sedevi, ecc. ich ſaß, 2c.
Pass. indet.	Sedéi (*sedètti*), sedésti, sedè (*sedette*) — sedémmo, sedéste, sedérono (*sedèttero*); ich ſaß, 2c.
Pass. deter.	Ho seduto, oder mi sono seduto, ecc. ich bin geſeſſen, 2c.
Futuro.	Sederò (poet. *sedrò*), ecc. ich werde ſitzen, 2c.
Correl. pres.	Io sederei, ecc. ich würde ſitzen, 2c.
Condiz. pres.	Se io sedéssi, tu sedéssi, ecc. wenn ich ſäße, 2c.
Imperat.	Siédi tu, sieda (*segga*) egli — sediámo (*seggiámo*) noi, sedete voi, siédano (*séggano*) essi; ſitze du, 2c.
Gerundio.	Sedéndo (*seggéndo*), indem man ſitzt.
Partic.	Sedúto, geſeſſen.

8) *Parére*, fdjeinen.

Pres. indic.	Pajo, parí, pare — pajámo (*pariámo*), paréte pájono; idj fdjeine, ꝛc.
Pres. cong.	Ch'io paja, tu paja, egli paja — pajámo, pajáte, pájano; baß idj fdjeine, ꝛc.
Imperf.	Paréva, parévi, ecc. idj fdjien, ꝛc.
Pass. indet.	Parvi, parésti, parve — parémmo, paréste, párvero; idj fdjien, ꝛc.
Pass. deter.	Ho parúto, beffer alß: parso, ecc. idj habe gefdjienen, ꝛc.
Futuro.	Parrò, parrái, parrà, ecc. idj werbe fdjeinen, ꝛc.
Correl. pres.	Io parrei, tu parrésti, ecc. idj würbe fdjeinen, ꝛc.
Condiz. pres.	Se paréssi, ecc. wenn idj fdjiene, ꝛc.
Gerundio.	Paréndo, inbem man fdjeint.
Partic.	Parúto, beffer alß: parso, gefdjienen.

9) *Dolére*, fdjmerjen.

Pres. indic.	Doglio (*dolgo*), duoli, duole — dogliamo (*dolghiamo*), dolete, dógliono (*dólgono*); eß fdjmerjt midj, ꝛc.
Pres. cong.	Ch'io, tu, egli doglia (*dolga*) — dogliamo (*dolghiamo*), dogliate (*dolghiate*), dógliano (*dólgano*); baß eß midj fdjmerje, ꝛc.
Imperf.	Doléva, dolévi, ecc. eß fdjmerjte midj, ꝛc.
Pass. indet.	Dolsi, dolésti, dólse — dolémmo, doléste, dólsero; eß fdjmerjte midj, ꝛc.
Pass. deter.	Mi sono dolúto, ecc. eß hat midj gefdjmerjt, ꝛc.
Futuro.	Dorrò, dorrái, ecc. eß wirb midj fdjmerjen, ꝛc.
Correl. pres.	Dorréi, dorrésti, ecc. eß würbe midj fdjmerjen, ꝛc.
Condiz. pres.	Se doléssi, wenn eß midj fdjmerjte, ꝛc.
Gerundio.	Doléndo, inbem eß midj fdjmerjt.
Partic.	Dolúto, gefdjmerjt.

10) *Valére*, gelten (eben fo wie dolére).

Pres. indic.	Vaglio (*valgo*), vali, vale — vagliamo (*valghiamo*), valete, vágliono (*válgono*); idj gelte, ꝛc.
Pres. cong.	Ch'io, tu, egli vaglia (*valga*) — vagliamo (*valghiamo*), vagliate, vágliano (*válgano*); baß idj gelte, ꝛc.
Imperf.	Valéva, valévi, ecc. idj galt, ꝛc.
Pass. indet.	Valsi, valésti, valse — valémmo, valéste, válsero; idj galt, ꝛc.
Pass. deter.	Ho valúto, beffer alß: valso, idj habe gegolten, ꝛc.
Futuro.	Varrò, varrái, varrà, ecc. idj werbe gelten, ꝛc.
Correl. pres.	Io varrei, varresti, ecc. idj würbe gelten, ꝛc.
Condiz. pres.	Se io valessi, ecc. wenn idj gelten mödjte, ꝛc.
Imperat.	Vali tu, vaglia egli — vagliámo noi, valéte voi, vágliano essi; gelte bu, ꝛc.
Gerundio.	Valéndo, inbem man gilt.
Partic.	Valúto, beffer alß: valso, gegolten.

11) *Cadére*, fallen.

Pres. indic.	Cado (*cággio*), cadi, cade — cadiámo (*caggiamo*), cadéte, cádono (*cággiono*); idj falle, ꝛc.
Pres. cong.	Ch'io, tu, egli cada (*caggia*) — cadiamo (*caggiamo*), ecc. baß idj falle, ꝛc.
Imperf.	Cadéva, cadévi, ecc. idj fiel, ꝛc.
Pass. indet.	Caddi, cadésti, cadde — cadémmo, cadéste, cáddero; idj fiel, ꝛc. Hat audj cadei ober cadetti, ecc.
Pass. deter.	Sono caduto, ecc. idj bin gefallen, ꝛc.
Futuro.	Cadrò, cadrái, cadrà — cadrémo, cadréte, cadránno, beffer alß: caderò, caderái, ecc. idj werbe fallen, ꝛc.

Correl. pres.   Io cadréi, tu cadrésti; ich würde fallen, ꝛc.
Condiz. pres.   Se io cadéssi, ecc. wenn ich fiele, ꝛc.
Gerundio.   Cadéndo, indem man fällt.
Partic.   Cadúto, gefallen.

12) *Tenére,* halten.

Die Zeitwörter in nére (lang), als: tenére, rimanére (und so auch venire), nehmen in der ersten Person des Presente nach dem n ein g an, welches dann in den oben §. 309 angezeigten Fällen beibehalten wird. In der ersten und zweiten Person der vielfachen Zahl ist teniamo, veniamo, teniate, veniate, gebräuchlicher als tenghiamo, venghiamo, tenghiate, venghiate.

Pres. indic.   Tengo, tiéni, tiéne — teniámo (*tenghiamo*), tenéte, téngono; ich halte, ꝛc.
Pres. cong.   Ch'io, tu, egli tenga — teniamo (*tenghiamo*), teniate (*tenghiate*), téngano; daß ich halte, ꝛc.
Imperf.   Tenéva, tenévi, ecc. ich hielt, ꝛc.
Pass. indet.   Tenni, tenesti, tenne — tenémmo, tenéste, ténnero; ich hielt, ꝛc.
Pass. deter.   Ho tenúto, ecc. ich habe gehalten, ꝛc.
Futuro.   Terrò, terrái, terrà, terrémo, terréte, terránno; ich werde halten, ꝛc.
Correl. pres.   Io terréi, tu terrésti, egli terrébbe, ecc. ich würde halten, ꝛc.
Condiz. pres.   Se io tenéssi, ecc. wenn ich hielte, ꝛc.
Imperat.   Tiéni tu, tenga egli, teniámo noi, tenéte voi, téngano essi; halte du, ꝛc.
Gerundio.   Tenéndo, indem man hält.
Partic.   Tenúto, gehalten.

13) *Rimanére,* verbleiben.

Pres. indic.   Rimángo, rimáni, rimáne — rimaniámo (*rimanghiámo*), rimanéte, rimángono; ich verbleibe, ꝛc.
Pres. cong.   Ch'io rimánga, tu rimánga, egli rimánga — noi rimaniámo (*rimanghiámo*), voi rimaniáte (*rimanghiáte*), essi rimángano; daß ich verbleibe, ꝛc.
Pass. indet.   Rimasi, rimanésti, rimase — rimanémmo, rimanéste, rimásero; ich verblieb, ꝛc.
Futuro.   Rimarrò, rimarrái, ecc. ich werde verbleiben, ꝛc.
Correl. pres.   Io rimarréi, tu rimarrésti, egli rimarrébbe, ecc. ich würde verbleiben, ꝛc.
Imperat.   Rimani tu, rimanga egli — rimaniámo noi, rimanéte voi, rimángano essi; verbleibe du, ꝛc.
Gerundio.   Rimanéndo, indem man verbleibt.
Partic.   Rimásto und rimaso, verblieben.

14) *Piacére,* gefallen.

Pres. indic.   Piáccio, piáci, piáce — piacciámo, piacéte, piáccio no; ich gefalle, ꝛc.
Pres. cong.   Ch'io, tu, egli piáccia — piacciámo, piacciáte, piácciano; daß ich gefalle, ꝛc.
Imperf.   Piacéva, piacévi, ecc. ich gefiel, ꝛc.
Pass. indet.   Piácqui, piacésti, piácque — piacémmo, piacéste, piácquero; ich gefiel, ꝛc.
Pass. deter.   Ho piaciúto, ecc. ich habe gefallen, ꝛc.
Futuro.   Piacerò, piacerái, ecc. ich werde gefallen, ꝛc.
Correl. pres.   Io piaceréi, ecc. ich würde gefallen, ꝛc.

Condiz. pres.	Se io piacéssi, ecc. wenn ich gefiele, ꝛc.
Gerundio.	Piacendo, indem man gefällt.
Partic.	Piaciúto, gefallen.

Eben so werden auch tacére, schweigen, giacére, liegen, conjugirt. Das c wird, wenn zwei Selbstlaute darauf folgen, immer verdoppelt, ausgenommen im Particip.

2. Mit dem Ton auf der vorvorletzten Silbe.

15) *Porre*, ehemals *pónere*, setzen (siehe §. 302).

Pres. indic.	Póngo, poni, pone — poniámo (*ponghiámo*), ponéte, póngono; ich setze, ꝛc.
Pres. cong.	Ch'io, tu, egli ponga — poniámo (*ponghiámo*), poniate (*ponghiáte*), póngano; daß ich setze, ꝛc.
Imperf.	Ponéva, ponévi, ponéva, ecc. ich setzte, ꝛc.
Pass. indet.	Posi, ponésti, pose — ponémmo, ponéste, pósero; ich setzte, ꝛc.
Pass. deter.	Ho posto, ecc. ich habe gesetzt, ꝛc.
Futuro.	Porrò, porrái, ecc. ich werde setzen, ꝛc.
Correl. pres.	Io porréi, tu porrésti, egli porrébbe, ecc. ich würde setzen, ꝛc.
Condiz. pres.	S'io ponéssi, ecc. wenn ich setzte, ꝛc.
Imperat.	Poni, ponga — poniámo, ponéte, póngano; setze du, ꝛc.
Gerundio.	Ponéndo, indem man setzt.
Partic.	Pósto, gesetzt.

Die daraus Zusammengesetzten, als: comporre, zusammensetzen, preporre, vorsetzen ꝛc., werden auf gleiche Weise conjugirt.

16) *Dire*, ehemals *dícere*, sagen (siehe §. 308).

Pres. indic.	Dico, dici, dice — diciámo, dite, dicono; ich sage, ꝛc.
Pres. cong.	Ch'io, tu, egli dica — diciámo, diciáte, dicano; daß ich sage, ꝛc.
Imperf.	Dicéva, dicévi, ecc. ich sagte, ꝛc.
Pass. indet.	Dissi, dicesti, disse — dicémmo, dicéste, dissero; ich sagte, ꝛc.
Pass. deter.	Ho detto, ecc. ich habe gesagt, ꝛc.
Futuro.	Dirò, dirái, ecc. ich werde sagen, ꝛc.
Condiz. pres.	Se io dicessi, tu dicéssi, egli dicésse, ecc. wenn ich sagte, ꝛc.
Correl. pres.	Io diréi — tu dirésti, ecc. ich würde sagen, ꝛc.
Imperat.	Di', dica — diciámo, dite, dicano; sage du, ꝛc.
Gerundio.	Dicéndo, indem man sagt.
Partic.	Detto, gesagt.

17) *Bévere* oder *bere*, trinken.

Pres. indic.	Bevo (*beo*), bevi (*bei*), beve (*bée*) — beviámo (*bejámo*), bevéte (*beéte*), bévono (*béono*); ich trinke, ꝛc.
Pres. cong.	Ch'io, tu, egli beva (*béa*) — beviámo (*bejámo*), beviáte (*bejáte*), bévano (*béano*); daß ich trinke, ꝛc.
Imperf.	Bevéva (*bevéa*), bevévi (*beréi*), ecc. ich trank, ꝛc.
Pass. indet.	Bevétti (*bévri*), bevésti (*beésti*), bevétte (*bévve*) — bevémmo (*beémmo*), beveste (*beéste*), bevéttero (*bévvero*); ich trank, ꝛc. (*bébbi, bébbe, bébbero* ist ꝛc. von keinem guten Gebrauche).
Pass. deter.	Ho bevúto (*beúto*), ecc. ich habe getrunken, ꝛc.
Futuro.	Berò, berái, berà, ecc. besser als: *beverò*; ich werde trinken, ꝛc.
Condiz. pres.	Se io bevéssi (*beéssi*), ecc. wenn ich tränke, ꝛc.
Correl. pres.	Io beréi, tu berésti, ecc. ich würde trinken, ꝛc.
Imperat.	Bévi, béa — bejámo, beéte, béano, trinke du, ꝛc.

Gerundio.	Bevéndo (beéndo), indem man trinkt.
Partic.	Bevúto (beúto), getrunken.

18) Spégnere, auslöschen.

Pres. indic.	Spegno (spengo), spegni, spegne — spegniamo (spenghiamo), spegnete, spegnono (spengono); ich lösche aus, ꝛc.
Pres. cong.	Ch'io, tu, egli spegna (spenga) — spegniamo (spenghiamo), spegniate (spenghiate), spégnano (spengano); daß ich aus= lösche, ꝛc.
Imperf.	Spegnéva, ecc. ich löschte aus, ꝛc.
Pass. indet.	Spensi, spegnesti, spense — spegnémmo, spegneste, spén- sero; ich löschte aus, ꝛc.
Pass. deter.	Ho spento, ecc. ich habe ausgelöscht, ꝛc.
Futuro.	Spegnerò, spegnerái, ecc. ich werde auslöschen, ꝛc
Correl. pres.	Io spegneréi, tu spegneresti, ecc. ich würde auslöschen, ꝛc.
Condiz. pres.	Se io spegnessi, ecc. wenn ich auslöschte, ꝛc.
Imperat.	Spegni, spenga — spegniámo, spegnéte, spéngano; lösche du aus, ꝛc.
Gerundio.	Spegnéndo, indem man auslöscht.
Partic.	Spento, ausgelöscht.

Eben so werden conjugirt: cignere, gürten; spignere, schie= ben; strignere, zusammendrücken; tignere, färben, mit ihren Zusammengesetzten.

19) Scégliere oder scerre, wählen (siehe §. 302).

Pres. indic.	Sceglio (scelgo), scegli, sceglie — scegliamo, scegliete, scé- gliono (scelgono); ich wähle, ꝛc.
Pres. cong.	Ch'io, tu, egli sceglia (scelga) — scegliamo, scegliate, scé- gliano (scelgano); daß ich wähle, ꝛc.
Imperf.	Sceglióva, ecc. ich wählte, ꝛc.
Pass. indet.	Scelsi, scegliésti, scélse — scegliémmo, scegliéste, scélsero; ich wählte, ꝛc.
Pass. deter.	Ho scelto, ecc. ich habe gewählt, ꝛc.
Futuro.	Sceglierò und scerrò, ecc. ich werde wählen, ꝛc.
Correl. pres.	Io sceglierei und scerrei, ecc. ich würde wählen, ꝛc.
Condiz. pres.	Se io scegliéssi, ecc. wenn ich wählte, ꝛc.
Imperat.	Scegli, scelga — scegliámo, scegliéte, scélgano; wähle du, ꝛc.
Gerundio.	Scegliendo, indem man wählt.
Partic.	Scelto, gewählt.

Eben so werden conjugirt: sciógliere oder sciorre, auflösen; tógliere oder torre, wegnehmen; cógliere oder corre, sammeln; mit den Zusammengesetzten: distorre, abwenden; raccorre, ernten; disciorre, auflösen, ꝛc.

20) Trarre von tráere, ziehen (siehe §. 302).

Pres. indic.	Traggo, trài (traggi), tráe (tragge), trajámo, traéte, trággono; ich ziehe, ꝛc.
Pres. cong.	Ch'io, tu, egli tragga — trajámo, trajáte, trággano; daß ich ziehe, ꝛc.
Imperf.	Io traéva, tu traévi, ecc. ich zog, ꝛc.
Pass. indet.	Trassi, traésti, trasse — traémmo, traéste, trássero; ich zog, ꝛc.
Pass. deter.	Ho tratto, ecc. ich habe gezogen, ꝛc.
Futuro.	Trarrò, trarrái, trarrà — trarrémo, trarréte, trarránno; ich werde ziehen, ꝛc.
Correl. pres.	Io trarrei, tu trarrésti, ecc. ich würde ziehen, ꝛc.

Condiz. pres.	Se io traéssi, ecc. wenn ich zöge, ꝛc.
Imperat.	Trái, tragga — trajámo. traéte, tràggano; ziehe du, ꝛc.
Gerundio.	Traéndo, indem man zieht.
Partic.	Tratto, gezogen.

Eben so werden conjugirt: attrarre, anziehen; contrarre, zu=
sammenziehen; detrarre, abziehen.

III. Unregelmäßige Zeitwörter in ire.

21) *Apparíre,* erscheinen.

Pres. indic.	Apparisco (*appajo*), apparisci, apparisce (*appáre*) — appariá-mo, apparite, appariscono (*appájono*); ich erscheine, ꝛc.
Pres. cong.	Ch'io, tu, egli apparisca (*appaja*) — appariámo, appariáte, appariscano (*appájano*); daß ich erscheine, ꝛc.
Imperf.	Appariva, apparivi, ecc. ich erschien, ꝛc.
Pass. indet.	Apparii (*appárri*), apparisti, appari (*appárve*) — apparimmo, appariste, apparirono (*appárvero*); ich erschien, ꝛc.
Pass. deter.	Sono appárso und apparito, ecc. ich bin erschienen, ꝛc.
Futuro.	Apparirò, ecc. ich werde erscheinen, ꝛc.
Correl. pres.	Io appariréi, ecc. ich würde erscheinen, ꝛc.
Condiz. pres.	Se io apparissi, ecc. wenn ich erschiene, ꝛc.
Imperat.	Apparisci, apparisca — appariamo, apparite, appariscano; erscheine du, ꝛc.
Gerundio.	Apparéndo, indem man erscheint.
Partic.	Apparito und apparso, erschienen.

Eben so die Zusammengesetzten: comparire, trasparire, sparire, ecc.

22) *Veníre,* kommen.

Pres. indic.	Vengo (*vegno*), viéni, viéne — veniámo (*venghiamo, vegniamo*), venite, véngono; ich komme, ꝛc.
Pres. cong.	Ch'io, tu, egli venga — veniamo (*venghiamo*), veniate (*venghiate*), véngano; daß ich komme, ꝛc.
Imperf.	Veniva, venivi, ecc. ich kam, ꝛc.
Pass. indet.	Venni, venisti, venne — venimmo, veniste, vénnero; ich kam, ꝛc.
Pass. deter.	Sono venúto, ecc. ich bin gekommen, ꝛc.
Futuro.	Verrò, verrái, verrà — verrémo, verréte, verránno; ich werde kommen, ꝛc.
Correl. pres.	Io verréi, tu verrésti, egli verrébbe, ecc. ich würde kommen, ꝛc.
Condiz. pres.	Se io venissi, ecc. wenn ich käme, ꝛc.
Imperat.	Vieni, vénga — veniámo, venite, véngano; komme du, ꝛc.
Gerundio.	Venéndo oder vegnendo, indem man kommt, ꝛc.
Partic. pres.	Vegnénte, kommend.
Partic. pass.	Venúto, gekommen.

Eben so die Zusammengesetzten: convenire, pervenire, ecc.

23) *Moríre,* sterben.

Pres. indic.	Muójo (*muóro*), muóri, muóre — moriámo (*muojamo*), mo-rite, muójono (*muórono*); ich sterbe, ꝛc.
Pres. cong.	Ch'io, tu, egli muója — moriámo (*muojámo*), moriáte (*muo-játe*), muójano; daß ich sterbe, ꝛc.
Imperf.	Moriva, ecc. ich starb, ꝛc.
Pass. indet.	Morii, moristi, ecc. ich starb, ꝛc.
Pass. deter.	Sono morto, ecc. ich bin gestorben, ꝛc.

Futuro.	Morrò (*morirò*), morrái, morrà — morrémo, morréte, morránno; ich werde sterben, ꝛc.
Correl. pres.	Io morrei (*morirei*), tu morrésti, ecc. ich würde sterben, ꝛc.
Condiz. pres.	Se io morissi ecc. wenn ich sterben sollte, ꝛc.
Imperat.	Muóri tu, muoja egli — muojamo, morite, muójano; stirb du, ꝛc.

Die Dichter sagen auch noch: *ch'io mora, ecc.*

Gerundio.	Moréndo, indem man stirbt.
Partic.	Morto, gestorben.

24) *Salire,* springen, steigen.

Pres. indic.	Salgo (*saglio, salisco*), sali (*salisci*), sale (*salisce*), — sagliamo (*salghiamo*), salite, sálgono (*sagliono, saliscono*); ich steige, ꝛc.
Pres. cong.	Ch'io, tu, egli salga (*saglia, salisca*) — sagliamo (*salghiamo*), sagliate (*salghiate*), sálgano (*sagliano, saliscano*); daß ich steige, ꝛc.
Imperf.	Salíva, ecc. ich stieg, ꝛc.
Pass. indet.	Salii, ecc. ich stieg, ꝛc.
Futuro.	Salirò, und poet. sarrò, ecc. ich werde steigen, ꝛc.
Correl. pres.	Io saliréi, und poet. sarréi, ecc. ich würde steigen, ꝛc.
Condiz. pres.	Se io salissi, ecc. wenn ich stiege, ꝛc.
Imperat.	Sáli, salga — sagliámo, salite, sálgano; steige du, ꝛc.
Gerundio.	Saléndo, indem man steigt.
Partic.	Salito, gestiegen.

25) *Udire,* hören.

Pres. indic.	Odo, odi, ode — udiámo, udite, ódono; ich höre, ꝛc.
Pres. cong.	Ch'io oda, tu oda, egli oda — udiámo, udiáte, ódano; daß ich höre, ꝛc.
Imperat.	Odi, oda — udiámo, udite, ódano, höre du, ꝛc.
Gerundio.	Udendo, indem man hört.
Partic.	Udíto, gehört.

Die übrigen Zeiten sind regelmäßig.

26) *Uscire,* auch *escire,* ausgehen.

Pres. indic.	Esco, esci, esce — usciámo (*esciamo*), uscite (*escite*), éscono; ich gehe aus, ꝛc.
Pres. cong.	Ch'io, tu, egli esca — usciámo (*esciamo*), usciate (*esciate*), éscano; daß ich ausgehe, ꝛc.
Imperat.	Esci, esca — usciámo, uscite, éscano; gehe du aus, ꝛc.
Gerundio.	Uscendo (*escendo*).
Partic.	Uscito (*escito*).

Die übrigen Zeiten sind regelmäßig.

Einige Zeitwörter sind blos in der zweiten halbvergangenen Zeit und im Particip unregelmäßig, als:

aprire,	öffnen,	– – aprii	und apersi —	apérto.
coprire,	bedecken,	— coprii	und copersi —	copérto.
offerire,	darbieten,	— offerii	und offersi —	offerto.
influire,	einfließen,	— inflússi	—	{influito. influsso.
dire,	sagen,	— dissi	—	detto.

Eben so die daraus Zusammengesetzten.

10

Mangelhafte Zeitwörter (verbi difettivi).

§. 310. Mangelhafte Zeitwörter werden jene genannt, welche nicht alle Zeiten und Personen, sondern nur solche haben, welche bei guten Schriftstellern angetroffen werden.

Es sind folgende, welche blos die hier angeführten Zeiten und Personen haben.

Gire, gehen.

Pres. indic.	Gite, ihr gehet.
Imperf.	Giva (*gia*), ich, du, er ging, givàmo, wir gingen, **givate**, ihr ginget, givano (*giàno*), sie gingen.
Pass. indet.	Gisti, du gingst, gì (*gio*), er ging, gimmo, wir gingen, giste, ihr ginget, girono, sie gingen.
Futuro.	Girò, ich werde gehen; girà, girémo, giréte, giranno, er wird, wir werden, ihr werdet, sie werden gehen.
Imperat.	Gite, gehet.
Condiz. pres.	S'io gissi, tu gissi, egli gisse — gissimo, giste, gissero; wenn ich ginge, 2c.
Correl. pres	Girél, giresti, girébbe — giremmo, gireste, girébbero; ich würde gehen, 2c.
Partic.	Gito, gegangen.

Ire, gehen.

Pres. indic.	Ite, ihr gehet.
Imperf.	Iva, er ging; ivano, sie gingen.
Futuro.	Iremo, irete, iranno; wir werden, ihr werdet, sie werden gehen.
Imperat.	Ite, gehet.
Partic.	Ito, gegangen.

Riédere, zurückkehren.

Pres. indic.	Riedo, riedi, riede; ich, du, er kehrt zurück.
Imperat.	Riedi, kehre zurück; rieda, er soll zurückkehren; riédano, sie sollen zurückkehren.

Olire, riechen.

Imperf.	Oliva, ich roch, olivi, du rochst, oliva, er roch, olivano, sie rochen.

Calére, daran gelegen sein.

Pres. indic.	Mi cale, es ist mir daran gelegen.
Imperf.	Mi caleva, ⎫ es war mir daran gelegen.
Pass. indet.	Mi calse, ⎭
Pres. cong.	Che mi cáglia, daß es mir daran liege.
Condiz. pres.	Se mi calesse, wenn es mir daran läge.
Correl. pres.	Mi calerébbe oder carrebbe, es würde mir daran liegen.
Partic.	Caluto, daran gelegen sein.

Licére, lecére, erlaubt sein.

Es hat nur lice und lece, es ist erlaubt; lécito und lícito, erlaubt. Der Infinitiv selbst wird nie gebraucht.

Capitel XXVI.

Von den verſchiedenen Gattungen der Zeitwörter (delle diverse qualità de' verbi).

I. Von den thätigen Zeitwörtern (de' verbi attivi).

§. 311. Thätige (active) Zeitwörter gibt es zweierlei (ſiehe in der Einleitung von dem Zeitworte Nr. 28):

1) Solche, welche eine vierte Endung (Accusativo) haben, als:

Egli ha scritto molte léttere.	Er hat viele Briefe geſchrieben.
Noi abbiamo vendúto i caválli.	Wir haben die Pferde verkauft.

2) Solche, welche zwar keinen Accuſativ regieren, die aber zur näheren Beſtimmung des Begriffes eines Ergänzungswortes (im Geni= tiv, Dativ oder Ablativ) bedürfen, als:

Parláva di alcúni affari.	Er ſprach von einigen Geſchäften.
Il galantuómo non nuóce a nessúno.	Der ehrliche Mann ſchadet Niemanden.
Questo dipende dalla madre.	Dies hängt von der Mutter ab.

§. 312. Zeitwörter, welche, um einen vollſtändigen Satz zu bilden, außer der erſten gar keine andere Endung erfordern, werden mittlere, unübergehende Zeitwörter (verbi neutri, intransitivi) genannt (ſiehe Einl. S. 5), als:

Ottóne non dormiva.	Otto ſchlief nicht.
Egli è già ritornáto.	Er iſt ſchon zurückgekehrt.

§. 313. Die thätigen Zeitwörter (von der erſten und zweiten Gattung) nehmen in ihren zuſammengeſetzten Zeitformen das Hilfszeitwort avére zu ſich. — Von den mittleren Zeitwörtern hingegen nehmen einige éssere und andere avére vor ſich. — Folgende Regel wird uns anzeigen, wann éssere oder avére gebraucht werden ſoll. »Wenn das „Particip eines (mittleren) Zeitwortes mit einem Hauptworte ver= „bunden werden kann, ſo bekommt es éssere vor ſich; ſo ſagt man: „io sono cadúto, ich bin gefallen; ella è morta, ſie iſt geſtor= „ben; weil man ſagen kann: un uomo cadúto, ein gefallener „Menſch; una donna morta, eine geſtorbene Frau. — Kann „aber das Particip mit einem Hauptworte nicht verbunden werden, „ſo wird das (mittlere) Zeitwort mit avére conjugirt; daher ſagt „man: io ho dormito, ich habe geſchlafen; ella ha tremáto, ſie „hat gezittert; weil man nicht ſagen kann: un uomo dormito, ein „geſchlafener Mann, oder una donna tremáta, eine gezitterte „Frau.« Dieſe Regel iſt allgemein richtig, jedoch iſt der Gebrauch der beſte Lehrer.

II. Von den Zeitwörtern im leidenden Zuſtande (de' verbi passivi).

§. 314. Die italieniſche Sprache hat eigentlich an und für ſich kein paſſives Zeitwort, um aber doch einem Zeitworte eine paſſive Bedeutung

10*

zu geben, so pflegt man dessen Mittelworte der vergangenen Zeit das Hilfszeitwort *essere* vorzusetzen, wie im Deutschen, wo es vermittelst des Hilfszeitwortes w e r d e n gebildet wird, als: io sono amáto, ich w e r d e g e l i e b t. (Siehe die Conjugation hierüber, S. 116, 117.)

§. 315. Im Italienischen richtet sich das p a s s i v e P a r t i c i p nach dem Geschlechte und der Zahl des leidenden N o m i n a t i v s, und das thätige Subject, von dem die Handlung a b h ä n g t, oder durch wel= ches dieselbe v e r u r s a c h t wird, nimmt das Casus-Zeichen *da*, oder auch oft das Vorwort *per* vor sich, z. B. wenn wir folgende active Sätze: Scipione distrusse Cartágine, S c i p i o z e r s t ö r t e K a r t h a g o; Anníbale sconfisse più volte i Románi, H a n n i b a l s c h l u g m e h r e r e M a l e d i e R ö m e r; Introdurre alcuno, J e m a n d e n e i n f ü h r e n; in p a s s i v e verwandeln, so wird es heißen: Cartágine fu distrútta *da* Scipione, K a r t h a g o w u r d e v o n S c i p i o z e r s t ö r t; i Románi furon più volte sconfitti *da* Anníbale, d i e R ö m e r w u r d e n ö f t e r s v o n H a n n i b a l a u f's H a u p t g e s c h l a g e n; essere introdotto *da* alcuno, oder *per* alcuno, v o n J e m a n d e n e i n g e f ü h r t w e r d e n. (Siehe Einleitung S. 5, Nr. 29, von dem l e i d e n d e n Zeitworte.)

§. 316. Anstatt *essere* werden oft vor dem p a s s i v e n P a r t i c i p in dessen e i n f a c h e n Zeitformen zierlicher venire, andare, restare, rimanere, stare gebraucht, um die D a u e r oder W ä h r u n g der Hand= lung ausdrucksvoller zu bezeichnen, als:

Vien lodato da tutti.	Er wird von Allen gelobt.
Venne accusata.	Sie wurde angeklagt.
Verránno biasimáte.	Sie werden getadelt werden.
Questa voce *va* posta prima.	Dieses Wort muß voran gesetzt werden.
Ne *restái* oder *rimási* maravigliáto, statt: ne *fui* maravigliátot.	Ich war ganz erstaunt darüber.
Essa non ne *restò* (*fu*) persuása.	Sie wurde nicht hiervon überzeugt.
I caválli *stanno* (*sono*) attaccáti alla carrózza (siehe §. 372).	Die Pferde sind an den Wagen gespannt.

§. 317. Vermöge einer ganz besonderen Eigenheit der Sprache kann in den d r i t t e n Personen im Singular und Plural das Passivum auch durch das t h ä t i g e Zeitwort ausgedrückt werden, wenn man diesem das Fürwort *si* vorsetzt, welches dem Zeitworte immer eine ganz passive Bedeutung gibt, eben so, als wenn es im eigentlichen Passiv stünde. Daher kann man eben so gut sagen:

La virtù è *amata* da pochi; oder: la virtù *si ama* (oder *ámasi*) da pochi.	Die Tugend wird von Wenigen geliebt.
I prémj *sono* (vengono) *amáti*, e le fa- tiche *sono* (vengono) *odiate*; oder:	Die Belohnungen werden geliebt, und die Arbeit wird gehaßt; oder:
Si ámano (*ámansi*) i premj, e *ódiansi* le fatiche.	Man liebt die Belohnungen und haßt die Arbeit.

Im Italienischen wird demnach das Zeitwort l e i d e n d durch die bloße Vorsetzung des Fürwortes *si*, welches in seiner Function mit dem deutschen m a n nicht für eins und dasselbe anzusehen ist, denn im Deut= schen steht das Wort der unbestimmten Persönlichkeit m a n als Nomina= tiv da; — im Italienischen hingegen wird das *si* nie als Nominativ gebraucht. — Daher kann in einem deutschen Satze, wo „man" als Nominativ steht, wohl auch ein Accusativ sich einfinden, als: man liest die Zeitung; allein im Italienischen *si legge* la gazzétta, ist la gazzétta als passiver Nominativ da, und si legge hat hier eben die passive Bedeutung, als sagte man: la gazzétta *è letta* oder *vien letta*, die Zeitung wird gelesen.

§. 318. Daraus folgt:

1) Daß das italienische, rückbezügliche Fürwort si (sich) nie, wie das deutsche man, die Stelle der ersten Endung vertritt *).

2) Daß durch die bloße Vorsetzung des si (si vede), die Bedeutung des Zeitwortes eben so leidend wird, als wäre selbes im eigentlichen Passiv da, nämlich: è veduto.

3) Daß, wenn der passive Nominativ vielfach ist, auch das Zeitwort mit si nothwendiger Weise vielfach sein muß, als:

Si *racconta* una cosa.	Man erzählt eine Sache.
Si *raccóntano* molte cose.	Man erzählt viele Sachen.

4) Daß ein solches Zeitwort mit si, wie alle rückbezüglichen Zeitwörter, in den zusammengesetzten Zeitformen nicht mit avére, sondern mit éssere construirt werden muß, als:

Se *si è detto* questo, und nicht: se si ha detto.	Ob man dieses gesagt habe.
Se *si fossero* lette le lettere, und nicht: se si avessero letto.	Wenn man die Briefe gelesen hätte.

§. 319. Die Redensarten, wo im Deutschen das Wort man (im Französischen das on) mit einem persönlichen Fürworte oder Hauptwort im Accusativ zusammentrifft, oder das Fürwort si im Italienischen eine rückbezügliche Bedeutung erhält, müssen im Italienischen immer durch den eigentlichen Passiv mittelst essere oder venire gegeben werden, als:

Sono già conosciúti, und nicht: se li conósce già.	Man kennt sie (die Brüder) schon.
Il fratello è, oder vienlodáto, und nicht: il fratello si loda.	Man lobt den Bruder.

§. 320. Auch sogar in dem Falle, wo das Wort man mit einem persönlichen Fürworte im Dativ zusammentrifft, wird, dem Genius der italienischen Sprache gemäß, meistens der eigentliche Passiv gebraucht, als:

Mi è stato detto (statt mi si è detto).	Man hat mir gesagt.
Gliene fu mandato.	Man hat ihm davon geschickt.
Mi è stato rubáto tutto il mio danáro.	Man hat mir all mein Geld gestohlen.

§. 321. Das Fürwort si kann nie vor einem ohnedies rückbezüglichen Zeitworte stehen, weil dann zwei si (die zweimal dasselbe bezeichnen

---

*) Daher kommt es, daß man im Italienischen nicht sagen kann: *se lo* loda, man lobt ihn, *se la* vede, man sieht sie; weil lo, la nie als Nominativ stehen können, sondern in solchen Fällen muß der active Satz in den passiven verwandelt und gesagt werden: egli è oder vien lodato, er wird gelobt; ella è veduta, sie wird gesehen.

würden) zusammenkämen; so dürfte z. B. man irret sich, man betrügt sich, man schmeichelte sich, im Italienischen nicht durch
si si sbaglia, si s'ingánna, si si lusingáva, ausgedrückt werden, sondern der Satz müßte geändert, und das deutsche man durch eine schick-
liche erste Endung (Nominativ), uno, talúno, altri, l'uomo, noi,
oder auf andere Art gegeben werden, z. B.: *uno si sbaglia, altri s'inganna, l'uomo si lusingáva, noi ci lusinghiámo, taluno si lusínga,
taluni si lusingano, si è sólito d'immaginársi.* — Wenn das Wort
man durch Jemand gegeben werden kann, so setzt man auch alcuno,
z. B. wenn man uns sähe, oder: wenn uns Jemand sähe,
se alcúno ci vedesse.

III. Von den rückbeziehlichen oder rückwirkenden Zeitwörtern (de' verbi riflessi o reciproci).

(Siehe Einleitung S. 6, und die Conjugation S. 118.)

§. 322. Der Infinitiv der italienischen rückbeziehlichen Zeitwörter
führt immer das rückbeziehliche Affisso *si* als Anhängsel mit sich, als:
rallegrár*si*, sich erfreuen, affligger*si*, sich betrüben, welche so
viel heißen, als: *rallegráre, affíggere se medésimo.*

§. 323. Im Italienischen werden die rückbeziehlichen Zeitwörter
als leidend betrachtet, und werden daher in den zusammengesetzten
Zeitformen immer mit éssere construirt. Selbst active Zeitwörter, wenn
sie ins rückbeziehliche Verhältniß kommen, müssen auch éssere annehmen;
man muß also sagen: *mi sono* dolúto, ich habe mich betrübt; *ci
siámo* rallegráti, wir haben uns erfreut; egli *s'era* fatto coronáre, und nicht: egli *s'avea* fatto coronáre, er hatte sich krö-
nen lassen.

§. 324. In verneinenden Fällen wird das Affisso im Imperativ
immer vorgesetzt, als: non *ti* maravigliáre — non *se ne* maravigli —
non *vi* maravigliáte, non *si* maraviglino; auch beim verneinenden
Gerundio hat Tasso es vorgesetzt, als: io non ho il modo *non mi
venéndo* ajuto da qualche parte; ich habe nicht die Mittel dazu, wenn
mir nicht von irgend einer Seite Hilfe kommt. (Vergleiche §. 188.)

§. 325. Die rückbeziehlichen Zeitwörter können ihre Affissi entweder
im Dativ zu sich nehmen (siehe §. 187), so, daß man sie in *a me, a te,
a lui, a noi, a voi* auflösen kann, und da können sie noch einen Accusativ der Sache bei sich führen, z. B.

Ella *si* è stracciáto il viso, d. i. *ella ha stracciato il viso a se stessa.*	Sie hat sich das Gesicht zerfleischt.
Eglino *si* sono fatto onóre, d. i. *hanno fatto onóre a se medésimi.*	Sie haben sich Ehre gemacht.
Voi *vi* (*a voi*) saréste reso la vita amára.	Ihr hättet euch das Leben verbittert.

Anmerk. Bei solchen rückbeziehlichen Zeitwörtern bleibt das Particip unverändert, wenn der Accusativ nachfolgt.

§. 326. Oder ſie haben ihre **Affissi** im Accuſativ bei ſich, als:

Ella non s'è ferita, d. i. *non ha ferito se stessa.*	Sie hat ſich nicht verwundet.
Essi si (*se stessi*) sono dirétti a luì.	Sie haben ſich an ihn gewendet.
Noi ci (*noi stessi*) siámo sciólti da questo intrigo.	Wir haben uns aus dieſem Handel herausgezogen.

Bei dieſen ſtimmt das **Particip** immer mit dem vorausgehenden Accuſativ überein. (Siehe §. 375.)

IV. Von den unperſönlichen Zeitwörtern (de' verbi impersonáli).

§. 327. Unperſönlich werden überhaupt alle die Zeitwörter genannt, welche das **Subject** oder die Perſon der Handlung **unbeſtimmt** laſſen. Sie werden deshalb auch blos in der dritten Perſon durch alle Zeiten gebraucht, weil dieſe fähig iſt, ein unbeſtimmtes Subject auszudrücken. Im Deutſchen werden ſie mit **man** und **es** ausgedrückt. Es gibt deren dreierlei:

1) Solche, die ihrem Begriffe nach gar keine Perſönlichkeit zulaſſen, und dies ſind unperſönliche Zeitwörter in **eigentlicher Bedeutung**, als:

pióve,	es regnet.	névica,	es ſchneiet.
grándina,	es hagelt.	tuóna,	es donnert.
lampéggia,	es blitzt.	géla,	es friert.
biſógna,	es iſt nöthig.	non occórre,	es iſt unnöthig.
accáde,	es trägt ſich zu.	basta,	es iſt genug.
impórta,	es iſt daran gelegen.	pare,	es ſcheint.
mi cale,	es iſt mir daran gelegen.	conviéne,	es ſchickt ſich.
fa d'uópo, fa di mestiéri, } es iſt nöthig.		fa caldo (§. 284),	es iſt warm.
		fa freddo,	es iſt kalt.

Dieſe werden in allen Zeiten und Arten in der dritten Perſon einfacher Zahl conjugirt.

2) Solche, welche ihrer Natur nach perſönliche thätige Zeitwörter ſind, die aber durch das Fürwort **si** zu unperſönlichen (im uneigentlichen Sinne) gemacht werden, als si dice, man ſagt; si crede, man glaubt; si discorréva, man ſprach; si è detto, man hat geſagt; si pretenderà, man wird behaupten. Das Fürwort si kann eben ſo gut vor als nach dem Zeitworte geſetzt werden; ſo kann man auch ſagen: dícesi, crédesi, discorrévasi, pretenderassi. (S. §. 317.)

3) Die dritte Gattung entſteht aus den rückbeziehlichen Zeitwörtern. Hier bleibt das Zeitwort ſelbſt immer unverändert in der dritten Perſon, und bekommt nur nach dem perſönlichen Verhältniſſe des Subjectes eines von den Affissi mi, ti, gli, ci, vi, loro, zu ſich. Dergleichen ſind:

mi accórre,	es trifft mir zu,	mi aggráda,	es behagt mir.
mi sovviéne,	ich erinnere mich,	mi accáde,	es geſchieht mir.
mi piáce,	es gefällt mir.		
mi rincrésce,	es thut mir leid.	ci rincrésce,	es thut uns leid.
ti rincrésce,	es thut dir leid.	vi rincrésce,	es thut euch leid.
gli rincrésce,	es thut ihm leid.	rincrésce *loro*,	es thut ihnen leid.

und ſo weiter in den übrigen Zeiten.

Capitel XXVII.

Von dem Gebrauche der Zeiten (de' tempi).

§. 328. *Presente.* Diese Zeit begreift Alles unter sich, was als gegenwärtig geschehend vorgestellt wird, und hat (wie im Deutschen) nur eine Form, als: egli sta bene, er befindet sich wohl.

§. 329. Man setzt oft das Presente an die Stelle der vergangenen Zeit, wenn man die Sache, die man vorträgt, dem Zuhörer möglichst zu versinnlichen und gegenwärtig zu machen sucht, als:

Tell *prende* con fermo volto la mira, *trae* la corda, il dardo *parte*, ecc.	Tell nahm mit festem Auge die Richtung, zog die Schnur an, der Pfeil flog dahin, ꝛc.

§. 330. Eben so häufig wird das Presente statt des Futuro gesetzt, als:

Dománi *parto* per Venézia, statt: *partirò.*	Morgen trete ich meine Reise nach Venedig an.

Das italienische Zeitwort hat, so wie die Zeitwörter der meisten übrigen, von der lateinischen abstammenden neueren Sprachen, eine fünffache vergangene Zeit, während die deutsche Sprache, so wie die übrigen von ihr abstammenden und mit ihr verwandten Sprachen des nördlichen Europa, wie die englische, holländische, dänische und schwedische, sämmtlich nur eine dreifache vergangene Zeit haben. Die italienische Conjugation ist daher in der Bestimmung der verschiedenen Zeiten genauer als die deutsche, wodurch die Rede mehr Bestimmtheit, und in dem erzählenden Vortrage mehr Abwechslung erhält.

§. 331. *Imperfetto.* Wenn Etwas, das in einer vergangenen Zeit geschehen ist, noch nicht völlig vergangen war, während etwas Anderes anfing und geschah, so wird es durch diese Zeit ausgedrückt, welche deshalb sehr treffend *il tempo pendente*, die schwebende Zeit, oder auch *presente di passato* genannt wird. Die zwei Begebenheiten müssen also gleichzeitig (simultánei) sein, und nicht die eine auf die andere folgen, z. B.

Piovéva quando io venni.	Es regnete, als ich ankam.
Mio fratéllo giúnse nello stesso tempo ch'io gli *scrivéva.*	Mein Bruder kam zu derselben Zeit, als ich an ihn schrieb.
Ciò accádde mentre io *stáva* in campágna.	Dies ereignete sich, während ich auf dem Lande war.

Im ersten Beispiele ist das Regnen, im Verhältniß zu dem Kommen betrachtet (als zu der Zeit meines Kommens noch dauernd, folglich noch nicht vergangen), als gegenwärtig anzusehen. Allein diese Gegenwart ist nur im Verhältniß zu etwas bereits Vergangenem Gegenwart; im Verhältniß aber zu dem Augenblicke der Erzählung ist sie Vergangenheit, u. s. w.

§. 332. Das *Imperfetto* bezeichnet überhaupt solche Handlungen oder Begebenheiten, die durch längere Zeit fortdauerten oder die man gewöhnlich zu thun oder zu wiederholen pflegte, als:

Passavám la selva tuttavia. *(Dant.)* | Wir gingen noch immer im Walde.
Egli *soléva* dire. | Er pflegte zu sagen.
Era, non è ancóra lungo tempo pas- | Unlängst lebte ein Deutscher zu Tre-
sáto, un Tedesco a Trivigi, il qua- | viso, welcher seiner Armuth wegen
le póvero uomo esséndo di portar | sich von einem Jeden, der es von ihm
pesi a prezzo *serriva* chi il *richie-* | verlangte, zum Lasttragen um den
déva, e con questo uomo di santis- | Lohn brauchen ließ, dabei wurde er
sima vita e di buona *era* tenúto da | allgemein für einen Mann von hei-
tutti, ecc. *(Bocc.)* | ligem und gutem Lebenswandel ge-
 | halten.

Beispiele: Intanto, mentre Solone *viaggiava*, grandi sedizióni si levárono fra i suoi cittadini. — Egli non diede ascolto agli amici, che lo
esortávano di volérsi fuggire. — *Corrèa* già l' anno tréntesimo séttimo, da
che Roma era edificata, e ne *avéa* Rómolo il regno. — Valério Pubbli-
cola *tenéva* sempre a tutti aperta la casa, nè *ricusáva* mai di ascoltare le
súppliche, e di soccorrere alla indigénze dei miserabili.

Man sieht, daß die Italiener sich zwei verschiedener Zeiten bedienen, um auszudrücken, daß eine Begebenheit noch nicht völlig vergangen war, während eine andere geschah, während der Deutsche Beides
durch eine und dieselbe Zeit ausdrückt; daher kann auch der Italiener sowohl den feinen Unterschied, der hier zwischen den beiden Graden des
Vergangenen Statt findet, als auch das Verhältniß derselben zu einander weit bestimmter bezeichnen als der Deutsche, welcher dafür nur Eine
Form hat.

§. 333. *Passato perfetto indeterminato* oder remoto, und *passato perfetto determinato* oder prossimo.

Wenn eine Begebenheit sich vollständig zugetragen hat, und schon
völlig vergangen ist, so wird die Zeit derselben *passato perfetto*,
die vollkommen oder völlig vergangene genannt, und im Italienischen auf zweierlei Art ausgedrückt, nämlich mit *fui* und *sono stato*.

Um den Gebrauch der zweiten halbvergangenen, und der
völlig vergangenen Zeit leichter zu fassen, müssen nachstehende
Bemerkungen vorausgeschickt werden.

§. 334. Die Zeit wird in gewisse Perioden eingetheilt, und somit
wird das Jahrhundert, das Jahr, die Jahreszeit, der Monat, die Woche, der Tag, wenn sie noch nicht vollendet sind, zur
gegenwärtigen Periode, wenn sie aber bereits vollendet sind, zur
vergangenen Periode, also zu einem von dem gegenwärtigen ge-
trennten Zeitabschnitte, gerechnet.

Auch können die Zeitepochen nach gewissen, merkwürdigen Begebenheiten der Geschichte bestimmt werden.

§. 335. Auf diesen Umstand nun nehmen die von der lateinischen ab-
gestammten Sprachen beim Gebrauche der beiden Zeiten des Völligvergangenen Rücksicht, indem sie das, was zur gegenwärtigen,
fortlaufenden Zeitperiode gehört, mit der völligvergangenen
Zeit, und das, was in einer bereits vergangenen oder unbestimmten
Zeitperiode geschah, mit der zweiten halbvergangenen Zeit anzeigen.

So z. B. rechnet man eine Begebenheit, die unmittelbar vorher oder so eben geschehen, den heutigen Tag, die laufende Woche, den laufenden Monat, das laufende Jahr oder Jahrhundert zur gegenwärtigen Periode, d. i. die mit der gegenwärtigen Zeit (in welcher die Begebenheit erzählt wird) noch im Zusammenhange steht. Nur eine solche Begebenheit wird durch die völligvergangene Zeit ausgedrückt, als:

Ho veduto l'Imperatrice; — questa mattina sono stato da lui; — hai avuto tempo di farlo oggi, questa settimana, questo mese, quest' anno; — dove siete stato fin adesso? — che cosa avete mai fatto? — quest' anno sono stato in villeggiatura; — egli è sortito di qui in questo punto; — in questo sécolo le scienze si sono di molto perfezionate.

In allen diesen Beispielen zeigt man durch die völligvergangene Zeit eine bestimmte Zeitperiode an, nämlich, daß die Zeit, wo die Begebenheit geschah, und die, wo sie erzählt wird, in einer und derselben Periode gedacht werden. — Weil nun diese Zeit eine so bestimmte Sphäre in der vergangenen Zeit hat, und eine nahe Vergangenheit vorstellt, so wird sie auch die bestimmte vergangene Zeit, il passato determinato, oder auch die Zeit des Nächstvergangenen, il prossimo passato, genannt.

§. 336. Eine Begebenheit hingegen, deren Zeit unbestimmt gelassen wird, wann sie vorfiel; ferner der gestrige Tag, die vergangene Woche, der vergangene Monat, das vergangene Jahr oder Jahrhundert, werden zu einer vergangenen, entfernten Zeitperiode, die nicht mehr zur gegenwärtigen gehört, gerechnet; — und eine solche Begebenheit, die entweder in einer unbestimmten, oder in einer so entfernten Zeit geschah, daß sie außer aller Verbindung mit der gegenwärtigen Zeitperiode, in welcher sie erzählt wird, steht, wird durch die zweite halbvergangene Zeit ausgedrückt, die deshalb auch die unbestimmte vergangene Zeit, passato indeterminato, oder die Zeit des Entfernteren, passato remoto, genannt wird, z. B.

Jeri vidi la Regina; — la settimana passata, oder il mese scorso partì da Vienna; — l'anno scorso feci un viaggio per l'Italia; — i Greci furon un tempo selvaggi; — fu già nella nostra città un cavaliere; — Giulio Césare conquistò le Gallie; — i Normáni assediárono Parígi.

Im ersten Beispiele wird jeri nicht zur gegenwärtigen Periode des heutigen Tages gerechnet; — im zweiten und dritten gehört la settimana passata, il mese, l'anno scorso auch nicht mehr zur Periode der noch dauernden Woche oder des gegenwärtigen Monats oder Jahres; — und in den vier andern Beispielen ist die Zeit unbestimmt gelassen; eine unbestimmt vergangene Zeit aber wird durch das passato indeterminato ausgedrückt, und deutet uns zugleich an, daß die Begebenheit schon in einer gewissen Entfernung, in einer Periode liegt, welche nicht mehr zur gegenwärtigen gehört.

Je nachdem ich also die Zeit, in welcher die vergangene Handlung geschehen ist, als eine noch dauernde, oder als eine schon vergangene Periode betrachte, muß ich mich des einen oder des andern *passato perfetto* bedienen. So z. B. werde ich sagen: sono *oggi* dieci anni, che *ho abbandonato* la corte, weil hier die Periode von zehn Jahren durch das gegenwärtige h e u t e als noch b a u e r n d betrachtet wird, obgleich die Handlung selbst schon vor zehn Jahren vollbracht ist. —— Im folgenden Satze muß ich hingegen sagen: jeri fúrono diéci anni, che *abbandonai* la corte, weil hier die Periode von zehn Jahren ge= stern wirklich verflossen war.

So kann ich auch sagen: *ho fatto* tutto quel che potéva per ser- virvi, weil hier die Periode, in welcher ich Etwas gethan habe, als n o c h d a u e r n d vorgestellt wird; —— will ich aber die Periode, in wel= cher ich für den Andern Etwas gethan habe, als u n b e s t i m m t, oder als ü b e r h a u p t v e r g a n g e n ankündigen, so muß es heißen: *feci* tutto quel che potéva per servirvi. Wer diesen Unterschied wohl gefaßt hat, dem wird es leicht sein, in vorkommenden Fällen richtig zu reden und zu schreiben.

§. 337. Zuweilen ist es willkürlich, ob man das *imperfetto* oder die zweite h a l b v e r g a n g e n e Zeit setzen will, als: si sa, che gli antichi Romani *avéano* (oder *ébbero*) gran virtù e gran vizj; —— avréte letto che gli Egizj *érano* (oder *fúrono*) molto super- stiziósi; denn in diesen und ähnlichen Fällen kann die Begebenheit entweder als in einer u n b e s t i m m t v e r g a n g e n e n Zeit geschehen, oder als eine solche, die durch l ä n g e r e Z e i t f o r t d a u e r t e, darge= stellt werden.

Aus all dem Gesagten ergibt sich:

1. Daß durch das *passato perfetto indeterminato* oder **remoto** jede V e r g a n g e n h e i t überhaupt, wenn sie nicht zu der Periode der Ge= genwart gehört, ausgedrückt werden kann, als: Egli *ebbe* la disgrázia di rómpersi una gamba; fui in Venézia nel tempo dell' última guerra; Césare fu ammazzáto nella Cúria di Pompejo.

Wenn in einer Erzählung z w e i oder m e h r e r e auf einander folgende Begebenheiten als völlig vergangen angeführt werden, und die Zeit, wann sie geschehen sind, u n b e s t i m m t gelassen wird, so werden alle durch das *passato indeterminato* ausgedrückt (vergleiche §. 331), z. B. *Riconóbbero* il loro torto e mi *chiésero* scusa. Mi *strinse* la mano e *partì*. L'anno che *morì* il Galiléo *nacque* il Newton. Er- cole *pugnò* con Antéo e lo *soffocò*. Alessándro *attaccò* Darío, lo *vinse* due volte, *fece* prigioniére la madre, la móglie e le figlie del medésimo.

2. Durch das *passato determinato* oder *prossimo* kann jede Ver= gangenheit, sie mag sehr nahe oder sehr entfernt sein, ausgedrückt wer= den, wenn sie nur mit der Gegenwart zu einer Periode gehört; daher kann man am Ende des Jahrhunderts, oder vom Anfange der christlichen Zeitrechnung, in welcher wir leben, sagen: Egli *ha vivúto* nel secolo, in cui siámo; nel princípio dell' era cristiána *sono vissuti* in Roma dottissimi uómini. Betrachtet man aber diesen Anfang als eine besondere Periode, so kann man auch eben so gut sagen: nel principio dell' era cristiána *vissero* in Roma dottissimi uómini; und so kann man sich in

allen Fällen, wo die Annahme der Zeitabtheilungen willkürlich ist, auch willkürlich der einen oder der andern Zeit bedienen.

3. Das *passato indeterminato* oder *remoto* drückt eine e n t = f e r n t e r e , zur gegenwärtigen Periode nicht gehörige — und das *passato determinato* oder *prossimo* eine n ä h e r e , zur gegenwärtigen Periode gehörige Begebenheit aus. — Wenn also von zwei sehr nahen Begebenheiten die Rede ist, so muß die e n t f e r n t e r e durch das *passato indeterminato* oder *remoto*, und die n ä h e r e durch das *passato determinato* oder *prossimo* ausgedrückt werden. In folgenden Beispielen werde ich demnach sagen müssen: *Questa mattina lo vidi in buóna salúte e adesso l'ho trováto ammaláto.* Es würde ein Fehler sein zu sagen: e adésso lo *trovái* ammaláto; aber gar widersinnig, wenn man die Zeiten folgendergestalt verwechseln wollte: questa mattina l'*ho veduto* in buóna salúte e adesso lo *trovái* ammalato, denn auf diese Weise würde man das N ä ch st v e r g a n g e n e durch die Zeit des E n t f e r n t e r e n , und das E n t f e r n t e r e durch die Zeit des N ä ch st v e r g a n g e n e n bezeichnen, also Gegenstand und Ausdruck in Widerspruch setzen. — Wollte man dennoch das E n t f e r n t e r e durch die Zeit des N ä ch st v e r g a n g e = n e n (prossimo) bezeichnen, so müßte man die n ä ch st e Begebenheit bis in die Gegenwart (presente) vorrücken; und so könnte man allerdings sagen: questa mattina l'*ho vedúto* in buóna salúte, e adesso lo *trovo* ammalato.

In allen diesen und ähnlichen Fällen kann man nie das *Imperfetto* gebrauchen, weil von keiner Begebenheit die Rede ist, die l ä n g e r fortgedauert hätte.

§. 338. Wenn wir von einer völlig vergangenen Begebenheit reden, und eine andere völlig vergangene Begebenheit ausdrücken wollen, die sich v o r d e r s e l b e n zugetragen hatte, so bedient man sich des *Primo passato perfetto anteriore*, wie z. B.

Temistocle fu esigliáto da quella patria medésima, che egli *aréa salváta* col suo valóre e colla sua avvedutézza.	Themistokles wurde aus eben demselben Vaterlande verwiesen, welches er mit seiner Tapferkeit und Einsicht gerettet hatte.
Quando arrivò la tua léttera, mio fratéllo *era partito*.	Als dein Brief ankam, war mein Bruder schon abgereist.

Man nennt diese f r ü h e r v e r g a n g e n e Z e i t auch *Passato imperfetto anteriore*, weil sie mittelst des Imperfetto der Hilfszeitwörter avére und éssere gebildet wird.

§. 339. Eine solche früher geschehene Begebenheit kann auch durch das *2do passato perfetto anterióre* ausgedrückt werden, sobald man ihm eines der Bindewörter: appéna, tostochè, subitochè, dopochè, poichè, allorchè, quando, vorsetzt, ohne welche es sonst nie gebraucht wird, z. B.

Temistocle *dopochè ebbe salváto* la pátria, ne fu bandito.	Nachdem Themistokles das Vaterland gerettet hatte, wurde er daraus verbannt.
Poco *dopochè fui arriváto* in Roma, ricevétti la tua léttera da Venezia.	Kurz nachdem ich in Rom angekommen war, erhielt ich deinen Brief von Venedig.

Tostochè egli *ebbe intéso* la nuova.	Sobald er die Neuigkeit gehört hatte.
Appéna ebbi ricevuto la tua léttera, che tuo fratéllo arrivò.	Kaum hatte ich deinen Brief erhalten, als dein Bruder eintraf.

Anmerk. Wenn aber die folgende Begebenheit nicht als unmittelbar nach der ersten geschehend vorgestellt wird, so bedient man sich lieber des *Primo passato perfetto anterióre*, wie im §. 338.

§. 340. Das *Condizionale presente* und *passato* werden dann gesetzt, wenn das Zeitwort mit einem Bindeworte, welches eine Bedingung ausdrückt, verbunden ist.

In allen Fällen, wo etwas Bedingtes durch eine Bedingung als ungewiß gesetzt wird, stehen das *Condizionale presente* als bedingend, und das *Correlativo presente* als bedingt in Wechselbeziehung auf einander, und es ist gleichgültig, ob der bedingende Satz dem bedingten, oder dieser jenem vorgeht, z. B.

S'egli *fosse* un po' più cortése, *avrebbe* molti amici.	Wenn er ein wenig gefälliger wäre, würde er viele Freunde haben.
Lo *faréi*, se *potéssi*.	Ich würde es thun, wenn ich könnte.

§. 341. Wenn wir nicht von der Gegenwart, sondern von der Vergangenheit reden, daß nämlich Etwas sich zugetragen haben würde, wenn eine gewisse Bedingung in Erfüllung gegangen wäre, so bedient man sich des *Condizionale passato* und des *Correlativo passato*, z. B.

Sarébbero stati più cauti, se *fossero stati* avvertiti.	Sie würden vorsichtiger gewesen sein, wären sie gewarnt worden.
Sarébbe stato dispensáto, se *l'avésse richiésto*.	Er würde frei gesprochen worden sein, wenn er es begehrt hätte.

§. 342. So oft das *Condizionale passato* und das *Correlativo passato* zusammenkommen, so können sie durch das *Imperfetto* ersetzt werden, z. B.

Se lo *sapeva* jeri, io *veniva* sicuramente.	statt: se l'*avéssi saputo* jeri, saréi venuto sicuramente.
Io ve lo *dava*, se l'*avéra*.	— ve l'avréi dato, se l'avéssi avuto.

§. 343. Das *Condizionale presente* wird noch gesetzt, wenn ein Wünschen in ausrufender Form ausgedrückt wird, z. B. O *potessi* io sapére i vostri sentiménti! O *potéssi* venir anch'io! O *avéssi* danari! und wenn ein anderes Zeitwort darauf folgt, so steht es auch im *Condizionale presente*, als: *Volésse* Iddío che non *ritornasse* mai più.

§. 344. Wenn aber der Wunsch nicht in ausrufender Form ausgedrückt wird, so setzt man das *Correlativo presente*, als: Vorréi vederlo; v'accompagneréi volentiéri a Firénze; non sapréi dirlo; scommetteréi tutto, che la cosa non andrà bene.

Dergleichen wünschende Redensarten sind elliptisch, denn eigentlich sollten sie so lauten: *vorrei vedérlo — se potessi; v' accompagneréi volentiéri — se avéssi tempo; non sapréi dirlo — se dovéssi, ecc.* Daher kommt es, daß, wenn ein anderes Zeitwort darauf

158 §§. 345—349. Von dem Gebrauche der Sprech-Arten.

folgt, daſſelbe im *Condizionale presente* ſtehen muß, als: **Vorréi trovare uno, che m'accompagnásse**; **vorréi un segretário, che sapesse la lingua italiana.**

§. 345. Das *Correlativo passato* wird allein gebraucht, wenn man eine Begebenheit, welche auf eine vorhergehende erſt folgen ſoll, als ungewiß vorſtellt, z. B.

Ha promesso di mandármi le mercanzie súbito che le *avrèbbe ricevúte.*	Er hat mir die Waaren zu ſchicken verſprochen, ſobald er ſie erhalten haben würde.
Ha promésso di scrivermi súbito che *sarébbe arriváto* **in Londra.**	Er hat mir zu ſchreiben verſprochen, ſobald er in London angekommen ſein würde.

§. 346. Die Italiener haben auch eine zweifache künftige Zeit (due futuri).

1. Die einfache, welche anzeigt, daß Etwas ſein oder geſchehen wird, als: **tuo fratéllo** *arriverà* **dománi**, dein Bruder wird morgen ankommen.

2. Die vergangen künftige Zeit, welche anzeigt, daß Etwas erſt dann vor ſich gehen wird, wenn etwas Anderes, was auch noch nicht iſt, ſchon geſchehen und vollbracht ſein wird, z. B.

Tostochè avrò ricevuto danári, vi pagherò il mio conto.	Sobald ich werde Geld erhalten haben, werde ich euch meine Rechnung bezahlen.

Capitel XXVIII.
Von dem Gebrauche der Sprech-Arten (de' modi).

§. 347. Es ſind vier Sprech-Arten bei einem Zeitworte, nämlich: drei beſtimmte, als: die anzeigende, die verbindende und die gebietende Art (*indicativo, congiuntivo, e imperativo*), und eine unbeſtimmte Art (*infinitivo*).

A. Von dem Gebrauche der anzeigenden Sprech-Art (del modo indicativo o dimostrativo).

§. 348. Die anzeigende Art wird in allen Fällen geſetzt, wo das, was geſagt wird, wirklich, beſtimmt und gewiß iſt, z. B. **Piétro è** *venúto* **questa mattina;** **tuo cognáto non** *verrà*; **il tempo si** *muterà*; **la cosa è** *successa*, **come io la** *predissi*.

§. 349. Im Italieniſchen wird nach der Conjunction *che*, daß, immer die anzeigende Art geſetzt, wenn dem Satze, in welchem che vorkommt, ſolche Zeitwörter vorangehen, die eine Sache als beſtimmt, zuverläſſig und gewiß ankündigen, z. B.

Io so, che tu non *sei stato* **da me. M'assicuráva, che l'opera** *era* **di mano maéstra. Sono persuaso, ch'egli** *ha* **torto. Ti giúro, che non gli** *ho detto* **niente. Sono convínto, che non mi** *tradisce*.

§. 350. Die anzeigende Art wird ebenfalls nach solchen Binde=
wörtern gesetzt, welche eine Handlung bestimmt, gewiß und zu=
verlässig ankündigen; dergleichen sind:

allorchè,	da, als,	non pertanto,	deß ungeach=tet,	mentrechè,	unterdessen, während.
come,	wie,	perciò,	deswegen,	intantochè,	so lange bis.
così,	also,	però,	{ deshalb, jedoch,	onde,	weswegen.
dacchè,	seit,	poichè,	weil,	perchè,	weil, warum?
dimodochè,	so daß,	quando,	als, wenn,	tuttavia,	doch, dennoch.
dopochè,	nachdem,	se,	{ wofern, wenn,	tostochè,	sobald als.
frattanto,	unterdessen,	sebbéne,	obwohl,	stantechè,	indem.
giacchè,	weil,	sicchè,	so daß,	siccome,	gleichwie.

3. B. *Frattantochè* egli *stava* a pranzo, gli fúrono rubáti due cavǎlli.
Mentre che io *parlo*, il tempo passa. *Mentrechè* la fortúna gli *menò* in questa
guisa, avvénne *che* il Re di Francia *morì*. Gli paréva di star male, ma
non pertánto era conténto. Vorréi sapére, *perchè non venite* più da me.
Non posso venire, *perchè ho* da fare. Egli è galant' uomo, *perciò credéte-
gli* tutto ciò che vi dirà. Ogni cosa perdúta si può ricoveráre, ma la vita
no: *però* ciascúno *dèe* esser di quella buón guardiáno. *Benchè* tutti lo *dicano*, io *però* non lo *credo*. Ora, *poichè* Dio mi *ha fatto* tanta grázia, io
morrò contento. Quantúnque da molti médici sia stato consigliáto d'usár
certi bagni, *pure* non *l'ho volúto* fare. *Se* non *m'ingánno*, lo vidi l'altra
sera. *Sebbéne* l'odore di questo sugo *offénde*, non *perciò núoce* alla salúte.
Tostochè io *potrò*, verrò.

B. Von dem Gebrauche der verbindenden Sprech-Art (del modo congiuntivo).

§. 351. Die verbindende Art wird in allen Fällen gesetzt, wo
das, was man sagt, als noch ungewiß, zweifelhaft oder bedin=
gungsweise angegeben wird; in dergleichen Fällen steht dann gewöhn=
lich vor dem Zeitworte eine der Conjunctionen:

che,	daß.	avvegnachè,	obwohl, obschon.
acciocchè, }		finchè,	bis.
affinchè, }	damit, auf daß.	sinattantochè,	so lange bis.
benchè, }		quantúnque,	obwohl.
ancorachè, }	obwohl, obschon.	purchè,	wenn nur.

oder eine der conjunctiven Redensarten:

dato che, }	gesetzt, daß.	prima che,	bevor als.
posto che, }		bisógna che,	es ist nöthig, daß.
in caso che,	im Falle, daß.	Dio fáccia che,	Gott gebe, daß,
avanti che,	bevor als.	vóglia Iddio che,	wollte Gott, daß.

3. B. Desídero, *che* lo facciáte presto. Temo *che* pióva questa sera.
Spero, *che* la cosa mi riésca. Bisógna *ch'io* stesso ci vada. Lo dice, *acciocchè* non diáte a me la colpa, ed *affinchè* sappiáte, quanto si possa spe-
rár da lui. *Benchè* sia difficile, bisógna però vincere se stesso. Il conte,
avvegnachè oder *ancorachè* fosse molto spaventato, prese l'ardire. Aspettáte,
finchè io torni. *Sinattantochè* io non ábbia finito il mio lavóro. Verrò, *purchè* non piova. *Postochè* egli muója. *In caso che* non fosse in casa. *Datochè*
sia così. *Primo che fáccia* notte. *Dio fáccia che* tutto vada bene. *Comúnque*
sávio sia il consiglio, che avéte preso. *Basta ch'io sáppia*. *Bisogna ch'io
faccia*.

§. 352. Die verbindende Art steht ferner noch nach dem relati=
ven Fürworte che, wenn es auf einen Superlativ folgt, z. B.

Il più bel quadro, *che sia* in Roma. Il più brav' uomo, *ch'io àbbia*
mai conosciúto. La figura la più ridicola, *che si possa* vedére.

Eben so kommt auch die verbindende Art zu stehen nach den be=
ziehenden Fürwörtern che, il quale, chi, cui, wenn sie dem Subjecte
die Handlung als noch zweifelhaft, und im Erfolg ungewiß beile=
gen, z. B.

A ciò si vuóle un uómo, *che àbbia* delle cognizióni. Non troverete *chi
lo faccia*. Non ho nissúno, *in cui possa* fidarmi. Mostrátemi uno, *che non
àbbia* mai commésso un fallo.

§. 353. Die verbindende Art steht gleichfalls in solchen Redens=
arten, welche im Deutschen durch die anzeigende Art der Zeitwörter sol=
len und mögen gegeben werden, z. B.

Si dà per sicúro, che la pace *sia* fatta.	Man sagt für gewiß, daß der Friede ab= geschlossen sein soll.
Si dice, che al Reno *sia* stata una gran battáglia.	Man sagt, am Rhein soll eine große Schlacht vorgefallen sein.
Ne *succéda* quel che vuóle.	Es mag geschehen, was da will.
Per bella che *sia*, non mi piáce.	Sie mag noch so schön sein, sie gefällt mir nicht.
O *vegli* o *dorma*, bisógna ch'io gli parli.	Er mag wachen oder schlafen, so muß ich ihn doch sprechen.
Non v'è uómo, per dotto che *sia*, che sáppia tutto.	Es ist Niemand, er mag noch so gelehrt sein, der Alles weiß.

C. Von dem Gebrauche der unbestimmten Sprech=Art (del modo infinitivo, indeterminato).

§. 354. Obwohl das Zeitwort in der unbestimmten Sprech=
Art immer unverändert den nämlichen Ausgang beibehält, so wird es
doch oft als Hauptwort gebraucht und vertritt als solches (wie das ihm
entsprechende Hauptwort) bald die Stelle des Subjectes (nominativo),
bald des Objectes (accusativo), bald steht es ohne, bald mit dem Ar=
tikel; kann ganz ohne Vorwort stehen, oder nach Erforderniß di, a, da,
in, con, per, tra, ecc. vor sich nehmen, z. B.

L'*invidiáre altrúi* è cosa vile e ver- gognósa.	Es ist niedrig und schändlich Andere zu beneiden.
Il *vivere* è cosa dolce.	Das Leben ist süß.
L'*esser sano* è cosa desideráble.	Die Gesundheit ist wünschenswerth.

Hier sind die Infinitive so gut Subjecte (nominativi), als
es die Hauptwörter: l'invídia, la vita, la sanità, denen sie entsprechen,
sein würden.

§. 355. Und somit kann der Infinitiv (als Hauptwort ange=
sehen) in allen Endungen (casus) stehen und fast alle Vorwörter vor sich
nehmen (siehe §. 129), als:

Io non parlo *del non volére*.	Ich spreche nicht vom nicht Wollen.
Comandò, che ciascúno s'andasse *a riposare* (cioè: *al riposo*).	Er befahl, daß ein Jeder sich zur Ruhe begebe.

Col gittár sassi fúrono sbaragliáti gli uccélli.	Die Vögel flogen auseinander, weil man Steine unter sie warf.
Con donáre a' più grossi speráva perdono.	Er hoffte Gnade dadurch zu erhalten, daß er den Mächtigsten Geschenke darbrachte.
Quella state consumáva *in viaggiare.*	Jenen Sommer brachte er auf Reisen zu.
Tutto l'essere dell' uómo consiste *nell' amáre* Dio ed il próssimo.	Das ganze Wesen des Menschen besteht in der Liebe zu Gott und dem Nächsten.
Avanti, dopo desináre oder avanti, dopo d'aver desináto.	Vor — nach dem Mittagsessen.

§. 356. Wenn in einem Satze zwei Zeitwörter zusammentreffen, so steht eines derselben im Infinitiv; und dieser steht dann entweder allein ohne Vorwort, oder nimmt eines der Vorwörter di, a, da, per, senza, ecc. vor sich.

Di.

§. 357. Wenn ich sage: desidero *vedér* nei gióvani un' onésta emulazióne, ich wünsche bei den Jünglingen einen anständigen Wetteifer zu sehen, so ist der Infinitiv vedére sammt den andern Hauptwörtern, die von ihm regiert werden, als das wahre Object meines Wunsches zu betrachten, weil ich fragen kann: wen oder was wünsche ich zu sehen? 2c.

Man könnte aber auch sagen: desidero *di vedére,* und so hätten wir einen Infinitiv mit di (so viel als einen Genitiv); in diesem Falle ist dann das Object meines Wunsches nicht mehr der Infinitiv *vedére,* sondern ein darunter verstandenes Hauptwort, zu dessen näherer Bestimmung eigentlich der Infinitiv di dasteht, so daß es das Nämliche ist, als wenn man sagte: desídero *la fortúna,* oder *il piacere,* oder *la consolazione* di vedére nei gióvani un' onesta emulazióne (vergleiche §. 144), denn hier frage ich: wen oder was wünsche ich? das Glück oder das Vergnügen; was für ein Glück oder Vergnügen? zu sehen, 2c.

Eben so kann ich sagen: desídero, brámo, mi piáce, temo, spero, godo, m'increce *di far* la tal cosa, weil hier *l'occasióne, l'incóntro, l'obbligo,* ecc. di farla darunter verstanden wird. (Vergleiche §. 144.)

Beispiele.

Bisógna *ritornáre.* Questo si chiáma *dormire.* Dovréste *saperlo.* Non gióva *dirlo.* Lasciátelo *venire.* Potéte *vedérlo.* Mi sento *morire.* Udii *cantáre.* Vidi *cascárto* per terra. Voléte *mangiáre?* Oso dire. Non occórre *andárvi.* Non saprei *dirlo.* Sembra *maravigliársi.* Egli suól *far* cosi. Non ardisco *farlo.* Questa condotta mi fa *vedére.* Basta *saperlo.* — Credo *avérlo.* Non nego *avérlo fatto.* Mi sovviéne *avérlo* veduto. Spero *riavérlo.* Mi piáce *dirvelo.* Die letzteren fünf Infinitive werden noch richtiger mit di construirt; als: credo *di* avérlo, non nego *di* avérlo fatto, ecc.

Das Vorwort di wird dem Infinitiv vorzüglich nach den Zeitwörtern vorgesetzt, welche ein Bitten, Wünschen, Hoffen, Fürchten, Gefallen, Erlauben, Befehlen, Verbieten, Rathen, Versprechen, Aufhören, Wundern, Erfreuen, Versichern ausdrücken, als:

11

Vi prego *di* non dirlo a nessúno. Spero *di* ritornár dománi. Temo *di* offenderlo. Mi piace *di* avérlo veduto. Permettétemi *di* dirvi. Vi comándo *di* restituirgli súbito la sua roba. Mi proibiva *di* toccárlo. Desidero *di* vedérvi felice. Vi consíglio *di* stare in casa. Un affáre m'impedísce *di* venire. Vi prometto *di* riportárvelo dománi. Affrettátevi *di* ritornár presto. Ha cessáto *di* pióvere.

§. 358. Es gibt Fälle, wo im Italienischen zwei Sätze, deren einer mit dem Bindeworte che construírt werden könnte, in einen sich zusammenziehen lassen, indem man che nach Art der Lateiner wegläßt, wo dann das Zeitwort in den Infinitiv, und das Subject in den Accusativ zu stehen kommt. Diese Zusammenziehung der Sätze durch den Infinitiv ist vorzüglich bei alten Schriftstellern sehr häufig. So findet man z. B.

Tutti concédono, *la virtù éssere* necessária alla felicità.
Il che Fineo vedéndo certíssimamente conóbbe, *lui éssere* il figliuólo che perdúto avéa.
All' amico significò, *lei ésser* in ottimo stato ritornáta.
Veggiámo *i buói ésser* dal giógo disciólti.
Stimándo l'*inclinazióne* più nel figlio *potére* che l'império paterno.
Rispósero lietamente, *se éssere* apparecchiáti.

Man könnte eben so gut sagen: tutti concédono *che la virtù* è necessária alla felicità; il che Fineo vedéndo certíssimamente conobbe, *ch'egli era* il figliuólo, che perdúto avéa; all' amico significò *ch'ella* è ritornata in ottimo stato; veggiámo *che i buói sono* dal giogo disciólti; stimándo *che l'inclinazióne* più nel figlio *possa*, che ecc.; rispósero lietamente, *ch'essi erano* apparecchiáti.

Hier hängt es von der Willkür eines Jeden ab, das zu thun, was er für besser findet.

A.

§. 359. Der Infinitiv nimmt das Casus-Zeichen a vor sich nach allen Zeitwörtern, welche eine Absicht, ein Streben nach Etwas, eine Richtung, oder irgend eine Art von Annäherung, Bewegung zu einem Orte oder Ziele hin (siehe §. 37), eine Anlage oder Geschicklichkeit zu Etwas, ein Anfangen oder Lernen ausdrücken, z. B.

Io vado *a* passeggiáre.	Ich gehe spazieren.
Mandiámo *a* dire.	Lassen wir sagen.
Viene *a* ritrovár l'amico.	Er kommt, den Freund zu besuchen.
Mandáte *a* préndere.	Lasset holen.
Ritórna *a* far la stessa cosa.	Er thut wieder das Nämliche.
Mettétevi *a* sedére.	Setzet euch.
Comincia *a* far giórno.	Es fängt an zu tagen.
Imparái allóra *a* ballare.	Ich lernte damals tanzen.
Insegnátemi *a* dipingere.	Lehret mich malen.
Lo invitò *a* pranzare.	Er lud ihn zum Mittagsessen ein.

Anmerk. Die Infinitive mit *a* sind als wahre Dative zu betrachten, eben so wie die Hauptwörter in folgenden Beispielen: Andrà *alla* cáccia; lo manderà *al* fratello; s'ápplica *alla* lettúra; ritórna *a* casa, ecc. (Siehe §. 37.)

§. 360. Nach den Zeitwörtern *essere* und *stare* bekommt der Infinitiv immer *a* vor sich, wenn er den Zustand der Ruhe und des Aufenthaltes anzeigt. (Siehe §. 45.)

Io credo, che sien tutte *a* dormire.	Ich glaube, daß schon Alle schlafen.
Sono tutti *a* divertirsi.	Alle unterhalten sich jetzt.
Egli è *a* imparár la sua lezióne.	Er lernt nun seine Lection.
Sta *a* sedére; sta *a* udire.	Er sitzt; er hört zu.

Da.

§. 361. Das Vorwort *da* wird dem Infinitiv vorgesetzt, wenn dieses einen Zweck, eine Tauglichkeit oder Bestimmung zu Etwas bezeichnet (siehe §. 139), z. B.

Portate *da* sedére.	Bringet Etwas zum Sitzen.
Avréte molto *da* pensare.	Ihr werdet viel zu denken haben.
È *da* supporre, è *da* temére.	Es ist vorauszusehen, zu fürchten.
Non ha *da* vivere, *da* sostenérsi.	Er hat nichts zu leben.

§. 362. Nach *avére*, wenn es so viel als sollen oder müssen bedeutet, wird der Infinitiv mit *da* gesetzt (siehe §. 285), z. B.

Avéte *da* farlo così.	Ihr müsset es so machen.
Aver *da* dire, *da* andare.	Sagen, gehen müssen.

Diese Beispiele sollten eigentlich lauten: dovéte farlo così, ecc.

Anmerk. Nach einigen Beiwörtern bedient man sich der Vorwörter *da* oder *a* fast ohne Unterschied, dergleichen sind: buono, bello, soave, fácile, difficile, piacévole, ecc. als: non è buono *da* (oder *a*) mangiare, bello *da* (*a*) vedersi; soave *da* (*a*) udirsi; fácile *da* (*a*) fare; difficile *da* (*a*) crédersi; un libro piacévole *da* (*a*) léggere, ecc.

Per.

§. 363. Das Vorwort *per* wird dem Infinitiv vorgesetzt, um die Ursache, warum, und den Zweck, zu welchem Etwas geschieht, anzudeuten (siehe §. 52), z. B.

Fece ogni sforzo *per* riuscirvi.	Er that sein Möglichstes, um es durchzusetzen.
Egli è morto gióvine *per* non éssere stato regolato.	Er ist jung gestorben, weil er sich an keine Ordnung hielt.

§. 364. *Per* wird auch noch gesetzt, um eine Fähigkeit zu Etwas zu bezeichnen, z. B.

Egli non è uómo *per* fare un' azióne cattiva, oder auch da fare, ecc.	Er ist nicht der Mann, der einer schlechten Handlung fähig wäre.
Siéte troppo vécchio *per* potérvi andár a piédi.	Ihr seid zu alt, um zu Fuß dahin gehen zu können.

§. 365. Der Infinitiv mit *per* nach den Zeitwörtern *éssere* und *stare* bildet auch eine Art naher künftiger Zeit, und zeigt an, daß Etwas sehr bald geschehen werde, z. B.

Egli sta *per* morire.	Er ist dem Tode nahe.
Ella è *per* partire.	Sie ist im Begriffe abzureisen.

11*

Senza.

§. 366. Nach *senza* steht immer der Infinitiv ohne ein Vor=
wort, z. B.

Se n' è andáto *senza* dirmi una paróla. | Er ist fort, ohne mir ein Wort zu sagen.

§. 367. So auch nach *dopo, dove, ove, donde*, und nach den
Fürwörtern *chi, cui, che*, in welchen Fällen man im Deutschen den
Infinitiv nicht setzen kann, sondern die Handlung durch eine bestimmte
Zeitform ausdrücken muß.

Dopo avér mangiáto, egli se n' è andáto senza pagare (ober *dopo d' avér*).	Nachdem er gegessen hatte, ging er fort ohne zu zahlen.
Non so *dove* trovárlo.	Ich weiß nicht, wo ich ihn finden soll.
Non trovo luógo, *ove* nascóndermi.	Ich finde keinen Ort, um mich zu verbergen.
Non hanno *d' onde* vivere.	Sie haben nichts zu leben.
Qui è questa cena, e non saria *chi* mangiárla.	Hier wäre nun das Abendmahl, und Niemand da, es zu verzehren.
Non sa *a cui* raccomandársi.	Er weiß Niemanden, dem er sich empfehlen könnte.
Non so *che* fare, nè *dove* andáre.	Ich weiß nicht, was ich thun, noch wohin ich gehen soll.

Capitel XXIX.
Von dem Gebrauche der Mittelwörter (dei participj).

§. 368. Die Italiener haben eigentlich nur zwei Mittelwörter,
nämlich: das der gegenwärtigen Zeit, als: amánte, duránte, sopravvegnénte, proveniénte, compiacénte, ecc. und das der vergangenen Zeit, als: amato, creduto, dormito.

Was das Mittelwort der künftigen Zeit anbelangt, so haben sich nur
einige wenige aus dem Lateinischen, jedoch als bloße Beiwörter, aber mit
dem Nebenbegriffe des Zukünftigen, im Italienischen erhalten, diese sind:
futúro, künftig; ventúro, was kommen wird; reditúro, was
wiederkehren wird. (Siehe §. 365.)

I. Von dem Mittelworte der gegenwärtigen Zeit.

§. 369. Das Mittelwort der gegenwärtigen Zeit hat im Italienischen bei den meisten Zeitwörtern keinen guten Laut, es ist daher in dieser
Sprache sehr wenig im Gebrauche, und nur noch in folgenden wenigen
Redensarten beibehalten:

Duránte la guerra.	Während des Krieges.
Vivénte mio padre.	Bei Lebzeiten meines Vaters.
Dio permetténte.	Mit Zugebung Gottes.
Una donna dormiénte.	Eine schlafende Frau.
Ciò non ostánte.	Dem ungeachtet.
Una piánta provegnénte dall' América.	Eine Pflanze, die von Amerika herkommt.

In der Umschreibung bedeuten erstere Redensarten: mentre durava
la guerra — mentre vivéa mio padre — se Dio permette — una

donna che dormiva; heut zu Tage setzt man insgemein statt dieses Mittelwortes lieber das *Gerundium* mit dem *casu recto (Nominativo)*, und sagt: vivéndo mio padre — permetténdo Dio, ecc.

II. Von dem Mittelworte der vergangenen Zeit.

§. 370. Die Mittelwörter der v e r g a n g e n e n Zeit sind entweder a c t i v oder p a s s i v.

a) Die a c t i v e n nehmen in den zusammengesetzten Zeitformen das Hilfszeitwort *avére* vor sich, als: il padre vi *ha* lodati, d e r V a t e r h a t e u c h g e l o b t.

b) Den p a s s i v e n hingegen wird in den zusammengesetzten Zeiten *éssere* vorgesetzt, als: Voi *siéte stati* lodáti dal padre, i h r s e i d v o n d e m V a t e r g e l o b t w o r d e n.

Erste Regel.

§. 371. Das p a s s i v e Mittelwort, mit dem Hilfszeitworte *éssere* construirt, ist als wahres Beiwort zu betrachten, und ist daher v e r ä n d e r l i c h, d. h. es stimmt mit seinem l e i d e n d e n S u b j e c t e (Nominativo), dessen Beschaffenheit es bezeichnet, im Geschlechte und in der Zahl ü b e r e i n, z. B.

Io *(uomo)* sono persuáso.	Ich (M a n n) bin überzeugt.
Io *(donna)* sono persuása.	Ich (W e i b) bin überzeugt.
Noi *(uomini)* siámo stati ingannáti.	Wir (M ä n n e r) sind betrogen worden.
Noi *(donne)* siámo state ingannáte.	Wir (W e i b e r) sind betrogen worden.

§. 372. Wenn das p a s s i v e Mittelwort statt des Hilfszeitwortes *éssere* mit einem der Zeitwörter *andare, venire, restare, rimanére, stare,* construirt wird (siehe §. 316), so bleibt es ebenfalls v e r ä n d e r l i c h, z. B.

Le virtù che *véngono* attribuite a queste piánte.	Die Eigenschaften, die diesen Pflanzen zugeschrieben werden.
Essa non ne *restò* persuása.	Sie waren davon nicht überzeugt.
Tutti *rimásero* maravigliáti.	Alle verwunderten sich.
Tali cose non *vanno* fatte cosi.	Solche Sachen werden nicht so gemacht.

Zweite Regel.

§. 373. Das a c t i v e Mittelwort, verbunden mit dem Hilfszeitworte *avére,* bleibt u n v e r ä n d e r l i c h, wenn es v o r seinem von ihm regierten Accusativ steht, in jenen Fällen, wo das Subject als s e l b s t h a n d e l n d angeführt wird, z. B.

Il fratello *ha scritto* due léttere.	Der Bruder hat zwei Briefe geschrieben; d. i. das Subject, der Bruder, hat selbst die zwei Briefe geschrieben; der B r u d e r also ist das selbst handelnde Subject.
Egli *ha ucciso* una volpe.	Er hat einen Fuchs erlegt; d. i. er selbst hat ihn getödtet.

§. 374. Wird das **Subject nicht als selbst handelnd ange-**
führt, sondern nur angezeigt, wie selbes Etwas hat oder besitzt,
dann stimmt das **Particip** mit avére mit dem nachfolgenden Accusativ in Geschlecht und Zahl überein; und in diesem Falle kann das Particip, wie ein Beiwort, dem Objecte auch **nachgesetzt** werden, z. B.

Il fratello *ha scritte* due lettere, oder: ha due lettere *scritte*.	Der Bruder hat zwei geschriebene Briefe (die aber nicht von ihm geschrieben sind).
Egli *ha uccisa* una volpe, oder: ha una volpe *uccisa*.	Er hat einen (von wem immer) getödte- ten Fuchs.

Dritte Regel.

§. 375. Befindet sich hingegen das mit *avére* verbundene **active**
Mittelwort nach dem von ihm regierten Accusativ (dieser mag entweder ein
Hauptwort selbst sein, oder eines von den beziehenden Pronominal-Par-
tikeln *mi, ti, ci, vi, lo, la, li, le, il quale* oder *che*), so ist dasselbe
veränderlich, d. h. es stimmt im Geschlecht und in der Zahl mit dem
von ihm regierten und **vorangehenden** Accusativ überein, z. B.

E qual *colpa* ho *commèssa?* (Metast.)	Und welches Vergehens bin ich denn schuldig?
Poichè Cimóne i *Rodiani* avéa la- sciáti. (Bocc.)	Nachdem Cimon die Rhodianer verlassen hatte.
I versi *che* ho *fatti*, ve *li* ho *letti?*	Die Verse, die ich gemacht habe, habe ich sie euch vorgelesen?
Egli *ci* ha *invitati*.	Er hat uns eingeladen.

§. 376. Damit das **active** Mittelwort **veränderlich** sein könne,
ist es erforderlich, daß nicht nur der Accusativ, sondern auch der **No-**
minativ (das Subject) vor demselben stehen, wie in obigen
Beispielen der Fall ist; denn steht der Nominativ **nach** dem Mittelworte,
so bleibt dieses, wenn auch der Accusativ vor demselben sich befindet, dennoch **unveränderlich**, z. B.

Le fatiche, *che* hanno *sofferto* i soldati; i regni, *che* ha *conquistáto*
Alessándro.

§. 377. Im Grunde stimmt das Mittelwort, es mag mit **éssere**
oder mit **avére** verbunden sein, immer mit dem **Objecte** überein; wenn
ich z. B. sage: egli *ci* ha *traditi*, er hat uns **verrathen**, oder *noi*
siamo stati da lui *traditi*, wir sind von ihm **verrathen** worden, so sind uns, *ci*, und wir, noi, eben dieselben Personen, und
das eigentliche **Object** der Rede, welches mit dem **activen** Mittelworte in den Accusativ, und mit dem **passiven** in den Nominativ zu
stehen kommt.

Vierte Regel.

§. 378. Das Mittelwort bleibt **unveränderlich**, obschon ihm
ein Accusativ vorangeht, sobald dieser nicht vom Mittelworte selbst, sondern von einem darauf folgenden Infinitiv regiert wird, z. B.

Vóglio léggere le due commédie, *che* ho vedúto *rappresentáre*.	Ich will die zwei Komödien lesen, welche ich aufführen gesehen habe.
Essa ha già vendúto la casa *che* ha fatto *fabbricare*.	Sie hat schon das Haus verkauft, wel- ches sie hat bauen lassen.

In diesen Beispielen sieht man, daß die Mittelwörter nicht mit jenen Hauptwörtern (Objecten) übereinstimmen, auf welche das relative Fürwort *che* sich bezieht, weil diese Accusative nicht vom Mittelworte, sondern von dem darauf folgenden Infinitiv regiert werden. Im ersten Beispiele werde ich also fragen müssen: wer hat gesehen? ich; was habe ich gesehen? aufführen; was habe ich aufführen gesehen? welche, d. i. die Komödien, und zwar von den Schauspielern. Ich kann also im Italienischen sagen: ho veduto rappresentare quella, *cioè* la commédia dagli attori; hätte man aber das Mittelwort übereingestimmt und gesagt: che ho veduta rappresentare, so würde das andeuten: ho veduto quella (la commédia) che rappresentáva, was ein Unsinn wäre, da die Komödie nichts aufführt, sondern von den Schauspielern aufgeführt wird. Auf diese Art kann auch das andere Beispiel analysirt werden.

§. 379. Das Mittelwort bleibt auch dann noch unveränderlich, wenn der Infinitiv, der den vorhergehenden Accusativ regiert, nicht ausdrücklich dasteht, sondern darunter verstanden wird, z. B. Egli gli ha dato quegli ábiti, che ha dovúto, er hat ihm jene Kleider gegeben, die er hat (geben) müssen; egli mi ha restituíto quei libri, che ha volúto, er hat mir jene Bücher zurückgegeben, die er (zurückgeben) gewollt hat. In diesen Beispielen ist es so viel, als wenn es hieße: che ha dovúto dargli, — che ha volúto restituírmi.

§. 380. Wenn aber der vorangehende Accusativ vom Mittelworte selbst, und nicht von dem darauf folgenden Infinitiv regiert wird, so muß das Mittelwort mit demselben übereinstimmen, z. B.

Essa balla bene; io l'ho *redúta* balláre.	Sie tanzt gut; ich habe sie tanzen gesehen.
Ella é una buóna attríce; io l'ho *vedúta* recitáre nell' Aváro.	Sie ist eine gute Schauspielerin; ich habe sie im Geizigen spielen gesehen.

In diesen zwei Beispielen ist das Mittelwort übereingestimmt, weil ich sagen kann: io ho veduto *essa che balláva* — io ho vedúto l'*attríce che recitáva*, ich habe sie gesehen tanzend, oder als sie tanzte; — ich habe die Schauspielerin gesehen spielend, oder als sie spielte; aber ich könnte nicht sagen: io ho vedúto *ballárla* — io ho vedúto *recitárla*, weil es ein Unsinn wäre zu sagen: ich habe gesehen, als sie getanzt wurde — als die Schauspielerin gespielt wurde.

§. 381. Das Mittelwort jener Zeitwörter, welche *verbi neutri, intransitivi* (siehe §. 312) genannt werden, oder unpersönlich sind, bleibt unveränderlich, z. B.

Le tre ore, che l'ammaláto ha *dormíto*, gli sono state molto salutifere.	Die drei Stunden, die der Kranke geschlafen hat, sind für ihn sehr heilsam gewesen. (Eigentlich sollte es heißen: le tre ore, durante le quali, ecc. denn die verbi neutri haben keinen Accusativ.)

I due giórni che ha *gelato*, non è arrivàta nave alcùna, ſtatt: *i due giórni*, *duránte i quali* ha gelato.	An den beiden Tagen, wo es gefroren war, iſt kein Schiff angekommen.
I gran calóri che ha *fatto* in quest' anno.	Die große Hitze, die in dieſem Jahre war.

§. 382. In den elliptiſchen Redensarten, wo das Mittelwort ohne Hilfszeitwort ſteht, iſt es immer v e r ä n d e r l i ch, z. B.

Impadronitisi i soldáti della cittá (ſtatt: essendosi impadroniti).	Als die Soldaten der Stadt ſich bemächtigt hatten.
Giunto dunque il famigliáre a Génova, *date* le léttere, e *fatta* l' ambasciáta, fu dalla donna con gran festa ricevuto.	Nachdem der Vertraute zu Genua angekommen war, die Briefe übergeben und des Auftrages ſich entlediget hatte, wurde er von der Frau mit großer Freudenbezeigung empfangen.

§. 383. Die Mittelwörter einiger Zeitwörter in are laſſen ſich durch Hinwegwerfung des **at** oft abkürzen, und dann ſind ſie als Beiwörter zu betrachten. Die gebräuchlichſten ſind:

Acconciáto,	zubereitet:	*accóncio.*	Mostráto,	gezeigt:	*móstro.*
Adornáto,	geziert:	*adórno.*	Mozzáto,	abgeſtutzt:	*mózzo.*
Asciugáto,	getrocknet:	*asciúto.*	Nettáto,	gereinigt:	*nétto.*
Avvezzáto,	gewohnt:	*avvezzo.*	Pagáto,	bezahlt:	*págo.*
Caricáto,	beladen:	*cárico.*	Pestáto,	geſtampft:	*pésto.*
Colmáto,	überhäuft:	*cólmo.*	Priváto,	beraubt:	*privo.*
Destáto,	aufgeweckt:	*desto.*	Scemáto,	gemindert:	*scémo.*
Fermáto,	aufgehalten:	*fermo.*	Sconciáto,	verunſtaltet:	*sconcio.*
Gonfiáto,	geſchwollen:	*gónfio.*	Seccáto,	getrocknet:	*sécco.*
Guastáto,	verdorben:	*guásto.*	Stancáto,	ermüdet:	*stánco.*
Laceráto,	zerriſſen:	*lácero.*	Toccáto,	berührt:	*tócco.*
Maceráto,	mürbe gemacht:	*mácero.*	Troncáto,	abgeſchnitten:	*trónco.*
Manifestáto,	bekannt gemacht:	*manifesto.*	Vuotáto,	ausgeleert:	*vuóto.*

§. 384. Durch die Zuſammenziehung verlieren in den meiſten Fällen die Mittelwörter ihre Eigenthümlichkeit, und werden bloße B e i w ö r ter, z. B.

La továglia è *sporca*, heißt: das Tiſchtuch iſt ſch m u tz ig.
La továglia è *sporcata* hingegen heißt: das Tiſchtuch iſt b e ſch m u tz t.
Sono *stánco*, ich b i n m ü d e.
Sono *stancáto* hingegen: ich b i n e r m ü d e t.

Wenn aber dergleichen abgekürzte Mittelwörter mit dem activen Hilfszeitworte avére verbunden ſtehen, ſo fällt dieſer Unterſchied weg, und die Zuſammenziehung benimmt dem Particip ſeine Eigenthümlichkeit nicht, z. B. L'ho *diméntico*, ſtatt dimenticáto, ich h a b e e s v e r g e ſ ſ e n. Solche Fälle werden jedoch ſelten in der Proſa gefunden.

Capitel XXX.

Von dem Gebrauche des Gerundiums (del gerundio).

§. 385. Das Gerundium iſt im Geſchlechte und in der Zahl u n v e r änderlich, denn man ſagt: *esséndo* egli ritornáto — *esséndo* ella ritornáta — *esséndo* essi ritornáti — *esséndo* esse ritornáte.

§. 386. Das Gerundium gibt der italienischen Rede einen eigenthümlichen Vorzug vor der deutschen, denn selbes drückt mit Einem Worte einen Sinn aus, der im Deutschen nur mit mehreren Wörtern durch Umschreibung mittelst der Bindewörter i n d e m, a l s, w ä h r e n d, w i e, d u r c h, d a, n a c h d e m kann gesagt werden; und da das Gerundium, in seinem Sinne, zugleich eine C o n j u n c t i o n einschließt, so gibt ihm dies eine conjunctive Kraft, welche den Zusammenhang der Rede inniger als jede Umschreibung bindet, z. B.

Sapéndo io, ch'egli era a casa, andái da lui.	Weil ich wußte, daß er zu Hause war, so ging ich zu ihm.
Avéndo aspettáto due ore, tornái a casa.	Nachdem ich zwei Stunden gewartet hatte, kehrte ich nach Hause zurück.
Egli *ricordándosi* della léttera mi disse —	Als er sich des Briefes erinnerte, sagte er mir —
Scrivendo la léttera —	Als ich den Brief schrieb —

Diese Sätze würden ohne die Gerundial-Construction in der Umschreibung lauten: Siccóme io sapéva, ch'egli era a casa, ecc.; dopo ch'ebbi aspettáto (oder dopo avér aspettáto) due ore, ecc.; egli, allorchè si ricordò della lettera, mi disse; — mentre io scrivéva la lettera.

§. 387. Das Gerundium wird allezeit, um jede Zweideutigkeit zu vermeiden, auf das S u b j e c t (Nominativ) der Rede bezogen. Denn da das Gerundium in seiner Form unveränderlich ist, so könnte man sonst nicht wissen, ob man es auf das S u b j e c t oder auf das O b j e c t der Rede zu beziehen hätte, wie in folgenden Sätzen: Egli disse a me *partendo*, — io lo vidi *passándo* per la piazza; hier könnte man die Gerundia partendo und passándo eben sowohl auf das S u b j e c t, als auf das O b j e c t beziehen. Weiß man aber, daß das Gerundium sich immer auf das S u b j e c t beziehen soll, so ist kein Doppelsinn zu befürchten.

§. 388. Will man das Zeitwort auf das O b j e c t (Accusativ) beziehen, so drückt man den Satz lieber durch Umschreibung aus, also statt lo ammazzò dorméndo, besser: *lo ammazzò, quando dormíva*; statt trovárono quivi i gióvani giuocándo, besser: *trovárono quivi i gióvani che giuocávano*.

§. 389. Um jedoch allen Zweifel zu beseitigen, ist es rathsamer, das S u b j e c t (nominativo) dem Gerundio immer beizusetzen, wie man es gewöhnlich bei guten Autoren findet.

Ist das S u b j e c t des Gerundiums auch zugleich S u b j e c t in dem damit verbundenen, darauf folgenden Satze, so kann es v o r oder n a c h dem Gerundio stehen, als:

Egli *vedéndo* suo fratéllo ferito, disse; oder *vedéndo egli* suo fratéllo ferito, disse, ecc.	Als er seinen Bruder verwundet sah, sagte er, 2c.
Veggéndo essi di lontán veníre le galée, s'apprestárono alla difésa, oder *essi vedéndo*, ecc.	Da sie schon von weitem die Galeeren kommen sahen, bereiteten sie sich zur Gegenwehr.

§. 390. Ist hingegen in dem darauf folgenden Satze ein anderes Subject (Nominativ) vorhanden, so muß dem Gerundio sein Subject immer nachgesetzt werden, z. B.

Volando Antonio con parte de' cavalli alla volta d'Italia, gli fu compagno Anio Varo; und nicht: *Antonio volando,* ecc.	Als Antonius mit einem Theile der Reiterei gegen Italien eilte, begleitete ihn Anius Varo.

§. 391. Anstatt des Gerundiums setzen die Italiener oft den Infinitiv mit den Vorwörtern *in, con, per, a, dopo,* ecc. (siehe §. 355), so z. B. anstatt:

Vedéndolo in tale stato, ne senti compassióne.	Als er ihn in einem solchen Zustande sah, fühlte er Mitleiden.
Facéndo questo, ci mise molta attenzióne.	Da er dieses machte, wendete er viele Aufmerksamkeit darauf.
Non credo d'avérlo offéso *dicéndo* questo.	Ich glaube nicht, ihn durch diese Worte beleidigt zu haben.
Insegnándo s'impára.	Durch Lehren lernt man.
Udéndo ch'egli veníva.	Als er hörte, daß er kam.
Vedéndolo conchiusi che non era conténto.	Als ich ihn ansah, schloß ich, daß er nicht zufrieden war.
Esséndo venuto tardi, fu esclúso.	Weil er spät kam, wurde er ausgeschlossen.
Avéndo detto questo, partì.	Nachdem er dieses gesagt hatte, ging er fort.

kann man auch eben so gut sagen:

Nel vedérlo in tale stato, ne senti compassióne — *nel far* questo ci mise molta attenzione — non credo d'averlo offeso con *dir* questo — *coll' insegnare* s'impara — *all' udíre* ch'egli veniva — *al vedérlo* conchiúsi non era conténto — *per éssere venúto* tardi, fu esclúso — *dopo avér detto* questo, partì.

§. 392. Zuweilen findet man dem Gerundio selbst die Vorwörter in oder con vorgesetzt, z. B.: *in approvándo* l'opinióne dell' Imperatóre; — egli fu più forte *in aquistándo* che *in sostenendo;* — *con trovando* divérse ragioni.

Allein statt dessen setzt man lieber den Infinitiv mit eben diesen Vorwörtern, als: *in approvare* l'opinione dell' Imperatóre — egli fu più forte *in acquistare* che *in sostenére* — *con trovare* divérse ragioni.

§. 393. Mit dem Zeitworte mandáre steht oft das Gerundium statt des Infinitivs mit a, als:

In più parti per il mondo *mandò cercándo,* se alcúno si trovásse, statt: *mandò a cercare* — *mandò pregándola* oder *mandólla pregándo,* che venísse, statt: *mandò a pregarla,* ecc.

§. 394. Wenn dem Gerundio eines der Zeitwörter andare, stare, venire, vorgesetzt wird, so wird das eine der italienischen Sprache sehr eigenthümliche Redensart, welche sehr ausdrucksvoll bezeichnet, daß eine Handlung (welche das Gerundium andeutet) noch fortgesetzt wird, z. B.

Sto scrivéndo, sto pensándo, statt: scrivo penso; — egli *andáva cercándo* il suo libro, statt: egli cercáva il suo libro; *va dicéndo,* statt: dice — egli *si venne accorgéndo,* statt: egli s'accórse.

§. 395. Das Gerundium der Zeitwörter andare, stare, venire, regiert zuweilen das Gerundium eines andern Zeitwortes nach sich, z. B.

Andando cogliendo per i campi certe erbe, statt: mentre andava cogliendo ecc. — *Venendo esaminándo* ogni cosa, se ne accórse, statt: mentre veniva esaminándo, ecc.

§. 396. Das Gerundium der Hilfszeitwörter wird oft, wenn es vor dem Mittelworte vergangener Zeit anderer Zeitwörter steht, weggelassen, z. B.

E detto questo se n'andò, statt: ed avéndo detto questo, ecc. — *stato alquanti dì*, statt: éssendo stato, ecc. — *mossi da questi argoménti si ritirárono*, statt: éssendo mossi ecc. — Wenn in solchen Fällen das Gerundium ein Affissum bei sich führt, so wird dasselbe dem Mittelworte angehängt, z. B. *Unitisi agli altri s'oppósero*, statt: esséndosi uniti, ecc. — *chiúsagli* la strada per potér *ritornare*, statt: avéndogli chiúsa la strada, ecc.

§. 397. Oft wird auch dem Particip das Hilfszeitwort mit dem Bindeworte che nachgesetzt, als: intéso *che l'ebbe*, il congedò; — ricevute *che l'avrò*, ve ne darò avviso, ecc. statt: tostochè l'ebbe inteso, ecc. subitochè l'avrò ricevuto, ecc. Dieses wird von Italienern häufig befolgt.

Capitel XXXI.
Von der Fügung der Zeitwörter mit den Hauptwörtern (del modo con cui i nomi si debbon congiúngere coi verbi da cui son retti).

§. 398. Es gibt Zeitwörter, welche eine erste Endung v o r, und eine andere nach sich haben. Dergleichen sind: éssere, sein; divenire, diventare, werden; ésser chiamato, avér nome, heißen; restare, rimanére, bleiben; éssere creduto, reputato, gehalten werden; éssere eletto, creato, erwählt, erschaffen werden; éssere fatto, gemacht werden; parére, sembrare, scheinen, däuchten; náscere, geboren werden; morire, sterben; ritornare, wiederkommen. (Vergleiche §. 130.) Z. B.

Alessandro fu un gran conquistatore.	Alexander war ein großer Eroberer.
Egli è chiamato, oder ha nome Vittorio.	Er heißt Victor.
Egli resta mio debitore.	Er bleibt mein Schuldner.
Egli è stato eletto Imperatóre.	Er ist zum Kaiser erwählt worden.
È stato creato Cardinale.	Er ist zum Cardinal erwählt worden.
Fu proclamato Imperatore.	Er wurde zum Kaiser ausgerufen.
Egli è credúto, oder reputato galantuomo.	Er wird für einen ehrlichen Mann gehalten.
Fu dichiarato ladro.	Er wurde für einen Dieb erklärt.
Fu costituito giúdice.	Er wurde zum Richter bestellt.
Gli pare cosa incredibile.	Es scheint ihm eine unglaubliche Sache.
Teniamo cartéggio come amici.	Wir schreiben uns als Freunde.
Morì come eróe, oder morì eroe.	Er starb als ein Held.

§. 399. Uebrigens hat man bei der Construction der Hauptwörter mit den Zeitwörtern darauf zu sehen, ob letztere thätige übergehende (verbi attivi, o transitivi), oder unthätige unübergehende Zeit-

wörter (verbi neutri, o intransitivi) sind. (Siehe Einleitung Seite
5 und 6.)

§. 400. Bei allen unthätigen Zeitwörtern (intransitivi) endigt
sich die Wirkung in dem Subjecte selbst, d. h. sie brauchen außer dem
Subjecte keinen äußern Gegenstand, auf den sie hinwirken, als: egli
riposa, er ruhet; egli vive felice, er lebt glücklich; egli corre
frettolóso, er läuft eiligst. (Siehe Einl. S. 5, Nr. 30.)

Wenn daher einige unthätige Zeitwörter außer dem Subjecte noch ein anderes Hauptwort, nach Art der thätigen (transitivi)
bei sich führen, so ist ein solches Hauptwort nicht von dem unthätigen Zeitworte, sondern von einem darunter verstandenen Vorworte
regiert, als:

Ei vive lungo tempo, er lebt lange Zeit, bedeutet: ei vive *per* lungo
tempo; *egli vive una vita stentáta*, bedeutet: vive *in* una vita stentáta;
corre lungo tratto, er läuft eine große Strecke, bedeutet: corre *per* lungo
tratto.

§. 401. Bei einem thätigen Zeitworte (transitivo) hingegen geht
die Wirkung auf einen andern Gegenstand über, welcher sodann in ein
leidendes Verhältniß gesetzt und von dem Zeitworte selbst regiert wird, als:
Achille uccise Ettore, Achilles tödtete den Hector. Ein solcher
Gegenstand wird dann das leidende Object des Zeitwortes (Accusativ) genannt, und steht immer ohne Vorwort.

§. 402. Einige Zeitwörter haben zwei Accusative. Solche sind:
chiamare, conóscere, costituire, crédere, giudicare, riputare, nomi-
nare, pronunciare, dichiarare, z. B.

Io mi chiámo António.	Ich heiße Anton.
Lo conosco gioviale uómo.	Ich kenne ihn als einen lustigen Men-schen.
Costituire giúdice alcuno.	Einen zum Richter bestellen.
Crédere, giudicare, riputare uno ga-lantuomo.	Jemand für einen ehrlichen Mann halten.
Eléggere uno Re.	Einen zum Könige wählen.
Lasciare, istituire eréde alcúno.	Einen zum Erben einsetzen.
Nominollo Giovánni.	Er nannte ihn Johannes.
Lo pronunciárono e dichiarárono Gonfaloniére.	Sie ernannten und erklärten ihn zum Bannerherrn.

§. 403. Allein zur völligen Bestimmung des Attributs im Zeitworte
(siehe Einl. Nr. 2, 3, 4 und 5) wird oft mehr als ein Hauptwort erfordert, und diese Hauptwörter werden dann mittelbar (siehe §. 311 Nr. 2),
d. i. mittelst einer der Präpositionen a, da, con, per, in, mit dem Zeitworte verbunden.

So z. B. bei dare, geben; concedere, zugeben; promettere,
versprechen; denken wir uns gleich was und wem? Der Gegenstand,
den man gibt, wird unmittelbar, d. i. ohne Vorwort, mit dem Zeitworte
verbunden, — der zweite Gegenstand hingegen, welcher derjenige ist,
zu dem hin die Handlung des Gebens gerichtet ist, wird
mit dem Vorworte a angezeigt, weil **a** im Italienischen die Bestimmung

hat, die Richtung der Handlung zu einem Gegenstande hin, d. i. den Dativ, zu bezeichnen, als:

Io darò il libro *a* Giovánni. Der erste Gegenstand il libro heißt im Italienischen *oggetto dell' azióne*, der zweite *a* Giovánni aber *oggetto a cui l'azióne è indirizzáta.*

Andere Zeitwörter hingegen, als: ascrívere und attribuire, zuschreiben, beilegen, anrechnen, haben zwei Dative, d. h. sie können, außer dem Gegenstande (Accusativ), welchen man zuschreibt oder beilegt, und dem Gegenstande (Dativ), welchem man jenen zuschreibt oder beilegt, noch ein drittes Hauptwort zu sich nehmen, welches die Art und Weise (siehe §. 135), wie die Zuschreibung oder Beilegung geschieht, ausdrückt, und dieses kommt in den Dativ zu stehen; z. B. il perdonár le ingiurie non si deve ascrívere *a vergógna e ad infamia* ad un' uomo onésto, ma *a glória e ad onóre.*

Eben so erfordern auch die Zeitwörter dare, lasciáre, appigionáre, véndere, compráre, pagáre, außer der Sache (Accusativ), welche verkauft, gekauft, vermiethet, :c. wird, und außer der Person (Dativ), an welche sie verkauft, vermiethet, :c. wird, daß auch der Preis dafür ausgedrückt werde. Nun, wenn dieser unbestimmt ist, so wird ihm das Vorwort a vorgesetzt, als: *Véndere una cosa ad uno a caro prezzo,* o *a buon mercáto*; ist er bestimmt, so wird ihm bei *dare, lasciare, appigionare* und *comprare* ebenfalls *a* vorgesetzt, als: ei gliela lasciò, diede *a venti scudi*; gli ho appigionáto le tre camere *a venti zecchini.* — Mit *véndere* aber muß *per* entweder ausdrücklich gesetzt oder darunter verstanden werden, als: véndere una cosa *per mille lire,* oder véndere una cosa *mille lire.* — *Pagare* kann mit *per* und mit *con* auf zweierlei Art gebraucht werden, als: ho pagáto diéci lire *per* gli stiváli, und ho pagáto gli stiváli *con* diéci lire, jedoch wird con meistens weggelassen, als: pagare una cosa *diéci scudi.*

§. 404. Obwohl einige Zeitwörter an und für sich unthätig (intransitivi) sind, so kann doch deren Attribut eine Richtung zu irgend einem Gegenstande hin haben, welcher dann in die dritte Endung zu stehen kommt, als: convenire, appartenére, accondiscéndere, giováre, piacére *ad alcúno.*

§. 405. Bei den Zeitwörtern servire, ubbidíre, soddisfare, compiére, adempiére, kann der Gegenstand entweder als solcher angesehen werden, in welchem die Handlung sich endigt, — oder als solcher, zu dem hin sie gerichtet ist; daher kann man sagen: servire, ubbidíre, soddisfare alcúno, oder *ad alcúno*; compiére, adempiére *il suo dovére,* oder auch *al suo dovére.*

§. 406. Jene Zeitwörter, welche die Richtung von einem Dinge ab, den Ursprung, die Ableitung, die Abhängigkeit und Trennung ausdrücken, fordern, daß der Gegenstand, von dem Etwas abhängt, von dem Etwas abgeleitet oder getrennt wird, im Ablativ stehe; als: separare, divídere, staccare, ecc. gli uni *dagli altri.*

Eben so bei den unübergehenden Zeitwörtern náscere, veníre, descéndere *da un luogo.* (Siehe §. 40.)

Anmerk. Tógliere, rubare, involare, chiédere, domandare, ecc. sollten dieser Regel zufolge auch ihren zweiten Gegenstand im Ablativ haben, allein er kommt in den Dativ zu stehen, als: domandáre qualche cosa *a* qualchedúno, statt: da qualchedúno, ecc.

§. 407. Das Vorwort *con*, mit, bezeichnet die Gemeinschaft (siehe §. 51), als: concertáre una cosa *con* uno.

§. 408. Das Vorwort *per*, durch, für, aus, bezeichnet das Durchdringen eines Gegenstandes, oder das Mittel zu einem Zwecke (siehe §. 52), als: trasportare una cosa *per* un luogo; far una cosa *per* via di frode.

§. 409. Das Vorwort *in* bezeichnet das Eindringen in einen Gegenstand, oder das Geschehen einer Handlung in demselben (siehe §. 43), als: immérgere uno *nell'* acqua; introdúrre uno *in* casa.

§. 410 Sehr oft geschieht es, daß die Vorwörter *con* und *per*, wenn sie die Materie, das Werkzeug, die Mittel und die Ursache, warum und womit eine Handlung geschehen ist, bezeichnen, in der gewöhnlichen Rede sammt den allgemeinen Hauptwörtern, vor welchen sie sich befinden, weggelassen werden.

Daher anstatt: accusare uno *per delitto* di furto; punír uno *con pena* di morte; ornáre una cosa *con fregi* d'oro o d'argento, ecc. sagt man nur: accusare uno *di* furto, puním uno *di* morte, ornare d'oro o d'argento una cosa. Uebrigens kann hier Jedermann leicht einsehen, daß die Genitive nicht vom Zeitworte, sondern von den darunter verstandenen allgemeinen Wörtern regiert werden.

§. 411. Das Nämliche ist bei vielen unthätigen Zeitwörtern (intransitivi) zu finden.

So z. B. *mori di fame* bedeutet: per cagióne di fame — *vívere di limósine* heißt: col mezzo di limósine, ecc. Die Genitive werden hier ebenfalls nicht von den Zeitwörtern, sondern von den darunter verstandenen allgemeinen Hauptwörtern regiert. (Siehe §. 144).

Die meisten zurückkehrenden Zeitwörter regieren auch den Genitiv, als: accórgersi, avvedérsi, compiacérsi, servírsi, pentirsi, curarsi, informarsi, consolarsi, affliggersi, burlarsi, innamorarsi, dilettarsi, lamentarsi, incaricarsi, infastidírsi, maravigliarsi, rallegrársi, scusarsi, valérsi, vestirsi di qualche cosa, ecc.

Capitel XXXII.
Von der Constructions-Ordnung.

§. 412. Die italienische Construction ist zweierlei: die regelmäßige oder einfache, costruzióne sémplice, und die unregelmäßige oder zierliche, figurata.

I. Von der regelmäßigen Constructions=Ordnung.

§. 413. Der regelmäßigen Constructions=Ordnung liegt die allgemeine Regel zum Grunde: — „daß das regierende Wort oder Redeglied vor dem regierten seinen Platz habe."

§. 414. Diesem Grundsatze zu Folge behauptet das Subject der Rede (Nominativ) mit seinen Bestimmungen vor allen übrigen die erste Stelle; — ihm folgt das bestimmte Zeitwort mit seinen nächsten Bestimmungswörtern; — diesem das unmittelbare Object (Accusativ) mit seinen Bestimmungen; — sodann das mittelbare Object (Genitiv, Dativ oder Ablativ) ebenfalls mit seinen Bestimmungen; — endlich das circumstantielle Redeglied, d. i. das Vorwort mit seinem regierten Worte und übrigen Anhange, welcher die weiteren Bestimmungen des Zeitwortes enthält, und die Kette der Bestimmungen des Subjectes durch das Zeitwort vollendet. Diese Ordnung der Construction findet man in dem nachstehenden Satze anschaulich dargestellt:

Quel ricco mercante di Lipsia manderà domani infallibilmente il suo primo amanuénse alla vostra casa per réndervi il danáro affidátogli tempo fa.

II. Von der unregelmäßigen Constructions=Ordnung.

§. 415. Die unregelmäßige Constructions=Ordnung ist jene, welche von der natürlichen Ordnung und von den allgemeinen Regeln der Grammatik abweicht, und dies wird Versetzung der Redetheile (inversione) genannt, so z. B.

Biancheggiávano per la campágna le ossa ammonticelláte o spárse, secondo fuggíti si érano o arrestáti; per terra érano pezzi d'arme, membra di cavalli, e a' troncóni di alberi teste infilzate, e per le selve orrendi altari, ove fúron sacrificati i tribuni e i centurioni de' primi órdini. Davanz. (An. di T. Libr. I.)

„Auf dem Felde bleichten die aufgehäuft oder zerstreut liegenden Gebeine der Soldaten, je nachdem diese im Kampfe oder auf der Flucht getödtet worden; der Boden war mit zerbrochenen Waffenstücken und Gliedmaßen der Pferde besäet, und an die Stämme der Bäume sah man Köpfe gespießt, und in Wäldern gräuliche Altäre, auf welchen die Tribunen und Centurionen vom ersten Range hingeopfert waren."

Die Inversion trägt zur Zierlichkeit und Schönheit der Rede sehr viel bei, und gehörig angebracht, befördert sie ungemein den Wohlklang und die Harmonie derselben. — Nehmen wir ein anderes Beispiel, wo in den letzten Augenblicken des Lebens ein vom Schmerze gänzlich niedergebeugtes Weib ihren getödteten Geliebten mit folgenden Worten anredet:

O molto amato cuóre, ogni mio officio verso te è fornito, nè più altro mi resta a fare, se non di venire con la mia ánima a fare la tua compagnia. (Bocc.)

„O unaussprechlich geliebtes Herz! alle meine Pflichten gegen dich sind erfüllt! Nichts bleibt mir mehr übrig, als dir zu folgen!"

Das gefühlloseste Gemüth wird bei einer solchen Versetzung der Redetheile von dem klagenden Schmerzgefühl ergriffen und hingerissen. Stelle man hingegen die regelmäßige Constructions = Ordnung her, und sage:

O cuóre amáto molto, ogni mio ufficio è fornito verso te, nè mi resta più altro a far, se non di venire a fare compagnia con la mia ánima alla tua!

so fällt aller Wohlklang, jedes lebhafte Interesse und alles Nachdrucks= volle weg, und jedes noch so wenig geübte Ohr wird es fühlen, daß dies nicht mehr die Sprache einer leidenschaftlichen Seele, sondern eine kalte Aeußerung eines gleichgiltigen Philosophen sei.

§. 416. Die Ursache dieser Abweichungen von der regelmäßigen Con= structions-Ordnung liegt also ursprünglich in dem Gemüthszustande des Redenden. Der ruhige Gedankengang eines von keinem Affecte erregten Gemüthes drückt sich in der regelmäßigen, natürlichen Wortfolge ab, wo jeder Begriff den seinem logischen Range angemessenen Platz einnimmt. — Wenn aber die Empfindung sich in das Denkgeschäft des Verstandes mischt, wenn das Gemüth des Redenden durch irgend einen Begriff oder Umstand in der Gedankenreihe vorzugsweise angezogen und interessirt wird, so strebt der Redende den Begriff oder Umstand, welcher ihm, im Augenblicke der Rede, als der wichtigere vorschwebt, aus den übrigen gleichsam herauszuheben, ihn an die erste oder vornehmste Stelle, und in das stärkste Licht zu setzen, als ob er der Hauptbegriff des Satzes wäre. In solchen Fällen wird das Subject der Rede (Nomina= tiv) seiner Oberstelle beraubt, und statt seiner tritt ein anderes Rede= glied an die Spitze des Satzes.

Der Empfindungsausdruck folgt also ganz seinen eigenen Gesetzen, denen zufolge jener Begriff, welcher in dem Augenblicke der Rede dem Redenden am interessantesten ist, zuerst ausgedrückt wird, ohne auf die logische Rangfolge der Begriffe zu achten.

Dieses Vermögen der Sprachen, (zu Gunsten des den Gedan= kenausdruck begleitenden Empfindungsausdruckes) von der regelmäßigen Wortfolge der Construction abzuweichen, ist die Quelle, wo nicht aller, doch der meisten Schönheiten der Diction; durch sie erhält die ein= förmig fortschreitende Rede Mannigfaltigkeit; sie belebt die Gedanken, und gibt ihnen Nachdruck, und wird bald unter der kunstmäßigen Behandlung des Dichters, Redners und Schriftstellers ein Mittel zur Erreichung ästhetischer Zwecke, nämlich: der Zwecke zu gefallen, zu rühren, zu unterhalten, und unterhaltend zu unterrichten.

Inversionen sind demnach die Grundlage einer nachdrucksvollen, lebhaften und zierlichen Schreibart; vorzüglich aber sind sie dem Dich= ter, dessen Zweck es ist, Gemüthsbewegungen zu schildern, und dem Redner, dem es darum zu thun ist, durch Erregung der Affecte die Gemüther der Zuhörer zu stimmen und nach seinen Absichten zu lenken, unentbehrlich.

In der Poesie sind jedoch die Versetzungen häufiger, als in der prosaischen Schreibart, weil ihre Sprache kraftvoller ist, oft auch des Verses wegen; sie sind auch kühner und gewählter in ihr, wie es der Kühnheit und Auswahl hoher Ideen angemessen ist.

§. 417. Die italienische Sprache hat, bei ihrer sehr regelmäßigen Constructions-Ordnung, zugleich unter allen neueren Sprachen die größte Freiheit, Inversionen zu machen, und sie bedient sich derselben sowohl in der prosaischen Schreibart, als vornehmlich in der Poesie häufiger, als jede andere der cultivirten Sprachen Europa's. Diesen Vorzug verdankt sie, so wie manchen andern, den sie besitzt, der lateinischen Sprache, welche in der willkürlichen Versetzung der Wörter alle andern Sprachen übertrifft, und den ersten großen italienischen Schriftstellern (vor allen dem Boccáccio), welche im Anfange ihrer neueren Cultur lebten, und die Freiheit der lateinischen Construction so viel als möglich in die Sprache des Volkes (lingua volgare) zu übertragen suchten. In dieser Freiheit liegt die Hauptquelle ihres großen poetischen Talentes, denn die italienische Poesie ist, so wie auch ihre Prosa, z. B. in der zierlichen Schreibart des Boccáccio, und so in der höheren eines **Macchiavelli, Guicciardini, Verri, Alfiéri** ecc. fast nichts anderes, als ein ununterbrochenes Gewebe von Inversionen, wovon man sich leicht überzeugen kann, wenn man den Versuch macht, z. B. die Einleitung in den Decamerone, ein Stück aus des Guicciardini Geschichte, die Lobrede des Plinius auf den Trajan von Alfiéri, und jeden andern schön und zierlich geschriebenen prosaischen Autor der Italiener in eine andere Sprache zu übersetzen.

§. 418. Die italienische Sprache versetzt nicht allein einzelne Wörter oder Theile eines Redegliedes, sondern auch die Glieder eines Satzes, ja sogar die Sätze einer Periode; und fügt man nun noch den häufigen Gebrauch der Gerundial-Construction hinzu, welche die Verschlingung der Redeglieder noch fester schürzt, so entsteht dadurch eine höchst mannigfaltige Abwechslung der Constructions-Ordnung, welcher keine neuere Sprache sich zu rühmen hat.

§. 419. Wir werden hier nur die Haupt-Inversionen der italienischen Wortfolge anmerken, und die weitere Verfolgung der Spur, auf welche wir die Leser dadurch führen, seinem eigenen Forschungs- und Beobachtungsgeiste überlassen.

I. Versetzung einzelner Wörter eines Redegliedes, wo das regierte Wort vor dem regierenden steht:

Delle quali niúna il venti ed ottésimo anno passáto avéa; statt: *niúna delle quali*, ecc.

De' suói la maggiór parte; statt: *la maggiór parte de' suói.*

Egli ha di cittadíno vero e non di principe l'animo; statt: *egli ha l'ánimo di cittadíno vero*, ecc.

Del Tebro in sulla riva; statt: *in sulla riva del Tebro.*

12

Hai di stelle immortáli aurea coróna; ſtatt: *hai aurea coróna di stelle*, ecc.

Dal celeste tuo séggio; ſtatt: *dal tuo celeste séggio.*

Alla spléndida, difficile, e per l'addiétro pericolósa impresa; ſtatt: *all' impresa spléndida*, ecc.

La città di abitatóri quasi vuóta; ſtatt: *la città quasi vuóta di*, ecc.

Doveste di voi medésima dubitare; ſtatt: *Doveste dubitare di voi*, ecc.

Che dove per diletto e per riposo andiámo, noja e scándalo, non ne siégua. — Iddío e la verità per me le armi prenderánno. — Tu devi far sì, che i beni tuói durévoli ed eterni rimángano. — Felice te, o Trajáno! che congiúnti non hái, che figli, parenti, ogni più cara cosa nella sola repúbblica conti. — In diesen Beispielen iſt das Zeitwort ſeiner eigentlichen Stelle entrückt, und befindet ſich am Ende des Satzes; eine Verſetzung, deren ſich Boccaccio und Macchiavelli häufig bedient haben.

Perchè tutto preparáto éra per ricéverla. — Di gran tratto superato sarésti da Augústo. — In cui precipitáti gli avéano i vizj loro. — Hier iſt das Particip vor ſeinem Hilfszeitworte.

Tu convíncer dei Roma tutta. A rifár la repúbblica, e disfare ad un tempo la Signoría indúrti voglio. Beneficár puossi un pópolo a mezzo? — Nella novella che a raccontár intendo. — Hier ſteht überall der Infinitiv vor dem ihn regierenden Zeitworte.

Quivi fuor di sua natúra benignamente e mansuetamente cominciò a dire. — Queste parole sommamente piácquero a tutti. — A vicénde terríbili di vária fortúna di nuóvo esponéndoci. — In allen diesen Beispielen iſt das Adverbium vor dem Zeitworte.

Degno era forse Pompéjo di difénderla? — Tanto più dolorósa ed irreparábile sarà la rovína nostra. — Ed io líbero troppo mostrár mi debbo. — In diesen Beispielen ſteht das Prädicat vor ſeinem Zeitworte.

Nè erano perciò questi da alcúna lágrima, o lume, o compagnia onoráti. (*Bocc. Introd.*) Im erhabenen Style iſt es ſehr zierlich, das Hilfszeitwort von ſeinem Particip zu trennen.

Si pósero in cérchio a sedére. (*Bocc. Introd.*) Hier iſt der Infinitiv von dem ihn regierenden beſtimmten Zeitworte getrennt, welches ſehr viel zur Zierlichkeit beiträgt.

O quante memorábili schiatte, quante amplissime eredità, quante famóse ricchézze si vídero senza successór legíttimo rimanére! (*Bocc. Introd.*) Neuere Schriftſteller würden vielleicht ſagen: *si vídero rimanére senza successór legíttimo*, ecc., aber welch' ein Unterſchied im Vergleiche mit der Wortfügung des Boccáccio!

E veláti gli occhj, ed ogni senso perdúto di questa dolénte vita si dispartì. (*Bocc.*) Wenn man sagte: *si dispartì di questa dolénte vita*, so würde der Satz seine ganze Annehmlichkeit verlieren.

Riábbiasi Vitéllio il fratello, la móglie e i figliuóli. (*Davanz.*) Diese Versetzung ist um Vieles zierlicher, als: *Vitellio si riabbia*, ecc.

Del giovenile erróre di mio figliuólo ti chiéggio perdóno. (*Davanz.*) Wenn man sagen möchte: *ti chieggio perdono del giovenile errore*, ecc., so würden der Nachdruck und die Zierlichkeit ganz wegfallen.

II. Beispiele von Inversionen, wo das S u b j e c t der Rede seiner Oberstelle beraubt, und statt dessen ein anderes R e d e g l i e d mit seinen B e s t i m m u n g e n an die Spitze des Satzes tritt, weil dieses in dem Moment der Rede das von irgend einem Affecte erregte Gemüth des Redenden vorzugsweise interessirt, und ihm als das Wichtigere vorschwebt, daher auch aus dem Uebrigen gleichsam herausgehoben und in das stärkste Licht gesetzt werden soll:

Rinverdíscono le piánte e l'erbe illanguidíte. — *Scancelláti* sono dai fasti nostri i nomi di questi ribáldi. — *Non teme* il malvágio i rimórsi della coscienza. — *Già odo* la máschia eloquenza nel foro risórta. — In diesen Beispielen steht das Z e i t w o r t mit seinen B e s t i m m u n g e n an der S p i t z e des Satzes, weil hier die H a n d l u n g und der Zustand des Subjectes den Redenden vorzugsweise interessirt.

I nomi delle quali io racconterei in própria forma. — *Tutti i capelli* mi sentíi arricciáre. — *Se questo* concédono le leggi. Hier steht das directe Object (Accusativ) am ersten Platze, weil das Gemüth des Redenden durch dasselbe am meisten angezogen wird.

Al primo grido essi venívano in folla. — *A ciascúno* per un giórno s'attribuisca il peso e l'onore. — *Dalla parte* più remóta dell'Oriénte venne un messaggiéro. — *Delle regole* della favélla toscana scrissero con somma lode célebri Autóri. *In seno* a questa illústre famíglia cresceva una donzélla chiamata Bianca. — *Sopra il viso* ergevasi una fronte spaziósa. — Hier hat das terminative Redeglied (d. i. ein Hauptwort mit den Vorwörtern di, a, da, oder sonst einem andern Vorworte vor sich) die Oberstelle, weil der Redner auf dergleichen indirecte Objecte sein Hauptaugenmerk gerichtet hat.

Senza niún indúgio egli si risolvette. — E con incerto cor quinci partimmi. (*Guar.*) — Per conóscere questa verità io esámino attentamente me stesso. — In così fatto dì risuscitò da morte in vita il nostro Signóre. — Hier findet man das circumstantielle Redeglied an der Sitze des Satzes, weil hier die äußeren Umstände, welche die Handlung oder den Zustand des Subjectes begleiten, für den Redenden am interessantesten waren.

12 *

Capitel XXXIII.
Von einigen grammatischen Figuren.

I. Von der Ellipsis.

§. 420. Wie man, des Nachdruckes oder der Zierlichkeit wegen, oft die Wörter der Rede versetzt, so werden oft um der Kürze willen, und weil man sich ohnedem verständlich genug ausdrücken kann, Wörter weggelassen, welche eigentlich gesetzt werden sollten. Da dergleichen Auslassungen durch den Sprachgebrauch erlaubt und bekannt sind, so wird durch sie die Verständlichkeit gar nicht gehindert; denn wie das mangelnde Wort von dem Redenden als bekannt vorausgesetzt wird, so wird es von dem Hörenden oder Lesenden hinzugedacht.

Verschiedene solcher Auslassungen haben wir bereits im Laufe dieses Werkes gelegentlich bemerkt.

Hier wollen wir noch kurz die vornehmsten Auslassungen anzeigen, welche der Kürze oder der Zierlichkeit wegen in der Rede Statt finden können. Die eingeklammerten Wörter sind diejenigen, die weggelassen und darunter verstanden werden.

1) Beispiele, in denen ein Substantiv ausgelassen ist.

Cadér da alto; scéndere al basso (verstehe darunter: *luógo.*)

Essere da molto (verstehe: *mérito, prégio, valore*).

Essere da poco (verstehe wie oben: *mérito,* ecc.)

Levársi, alzársi (verstehe: *dal letto*).

Durár molto, poco, troppo (verstehe: *tempo*).

Era di giórno (statt: *in tempo* di giórno).

Di Giúgno (*nel mese* di Giúgno).

Di estate (*nella stagióne* di estate).

Di doménica (*ne' giorni* di doménica).

Tosto dichiarátosi dalla (*parte*) sua. *Davanz.*

Or teme (*l' ira*) del pópolo. *Davanz.*

Aveva domandáto il Véscovo (*la compagnia*) di questi. *Bocc.*

Dicono che puni (*con pena*) di morte due soldáti. *Davanz.*

Ma già innalzándo il sole, parve a tutti (*tempo*) di ritornare. *Bocc.*

Per avér sino a quello (*moménto*) speráto. *Davanz.*

Tutto 'l pópolo a una (*voce*) chiedéva per capitano Agrícola. *Davanz.*

2) Auslassung des bestimmten Zeitwortes.

Non éssere disatténto (statt: non *devi* éssere disatténto).

Via di qua (statt: *va* via di qua).

Bene (statt: *va* bene).

Nel suo mortório fécero i soldáti per lo duólo e piánto nuóva sedizióne e non v' era chi (*potésse*) quietarla. *Davanz.*

Non lo amare (statt: non lo *devi* amare).

Non gli crédere (statt: non gli *devi* crédere).

Maraviglia (*è*), che sei stato una volta sávio.

Volontiéri (statt: *lo farò* volontiéri).

(*Desidero*) che maladetta sia l' ora che io prima la vidi. *Bocc.*

3) Auslassung des Infinitivs oder Particips.

Egli giúnse fin là, ma più avanti non potè, o non volle, o non seppe, ecc. *(andare o fare, ecc.)* Mandare per *(préndere)* una cosa. Misero! a che son io *(ridótto)*.	Io andrò per *(chiamare)* i tuói fratélli. *Bocc.* Avvénne, che Calandrino quivi venne per *(préndere)* acqua. *Bocc.*

4) Auslassung des Bindewortes.

Temeva *(che)* non gli avvenisse alcun male. Pármi *(che)* non sia ancór tempo. Quantúnque fosse circondato da ogni parte, *(pure)* se ne fuggì.	Siccóme teméva di qualche male ventúra, *(così)* non volle restáre. Il tempo mináccia, *(perciò)* conviéne affrettárci.

Anmerf. Bei Erklärung der Poeten und classischen Autoren soll man darauf sehen, daß die Schüler, so oft eine elliptische Redensart vorkommt, das darunter verstandene Wort immer ersetzen.

11. Von den Füllwörtern (pleonasmi o ripiéni).

§. 421. Manche dieser Wörter (particélle espletive o ripiéni) dienen, der Rede mehr Nachdruck und Evidenz zu geben (ripiéni di evidenza); — andere werden blos der Zierlichkeit wegen gesetzt (ripiéni di vezzo o di eleganza).

1) Die Füllwörter, welche der Rede Nachdruck geben, sind folgende:

Bene: = L'un dall'altro lontano *ben* diéci miglia. — La donna allóra disse al suo amánte, *ben* che dirái? — V'andrò sì *bene.* — Or *bene,* che n'avverrà? Gl'involò *ben* cento doppie. — *Ben* presto se ne fuggì. — L'ho cercáto *ben* diéci volte.

Bello: = Io lo riléssi di *bel* nuovo. — Le portò cinquánta *be'* fiorini d'oro. — Io me ne accórsi sul *bel* primo. — Il lavóro è *bell'* e fatto. — È partíto di *bel* giórno.

E: = Se voi non gli avéte, *e* voi andáte per essi. — Il cantár del gallo non ha servíto stamáne a destárti, *e*?

Ecco: = *Ecco* io non so ora dir di nò. — *Ecco* poichè voi pur voléte, domattína vi mostrerò come si fa. — Ora *ecco,* disse la donna, per questa volta io non vi vóglio turbáre.

Già: = Caddi non *già* come persona viva. — Il fece non *già* per amóre, ma per interésse. — Non *già* da alcún proponiménto tirata. — Del mio fermo volér *già* non mi svóglio.

Mai: = als Füllwort, steht häufig mit andern Partikeln verbunden, welche dadurch einen größern Nachdruck erhalten, als:

Sempre mai, immer; *maisì,* ja; *mainò,* nein; z. B.

Vi sarébbe egli *mai* qui alcuno? — Io *sempre mai* póscia farò ciò che voi vorréte. — Disse *maisì,* ch'io lo conósco. Rispóse: *mainò.*

So sagt man auch: come *mai?* wie so? *oramai?* schon? *quando mai?* wann denn? se *mai?* wenn nur? che *mai?* was denn? perchè *mai?* warum denn? quanto *mai?* wie viel denn?

Mica o *miga* und *punto*, ja nicht, gar nicht, sind Füllpartikel, welche der Verneinung Nachdruck geben, als:

Una ne dirò non *mica* da uómo di poco affáre. — Non *mica* idióta, nè materiále, ma scienziáto e di acúto ingégno. — Son novélle e vére, non son *mica* fávole. — Io non dúbito *punto*. — Tebaldo non è *punto* morto, ma è vivo e sano.

Ora: = *Or* che non vai là, dóve sei aspettáto? *Ora* io ve l' ho udíto dire mille volte. — *Or* non son' io.... così bella, come sia la móglie di Ricciárdo? — *Ora* fóssero essi pur già dispósti a venire.

Das letzte Beispiel ist elliptisch, wo man piacésse a Dio! wollte Gott! darunter versteht.

Pure: = Ma se *pure* avvenisse. — Vivéte *pure*. — Egli è *pur* desso. — *Pure* finalménte egli è arriváto. — *Pur* una volta l' ho giúnto. — La cosa andò *pur* così.

Su: = Egli senza levársi *su*.... er ohne aufzustehen. — Di' *su*, rede.

Tutto: = Stávasi *tutto* timido, *tutto* confúso. — Il letto con *tutto* Messer Torello fu tólto via. *Tutta* sola nella sua cámera si stava. — Trovò la gentil gióvane *tutta* timida star nascósta. — Il gióvane *tutto* solo.

Uno: = Se i miéi argoménti frívoli già tenéte, quest' *uno* solo ed último a tutti gli altri dia suppleménto.

Via: mit Zeitwörtern verbunden, welche schon an sich eine Bewegung von einem Orte weg anzeigen, erhöhet den Nachdruck derselben, z. B.

Subitaménte levátasi fuggì *via*. — *Via* a casa del prete lo portárono. — Ed andò tutto sol *via*. — Gittáta *via* la spada, la qual già per ferírlo avéa tiráta fuóri.... corse a' piè di Natan.

2) Füllwörter, welche zur Zierlichkeit der Rede dienen, sind:

Egli, ei, ella, und auch in der gewöhnlichen Rede *gli* statt *egli*, *la* statt *ella*; als: = A me pare *egli* ésser certo, che, ecc. — *Egli* non sono ancóra molti anni passáti. — O che cáldo fa *egli*! — *Gli* éra in quest' ostéllo una donna védova. (*Bocc.*)

Esso: = in Verbindung mit *lui*, *lei*, *loro*, *noi*, *voi*, als: esso lui, esso lei, esso loro, und in den Adverbien oder Präpositionen: lunghésso, sovrésso.

Con: = als wie: *con méco*, *con séco*, *con esso téco*, z. B. Stássi *con méco*, er wohnt mit mir.

Si: = Oltre a quello ch'egli fu óttim⁰ filósofo morále, *si* fu egli leggiadríssimo e costumáto. Se ti piáce, *si* ti piáccia, se non, *si* te ne sta. — *Si* è tanta la benignità e misericórdia di Dio.

Non: = steht oft überflüssig mit *niénte*, *niúno*, und mit dem Zeitworte *temére*, wenn man fürchtet, daß etwas geschehen werde, was man nicht wünscht, z. B.

Cominciò a temére che il fatto *non* andásse a riuscír male. — Io témo forte, che Lídia questo *non* fáccia per tentármi.

So auch mit *dubitáre*, als:

Dùbito che *non* venga oggi.	Ich zweifle, ob er heute kommen wird.
Dùbito che *non* lo farà.	Ich zweifle, ob er es thun wird.

Mi, ti, si, ci, vi, ne: = Io *mi* credéva, che voi foste un Santo. — Débbo sapér quello ch'io *mi* dico. — Non sapéva, nè che *mi* fare, nè che *mi* dire. — Essi *se ne* son tornáti. — La donna *si* credétte. — Vóglio che tu con noi *ti* rimánga. — Poi *se ne* andárono a cenáre. — A me parrébbe che in contráda *ce ne* andássimo. — *Ti* giáci e dórmivi*ti*. — In allen diesen Redensarten würde der Sinn eben so vollständig sein, wenn auch die Affissi nicht gesetzt wären.

Die selbstständigen persönlichen Fürwörter *io* und *tu* werden zuweilen des Nachdruckes wegen wiederholt, als:

Io il so ben *io*, quel che farò. — *Tu* il vedrái ben *tu*, come ne saráí cóncio. — Che *ti* senti *tu?* statt: che sénti? Quel che *noi* vorrém fare a te, *tu te* 'l vedrái nel tempo a venire; statt: *quel* che vorrém fare a te, il vedrái nel, ecc. — *Io* vi entrerò *déntro, io,* statt: io vi entrerò. In letzterem Beispiele ist auch *déntro* ein Pleonasmus.

Alfieri hat in seinen Trauerspielen dergleichen Wiederholungen bis zur Ueberladung angebracht.

Capitel XXXIV.
Einige Bemerkungen über die neuere italienische Rechtschreibung (Ortografia.)

§. 422. Die durch die Cultur veredelte Schriftsprache Italiens, die man auch wohl, obgleich mit Unrecht, lingua toscana zu nennen pflegt, verhält sich zu den verschiedenen Dialecten der italienischen Sprache eben so, wie die durch Cultur veredelte hochdeutsche Sprache sich zu den verschiedenen Dialecten der deutschen Sprache verhält. Jede dieser beiden Sprachen ist aus den vorzüglichsten ihrer Dialecte entstanden, von denen mancher mehr, mancher weniger dazu beigetragen hat, und in beiden Sprachen wird jene Schreibart für die einzig richtige erkannt, welche durch den einstimmigen Gebrauch der besten Schriftsteller ein gesetzmäßiges Ansehen erlangt hat. Da jedoch die älteren italienischen

Schriftsteller selten eine Gleichförmigkeit ihrer Rechtschreibung beobachteten, so wird es für den Fremden sehr nützlich sein, sein Augenmerk auf die Schreibart der besten italienischen Schriftsteller neuerer Zeiten, wie eines **Maffei, Tiraboschi, Muratori, Alfieri, Algarotti, Corticelli, Cesarotti, Metastasio,** ecc. zu richten, wobei auch *l'Ortografia moderna* di Jacopo Facciolati vorzügliche Dienste leisten kann.

Anmerk. Hier sind die Regeln nachzuholen, die ich oben schon bei der Aussprache der Buchstaben und Silben, beim Accente und Apostroph gegeben habe.

§. 423. Zusammengesetzte Mitlaute, als: **ch, gh, gl, gn, sc** vor **e** und **i**, welche vereint **einen** Laut bilden, dürfen im Schreiben (wie im Deutschen das **sch**) nie getrennt werden, als: po-che, ma-ghe, fi-glio, de-gno, pe-sce, la-scia-re, giú-gne-re, a-sciut-to. Hingegen werden **lg** und **ng** getrennt, weil sie in keinem Zusammenhange unter einander stehen, als: dol-go, giun-go.

§. 424. Bei den mit **bis, dis, cis, es, in, mis, per, pos, trans, tras,** ecc. zusammengesetzten Wörtern bilden besagte Partikeln immer für sich eine Silbe, als: bis-nón-no, dis-ú-so, cis-re-ná-no, es-por-re, in-grós-so, mis-fát-to, per-o-rá-re, pos-pór-re, trans-a-zi-ó-ne, tras-fe-ri-re.

§. 425. Wenn zwischen zwei Selbstlauten sich zwei gleiche Mitlaute befinden, so werden diese getrennt, als: stel-la, góc-cia, óc-chio, mag-gió-re. — Ist aber von den Mitlauten der **erste** ein **s**, so werden sie alle zur folgenden Silbe genommen, als: ce-spu-glio, que-sto, di-spréz-zo. Wenn **c** und **q** beisammen stehen, so werden sie als ein Doppel = Consonant betrachtet und getrennt, als: nác-qui, ac-qui-sto, ac-qua.

§. 426. Die wahren Doppellaute (dittonghi) werden nie getrennt, als: giuo-ca-re, Eu-ro-pa, spa-gnuó-lo, fa-giuó-lo, cié-lo, leg-gié-ro, sa-lá-rio, biá-da. — Wenn aber mehrere auf einander folgende Selbstlaute keinen Doppellaut bilden, so werden sie getrennt, als: co-e-rén-te, ri-a-pri-re, com-pa-gni-a, ni-ú-no, ri-é-sce, chi-ún-que, Di-o-dó-ro.

Vom Gebrauche der großen Buchstaben.

§. 427. Mit einem großen Buchstaben werden im Italienischen geschrieben:

a) Die Namen (und Zunamen) der Menschen, Götter, Nationen (wenn diese als Hauptwörter dastehen), Länder, Städte, Flüsse, Berge, Planeten, Monate, Wissenschaften, Künste, als: Lodovíco Ariósto, il Dio Nettúno, i Tedeschi, América, Londra, Adige, Reno, il Ceniso, le Alpi, la Luna, Mággio, Filosofia, Pittura, ecc.

b) Die Wörter, die eine Würde, Ehrenstelle, Staatsbehörde bezeichnen, als: Papa, Imperatore, Conte, Presidénte, Consigliere, Parlamento, Concistóro, Govérno, ecc.

c) Die personificirten Subjecte der Fabel, als: La Volpe e il Leopárdo; una Lódola vedéndosi presa disse; rispóse il Leóne.

d) Im Anfange eines Satzes, eines jeden Verses, und nach einem Puncte wird immer ein großer Buchstabe geschrieben.

§. 428. Von einigen einzelnen Buchstaben.

B, — ist in der Aussprache mit v verwandt, daher auch in der Schrift zuweilen Eins für's Andere gesetzt wird; so sagt und schreibt man *serbare* und *servare*.

D, — wird, der Verwandtschaft wegen, oft mit t verwechselt, daher schreibt man *etáde* und *etáte*; *pietáde* und *pietáte*; *virtúde* und *virtúte*; und so alle Wörter in *áde* und *úde*; desgleichen *lido* und *lito*; *podestà* und *potestà*; *codesto* und *cotesto*; *imperadóre* und *imperatóre*; meistens wird das *d* seines weicheren Lautes wegen dem *t* vorgezogen.

L, — verwandelt sich in vielen Wörtern, die aus dem Lateinischen abstammen, wenn es nach einem Mitlaute steht, in i, z. B. *fióre* von *flóre*; *témpio* von *témplo*; *esémpio* von *esemplo*; *chiaro* von *claro*; *piánta* von *planta*; *piúma* von *pluma*; *chiúdere* von *cludere*; *chiáve* von *clave*; *chiérico* von *clerico*, ecc.; in einigen andern Wörtern bleibt auch das l unverändert, z. B. in *blando* von *blandus*; *flavo* von *flavus*, ecc. Man muß sich hier nach der einmal angenommenen Schreibart richten.

N, — wird vor b, m, p gewöhnlich in m verwandelt; dies geschieht jedoch nur dann, wenn diese Buchstaben in einem und demselben Worte zusammentreffen, z. B. *Giambattista* statt Gian Battista; *Giampiéro* statt Gian Piéro; so auch *imbarcáre*, *combáttere*, *comméttere*, *impadronírsi*, *compiángere*, *compiacére*. Vor l und r wird das n gleichfalls in l und r verwandelt, z. B. *colla* statt con la, *collocáre*, *illanguidire*, *corrispóndere*, *corrómpere*, ecc.

P, — wird des verwandten Lautes wegen zuweilen mit v verwechselt, daher schreibt man *copérta* und *covérta*; *soprastáre* und *sovrastáre*, ecc.

Q, — wenn es verdoppelt lauten soll, nimmt ein c vor sich, wie in *ácqua*, *acquisto*, *giacque*, *nacque*, ecc.

R, — wird seines harten Lautes wegen oft in die weicher lautenden d, l oder j verwandelt, z. B. *raro* in *rado*; peregrino in *pellegrino*; paro in *pajo*; muóro in *muójo*, ecc. und so auch in vielen abgeleiteten Wörtern in aro und ara, z. B. notáro in *notájo*; lavandára in *lavandája*; gennáro in *gennájo*, ecc.

S, — hat besondere Vorrechte, wenn es unmittelbar nach sich einen Mitlaut hat, in welcher Verbindung es im Italienischen S impúra genannt wird. Wenn einem Worte, das mit einem S impúra anfängt, ein Wort vorhergeht, das mit einem Mitlaute endigt, so wird dem s ein i vorgesetzt. Dies findet also immer Statt nach den Wörtern con, in, per, non, z. B. con *istupóre*, con *istúdio*, in *Iscózia*, in *Ispágna*, per *istríngerlo*, non *ispéro*. Doch sind davon die e i g e n e n Namen der Personen ausgenommen, welche das i in solchen Fällen nicht vor sich nehmen, denn man sagt und schreibt con *Stéfano*, per *Scipióne*.

Nachstehende Wörter nehmen statt des i ein e vor sich, weil die meisten derselben dieses e ursprünglich gehabt, und blos durch Abkürzung verloren haben, als: stimáre in *estimáre*; stravagánte in *estravagánte*; straordinário in *estraordinário*; spedíre in *espedíre*; státe in *estáte*; squisitézza in *esquisitézza*; sténdere in *esténdere*.

Wenn aber das vorhergehende Wort mit einem Selbstlaute endigt, so ist dieser Zusatz des i und e vor dem S impúra überflüssig, daher ist es nicht richtig l'istésso statt *lo stesso* zu schreiben, obschon es häufig geschieht.

Das S impúra leidet auch keine Abkürzungen des vorhergehenden Wortes, sondern es erfordert immer das vollständige Wort mit dem Ausgang gli, z. B. *agli státi*; *degli stúdj*; *dagli scógli*; *negli specchj*; *quégli sbandíti*; *bégli stiváli*, ecc. Daher darf man auch nicht schreiben: aver studiáto; esser svenúto; guardár sbiéco, sondern avére studiáto; éssere svenúto; guardáre sbiéco, ecc.

Wenn Wörter, die mit einem S impúra anfangen, mit in oder mit con zusammengezogen werden, so verlieren diese das n; daher ist es besser *istínto*, *ispiráre*, *istruíre*, *cospiráre*, *costituzióne*, ecc. als instínto, inspiráre, instruíre, conspiráre, constituzióne, zu schreiben.

U. — In der Poesie wird das u vor einem o bei gewissen Wörtern weggelassen, was aber in der Prosa nicht räthlich ist, als: *core*, *move*, *novo*, *rota*, *ovo*, anstatt: cuore, muove, nuovo, ruota, uovo, ecc.

Z, — wird statt des t geschrieben in allen Wörtern, welche im Lateinischen tia, tio, tius, tium, ties haben, als: *grázia*, *amicízia*, *orazióne*, *condizióne*, *vízio*, ecc.

Jene Wörter, welche im Lateinischen mit c geschrieben werden, können im Italienischen eben sowohl c als z haben, als: *ufficio* und *uffizio*; *spécie* und *spézie*, ecc.

Hingegen kann man nicht schreiben: *grácia*, *vicio*, ecc. weil diese Wörter im Lateinischen ein t haben, als: gratia, vitium; man schreibt diese also blos mit z, denn mit t zu schreiben ist längst veraltet.

§. 429. Von der Rechtschreibung zusammengesetzter Wörter.

1. Wenn einsilbige Partikeln, oder auch mehrsilbige, welche den Accent auf dem Endselbstlaute haben, mit andern Partikeln in Eins zusammenschmelzen, so wird gewöhnlich der Anfangsmitlaut der letzteren gedehnter ausgesprochen, und deshalb auch im Schreiben verdoppelt. Dergleichen Partikeln sind: *a*, *da*, *ciò*, *chi*, *che*, *fra*, *tra*, *già*, *a*, *colà*, *costà*, *o*, *e*, *nè*, *qua*, *però*, *perciò*, *si*, *su*. Daher schreibt man: *acciò*, *acciocchè*, *dacchè*, *dalla*, *dappói*, *giacchè*, *giammái*, *fralle*, *tralle*, *lassù*, *colassù*, *quaggiù*, *eppúre*, *evvíva*, *neppúre*, *nemméno*, *ossía*, *ovvéro*, *sicchè*, *sulla*, ecc.

2. Einsilbige Wörter, welche für sich allein nicht accentuirt werden, nehmen den Accent an, wenn sie mit andern Wörtern in Eins zusammenschmelzen, und in dieser Verbindung als letzte Silbe des zusammengesetzten Wortes den Ton bekommen, so z. B. alle mit che zusammengesetzten Wörter, als: *acciocchè*, *dacchè*, *finchè*, *poichè*, *purchè*, ecc. Des-

gleichen *oimè*, *mainò*, *lassù*, *Vicerè*, ecc.; ferner die zusammengesetzten Zeitwörter von do, ich gebe; fo, ich mache; ho, ich habe;
so, ich weiß; sto, ich stehe; vo, ich gehe; als: *addò*, *vidò*,
assuefò, *contrafò*, *antistò*, *risò* (von *risapére*), *soprastò*, *rivò*,
trasvò.

3. Wenn in den zusammengesetzten Wörtern das erste mit einem
Selbstlaute endigt, und das zweite auch mit einem anfängt, so wird gewöhnlich der Endselbstlaut des erstern weggeworfen, z. B. *contrammi-
raglio*, *sovrumáno*, *sottinténdere*, ecc.

Oft, wenn der Zusammenstoß der beiden Selbstlaute keinen Mißlaut
verursacht, werden sie auch ohne Abkürzung zusammengesetzt, z. B. *árcielo-
quentissimo*, *dolciamáro*, *proávolo*, ecc.

4. Wenn das erste Wort mit einem Selbstlaute endigt, und das
zweite mit einem Mitlaute anfängt, oder umgekehrt, so werden beide
gewöhnlich ohne Abkürzung mit einander verbunden, z. B. *Altivolánte*,
guárdaroba, *falegnáme*, *disingánno*, *peroráre*, ecc.

5. Wenn das erste Wort mit einem Selbstlaute endigt, und der
vorletzte Buchstabe desselben ein l, n, r ist, so wird der Endselbstlaut
weggeworfen, wenn gleich das folgende Wort mit einem Mitlaute anfängt,
z. B. *benvenúto*, *cordóglio*, *salnitro*, ecc.

6. Die größte Menge ihrer zusammengesetzten Wörter bildet die italienische Sprache mit folgenden Partikeln: a, ab, ad, as, arci, archi,
ante, his, circon, con, contra, di, fra, in, intra, mis, ob, per,
pos, pre, pro, ra, re, ri, so, sopra, sotto, su, sub, stra, tra,
tras. Diese Partikeln leiden oder bewirken an dem zusammengesetzten Worte
mancherlei Veränderungen, welche wir in Rücksicht auf die Rechtschreibung
solcher Wörter hier kurz anzeigen wollen.

A, — verdoppelt immer den folgenden Mitlaut, wenn dieser kein
S impúra ist, als: *abbásso*, *accánto*, *addío*, *affine*, *additáre*,
aggrandíre, *arrostire*, *atteráre*, ecc.

Ab, — hat sich in verschiedenen aus dem Lateinischen abstammenden
Zusammensetzungen erhalten, mit dem Unterschiede, daß im Italienischen
das b gewöhnlich verdoppelt geschrieben wird, z. B. *abborríre*, *abbo-
mináre*, *abbiétto*. In einigen bleibt das b einfach, wie im Lateinischen,
als: *abúso*, *abrogáre*, *abolíre*.

Ad, — wird statt a vor den Wörtern gesetzt, welche mit einem
Selbstlaute anfangen, z. B. *adátto*, *adoperáre*, *adunársi*, ecc.

Arci und archi, — sind ursprünglich griechische Endungen, und
aus dem Lateinischen in's Italienische übergegangen; sie bedeuten einen
Vorzug und eine größere Erhabenheit, als: *Arcivéscoro*, *Arcidúca*,
Arcicancelliére. Vor a wird das i in arci weggeworfen, als in *arcángelo*.

Ante und anti, — sind ursprünglich Eins, und der Wohllaut hat
bestimmt, in welchen Fällen man das Eine oder das Andere setzt, daher
schreibt man: *antecedénte*, *antemurále*, und *Antipápa*, *antire-
dére*, ecc.

Bis, — aus dem Lateinischen, leidet und bewirkt keine Veränderung, es stehe vor einem Selbst= oder Mitlaute, z. B. *bisávo*, *biscótto*, *bisnónno*, ecc.; in einigen Wörtern jedoch wird das s wie im Lateinischen weggeworfen, wie in *bicornúto*, *bisestile*.

Circon, — von dem lateinischen circum, wie man auch im Italienischen zuweilen noch circum geschrieben findet, als in circumflésso, doch ist *circonflesso* besser. Vor p verwandelt sich das n in m, als in circomporre. Vor dem S impúra wird des Wohlklanges wegen gern das n weggeworfen, z. B. *circoscrivere*, *circospétto*, *circostánza*, ecc.

Con, — von dem lateinischen con oder cum, verwandelt das *n* in *m* vor b, m, p, z. B. in *combáttere*, *commischiáre*, *compiacére*. Vor l und r verwandelt sich das n gleichfalls in l und r, z. B. *collagrimáre*, *corrispondénza*. Vor einem Selbstlaute oder einem S impúra wirft es das n ganz weg, z. B. *coabitáre*, *coordináto*, *costringere*, *costánte*.

Contra, contro. — Ersteres hat die Kraft, den folgenden Mitlaut zu verdoppeln, z. B. *contrabbándo*, *contraccámbio*, *contrasségno*, *contraddire*. Vor einigen Wörtern, die mit a anfangen, wirft es am Ende das a weg, als in *contrammiráglio*. Contro findet sich blos in den Wörtern *controvérsia*, *controvértere*, *controstómaco*.

Da, — verdoppelt in der Zusammensetzung den folgenden Anfangs= mitlaut, wenn derselbe kein S impúra ist, als: *dabbéne*, *dacchè*, *davvéro*, *dappertútto*, *dapprésso*, *dattórno*, ecc.

De, di, dis, — lassen das Wort, mit dem sie sich verbinden, unverändert, di ausgenommen, welches vor f dasselbe verdoppelt, z. B. *diffinitivo*, *differénza*; zuweilen werden de und di nach Belieben gebraucht, als: *decapitáre* und *dicapitáre*; *dependénza* und *dipendénza*.

E und es, — vom lateinischen e und ex, bringen an ihrem Mitworte keine Veränderung hervor, außer wenn dasselbe mit f anfängt, welches wie im Lateinischen nach e verdoppelt wird, z. B. *esténdere*, *espiráre*, *effettivo*, *effusióne*, ecc.

Fra, — von dem lateinischen infra, verdoppelt gewöhnlich den folgenden Mitlaut, z. B. *frappórre*, *frattánto*.

In, — leidet dieselben Veränderungen in der Zusammensetzung wie con; vor b, m, p verwandelt sich das n in m, z. B. *imbarcáre*, *immagríre*, *impauríre*. Vor l, r verwandelt sich das n in l und r, als: *illécito*, *irregoláre*. Vor dem S impúra wird das n immer weggeworfen, wenn keine Zweideutigkeit dadurch entsteht, als: *istupidíre*, *istruire*. Uebrigens hat in zuweilen eine affirmative, zuweilen eine negative Bedeutung, als: *isperáto* und *insperáto*.

Inter, — aus dem Lateinischen, bewirkt keine Veränderung in der Zusammensetzung.

Mis, — deutschen Ursprungs, bewirkt gleichfalls keine Veränderung.

Ob, — lateinischen Ursprungs, und nur in solchen Zusammensetzungen vorhanden, welche aus dem Lateinischen in's Italienische übergegangen sind, wo es gewöhnlich das b verdoppelt, als: *obblio, obbedire, ob-bróbrio.*

Per und **pre,** — verursachen keine Veränderung in ihren Zusammensetzungen.

Pro, — verdoppelt in einigen Zusammensetzungen den folgenden Mitlaut, z. B. *proccúra, profferire, provvedére,* doch kann die Verdoppelung auch unterbleiben.

Pos, — von dem lateinischen post, ist nur in wenigen Zusammensetzungen gebräuchlich, wo es keine Veränderung bewirkt, sie sind: *posdománi, pospásto, pospórre.*

Ra, — ist in den meisten Fällen aus ri und a zusammengesetzt, und hat eine verdoppelnde Kraft auf den folgenden Mitlaut, z. B. *racquistáre* statt *riacquistáre, raccéndere, rallegráre, rappresentáre,* ecc.

Re und **ri,** — haben keine verdoppelnde Kraft; sie stehen zuweilen Eins fürs Andere, denn man sagt und schreibt eben so wohl *requisizióne* und *riquisizióne; reputáre* und *riputáre.*

Rin. — Vor einigen Mitlauten, als: c, f, g, v, nimmt die Vorsilbe ri häufig ein n zu sich, als: *rinchiúdere, rinfrescáre, ringentilíre, rinvigoríre,* aber in den meisten Fällen ist rin aus ri und in zusammengezogen, als: *rincominciáre, rinforzáre.*

So, — vom lateinischen sub, verdoppelt gewöhnlich den folgenden Mitlaut, wenn derselbe kein S impúra ist, z. B. *sobbórgo, sollevazióne, sossópra, sorrídere,* ecc.

Sopra, sovra, — verdoppelt den folgenden Mitlaut, wenn er kein S impúra ist, z. B. *sopracciglio, soprannóme, sovrappórre.* Vor Selbstlauten wirft sopra zuweilen des Wohlklanges wegen das a weg, als: *soprabbondánte, sopreminénte,* ecc.

Su, — verdoppelt den folgenden Mitlaut, als: *succédere, suddito, suppórre.* Su verwandelt sich in vielen Zusammensetzungen in sor, z. B. *sorgiúgnere, sorpassáre, sorpréndere, sorveníre,* ecc.

Sub, — bleibt vor b und l unverändert, wie im Lateinischen, z. B. *subbolíre, sublíme.* Desgleichen vor den Selbstlauten, als: *subaltérno, suburbáno,* ecc.

Sotto, — wird ganz geschrieben vor Wörtern, die mit einem Mitlaute anfangen, als: *sottométtere, sottoscrivere, sottovóce.* Vor Selbstlauten verliert es den Endselbstlaut, als: *sottambasciadóre, sottinténdere.*

Stra, statt estra, — von dem lateinischen extra, macht in der Zusammensetzung keine Veränderung, als: *strabuóno, strapióvere, stragránde.*

Tra, — wird auch statt stra gesetzt, als: *trabuóno* oder *strabuóno; traonésto, tramaraviglioso.* Auch statt tras, als: *trapiantare, travasáre;* oder es bedeutet so viel als fra, intra, als: *trami-*

schiáre, trapréndere. Wenn das folgende Wort mit einem a anfängt, so wird das a von tra weggeworfen, z. B. *trangosciáre, tramendúe.*

'Trans und tras, — man schreibt lieber tras als trans, wenn ein Mitlaut folgt, um das Zusammenstoßen so vieler Mitlaute zu vermeiden, z. B. *trasformáre, trasgredíre.* Vor einem Selbstlaute schreibt man bald tras bald trans, je nachdem der Wohllaut es fordert, z. B. *trasandáre, transíre, transito.* Wenn das folgende Wort mit einem S impúra anfängt, so schreibt man tra, z. B. *traspiráre, trascrivere,* ecc.

§. 430. Eine große Menge italienischer Wörter läßt übrigens noch mehr als eine Art der Rechtschreibung zu, oder vielmehr die Rechtschreibung derselben, welche nur eine sein kann, ist noch nicht genau bestimmt; gewöhnlich ist aber doch, unter den verschiedenen Arten, wie ein Wort geschrieben werden kann, eine die gebräuchlichere. Man muß deshalb beim Lesen g u t e r, vorzüglich n e u e r e r S c h r i f t s t e l l e r, auf die Schreibart solcher Wörter aufmerksam sein, und außerdem darf man nur ein gutes Wörterbuch, welches nach dem Wörterbuche der Akademie della Crusca verfaßt ist, zu Rathe ziehen.

Ende des ersten Theils.

Praktische Anleitung

zur

Erlernung

der

italienischen Sprache.

Zweiter Theil.

Erste Abtheilung,

enthält:

Praktische Uebungen

zum

Uebersetzen aus dem Deutschen in's Italienische.

Nissuno può vantarsi di posseder una lingua, se
non è in caso di render ragione d'ogni cosa che
dice, o scrive.

Praktische Uebungen.

Anmerkung. Die Haupt= und Beiwörter werden hier nur in ihrer allgemeinen Bedeutung angegeben, und daher die weitere Uebereinstimmung der Letzteren mit ihren Hauptwörtern gänzlich dem Schüler überlassen. Wenn manchmal die Vorwörter di, a, da vorkommen, so ist zu bemerken, daß dadurch blos die zweite, dritte oder sechste Endung angezeigt wird; ob aber der Artikel noch dazu kommen soll oder nicht, muß ein Jeder selbst weiter untersuchen. — Das Geschlecht der männlichen Wörter ist mit *m*, und das der weiblichen mit *f.* bezeichnet.

Ueber die Declination der Hauptwörter.

(Siehe §§. 15, 16, 17, 18, 19, und Seite 23, 24, 25.)

1.

Der Aufgang der Sonne. Der Anbruch des Tages. Die Wiederkehr des Frühlings. Die Wärme der Luft. Die Schönheit der Blume. Die Finsterniß der Nacht. Der Abgrund des Irrthums. Die Fruchtbarkeit der Felder. Die Farben des Regenbogens. Die Sinne des Menschen. Die Fehler der Jünglinge. Der Wein stärkt den Magen. Das Geld ist die Seele des Handels. Der Gebrauch ist der Gesetzgeber der Sprachen.

Aufgang, levár, *m.* Sonne, sole, *m.* Anbruch, spuntár, *m* Tag, giorno, *m.* Wiederkehr, ritorno, *m* Frühling, primavéra, *f.* Wärme, calóre, *m.* Luft, ária, *f.* Schönheit, bellezza, *f.* Blume, fiore, *m* Finsterniß, oscurità, *f.* Nacht, notte, *f.* Abgrund, abisso, *m.* Irrthum, erróre, *m.* Fruchtbarkeit, fertilità, *f.* Feld, campo, *m.* Farbe, colóre, *m.* Regenbogen, arcobaléno, *m.* Sinn, senso, *m.* Mensch, uomo, *m.* Fehler, erróre, *m.* Jüngling, gióvane, *m* Wein, vino, *m.* stärkt, conforta. Magen, stómaco, *m.* Geld, danaro, *m.* ist, è. Seele, ánima, *f.* Handel, commércio, *m.* Gebrauch, uso, *m.* ist, è. Gesetzgeber, legislatóre, *m.* Sprache, lingua, *f.*

2.

Der Herr des Gartens ist nicht hier. Der Palast gehört dem Für=sten. Hier sind die Zimmer des Onkels. Die Kleider gehören der Base und nicht der Tante. Der Bruder sagt der Schwester den Willen des Vaters. Die Kinder müssen immer den Eltern gehorchen. Der Arzt sagt: Die Unordnung verkürzt das Leben. Die Bewegung nützt dem Körper und dem Geiste.

Herr, padróne, *m.* Garten, giardíno, *m.* ist nicht hier, non è qui. Palast, palázzo, *m.* gehört, appartiéne Fürst, príncipe, *m.* Hier sind, ecco. Zimmer, cámera, *f.* Onkel, zio. Kleid, ábito, *m.* gehören, apparténgono. Base, cugina. und nicht, e non. Tante, zía. Bruder, fratéllo. sagt, dice. Schwester, sorélla. Willen, volontà. Vater, padre. Kind, fanciúllo. müssen immer gehorchen, dévono obbedire sempre. Eltern, genitóri. Arzt, médico. sagt, dice. Unordnung, disórdine, *m.* verkürzt, accórcia. Leben, vita, *f.* Bewegung, moto, *m.* nützt, giova. Körper, corpo, *m.* Geist, spírito.

13

3.

Die Gesichtsbildung ist der Spiegel der Seele. Die Ruhe des Ge=
müthes ist der höchste Grad des Glückes. Die Mäßigkeit ist der Schatz des
Weisen. Die wahre Zierde des Soldaten ist der Muth. Die Uebung führt
zur Vollkommenheit. Der Eigennuß, das Vergnügen und der Ruhm sind
die drei Beweggründe der Handlungen und des Betragens der Menschen.

Gesichtsbildung, fisonomía. ist, è. Spiegel, spécchio. Seele, ánima, f.
Ruhe, quíéte, f. Gemüth, ánimo. höchster Grad, colmo Glück, felicità. Mäßig=
keit, temperánza, f. Schatz, tesóro. Weiser, Sávio. wahre, vero. Zierde, ornaménto, m. Soldat, soldáto, m. Muth, corággio, m. Uebung, esercizio, m. führt,
condúce. Vollkommenheit, perfezióne, f. Eigennuß, interésse, m. Vergnügen,
piacére, m. Ruhm, glória. sind, sono. drei Beweggründe, tre motivi. Handlung,
azióne, f. Betragen, condótta. Mensch, l'uómo, plur. gli uómini.

4.

Die Heuchelei ist eine Huldigung, welche das Laster der Tugend
darbringt. Die Natur begehrt nichts als das Nothwendige, die Vernunft
will das Nützliche, die Eigenliebe sucht das Angenehme, die Leidenschaft
fordert das Ueberflüssige. Die großen Bäume geben mehr Schatten als
Früchte.

Heuchelei, ipocrisia, f. Huldigung, omággio, m. welche, che. Laster, vízio,
darbringt, rende. Tugend, virtù, f. Natur, natúra. begehrt nichts als, non dománda che. Nothwendiges, necessário. Vernunft, ragióne, f. will, vuóle. Nütz=
lich, útile, m Eigenliebe, amór próprio. sucht, cerca. Angenehm, dilettévole, m.
Leidenschaft, passióne, f. fordert, esige. Ueberflüssig, supérfluo. großer Baum,
grande álbero. geben mehr, danno più. Schatten, ómbra, f. als, che. Frucht,
frútto, m.

5.

Gott ist der Vater der Menschen und der Erhalter der Geschöpfe.
Die Sterne des Himmels, die Vögel der Luft, die Fische des Meeres,
die Pflanzen, die Thiere sind Werke (§. 26) des Herrn. Der Zweck der
Schöpfung ist unendlich, der Verstand des Menschen schwach. Die Weis=
heit Gottes ist wie das Licht des Himmels. Die Ordnung, die Schön=
heit und die Annehmlichkeit der Welt sind deutliche Beweise des Daseins
eines obersten Wesens.

Gott, Iddío, Dio. Vater, padre. Mensch, uómo und, e. Erhalter, con-
servatóre, m. Geschöpf, creatúra. Stern, stella, f astro, m. Himmel, ciélo, m.
Vogel, uccéllo Luft, ária, f. Fisch, pesce, m Meer, mare, m Pflanze, piánta.
Thier, animále, m. sind, sono. Werk, ópera. Herr, Signóre, m. Zweck, scopo.
Schöpfung, creazióne, f. ist unendlich, è infinito. Verstand, ingégno. schwach,
débile. Weisheit, sapienza wie, come. Licht, luce, f. Ordnung, órdine, m.
Schönheit, bellezza. Annehmlichkeit, giocondità, f. Welt, mondo. sind, sono.
deutlicher Beweis, prova manifésta. Dasein, esisténza, f. ein Wesen, un éssere,
un ente, m. oberst, suprémo.

6.

Das Uebermaß der Leidenschaften ist gemeiniglich die Ursache des
Unglückes der Menschen. Die Ausbrüche des Zornes, des Neides und

Uebermaß, eccésso, m. Leidenschaft, passióne, f. ist gemeiniglich, è ordinariaménte. Ursache, cagione, f. Unglück, infelicità, f. Ausbruch, agitazióne, f. Zorn,
ira, f. Neid, invídia, f.

des Hochmuthes zerrütten gewaltig das Gleichgewicht der Flüssigkeiten, das System der Nerven, und beschädigen endlich auch oft den Mechanismus des Körpers. Die Lust der Unmäßigkeit und der Unenthaltsamkeit ist der Feind, welcher dem Menschen den größten Schaden zufügt; sie schwächt seine Kräfte, beraubt ihn der Reichthümer, und verdirbt sein vorzüglichstes Gut, die Gesundheit.

Hochmuth, orgóglio, *m.* zerrütten gewaltig, sconcértano violenteménte. Gleichgewicht, equilibrio, *m.* Flüssigkeit, flúido, *m.* System, sistéma, *m.* Nerve, nervo, *m.* und endlich, e per fine. beschädigen, dannéggiano. auch oft, anche spesso. Mechanismus, meccanismo, *m.* Körper, corpo. Lust, piacére, *m.* Unmäßigkeit, intemperánza, *f.* Unenthaltsamkeit, incontinénza, *f.* Feind, nemíco. welcher, che. zufügt, reca größter Schade, il più grande danno. sie schwächt, essa abbátte, indebolísce. seine Kraft, la sua forza. beraubt ihn, lo dispóglia. Reichthum, ricchézza. und verdirbt, e guásta. sein vorzüglichstes Gut, il suo migliór bene. Gesundheit, salúte, *f.*

7. Genitiv. (Siehe §. 36. Nr. 3 und 4.)

Der Schneider verlangt neun Ellen (§. 81) Tuch, zwei Dutzend Knöpfe und ein Loth Seide. Lasset einen Hut Zucker und zwei Pfund Kaffee holen. In einer Viertelstunde werde ich wieder zurückkommen. Trinket dieses Glas Wein aus und esset dieses Rindchen Brot. Nehmet die Landkarte und suchet mir die Stadt Paris und die Stadt London auf.

Schneider, sartóre, *m.* verlangt, dománda. neun, nove. Elle, bráccio. Tuch, panno. zwei, due. Dutzend, dozzina. Knopf, bottóne, *m.* ein Loth, mezza óncia. Seide, seta. Lasset holen, mandáte a préndere. Hut, pane. Zucker, zúcchero. Pfund, libbra. Kaffee, caffè, *m.* Viertel, quarto. Stunde, ora. werde ich wieder zurückkommen, ritornerò. trinket, finite di bere. Glas, bicchiére, *m.* Wein, vino. esset, mangiáte. Rindchen, crostino. Brot, pane, *m.* Nehmet, prendéte. Landkarte, carta geográfica. suchet mir auf, cercátemi. Stadt, città. Paris, Parígi. London, Londra

8. Genitiv. (Siehe §. 36. Nr. 3 und 6.)

Ich komme auf Befehl des Herrn euch zu sagen, daß man die Anstalten für den morgenden Tag (§. 36. Nr. 6) machen soll. Der Monat April ist veränderlich, der Monat Mai hingegen ist sehr angenehm. Die Monate December und Jänner sind die rauhesten im Jahre. Warum habet ihr das sonntägliche Kleid angezogen? Was für ein Kleid werdet ihr auf den morgenden Ball anziehen? Seid ihr in der gestrigen Komödie gewesen? Man hatte ihm die unteren Zimmer eingeräumt.

Ich komme, io vengo. auf, per. Befehl, órdine, *m.* Herr, padróne, *m.* euch zu sagen, a dirvi. daß man machen soll, che si fácciano. Anstalt, preparativo, *m.* apparecchiaménto, *m.* Tag, giórno. morgenden, dománi. Monat, mese, *m.* April, Aprile. veränderlich, variábile. Mai, Mággio. hingegen, all' incontro. sehr, molto. angenehm, améno — dilettévole — delizióso — vago. December, Dicémbre. Jänner, Gennájo. rauhesten, il più rígido. Jahr, anno, *genit.* Warum? perchè? habet ihr angezogen, avete messo. sonntäglich, doménica. Kleid, ábito — vestíto. Was für ein? che? — quale? werdet ihr anziehen, metteréte. Ball, ballo. morgender, dománi. Seid ihr gewesen? siéte stato? Komödie, commédia, *dativ.* gestrig, jeri. Man hatte ihm eingeräumt, gli fúrono assegnate. Zimmer, cámera. unter, abbasso — sotto.

13 *

9. Genitiv. (Siehe §. 36. Nr. 6.)

Die gegenwärtigen Zeiten sind nicht die besten. Er hatte sich in der hinteren Kammer versteckt. Unsere Stadt hat eine steinerne Brücke; eure hat nur eine hölzerne. Silvius hat aus London eine goldene Uhr, einen silbernen Degen und ein Paar stählerne Schuhschnallen bekommen. Einmal trug man tuchene Kleider und Sammetwesten. Der Gebrauch der Kupfergefäße ist in Schweden verboten worden. In den Fleischbänken findet man Rind=, Kalb= und Schöpfenfleisch zu verkaufen. Was bedeutet dieser Glockenschall?

Zeit, tempo. gegenwärtig, adésso. best, miglióre. Er hatte sich versteckt, egli si era nascósto. Kammer, stanza — cámera. hinter, diétro. Unser, nostro. hat, ha. Brücke, ponte, m. steinern, piétra. euer, vostro. hat nur, ha solaménte. hölzern, legno. Silvius, Silvio. hat bekommen, ha ricevúto. Uhr, orológio — oriuólo. golden, oro. Degen, spada. silbern, argénto. Paar, pajo. Schuhschnalle, fibbia. Stahl, acciájo. Mal, volta. trug man, si portávano. Kleid, ábito. tuchen, panno Weste, gilè, m. Sammet, vellúto. Gebrauch, uso. Gefäß, vaso. Kupfer, rame, m. ist verboten worden, è stato proibíto. Schweden, Svézia. Fleischbank, beccheria findet man, si trova. zu verkaufen, da véndere. Fleisch, carne, f. Rind, manzo. Kalb, vitéllo. Schöps, castróne, m. Was bedeutet? che significa? Schall, suóno. Glocke, campána.

10. Genitiv. (Siehe S. 28, Note *) und S. 29, Nr. 9.)

Was saget ihr von dem Tuche, welches ich gekauft habe? Es ist gut und fein. Und von der Farbe? Sie ist schön. Was meinet ihr von dem Manne, welchen ihr sehet, von dem Knaben, den er mitführt, und von dem Bettler, welcher ihm nachgeht? Da sind 10 Ellen von dem Taffet, von welchem ihr haben wolltet, und 12 Ellen von der Batistleinwand, die ihr verlangt habet. Schicket mir ein Dutzend von den Citronen, und zwei Pfund von den Feigen, die ihr aus Smyrna bekommen habet. Ueberlasset mir ein Fläschchen von dem Cölnerwasser, welches man euch geschickt hat.

Was saget ihr? che ne dite? Tuch, panno. welches ich gekauft habe, che ho comprato. es ist, egli è. gut, buono. fein, fino. Farbe, colóre, m. schön, bello. Was meinet ihr? che pensate di. Mann, uomo. welchen ihr sehet, che vedéte. Knabe, ragázzo. den er mitführt, ch' egli mena seco. Bettler, mendico. welcher ihm nachgeht, che gli va diétro. Da sind, ecco. zehn, diéci. Elle, bráccio. (s. §. 81). Taffet, taffetà, m. von welchem ihr haben wolltet, del quale voleváto avere. Zwölf, dódici. Batistleinwand, tela batista, f. die ihr verlangt habet, che avete domandáta. Schicket mir, mandátemi. Dutzend, dozzina Citrone, limone, m. cedro. zwei, due. Pfund, libbra. Feige, fico, m. (s. §. 79), die ihr bekommen habet, che avete ricevuti. Smyrna, Smirne (s. §. 40). Ueberlasset mir, cedétemi Fläschchen, fiaschetta. Wasser, ácqua. Cöln, Colónia. welches man euch geschickt hat, che vi è stata mandáta.

11. Dativ. (Siehe §§. 37, 45.)

Der Herr Blum ist auf die Börse gegangen. Lasset uns in's Concert gehen. Die Schwestern sind heute zur Abendunterhaltung gegangen.

Ist gegangen, è andáto. Börse, borsa. Lasset uns gehen, andiámo. Concert, concérto. sind gegangen, sono andáte. heute, oggi. Abendunterhaltung, conversazióne, f.

Er ist auf dem Balle und der Bruder im Concerte. Wir haben dem Nach=
bar einen Besuch abgestattet; er wohnt im zweiten Stock und der Sohn
zu ebener Erde. Wir sitzen jetzt bei Tische. Denket an ernsthaftere Dinge.
Die Geizigen sind den Pferden gleich, welche Wein führen und Wasser
trinken, und den Eseln, welche Gold tragen und Disteln fressen. Er
wohnt im schwarzen Adler und nicht im goldenen Löwen (Dativ). Ich
habe mit ihm auf dem Kaffeehause gesprochen. Wollen wir eine Partie
Karten oder Schach spielen? (§. 137.)

er ist, egli è. Ball, ballo. Wir haben abgestattet, abbiámo fatto. Nachbar, vi-
cíno. Besuch, vísita. er wohnt, egli ábita, allóggia, sta. zweiter Stock, secóndo piáno. und, e. zu ebener Erde, pián terréno. Wir sitzen jetzt, noi sediámo ora. Tisch, távola. Denket, pensate. Ding, cosa. ernsthafter, più sério.
Geiziger, aváro. sind gleich, rassomígliano. Pferd, cavállo welche, che. füh=
ren, ménano. Wein, vino. trinken, bévono. Wasser, ácqua. Esel, ásino tra=
gen, pórtano. Gold, oro. fressen, mángiano. Distel, cardo, m. schwarzer Ad=
ler, áquila nera. und nicht, e non. goldener Löwe, leon d'oro. Ich habe mit
ihm gesprochen, io gli ho parláto. Kaffeehaus, caffè, m. Wollen wir spielen,
vogliámo fare. Partie, partíta. Karten, carte. oder, ovvéro, oppúre. Schach,
scácchi.

12. Ablativ. (Siehe §. 40.)

Er kommt vom Garten und nicht von der Reitschule. Er hat die
Waaren von den Kaufleuten aus Augsburg erhalten. Ist der Herr Cleonte
von der Messe zurückgekommen? Die Briefe, welche ich aus Frankreich
erhalten habe, erzählen viel von einem großen Diebstahle. Bezieht der
Schwager die Waaren aus England oder aus Holland? Von Ham=
burg bis Paris sind 190 französische Meilen. Schönbrunn ist nicht weit
von Wien.

Er kommt, egli viéne. Garten, giardíno. nicht, non. Reitschule, cavallerizza. Er hat erhalten, egli ha ricevúto. Waare, mercanzía. Kaufmann, mercánte, m. Augsburg, Augústa. Ist zurückgekommen? è ritornáto? Herr, Signóre.
Messe, fiéra, f. Brief, léttera. welche ich erhalten habe, che ho ricevúte. Frank=
reich, la Fráncia. erzählen viel von, párlano molto di. ein großer Diebstahl, un
gran ladrocínio. Bezieht, fa veníre. Schwager, cognáto. England, l'Inghiltérra.
Holland, l'Olánda. Hamburg, Ambúrgo. Paris, Parigi. sind 190 Meilen, sono
cento novánta míglia. französisch, francése. Schönbrunn, Belfónte. ist nicht weit,
non è lontáno. Wien, Viénna.

13. Ablativ. (§. 40.)

Kommt er aus dem Gewölbe? Nein, mein Herr, er kommt vom
Comptoir. Kommt ihr aus der Komödie? Nein, wir kommen vom Ball.
Die Möbeln des Herrn Rudger sind von seinem Erben verkauft worden.
Kommen Sie vom Garten? Nein, ich komme vom Kaffeehause. Wo=
her kommen jene Herren? Einige kommen von der Jagd, andere vom

Kommt er? vién egli? Gewölbe, bottéga. nein, mein Herr, no, Signóre.
Comptoir, scrittório. Kommt ihr, veníte voi? Komödie, commédia. nein, wir
kommen, no, veniámo. Ball, ballo. Möbeln, i móbili. Rudger, Ruggiéro.
sind verkauft worden, sono stati vendúti. sein Erbe, il suo créde. Kommen Sie,
vien Ella. ich komme, io vengo. Kaffeehaus, caffè, m. Woher kommen, donde
véngono. Herr, Signóre. kommen zurück, ritórnano. Jagd, cáccia. anderer,
altro.

Spazierengehen, und dieſe letzteren vom Fiſchfange. Hier iſt das Geld, welches mir von dem Vater geſchickt worden iſt. Dies hängt von der Mutter und nicht von dem Bruder ab. Der Uebergang von der Tugend zum Laſter iſt weit kürzer, als vom Laſter zur Tugend.

Spazierengehen, passéggio. letzter, último. Fiſchfang, pescáre — pesca. Hier iſt, ecco. Geld, danáro. welches mir geſchickt worden iſt, che mi è stato spedito. Dies hängt ab, questo dipénde. und nicht, e non. Uebergang, passággio. Tugend, virtù, f. Laſter, vízio, m. iſt weit kürzer als, è assái più corto che.

14. Ablativ. (§. 40.)

Von der Güte der Geſetze, von der Rechtſchaffenheit der Obrigkeiten, von dem Gehorſam der Unterthanen, von der Tapferkeit der Soldaten, von dem ſpeculativen Geiſte des Kaufmannes und endlich von der Arbeitſamkeit des Landmannes hängen die Aufrechthaltung und das Wohl des Staates ab. Die Treue, der Ruhm und die Tapferkeit müſſen den Soldaten leiten, wenn er den Namen eines Vertheidigers des Vaterlandes verdienen will. — Ich erwarte von Carln eine Antwort, er iſt ſchon ſeit drei Monaten in London. Franz iſt heute von Paris zurückgekommen, und ſein Bruder wird von Berlin erwartet.

Güte, bontà, f. Geſetz, legge, f. Rechtſchaffenheit, probità, f. Obrigkeit, magistráto. Gehorſam, ubbidiénza, f. Unterthan, súddito Tapferkeit, valóre, m. Soldat, soldáto. ſpeculativ, specolativo. Geiſt, spírito. Kaufmann, mercánte, m. und endlich, e finalménte. Arbeitſamkeit, laboriosità. Landmann, contadíno. hängen ab, dipéndono. Aufrechthaltung, vigóre, m. Wohl, prosperità, f. Staat, státo. Treue, fedeltà, f. Ruhm, glória, f. müſſen leiten, dévono guidáre. wenn er verdienen will, se vuól meritáre. Namen, nome, m. Vertheidiger, difensóre, m. (§. 36. Nr. 3). Vaterland, pátria, f. Ich erwarte, io aspétto. Antwort, rispósta. Carl, Carlo. ſchon, già drei, tre. Monat, mese, m. London, Londra. Franz, Francésco. zurückgekommen, ritornáto. heute, oggi. Paris, Parigi. ſein, suo. Bruder, fratéllo. wird erwartet, è aspettáto. Berlin, Berlíno.

15. (Siehe §. 42.)

Ich gehe alle Tage zum Herrn Wilk, weil ich bei ihm allerlei ſehe, allerlei höre und lerne. Der Graf Dalliore iſt heute beim Fürſten geweſen. — Gehe zum Ottavio, und ſage ihm, daß er heute Abends zu uns komme. — Aurelio wohnt beim Kaufmanne. — Der Bediente iſt zum Schuſter und zum Secretär gegangen, und bei ſeiner Rückkunft werde ich ihn zum Arzte und zur Tante ſchicken.

Ich gehe, io vado. alle Tage, ogni giórno. weil, perchè. ihm, lui. allerlei ſehe, höre und lerne, vedo, sento ed imparo ogni sorta di cose. Graf, conte. iſt geweſen, è stato. heute, oggi. Fürſt, principe. Gehe, va. ſage ihm, digli. daß er komme, che venga. heute Abends, staséra. uns, noi. wohnt, ábita, allóggia, sta. Kaufmann, mercánte. Bedienter, servitóre. gegangen, andáto. Schuſter, calzolájo. Secretär, segretário. bei ſeiner Rückkunft, al suo ritorno. werde ihn ſchicken, lo manderò. Arzt, médico. Tante, zía.

16. (Siehe §§. 26, 102.)

Brot, Hülſenfrüchte und Waſſer waren die einzige Nahrung der

Brot, pane, m. Hülſenfrüchte, legúmi, m. Waſſer, ácqua. waren, érano. einzige Nahrung, solo aliménto.

Einsiedler. Gebet ihm Wein, Brot und Fleisch, und er wird damit zufrieden sein. Gestern Abends beim Abendessen ließ er sich Bier, Käse und Nüsse geben. Habt ihr guten Wein? Ich möchte jetzt Briefe schreiben, bringet mir Tinte, Federn, Papier und Siegellack. So lange er reich war, hatte er Wagen, Pferde, Bediente, und ging immer mit Stiefeln und Spornen aus. Jetzt hat er weder Güter noch Häuser. He! weniger Zunge und mehr Verstand. Weder List noch Gewalt vermag was gegen ihn. Die Liebe kennt keine Bescheidenheit, noch der Zorn Mäßigung und Rath.

Einsiedler, solitário, eremíta, *m.* Gebet ihm, dátegli. Wein, vino, *m.* Fleisch, carne, *f.* und er wird damit zufrieden sein, ed egli ne sarà conténto. Gestern Abends, jer séra. Abendessen, céna, *f.* ließ er sich geben, si féce dáre. Bier, birra. Käse, formággio. Nuß, nóce, *f.* Habet ihr? avéte? Ich möchte jetzt schreiben, ora vorréi scrivere. Brief, léttera. bringet mir, portátemi. Tinte, inchióstro, *m.* Feder, penna, *f.* Papier, carta. Siegellack, cerakácea. So lange er reich war, finchè era ricco. hatte er, avéva. Wagen, carrózza. Pferd, cavállo. Bedienter, servitóre, *m.* und ging immer aus, e sortíva sempre. mit, con. Stiefel, stivále, *m.* Sporn, sprone, *m.* Jetzt hat er weder — noch, adésso egli non ha nè — nè. Gut, possessióne, *f.* Haus, casa. He! ehi! weniger, meno. Zunge, lingua. mehr, più. Verstand, giudízio. Weder — noch, nè — nè. List, ingégno, *m.* Gewalt, forza. vermag was gegen ihn, contra lui vale. Liebe, amóre, *m.* kennt keine, non conósce. Bescheidenheit, discrezióne, *f.* noch, nè. Zorn, sdegno, *m.* Mäßigung, moderazióne, *f.* Rath, consíglio.

17. Ueber das Vorwort in. (Siehe §§. 21, 43.)

Die Unglücklichen finden Trost in der Hoffnung. In den Büchern findet man die Mittel, um gelehrt zu werden. Die Schwester ist nicht im Zimmer, sie wird entweder in die Küche oder in den Keller gegangen sein. Wollen wir in das Gartenhaus frühstücken gehen? In einer angenehmen Gesellschaft vergeht die Zeit sehr geschwind. Ist Niemand im Schlosse? Nein, der Verwalter ist in diesem Augenblicke ausgegangen. Ihr habet schönes Wetter auf eurer Reise gehabt. Sie haben hier in diesem Billet die Adresse des Grafen Er verbarg den Schlüssel in jenem Schrank. Man kennt den Menschen nie besser, als im Spiele, im Zorne und in der Trunkenheit.

Unglücklicher, infelíce, sfortunáto. finden, tróvano. Trost, consolazione, *f.* Hoffnung, speránza, *f.* Buch, libro. findet man, si tróvano. Mittel, mezzo, *m.* um gelehrt zu werden, per divenir dotto. ist nicht, non è. Zimmer, cámera. sie wird gegangen sein entweder — oder, ella sarà andáta o — o. Küche, cucína. Keller, cantína. Wollen wir frühstücken gehen, vogliámo andáre a far colazióne. Gartenhaus, casinétto. Angenehme Gesellschaft, grata, aggradévole compagnía. Zeit, tempo. vergeht sehr geschwind, passa assái presto. Ist Niemand, c'è nissúno. Schloß, castéllo. Verwalter, fattóre, castaldo. ist ausgegangen, è uscíto. dieser Augenblick, questo punto. Ihr habet gehabt, avete avúto. schönes Wetter, bel tempo. auf, in. eure Reise, il vostro viággio. Sie haben hier, Ella avrà. dieses Billet, questo bigliétto. Adresse, indirizzo. Er verbarg, egli nascóse. Schlüssel, chiáve, *f.* jener Schrank, quell' armádio. Mensch, uómo. kennt man nie besser als, non si conósce mai méglio che. Spiel, giuóco. Zorn, cóllera. Trunkenheit, vino — ubbriacchézza.

18. (Ueber con, mit, siehe §§. 21, 51.)

Der Neffe ist mit dem Sohne und mit der Tochter des Generals in den Lustwald gegangen, um dort zu Mittag zu speisen. Künftige Woche wollen sie alle mitsammen auf's Land gehen. Es ist ein Courier mit der Friedensnachricht angekommen. Der Vetter kam hieher mit dem ausdrück= lichen Auftrage, ein Pferd und einen Wagen zu kaufen. Ich habe ihn nie mit irgend einem Worte beleidiget. Mit der Zeit und mit der Geduld lernt man Alles. Der Mensch soll die erste Zeit seines Lebens mit den Todten zubringen, die zweite mit den Lebenden, und die letzte mit sich selbst. Die Welt ist ganz mit Undankbaren angefüllt: man lebt mit Un= dankbaren, man arbeitet für Undankbare, und man hat immer mit Un= dankbaren zu thun.

Neffe, nipóte. ist gegangen, um dort zu Mittag zu speisen, è andáto a pran- záre. Lustwald, boschétto. General, Generále. Woche, settimána, f. künftig, ventúro. wollen sie gehen, vógliono andáre. alle mitsammen, tutti insiéme. Land, campágna, f. Es ist angekommen, è giunto. Courier, corriére, m. Nachricht, nuóva Frieden, pace, f. Vetter, cugíno. kam hieher, arrivò qui. ausdrücklicher Auftrag, órdine espresso. zu kaufen, di compráre. Pferd, cavállo. Wagen, car- rózza. Ich habe ihn nie beleidiget, io non l'offési mai. irgend ein Wort, alcúna paróla. Zeit, tempo. Geduld, paziénza. lernt man Alles, s'impára tutto — ogni cosa. Soll zubringen, deve passáre. erste Zeit, prima parte. sein Leben, la sua vita. Todter, morto. zweite, secónda. Lebender, vivo. letzte, última. sich selbst, se stesso. Welt, mondo. ist ganz angefüllt mit, è piéno di. Undankbarer, ingráto. man lebt, si vive. man arbeitet, si lavóra. und man hat immer zu thun, e sempre si ha da fare.

19. (Ueber per und su, siehe §§. 21, 52.)

Die Widerwärtigkeiten sind für die Seele das, was ein Ungewitter für die Luft ist. Der Graf hat für den Kammerdiener und für den Jä= ger die Livree gekauft. Ich hielt den Kaufmann für einen rechtschaffenen Mann. Die neue Sängerin trat gestern zum ersten Male auf in der Rolle der prima donna. Der Bediente, vom Zorne ergriffen, nahm einige bei den Haaren, andere beim Halse und beim Arme. Er ist durch den Wald und nicht durch das Dorf gegangen. Er legte das Kleid auf den Sessel, die Uhr hingegen und das Geld auf den Tisch. Gott hat ihn seiner Sünden wegen gestraft. Der Vogel war bald auf dem Dache, bald auf dem Baume. Steigen wir mit einander diesen Hügel

Widerwärtigkeit, avversità, f. Seele, ánima. das, was ist, ciò che è. Un= gewitter, temporále, m. Luft, ária, f. hat gekauft, ha compráto. Kammerdiener, cameriére. Jäger, cacciatóre, m. Livree, livréa. ich hielt, io tenni. Kaufmann, mercánte, m. ein rechtschaffener Mann, un galantuómo. Neue Sängerin, nuóva cantatríce. trat gestern auf, recitò jeri. zu, per. erste Mal, prima volta. Rolle, parte, f. Bediente, servo. ergriffen von, accéso da. Zorn, ira. nahm einige, prese alcúni. bei, per. Haar, capéllo. anderer, altro. Hals, collo. Arm, brác- cio. Er ist gegangen durch, egli è passáto per. Wald, bosco. und nicht, e non. Dorf, villággio. er legte, egli pose. Kleid, ábito. auf, su. Sessel, sédia. Uhr, orológio, oriuólo. hingegen, all' incontro, poi. Geld, danáro. Tisch, tavolíno. Hat ihn gestraft wegen, lo ha punito per. seine Sünden, i suói peccáti. Vo- gel, uccéllo, m. war bald — bald, era óra — óra. Dach, tetto. Baum, ál- bero, m. Steigen wir mit einander hinauf, sagliámo insiéme su. dieser Hügel, questa collina.

hinauf. Wir haben heute einen langen Spaziergang auf der Bastei
gemacht.

heute, oggi. wir haben gemacht, abbiámo fatto. langer Spaziergang, lunga pas-
seggiáta. Bastei, bastióne, m.

20.

Die Gewissensbisse sind die Begleiter des Lasters, und selbst in der
Mitte des Glückes fühlt dann der Mensch die Unglückseligkeit. Die Menschen betrügen sich also, wenn sie das Glück blos in den Vergnügungen
und Unterhaltungen suchen, denn dies ist nur ein Schatten des Glückes.
In der Tugend allein findet der Weise Zufriedenheit, sie ist der Schild
gegen so viele Uebel, und lindert die Drangsale des Lebens.

Biß, rimórso. Gewissen, cosciénza. sind, sono. Begleiter, compágno. Laster, vízio. und selbst, e persino. Mitte, in mezzo a. Glück, fortúna. fühlt
dann, prova poi. Unglückseligkeit, infelicità, f. betrügen sich also, s'ingánnano
dúnque. wenn sie suchen, se cércano. Glück, felicità. nur, solaménte. Vergnügen, piacére, m. Unterhaltung, divertiménto. denn dies ist nur, poichè questo
non è che. Schatten, ombra. Allein, solo. Tugend, virtù, f. findet, tróva.
Weiser, Sávio. Zufriedenheit, contentézza. sie ist, essa è. Schild, scúdo, m.
gegen, contra (acc.). so viel, tanto. Uebel, male, m. lindert, ammollísce, mí-
tiga, allévia. Drangsal, calamità, f. Leben, vita.

21.

Die Beschäftigung der Grönländer ist die Fischerei und die Jagd.
Die Weiber helfen dabei ihren Männern, wenn sie in dem Innern des
Hauses nichts zu thun haben. Die Damhirsche, die Hasen, die See-
hunde, die Vögel und die Fische sind ihre Hauptnahrung, das Wasser und
der Thran ihr Getränk. Die Kleidung der Grönländer besteht in einem
engen Ueberrocke, der aus Seehundsleder gemacht ist. Die Strümpfe und
die Beinkleider sind aus dem nämlichen Felle gemacht. Die Hemden, die
sie unter dem Rocke tragen, sind von Fischdärmen verfertigt.

Beschäftigung, occupazióne, f. Grönländer, Groulandése. Fischerei, pesca.
Jagd, cáccia. Weib, donna. helfen dabei, vi préstano ajuto a; vi ajútano (reg.
accus.). ihr Mann, il loro marito. wenn sie nichts zu thun haben, quando non
hanno da far nulla. Innern, interno Haus, casa. Damhirsch, dáino, m.
Hase. lepre, m. u. f. Seehund, cane di mare. Vogel, uccéllo, m. Fisch, pesce, m.
ihre Hauptnahrung, il loro principále aliménto. Wasser, ácqua. Thran, ólio di
baléna. ihr Getränk, la loro bevánda. Kleidung, vestiménto. besteht, consiste.
Ueberrock, giubbone, m. eng, stretto. der aus Seehundsleder gemacht ist, fatto di
pelle di can marino. Strumpf, calza. Beinkleid, calzóni. sind gemacht, sono.
das nämliche Fell, la stessa pelle. Hemd, camíscia, f. die sie tragen, ch'essi
pórtano. unter, sotto (acc.). Rock, ábito, m. sind verfertigt, sono fatte. Darm,
budéllo. (§. 81. u. 36 Nr. 5.) Fisch, pesce, m.

22.

Die Wohnungen der Wilden haben die Zierlichkeit und den Geschmack
nicht wie die Häuser der Europäer, sie dienen ihnen blos zum Schutze gegen

Wohnung, abitazióne, f Wilder, selvággio (§. 72). haben nicht, non
hanno. Zierlichkeit, elegánza, f. Geschmack, gusto, m wie, come. Haus, casa.
Europäer, Européo. sie dienen ihnen blos zu, esse sérvono loro solo di. Schutz,
difésa. gegen, contro (acc.).

die Ungemächlichkeit des Wetters. Der Eingang ist gewöhnlich unter der Erde, wie das Loch der Kaninchen. Das Leben der Wilden ist einfach, sie kennen die Krankheiten nicht, und die Gesundheit blühet auf ihren Wangen.

Ungemächlichkeit, ingiúria. Wetter, tempo Eingang, ingrésso, *m* entráta, *f.* gewöhnlich, ordinariaménte. unter, sotto. Erde, terra. wie, come. Loch, buca, *f.* Kaninchen, coníglio. Leben, vita. ist einfach, è sémplice kennen nicht, essi non conóscono. Krankheit, malattía, *f.* Gesundheit, sanità, *f.* blühet, fiorisce. auf, su. ihre Wange, la loro guáncia (§. 77).

23.

Die Bescheidenheit und die Demuth sind die Mittel, sich die Liebe, die Neigung und die Freundschaft der Menschen zu verschaffen. Der Bescheidene spricht wenig von seinen eigenen Vorzügen, rühmt aber gern alles Gute des Nächsten. Darum genießt er die Hochachtung Anderer. Thut er die Schuldigkeit seines Standes, besitzt er Herzensgüte, so erntet er gewiß das Lob jener ein, die ihn kennen.

Bescheidenheit, modéstia, *f.* Demuth, umiltà, *f.* Mittel, mezzo, *m.* sich zu verschaffen, di procacciársi. Liebe, amóre, *m.* Neigung, affétto, *m.* Freundschaft, amicizia. Bescheidene, discréto. spricht wenig, parla poco. sein, suo. eigen, próprio Vorzug, qualità — prégio, exalta però gern, volontiéri. alles, tutto. Gute, il bene. Nächster, próssimo, *m.* Darum genießt er, quindi gode egli. — Hochachtung, stima. Anderer, altrúi. thut er, se fa. Schuldigkeit, dovére, *m.* sein Stand, il suo stato. besitzt er, se possiéde. Güte, bontà, *f.* Herz, cuóre, *m.* so erntet er gewiß ein, otterrà sicuraménte. Lob, lode, *f.* jener, die ihn kennen, di quelli che lo conóscono.

24.

Vier Dinge sind die schätzbarsten bei der Glückseligkeit des Lebens: die Gesundheit, die Ruhe der Seele, die Glücksgüter und Freunde, welche die Aufrichtigkeit lieben. Die Bestimmung des Menschen auf der Erde ist: die Wahrheit zu erkennen, das Schöne zu lieben, das Gute zu wollen, und das Beste zu thun. Der Mann, der die Wahrheit und die Aufrichtigkeit liebt, verabscheuet die Lügen als den Anfang des Lasters. Jeder Mensch trauet ihm, der Lügner hingegen verliert die Hochachtung, die Liebe und das Zutrauen Anderer.

Vier, quattro. Ding, cosa. schätzbarstes, la più stimábile. bei, per, in. Glückseligkeit, felicità, *f.* Leben, vita. Gesundheit, salúte, sanità, *f.* Ruhe, quiéte, *f.* Seele, ánima. Gut, bene, *m.* Glück, fortúna, Freund, amico. welche lieben, che ámano. Aufrichtigkeit, sincerità, *f.* Bestimmung, vocazióne, *f.* auf, su. Erde, terra. ist zu erkennen, è di riconóscere. Wahrheit, verità, *f* zu lieben, di amáre. Schöne, bello. zu wollen, di volére. Gute, bene, *m.* zu thun, di fare. Bestes, óttimo. der liebt, che áma. Aufrichtigkeit, sincerità. verabscheut, abborrisce. Lüge, bugia, *f.* als, che sono. Anfang, princípio. Laster, vízio. jeder Mensch, ogni uómo. trauet ihm, si fida di lui. Lügner, bugiárdo. hingegen, per lo contrário. verliert, perde. Hochachtung, stima. Zutrauen, confidénza. Anderer, altrúi.

25.

Wenn der Friedfertige eine Beleidigung empfängt, so mäßiget er den Unwillen, und die Sanftmuth der Seele läßt ihn nicht auffahren. Die

Wenn, se. Friedfertiger, uómo pacífico. empfängt, ricéve. Beleidigung, offésa. so mäßiget er, módera. Unwille, sdegno. Sanftmuth, mansuetúdine, *f.* Seele, ánima, *f.* läßt ihn nicht auffahren, non lo láscia dar nelle fúrie.

Sanftmuth iſt alſo das Mittel, den Verbruß zu vermeiden, und verſöhnt den heftigſten Feind. Von der Reinheit der Sitten, von der Artigkeit des Betragens und von der Ausübung der Beſcheidenheit erhalten die Leute ein größeres Anſehen, als von den Reichthümern und von der Pracht der Kleider.

alſo, dunque. Mittel, mezzo. zu vermeiden, di evitáre. Verbruß, disgústo. und verſöhnt, e riconcília. der heftigſte, il più fiero. Feind, nemíco. Reinheit, puritá, f. die Sitten, i costúmi Artigkeit, piacevolézza, graziositá. Betragen, le maniére, il comportaménto. Ausübung, esercízio, m. prática. Beſcheidenheit, modéstia, f. erhalten, otténgono. Leute, uómini. ein größeres, più. Anſehen, crédito. als, che. Reichthum, ricchézza. Pracht, magnificénza. Kleid, ábito, f.

26.

Der Weiſe zieht das Nützliche dem Angenehmen, und das Nothwendige dem Nützlichen vor. Die Jugend hingegen liebt das Vergnügen mehr, als die Geſundheit und die Ordnung; ſie iſt auch gewöhnlich blos um das Gegenwärtige, und nicht um das Zukünftige beſorgt. Die Jünglinge bedenken nicht, daß der Nachläſſigkeit und Faulheit Armuth und Langeweile folgen; daher geſchieht es, daß ſie keine Luſt haben, gute Bücher zu leſen, um das Herz zu bilden und den Verſtand zu erleuchten, was ſie gewöhnlich im Alter bereuen. In der Jugend muß man ſuchen ſeine Kenntniſſe zu erweitern, und bedenken, daß alle diejenigen, die ihre jungen Jahre im Müſſiggange zubrachten, ein trauriges und kummervolles Alter hatten.

Weiſe, ſággio. zieht vor, preferisce. Nützliche, útile, m. Angenehme, dilettévole, m. Nothwendige, necessário, m. Jugend, gioventù, f. hingegen, per lo contrário. liebt mehr, ama più. Vergnügen, piacére, m. als, che. Geſundheit, sanitá, f. Ordnung, órdine, m. ſie iſt auch gewöhnlich blos, essa è anche per l'ordinário solaménte. beſorgt, sollécito. um, di. Gegenwärtige, presénte. Zukünftige, avveníre, m. Jüngling, gióvane. nicht bedenken, daß, non pénsano che. Nachläſſigkeit, negligénza. Faulheit, poltronería. folgen, séguono. Armuth, povertá. Langeweile, noja daher geſchieht es, quindi avviéne. daß ſie keine Luſt haben, che non hanno alcúna vóglia. zu leſen, di léggere gut, buóno. Buch, libro. um zu bilden, per miglioráre, formáre. Herz, cuóre, m. erleuchten, rischiaráre. Verſtand, intellétto, m. was ſie gewöhnlich bereuen, del che ordinariaménte si péntono. Alter, vecchiája. muß man ſuchen, bisógna avére in mira. zu erweitern, di accrescere, di esténdere. ſeine Kenntniß, la sua cognizióne, f. bedenken, pensáre — riſléttere. daß alle diejenigen, die zubrachten, che tutti quelli che passárono. ihr, loro. Jahr, anno. jung, giovaníle. Müſſiggang, ózio, m. hatten, ébbero. traurig, tristo. kummervoll, penóso, piéno di disástro — disastróso.

27. (Siehe §§. 26, 102.)

Telemach, da, wo er von Aegypten ſpricht, drückt ſich folgender Maßen aus: Wir konnten nicht die Blicke auf beide Ufer werfen, ohne reiche Städte, reizend gelegene Landhäuſer, Felder, die ſich alljährlich mit goldener Ernte bedecken, ohne jemals auszuruhen, Wieſen voll Heerden,

Telemach, Telémaco. da, wo er ſpricht, parlando di. Aegypten, Egitto. drückt ſich folgender Maßen aus, ſi esprime come segue Wir konnten nicht werfen, noi non potevámo gettáre — sospíngere. Blick, sguárdo, auf beide, sulle due. Ufer, riva. ohne wahrzunehmen, senza scórgervi. Stadt, cittá. reich, dovizióso. Haus, casa. Land, campágna. reizend gelegen, piacevolu:nte situáto, disposto. Felder, terre. die ſich alljährlich bedecken, che si cuóprono ogni anno di ... Ernte, messe, f. golden, doráto. ohne jemals auszuruhen, senza riposarsi giammái. Wieſe, pratería. voll, piéno di. Heerde, arménto.

Landleute unter der Schwere der Früchte gebeugt, welche die Erde aus ihrem Schooße spendet, und Schäfer, welche die sanften Töne ihrer Flöten und Schalmeien von allen benachbarten Thälern widerhallen lassen, wahrzunehmen.

Landmann, agricoltóre, m. gebeugt, opprésso. unter, sotto (reg. acc.). Schwere, peso. Frucht, frutto. welche, che. Erde, terra. spendet, versa da. ihr Schooß, il suo seno. Schäfer, pastóre, m. welche widerhallen lassen, che fanno risuonáte. sanft, dolce. Ton, suono. ihre Flöte, il loro flauto. Schalmei, zampógna. von, a. all, tutto. Thal, valle, f. benachbart, circonvicino.

28. (Siehe §. 59.)

Ihr habet gute Zeit zum Reisen. Wir haben nun beständig schöne Tage. — Er hatte voriges Jahr einen schönen Garten außerhalb der Stadt, worin schöne Blumen und schöne Obstbäume sich befanden. — Jenes Buch handelt von dem Leben des heil. Stephan und des heil. Leopold, und in diesem sind Auslegungen einiger Stellen aus den Episteln des heil. Paulus und des heil. Petrus. — Theodosius der Große starb in Mailand in den Armen des heil. Ambrosius.

Ihr habet, voi avéte. Zeit, tempo. zum, per. Reisen, viaggiáre. nun, adésso — ora. wir haben, abbiámo. beständig, continuaménte. Tag, giornáta. er hatte, egli ebbe. voriges Jahr, l'anno scorso. Garten, giardíno. außerhalb, fuóri di. Stadt, città. worin, nel quale — in cui. sich befanden, v'avéva, trovávansi. Blume, fiore, m. Obstbaum, álbero da frutti. Buch, libro. handelt, tratta. Leben, vita (genit.). Stephan, Stéfano. Leopold, Leopóldo. sind, vi sono. Auslegung, spiegazióne, f. Stelle, passággio — passo. Epistel, epistola. Paul, Páolo. Peter, Piétro. Theodosius, Teodósio. Große, Grande. starb, morì. Mailand, Miláno. Arm, bráccio (§. 81). Ambrosius, Ambrógio.

29.

Jene Schrift enthält einen schönen Gedanken über die großen Vortheile des Handels. — Jene Fürsten sind glücklich, die von den Unterthanen geliebt werden. — In diesem Geschäfte muß man große Vorsichtigkeit und großen Muth haben. — Rom und Carthago hatten gegen einander große Kriege. — Demosthenes war ein großer griechischer Redner. — Er ist ein guter Junge, und hat große Anlage, Alles leicht zu lernen.

Schrift, scritto. enthält, contiéne. Gedanke, pensiéro. Vortheil, avvantággio. Handel, commércio. Fürst, Príncipe, m. sind, sono. glücklich, felice. die geliebt werden, che sono amáti. Unterthan, súddito. Geschäft, affáre, m. muß man haben, bisógna avére. Vorsichtigkeit, circospezióne, f. Muth, corággio, m. Rom, Roma. Carthago, Cartágine. hatten, avévano. gegen einander, tra di loro. Krieg, guérra. Demosthenes, Demóstene. war, era. griechisch, greco. Redner, oratóre, m. Junge, gióvane, m. Anlage, disposizióne, f. Alles leicht zu lernen, d'imparár tutto facilménte.

30. (Siehe §. 64.)

Die Edelsteine sind durchsichtige Körper; dergleichen sind: der weiße Diamant, der rothe Rubin, der blaue Saphir, der grüne Smaragd, der

Edelstein, gemma, f. Körper, corpo. durchsichtig, diáfano — trasparénte. dergleichen, tale. weiß, biánco. Diamant, diamánte, m. roth, rosso. Rubin, rubino. blau, turchino. Saphir, zaffíro. grün, verde. Smaragd, smeráldo.

gelbe Hyacinth ꝛc. Sie spielen Farben, wenn sie geschliffen sind. Die Perlen, klein oder groß, wachsen in Muscheln, und die Korallen im Meere in Gestalt kleiner Bäume. — Der Onkel hat mir ein französisches Buch geschenkt. — Gottfried hat einen großen Vorrath an ungarischen und österreichischen Weinen. — Die spanischen Pferde sind eben so theuer, als die englischen.

gelb, giállo. Hyacinth, giacinto. Sie spielen Farben, esse scintíllano — luccicano — sfavillano wenn sie sind, quando sono. geschliffen, arruotáto. Perle, perla. klein, píccolo. groß, grosso. wachsen, créscono. Muschel, conchiglia. Koralle, coríllo. Meer, mare, m. Gestalt, forma. kleiner Baum, arboscéllo. Onkel, zio. hat mir geschenkt, mi ha donáto. französisch, francése. Gottfried, Goffrédo. Vorrath, provvigióne, f. an, di. ungarisch, ungherése. österreichisch, austríaco. Wein, vino. spanisch, spagnuólo. Pferd, cavállo. sind eben so, sono cosi. theuer, caro. als, come. englisch, inglése.

Ueber eigene Namen.

31. (Siehe §§. 33, 47.)

Gebet diese Kirschen der Caroline und die Birnen der Henriette. Maximilian schreibt oft an Julie. Mein Onkel kommt von München und geht nach Berlin. Jacob redet von Venedig, von Mailand, von Rom, und wird nie von Wien verreisen. Richard liest die Begebenheiten des Telemach. Jupiter ist der Vater der Götter. Juno ist (eine) Tochter des Saturn und der Rhea, und Gemahlin des Jupiter.

Gebet, dáte. diese Kirsche, questa ciriégia. Caroline, Carolina. Birn, pera, f. Henriette, Enrichétta. Maximilian, Massimiliáno. schreibt oft, scrive spesso. Julie, Giúlia. Mein Onkel, mio zío. kommt, viéne München, Mónaco. geht, va. Berlin, Berlino. Jacob, Giácomo. redet von, parla di. Venedig, Venézia. Mailand, Miláno. Rom, Roma. und wird nie verreisen, e non partirà mai. Wien, Viénna. Richard, Riccárdo. liest, legge. Begebenheit, avventúra. Telemach, Telémaco. Jupiter, Gióve. Juno, Giunóne. Tochter, figlia. Saturn, Satúrno. Gemahlin, móglie.

32. (Siehe §§. 33, 47, 48.)

Gestern kam Eberhard von Triest nach Wien und geht morgen nach Preßburg, um der Krönung der Königin von Ungarn beizuwohnen. Von da geht er nach Böhmen, bleibt vier Tage in Prag, und wenn es die Jahreszeit erlaubt, so wird er über Dresden nach Leipzig sich begeben, wo ihn sein Freund, der von London dort ankam, erwartet.

Gestern, jeri. kam, arrivò, giúnse. Eberhard, Everárdo. Triest, Triéste. Wien, Viénna. geht, va. morgen, dománi. Preßburg, Presbúrgo. um beizuwohnen, per éssere presénte. Krönung, coronazióne, f. Königin, Regina. Ungarn, Ungheria. Von da, quindi, di là. geht er, passerà in, andrà. Böhmen, Boémia. bleibt, resterà. vier, quattro. Tag, giórno. Prag, Praga. wenn es ihm erlaubt, se gli permétte. Jahreszeit, stagióne, f. wird sich begeben, si recherà, andrà. Dresden, Dresda. Leipzig, Lipsia. wo ihn erwartet, ove lo sta attendéndo. sein Freund, il suo amico. der dort ankam, che vi giúnse. London, Londra.

33. (Siehe §. 33.)

Die Götter der Heiden hatten sich verschiedene Bäume erkoren. Dem

Heide, págano, gentíle, m. hatten sich erkoren, avéano scelto. verschieden, divérso. Baum, álbero, m.

Jupiter gefiel die Eiche, dem Mars die Eſche, der Cybele die Fichte, dem Herkules der Pappelbaum und dem Apollo der Lorbeerbaum. Minerva oder Pallas fragte, warum ſie unfruchtbare Bäume nähmen. Wegen der Ehre, antwortete Jupiter. Saget, was ihr wollet, erwiederte Pallas, mir ge= fällt der Olivenbaum wegen der Frucht. Du haſt Recht, liebe Tochter, antwortete Jupiter, und mit Recht wirſt du von Allen die Göttin der Weisheit genannt; denn wenn das, was wir thun, nicht nützlich iſt, ſo iſt der Ruhm eitel.

Jupiter, Gióve. gefiel, piácque. Eiche, quércia, f. Mars, Marte. Eſche, frás= sino, m. Fichte, pino, m. Herkules, Ércole. Pappelbaum, pióppo, m. Lorbeer= baum, allóro, m. Pallas, Pállade. fragte, chiése, domandò. warum ſie näh= men, perchè prendéssero. unfruchtbar, infértile. wegen, per — a cagióne di. Ehre, onóre, m. antwortete, rispóse. Saget, was ihr wollet, dite quel che voléte. erwiederte, soggiúnse, replicò. mir gefällt, a me piáce. Olivenbaum, ulivo, m. Frucht, frutto. Du haſt recht, hai ragióne. lieb, caro. Tochter, figlia. und mit Recht wirſt du genannt, e meritamente viéni chiamáta. Alle, tutti. Göt= tin, Dea. Weisheit, sapiénza. Denn, poichè. Ruhm, onóre, m. iſt eitel, è vano. wenn das, was wir thun, nicht nützlich iſt, se ciò che facciámo, non è útile — vantaggióso.

34. (Siehe §§. 128, 33, 1, 2, 3, 4.)

Themiſtokles hinterließ von Archippe, ſeiner erſten Gemahlin, einer Tochter des Lyſander von Alopeke, drei Söhne. Eines Sohnes, nämlich des Kleophantus, macht Plato Erwähnung, als eines trefflichen Reiters, aber ohne weiteres Verdienſt. Er hatte auch einige Töchter. Mneſipto= lema, die von der zweiten Gemahlin war, wurde von ihrem Stiefbruder Archeptolis, Italia von Pantheides und Sybaris von Nikomedes aus Athen geheirathet.

Hinterließ, lasciò. ſeine erſte Gemahlin, sua prima móglie. drei, tre. Sohn, figlio. nämlich, cioè. macht Erwähnung, ne fa menzióne. Plato, Platóne. treff= licher Reiter, cavalatóre valénte. aber, ma ohne, senza. weiteres Verdienſt, altro mérito. er hatte auch, avéa pure. die war, che éra. zweite Gemahlin, se= cónda móglie. wurde geheirathet, fu sposáta ihr Stiefbruder, il suo fratellástro. Athen, Aténe.

35. (Siehe §§. 1, 2, 3, 4.)

Als ſich Hannibal von Rom gegen den übrigen Theil von Italien ge= wendet hatte, bekamen die Römer wieder Muth, und übergaben das Com= mando der Armeen dem Fabius Maximus und dem Claudius Marcellus. Zur nämlichen Zeit ſchickten ſie den Quintus Fabius Pictor, einen Ver= wandten des Fabius, nach Delphi in Griechenland, um aus dem Munde des Orakels ihr Schickſal zu erfahren. Poſeidonius ſagt, daß Fabius von den Römern ihr Schild, und Marcellus ihr Schwert genannt wurden, und

Als ſich gewendet hatte, esséndosi dirétto. Hannibal, Annibale. Rom, Roma. gegen, verso. übriger Theil, rimanénte, m. Italien, Itália. bekamen wie= der, riacquistárono. Römer, Románo. Muth, coraggio übergaben, affidárono. Armee, armáta. Zur, in. nämliche Zeit, stesso tempo. ſchickten, inviárono — mandárono. Pictor, Pittóre. Verwandter, parénte. Delphi, Delfo. Griechenland, Grécia. um zu erfahren, per venir a sapére. Mund, bocca. Orakel, Orácolo. ihr Schickſal, la loro sorte. ſagt, dice — raccónta. daß, che. genannt wurde, fu chiamáto. ihr Schild, il loro scudo. ihr Schwert, la loro spada.

daß die Festigkeit und Sicherheit des Einen, vereint mit der Kühnheit und Thätigkeit des Andern, den Römern zur Rettung dienten.

Festigkeit, fermézza. Sicherheit, sicurtà. der Eine, l'uno. vereinigt, unito (reg. dativ.). Kühnheit, audácia. Thätigkeit, attività. der Andere, l'altro. dienten, servírono di, procurárono (mit *acc.*). Rettung, salvaménto.

36. (Siehe §. 126.)

Die Stadt Rom hat den Zunamen die Heilige; Neapel die Edle; Florenz die Schöne; Genua die Prächtige; Mailand die Große; Ravenna die Alte; Venedig die Reiche; Padua die Gelehrte und Bologna die Fette, weil die Gegend um dieselbe sehr fruchtbar ist.

Stadt, città. hat den Zunamen, vién soprannomináta. Heilig, Sánto. Neapel, Nápoli. Edel, Gentile. Florenz, Firénze. Genua, Génova. Prächtig, Supérbo. Mailand, Miláno. Alt, Antico. Venedig, Venézia. Padua, Pádova. Gelehrt, Dotto. Fett, Grásso. weil ist, per ésservi. Gegend, paése, m. um dieselbe, d'intórno. fruchtbar, fértile.

37.

Sophie, Kaiserin von Orient, gab dem Narses Veranlassung, die Lombarden nach Italien kommen zu lassen. Paul Emilius überbrachte nach Rom das Gold und das Silber der Könige von Macedonien. In den Zeiten des Plinius fing man erst an, die Vortrefflichkeit der Melone zu kennen Epaminondas, einer der vornehmsten Griechen, spielte recht gut auf der Leier (§. 138). Sokrates lernte in seinem Alter noch auf der Leier spielen, und sagte: es wäre immer Zeit zu lernen Die Regierung des Kaisers Titus war zu kurz für das Wohl vieler Völker.

Sophie, Sofia. Orient, Oriénte, m. gab, diéde. Veranlassung, motivo. Narses, Narsete. kommen zu lassen, di far venire. Paul, Páolo. überbrachte, trasportò. Gold, oro. Silber, argénto. fing man an zu kennen, si cominciò soltanto a conóscere. Vortrefflichkeit, eccellénza. Melone, mellóne, m. — popóne, m. vornehmster, il più illustre. spielte, suonáva. recht gut, molto bene. Leier, lira. Lernte spielen, imparò a suonár. sein Alter, la sua vecchiája. sagte, disse. es wäre, che era. zu lernen, d'imparáre. Regierung, regno. war, era. zu kurz, troppo corto, breve. Wohl, bene. viel, molto. Volk, pópolo.

38. (Siehe §§. 116, 126, 128.)

Die Niederlande wurden mit Deutschland vereinigt durch die Heirath Maximilians von Oesterreich mit Maria, einziger Erbin Carls des Kühnen, Herzogs von Burgund. Philipp dem Gütigen, Herzoge von Burgund, muß man die Stiftung des Ritterordens des goldenen Vließes zuschreiben. Er that solches zu Brügge im Jahre 1429. Dieser Orden ist dann an die Regenten aus dem Hause Oesterreich übergegangen, als Abkömmlinge von Maria von Burgund, Tochter Carls des Kühnen.

Niederlande, i paési bassi. wurden vereinigt, fúrono uniti a. Deutschland, Alemágna — Germánia. Heirath, maritággio — matrimónio. Oesterreich, Austria. einzig, único. Erbin, eréde, f. Carl, Carlo. Kühn, Ardíto. Burgund, Borgógna. Philipp, Filippo. Gütig, Buóno. muß man zuschreiben, è da attribuírsi. Stiftung, fondazióne — instituzióne, f. Ritterorden des goldenen Vließes, órdine cavallerésco del Tosón d'oro Er that solches, egli fece ciò. Brügge, Brugges. ist dann übergegangen an, è pervenúto poi a. Regent, Príncipe regnánte. als, come. Abkömmling, discendénte.

39. (Siehe §§. 127, 398.)

Carl der Große, König von Frankreich, wurde im Jahre 800 als Kaiser gekrönt. Es gibt noch viele Briefe, in welchen man zu Carl IX. und zu Heinrich III. Eure Hoheit sagte. Der erste König von Frankreich, dem die fremden Fürsten den Titel Majestät gegeben haben, war Ludwig XI. Franz I. führte immer Krieg mit Carl V. Nach dem Tode Kaiser Carls VI. entstand ein sehr hartnäckiger Krieg.

Frankreich, Fráncia wurde gekrönt, su coronáto. Kaiser, Imperatóre. Jahr, anno. 800, otto cento. Es gibt noch, vi si tróvano ancóra. viel, molto. Brief, léttera. welche, la quale. man sagte, dicévasi. Euer, Vostro. Hoheit, Altézza. erste, primo bem, a cui. fremd, straniére. gegeben haben, hanno dato Titel, titolo. Majestät, Maestà war, era. Ludwig, Luigi Franz, Francésco. führte Krieg mit, facéva guérra a. Nach), dopo. Tod, morte, f. entstand, s'accése. hartnäckig, accanito — ostináto.

40. (Siehe §§. 116, 48.)

Die Gothen kamen nach Spanien unter der Anführung ihres Königs Attulf. Polen, Dänemark, Afrika und Sicilien waren gegen Ende des siebzehnten Jahrhunderts die öffentlichen Getreidekammern von Europa. Der größte Theil der Waaren, die nach Amerika geschickt wurden, kamen aus Frankreich. In Friedenszeiten brachten die Franzosen die Waaren nach Cadir, und die spanischen Schiffe führten sie nach Amerika.

Gothe, Góto. kamen, invásero. Spanien, Spágna (acc.). unter, sotto Anführung, condótta. Attulf, Attólfo. ihr, loro. Polen, Polónia. Dänemark, Danimárca. waren gegen, érano verso. Ende, fine, f. Jahrhundert, sécolo. siebzehn, décimo séttimo. öffentlich, púbblico. Getreidekammer, granájo. Der größte Theil, la maggiór parte Waare, mercanzia — merce, f. die geschickt wurden, che si spedívano. kamen, venívano. Zeit, tempo. Frieden, pace, f. brachten, portávano, conducévano. diese), questo. Cadir, Cádice. spanisch, spagnuólo. Schiff, nave, f — bastiménto. führten sie, le trasportávano.

41. (Siehe §§. 48, 116, 119.)

Preußen ist jetzt ein großes Königreich. Der Rhein, die Donau und die Elbe sind drei große Flüsse in Deutschland, so wie die Weichsel in Polen. Der Lauf der Donau ist dem Laufe der anderen Flüsse Europa's entgegen; denn ihr Wasser fließt von Abend gegen Morgen. Es ist aber auch der Po in Italien und die Themse in England, die desgleichen thun. Joseph ist nach Frankreich gegangen, und von da reist er nach Holland, von Holland geht er nach Peru und nach Virginien. Das Gold kommt meistens von Peru. Drei von Brasilien abgegangene Schiffe

Preußen, Prússia. jetzt, adésso — ora. Königreich, regno. Rhein, Réno. Donau, Danúbio. Elbe, Elba. drei, tre, loro. Fluß, flúme, m. so wie, siccome. Weichsel, Vistola. Lauf, corso. ist entgegen, è contrário. anderer, altro. denn, poichè. ihr Wasser, le sue ácque. fließt, scórrono. Abend, Occidénte — Ponénte. gegen, verso Morgen, Oriénte. Es ist aber, ma vi sono anche. Themse, Tamigi, f. England, Inghiltérra. die desgleichen thun, che fanno lo stesso. Joseph, Giuséppe. ist gegangen, è andáto. von da, di là, quindi. reist er, parte. geht er, va, si reca. kommt meistens, viéne per lo più. Brasilien, Brasile, m. abgegangen, partito.

haben Schiffbruch gelitten. Die Feinde hatten sich aus dem Mantuanischen
ins Mailändische zurückgezogen. In Böhmen, Schlesien und Sachsen sah
man Soldaten von allen Nationen.

haben Schiffbruch gelitten, hanno fatto naufrágio — sono andáte a picco. hatten
sich zurückgezogen, si érano ritiráti. Mantuanisch, Mantováno. Mailändisch, Mi-
lanése. Böhmen, Boémia. Schlesien, Silésia. Sachsen, Sassónia. sah man, ve-
dévansi. Nation, Nazióne, f.

42. (Siehe §. 114. lit. c.)

Die Werke in Stein und Metall haben uns wirklich die Geschichte,
die Namen, die Gesichtszüge und die Thaten großer Männer aufbehalten.
Das Gießerz und der härteste Marmor bekommen unter dem Meißel des
Bildhauers die Gestalt des Alexander und des Sokrates, des Cäsar oder
Virgil, Carls V. oder des Erasmus, Ludwigs des Großen oder des Car-
tesius. Der Jupiter von Phidias, die Venus von Praxiteles, der Prophet Isaias von Raphael, die Büste des Erlösers und das jüngste Gericht
von Michelangelo; die Magdalena und das schöne Gemälde, der Erzengel,
Besieger des Satans, von Guido, die heilige Agnes von Algardi, die
Büsten des Marius, Sylla und Scipio des Afrikaners von Bernini, werden immer als Meisterstücke bewundert.

Werk, ópera. Stein, piétra. Metall, metállo. haben uns wirklich aufbehalten, ci hanno realménte conserváto. Geschichte, stória. Namen, nome, m. Gesichtszüge, fisonomía. die Thaten, le gesta. Gießerz, bronzo. härtester, il più
duro. Marmor, marmo. bekommen, otténgono — préndono — assúmono. unter, sotto. Meißel, scarpéllo. Bildhauer, scultóre, m. Gestalt, forma — sem-
biánze , f. (plur.). Virgil, Virgílio. Prophet, Proféta, m. Isaias, Isaia. Raphael,
Rafaéllo. Büste, busto. Erlöser, salvatóre, m. jüngstes Gericht, giudizio universále. Magdalena, Maddaléna. Gemälde, quadro. Erzengel, Arcángelo. Besieger, vincitóre, m. Satan, Satanásso. Agnes, Agnése. Scipio, Scipióne.
Afrikaner, Africáno. werden immer bewundert als, saránno sempre ammiráti
come. Meisterstück, capo d'ópera.

43. (Siehe §. 114, b, c.)

Bei den Römern waren die Soldaten Ackersleute, und die vorneh-
men Häuser behielten allezeit den Zunamen derjenigen Früchte und Gemüse, die von ihren Stammvätern vorzüglich angebaut wurden, dergleichen die Lentuli, die Fabier, die Pisonen *) gewesen. Die Cäsare und
die Alexander werden nie vergessen werden, bis sie nicht von größeren
Helden übertroffen werden. Die Cicerone, die Demosthenes, die Homere,

Bei, presso. waren, érano. Ackersmann, agricoltóre. Haus, casa. vornehm, illústre. behielten allezeit, conservávano sempre. Zuname, cognóme —
soprannóme, m. derjenige, quello. Frucht, frutto. Gemüse, legúme, m.,
civája, f. die, che. ihr, loro. Stammvater, antenáto. vorzüglich angebaut
wurden, venivano a preferénza coltiváti. dergleichen sind gewesen, tali fúrono.
Werden nie vergessen, non saránno mai dimenticáti. bis sie nicht übertroffen
werden, finchè non verránno superáti — sorpassáti. größer, maggióre.
Held, eróe.

---

*) Lentuli von Linsen; Fabier von Bohnen; Pisonen von Erbsen.

14

die Virgile werden immer selten sein. Tasso und Ariosto waren sehr berühmte Dichter. Guarini ist der Verfasser des Pastor fido.

werden immer sein, vi saranno sempre. selten, raro. waren, érano. sehr, assái. berühmt, célebre. Verfasser, autóre, *m.*

Ueber den Theilungs-Genitiv (sogenannten Theilungs-Artikel).

44. (Siehe §§. 102, 107.)

Auf der Erde gibt es hohe Berge, tiefe Thäler, erhabene Hügel, hohle Klüfte, ebene Felder und schattige Wälder. Wir werden Wind oder Schnee bekommen. Es ist sehr kalt, lasset Feuer machen und Reisbündel oder Holz bringen. Des Winters ist die Schwester gewöhnlich krank, und muß beständig Arzneimittel nehmen; ich bin noch nie krank gewesen, sie hingegen hat schon andere Krankheiten in ihrer Jugend gehabt. Ich muß heute noch Briefe schreiben; darf ich Sie bitten, mir eine Oblate oder Siegellack und ein Petschaft zu geben? Recht gerne, in jener Schublade ist Alles: Siegellack, Petschaft, Federmesser, Falzbein, Streusand, 2c.

Erde, terra, *f.* gibt es, vi sono. hoch, alto. Berg, montágna, *f.* tief, profóndo. Thal, valle, *f.* Hügel, collína, *f.* erhaben, eleváto. Kluft, spelónca, *f.* hohl, concávo. Feld, campo. eben, piáno. Wald, bosco. schattig, ombróso. Wir werden bekommen, avrémo. Wind, vento. Schnee, neve, *f.* Es ist sehr kalt, fa molto freddo. lasset machen, fate far. Feuer, fuóco. und bringen, e portáre. Reisbündel, fascína. Holz, legno. Winter, invérno. gewöhnlich, ordinariaménte. krank, ammaláto. muß beständig nehmen, deve continuaménte préndere. Arzneimittel, medicína. ich bin noch nie gewesen, io non sono stato mai ancóra. sie hingegen hat schon gehabt, essa all' incontro ebbe già. anderer, altro. Krankheit, malattía. ihr, suo. Jugend, gioventù, *f.* Ich muß heute noch schreiben, oggi devo scrívere ancóra. Darf ich Sie bitten, mir zu geben, La posso pregár di favorirmi. Oblate, óstia. Siegellack, ceralácca — cera di Spagna. Petschaft, sigillo. Recht gerne, molto volontiéri. jene Schublade, quel cassettino. ist Alles, c'è tutto. Federmesser, temperíno. Falzbein, stecca. Streusand, pólvere, *f.* sabbia.

45. (Siehe §§. 102, 107.)

Er hatte Freunde, schöne Bekanntschaften und gute Empfehlungen gehabt; darum hatte er auch den Vortheil, die verlangte Stelle sogleich zu erhalten. Wir sollen Standhaftigkeit in den guten Vorsätzen, Ordnung in unsern Sachen und Bescheidenheit sowohl in Worten als in Thaten haben, so werden wir ein ruhiges und ein glückliches Leben führen. Er wird Unannehmlichkeiten und Zwistig-

Er hatte, Egli avéva. Freund, amíco. Bekanntschaft, conoscénza. Empfehlung, raccomandazióne, *f.* darum hatte er, perciò ebbe. auch, anche. Vortheil, avantággio. sogleich zu erhalten, di ottenér súbito. verlangte Stelle, posto desideráto. Wir sollen haben, abbiámo. Standhaftigkeit, costanza. Vorsatz, proponimento, risoluzióne, *f.* sowohl, tanto. Wort, paróla. als, che. That, fatto. so werden wir führen, cosi avrémo. Leben, vita. ruhig, tranquillo. glücklich, felice. Er wird haben, egli avrà. Unannehmlichkeit, dispiacére, *m.*

keiten haben, wenn er das Betragen nicht ändert. So lange er Cre=
dit hat, nimmt er Geld zu leihen.

Zwiſtigkeit, contésa. wenn er nicht ändert, se non cángia. Betragen, condótta.
So lange, finchè. Credit, crédito. nimmt er, prende. Geld, danáro. zu leihen,
in préstito.

46. (Siehe §§. 99, 102, 107.)

Ich möchte frühſtücken; Herr Wirth, haben Sie friſche Eier, But=
ter, oder wohl guten Kaffee, Schocolate oder Thee? Nein, ich kann Sie
jetzt blos mit einem Teller Obſt bedienen. Was für Obſt haben Sie?
Wir haben Birnen, Pfirſiche, Aepfel, Trauben, Nüſſe, Datteln und
Pomeranzen. Iſt Waſſer im Zimmer? Ich gehe gleich, ein friſches zu
holen. Sind auf dieſer Straße gute Wirthshäuſer? Es gibt deren gute
und ſchlechte.

Ich möchte frühſtücken, vorréi far colazióne. Wirth, oste, locandiére. haben
Sie, avéte. Ei, uóvo (§. 82). friſch, fresco. Butter, butirro. oder wohl, oppúre. Kaffee, caffè, m Schocolate, cioccoláta. Thee, tè, m. Nein, ich kann
Sie jetzt blos bedienen, no, adèsso La posso servire soltánto. Teller, piátto,
tondo. Obſt, frutto (§. 81). Was für Obſt haben Sie? che frutta avéte? Birne,
pera. Pfirſich, pesca. Apfel, mela, f. pomo, m. Traube, uva. Nuß, noce, f.
Dattel, dáttero. Pomeranze, aráncia. Iſt, c'è. Waſſer, ácqua. Zimmer, cámera. Ich gehe gleich zu holen, vado tosto a prénderne. Sind, Sónovi. Wirths=
haus, osteria. auf, su Straße, stráda. Es gibt deren, ce ne sono. ſchlecht,
cattívo.

47.

In der Stille und in der Ruhe genießt oft der Weiſe ſehr ange=
nehme Augenblicke. Diogenes ſagte, daß man, um weislich zu leben,
entweder getreue Freunde, oder harte Feinde haben müſſe. Es iſt ſelten,
daß ein Unglücklicher Freunde, aber noch ſeltener, daß er Verwandte
habe. Die Wahrheit und die Roſe ſind ſehr ſchön, aber beide haben
Dornen.

Stille, silénzio. Ruhe, quiéte, f. genießt oft, gode spesso. Weiſer, Sávio.
Augenblick, moménte, istánte, m. ſehr angenehm, soavissimo. ſagte, dicéva.
daß, um weislich zu leben, che per ben vivere. man haben müſſe, entweder, —
oder, bisógna avére o — o. Freund, amico. getreu, fedéle. Feind, nemíco.
hart, inasprito. Es iſt ſelten, Egli è raro. daß. che. Unglücklicher, infelice. habe,
ábbia. aber noch ſeltener, ma ancóra più raro. Verwandter, parénte, m. Wahr=
heit, verità. Roſe, rosa. ſind ſehr, sono molto. aber, ma. beide, l'una e l'altra.
haben, hanno. Dorn, spina.

48. (Siehe §§. 26, 102, 107.)

Die Freundſchaft iſt ein ſtillſchweigender Vertrag zwiſchen zwei
tugendhaften Perſonen: ich ſage tugendhaften; denn die Böſen haben nur
Mitſchuldige, und die Wollüſtlinge Spießgeſellen der Ausſchweifung; die

Freundſchaft, amicízia. Vertrag, contrátto. ſtillſchweigend, tácito. zwiſchen
zwei, fra due. Perſon, persóna. tugendhaft, virtuóso. ich ſage, dico. denn,
poichè. Böſer, malvágio. haben nur, non hanno altro che. Mitſchuldiger, cómplice. Wollüſtling, voluttuóso. Spießgeſelle, compágno. Ausſchweifung, dis-
solutézza.

14 *

Mitinteressenten haben Gesellschafter; die Politiker versammeln Rottirer; der größte Theil der Müßiggänger hat Verbindungen (Connexionen); die Fürsten haben Höflinge; die tugendhaften Leute allein haben Freunde.

Mitinteressent, interessáto. Gesellschafter, sócio. Politiker, político. versammeln, radúnano. Rottirer, saziöso. größter Theil, maggiór parte, f. Müßiggänger, oziöso. Verbindung, aderénza, connessióne, f. Fürst, Príncipe. Höfling, cortigiáno. allein, solo.

49. (Siehe §§. 122, 128, 81.)

In der Lebensgeschichte des Ariosto, geschildert von Johann Baptist Pigna, einem sehr berühmten Schriftsteller des glücklichen sechzehnten Jahrhunderts, finden wir folgende Beschreibung seines Aeußerlichen: — Ariosto, was die Gestalt und das äußerliche Ansehen des Körpers anbelangt, hatte eine hohe Statur, einen kahlen Kopf, schwarze und krause Haare, eine breite Stirne, hohe und dünne Augenbrauen, eingefallene, schwarze, lebhafte und anmuthige Augen, eine große gebogene Adlernase, zusammengezogene Lippen, weiße und gleiche Zähne, eingefallene (magere) und fast olivenfarbige Wangen; einen etwas schütteren Bart, der das Kinn nicht bis zu den Ohren umfaßte, einen gut proportionirten Hals, breite und etwas erhöhte Schultern, wie sie gewöhnlich fast alle jene zu haben pflegen, die von Kindheit auf angefangen haben, über den Büchern zu sitzen, trockene Hände; schmale Hüfte, und gemalt von der Hand des vortrefflichen Tizian scheint, daß er noch lebend sei.

Lebensgeschichte, vita. geschildert, estéso. Johann Baptist, Giambattista. Schriftsteller, scrittóre. sehr berühmt, rinomatissimo. glücklich, felice. Jahrhundert, sécolo. sechzehnte, sestodécimo. finden wir, troviámo. folgende, seguénte. Beschreibung, ritrátto. sein Aeußerliches, il suo esterióre. Was anbelangt, in quanto a. Gestalt, forma. äußerliches Ansehen, aspétto. Körper, corpo. hatte, ebbe. Statur, statúra. hoch, alto. Kopf, capo. fahl, calvo. Haar, capéllo. schwarz, nero. fraus, crespo. Stirn, fronte, f. breite, spazióso. Augenbraune, ciglio. hoch, alto. dünn, sottile. Augen, òcchio. eingefallen, in dentro. lebhaft, viváce. anmuthig, giocóndo. Nase, naso. groß, grande. gebogen, curvo. Adler, aquilino. Lippe, labbro. zusammengezogen, raccolto. Zahn, dente, m. weiß, biánco. gleich, uguále. Wange, guáncia. eingefallen, scarno. fast olivenfarbig, di color quasi olivástro. Bart, barba. etwas schütter, un poco raro. der nicht umfaßte, che non cingéa. Kinn, mento. bis, infino a. Ohr, orécchio. Hals, collo. gut proportionirt, ben proporzionáto. Schulter, spalla. breit, largo. etwas erhöhet, piegáto alquanto. wie sie gewöhnlich fast alle jene zu haben pflegen, quali sógliono aver quasi tutti quelli. die, che da. Kindheit, fanciúllo. angefangen haben über den Büchern zu sitzen, hanno cominciáto a stare in sui libri. Hand, mano, f. trocken, asciúlto. Hüfte, fiánco. schmal, stretto. und er gemalt, ed egli dipinto. vortrefflich, eccellentissimo. Tizian, Tiziáno. scheint, daß er noch lebend sei, pare che ancór sía vivo.

50. (Siehe §. 122.)

Die Japaner sind sehr kleine Leute von Gestalt. Sie haben einen dicken Kopf, ein breites und plattes Gesicht, eine eingedrückte Nase, kleine Augen, einen weiten Mund, und ein dichter Bart hängt ihnen bis auf

Japaner, Giapponése. Leute, gente, f. sehr klein, assái piccolo. Gestalt, statúra. Sie haben, Essi hanno. Kopf, testa. dick, grosso, paffúto. Gesicht, viso. breit, largo. platt, piatto. eingedrückt, schiacciáto. Mund, bocca, weit, largo. dicht, folto. hängt ihnen bis auf, gli pende sino a.

die Brust herab. — Die Chinesen halten es bei dem weiblichen Geschlechte für eine Schönheit, einen sehr kleinen Fuß zu haben. Diesen Vortheil verschaffen sie ihren Töchtern dadurch, daß sie dieselben überaus enge eiserne Schuhe tragen lassen.

Brust, petto. Chinese, Chinése. halten es für, téngono per — crédono che sia. Schönheit, bellézza. bei, di. weibliches Geschlecht, sesso femminile. zu haben, l'avére. Fuß, piéde, m. Vortheil, vantággio. verschaffen sie, procúrano essi. dadurch, daß sie dieselben tragen lassen, con far loro portáre. Schuh, scarpa. eisern, ferro. überaus eng, stretto fuór di modo.

51.

Das Rennthier ist ein Thier von dem Geschlechte der Hirsche, welches sich in den Ländern des Nordens aufhält, und das Hauptvieh der Lappländer ist. Es hat die Gestalt eines Hirsches, aber es ist größer und dicker als dieser. Die Farbe des Haares, die sich nach den Jahreszeiten verändert, ist aschgrau und etwas gelb, ausgenommen unter dem Bauche, wo sie weißlich ist. Es gibt zahme und wilde Rennthiere. Wenn die Erde mit Schnee bedeckt ist, so essen sie nichts anders als Moos, und diese Nahrungsart macht sie sehr fett. Die Weibchen verschaffen den Lappländern Milch und Junge, und jene, welche Junge haben, geben eine bessere Milch als diejenigen, denen die Jungen gestorben sind. Auch Zobelthiere und Füchse findet man in jenen Ländern.

Rennthier, renne, m. Thier, animále, m. Geschlecht, génere, m. (genit.). Hirsch, cervo. welches sich aufhält, che tróvasi. Land, paése, m. Norden, Settentrióne, m. und ist, formándovi. Hauptvieh, bestiáme principále, m. Lappländer, Lappóne. Es hat, esso ha. Gestalt, forma. aber er ist größer und dicker als dieser, ma e più grande e più grosso di questo. Farbe, colóre, m. Haar, pelo. die sich nach den Jahreszeiten verändert, che si cambia al variár delle stagióni. aschgrau, ceneríccio. und etwas, ed alquánto. gelb, giállo. ausgenommen, fuorchè. unter, sotto (acc.). Bauch, ventre, m. wo sie weißlich ist, dove dà nel biánco. Es gibt, V'ha — vi sono. zahme, doméstico. wild, selvággio. Wenn, allorchè. Erde, terra. bedeckt mit, copérto di. Schnee, neve, f. so essen sie nichts anders als, non mángiano altro che. Moos, múschio. Nahrungsart, sorta di cibo. macht sie sehr fett, li ingrássa molto. Weibchen, fémmina. verschaffen, forniscono. Milch, latte, m. Junges, picciolo. und jene, e quelle. welche haben, che hanno. geben, somministrano. besser, miglór. als diejenigen, di quelle. denen, a cui. gestorben sind, morírono. Junges, figlio. Auch, Anche. Zobel, zibellino. Fuchs, volpe, f. findet man, tróvansi.

52.

Das Nasehorn befindet sich in den Wüsten Afrika's und Asiens. Es hat kleine und lebhafte Augen, und Ohren, die jenen eines Schweines gleichen. Mit dem Horne, welches es auf der Nase hat, entwurzelt es Bäume, und reißt Steine aus, die es sehr hoch schleudert. Die Zunge

Nasehorn, rinocerónte, m. befindet sich, si ritróva. Wüste, desérto. Afrika, Africa. Asien, Asia. Es hat, esso ha. Auge, ócchio. klein, picciolo. aber, ma. lebhaft, vivace. Ohr, orécchio (§. 81). die gleichen, che somigliano a. jenes, quello. Schwein, porco. Horn, corno. welches es hat, che ha. auf, su. Nase, naso. entwurzelt es, srádica. Baum, álbero. und reißt aus, e smuóve. Stein, piétra. die es sehr hoch schleudert, ch'egli láncia a grande altézza. Zunge, lingua.

des aſiatiſchen Naſehorns iſt ſo weich wie der Sammet, jene hingegen des afrikaniſchen Naſehorns ſo ſcharf und ſtachlicht wie eine Feile, und ſchält Alles ab, was ſie beleckt. Ein Naſehorn, welches man zu Paris zeigte, war gezähmt und ſanft. Es fraß Heu, Stroh, Brot, Obſt, Hülſen= früchte und überhaupt Alles, was man ihm gab, nur Fleiſch und Fiſche nicht, und trank Waſſer und andere Getränke.

ſo, cosi. weich, molle. wie, come. Sammet, vellúto. hingegen, all' incontro. ſcharf, acúto. ſtachlicht, spinóso, scabróso. wie, come. Feile, lima. und ſchält Alles ab, was ſie beleckt, e vi scorza (spela) tutto quello che lecca. welches man zeigte, che mostrávasi. Paris, Parigi. war, éra. gezähmt, addimesticáto. ſanft, mansuéto. es fraß, mangiáva. Heu, fiéno. Stroh, páglia. Brot, pane, m. Obſt, frutto. Hülſenfrucht, legúme, m. und überhaupt Alles, e generalménte di tutto quel. was man ihm gab, che gli si dava. nur nicht, fuorchè. Fleiſch, carne, f. Fiſch, pesce, m. und trank, e bevéva. Waſſer, ácqua. anderes Ge= tränke, altra bevánda.

53. (Siehe §§. 144, 102, 107.)

Der Frühling iſt die ſchönſte Zeit des Jahres. Im Frühlinge, näm= lich im März, April und Mai, blühen die Bäume; und Blumen, als Hyacinthen, Veilchen, Narciſſen, Nelken, Roſen, ſind deſſen Producte. Sie ſind prachtvoll, aber von kurzer Dauer. Mit Entzücken athmet man ihren Wohlgeruch ein, und bewundert die Friſchheit und die ſchöne Far= benmiſchung derſelben. Dem Frühlinge folgt der Sommer. Gewöhnlich gehen wir dann auf das Land ſpazieren. Da trifft man auf dem Wege bald grünendes Getreide, welches ein leichter Wind wellenförmig, wie ein ſanft bewegtes Meer, durchſäuſelt, bald kleine Wieſen, mit tauſend Blumen bunt bemalt. Auf allen Seiten ſieht man junge Lämmer hüpfen, und Füllen, die voll Feuer tauſend luſtige Sprünge um ihre Mütter machen.

Frühling, primavéra. ſchönſte, la più bella. Zeit, stagióne, f. Jahr, anno. nämlich, cioè. März, Marzo. April, Aprile. Mai, Mággio. blühen, fioriscono. Blume, flóre, m. Hyacinthe, giacinto. Veilchen, vióla. Narciſſe, narciso. Nelke, garófano. Roſe, rosa. ſind deſſen, ne sono. Product, prodotto. prachtvoll, vag= hìssimo, brillánte. aber, ma. kurze Dauer, corta durata. Entzücken, éstasi, f. diletto. athmet man ein, si respira. ihr Wohlgeruch, la loro fragranza. und bewun= dert derſelben, ammirándone. Friſchheit, freschézza. ſchöne Farbenmiſchung, bel colorito. folgt, ne segue. Sommer, estáte, f. Gewöhnlich gehen wir dann ſpazieren, ordinariaménte andiámo allóra a passeggiáre. Land, campágna. Da trifft man, là si trova. auf, per. Weg, strada. bald — bald, ora — ora. grünendes Ge= treide, grano verdeggiánte. welches wellenförmig durchſäuſelt, che piéga in onde. leichter Wind, venticéllo leggiéro. wie, siccóme. Meer, mare, m. ſanft bewegt, dolceménte agitato. kleine Wieſe, praticéllo. bunt bemalt mit, smaltáto di. tau= ſend, mille. Auf allen Seiten ſieht man hüpfen, d'ogni intórno si védono sal= telláre. junges Lamm, agnellétto. Füllen, pulédro. die voll, che piéno di. Feuer, fuóco. machen, fanno. luſtiger Sprung, caprióla piacévole. um, attórno (acc.). ihre Mutter, la loro madre.

54.

Wir kaufen uns Kirſchen, Erdbeeren, Birnen und andere Früchte der Jahreszeit. Im Sommer (§. 144) macht die Hitze die Arbeiten der

Wir kaufen uns, Noi si compriámo. Kirſche, ciriégia. Erdbeere, frágola, Birn, pera. anderes, altro. Frucht, frutto. Jahreszeit, stagióne, f. macht, rende — fa. Hitze, caldo — calóre, m. Arbeit, lavóro.

Ackersleute sehr mühsam, sie werden aber dafür durch den Anblick der schönen Aehren entschädigt, und der Herbst belohnt reichlich ihre Arbeiten. Eines Tages ging ich mit meinem Vetter zur Weinlese. Es war nicht so warm, wie im Sommer, die Luft war sanft, und heiter der Himmel. Die Weinstöcke waren mit blauen oder goldgelben Trauben belastet, und die Zweige der Bäume bogen sich unter der Last der schönen Früchte. Im Winter ruhet die Erde aus, und erhält neue Kräfte.

Ackersmann, rústico — contadíno. sehr mühsam, molto penóso. sie werden aber dafür entschädigt, ma essi ne véngono compensáti. durch, con. Anblick, aspétto. Aehre, spiga. Herbst, autúnno. belohnt reichlich, rimúnera largaménte. Eines Tages ging ich, un giórno andái. Vetter, cugíno. Weinlese, vendémmia (dat.). Es war nicht so, non — facéva si. warm, caldo. als, come. Luft, ária. sanft, dolce. heiter, seréno. Weinstock, vite, f. waren, érano. belastet mit, cárico di. Traube, uva. blau, nero. oder goldgelb, ovvéro di color d'oro. Zweig, ramo, m. bogen sich, si curvávano. unter, sotto (acc.). Last, peso. Winter, invérno. ruhet, ripósa. und erhält, o ne va acquistándo. Kraft, forza.

55. (Siehe §. 130.)

Milziades, ein Sohn Cimons, war ein Athenienser. Themistokles, ein Sohn Necklis, war ein Mann von vornehmer Geburt. Aristides war ein Zeitgenosse des Themistokles. Ich bin ein Deutscher und jener Herr ist ein Engländer. Viele hielten euch für einen Holländer. Jener ist ein Jäger des Fürsten Argante. Er wurde als ein Sclave in die Türkei geführt. Er gibt sich für einen Portugiesen aus. Er war ein geborner Türke, er ist aber als ein Katholik gestorben. Er gibt sich den Titel eines Freiherrn und Herrn von Rosalba. Der Herr Siegfried hat die Stelle eines Secretärs erhalten. Der Herr Berton ist Oberlieutenant geworden. Jener junge Mensch hat das Handwerk eines Tischlers gelernt. Tintoretto (§. 114, c.), ein italienischer Maler, aus Venedig gebürtig, war ein Schüler des Tizian.

Cimon, Cimóne. war, éra. Athenienser, Ateniése. vornehm, illústre. Geburt, náscita. Zeitgenosse, contemporáneo. Deutscher, Tedésco. Herr, signóre, m. Engländer, Inglése. Viele hielten euch, molti vi credévano. Holländer, Olandése. Jener, colúi. Jäger, cacciatóre, m. Fürst, Príncipe, m. Er wurde geführt als, egli fu condótto come. Sclave, schiávo. Türkei, Turchia. Er gibt sich aus, egli si spáccia. für, per. Portugiese, Portoghése. geborner, era di náscita — nacque. Türke, Turco. er ist aber gestorben, è però morto. Katholik, Cattólico. Er gibt sich, egli si dà. Titel, título. Siegfried, Sigefrédo. erhalten, ottenúto. Stelle, posto. Secretär, Segretário. geworden, diventáto. Oberlieutenant, primo Tenénte. junger Mensch, gióvane. gelernt, imparáto. Handwerk, mestiére, m. Tischler, falegnáme, m. Maler, pittóre, m. gebürtig, nativo di. Venedig, Venézia. war, fu. Schüler, discépolo. Tizian, Tiziáno.

Ueber die Vergleichungsstufen.

56. (Siehe §§. 146—160.)

Er hat einen schönen Jagdhund, der meinige ist schöner, der eurige hingegen ist der schönste unter allen. — Der Wein, den er jetzt gebracht

Jagdhund, cane da cáccia. meinige, mio. eurige, vostro. hingegen, all' incóntro. Wein, vino. den er jetzt gebracht hat, che ha portáto adésso.

hat, ist noch schlechter als der erste. — Nun, Madame, sind Ihre Söhne noch immer unaufmerksam? Lieber Herr, sie sind es jetzt mehr als jemals, der zweite ist unaufmerksamer als der dritte, und der jüngste ist der unaufmerksamste und unartigste unter allen.

noch, ancóra. schlecht, cattivo. erster, primo. Nun, ebbéne. Ihr, suo. noch immer, ancóra sempre. unaufmerksam, disatténto. sie sind es jetzt, lo sono ora. jemals, mai. jung, gióvine. unartig, incivíle.

57. (Siehe §§. 150, 155, 167.)

Die Erde ist kleiner als die Sonne, und die Sterne weit entfernter als der Mond. — Virgil gefällt mir besser als Ovid, und Tasso besser als Dante. — Dieses Papier ist weißer als der Schnee. — Neapel ist größer als Rom, und Florenz schöner als Parma. — Die Stadt Canton in China ist größer als Paris. — Wenn ihr gelehrter seid, als ich, so bin ich klüger als ihr. — Wir sind reicher gewesen, als wir jetzt sind. — Er ist böser, als er zu sein scheint. — Die Veränderung ist angenehmer als die Einförmigkeit.

Erde, terra. klein, piccolo. Sonne, sole, m. Stern, stella. entfernt, lontáno. Mond, luna. Virgil, Virgilio. gefällt mir, mi piáce. Ovid, Ovídio. Papier, carta. weiß, biánco. Schnee, neve, f. Neapel, Nápoli. Florenz, Firénze. Wenn ihr seid, se siète. gelehrt, dotto. klug, prudénte. reich, ricco. als, di quel che. wir es jetzt sind, lo siámo adésso. böse, cattivo. er zu sein scheint, sembra d'ésserlo. Veränderung, varietà. angenehm, aggradévole. Einförmigkeit, uniformità.

58.

Alexander der Große hatte weniger Klugheit als Muth. — Man findet weit mehr Kupfer als Silber, und mehr Eisen als Zinn. — Diese Leinwand ist mehr gelb als weiß. — Dein Oheim ist mehr gelehrt als reich, und schreibt besser, als er spricht. — Dieses Mädchen plaudert mehr, als es arbeitet. — Wer reich ist, möchte noch reicher werden, und selbst der Reichste ist mit dem, was er hat, nicht zufrieden. — Als Cato, der Censor, den Tafel-Luxus entstehen sah, sagte er, daß es recht schwer wäre, eine Stadt zu erhalten, in welcher ein Fisch theurer verkauft wird als ein Ochs.

Hatte, avéva. Klugheit, prudénza. Muth, coràggio. Man findet, si trova. Kupfer, rame, m. Silber, argénto. Eisen, ferro. Zinn, stágno. Leinwand, tela. gelb, giállo. weiß, biánco. Oheim, zio. gelehrt, dotto. schreibt, scrive. besser, meglio. spricht, parla. Mädchen, ragázza. plaudert, ciárla. arbeitet, lavóra. Wer reich ist, chi è ricco. möchte, vorrébbe. noch, ancóra. werden, diventáre. und selbst, e persíno. zufrieden mit, contento di. was er hat, ciò ch' egli possiéde. Cato, Catóne. Censor, Censóre. als er sah entstehen, vedéndo náscere. Luxus, lusso. Tafel, távola. sagte, disse. welche, la quale. Fisch, pesce, m. verkauft wird, si vendéva. theuer, caro. Ochs, búe, m.

59. (Siehe §. 148.)

Die Luft in den Städten ist nicht so gesund als die Landluft. — Die guten Eigenschaften werden eben so sehr geschätzt, als die schlechten

Luft, ária. gesund, sano. Land, campágna. Eigenschaft, qualità. werden geschätzt, sono stimáte. schlecht, cattivo.

verachtet. — Meine Schwester hat so viele Ringe als die eurige. —
Mein Kleid ist eben so schön als das seinige. — Sein Bruder ist eben
so groß als ihr. — Afrika ist nicht so bevölkert als Europa. — Er hat
nicht so viel Verstand als sein Bruder, aber er hat auch nicht so viel
Eitelkeit.

verachtet, sprezzáto. Ring, anéllo (§. 81). eurige, vostro. Kleid, ábito. bevöl-
fert, popoláto. Verstand, giudízio. auch nicht, neppúre. Eitelkeit, vanitá.

60. (Siehe §. 148.)

Die Frau Clotilde hat nicht so viele Gemälde als ihr Vater; das
ist wahr, sie hat deren nicht so viele. — Die Gelehrsamkeit ist hochach=
tungswürdig, die Tugend aber ist es noch weit mehr. — Der jüngere
Bruder ist reich, der ältere ist es aber noch mehr. — Julie hat nicht so
wenig Verstand, als man glaubt. — Man muß nicht so sehr für das
Leben, als für die Ehre fürchten. — Die Geschichte ist eben so nützlich
als angenehm.

Gemälde, quadro. ihr Vater, suo padre. das ist, questo è. sie hat deren
nicht, ella non ne ha. Gelehrsamkeit, dottrína. hochachtungswürdig, pregiábile.
jünger, minóre. älter, maggióre Julie, Giúlia. Verstand, giudízio. man glaubt,
si crede. Man muß nicht, non si deve. fürchten, temére. Geschichte, stória. nützlich, útile. angenehm, grato.

61. (Siehe §. 159.)

Der Herr Graf ist der höflichste Mann von der Welt, und seine
Frau Gemahlin ist die vortrefflichste Dame auf der Erde. — Der Sommer,
die nützlichste unter den Jahreszeiten, gibt uns hinlänglich die Vorsicht
Gottes zu erkennen. — Die Rubinen von Pegu sind die schönsten vom
ganzen Orient. — Die Bibliothek im Vatican ist viele Jahrhunderte hin=
durch, und vornehmlich vor der Erfindung der Buchdruckerei, die berühm=
teste in der Welt gewesen.

Höflich, cortése — civile — garbáto. Gemahlin, consórte, f. vortrefflich,
compito. Sommer, state, f. nützlich, útile. Jahreszeit, stagióne, f. gibt uns
hinlänglich zu erkennen, ci mostra evidenteménte Vorsicht, provvidénza. Rubin,
rubino. Orient, Oriénte. Bibliothek, bibliotéca. hindurch, per. Jahrhundert, sécolo. vornehmlich, principalménte. vor, innánzi. Erfindung, invenzióne, f. Buch=
druckerei, stampa berühmt, célebre — famóso.

62. (Siehe §§. 162, 164.)

Franz hat ein sehr schönes Haus, mit einem sehr großen Garten,
nicht weit von der Stadt, gekauft. — Wie gefällt euch die Stadt? Recht
gut, sie ist sehr schön gebaut, und hat sehr angenehme Umgebungen. —
Die Früchte dieses Baumes sind sehr zeitig und sehr schmackhaft. — Die=
ser Berg ist außerordentlich steil, und der Weg, der hinaufführt, sehr
schlecht. — Durchlauchtigster Fürst, ich bitte Sie, mir diese Gnade zu

Franz, Francésco. hat gekauft, ha compráto. nicht weit, poco lontáno. Wie
gefällt euch, come vi piáce? recht gut, molto bene. schön gebaut, ben fabbri-
cáto. Umgebung, contórno. angenehm, améno. Frucht, frutto. zeitig, matúro.
schmackhaft, saporíto. Berg, montágna. steil, erto. Weg, strada. der hinaufführt, che vi condúce. schlecht, cattivo. Durchlauchtigster, Seren íssimo. ich bitte
Sie, mir zu erweisen, La prégo di farmi. Gnade, grázia.

erweifen. — Ich fchließe diefen Brief, und verbleibe Ihr unterthänigfter
und ergebenfter Diener.

ich fchließe, finisco. verbleibe, mi profésso. Ihr, di Lei. unterthänig, úmile. er=
geben, devóto. Diener, servitóre, m.

63. (Siehe §. 167.)

Bringet uns ein anderes Mal befferes Bier. — Ich habe euch von
dem beften gegeben, welches in ganz Wien ift. — Schicket uns beffern
Wein. — Der Wein, den er heute gebracht hat, ift noch fchlechter als
der von geftern. — Apropos, wie befinden fich der Herr Monval und
die Frau Berenice? Erfterer befindet fich ein wenig beffer, aber die Frau
fchlechter als jemals; das Schlimmfte ift, daß ihre Verwandten fie ver=
laffen haben. — Bafilius ift immer müßig; was mich betrifft, ich mag
lieber befchäftigt fein, als ein müßiges Leben führen. Die gute Anwendung
der Zeit ift eine Sache, die am meiften zu unferer Glückfeligkeit beiträgt.
Das befte Waffer verfaulet durch das Stehen, und der fchönfte Geift ver=
dirbt durch die Unthätigkeit.

Bringet uns, portáteci. anderes, altro. Mal, volta. Bier, birra. ich habe
euch gegeben, vi ho dato. welches ift, che si possa trováre. Schicket uns, man-
dáteci. Wein, vino. den er heute gebracht hat, che ha portáto oggi. der, quello.
geftern, jeri. Apropos, a propósito. wie befinden fich, come stanno. Erfterer, il
primo. wenig, poco. fchlecht, male. jemals, mai. ift, si é. daß, che. ihre Ver=
wandten, i di lei parénti. fie verlaffen haben, l'hanno abbandonata. Bafilius,
Basílio. müßig, ozióso. was mich betrifft, quanto a me. ich mag, io vóglio.
lieber, piuttósto. befchäftigt fein, éssere occupáto. führen, menáre. Anwendung,
impiégo. Sache, cosa. die beiträgt, che contribuisce. am meiften, il più. zu, a.
unfer, nostro. Glückfeligkeit, felicità. Waffer, ácqua. verfaulet, s'imputridisce.
durch das Stehen, nella quiéte. Geift, spírito. verdirbt, si guasta. durch, in. Un=
thätigkeit, inazióne, f.

64. (Siehe §. 167.)

Diefes Tuch ift gut, aber jenes ift beffer. Das Tuch des Philibert
ift das befte von allen. Der vorige Weg war fchlecht, allein diefer hier ift
noch fchlechter. Jacob hat die Aufgaben fehr fchlecht gemacht; machet ihr
fie beffer als er. Ihr habet fehr gut gezeichnet. Johann hat mehr als
vierzig Gulden im Spiele verloren. So viel Geld in fo wenig Zeit! Er
hat viel Waffer und wenig Wein. Gebet ihm mehr Brot und weniger
Fleifch. Wer hat das Meifte verlangt? Der größte unter diefen drei Brü=
dern ift der befte Schüler, den ich habe. Früh oder fpät werden die Böfen
gewiß beftraft werden. Wir erkennen oft das Beffere, und demungeachtet
befolgen wir das Schlimmere.

Tuch, panno. aber, ma. Philibert, Filibérto. Weg, strada. vorig, prima.
hier, qui. noch, ancóra. Jacob, Giácomo. gemacht, fatto. Aufgabe, tema, m.
machet ihr fie, fáteli voi altri. Ihr habt gezeichnet, voi avéte disegnáto. Johann,
Giovánni. verloren, perdúto. vierzig, quaránta. Gulden, fioríno. Spiel, giuóco
(dat.). Geld, danáro. wenig, poco. Zeit, tempo. Waffer, ácqua. Wein, vino.
Gebet ihm, dátegli. Brot; pane, m. Fleifch, carne, f. Wer hat verlangt? chi
ha domandáto? Schüler, scoláre, m. den ich habe, ch'io ábbia. Früh, tosto.
fpät, tardi. Böfe, cattivo. werden beftraft werden, saranno puniti. Wir erkennen,
noi riconosciámo. oft, spesso. das Beffere, il méglio. demungeachtet, e ciò non
pertánto. befolgen, seguitiámo. das Schlimmere, il péggio.

65.

Der Hund ift unter den Thieren das dem Menschen gewogenste und getreueste. Die nützlichsten darunter sind die Jagdhunde und jene, die zur Nachtzeit mit ihrem Bellen unsere Häuser bewachen. Es gibt auch große Hunde, Schafhunde genannt, weil sie die Schafe vor den Nachstellungen der Wölfe hüten und vertheidigen; andere, welche das Leben ihrer Herren gegen die Angriffe der Menschen und Thiere schützen. Die Pudel scheinen unter allen die gelehrigsten zu sein.

Hund, cáne, *m.* unter, tra (reg. *acc.*). Thier, animále, *m.* gewogen, affezionáto. getreu, fedéle. nützlich, útile. Jagdhund, cane da cáccia. jener, quello. die bewachen, che sanno la guárdia a. zur, in. Nachtzeit, tempo di notte. Bellen, latráto. Es gibt auch, v'ha pure. genannt, detto. Schafhund, pecorájo. weil sie hüten und vertheidigen, perchè guárdano e diféndono. Schaf, pécora. Nachstellung, insidia. Wolf, lupo. anderer, l'altro. Herr, padróne, *m.* gegen, contro (*acc.*). Angriff, insúlto. Pudel, barbóne, *m.* scheinen zu sein, sémbrano d'éssere. gelehrig, dócile.

66.

Der Elephant ift größer, liftiger und scharffinniger als das Nasehorn, welches, obwohl kleiner und niedriger, weil es kürzere Beine hat, dennoch den Elephanten angreift, und oft den Sieg davon trägt. Nie aber sind beide zorniger und wüthender, als wenn der Besitz einer Weide die Ursache ihres Kampfes ist. Er ist das dickste unter allen Landthieren, und hat 18 Fuß Höhe. Der Kopf ist dick und der Hals sehr kurz; die Ohren sind breit, und die Augen im Vergleich mit dem Körper klein. Er hat einen Rüssel, der ihm beinahe bis auf die Erde zwischen den Vorderzähnen herabhängt.

Elephant, elefánte, *m.* liftig, astúto. scharffinnig, ingegnóso. Nasehorn, rinocerónte, *m.* welches, obwohl, il quale sebbene. niedrig, basso. weil es hat, avéndo. Bein, gamba. kurz, corto. dennoch angreift, attacca ciò non di meno. und oft davon trägt, e ne ripórta spesso. Sieg, vittória. nie aber sind beide, non sono però mai amendúe. zornig, adiráto. wüthend, furióso. als wenn, che quando. Besitz, possésso. Weide, páscolo. Ursache, motivo — cagióne, *f.* ihr Kampf, il loro combattiménto. Thier, animále, *m.* dick, grosso. Landthier, quadrúpede terréstre, *m.* Höhe, d'áltezza. Kopf, testa. Hals, collo. Ohr, orécchio. breit, largo. in Vergleich, in confrónto di. klein, picciolo. Rüssel, probóscide, *f.* der ihm beinahe herabhängt bis, che gli pende quasi sino a. zwischen, tra. Vorderzahn, dente anterióre, *m.*

67.

Der Elephant hat den Mund nahe beim Magen, und an den Seiten der obern Kinnladen stehen zwei sehr große Zähne hervor. Seine Füße sind rund und in fünf Zehen gespalten. Mit seinem einfachen Schritte erreicht er die Menschen, welche laufen. Er hat einen so sichern Schritt,

Mund, bocca. nahe bei, presso a. Magen, stómaco. Seite, parte, *f.* Kinnlade, mascélla. obere, superióre. stehen hervor, spórgono. Zahn, dente, *m.* sein Fuß, il suo piéde. rund, rotóndo. gespalten, partito. in fünf, in cinque. Zehe, únghia. sein einfacher Schritt, il suo sémplice passo. erreicht er, egli raggiúnge. welche laufen, che córrono. ein so sicherer Schritt, un marciar tanto sicúro.

daß er niemals einen Fehltritt thut. Er ſchwimmt ſehr gut. Er legt ſich
leicht nieder, und ſteht leicht auf, gegen die Meinung der Alten, welche
glaubten, daß er gar keine Gelenke in den Beinen hätte. Die Zähne des
Elephanten ſind das Elfenbein, welches wir haben. Dieſes Thier hat eine
erſtaunliche Stärke, und trägt eine Laſt von 3000 Pfund. Wenn es wü=
thend iſt, ſo reißt es Alles um, und richtet außerordentliche Verwüſtun=
gen an. Ungeachtet ſeiner Stärke iſt der Elephant ſehr gelehrig, und lebt
ungefähr 100 Jahre.

daß er niemals thut, che non fa mai. Fehltritt, passo falso. ſchwimmt, nuóta.
er legt ſich leicht nieder, und ſteht leicht auf, si córica e s'alza facilménte.
gegen, contro. Meinung, opinióne. Alt, antíco. welche glaubten, i quali credévano. daß er hätte, che non avésse. gar kein Gelenke, alcúna articolazióne, f.
Bein, gamba. Elfenbein, avório, m. welches wir haben, che noi abbiámo.
Stärke, forza. erſtaunlich, sorprendénte — straordinário. trägt, porta. Laſt,
peso. von 3000, di ben tre mila. Pfund, libbra. Wenn es wüthend iſt, quando
entra in furóre. ſo reißt es um, abbátto e rovéscia. Alles, ogni cosa. richtet,
cagióna. Verwüſtung, danno. außerordentlich, straordinário. Ungeachtet, mal-
grádo (reg. acc.). große Stärke, gran forza. gelehrig, dócile. lebt, vive ungefähr,
all' incirca. 100, cento. Jahr, anno.

68.

Außer den Meerfiſchen gibt es auch Fluß= und Seefiſche. Der Fiſch
hat Floßfedern, womit er ſchwimmt, Fiſchohren, wodurch er Athem holt,
und Gräten anſtatt der Knochen. Unter den Meerfiſchen iſt der Wall=
fiſch der größte, der Delphin der geſchwindeſte, ſo daß er geſchwinder iſt,
als der Vogel und der Pfeil, und der Roche der mißgeſtaltetſte. Der
Häring, ein ſehr bekannter Fiſch, verändert die Farbe, indem er im Win=
ter weißer und im Sommer ſchwärzer wird. Kein Fiſch iſt fruchtbarer als
dieſer. Ueberdies iſt auch ſein Fleiſch ſehr ſchmackhaft. Die Häringe werden
geſalzen, und die Stockfiſche gedörrt. — Unter den Flußfiſchen iſt der
Stör ſtachlicht, und wird länger als ein Menſch, aber viel größer iſt
noch jener Hauſen, welcher in der Donau gefangen wird. Die Gründlinge,
welche haufenweiſe ſchwimmen, ſind die kleinſten Fiſche.

Außer, oltre. Fiſch, pesce, m. Meer, mare, m. gibt es auch, vi sono
anche. Fluß, fiúme, m. See, lago. Floßfeder, pinna. womit er ſchwimmt, con
cui nuóta. Fiſchohr, bránchia. wodurch er Athem holt, per cui respíra. Gräte,
spina, lisca. anſtatt, invéce. Knochen, osso. Unter, fra. Wallfiſch, baléna. Del=
phin, Delfíno. geſchwind, velóce. ſo daß er iſt, di maniéra che è. Vogel, uccéllo, m. Pfeil, fréccia. Roche, razza. mißgeſtaltet, mostruóso. Häring, arínga.
bekannt, noto — conosciúto. verändert, cángia di. Farbe, colóre, m. indem er
wird, sendo essa. weiß, biánco. ſchwarz, nero. kein Fiſch iſt, non v'ha pesce.
fruchtbar, fecóndo. Ueberdies iſt auch, oltre di ciò è anche. Fleiſch, carne, f.
ſchmackhaft, saporíto. werden geſalzen, véngono saláte. Stockfiſch, merlúzzo. ge=
dörrt, seccáti. Stör, storióne, m. iſt, è. ſtachlicht, spinoso. und wird, e divién.
aber, ma. viel, molto. iſt noch, v'è ancóra. jener Hauſen, quello storióne. wel=
cher gefangen wird, che si piglia. Donau, Danúbio. Gründling, ghiózzo. welche
ſchwimmen, che nuótano. haufenweiſe, a múcchj.

69. (Siehe §§. 36, 139, 82.)

Octavius, ein Mann von großem Verdienſte, iſt geſtern unvermuthet

Mann, persóna. Verdienſt, mérito. iſt hier angekommen, arrivò qui. geſtern,
jeri. unvermuthet, all' improvviso.

von Venedig hier angekommen. Er legte täglich 10 Meilen Weges zu=
rück. Vorgestern wurde er bei hellem Tage von Räubern angefallen. Diese
nahmen ihm weg zwei goldene Uhren, zwei Paar (§. 82) silberne Spor=
nen, einige vortreffliche Jagdflinten, die er für seine Freunde mitgenom=
men hatte, verschiedene Tuch= und Seiden=Stücke, einige Zobelfelle und
das ganze Geld. Aus Mangel an baarem Gelde hat er nun eine große
Anzahl Zug= und Reitpferde, mehrere Fässer alten Wein sammt den
Weinfässern um einen sehr billigen Preis verkaufen lassen, und denkt noch
wegzugeben 20 Scheffel Hafer, 50 Zentner Heu und Stroh und einige
Fässer Oel. Vor seiner Abreise will er hier eine Menge schöner Sachen
kaufen, unter andern: mehrere Dutzend Weingläser und Thee=Tassen, ver=
schiedene stählerne Kleinigkeiten und einen starken Reisewagen.

Venedig, Venézia. er legte täglich zurück, egli facéva ogni giórno. 10, diéci. Meile,
miglio. Vorgestern, jeri l'altro. wurde er angefallen, fu egli assalíto. bei hellem
Tage, di bel giórno. Räuber, assassíno. und nahmen ihm weg, e gli présero
via. zwei, due. Uhr, orológio — oriuólo. Gold, oro. Paar, pajo (§. 82).
Sporn, sprone, m. Silber, argénto. vortrefflich, eccellénte. Flinte, schióppo.
Jagd, cáccia. die er mitgenommen hatte für, ch' egli avéa portáti seco per. verschie=
den, divérso. Stück, pezza. Tuch, panno. Seide, seta. Fell, pelle, f. Zobel,
zibellíno. Geld, danáro. Aus, per. Mangel, mancánza. baares Geld, contánti —
numerário. hat er nun verkaufen lassen, ha fatto ora véndere. Pferd, cavállo.
Zug, tiro. Reit, cavalcáre, sella. mehrere, parecchie. Faß, botte, f. alt, vécchio. sammt, insiéme con. billiger Preis, prezzo discréto. und denkt noch weg=
zugeben, e pensa di dar via ancóra. 20, venti. Scheffel, stajo. Hafer, avéna.
50, cinquénta. Zentner, centinájo Heu, fiéno. Stroh, páglia. Faß, barile, m.
Vor, prima di. Abreise, parténza. will er hier kaufen, vuol compráre qui. unter an=
dern, fra altre. Glas, bicchiére. Tasse, tazza. Thee, tè, m. Kleinigkeit, baga-
télla. Stahl, acciájo. Wagen, carrózza. Reise, viággio.

70. (Siehe §§. 134, 135, 141.)

Obwohl der Kaufmann Richard ein Mann von ungefähr 50
Jahren ist, so geht er doch noch so geschwind wie einer bei 30. Er hat
immer mit Allen nicht allein als ein ehrlicher Mann, sondern als ein
wahrer Freund und Vater gehandelt, darum wird er auch von Jedermann
so sehr geliebt und geschätzt. Herr Norton gewann neulich bei einem
Verkauf ungefähr 50,000 Gulden; mit diesem Gewinne hat er sich ein präch=
tiges Haus mit einem großen Garten auf dem Lande gekauft; man sagt, daß
es wirklich ein fürstliches Haus sei. Ich habe gehört, daß der Speisesaal und
das Gesellschaftszimmer fresco gemalt werden, daß der Garten auf englische
Art angelegt, und das ganze Haus nach der letzten Mode eingerichtet wird.

Obwohl, benchè. Kaufmann, mercánte, m. Richard, Riccárdo. ist, sía.
50, cinquánta. Jahr, anno. so geht er doch, egli cammina però. noch, ancóra.
geschwind, presto. 30, trenta. Er hat immer gehandelt, egli ha trattáto, ope-
ráto sempre. nicht allein, non già. ehrlicher Mann, galantuómo. sondern, ma
bensì. darum, perciò. so sehr, cotánto. geliebt, amáto. geschätzt, stimáto. Jeder=
mann, ognúno Neulich gewann, guadagnó ultimaménte. bei, in. Verkauf, véndita. 50,000, cinquántamila. Gulden, fioríno. Gewinn, guadágno. hat er ge=
kauft, ha compráto. prächtig, magnífico. Land, campágna. man sagt, daß es
wirklich sei, dicesi che sia veraménte. habe gehört, ho intéso. daß, che. Saal,
sala. Speise, mangiáre. Gesellschaft, conversazióne. gemalt werden, verránno
dipinte. angelegt wird, vi sarà piantáto. und daß eingerichtet wird, verrà fornita — guarníta di mobíglie oder di móbili.

71. (Siehe §§. 136, 137.)

Fabrizius wird zu Johannis fortreiſen. Sein Bruder wird zu Pfing=
ſten wiederkommen. Den Wein wird er uns zu Martini oder zu Weih=
nachten ſchicken, und wir werden ihn zu Oſtern bezahlen. Ich werde mor=
gen mit Tagesanbruch aufſtehen. Kehret ihr nach Hauſe zurück, oder gehet
ihr noch anderwärts wohin? Dieſer Herr will mit mir Kegel ſpielen,
allein ich hätte größere Luſt, eine Parthie Billard zu machen. Er hat
ſein Geld im Pharao verloren, und ich habe fünf Gulden im Picket
gewonnen. Iſt Niemand da, der mit mir die Dame ziehen oder l'Ombre
ſpielen will?

Wird fortreiſen, partirà. St. Johann, San Giovánni. wird wiederkommen,
ritornerà. Pfingſten, Pentecóste. wird uns ſchicken, ci manderà   St. Martin,
San Martíno. Weihnachten, Natále. wir werden ihn bezahlen, noi lo pagherémo.
Oſtern, Pásqua. Ich werde morgen aufſtehen, io mi alzerò domani. Tagesanbruch,
alba. Kehret, ritornáte. oder geht noch anderwärts wohin? o andáte ancóra al-
tróve? will mit mir ſpielen, vuól giuocár meco. Kegel, birilli, zono. allein ich
hätte, ma io avréi. Luſt, vóglia. Billard, bigliárdo. verloren, perdúto. Geld,
danáro. Pharao, Faraóne. gewonnen, vinto. Picket, picchétto. Iſt Niemand da?
Non c'è nissúno? der will, che vóglia. mit mir, meco.

72. (Siehe §. 138.)

Ihr ſpielet Clavier, ſpielet ihr auch die Flöte? Ich habe gehört, daß
euer Bruder Violin ſpiele. Spielet die Schweſter irgend ein Inſtrument?
Welches Inſtrument hat ſie ſpielen gelernt? Sie ſpielte einmal auf der
Guitarre, jetzt aber ſpielt ſie nicht mehr darauf. Mein Freund ſchickte mir
neulich einige ſchöne Muſikalien; wenn es Ihnen gefällig iſt, ſo wollen
wir ſie heute Abends mit einander ſpielen.

Ihr ſpielet, Voi suonate. Clavier, clavicémbalo. auch, anche. Flöte, flauto.
Ich habe gehört, ho sentíto. ſpiele, suóni. Geige, violíno. Spielet, suóna. ir=
gend ein, qualche. Inſtrument, struménto. welcher, quale. hat ſie gelernt, ha
ella imparato a. Sie ſpielte einmal, Ella suonáva una volta. Guitarre, chi-
tarra. jetzt aber ſpielt ſie nicht mehr darauf, adésso però non la suóna più.
Freund, amico. ſchickte mir, mi mandò. neulich, ultimaménte. einige ſchöne Mu=
ſikalien, alcúni bei pezzi di música. wenn es Ihnen gefällig iſt, se le aggrada.
ſo wollen wir ſie ſpielen, li suonerémo. mit einander, insiéme. heute Abends,
questa sera.

73. (Siehe §§. 139, 143.)

Wo habet ihr das Briefpapier und die Tintenflaſche hingeſtellt? —
Homer nannte die Minerva die Göttin mit den grünen Augen; Juno die
Göttin mit dem weißen Arme, und Mars den Gott mit dem ſilbernen
Bogen. — Vor nicht gar langer Zeit ſprach man in Paris von nichts an=
derm, als von dem Fräulein mit dem Todtenkopfe. Sie war ein Mäd=
chen von neunzehn bis zwanzig Jahren, und hatte 300,000 Franken

Wo? dove? hingeſtellt, messo. Papier, carta. Brief, léttera. Flaſche, fiaschétta. Tinte, inchióstro. nannte, chiamò. Auge, ócchio. grün, verde. Juno,
Giunóne. Arm, bráccio. Bogen, arco. ſilbern, argénteo. Vor nicht gar langer Zeit,
ancóra non e gran tempo. Paris, Parígi. ſprach man von nichts anderm als, non si
parláva d'altro che di. Fräulein, damigella. Kopf, testa. Tod, morte, f. Sie
war, questa éra. Mädchen, gióvane, f. neunzehn, diecinóve. bis, a. zwanzig,
venti. Jahr, anno. 300,000, tre cento mila. Frank, lira italiána

Einkünfte. Sie empfing die Beſuche bedeckt mit einer Maske und mit einem Schleier.

Einkünfte, réndita. empfing, ricevéva. Beſuch, vísita bedeckt mit, copérto di (und da). Maske, máschera. Schleier, velo.

74. (Siehe §. 141.)

Eumenes, König zu Pergamo, pflegte zu ſeinen Brüdern zu ſagen: Wenn ihr mich als einen König ehret, ſo will ich euch als Brüder be= handeln; und behandelt ihr mich als einen Bruder, ſo werde ich als König euch behandeln. — Die Athenienſer glaubten nicht, daß Milziades als ein bloßer Privatmann leben könnte, nachdem er die höchſten Aemter der Republik mit Ehre verwaltet hatte. — Was liegt daran? ſagte ein junger Prinz, als er eine Saite anſtatt der andern im Spielen gegriffen. Sprechen Sie als König, antwortete der Meiſter, ſo haben Sie Recht; ſprechen Sie aber als Muſicus, ſo haben Sie Unrecht. — Er hat das ihm aufgetragene Geſchäft als ein geſchickter Mann ausgeführt.

Pflegte zu ſagen, soléva dire. wenn ihr mich ehret, se voi altri mi trat- tráte. ſo will ich euch behandeln, io vi tratterò. und behandelt ihr mich, all' in- contro se mi trattáte. ſo werde ich euch behandeln, io vi tratterò. Athenienſer, Ateniése. glaubten nicht, non credévano. daß, che. leben könnte, potésse me- náre una vita. bloßer, sémplice. Privatmann, priváto. nachdem er verwaltet hatte, dopo aver sostenúto oder coperto. Ehre, decóro. höchſter, primo. Amt, dignitá, cárica. Republik, repúbblica. Was liegt daran, che impórta. ſagte, disse. als er gegriffen, avéndo egli toccáto. im Spielen, nel suonáre. Saite, corda. anſtatt, invéce di. Sprechen Sie, se parla. antwortete, rispóse Meiſter, maéstro. ſo haben Sie, Ella ha. Recht, ragióne, f. aber, poi, ma. Unrecht, torto. Er hat ausgeführt, egli ha compiúto — condotto a fine. Geſchäft, af- fáre, m. ihm aufgetragen, comméssogli. geſchickt, accórto — ingegnóso.

Ueber die Zahlwörter. (S. 66—69.)

75. (Siehe §. 36 Nr. 4.)

Ungarn hat Gold= und Silberbergwerke, hat Ueberfluß an Wein, Korn, Tabak, hat ganze Heerden von Pferden, Ochſen, Schafen und Schweinen, hat aber Mangel an Manufacturen. Der Tabak iſt eine amerikaniſche Pflanze; ſie wurde im Jahre 1520 nach Liſſabon gebracht, und Herr Nicot, franzöſiſcher Geſandter in Portugal, ſchickte ſie von dort nach Paris im Jahre 1559.

Ungarn, Ungheria. Bergwerk, miniéra. Ueberfluß, abbondánza. Korn, grano. Tabak, tabácco. Heerde, gregge, f. ganz, intéro. Ochs, búe. Schaf, pé- cora. Schwein, porco. aber, peró. Mangel, mancánza. Manufactur, manifat- túra. Pflanze, piánta. ſie wurde gebracht, essa fu portáta. Liſſabon, Lisbóna. Ge= ſandter, ambasciadóre. Portugal, Portogállo. ſchickte ſie von dort, la mandò di là. Paris, Parígi.

76.

Bis jetzt kennen wir 11 Planeten. Uranus, der entfernteſte von der Sonne unter allen, vollendet ſeine Bewegung um dieſelbe in 84 Jahren

Bis jetzt, ſin ora. kennen wir, conosciámo. Planet, pianéta, m. Uranus, Urano. entfernt, distánte. Sonne, sole, m. vollendet, finisce. ſeine Bewegung, il suo giro. um dieſelbe, intórno ad esso. Jahr, anno.

und sieben Tagen; Saturnus in 29 Jahren, 5 Monaten, 17 Tagen; Jupiter in 11 Jahren, 10 Monaten und 14 Tagen; Mars in einem Jahre, 10 Monaten und 21 Tagen; die Erde in einem Jahre; Venus in 7 Monaten und 14 Tagen; Merkur in 2 Monaten und 27 Tagen. Zwischen Jupiter und Mars wurde am 1. Jänner 1802 von Olbers in Bremen ein neuer Planet entdeckt, welchem auf Vorschlag des Herzogs von Gotha der Name Juno beigelegt wurde. Der berühmte Astronom Bode entdeckte kurz nachher zu Berlin noch einen andern Planeten, der den Namen Ceres erhalten hat. Pallas wurde im Jahre 1804, und Vesta 1807 entdeckt.

Monat, mese, m. Tag, giórno. Jupiter, Gióve. Mars, Marte. Erde, terra. Venus, Vénere. Merkur, Mercúrio. Zwischen, fra. wurde entdeckt, fu scopérto. Jänner, Gennájo Bremen, Brema. welchem, a cui. auf, su. Vorschlag, propósta. beigelegt wurde, fu dato. Name, nome, m. Juno, Giunóne. Berühmt, célebre. Astronom, Astrónomo. entdeckte, scopérse. kurz nachher, poco dopo. noch, ancóra. anderer, altro. der den Namen erhalten hat, che porta il nome. Ceres, Cérere. Pallas, Pállade. Vesta, Vesta.

77.

Der erste König von Rom war Romulus; der zweite Numa Pompilius; der dritte Tullus Hostilius; der vierte Ancus Martius; der fünfte Tarquinius Priscus; der sechste Servius Tullius; der siebente und letzte Tarquinius der Stolze.

König, Re. Rom, Roma. war, fu. Romulus, Rómolo. Tullus Hostilius, Tullo Ostilio. Ancus Martius, Anco Márzio. Tarquinius, Tarquinio. Servius Tullius, Sérvio Túllio. Stolze, Supérbo.

78.

Von dem ersten punischen Kriege bis zur Zerstörung der Stadt Carthago waren 118 Jahre verflossen. — Von dem ersten bis zum zweiten punischen Kriege zählt man 48 Jahre, und von dem zweiten bis zu Ende des dritten rechnet man deren 70.

Krieg, guérra. punischer, púnico. bis zu, sino a. Zerstörung, distruzione, f. Carthago, Catágine. waren verflossen, érano passati. zählt man, si cóntano. rechnet man, se ne compútano.

79.

Miltiades hatte bei Marathon nur 10,000 Mann; Cäsar brauchte nur 20,000 bei Pharsalus, und Epaminondas nur 6000 bei Leuktra. Themistokles hatte nur 280 Galeeren bei Salamis, und der tapfere russische General Ostermann bei Kulm nur 8000 Mann von der Garde gegen ein fünfmal zahlreicheres französisches Armeecorps. Indessen haben doch diese kleinen Armeecorps über die wichtigsten Ereignisse entschieden.

Hatte, non avéva. nur, più di. bei, a. Marathon, Maratóna. Mann, uomo. Cäsar, Césare. brauchte nur, non e impiegò più di. Pharsalus, Farságlia. nur, soli. Leuktra, Leuttra. Galeere, galéra. Salamis, Salámine. tapfer, prode — valoróso. Garde, guárdia. gegen, contro. Corps, corpo. Armee, armáta. französisch, francése. zahlreich, numeróso del suo. Indessen, ciò non ostánte. haben entschieden über, hanno deciso di. wichtig, importánte. Ereigniß, avveniménto.

80.

Im Jahre 1714 war in Constantinopel eine sehr große Feuersbrunst. Da sich der Nordwind erhoben, nahm das Feuer so sehr überhand, daß in der Zeit von 20 Stunden bei 15,000 Häuser niederbrannten.

Feuersbrunst, incéndio. Da sich erhoben, esséndosi leváto. Nordwind, aquilóne, vento settentrionále. Feuer, fuóco. nahm so sehr überhand, fece dei progréssi così rápidi. in Zeit, nello spázio. niederbrannten, vi restárono abbruciáte — incenerite.

81.

Die Bevölkerung Rußlands vermehrt sich mit sehr großer Schnelligkeit. Nach den Listen vom Jahre 1814, welche die Christen allein betreffen (die Mahomedaner belaufen sich auf drei Millionen, und die Heiden auf eine Million), beliefen sich in jenem Jahre die Geburten auf 1,228,077, und die Zahl der Gestorbenen nur auf 839,022 Individuen, worunter zwei im Alter von 145 bis 150 Jahren, und acht von 125 bis 130. Getraut wurden 309,611. Die Zahl der Gebornen überstieg daher in jenem Jahre die Zahl der Gestorbenen um 389,055. — Im nämlichen Verhältnisse steigt auch die russische Marine, der Ackerbau, der Handel, die Fabriken und die wissenschaftliche Bildung.

Bevölkerung, popolazióne, f. Rußland, Rússia. vermehrt sich, s'auménta. sehr groß, mássimo. Schnelligkeit, rapidità. Nach, secóndo. Liste, lista. welche betreffen, che compréndono. allein, solo. Christ, cristiáno. Mahomedaner, maomettáno. belaufen sich auf, ascéndono a. Heide, pagáno. Geburt, náscita. beliefen sich, montávano a. Zahl, número. Gestorbener, morto. nur, solo. Individuen, individuo. unter, fra. welcher, il quale. Alter, età (genit.). Getraut wurden, i matrimónj érano. Geborner, nato. überstieg daher, oltrepassáva quindi. um, di. nämlicher, stésso. Verhältniß, proporzióne, f. steigt auch, si accrésce anche. Marine, marina. Ackerbau, agricoltúra. Handel, commércio. Fabrik, fábbrica. Bildung, cultúra. wissenschaftlich, scientífico.

82.

Julius Capitolinus erzählt, daß der Kaiser Claudius Albinus (der gefräßigste Mensch von der Welt) bei einem einzigen Frühstück 100 Pfirsiche, 10 Melonen, 20 Pfund Weintrauben, 100 Feigenschnepfen und 33 Dutzend Austern aufzehrte.

Julius, Giúlio. erzählt, raccónta. gefräßige Mensch, ghiottóne, m. aufzehrte, mangiò. bei, a. einzig, solo. Frühstück, colazióne, f. Pfirsiche, pesca, pérsica. Pfund, líbbra. Weintraube, uva. Feigenschnepf, beccafico. Auster, óstrica.

83. (Siehe §§. 182 und 144.)

Der Nil in Aegypten fängt gewöhnlich zu Ende des Mai an zu wachsen, und fährt so fort bis zum 10. oder 20. August, bisweilen bis zum Monat September, nach welchem derselbe immer abnimmt. Man

Aegypten, Egitto. fängt an gewöhnlich zu wachsen, comincia ordinariaménte a créscere. Ende, fine, f. Mai, Mággio. fährt so fort, continua così. bis, fino a. August, Agósto. bisweilen, qualche volta. September, Settémbre nach welchem derselbe immer abnimmt, dopo il quale sempre ne va calándo.

15

säet gewöhnlich im October und November, und im März und April hält man die Ernte.

Man säet, vi si sémina — vien seminato. October, Ottóbre. November, Novémbre. März, Marzo. April, Aprile. hält man, se ne fa. Ernte, raccolta, messe, f.

84.

Bei den alten Aegyptiern gab man einem jeden Soldaten außer einem Stücke Landes täglich 3 Pfund Brot, 2 Pfund Fleisch und eine Kanne Wein. — Die Seide war in den alten Römerzeiten ungleich seltener und in größerem Werthe als jetzt. Ein Pfund Seide kostete zu den Zeiten des Kaisers Aurelian, gegen das Ende des dritten Jahrhunderts, ein Pfund Gold.

Bei, presso. alt, antico. Aegyptier, Egízio. gab man, si dávano. jeder, ciascún. Soldat, soldáto. außer, oltre. Stück, pezzo. Land, terréno. täglich, ogni giórno. Brot, pane, m. Fleisch, carne, f. Kanne, pinta, mezzetta. Seide, seta. Zeit, tempo. alt, antico. Römer, Románo. ungleich, assai — di gran lunga. selten, raro. in, di. groß, grande. Werth, valóre, m. jetzt, adésso. kostete, costáva. gegen, verso. Ende, fine, f. Jahrhundert, sécolo. Pfund, libbra. Gold, oro.

85.

Zu Aachen sieht man das Grab Carls des Großen, welcher dort 72 Jahre alt starb, im vierzehnten Jahre seiner Regierung als Kaiser, und im achtzehnten seiner Regierung überhaupt. — In der Ebene von Barco, nahe bei Mailand, hört man ein Echo, welches über hundertmal die letzte Silbe wiederholt.

Aachen, Aquisgrána. sieht man, védesi. Grab, tomba. welcher dort starb, che vi morì. Regierung, regno. Ebene, pianúra. nahe, vicino. hört man, ódesi. Echo, éco, m. welches wiederholt, che ripéte. über, più di. Silbe, sillaba.

86. (Siehe §§. 179, 180.)

Wie viel glaubt ihr, daß es sei? Wie viel ist es auf eurer Uhr? Ich glaube, daß es noch nicht zwei Uhr sei. Es ist halb zwölf Uhr. Nein, so eben hat es zwölf Uhr geschlagen. Schon so spät? Gleich wird es zwei schlagen. Es ist halb drei vorbei. Es wird bald drei Viertel auf fünf. Ich höre die Uhr schlagen. Zählet die Stunden. Es ist Mittag. Es ist ein Viertel auf eins. Es ist nicht spät. Es ist schon eine geraume Zeit, daß es drei Viertel auf acht geschlagen hat.

Glaubt ihr, credéte. auf, a. Ich glaube, credo. hat es geschlagen, hanno suonáto oder sono suonáte. so eben, in questo punto — moménto. spät, tardi. Wird es schlagen, batterànno. vorbei, passáto. Ich höre, sento. zählet, contáte. geraume Zeit, bel pezzo.

87. (Siehe §. 181.)

Um wie viel Uhr werdet ihr spazieren gehen? Um drei Uhr Nachmittags. Um halb fünf haben zwei Freunde gesagt, mich im Lustwäldchen

Werdet ihr spazieren gehen? andréte a passeggiáre? Haben gesagt mich zu erwarten, hanno detto d'aspettármi. Lustwäldchen, boschétto.

zu erwarten. Wann werdet ihr wieder nach Hause kommen? Um 10 Uhr Abends. Ich warte auf euch bis 11 Uhr oder ein Viertel auf 12, und wir bleiben bis Mitternacht beisammen. Wann gehet ihr zu Bette? Gewöhnlich um drei Viertel auf zwölf. Morgen sehen wir uns um halb neun Uhr früh.

Wann werdet ihr wieder kommen? quando ritornerète? Ich warte auf euch, io vi aspetterò. bis, sino. und wir bleiben beisammen, e resteremo insième. Wann gehet ihr, quando andáte. Gewöhnlich, ordinariaménte, per il solito. Morgen sehen wir uns, dománi ci vedrémo.

Ueber die Vergrößerung und Verkleinerung der Wörter.

88. (Siehe §§. 168—173.)

Meine Schwester hat ein recht schönes Hündchen, mit dem sich immer ihr Töchterlein spielt. Ich höre, daß der Graf im Willen habe, ein schönes kleines Reitpferd für den jungen Grafen zu kaufen. Die junge Gräfin hat ein etwas bräunliches Gesicht, einen kleinen runden Fuß, und ihre kleinen Hände sind ein Bischen schwarz von der Sonne; übrigens ist sie recht liebenswürdig, besonders mit ihrem grünen Hut.

Hund, cane, m. mit dem sich immer spielt, col quale si diverte sempre. Tochter, figliuóla. Ich höre, sento. daß im Willen habe, ch'àbbia vóglia. kaufen, comprâre. Pferd, cavállo. Reiten, cavalcáre. braun, bruno. Gesicht, viso. Fuß, piéde, m. rund, rotóndo. Hand, mano, f. Bischen, pochettíno. schwarz, nero. Sonne, sole, m. übrigens, per altro. liebenswürdig, caro, amábile. besonders, principalménte. Hut, cappéllo. grün, verde.

89.

Einen großen schlechten Hut auf dem Kopfe, ein ungeheures Buch unter dem Arme, ein Paar großmächtige Brillen auf der Nase, und ein Paar grobe schlechte Schuhe an den Füßen, dies ist das Bild eines Pedanten.

Hut, cappéllo. Kopf, testa. unter, sotto. Arm, bráccio. Paar, pajo. Brillen, occhiali (plur.). Nase, naso. Schuh, scarpa. an, a. Fuß, piéde, m. dies ist, ecco. Bild, ritrátto. Pedant, pedante, m.

90.

Ich habe den berühmten Dichter auf seinem kleinen Zimmerchen besucht, allwo zwei Sessel, ein Bett und ein kleiner Tisch all sein Geräthe ausmachen. — Niemand verdient mehr den Beistand reicher Leute, als ein armer alter Mann, und ein armes altes Weibchen; und doch bleibt der karge Filz immer dabei unerbittlich.

Ich habe besucht, sono andáto a visitáre, ritrováre. berühmt, famoso. auf, in. Zimmer, cámera. allwo, dove. Sessel, sédia. Bett, letto. Tisch, távola. ausmachen, compóngono. all, tutto. Geräthe, le mobíglie. Niemand verdient mehr, nessúno è più degno di. Beistand, ajúto. Leute, persóne. reich, ricco. arm, póvero. alter Mann, vecchio. und doch, ciò non ostante. Filz, aváro, spilorcio. bleibt immer dabei, vi resta sempre. unerbittlich, inesorábile.

15 *

91.

Ihr jungen Schäferinnen, wie seid ihr glücklich! Unschuldig, wie die Feldblümlein, habet ihr keine andern Gegenstände der Liebe, als eure jungen Lämmer. In eure kleinen Hütten kommen weder junge Laffen, noch schlechte Aerzte.

Jung, gióvane. Schäfer, pastóre, *m.* wie, quanto. unschuldig, sémplice — innocénte. wie, come. Blume, fióre, *m.* Feld, campo. habet ihr keinen andern Gegenstand der Liebe, non avéte altro amóre. als, che. euer, il vostro. Lamm, agnéllo. Hütte, capánna. kommen weder — noch, non v'éntrano nè — nè. junger Laffe, gióvine. Arzt, médico.

Ueber die persönlichen Fürwörter.

92.

Ich schreibe ihm oft, aber er antwortet mir nicht. — Kennst du die Brüder Toraldi? Ja ich kenne sie sehr gut, und schätze sie sehr. Sage der Mutter, wenn du sie siehst, daß ich ihr morgen die bewußten Bücher bringen werde. Ich schmeichle mir, daß du mir diesen Gefallen nicht abschlagen wirst. Ihr erinnert euch selten eures Vetters. Ich bitte euch um Verzeihung, ich habe ihn heute gesehen, und habe mit ihm von euch gesprochen. Ich würde ihn in seinem Begehren zufrieden stellen, wenn er sich begnügte, daß es Niemand erfahre. — Darf ich euch bitten, mir die Wasserflasche zu geben?

Ich schreibe, io scrivo. oft, spesso. aber er antwortet nicht, ma egli non rispónde. Kennst du, conósci tu. Ja, sì. ich kenne, io conósco. schätze, stimo. Sage, di. wenn du siehst, se vedi. daß ich morgen bringen werde, che dománi porteró. bewußt, consaputo. ich schmeichle, io lusingo. daß du nicht abschlagen wirst, che non negherái. Gefallen, piacére, *m.* Erinnert, ricordáte. selten, rare volte — raramente. Vetter, cugino. bitte um Verzeihung, chiedo scusa. gesehen, vedúto. heute, oggi. Ich habe gesprochen mit, ho parlato a uno di q. c. Ich würde zufrieden stellen, io appagheréi. Begehren, dománda. wenn er begnügte, se egli contentásse. Daß Niemand erfahre, che nissúno sáppia. Darf ich bitten, posso pregáre. zu geben, di pórgere, recáre. Flasche, bottiglia. Wasser, ácqua.

93. (Siehe §§. 185, 187, 188.)

Robert hat die bösen Gesellschaften allzeit geflohen, allein seine Brüder haben sie nie geflohen, und das ist die Ursache, warum wir sie von unserer Gesellschaft immer ausgeschlossen haben. Ich habe ihnen gesagt, was ihr mir aufgetragen habet; allein sie baten mich, euch zu sagen, daß sie morgen selbst zu euch kommen würden. — Sie wollen uns hinter's Licht führen. Es scheint mir, ich kenne sie besser als ihr. —

Robert hat allzeit geflohen, Roberto ha fuggito sempre. böse Gesellschaft, cattiva compagnia. allein, ma. nie, non — mai. und das ist die Ursache, warum, ecco perchè. wir ausgeschlossen haben, abbiámo esclúso. Gesellschaft, società. Ich habe gesagt, io ho detto. was ihr aufgetragen habet, quel che avéte commésso. allein sie baten, ma essi pregárono. zu sagen, di dire. daß sie selbst kommen würden, che verrébbero in persóna. Sie wollen hinter's Licht führen, essi vógliono delúdere. Es scheint, pare. ich kenne, di conóscere.

Ich kann mich nicht entſinnen, ſie geſehen zu haben. — Die Schweſter
wollte zum Ortenſio gehen, und ihm die geſtrige Begebenheit erzählen;
ich gab ihr aber den Rath, es nicht zu thun, bis der Vater es ihr geſagt haben wird.

ich kann nicht entſinnen, non posso sovvénire. geſehen zu haben, di avére vedúto. wollte gehen, voléva andare. erzählen, raccontáre. Begebenheit, avventúra. geſtern, jeri (§. 36). Ich gab, io diédi. Rath, conſiglio. nicht zu thun,
di non fare. bis, ſinchè. geſagt haben wird, avrà detto.

94.

Clitander ſagte mir, er thäte es gerne, allein die Umſtände erlaubten es ihm nicht. Es liegt mir nichts mehr daran, antwortete ich ihm,
ihr habet es uns verſprochen, euch ſeiner anzunehmen, und ich hoffe,
daß ihr es nicht im Scherze geſagt haben werdet. Gut, verſetzte er, ich
verſpreche es euch noch einmal, und ſage euch, daß es mich nie reuen
wird, es euch verſprochen zu haben. — Schreibet uns, was bei der
Armee vorgeht, aber ſaget uns die Wahrheit. — Rühret ihn nicht an
und reizet ihn nicht, denn heute iſt er übler Laune; Jemand wird ihm
einen großen Verdruß gemacht haben.

Sagte, disse. thäte gern, che farébbe volontiéri. allein, ma che. Umſtand,
circostanza. erlaubten nicht, non permettévano. Es liegt nichts mehr daran, non impórta più niénte. antwortete, rispósi. verſprachen, promésso. anzunehmen, d'in-
teressáre (per). hoffe, spero. daß ihr nicht im Scherze geſagt haben werdet, che
non avrete detto per burla. Gut, ebbéne. verſetzte, riprése. verſpreche, prometto.
ſage, dico. daß nie reuen wird, che non pentirò mai. zu haben, d'avére. Schreibet, scrivéte. was vorgeht, ciò che passa, succéde. Armee, armáta. aber ſaget,
ma dite. Rührt nicht an, non toccáte. reizet nicht, non provocáte. denn, perchè.
üble Laune, cattívo umóre. Jemand, qualcúno. wird gemacht haben, avrà fatto.
ein, qualche. großer Verdruß, gran dispiacére, m.

95.

Deine Couſine war dieſen Morgen bei uns. Als Angelica ſie ſah,
ſagte ſie: Dieſes Fräulein gefällt mir ſehr wohl, weil ſie artig iſt; allein
ihr Bruder iſt ſo beſchaffen, daß man ihn weder lieben noch ſchätzen kann.
Ich habe die mir geſchickten Waaren erhalten, und den mir gegebenen
Auftrag vollzogen. — Kommt Nachmittag zu mir. Gut, ich werde kommen, ich verſpreche es euch. — Vergeſſet aber nicht darauf. — Ich habe
einen Brief an die Schweſter; wann kann ich ihn ihr ſchicken? Carl V.
ſagte: In der Jugend iſt euch Alles günſtig, Alles bietet ſich euch wie
von ſelbſt dar.

Dieſen Morgen, questa mattina. als ſah, vedéndo. ſagte, disse. Fräulein,
Signorína. gefällt, piáce. weil, perchè. artig, grazióso. allein, ma. ſo beſchaffen, tale. daß man nicht kann, che non si può. weder — noch, nè — nè. ſchätzen,
stimare. Ich habe erhalten, ho ricevúto. Waare, mercanzia. geſchickt, spedito.
vollzogen, eseguíto. Auftrag, órdine, m. gegeben, dato. Kommt, veníte. Gut,
si bene. ich werde kommen, verrò. verſpreche, prométto. Vergeſſet aber nicht, non
vi dimenticáte. Brief, léttera. an, per. wann kann ich ſchicken? quando posso
mandare? ſagte, disse. Jugend, gioventù. günſtig, favorévole. bietet … wie von
ſelbſt dar, offre spontaneaménte.

96. (Siehe §. 192.)

Wem habet ihr dieſe Neuigkeit erzählt? Ihm, ihr oder ihnen? Da ihr nicht ſchweigen könnet, ſo werde ich ein andres Mal weder dir noch ihr mehr Etwas ſagen. — Wen hat er zu Mittag eingeladen? Mich und meine Schweſter, dich, deinen Vater und deinen Oheim. Otto ſuchte mich und dich; und da er uns nicht mehr fand, ſo ging er allein ohne uns ſpazieren. — Gottfried fragt nach euch. Er hat mit mir nichts zu thun; ſaget ihm, daß ich nicht zu Hauſe bin.

Wer, chi. habet erzählt, avéte raccontáto. Neuigkeit, novità. Da ihr nicht ſchweigen könnet, giacchè non sapéte tacére. Mal, volta. werde ich Etwas mehr ſagen, non dirò più niénte. weder — noch, nè — nè. Wen hat er eingeladen? chi ha egli invitáto? Mittagsmahl, pranzo. Otto, Ottóne. ſuchte, cercáva. da er nicht mehr fand, non trovando più. ſo ging er, andò. allein, solo. ſpazieren, a spasso — a passeggiáre. ohne, senza. Gottfried, Goffrédo. fragt nach, domanda di. Er hat nichts zu thun, egli non ha niénte da far. ſaget, dite.

97.

Julie machte ihm Vorwürfe. Alexius ſagte ihr die Wahrheit, ich würde mich nicht getraut haben, ſie ihr ſo zu ſagen. — Schicket mir meine Bücher, und antwortet mir ſo bald als möglich. — Stelle dir einen Raum vor, der dreimal größer iſt, als dieſer hier. — Saget mir das nicht noch einmal. — Wird er es mir nicht bald machen? — Verſprich dir nicht ſo viele Vortheile auf einmal. — Sage es mir nicht mehr ſo oft. — Wirſt du mir nicht bald Etwas davon geben? — Er hat uns betrogen, ſage ihm die Wahrheit, und erzürne dich nicht darüber. — Gib mir eine Feder, ich will ihm ſchreiben. — Was ihn betrifft, ſo wird er ſich bald dazu entſchließen. — Ich ſpreche nicht zu euch, ich ſpreche zu ihr und zu ihnen.

Julie, Giúlia. machte, fece. Vorwurf, rimpróvero. ſagte, disse. Wahrheit, verità. ich würde mich nicht getraut haben, io non sarei ardito, arrischiáto. ſo zu ſagen, di dire in quel modo. Schicket, mandáte. Buch, libro. antwortet, rispondéte. ſo bald als möglich, quanto prima. Stelle vor, figura — immágina. Raum, spázio. der iſt, che sia. Saget, dite. das, questo. noch einmal, un' altra volta. Wird bald machen, farà presto. Verſprich, prométtere. ſo viele, tanto. Vortheil, vantággio. auf einmal, in una volta — ad un tratto. Sage, dire. ſo oft, tante volte. Wirſt geben? darái? bald, presto. betrogen, ingannáto. zürne, adirár. darüber, per questo. Gib, dà. Feder, penna. ich will ſchreiben, vóglio scrivere. Was betrifft, quanto a. dazu, vi. wird entſchließen, risolverà. Ich ſpreche, io parlo a.

Ueber ei, vi.

98. (Siehe §. 193.)

Iſt der Graf zu Hauſe? Ich weiß es nicht, ich glaube, daß er noch da ſei. Iſt er noch in ſeinem Cabinete? Nein, er iſt nicht mehr darin. — Seid ihr nie in Venedig und in Mailand geweſen? Nein, ich bin noch niemals dort geweſen. — Ich würde alle dieſe Waaren kaufen,

Ich weiß nicht, non so. glaube, credo. daß er ſei, che sia. noch, ancóra. Cabinet, gabinetto. nein, no. nie, mai. Venedig, Venézia. Mailand, Miláno. Ich würde kaufen, compreréi. Waare, merce, f.

wenn nur etwas dabei zu gewinnen wäre. Ich habe seine Rechnung durchgesehen, und habe nicht den geringsten Fehler darin gefunden.

wenn nur zu gewinnen wäre, purchè fosse da guadagnáre. Etwas, qualche cosa. Ich habe durchgesehen, ho esamináto, revedúto. Rechnung, conto. habe nicht gefunden, non ho trováto. geringsten, ménomo. Fehler, sbáglio, m.

99.

Wollet ihr, daß wir in den Hofgarten gehen? Ich für mich bin dabei. Ich bin noch nie dort gewesen. Wenn du dahin gehest, so geht dein Bruder nicht hin. — Morgen gehe ich auf's Land, und werde bei meiner Cousine speisen. Der Bruder wird auch hinkommen. — Wirst du heute ins Theater gehen? Nein, diesen Abend gehe ich nicht hinein. — Kommet ihr öfters hierher? Ich komme blos einige Tage in der Woche her, um Gelegenheit zu haben, etwas Neues zu hören.

Wollet ihr, daß wir gehen? voléte che andiámo? Hofgarten, giardino di Corte. Ich bin, io sto, son pronto. Wenn du gehest, se tu vái. so geht nicht, non va. Gehe, vado. Land, campágna. werde speisen, pranzerò. wird auch kommen, andrà pure. Wirst gehen, andrái. diesen Abend, staséra. gehe ich nicht, non vado. Kommt ihr, venite. öfters, spesse volte. hierher, qua. Ich komme blos, vengo solaménte. um, per. Gelegenheit, occasióne, f. zu hören, di sentire.

100.

Was werdet ihr, liebe Freundin, morgen thun? Werdet ihr in die Redoute gehen? — Ich weiß nicht, was meine Mutter thun wird, sie hat mir wohl versprochen, mich hinein zu führen. — Dieses Jahr bin ich noch nicht darin gewesen. — Wenn mir es der Vater erlaubte, so wünschte ich so sehr mit euch hinein zu gehen. — Wollet ihr, daß ich es ihm sage und ihn für euch bitte? — O ja, liebe Freundin, thut das, ich bitte euch recht sehr darum, euch wird er es nicht abschlagen.

Was werdet ihr morgen thun? che faréte voi dománi? lieb, caro. Werdet ihr gehen, andréte. Redoute, ridótto. Ich weiß nicht, io non so. was thun wird, che cosa farà. sie hat wohl versprochen zu führen, ha bensì promésse di condúrre. bin ich noch nicht gewesen, non sono stata ancóra. Wenn er erlaubte, so permettésse. so wünsche ich so sehr zu gehen, avréi tanta vóglia di andáre. Wollet ihr, daß ich sage, voléte che dica. und bitte, e che preghi. Thut, fate. ich bitte recht sehr, prego tanto. nicht abschlagen, non ricuserà.

Ueber das Beziehungswort ne.

101. (Siehe §. 194.)

Ich habe Birnen gekauft, ich habe zwei davon gegessen, und finde sie sehr gut; wollet ihr einige davon? — Thut mir die bewußte Gefälligkeit, ich bitte euch darum; ich werde euch ewig dafür verbunden sein. Ja, sehr gerne; ich verspreche es euch; wenn anders die Umstände

Habe gekauft, ho compráto. Birn, pera. habe gegessen, ho mangiáto. finde, trovo. wollet ihr? voléte? Thut, fate. Gefälligkeit, favóre, m. bewußt, consaputo — che sapéte. bitte, prego. verbunden, obbligáto. ewig, eternaménte. sehr gern, molto volontiéri. verspreche, promótto. wenn anders, purchè. Umstand, circostánza.

es mir erlauben, so seid versichert, daß ich darauf nicht vergessen
werde.

erlauben, perméttano. seid versichert, state sicúro. daß ich nicht vergessen werde,
che non mi scorderò di…

102. (Siehe §§. 183 und 194.)

Er ist höchstens **27** Jahre alt. Ich habe deren mehr als **30**. Ich
haben deren mehr als er und sie. Ich habe deren zwei weniger als du.
— Er hatte das vergangene Jahr mehrere Bediente; jetzt glaube ich nicht,
daß er deren mehr als einen habe. — Ich esse recht gerne Rindfleisch;
gib mir ein gutes Stück davon.

Vergangene, passáto, scorso. mehrere, più. Bediente, servidóre. jetzt,
ora. glaube ich nicht, non credo. daß er habe, che ábbia. Ich esse, mángio.
gerne, volentiéri. Fleisch, carne, f. Rind, manzo. Gib, dà. gutes Stück, buon
pezzo.

103. (Siehe §. 199.)

Wo seid ihr? Hier bin ich. — Wo habet ihr die Gemälde hin=
gestellt? Hier sind sie. — Wo ist die Schildwache? Sehet sie dort
unten. — Hier sind wir endlich glücklich angelangt! — Nun seid ihr
einmal hier, Gott sei Dank! — Ja, hier sind wir, mit Leib und
Seele. — Wo sind deine Schwestern? Hier sind sie, was wollet ihr von
ihnen? — Wenn ein Freund euch um Etwas bittet, so saget ihm nicht,
ich werde es euch morgen geben, wenn ihr es ihm gleich geben könnet.

Wo? dove? hingestellt, messo. Gemälde, quadro. Schildwache, sentinella.
dort unten, laggiù, là abbásso. Endlich, alla fine. angelangt, giunto — arrivato.
glücklich, feliceménte. Gott sei Dank! grázie al Cielo! mit, in. Leib, corpo.
Seele, ánima. was wollet ihr? che cosa voléte? Wenn, se. Freund, amico.
bittet um Etwas, dománda qualche cosa. so saget, dite. ich werde morgen geben,
darò dománi. wenn ihr geben könnet, quando potéte dare. gleich, súbito.

104.

Eine große Königin sagte in Bezug auf einen Geschichtschreiber:
Indem er von den Fehlern unserer Vorfahren spricht, zeigt er uns unsere
Pflichten; jene, die uns umgeben, verbergen uns die Wahrheit, die ein=
zigen Geschichtschreiber sagen sie uns.

Königin, Regina. sagte, dicéva. in Bezug auf, a propósito di. Geschicht=
schreiber, istórico. indem er spricht, parlando egli. Fehler, erróre, m. unser Vor=
fahr, il nostro predecessóre. zeigt, addíta. mostra. Pflicht, dovére, m. jene
die, colóro che. umgeben, stanno intórno. verbergen, nascóndono. Wahrheit,
verità. einziger, solo. sagen, dícono.

105.

Die Tugend vereinigt die Menschen, indem sie ihnen ein wechselsei=
tiges Zutrauen einflößt. Das Laster hingegen macht sie uneinig, indem
dasselbe die Einen gegen die Andern auf ihrer Hut erhält.

Tugend, virtù, f. vereinigt, lega. indem sie einflößt, ispirándo. Zutrauen,
fidúcia. wechselseitig, recíproco. Laster, vízio. hingegen, all' opósto. macht un=
einig, divíde. indem dasselbe auf ihrer Hut erhält, tenendoli in guárdia. der
Eine, l'uno. gegen, contro. der Andere, l'altro.

106.

Wenn wir uns überzeugen könnten, daß die Schmeichler nicht ein Wort von dem glauben, was sie uns sagen, oder daß sie uns blos des Nutzens wegen schmeicheln, den sie haben, oder den sie von uns haben können; könnten wir uns wohl noch so verspottet sehen, ohne ihnen darüber unsern Unwillen zu bezeigen?

Wenn wir könnten, se potéssimo. überzeugen, persuadére. Schmeichler, adulatóre, m. nicht glauben, non crédono. nicht, neppúre. das, was, quel che. sagen, dicono. schmeicheln, adúlano. blos wegen, unicaménte per. Nutzen, útile, bisógno. haben können, póssono avére. könnten wir wohl noch so verspottet sehen, potremmo noi vedére cosi beffáti. ohne, senza. zu bezeigen, mostrare. Unwille, risentiménto.

107.

Der Kaiser Titus sagte: Wenn Jemand schlecht von uns spricht, so muß man sich wohl hüten, ihn zu bestrafen. Wenn er aus Leichtsinn geredet hat, so muß man ihn verachten; wenn aus Narrheit, so muß man Mitleid mit ihm haben; wenn es ein Schimpf ist, so muß man ihm denselben verzeihen.

Wenn Jemand spricht, se alcúno parla. so muß man, bisógna. wohl hüten, guardáre bene. zu bestrafen, di punire. Wenn er geredet hat, se ha parláto. aus, per. Leichtsinn, leggerézza. verachten, disprezzáre. Narrheit, pazzia. Mitleid mit Einem haben, compatir uno. wenn es ist, s'ella è. Schimpf, ingiúria. verzeihen, perdonáre.

Ueber die höfliche Anrede.

108. (§§. 207—210.)

Liebster Freund! Ich habe mir schon mehrmal die Freiheit genommen, Ihnen zu schreiben und Sie zu bitten, mich zu benachrichtigen, wie viel die mir geschickten Bücher kosten. Bis jetzt ist es mir aber noch nicht gelungen, eine Antwort darüber zu erhalten. Ich glaube mich nicht betrogen zu haben, wenn ich mir einbilde, daß die an mich geschriebenen Briefe vielleicht verloren gegangen sind. Uebrigens würde es mir sehr leid sein, wenn Ihre Gesundheit Sie verhinderte, mir zu antworten. Ich hoffe, daß Sie mir dieses Freundschaftsstück nicht versagen werden, ich erwarte also sichere Nachricht von Ihnen.

Lieber, caro. Ich habe schon mehrmal genommen, sono preso già più volte. Freiheit, ardire, m. — libertà. zu schreiben, di scrivere. zu bitten, a fin di pregáre. zu benachrichtigen, di notificare. wie viel kosten, quanto cóstano. geschickt, spedito. bis jetzt aber noch nicht gelungen, ma finóra non è riuscito. zu erhalten, di ottenére. Antwort, rispósta. glaube, credo. nicht betrogen zu haben, di non éssere ingannáto. wenn ich einbilde, se io immágino. Brief, léttera. geschrieben, scritto. vielleicht verloren gegangen sind, sono forse perdúte. Uebrigens würde leid sein, per altro rincrescerébbe. wenn verhinderte, se impedisse. Gesundheit, salúte, f. zu antworten, di rispóndere. Ich hoffe, daß Sie nicht versagen werden, spéro che non negherà. Freundschaftsstück, atto d'amicízia. ich erwarte also, altendo dunque. sicher, sicúro. Nachricht, notizia.

109.

Schätzbarster Freund! Sie können sich wohl versichert halten, daß ich Ihnen ohne Zaudern geantwortet hätte, wenn Ihre Briefe mir zugekommen wären. Wenn Sie dieselben den vergangenen Monat abgeschickt haben, so sind sie ohne Zweifel verloren, denn der Courier ist ausgeplündert worden. Machen Sie sich keine Sorgen wegen meiner Gesundheit; sie ist, Dank dem Allmächtigen! sehr gut. Ich kann Sie für jetzt nicht versichern, wie viel die Bücher kosten, von denen Sie mir schreiben, künftige Woche werde ich Ihnen davon sagen. Es ist mir unmöglich, Ihnen einen Gefallen abzuschlagen, sondern ich bin immer sehr bereitwillig, Ihnen tausend Proben meiner Freundschaft zu geben.

Schätzbar, pregiáto. Sie können wohl versichert halten, Ella può ben assicuráre. daß ich geantwortet hätte, che io avréi risposto. ohne, senza. Zaudern, ritárdo. wenn zugekommen wären, so fossero pervenúte. Wenn Sie abgeschickt haben, s' Ella spedì. vergangen, scorso. so sind sie verloren, sono perdúte. ohne, senza. Zweifel, dúbbio. denn, poichè. Courier, corriére, m. ist ausgeplündert worden, è stato svaligiáto. Machen keine Sorgen, non prenda cura di. Dank, grázia. Allmächtiger, Onnipossénte. Ich kann nicht versichern, non so accertáre. für jetzt, al presénte. wie viel kosten, quanto cóstano. von denen, dei quali di cui. schreiben, scrive. künftige Woche werde ich sagen, la settimana che viene parlerò. unmöglich, impossíbile. abzuschlagen, di negáre. Gefallen, piacére, m. sondern bin, sono anzi. bereitwillig, dispósto. zu geben, di dare. Probe, pruóva. Freundschaft, amicízia.

110.

Nach meiner Zurückkunft ist es jetzt meine größte Sorge, Ihnen zu schreiben, und Ihnen unendlichen Dank für die Equipage abzustatten, mit welcher Sie die Güte hatten mich zu beehren. Ich bitte Sie um Entschuldigung, daß ich sie länger zurückbehalten habe, als ich es Ihnen versprach. Der anhaltende Regen und die häufigen Gewässer sind die Ursachen, warum ich sie Ihnen nicht eher schicken wollte. Sobald die Witterung schön sein wird, werde ich sie Ihnen schicken. Die freie Luft des Landes, wo ich mich jetzt befinde, wird vollends meine schwankende Gesundheit herstellen. Machen Sie mir das Vergnügen, mich zu besuchen, und dann danke ich Ihnen noch einmal mündlich dafür.

Nach, dopo. Zurückkunft, ritórno. Sorge, sollecitúdine, f. zu schreiben, di scrívere. abzustatten, réndere. unendlich, infinito. Dank, grazie, f. Equipage, equipággio (genit.). mit welcher Sie die Güte hatten zu beehren, che Le piacque di favorire pel mio viaggio. ich bitte, dimándo — chiédo al uno. Entschuldigung, scusa. daß ich länger zurückbehalten habe, che ho ritenúto più a lungo. als ich versprach, di quel che avéva promésso. anhaltend, contínuo. Regen, pióggia. Gewässer, le acque. häufig, copióso. Ursache, ragióne, f. warum ich nicht schicken wollte, per cui io non ho volúto inviáre. eher, prima. Sobald sein wird, súbito che sarà. Witterung, tempo. werde ich schicken, manderò. frei, líbero. Luft, ária. Land, campágna. wo ich jetzt befinde, in cui ora trovo. wird vollends herstellen, finirà di ristabilire. schwankend, vacillánte. Machen, fáccia. zu besuchen, di venire a ritrováre. dann danke ich noch einmal mündlich, allóra ringrázio (uno) un' altra volta in persóna (di qualche cosa).

Ueber die zueignenden Fürwörter.

111. (Siehe §§. 211—220.)

Mein Vorfatz ift, an deinen Vater zu schreiben. — Er hat meiner Schwefter ein schönes Geschenk überschickt. — Unfere Bücher find noch nicht angelangt. — Seine Sachen gehen schlecht. — Ift sein Garten weit von hier? — Euer Garten ift schöner als der meinige; allein der meinige ift größer als der eurige. Die Wiese meines Bruders ift sehr schön; aber in Kurzem ift sie nicht mehr sein; er will sich mit den Seinigen nach Italien begeben, und gedenkt daher alles das Seinige hier zu verkaufen.

Vorfatz, intenzióne, f. — diségno. zu schreiben, di scrivere a. überschickt, mandáto. Geschenk, regálo — dono. Buch, libro. noch, ancóra. angelangt, arriváto — giunto. Sache, affáre, m. gehen schlecht, vanno male. Garten, giardíno. weit, lontáno. von hier, di qui. schön, bello. allein, ma. Wiese, prato. aber, ma. in Kurzem, fra poco. will, egli vuol. begeben, trasferíro. gedenkt, pensa. daher, quindi. verkaufen, véndere. hier, qui.

112.

Ich verehre deine Mutter und liebe deinen Vater; allein für deine Brüder kann ich nicht die nämlichen Gefinnungen hegen. Man fagt, daß Seine Excellenz in drei Tagen Seiner königlichen Hoheit entgegengehen werden. Die Gegenwart Seiner Majeftät des Kaisers flößte feinen Soldaten Muth und Hoffnung ein.

Verehre, rispétto. liebe, amo. allein, ma. kann nicht hegen, non posso avére. nämliche, stesso. Gefinnung, sentiménto. Man fagt, si dice. Excellenz, Eccellénza. in, fra. entgehengehen werden, andrà incóntro. königliche Hoheit, Altézza Reále. Gegenwart, presenza. flößte ein, inspirò. Soldat, soldáto. Muth, ánimo. Hoffnung, speránza.

113. (Siehe §§. 217, 218, 219.)

Die Rose hat ihre Schönheit, ihre Frische und ihren Geruch, aber sie hat auch ihre Dornen. Der Graf ift heute mit seiner Schwefter und ihrem Sohne bei uns gewesen; alle drei wollen morgen zu ihrem Verwalter gehen, um dort ihre Fabrik zu sehen. Sie werden von ihren Unterthanen sehr geehrt und geliebt. — Der Graf hat feinen Gärtner und deffen Sohn sehr gelobt. — Die Menschen find Sclaven ihrer Einbildung.

Rose, rosa. Schönheit, bellézza. Frische, freschézza. Geruch, odóre, m. aber, ma. auch, ancóra. Dorn, spina. Heute, oggi. wollen, vógliono. gehen, andáre. morgen, dománi. Verwalter, fattóre. um zu sehen, per vedére. Fabrik, fábbrica. Sie werden geehrt und geliebt, essi sono rispettáti ed amáti. Unterthan, súddito. Gärtner, giardiniére. gelobt, lodáto. Sclave, schiavo. Einbildung, immaginázione, f.

114. (Siehe §. 200.)

Ihr wiffet es wohl, daß sie ihre Freundin war. — Sie hat das Ihrige verthan, nun möchte sie auch das Unfrige durchbringen. — Lesbina

Ihr wiffet wohl, Voi sapéte bene. daß fie war, ch'ella fu. Freundin, amica. verthan, dilapidáto, dissipato. nun möchte sie, ora vorrébbe. durchbringen, consumáre.

und ihr Bruder haben ihr ganzes Geld im Spiele verloren. — Was wird
euer Herr Vater darüber ſagen? Habet ihr es ſeinem Herrn Bruder ge=
ſagt? Er iſt nicht ſein Bruder, er iſt nur ſein Verwandter; und der An=
dere, welcher heute bei ihm war, iſt ein Vetter von ihm. — Wem ge=
hören dieſe Briefe? Gehören ſie dir? — Weſſen ſind die Schriften? Sie
gehören uns. — Weſſen waren dieſe Federn? Sie gehören meiner Schwe=
ſter. — Wem gehört das Buch? Es gehört mir. — Wem gehört dieſer
Degen? Gehört er nicht dir? Nein, er gehört ihm.

verloren, perdúto. Geld, danáro. Spiel, giuóco. Was wird ſagen? Che dirà?
geſagt, detto. Er iſt nur, egli non è che. Verwandter, parénte. der Andere,
quell' altro. welcher, che. heute, oggi. Wem gehören? di chi sono? Brief,
léttera. Weſſen ſind? di chi sono? Schrift, carta — scritto. Feder, penna.
Degen, spada.

115.

Ich ziehe, ſagte Leonidas, einen ruhmvollen Tod einem unrühm=
lichen Leben vor, denn mein Leben gehört der Natur, und der Ruhm
meines Todes mir. — Der Abglanz des Ruhmes unſerer Vorfahren fällt
auf uns herab, blos um unſere Laſter und unſere Tugenden ſichtbarer zu
machen.

Ziehe vor, io preferísco. Tod, morte, f. ruhmvoll, glorióso Leben, vita.
unrühmlich, oscúro. denn, poichè. gehört, appartiéne. Natur, natúra. Ruhm,
glória. Abglanz, splendóre, m. Vorfahren, antenáti. fällt herab, von rivérbera.
auf, sopra. blos um, che per. ſichtbarer zu machen, méglio illumináre — fare
spiccare. Laſter, vízio. Tugend, virtù.

116.

Cornelia, eine Tochter des großen Scipio und Gemahlin des Con=
ſuls Sempronius, war in einer Geſellſchaft römiſcher Damen, welche ihre
Edelſteine, ihren Schmuck und ihren Putz auskramten. Cornelia wurde
aufgefordert, auch den ihrigen zu zeigen. Dieſe weiſe Römerin ließ alſo=
gleich ihre Kinder kommen, die ſie mit Sorgfalt zur Ehre des Vaterlan=
des auferzogen hatte, und ſagte, indem ſie dieſelben vorzeigte: Hier iſt
mein Schmuck, hier meine Zierde.

Scipio, Scipióne. Gemahlin, móglie, consórte. Conſul Sempronius, Cónsole Semprónio. Geſellſchaft, conversazióne, società, f. römiſche Dame, dama
romána. welche auskramten, che facévano vedére. Edelſtein, gemma. Schmuck,
giója (plur.). Putz, abbigliaménto. wurde aufgefordert, venne domandáta. auch
zu zeigen, di mostráre anch' essa. weiſe, sággio. Römerin, Romána. ließ alſo=
gleich kommen, fece súbito avvicináre. Kind, figliuólo. die ſie auferzogen hatte,
che avéva educáti. Sorgfalt, diligénza. Vaterland, pátria. ſagte, disse. indem
ſie vorzeigte, mostrándo. Hier iſt, ecco. Zierde, ornaménto.

Ueber die anzeigenden Fürwörter.

117. (Siehe §. 221.)

Dieſes Haus, dieſe Wieſen und jene Weingärten ſind einem Kauf=
manne verkauft worden. — Gehören dieſe Pferde euch zu? Dieſes iſt

Haus, casa. Wieſe, prato. Weingärten, vigna. Kaufmann, mercánte. ver=
kauft, vendúto. Gehören zu, sono.

gut; aber jenes taugt nichts. — Sehet, dies sind unsere Bücher; wenn
ihr diese haben wollet, so müffet ihr mir jene zurückgeben. — Hier ist
Schinken und Braten; wollen Sie von diesem oder von jenem? Das,
was mir behagt, behagt nicht immer einem Andern. — Kennen Sie jene
Herren? Ja, mein Herr; jener mit dem blauen Kleide ist der Graf Mon=
val, und dieser, der auf uns zugeht, ist der Oberst des Regiments; erste=
rer ist sehr hochmüthig; aber jene, die hochmüthig sind, verdienen ver=
achtet zu werden. — Die Ernte dieses Jahres wird nicht so ergiebig sein,
wie jene des verflossenen Jahres.

aber, ma. taugt nichts, non val niénte. Sehet, ecco. wenn ihr wollet, se voléte. so müffet ihr zurückgeben, dovéte réndere. Hier ist, ecco. Schinken, pre-
sciútto. Braten, arrósto. wollen, ne vuóle. behagt, piáce. andere, altro. Ken=
nen Sie, conósce Ella. blau, turchino. der zugeht, che sen viéne. Oberst, Co-
lonéllo. Regiment, reggiménto. hochmüthig, orgoglióso -- supérbo. verdienen
verachtet zu werden, méritano d'éssere sprezzáti. Ernte, raccólta. ergiebig, abbondánte. verflossen, passáto.

118. (Siehe §. 222.)

Diese Neuigkeit ist derjenigen entgegen, die uns von Silvius ge=
schrieben wurde. — Was ich besorge, ist, daß man in Einem Tage nicht
wird dahin kommen können. — Was ihr da saget, ist wahr. — Was
ihr hoffet, ist sehr ungewiß. — Was er gethan hat, ist sehr löblich. —
Was ihr mir berichtet, ist nichts Neues. — Wiederholet das nicht, was
ihr schon einmal gesagt habet. — Was beschwerlich ist, ist der Umstand,
daß man die Nacht in einem Wirthshause zubringen muß.

Neuigkeit, novità — nuóva. entgegen, contrário. geschrieben, riferíte.
besorge, temo. ist, si é. wird kommen können, potrà venire. saget, dite.
hoffet, speráte. ungewiß, incérto. gethan, fatto. löblich, lodévole. berichtet,
narrate. Wiederholet, ripetéte. gesagt, detto. beschwerlich, incómodo, nojóso.
daß man zubringen muß, che bisógna passáre. Nacht, notte, f. Wirthshaus,
ostería.

119. (Siehe §. 222.)

Als Heinrich dem IV. die geringe Macht vorgeworfen wurde, die er
in Rochelle hatte, versetzte er: Ich thue in dieser Stadt Alles, was ich
will, indem ich darin nur dasjenige thue, was ich soll. — Der Weise
denkt, ehe er spricht, an das, was er sagen soll; der Narr redet, und
dann denkt er an das, was er gesagt hat. — Das Geld ist die Beloh=
nung für gemeine Menschen, das Lob die für Helden. — Pilatus sagte: Was
geschrieben ist, ist geschrieben.

Als vorgeworfen wurde, venéndo rinfacciáto. gering, poco. Macht, autorità. Rochelle, Rocella (§. 115). Ich thue, io fo. versetzte, riprese — rispose.
ich will, vóglio. indem ich thue, facéndo. nur, soltánto. soll, far déggio. Weise,
Sávio. denkt, ehe er spricht, pensa prima di parláre. sagen soll, deve dire.
Narr, pazzo. redet, parla. dann denkt, poi pensa. gesagt hat, ha detto. Geld,
danáro. Belohnung, ricompénsa — pagaménto. Menschen, gente, f. gemein,
ordinário. Lob, lode, f. Held, eróe. sagte, disse. geschrieben, scritto. ist,
resta, rimane.

120. (Siehe §. 227.)

Ich will es ſelbſt machen. — Du biſt ſelbſt Schuld daran. — Er
ſelbſt gab euch Gelegenheit dazu. Habet ihr es von ihm ſelbſt oder von
ſeinem Bruder erfahren? — Wer wird ſich ſelbſt anklagen? Man muß
auf ſich ſelbſt denken. — Ein jeder ſorgt für ſich ſelbſt. — Sie liebt nur
ſich allein. — Die Verleumder denken gar nicht an ſich ſelbſt zurück. — Hier
ſind zwei Stück Tuch aus der nämlichen Fabrik, ſie ſind von einerlei
Breite, von einerlei Farbe, aber nicht von einerlei Güte. — Fehler machen oft den Menſchen in ſich gehen. — Scipio der Afrikaner, der
Schrecken von Carthago, hatte nur einen kleinen Acker, der von ihm
ſelbſt bearbeitet wurde.

Ich will machen, vóglio fare. Schuld ſein, aver la colpa. gab Gelegenheit,
diéde occasióne. erfahren, sapúto — intéso — sentíto. Wer wird anklagen, chi
accuserá. Man muß denken auf, biśógna penśáre a. Ein Jeder, ciascúno. ſorgt
für, ha cura di — bada a. Sie liebt nur, Ella non áma altri che. Verleumder,
calunniatóre — diffamatóre. denken gar nicht zurück an, non fanno alcúna rifles-
sióne sopra. Hier ſind, ecco. Stück, pezza. Fabrik, fábbrica. Breite, altezza.
Farbe, colore, m. aber nicht, ma non. Güte, qualità. Fehler, difetto — errore, m. machen gehen, fanno entráre. in, in. Scipio, Scipióne. Schrecken,
terróre, m. Carthago, Cartágine. hatte nur, avéva un solo. Acker, campo
(§. 171). bearbeitet, coltiváto, lavoráto.

121. (Siehe §§. 224 und 152.)

Ich werde nicht das ſeidene Kleid anlegen, ſondern das tuchene. —
Gebet mir meine goldene Uhr, und traget die ſilberne zum Uhrmacher. —
Ihr bringt mir die ſeidenen Strümpfe, und ich will die baumwollenen. —
Ihr trinkt den Oeſterreicher Wein, und ich möchte den Champagner. —
Das chineſiſche Porzellan iſt theurer als das ſächſiſche. — Die geſtrige
Hitze war nicht größer als die heutige. — Mein Pferd iſt beſſer abgerich-
tet als jenes des Grafen. — Der Wille der Einen iſt allzeit dem Willen
der Andern entgegen.

Ich werde anlegen, metterò. Kleid, àbito — véstito Gebet, date. Uhr,
orológio. traget, portáte. Uhrmacher, oriolájo. Bringet, portáte. Strumpf, calza.
Baumwolle, bambágia — cotóne, m. Trinkt, bevéte. Oeſterreich, Austria ich
möchte, io vorréi. Champagner, Sciampagna. Porzellan, porcellana. Chineſiſch,
China, Chinése. Sachſen, Sassónia. Hitze, caldo — calóre, m. Pferd, cavállo.
abgerichtet, addestráto. Wille, volontà. der Eine, l'uno. der Andere, l'altro.
entgegen, contrário.

Ueber die beziehenden Fürwörter.

122. (Siehe §§. 228—232.)

Hier iſt der engliſche Lord, der ſo reich iſt. — Da iſt die Gräfin
Fonteroſa, die vorgeſtern anlangte. — Sind das die Zimmer, die ihr
gemiethet habet? — Sind das die Knaben, die ihr gerufen habet? —
Sind dies die Engländer, von welchen wir kurz zuvor geſprochen haben? —

Lord, Milord. engliſch, inglése. anlangte, arrivò. vorgeſtern, jer l'altro.
gemiethet, pigliáto a pigióne. Knabe, fanciúllo. gerufen, chiamáto. geſprochen,
parláto. kurz zuvor, poc' anzi.

Iſt dies die Schweſter geweſen, der ihr den Brief übergeben habet? —
Iſt dies nicht der Meiſter, von welchem ihr habet tanzen gelernt? — Da
ſind die Pferde, welchen ich die Ohren habe abſchneiden laſſen. — Dieſe
Frau iſt eben dieſelbe, mit welcher meine Schweſter die Reiſe nach Petersburg gemacht hat. — Da iſt das Federmeſſer, womit ich meine Federn geſchnitten habe. — Hier iſt das Zimmer, in welches wir uns ſetzen
werden. — Redet hierüber mit meinem Bruder, ohne welchen ich euch
nichts verſprechen kann.

übergeben, consegnato. Meiſter, maéstro. tanzen lernen, imparáto a balláre. abſchneiden laſſen, fatto tagliáre — mozzáre. Reiſe, viággio. gemacht, fatto. Petersburg, Pietroburgo. Federmeſſer, temperíno. geſchnitten, temperáto. Feder,
penna. ſetzen werden, metterémo a sédere. Redet mit, parláte a. ohne, senza.
verſprechen kann, posso prométtere. nichts, nulla.

123.

Die Cypreſſe iſt ein Baum, welcher der Kälte ziemlich wohl widerſteht, weil er auf dem Berge Ida wächſt, der immer mit Schnee bedeckt
iſt. — Ariſtoteles nannte die Hoffnung den Traum eines Mannes, welcher
wacht. — Lykurgus verbot jenen, welche des Nachts von einem Gaſtmahl
kamen, vorzuleuchten, damit die Furcht, nicht nach Hauſe zu finden, ſie
abhielte, ſich zu betrinken.

Cypreſſe, ciprésso. widerſteht, resíste. weil er wächſt, perchè cresce. Berg,
monte, m. bedeckt mit, coperto di. Schnee, neve, f. nannte, chiamáva. Hoffnung, speránza. Traum, sogno. wacht, véglia. verbot, proibì. Nachts, in
tempo di notte. Gaſtmahl, banchetto — trattaménto. vorzuleuchten, di far lume.
damit, affinchè. Furcht, timóre, m. finden, trováre, venire. abhielt, ritenésse.
ſich betrinken, abbriacársi.

124.

Hiero, Tyrann von Syracus, ſagte: Derjenige, welcher die Geheimniſſe Anderer offenbaret, beleidiget nicht allein jene, die ſie ihm anvertrauten, ſondern auch diejenigen, denen er ſie anvertraut hat. — Sokrates wurde in der Beredſamkeit von einem Weibe unterrichtet, deren
Name Aspaſia war. — Wer (§. 232) nicht zuvor in ſchlimmen Umſtän-
den geweſen ſein wird, der wird den Werth der guten nicht kennen.

Hiero, Geróne. ſagte, disse. offenbaret, palesa, svela. Geheimniß, segréto.
Anderer, altrui. nicht allein, non solo. beleidiget, offénde. anvertrauten, con-
fidárono. ſondern auch, ma ancora, altresì, pure. anvertraut, confidáto, scopérto. wurde unterrichtet, fu istruito. Beredſamkeit, eloquenza. Name, nome, m.
zuvor, prima. ſchlimmer Umſtand, penósa circostánza — cattíva situazióne. wird
nicht kennen, non conoscerà. Werth, valóre, m.

125.

Die ſchönen Gärten, welche Lucullus in Griechenland ſah, dienten
unfehlbar zum Muſter derjenigen, mit welchen er die Gegenden um Rom
verſchönerte. — Ein uralter Schriftſteller, deſſen Schriften öffentlich in's
Feuer geworfen wurden, ſagte, daß man ihn ſelbſt verbrennen müßte,

Sah, vide. Griechenland, Grécia. dienten unfehlbar, servírono senza dúbbio
di. Muſter, modélo. verſchönerte, abbellì. Gegend, contórno. alt, antíco. Schriftſteller, scrittóre. öffentlich, pubblicaménte. geworfen wurden, fúrono gettáti.
Feuer, fuóco. daß man verbrennen müßte, che bisognerébbe abbruciár.

weil er ſie auswendig wüßte. — Die Menſchen werden nicht nach dem,
was ſie ſprechen, ſondern nach dem, was ſie thun, beurtheilt.

weil er wüßte, perchè sapéva. beurtheilt, giudicáto. nach, diétro a. ſondern, ma.
thun, fanno.

Ueber chi.

126. (Siehe §. 232.)

Der, welcher gibt, ſagt St. Evremont, vergrößert alle Dinge;
der, welcher empfängt, verringert ſie. — Das Glück iſt eigenſinnig; es
ſchenkt ſeine Gunſt dem, welchem es ihm beliebt. — Die Oberherrſchaft,
welche die Republik Venedig über den Meerbuſen dieſes Namens ausübte, ſetzte ſie in den Stand, den Durchgang, wem es ihr gefiel, zu
verwehren. — Der zuerſt kommt, wird auch zuerſt bedient. — Derjenige,
welcher für die Zukunft nicht ſorgt, kommt nicht ſelten in große Verlegenheit.

Gibt, dà. ſagt, dice. vergrößert, aggrandísce. empfängt, ricéve. verringert, diminuísce. Glück, fortúna. eigenſinnig, capriccióso. ſchenkt, accórda.
Gunſt, favóre, m. beliebt, piáce. Oberherrſchaft, sovranità. ausübte, esercitáva.
Republik, repúbblica. Venedig, Venézia. Meerbuſen, golfo. Name, nome, m.
ſetzte, mise. Stand, stato. zu verwehren, di vietáre — ricusáre — proibíre.
Durchgang, passággio. gefiel, piacéva. zuerſt, il primo. prima. kommt, arríva.
wird auch bedient, è anche servíto. ſorget, pensa — provvede a. die Zukunft, l'avveníre, il futúro. kommt, viéne. cade. nicht ſelten, non di rado — spesso.
Verlegenheit, imbarázzo.

Ueber die fragenden Fürwörter.

127. (Siehe §. 238.)

Wer iſt der freche Menſch, der es wagt, ſo übel von mir zu reden?
Und wer gab ihm Anlaß dazu? Wer hat Ihnen das geſagt? Oder von
wem haben Sie dieſes gehört? Wer iſt denn jener Menſch, von dem ihr
ſo übel ſprechet? Es iſt der Herr Narciſus. Was hoffen Sie von einem
Menſchen ohne Ehre und ohne Geld? Sie antworten mir nicht? Woran
denken Sie? Was wollen Sie machen? Wem ſchreiben Sie? Darf man
es nicht wiſſen, welcher Fehltritt oder vielmehr welcher Irrthum mir
Ihre Achtung entzogen hat? Welche Belohnung geben Sie mir jetzt
dafür, daß ich Ihnen ſo lange Zeit gedient habe? — Man ſollte doch
immer denken, von wem und wovon man ſpricht. — Wem (genit.)
dürfen wir heut zu Tage mehr trauen? — Worüber (genit.) macht er
ſo viel Lärm?

Freche Menſch, quel temerário. wagt zu reden, osa parláre. gab, diéde.
Anlaß, motívo, occasióne. hat geſagt, ha detto. haben gehört, ha intéso. denn,
mai. jener Menſch, colui. ſprechet, parláte. hoffen, spera. ohne, senza. Ehre,
riputazióne. antworten, rispónde. denken, pensa wollen machen, vuol fare.
ſchreiben, scrive. darf man wiſſen, si può sapére. Fehltritt, colpa, mancaménto,
fallo. vielmehr, piuttósto. Irrthum, erróre, m. entzogen, tolto, privato di.
Achtung, stima. Belohnung, ricompénsa. geben, dà. dafür daß, per. gedient
habe, aver servíto. ſo lang, tanto. Man ſollte denken, si dovrébbe pensáre.
doch immer, mai sempre. man ſpricht, si parla. dürfen wir mehr trauen, possiámo più fidárci. heut zu Tage, oggi giórno. macht er, fa egli. ſo viel, tanto.
Lärm, romóre, m.

128.

Wer hat mehr Stolz und weniger Menschlichkeit, als ein glücklicher Dummkopf? Was hilft es dem Unbesonnenen, große Reichthümer zu haben, wenn er damit die Weisheit nicht kaufen kann? — Das Gewissen ist die Stimme der Seele, die Leidenschaften sind die Stimme des Körpers; welche von beiden Stimmen soll man anhören? — Eine von unsern Uhren geht unrichtig; welche? — Ihr sprechet von zwei Verwandten; von welchen aber? — Ihr schreibt an Leipziger Kaufleute; saget mir, an welche?

Stolz, orgóglio. Menschlichkeit, umanità. Dummkopf, sciócco. glücklich, fortunáto, hilft, serve. Unbesonnener, insensáto. großer Reichthum, gran ricchézza. wenn, poichè. kaufen kann, può compráre. Weisheit, sapiénza. Stimme, voce, f. Leidenschaft, passióne, f. Körper, corpo. von beiden, delle due. soll man, bisógna. anhören, ascoltáre. Uhr, orológio. geht unrichtig, va male. sprechet, parláte di. Verwandter, parénte. schreibet, scrivéte. Leipzig, Lipsia. saget, dite.

129. (Siehe §§. 239, 240.)

Wie viel Geld habet ihr? — Wie viel Papier habet ihr noch? Wie viel Bogen (genit.) habet ihr vonnöthen? Wie viel Mühe! Wie viel Geld ihr verthut! Wie viel Geduld muß man nicht mit euch haben! Wie viele Klagen wider dich und ihn! Wie viele unnütze Worte! — Welcher von Beiden lebt glücklicher, derjenige, dessen Herz der Freundschaft offen und zum Wohlthun geneigt ist, oder jener, der Alles in sich selbst finden, und Niemanden behilflich sein will?

Geld, danáro Papier, carta. Bogen, fóglio. vonnöthen, bisógno. Mühe, pena. verthut, ci sp dète. Geduld, paziénza. muß man, che bisógna. Klage, accúsa quer er, contra. Wort, paróla. unnütz, inútile. von beiden, dei due. lebt, v fúcflich, felice. Freundschaft, amicízia. offen, aperto. geneigt, inclinato, propenso a. Wohlthun, beneficénza. finden will, vuol trováre. in sich selbst, in se stesso. behülflich sein, esser d'ajuto.

130.

Cineas fragte den König Pyrrhus, welcher alle Tage neue Anschläge machte, was er denn am Ende thun würde? Da will ich ruhen, sagte dieser. Und wer hindert dich, antwortete er, es noch heute zu thun?

Fragte, dimandò. machte, meditáva. alle, ogni. Anschlag, intraprésa Ende, fine, f. denn, poi. thun würde, faróbbe. da, allóra. will, vóglio. ruhen, riposáre. hindert, impedísce. antwortete, soggiunse. es zu thun, di farlo.

131.

Fast in allen Städten von Aegypten waren Pyramiden, die den Königen jenes Landes zu Grabmälern dienten. Es ist aber nicht möglich, zu entscheiden, welche von jenen Pyramiden die ältesten wären, ob jene von Ober= oder die von Unter=Aegypten. — Wenn ich die Vögel ihre

Fast, quasi. Aegypten, Egitto. Pyramide, pirámide, f. dienten zu, servivano di. Grabmal, sepólcro — sepoltúra. zu entscheiden, di decídere. ob, se. Ober, superióre. Unter, inferióre. Wenn, quando. sehe, vedo. Vogel, uccéllo.

16

Nester mit so vieler Kunst zubereiten sehe, so frage ich immer, welcher
Meister hat ihnen die Mathematik und die Baukunst beigebracht?

zubereiten, formáre. Nest, nido. so viel, tanto. Kunst, arte, *f.* frage, domándo.
Meister, maéstro. hat beigebracht, ha insegnáto. Mathematik, matemática. Baukunst, architettúra.

132. (Siehe §. 239.)

Ein Weltweiser, welcher einen jungen Menschen hörte, der sich im
Reden mit Fleiß veralteter Ausdrücke bediente, die Niemand verstand,
sagte zu ihm: Ach, ihr Narr, ihr dürft ja nur schweigen, und dann werden wir euch noch weniger verstehen.

Weltweiser, filósofo. welcher hörte, intendéndo. junger Mensch, gióvane.
mit Fleiß, a bella posta. sich bediente, servivasi. Reden, parláre. Ausdruck,
espressióne, *f.* veraltet, inusitáto. verstand, capíva. intendéva. Narr, pazzo.
ihr dürft ja nur schweigen, non avéte che a tacére. dann werden wir verstehen,
allóra capirémo.

133. (Siehe §. 239.)

Ich Unvorsichtiger! was habe ich gethan? Ihr Ungeschickter, gebet
her, ich will es selbst machen. Du Unbesonnener! thue die Augen besser
auf, und siehe zu, was du machst. Daran haben wir nicht gedacht, o
wir vergeßlichen Leute! Ich, der ich so reich nicht bin, als er, habe 100
Gulden gegeben. Ihr, der ihr groß und stark seid, kommet und helfet uns.

Unvorsichtiger, malaccórto. habe gethan, ho fatto. Ungeschickter, sciocco.
gebet her, date qua. ich will machen, vóglio fare. selbst, stesso, solo. Unbesonnener, insensáto. thue auf, apri. siehe zu, vedi. du machst, fái. haben gedacht,
abbiámo pensáto. Leute, gente, *f.* vergeßlich, smemoráto. Habe gegeben, ho
dato. kommet, venite. helfet, ajutáte.

Ueber die übrigen Fürwörter.

134. (Siehe §§. 243—250.)

Die beiden Brutus opferten der Republik, der eine seine Söhne,
der andere seinen Vater. Es scheint, daß die Menschheit in zwei Hälf-
ten getheilt sei, und daß die eine nur deswegen da sei, um der andern
zu schaden. — Die Uebel anderer Leute scheinen uns nur ein Traum
im Vergleich mit den unsrigen.

Opferten, sagrificárono. Republik, repúbblica. Es scheint, pare. daß, che.
Menschheit, umanità. getheilt sei, sia divisa. Hälfte, metà, *f.* nur deswegen
da sei, non sia fatta che. um zu schaden, per nuócere. Uebel, male, *m.* scheinen
nur, non pájono che. Traum, sogno. Vergleich, confrónto.

135.

Diejenigen, welche anderer Leute Gut begehren, kommen oft
um ihr eigenes, da sie sich dasjenige zueignen wollen, was ihnen nicht gehört. Als ein Günstling Carls **V.**, erzählt Le Sage, mit diesem Fürsten

Gut, bene. begehren, desiderano — brámano. kommen oft um, pérdono
spesse fiate. sie zueignen wollen, voléndo appropriáre. Günstling, favorito. erzählt, dice. als er sprach, parlándo. Fürst, Principe.

über das Glück ſeiner Regierung ſprach, ſo erhielt er von ihm zur Ant=
wort: Ich bin glücklich, weil ich die Macht habe, Andern Gutes
zu thun.

Glück, felicità Regierung, regno, governo. erhielt zur Antwort, ebbe in oder
per riſpóſta. glücklich, felice. weil, perchè. Macht, podeſtà —-facoltà. zu thun,
di fare.

136.

Jedermann kann vernünftiger Weiſe annehmen, daß die Men=
ſchen nie zur vollkommenen Kenntniß aller Geheimniſſe und Schätze der
Natur werden gelangen können. Jedes Jahrhundert, jede Epoche, je=
des Menſchenalter, jedes Land wird durch irgend eine neue Ent=
deckung merkwürdig, und die gegenwärtige Zeit fügt immer zu der ver=
gangenen Etwas hinzu. — Es iſt ſchwer, ſich bei Jedermann beliebt
zu machen.

Kann vernünftiger Weiſe annehmen, daß, può con ragióne preſúmere che. nie
werden gelangen können, giammai potranno pervenire. vollkommen, perfétto.
Kenntniß, cognizióne, f. Geheimniß, arcáno, ſegréto. Schatz, ricchézza. Na=
tur, natúra. Jahrhundert, sécolo. Epoche, época. Menſchenalter, età. Land,
paéſe, m. wird, ne divien. merkwürdig, célebre. durch, per. Entdeckung, ſco=
pérta — invenzióne, f. fügt zu, vi aggiúnge. ſchwer, difficile. beliebt zu machen,
di fare amare. bei, da.

137.

Man muß nicht allzu ſehr auf die Verſprechungen derjenigen bauen,
die auf Koſten Anderer freigebig ſind. — In dem Lande Malacca, auf
den Inſeln Sumatra und Java, ſammelt man ſo viel Pfeffer, daß eine
jede dieſer Inſeln alle Jahre eine vollkommene Ladung vieler Schiffe
davon liefern kann.

Man muß nicht, non biſógna. allzu ſehr bauen auf, fidárſi troppo di. Ver=
ſprechen, promésſa. freigebig, liberále — generóſo. auf Koſten, a ſpeſe. Land,
paéſe, m. Inſel, iſola. ſammelt man, vi ſi racóglie. Pfeffer, pepe, m. davon
liefern kann, può ſomminiſtrárne. Ladung, cárico. vollkommen, intiéro. Schiff,
nave, f. — baſtiménto.

138.

Einige behaupten, daß im ganzen Reiche Chili in Amerika kein
reißendes und giftiges Thier zu finden ſei. Demungeachtet hat ein Reiſen=
der geſagt, daſelbſt Kröten, Schlangen, ungeheure Spinnen und weiße
Scorpionen geſehen zu haben. Vielleicht haben dieſe Thiere dort beſondere
Eigenſchaften, denn man hat kein Beiſpiel, daß Jemand von denſel=
ben beſchädigt worden wäre.

Behaupten, soſténgono. Reich, regno. zu finden ſei, non ſi trovi. Thier,
béſtia. reißend, feróce. giftig, velenóſo. Demungeachtet, ciò nonoſtánte. hat
geſagt, ha detto. Reiſender, viaggiatóre. geſehen zu haben, d'aver vedúto.
Kröte, rospo. Schlange, ſerpénte. Spinne, ragno. ungeheuer, moſtruóſo. Scor=
pion, scorpióne Vielleicht, forſe. Eigenſchaft, proprietà. beſondere, particoláre.
denn, poichè. Beiſpiel, eſémpio. daß beſchädigt worden wäre, che ne foſſe re=
ſtáto danneggiáto.

16 *

Ueber die Hilfszeitwörter.

139.

Ich habe Recht und er hat Unrecht. Hast du mein Federmesser? Nein, ich habe es nicht. Deine Schwester hat es so eben gehabt. Habet ihr noch viel Wein in eurem Keller? Nein, jetzt haben wir nicht mehr viel davon, die vorige Woche haben wir fast allen verkauft. Und dein Schwager, hat er noch viel davon? Nein, jetzt hat er nichts mehr davon. Hast du jetzt keinen Gärtner? Ich habe einen gehabt, aber jetzt habe ich keinen mehr.

Recht, ragióne, f. Unrecht, torto. Federmesser, temperíno. so eben, poc' anzi — poco prima. noch, ancóra. Wein, vino. Keller, cantína. Woche, settimána. vorige, scorso. verkauft, vendúto. fast, quasi. Schwager, cognáto. jetzt, adésso. Gärtner, giardiniére.

140.

Ihr hattet schöne englische Pferde, habet ihr sie nicht mehr? Nein, wir hatten selbe nicht mehr nöthig; der Correspondent von Leipzig hat sie gekauft. Was hatte euer Bruder? er war sehr übler Laune. Dies ist wahr, er hatte Zahnweh, und die Schwestern hatten Kopfweh; sie hatten zu viel getanzt, und hatten sich erhitzt.

Pferd, cavállo. englisch, inglése. nöthig, bisógno. Correspondent, corrispondénte. Leipzig, Lipsia. gekauft, compráto. üble Laune, mala vóglia. Zahnweh, dolor di denti. Kopfweh, mal di testa. getanzt, balláto. zu viel, troppo. sich erhitzt haben, éssersi riscaldáto.

141.

Der Graf hatte viel Geld, und jetzt ist er arm. Warum ist er nicht mehr reich? Weil er nicht haushälterisch war. Seine Brüder hatten Häuser, Wiesen, Wälder, Pferde, Schafe, und jetzt haben sie auch nichts mehr. Einer von ihnen hatte wenig Klugheit in seiner Aufführung. Ich hatte einmal die Unvorsichtigkeit, ihm dieses zu sagen, hatte aber nur Verdruß dafür.

Geld, danáro. Warum — weil, perchè. haushälterisch, ecónomo. Wiese, prato. Wald, bosco. Schaf, pécora. Klugheit, prudénza. Aufführung, condótta. Unvorsichtigkeit, imprudénza. zu sagen, di dire. aber, ma. Verdruß, dispiacére, m.

142.

Du wirst morgen schönes Wetter auf deiner Reise haben. Ich glaube es nicht, wir werden vermuthlich ein Gewitter haben. Ich werde ein neues Reisekleid haben; der Schneider wird es mir morgen bringen. Habe Geduld, und du wirst Alles haben, was du verlangst. Habet Ordnung in euren Sachen, so werdet ihr größeres Vergnügen haben. Viele haben eigentlich zu viel, doch glaubt Niemand genug zu haben.

Schönes Wetter, bel tempo. auf, in. Reise, viaggio. glaube, credo. vermuthlich, probabilménte. Gewitter, temporále, m. Reisekleid, ábito da viággio. Schneider, sartóre. wird bringen, porterà. Geduld, paziénza. verlangst, brami. Ordnung, órdine, m. Sache, cosa größeres Vergnügen, maggiór soddisfazióne, f. eigentlich, in vero. zu viel, troppo. doch, ma. glaubt, crede. genug, abbastanza.

143.

Warum wollet ihr, daß er nicht fröhlicher Laune sei? Es scheint mir, daß du keine Standhaftigkeit in deinen guten Vorsätzen habest. Einige wollen behaupten, daß er die gehörigen Kenntnisse dazu nicht habe, und ich zweifle, daß er das gehabt habe, was er sagt. Es wird erforderlich sein, daß ihr gute Freunde habet, um das zu erhalten.

Warum, perchè. wollet, voléte. fröhliche Laune, umóre allégro. scheint, pare. Standhaftigkeit, costánza. guter Vorsatz, buon proponiménto. Wollen behaupten, vógliono sostenére. gehörige Kenntniß, necessária cognizióne. zweifle, dúbito. sagt, dice. Es wird erforderlich sein, converrà — sarà necessário. um zu erhalten, per conseguire.

144.

Wenn er gute Bücher hätte, so würde er Mittel haben, sich angenehm zu beschäftigen. Wenn ihr mehr Muth und Vorsichtigkeit hättet, so würdet ihr auch ein besseres Loos haben. Wenn du keine guten Empfehlungen gehabt hättest, so würdest du nicht den Vortheil gehabt haben, die verlangte Stelle so bald zu erhalten.

Mittel, il mezzo. zu beschäftigen, d'occupáre. angenehm, aggradevolménte. Muth, corággio. Vorsichtigkeit, circospezióne, f. — precauzióne. besseres Loos, miglior sorte, f. Empfehlung, raccomandazióne, f. Vortheil, avvantággio. zu erhalten, di ottenér. so bald, così presto. verlangte Stelle, impiégo — posto desideráto.

145.

Es ist leicht, zu sagen: ich bin zufrieden, aber es ist schwer, es zu sein. Wenn ihr nicht gelehrt seid, so schätzet wenigstens jene, die es sind. Die süßen Worte sind verdächtig bei einem Hochmüthigen. Wer ist hier gewesen? Die Brüder des jungen Kaufmanns sind da gewesen, um zu sehen, ob ihr zu Hause seid, und wünschten das Vergnügen zu haben, euch zu grüßen. Sie fragten mich, wo ihr wäret, und ich sagte ihnen, daß ihr im Theater seid. Wo waren sie so lange Zeit, daß ich sie nicht gesehen habe? Sie waren einige Monate auf dem Lande.

Leicht, ben fácile. zu sagen, a dire. zufrieden, conténto. schwer, difficile di. gelehrt, dotto. schätzt wenigstens, stimáte alméno. süß, dolce. Wort, paróla. verdächtig, sospétto. bei, in. Hochmüthiger, supérbo. Kaufmann, mercánte. zu sehen, a vedére. ob, se. wünschten, bramávano. Vergnügen, piacére, m. zu grüßen, di riverire. fragten, dimandárono. sagte, dissi. Theater, teátro. gesehen, vedúto. Monat, mese, m. Land, campágna.

146.

Deine Brüder waren nie unartig, mit wem es immer sein mag (§. 257), darum wurden sie auch von Allen geehrt und geschätzt. Wann waren deine Aeltern bei deinem Onkel? Vergangenen Montag, es war

Nie, mai. unartig, incivile. darum, perciò. geehrt, onoráto. geschätzt, stimáto. Wann, quando. Aeltern, genitóri. Montag, lunedì. vergangen, scorso.

noch bei Zeiten, denn sie waren noch vor Sonnenuntergang hinge-
kommen. Ich habe vernommen, daß sie schon weiter gereiset seien.
Ich würde auch mit ihnen gegangen sein, wenn ich nicht krank gewesen wäre.

noch bei Zeiten, ancóra per tempo. denn, poichè. gekommen, arriváto. vor,
prima di. Sonnenuntergang, tramoutár del sole. vernommen, apréso. schon gereiset, già partito. weiter, avánti. gegangen, andáto. auch, io pure. krank,
ammaláto.

147.

Lebet immer so, als wenn ihr alt wäret, damit es euch nie gereue, jung gewesen zu sein. Es würde genug sein, wenn wir besser
wären, als die Bösen. Sei liebreich mit Allen, sei aber nicht zu leichtgläubig und unvorsichtig, denn sonst wirst du getäuscht werden. Man
sagt, der Courier sei von Paris schon zurückgekommen; allein ich zweifle,
daß dieses möglich sei. Wenn ihm das Wetter immer günstig gewesen
wäre, so würde es vielleicht möglich gewesen sein. Jedermann
würde weise sein, wenn das Geschehene wieder gut gemacht werden
könnte.

Lebet, vivéte. als, come. wenn, se. alt, vécchio. damit es euch nie gereue,
affine di non mai pentírvi. jung, gióvane. genug, abbastánza. besser, miglióre.
Böser, cattivo. liebreich, umáno. aber, ma. zu leichtgläubig, troppo crédulo.
unvorsichtig, mal canto. denn sonst, poichè altrimenti. getäuscht, delúso. sagt,
dice. Courier, corriére. schon, già. zurückgekommen, ritornáto. allein, pero.
zweifle, dúbito. dieses, ciò. möglich, possibile. Wetter, tempo. günstig, favorévole. weise, sávio. Geschehene, fatto. wieder gut gemacht werden könnte, si
potésse rifáre.

148. (Siehe §. 280, 281.)

Es gibt kein Mittel, einen halsstarrigen Dummkopf zu überreden.
— Es wird immer Leute geben, die sich gegen die hellsten Wahrheiten
empören; wie viele gibt es deren heut zu Tage nicht! — Es war einmal ein Weiser, welcher behauptete, daß es kein besseres Gut gebe, als
eine gesunde Vernunft in einem gesunden Körper. — Hugens behauptet,
daß es Einwohner im Monde gebe. — Gibt es hier angenehme Gegenden und schöne Aussichten?

Kein Mittel geben, non ésservi mezzo. überreden, persuadére. Dummkopf,
sciocco, stólido, scimunito. halsstarrig, ostinato, testardo. Leute, persone. empören, oppóngono. hell, evidente. heut zu Tage, al dì d'oggi. einmal, una
volta. Weise, sávio, filósofo. behauptete, sostenéva. besseres Gut, migliór bene.
gesund, sano. Vernunft, ragióne, f. Körper, corpo. Hugens, Ugenio. behauptet,
sostiene. Einwohner, abitánte. Mond, luna. hier, qui. angenehme Gegend, con-
torno aggradevole, ameno, — bel sito. Aussicht, vedúta — punto di vista —
prospettíva magnífica.

149. (Siehe §§. 280—286.)

Es ist kein Mensch unglücklicher, als jener, der nie Widerwärtigkeiten erduldete. Es gibt wenige Helden, die ihren Charakter bis in ihr

Kein, non. Mensch, uómo. unglücklich, infelice. nie erduldete, non provò
mai. die Widerwärtigkeiten, le avversità. wenig, poco. Held, eróe. behaupten, so-
sténgono. Charakter, caráttere, m. bis in, sino a.

Alter behaupten. — Es gibt Augenblicke, wo man mehr den Muth als die Klugheit anhören muß. Es gibt keine Glückseligkeit, die nicht den Anfällen des Neides unterliege. — Fünf Meilen von Marseille gibt es sehr hohe Berge, welche mehrentheils mit Fichten bedeckt sind.

Alter, vecchiája. Augenblick, moménto — istante, *m.* wo man mehr anhören muß, in cui si dée più ascoltare. Muth, corággio. Klugheit, prudénza. Keine, non. Glückseligkeit, felicità. unterliege, soggiáccia. Anfall, morso. Neid, invidia. Meile, míglio. Marseille, Marsiglia. mehrentheils, per lo più. bedeckt mit, copérto di. Fichte, pino.

150.

Es gibt Bildsäulen, die man nicht für 100,000 Thaler gäbe, und eine unendliche Menge armseliger Menschen würde man um ein sehr Geringes verkaufen. — Es ist nichts lobenswerther, sagt Quintilianus, als Andere dasjenige zu lehren, was man weiß. — Die Holländer versahen ehemals alle anderen Völker mit Gewürzen; es war nichts so kostbar, was man nicht in ihren Niederlagen gefunden hätte.

Bildsäule, státua. gäbe, darébbero. Thaler, scudo. unendliche Menge, infinità. armseliger Mensch, miseréllo. würde verkaufen, venderébbero. ein sehr Geringes, pochissimo. Lobenswerther, onésto, lodévole. sagt, dice. als zu lehren, che d'insegnáre ad uno. weiß, sa. Holländer, Olandése. versahen, provvedévano di. ehemals, una volta, anticaménto, per l'addiétro. Gewürze, spezierie (*plur.*), *f.* droghería. kostbar, prezióso. gefunden, trováto. Niederlage, magazzino.

151.

Es gibt Einige, die behaupten wollen, daß der Genuß des Bieres der Gesundheit sehr zuträglich sei; allein es gibt Andere, die gerade das Gegentheil behaupten, daß nämlich seit zwei Jahrhunderten, in welchen der Gebrauch desselben allgemein geworden, die Menschen nicht mehr so lange lebten, als vormals. Es ist ziemlich schwer zu entscheiden, wem man da glauben soll.

Behaupten wollen, vógliono sostenére. Genuß, uso. Bier, birra. zuträglich, buóno, prosperévole, vantaggióso. allein, però. behaupten, sostengono. gerade, tutto. Gegentheil, contrário. geworden, divenúto. lebten, vivéssero. vormals, per l'addiétro. entscheiden, decídere. glauben soll, debba crédere.

152.

Die Luft zu Livorno ist nicht die beste, gewisser Moräste wegen, deren es in jenen Gegenden viele gibt; sonst ist das Land schön und unter einer gelinden Himmelsgegend. — Die Stadt Meß war ehedem die einzige Stadt in Frankreich, wo die Juden die Freiheit hatten, sich niederzulassen. In Elsaß gab es sogar einige Städte, wo es ihnen nicht einmal erlaubt war, über Nacht darin zu bleiben. — Es glauben sehr

Luft, ária. wegen, per cagióne, per causa, a motivo. Morast, palúde, *m.* Gegend, contórno. sonst, per altro. unter, sotto. gelinde, dolce. Himmelsgegend, clima, *m.* ehedem, una volta, per l'addiétro. einzig, único. Jude, ebréo. sich niederlassen, stabilirsi. Elsaß, Alsázia. sogar, persino. erlaubt, permésso. nicht über Nacht zu bleiben, neppúr di pernottáre — di passáre una notte.

alte Schriftsteller, daß Sicilien ehemals an dem festen Lande von Italien gehangen, und daß es durch ein Erdbeben davon sei getrennt worden.

Schriftsteller, scrittóre. alt, antíco. glauben, crédono. Sicilien, Sicilia. ehemals, anticaménte. gehangen, fosse unito a — congiúnto (*con*). festes Land, il continénte, terra ferma. und daß es sei getrennt worden, ma che poi rimanesse divisa — separata per. ein Erdbeben, qualche terremoto.

153.

Ceylon ist unter allen asiatischen Inseln die schönste und die fruchtbarste. Der Boden derselben ist so herrlich, daß Viele glaubten, es sei der Ort des irdischen Paradieses gewesen. Es gibt Viele, welche denken, daß man die italienische Sprache bequem in drei Monaten erlernen könne, und diese Nämlichen können nach einem sechsmonatlichen Studium nicht einmal sagen: Ich habe so eben geschrieben. — So eben hat es zehn Uhr geschlagen. — Ich möchte es gerne genau wissen, 2c. 2c.

Insel, isola. fruchtbar, fértile. Boden, suólo. herrlich, delizióso. glaubten, credévano. Ort, luógo. irdisches Paradies, paradiso terréstre. denken, pénsano. könne, possa. bequem, comodaménte. erlernen, imparáre. Monat, mese, *m.* Nämlicher, medésimo. nach, dopo. sechsmonatliches Studium, sei mesi di stúdio. können, sanno. noch nicht, peranco, ancora. sagen, dire. geschrieben, scritto. so eben, poc' anzi. hat es geschlagen, sono suonáte. so eben, in questo punto. Ich möchte gerne genau wissen, vorréi ben sapére di preciso.

Allgemeine Uebungen.

154. (Ueber das unbestimmte Subject: man; §§. 317—321.)

Man sucht oft Sachen, die uns schädlich sind. — Man erzählt nun tausend Sachen über die gestrige Begebenheit. — Man sieht von weitem das schöne Schloß des Herzogs. — Wo findet man Menschen, die ganz fehlerfrei wären? Cleopatra hatte an ihren Ohrgehängen zwei Perlen, die schönsten, welche man je gesehen hatte; eine jede wurde über eine Million geschätzt. In den Morästen am Ufer des Ganges gibt es Krokodille von außerordentlicher Größe; man hat welche gesehen, die 50 Fuß lang waren.

Suchen, cercáre. oft, spesso. schädlich, nocévole. nun, ora. erzählen, raccontare. Begebenheit, avventura — accidente — caso. gestrige, jeri. sehen, vedére. von weitem, da lontano. Schloß, castello. Herzog, duca. finden, ritrovare. ganz, intieramente — del tutto. fehlerfrei, senza difetti. hatte, avéva. an, in. Ohrgehänge, orecchino. Perle, perla. welche je, che mai. gesehen hatte, fóssero vedute. jede, ciascuna — ciascheduna. geschätzt, stimato. über, più di. Morast, palúde, *m.* Ufer, riva. Ganges, Gange. Krokodill, coccodrillo. außerordentlich, straordinario. Größe, grandézza. welche, ne. Fuß, piéde, *m.*

155. (Siehe §§. 317—321).

Als Jemand einem Andern die Schimpfreden hinterbrachte, die man von diesem sagte; man hätte sie (S. 319) gewiß nicht gesagt, antwortete der, wenn man nicht gewußt hätte, daß du sie recht gerne

Schimpfrede, ingiúria. als hinterbrachte, rapportándo. sagen, dire. antworten, rispóndere. gewußt, sapúto.

8192

anhörest. — Wenn man sich tadelt (§. 321), so glauben die Andern mehr, als man sagt; wenn man sich lobt, so glauben sie gar nichts.

gerne anhören, ascoltar ben volontieri, amar molto di (a) sentire. tadeln, biasimáre. glauben, créderne. mehr, più. als, che non. loben, lodarsi. gar nichts glauben, non créderne niente.

156. (Siehe §§. 317—321.)

Man fragte den Polybor (§. 319), warum die Lacedämonier so herzhaft wären? Weil, sagte er, sie nicht sowohl aus Furcht, als aus Liebe zum Vaterlande kämpfen. — Die Schiffer-Compasse, die man in der Normandie macht, werden für die besten gehalten. Man macht daselbst auch schöne Sachen von Elfenbein und Schildkröte.

Fragen, domandare a. Polybor, Polidoro. warum, perchè. herzhaft, coraggioso, valoroso. nicht sowohl, non tanto — non già. aus, per. Furcht, paura. Liebe, amore, m. Vaterland, pátria. kämpfen, combáttere. Schiffer-Compaß, bússola. Normandie, Normandia. machen, fare. halten, passare per. Elfenbein, avório. Schildkröte, tartarúga

157.

Es gab Philosophen, welche behaupteten, daß alle Leidenschaften schlecht wären; allein die Leidenschaften zerstören zu wollen, hieße dahin arbeiten, uns zu vernichten. Nach der Meinung der Vernünftigern muß man dieselben nur mäßigen.

Philosoph, filósofo. behaupteten, sostenévano. Leidenschaft, passióne, f. schlecht, cattivo. allein zerstören zu wollen, ma il volér distrúggere. heißen, éssere tanto che. dahin arbeiten, intraprèndere di. vernichten, annichiláre. Nach, giusta. Meinung, parére, m. Vernünftiger, Sávio. muß man nur mäßigen, non bisógna che moderáre.

158.

Als Julius Cäsar in Afrika, wohin er gegangen war, um es zu erobern, vom Pferde gefallen war, sagte er: Es ist ein gutes Zeichen, daß Afrika unter mir sei; dies ist kein Sturz, sondern nur eine Besitzergreifung.

Julius Cäsar, Giúlio Cèsare. gefallen, cadúto. Pferd, cavállo. Afrika, Africa. wohin, dove. gegangen, andáto. erobern, conquistáre. Zeichen, segno. sagte, disse. unter, sotto. ist kein, non si chiáma — non è già. Sturz, cadúta. Besitzergreifung, un prèndere possésso.

159.

Thales wurde im ersten Jahre der fünf und dreißigsten Olympiade geboren. Er war der Erste, welcher den rühmlichen Titel eines Weisen verdient hatte. Er war der Stifter jener Philosophie, welche man die jonische nannte, nach dem Namen des Landes, wo sie ihre Entstehung hatte. Als Jemand ihn einmal gebeten hatte, ihm zu sagen, was das Schwerste und das Leichteste in der Welt wäre, so

Thales, Taléte. wurde geboren, nácque. welcher verdient hatte, a meritársi. rühmlich, glorióso. Titel, titolo. Weise, Sávio. Stifter, autóre, fondatóre. nach, da Name, nome, m. Land, paése, m. Entstehung hatte, prese l'origine. gebeten, pregáto. schwer, difficile. leicht, fácile.

antwortete er: Das Schwerste ist, sich selbst zu kennen, und das Leich=
teste, die Handlungen Anderer zu tadeln.

antwortete, rispóse. zu kennen, a conóscere. zu tadeln, a criticáre. Handlung,
azióne, f. — fatto.

160.

Thales wußte, wie man sagt, mittelst seiner astronomischen Beob=
achtungen voraus, daß das folgende Jahr sehr fruchtbar sein würde.
Er kaufte daher vor der Jahreszeit alle Früchte der Olivenbäume, die um
die Stadt Milet herum waren, auf. Die Ernte davon war wirklich sehr
ergiebig, und Thales zog daraus einen bedeutenden Nutzen. Allein er ließ,
weil er gänzlich uneigennützig war, alle Kaufleute von Milet zusammen=
kommen, und theilte Alles, was er gewonnen hatte, unter sie aus.

Wußte voraus, prevído. wie, a quel che. sagt, dice. mittelst, col mezzo.
Beobachtung, osservazióne, f. astronomisch, astronómico. folgend, ventúro.
fruchtbar, fértile. kaufte, comprò. daher, quindi. vor, avanti. Frucht, frutto.
Olivenbaum, ulivo. herum, attórno. Ernte, raccolta wirklich, veramento. er=
giebig, abbondánte. zog, tirò — ricavò. Nutzen, profitto. bedeutend, considerábile. Allein, ma. uneigennützig, disinteressáto. gänzlich, affatto. ließ zusam=
menkommen, fece radunare. Kaufmann, mercánte. theilte, vi distribuì gewon=
nen, guadagnáto.

161.

Kaiser Carl **V.** ließ sich von dem berühmten venezianischen Maler
Tizian malen. Der Künstler ließ seinen Pinsel fallen. Der Kaiser hob den=
selben sogleich auf, und sagte: Ein Tizian verdient von einem Kaiser be=
dient zu werden. — Man sieht wenige schöne Gallerien, wo nicht auch einige
Gemälde von Tizian und Correggio wären.

Carl, Carlo. ließ, fece. malen, dipíngere. berühmt, famóso. Maler, pittóre. venezianisch, véneto. Künstler, artéfice, m. ließ, lasciò. fallen, cadére.
Pinsel, pennéllo. hob, raccattò — raccólse. sogleich, súbito. sagte, disse. ver=
dient, mérita. bedient zu werden, d'éssere servito. sieht, védono. Gallerie,
galleria. Gemälde, quadro.

162.

Schwärmerei des Geistes im Enthusiasmus. — Der Maler Vernet,
der sich auf einem, von einem fürchterlichen Sturm herumgetriebenen
Schiffe befand, ließ sich an den Mastbaum anbinden, und indem er ganz
beschäftigt war zu zeichnen: das Toben des Meeres, das Aufthürmen
der Wellen, den kreisenden Wirbel der schäumenden Fluten, das Leuchten
der Blitze, welche mit verdoppelten Schlägen gleichsam den Busen der

Schwärmerei, preoccupazióne. Geist, spírito. Enthusiasmus, entusiásmo.
Maler, pittóre. der sich auf einem Schiffe befand, su d'un vascéllo. herumgetrie=
ben, agitáto. fürchterlich, orribile. Sturm, burrásca. ließ anbinden an, fece
attaccare a. Mastbaum, álbero maéstro. indem er ganz beschäftigt war zu zeich=
nen, tutto occupáto a disegnáre. Toben, sconvolgiménto Meer, mare, m. Auf=
thürmen, accavallársi. Welle, onda. kreisend, tortuóso. Wirbel, giro. Fluth,
flutto. schäumend, schiumóso. Leuchten, lampeggiár. Blitz, fúlmine, m. mit, a.
verdoppelt, raddoppiáto. Schlag, striscia. zerrissen, squarciávano. gleichsam,
quasi. Busen, seno.

Wolken zerriſſen, rief er von Zeit zu Zeit aus: Ach, das iſt doch ſchön! während Alles um ihn herum vor der Gefahr zitterte, die nur er allein nicht ſah.

Wolfe, núvola. rief er aus, esclaváma. von Zeit zu Zeit, di tratto in tratto. Ach, oh. doch ſchön, pur bello. während Alles um ihn zitterte, mentre attorno di lui tutto tremava. Gefahr, perícolo. nur er allein nicht ſah, egli solo non vedéva.

163.

Apelles wurde von einem Maler, der auf ſeinen Ruhm eiferſüchtig war, angeklagt, bei einer Verſchwörung wider den König Ptolomäus An= theil gehabt zu haben. Nachdem ſeine Unſchuld anerkannt worden war, ſo bediente ſich Apelles blos ſeines Pinſels, um ſich an der Verleumdung zu rächen. Er ſtellte ſie in der Geſtalt eines Weibes, an den Neid angelehnt, dar, welchem die Unwiſſenheit und der Verdacht vorangingen; ſie ſpricht zu einem Menſchen, deſſen Ohren jenen des Midas glichen. Im Lucian kann man alle ſinnbildlichen Züge dieſes Gemäldes finden.

Wurde angeklagt, venne accusáto. der eiferſüchtig war, gelóso di. Ruhm, glória. Antheil, parte. Verſchwörung, cospirazióne, f. wider, contro. Nachdem anerkannt worden war, riconosciúta che fu. Unſchuld, innocénza. bediente blos, non servì che di. rächen, vendicarsi di. Verleumdung, calúnnia. ſtellte dar, rappresentò. in, sotto. Geſtalt, figúra. angelehnt, appoggiáta su. Neid, invídia. welchem vorangingen, e preceduta da. Unwiſſenheit, ignoránza. Verdacht, sospetto (plur.). ſpricht, parla. Gleichen, rassomigliano. kann man finden, si póssono vedére. Zug, tratto. ſinnbildlich, emblemático. Gemälde, quadro.

164.

Als ein Dichter Heinrich dem Großen das Anagramm dieſes Fürſten überreicht hatte, in der Hoffnung, eine Belohnung dafür zu erhalten, ſo fragte ihn der König, was ſeine Hanthirung wäre. Sire, ſagte er zu ihm, meine Hanthirung iſt, Anagramme zu machen; allein ich bin ſehr arm. Es iſt nicht zu verwundern, daß ihr es ſeid, verſetzte der König; denn ihr treibt da ein ſehr armſeliges Gewerbe.

Dichter, poéta. als überreicht hatte, avendo presentáto. Heinrich, Enrico. Ana= gramm, anagramma. in, con. Hoffnung, speránza. erhalten, ricévere. Beloh= nung, ricompensa. fragte, domandò. Hanthirung, professióne. ſagte, disse. machen, fare. allein, ma. verwundern, stupire. verſetzte, riprése. denn, poichè. treibt, esercitáte. Gewerbe, mestiére, m. armſelig, meschino.

165.

Es iſt ſchwer, ohne Erniedrigung zu bitten. Die Göttinnen der Bitte ſind hinkend, ſagte Homer, welcher ohne Zweifel erfahren hatte, daß der Menſch gezwungen ſei, im widrigen Schickſale ſich zu erniedrigen. — Bias ſagte, jener iſt unglücklich, der die Unglücksfälle, die ihm zuſtoßen,

Schwer, difficile a. bitten, domandáre. ohne, senza. Erniedrigung, ab= bassarsi. Göttin, Déa. Bitte, preghiéra (plur.). hinkend, zoppo — zoppicánte. ſagte, disse. Zweifel, dúbbio. erfahren, sperimentáre. zwingen, costringere. er= niedrigen, avvilíre. Schickſal, sorte, f. widrig, avverso. Bias, Biante. unglücklich, infelice, sfortunáto, sciaguráto. ertragen kann, sa sopportare, soffrire. Unglücks= fall, disgrázia, disástro. zuſtoßen, sopravvenire, cadére addósso, arriváre.

nicht ertragen kann; und daß es eine Gemüthskrankheit wäre, unmögliche
Dinge zu wünschen.

Krankheit, malattía. Gemüth, spírito. wünschen, bramáre, desideráre. Ding,
cosa. unmöglich, impossíbile.

166.

Ulysses, da er zur Hölle hinabgestiegen war, redete den Schatten
des Achilles mit folgenden Worten an: Sohn des Peleus! Die Griechen
verehrten dich, so lange du auf der Oberwelt warst, wie einen Gott, du
wirst ohne Zweifel den nämlichen Vorzug auch unter den Todten haben,
und somit wirst du das Leben wenig vermissen. Ich, was mich betrifft,
möchte lieber, antwortete Achill, als Sclave bei einem armen Landmanne
leben, als hier allen Todten gebieten.

Hinabsteigen, discéndere. Hölle, inférno (plur.). anreden, indirizzár la paróla ad uno. Schatten, ombra. folgend, seguénte. verehren, rispettáre. so lange,
finchè. Oberwelt, mondo. wie, come. Vorzug, vantággio. und somit, sicchè.
wenig vermissen, curársene poco di qualche cosa. was mich betrifft, quanto a me.
möchte, vorréi. lieber, piuttósto. leben, vívere. Sclave, schiávo. bei, presso
(acc.). Landmann, agricoltóre. als, che. gebieten, comandáre.

167.

Die ernsthaften Wahrsager, sagt Cicero, konnten sich, wenn sie
einander ansahen, des Lachens nicht enthalten. Allein die Politik wußte
von diesen seltsamen Ceremonien den gehörigen Gebrauch zu machen. Die
Priester waren gewöhnlich an die Feldherren verkauft, welche, wenn sie
es wollten, die Opferthiere günstig hatten, um dann, auf solche Art des
Beistandes der Götter schon versichert, den Muth der Soldaten anfeuern
zu können.

Ernsthaft, grave. Wahrsager, Augure, m. sagt, dice. können, potére. enthalten, astenére da. Lachen, rídere, riso. wenn sie ansahen, riguardándosi, einander, l'un l'altro. Allein, ma. wußte, sapéva. gehörigen Gebrauch machen, fare
il vero uso di. seltsam, bizzárro. Ceremonie, ceremónia. Priester, sacerdote.
gewöhnlich, ordinariaménte. verkaufen, véndere a. Feldherr, condottiére d'esercito. wenn, quando. wollen, volére. Opferthier, víttima. günstig, propízio. um
dann zu können, per potére poi. schon versichert, rassicuráto già. auf, in. solche
Art, tale maniéra — modo. Beistand, protezióne — assisténza. anfeuern, ecci-
táre. Muth, coréggio. Soldat, soldáto.

168.

Von Alexander dem Großen. Alexander der Große wurde in
eben der Nacht geboren, in welcher der Tempel der Diana zu Ephesus
von dem Feuer verzehrt wurde. Er starb an einer Krankheit zu Babylon
im 33. Jahre seines Lebens. Seine Leiche wurde von Babylon nach Alexandria gebracht. Sein unersättlicher Ehrgeiz führte ihn bis an die Ufer
des Ganges.

Groß, Magno. geboren werden, náscere. Nacht, notte, f. Tempel, témpio.
verzehren, consumáre. Feuer, fuóco. sterben an, moríre di. Krankheit, malattía.
Babylon, Babilónia. Leiche, cadávere. bringen, trasportáre. Ehrgeiz, ambi-
zióne, f. unersättlich, insaziábile. führte, se' andare — condurre. bis an, sino a.
Ufer, riva.

169.

Die vom Kaiſer Marc Antonius geſtraften Schmeich=
ler. Als Marc Antonius ſeinen feierlichen Einzug in die Stadt Athen
hielt, gaben ihm die Athenieſer, um ihm zu ſchmeicheln, den Titel des
Gottes Bacchus, und boten ihm die Göttin Minerva, Beſchützerin ihrer
Stadt, zur Gemahlin an, weil ſie ſich einbildeten, daß der Kaiſer durch
dieſe räthſelhafte Heirath ihr Beſchützer werden würde. Dieſer Herr ant=
wortete ihnen, daß er ihr Anerbieten gern annähme; allein, fügte er
hinzu, da Minerva eine große Göttin iſt, ſo befehle ich
euch, mir alſogleich 600,000 Thaler zu ihrer Ausſteuer
oder zur Beſtreitung der Hochzeit zu bezahlen.

Schmeichler, adulatóre. geſtraft, castigáto. Marc Antonius, Marco António. Halten, fare. Einzug, ingresso solénne. Athen, Aténe. geben, dare.
ſchmeicheln, aduláre uno. Titel, títolo. Bacchus, Bácco. anbieten, offríre. zur,
in. Gemahlin, matrimónio — ſpóſa. Beſchützerin, protettríce. einbilden, imma-
gináre. durch, con. räthſelhaft, enimmático. Heirath, matrimónio. werden, diventáre. Beſchützer, protettóre. antworten, rispóndere annehmen, accettare. gern,
volontiéri Anerbieten, offérta. Allein, ma. hinzufügen, soggiúngere. befehlen,
comandare di. bezahlen, pagáre. alſogleich, súbito. Thaler, scudo. zu, per. Aus=
ſteuer, dote, f. oder, ossía. zur, per. Beſtreitung, spesa. Hochzeit, le nozze.

170.

Aſpaſia von Milet machte ſich in Athen durch ihren Geiſt und ihre
Schönheit berühmt. Sie war ſo gewandt in der Beredſamkeit und in
der Politik, daß Sokrates ſelbſt Unterricht von ihr nahm. Sie war
Lehrerin und dann Gemahlin des Perikles. Sie lebte gegen 428 Jahre
vor der chriſtlichen Zeitrechnung.

Milet, Miléto. machte ſich berühmt, réndersi célebre per. Geiſt, spírito.
Schönheit, bellézza. gewandt, versáto. Beredſamkeit, eloquenza. Politik, polí-
tica. Unterricht nehmen, préndere lezione da uno Lehrerin, maéstra. dann, poi.
Gemahlin, móglie vor, avanti Zeitrechnung, éra. chriſtlich, cristiáno.

171.

Attila, König der Hunnen, wurde die Geißel Gottes genannt. Er
verwüſtete den Orient, verheerte Pannonien und Germanien, brach im
Jahre 450 in Gallien mit einem Heere von 500,000 Mann ein, und
verbreitete über alle dieſe Provinzen Trauer und Schrecken. Die reich=
ſten Städte wurden genommen, geplündert, und den Gewaltthätigkei=
ten der Soldaten Preis gegeben. Er belagerte Aquileja, bezwang es und
äſcherte es ein. Er beredete ſeine Soldaten, das Schwert des Mars, den
ſie blindlings verehrten, gefunden zu haben. Toriſmund ward mit ihm

Hunne, Unno. genannt werden, ésser soprannominato. Geißel, flagéllo. ver-
wüſten, devastáre. Orient, Oriénte. verheeren, travagliáre. Pannonien, Pan-
nónia. einbrechen, entrare in. Gallien, le Gállie. Heer, armáta, esército. ver-
breiten, spárgere. Trauer, lutto. Schrecken, terróre. m. nehmen, préndere una
città. plündern, saccheggiáre. Preis geben, esporre a. Gewaltthätigkeit, violenza.
Soldat, soldáto. belagern, assediáre. bezwingen, víncere. einäſchern, incendiáre.
bereden, far crédere ad uno. finden, trovare. Schwert, scimitarra, spada.
blindlings, goffaménte. verehren, adorare. Toriſmund, Torismondo.

handgemein, schlug ihn, und verfolgte ihn bis an den Rhein. Kurz darauf nahm Attila die Prinzessin Hildegard zur Frau, und starb am Hochzeitabende in seinem Bette an einem Blutsturz im Jahre 454.

handgemein werden, venir alle mani con uno. schlagen, sconfiggere. verfolgen, inseguire. Rhein, Reno. Kurz darauf, poco dopo. zur Frau nehmen, tógliere in móglie. am Hochzeitabende, la sera delle nozze. Bett, letto. an, di. Blutsturz, emorragia.

172.

Verlangst du Etwas von mir? sagte der berühmte Alexander zu dem armen Diogenes, der in seinem Fasse lag. Nein, erwiederte ihm der Cyniker, ich brauche nichts, doch bitte ich dich, geh' mir ein wenig auf die Seite, denn dein Schatten erlaubt mir nicht, mich in der wohlthätigen Wärme der Sonne zu laben. Einige Hofleute, die den macedonischen Helden begleiteten, erstaunten über dessen Dreistigkeit. Wenn ich nicht Alexander wäre, sagte der König, so wollte ich Diogenes sein.

Verlangen, domandáre. Etwas, qualche cosa. berühmt, célebre. Diogenes, Diógene. liegen, giácere. Faß, botte, f. erwiedern, soggiúngere. Cyniker, Cínico. nichts brauchen, non abbisognar di niénte. doch, pertánto. bitten, pregare. ein wenig auf die Seite gehen, andare un poco da banda. denn, poiché. Schatten, ombra. erlauben, permettere. zu laben, di confortáre. in, con. wohlthätig, benéfico. Wärme, calóre, m. Hofmann, cortigiáno. begleiten, accompagnáre. macedonischen Helden, Eroe Macedone. erstaunen, stupíre di. Dreistigkeit, ardiménto. wollen, volére.

173.

Als ein vornehmer Herr [1] durch eine Gasse [2] kam [3], wo [4] drei Sclaven [5] zu verkaufen waren [6], nämlich: ein Philosoph [7], ein Sänger [8] und Aesop [9], so fragte er [10] zuerst den Philosophen, was er denn wüßte [11]? Dieser [12] antwortete: Alles. Hierauf [13] äußerte [14] er dieselbe Frage [15] bei dem Sänger, welcher ebenfalls [16] antwortete: Alles. Als er endlich zum Aesop kam [17] und ihn fragte, was er wisse, so antwortete dieser: Nichts. — Wie [18]? sagte der gedachte Herr [19]; weil [20], versetzte [21] Aesop, diese Beiden, indem sie Alles wissen [22], mir nichts übrig gelassen haben [23], was ich thun könnte [24]. In der That [25], diejenigen, die da sagen nichts zu wissen [26], können oft sehr viel [27], und diejenigen, die sich rühmen, viel zu wissen [28], sind meistentheils solche [29], die nichts verstehen [30].

[1] Gran personággio. [2] contráda. [3] passare. [4] dove. [5] schiávo. [6] éssere da véndere. [7] cioè, filósofo. [8] cantatóre. [9] Esopo. [10] domandáre ad uno q. c. [11] sapér fare. [12] il quale. [13] dipoi, indi. [14] fare una cosa ad uno. [15] dománda. [16] pariménte. [17] venire insino ad uno. [18] o come. [19] suddétto signóre. [20] perchè. [21] soggiúgnere. [22] sapér far tutto. [23] non lasciár cosa alcuna ad uno. [24] che io far potéssi. [25] in fatti. [26] dir di non sapér far niénte. [27] il più delle volte sapér molto. [28] far professióne di sapére far tutto. [29] comuneménte tale. [30] non sapér nulla.

174. (Siehe §§. 317—321.)

Man bildet sich [1] leicht [2] ein, daß man weiser sei, als Andere, und wenn auch [3] unsere Fähigkeiten [4] nicht hervorleuchten [5], so sucht [6]

[1] Immaginársi. [2] ben faciliménte. [3] quand' anche. [4] talento, capacità [5] risaltáre, spiccáro, tralúcere. [6] cercare, procurare.

man doch [7]) sich zu überreden [8]), daß sie in uns selbst verborgen lie=
gen [9]).

[7]) tuttavía, pertanto, pure. [8]) persuadérsi. [9]) esistere nascosto.

175. (Siehe §§. 317—321.)

Man hat sich oft in seinen schönsten Erwartungen [1]) betrogen [2]) ge=
sehen; man sollte sich daher [3]) immer auf die Möglichkeit [4]) eines widrigen
Vorfalles [5]) gefaßt halten [6]). Wenn man sich eine Freude [7]) zu lebhaft [8])
vorstellet [9]), so findet man sie nie [10]) in der Wirklichkeit [11]) befriedi=
gend [12]); unsere besten Freuden kommen uns unerwartet [13]).

[1]) aspettazione, f. [2]) ingannarsi, deludere. [3]) dovere, bisognáre quindi.
[4]) possibilità. [5]) contrario successo. [6]) tenersi preparato. [7]) contento, piacére.
[8]) troppo vivamente. [9]) rappresentarsi. [10]) giammai, mai. [11]) realità. [12]) sod-
disfacénte. [13]) inaspettato.

176. (Siehe §§. 317—321.)

Dem Panierherrn [1]) von Lucca legte [2]) man den Titel [3]) eines
Fürsten bei; allein man hieß [4]) ihn blos Excellenz. Diese Würde [5]) kam [6])
ziemlich mit jener der Dogen [7]) zu Venedig [8]), oder derer zu Genua [9])
überein; blos [10]) mit dem Unterschiede [11]), daß sie nur zwei Monate [12])
währte [13]).

[1]) Gonfaloniere. [2]) dare. [3]) titolo. [4]) chiamáre. [5]) cárica — dignità.
[6]) corrispóndere a. [7]) Doge. [8]) Venézia. [9]) Génova. [10]) solo. [11]) differénza.
[12]) mese, m. [13]) non duráre più di.

177.

In Italien zählte [1]) man ehemals [2]) die Stunden nicht, wie bei [3])
andern europäischen [4]) Völkern [5]). Man richtete sich [6]) nach [7]) dem Un=
tergange [8]) der Sonne [9]), und man zählte 24 Stunden von einem Unter=
gange [10]) bis [11]) zum andern, so [12]), daß man beim Eintritt [13]) der
Nacht ein Uhr zu zählen anfing [14]).

[1]) contare. [2]) una volta — per lo passáto. [3]) presso. [4]) européo. [5]) pópolo. [6]) regolársi. [7]) secondo. [8]) tramontár di. [9]) sole, m. [10]) tramonto.
[11]) sino a. [12]) di modo che. [13]) l' imbrunire (dat.). [14]) cominciáre.

178.
(Ueber die erste und zweite halbvergangene Zeit. Siehe §§ 331—336.)

Die Kaiser Nerva, Trajan, Antonin, Marcus Aurelius, insge=
sammt [1]) Fürsten, die dem Throne [2]) die größte Ehre machten [3]), such=
ten allezeit einen Ruhm darin [4]), eine sehr mäßige Tafel zu halten [5]).
Die meisten unter ihnen ließen sich [6]), wenn sie im Felde waren [7]),
die gemeinsten Nahrungsmittel [8]), die man den Soldaten gab, genügen.
Die Soldaten des Alexander konnten an der Mäßigkeit [9]) ihres Herrn
nicht zweifeln [10]), denn während seiner Mahlzeit [11]) ließ er [12]) sein
Zelt [13]) aufgedeckt [14]). Er hatte kein goldenes Geschirr [15]) und sein

[1]) tutto. [2]) trono — soglio. [3]) dar lustro, far sommo onóre. [4]) recársi ad
onóre, riputársi a glória q. c. [5]) tener una távola frugále. [6]) contentársi.
[7]) all' armata. [8]) cibo — aliménto ordinario, comúne. [9]) sobrietà — frugalità.
[10]) dubitáre di. [11]) pasto. [12]) far tenére. [13]) tenda — padiglione, m. [14]) apérto.
[15]) vasellàme, m.

ſilbernes war [16]) nicht dreihundert Mark [17]) ſchwer. Wenn er viele Per=
ſonen bewirthen [18]) wollte, entlehnte [19]) er welches von ſeinen Lieblin=
gen. Er that dieſes nicht aus Sparſamkeit [20]), denn nie [21]) war ein
Fürſt freigebiger [22]) als er. Allein [23]) er war überzeugt, und wieder=
holte es oftmals, daß das Anſehen [24]) der Oberherrſchaft [25]) nicht in dem
Glanze [26]) oder [27]) in der Pracht [28]) beſtände [29]), wohl aber [30]) in der
Macht [31]) der Staaten und in der Tugend derer, die da herrſchen [32]).

[16]) montare a. [17]) marca. [18]) trattare. [19]) prender in préstito. [20]) rispármio —
economia. [21]) poichè giammai. [22]) liberale — generóso. [23]) ma. [24]) pregio —
grandézza. [25]) sovranità. [26]) splendore, m. [27]) o, oppure. [29]) magnificenza.
[29]) consístere già in. [30]) ma hensi. [31]) poténza — possánza — forza. [32]) regnare — governare.

179.

Carl XII., König von Schweden, war das Schrecken [1]) der nörd=
lichen Länder, und hatte [2]) den Ruf eines großen Mannes in einem Alter,
in welchem andere Menſchen noch nicht [3]) ihre ganze Erziehung [4]) erhalten
zu haben [5]) pflegen.

[1]) terróre, m. [2]) passár per; salír ad alta riputazióne; tenér uno per
grande; acquistársi, guadagnársi riputazióne [3]) per anco. [4]) tutta l'educazióne.
[5]) ricévere — finire.

180.

Als Alexander in Milet die Statuen der Kämpfer [1]) ſah, die bei den
olympiſchen [2]) Spielen den Preis davon getragen hatten [3]), ſagte er: Wo
waren denn dieſe Tapfern [4]), als man eure Stadt einnahm [5])?

[1]) lottatóre, attléta, m. [2]) olimpico. [3]) rimanére vincitore. [4]) valoróso.
[5]) préndere.

181.

Der engliſche [1]) Dichter Waller machte [2]) in ſehr ſchönen lateiniſchen
Verſen [3]) eine vortreffliche Lobrede [4]) an Cromwell, da [5]) dieſer noch
Protector [6]) war. Als Carl II. im Jahre 1660 wieder den Thron beſtieg [7]),
überreichte [8]) ihm Waller einige Verſe, die er zu ſeinem Lobe [9]) gemacht
hatte. Als ſie der König geleſen hatte [10]), warf [11]) er ihm vor, daß er
beſſere für den Olivier gemacht habe. Waller antwortete ihm: Sire,
wir [12]) Dichter ſind viel glücklicher [13]) in der Dichtung [14]), als in der
Wahrheit [15]).

[1]) inglése. [2]) fare. [3]) verso latino. [4]) eccellénte panegírico. [5]) in tempo
che. [6]) protettóre. [7]) rimettere su, risalire su, ristabilire. [8]) presentare. [9]) in
sua lode. [10]) léggere. [11]) rinfacciáre. [12]) noi altri. [13]) riuscíre meglio. [14]) fin-
zióne, f. [15]) realità, verità.

182. (Siehe §§. 313, 336.)

Auf einer ſeiner Reiſen [1]) ſtand Kaiſer Joſeph II. ſehr früh [2]) vor
der Thüre [3]) ſeiner Wohnung [4]) und ſprach [5]) mit der Schildwache [6]).
Ein Bauer [7]) kam und fragte [8]), ob der Kaiſer hier wohne [9])? — Ja,

[1]) viággio. [2]) di buon mattino. [3]) porta. [4]) abitazióne, f. — allóggio.
[5]) discórrere. [6]) sentinélla. [7]) contadino. [8]) domandáre. [9]) éssere — stare
alloggiáto — star di casa — abitáre.

ſagte der Monarch, was wollet ihr von ihm? — Nichts anders, als ihn ſehen. Er ſchläft noch, erwiederte er, aber wenn ihr mir ein Trinkgeld [10]) geben und ein wenig warten [11]) wollet, ſo ſollt ihr ihn bald [12]) und nahe [13]) ſehen. Herr, ſprach der Bauer, Geld [14]) habe ich nicht, aber wenn er ein gutes Fläſchchen [15]) Roſoglio und einen Weſtphälinger [16]) haben will, ſo ſteht's zu Dienſten [17]). Gut, das will ich daran wagen [18]); laßt ſehen, ſprach der Kaiſer. Der Bauer nahm [19]) hierauf Beides [20]) aus ſeinem Querſack [21]) heraus. Joſeph forderte [22]) von der Wache [23]), die vor Erſtaunen [24]) ganz außer ſich war, ein Taſchenmeſſer [25]), ſchnitt ein Stück [26]) Schinken ab, nahm [27]) den Roſoglio, ging in ſein Zimmer [28]), und ließ ſich Beides [29]) gut ſchmecken [30]), nachdem er zuvor dem Bauer einige Ducaten [31]) gegeben hatte, der nunmehr [32]) von der Schildwache erfuhr [33]), daß er den Kaiſer ſelbſt geſprochen habe [34]).

[10]) mancia. [11]) aspettare. [12]) presto. [13]) da vicino. [14]) danáro. [15]) fiaschétta. [16]) presciutto di Vestfalia. [17]) éssere — restare servito. [18]) arrischiáre. [19]) cavare da. [20]) l'uno e l'altro. [21]) valígia, bisaccia. [22]) chiédere a uno q. c. [23]) sentinélla. [24]) sorprésa. [25]) coltéllo da tasca. [26]) tagliáre una fetta. [27]) préndere. [28]) cámera. [29]) l'uno e l'altro. [30]) mangiare con grand' appetito. [31]) zecchino. [32]) ora mai — di poi. [33]) intendere — risapere. [34]) parlare.

183.

Ein Geſchichtſchreiber erzählt [1]), daß zur Zeit des Papſtes Gregorius des Großen eine ganz beſondere Peſt [2]) wüthete [3]). Sobald Jemand einige Mal genieſet [4]) hatte, ſtarb er. Er gibt vor [5]), daß daher [6]) der Gebrauch [7]) gekommen [8]) ſei, zu denen, welche nieſen, zu ſagen: Gott helf' euch [9])!

[1]) raccontare. [2]) peste singolare. [3]) regnare. [4]) sternutare. [5]) preténdere, sostenere, rapportare. [6]) quindi, da ció. [7]) uso. [8]) provenire. [9]) ajutare — assístere.

184.

So lange es Gelehrte in der Welt geben wird, werden dieſe immer den Verluſt der Bibliothek zu Alexandria bedauern [1]), welche von Philadelph, König in Aegypten, daſelbſt errichtet [2]) und von Cäſars Soldaten verbrannt [3]) worden. Man glaubt insgemein [4]), ſie habe aus ſiebenhunderttauſend Bänden [5]) beſtanden [6]).

[1]) rincréscere ad uno, dolérsene, esser dolénte di q. c. [2]) erígere. [3]) abbruciare — incenerire. [4]) comunemente. [5]) volúme, m. [6]) esser composto di, contenére.

185.

Der Dichter Martial ſagte ſehr witzig [1]) von einem berühmten Kämpfer [2]), welcher ſehr jung geſtorben war: Der Tod hielt [3]) ihn für einen Greis [4]), da er alle Siege zählte [5]), die er davon getragen hatte [6]). — Als Pauſanias den Simonides bat [7]), daß er ihm irgend eine gute Lehre [8]) geben möchte, ſo ſagte ihm dieſer: Denke [9]) ſtets, daß du ein Menſch biſt.

[1]) Ingegnosamente — accortamente. [2]) famóso Atleta. [3]) préndere per. [4]) uomo canúto — vecchióne. [5]) nel contare — noverare. [6]) riportare. [7]) pregare uno di q. c. — chiédere ad uno q. c. [8]) avviso. [9]) sovvenirsi.

17

186.

Die Staaten [1]) von Fez und Marokko bilden gegenwärtig [2]) ein sehr ausgedehntes Reich [3]). Die Gränzen [4]) desselben sind: gegen Mitternacht (§. 121) das mittelländische Meer [5]), gegen Aufgang die Staaten von Algier [6]), gegen Abend der Ocean [7]), und gegen Mittag die Wüsten [8]), die es von Guinea [9]) scheiden [10]). Das Land [11]), welches der Mittagslinie näher liegt [12]), ist sehr heiß [13]), und die Einwohner [14]) werden [15]) auch, je nachdem [16]) sie sich der heißen Zone [17]) nähern [18]), kupfer- oder olivenfärbig [19]). Die Anzahl [20]) der Einwohner rechnet man [21]) nur ungefähr auf [22]) sechzehn Millionen, weil daselbst [23]) noch ein großer Flächenraum [24]) unangebaut [25]) und unbewohnt [26]) ist.

[1]) stato. [2]) formare attualmente. [3]) impéro vasto. [4]) confine, m. [5]) Mediterráneo. [6]) Algeri. [7]) Océano. [8]) deserto. [9]) Guinéa. [10]) separare. [11]) paése, m. [12]) accostarsi alla Linea (gerund.). [13]) caldo. [14]) abitante, m. [15]) divéntano. [16]) a misura che. [17]) Zona tórrida. [18]) appressarsi. [19]) di color di rame o di oliva. [20]) número. [21]) si cálcola. [22]) incirca a. [23]) essendovi. [24]) grande spázio di terréno. [25]) incolto. [26]) disabitáto.

187. Fortsetzung.

In der Mitte [1]) dieses Reiches sind [2]) die großen Gebirge [3]), die atlantischen genannt [4]), welche die höchsten [5]) von Afrika sind. Sie sind von herumirrenden [6]) und beinahe wilden [7]) Völkern bewohnt [8]) und voll [9]) reißender Thiere [10]), besonders [11]) Löwen [12]), Tiger [13]), Leoparden [14]) und Panther [15]), mit deren Fellen [16]) man einen guten Handel nach Europa und Asien treibt [17]). Die Religion [18]) ist die muhamedanische [19]), und der Regent [20]) behauptet [21]), nach [22]) dem türkischen Kaiser [23]) das zweite Oberhaupt [24]) derselben zu sein. Allein [25]) er kann seine Rechte [26]) nicht geltend machen [27]), weil er fast immer [28]) mit seinen eigenen Unterthanen [29]), die zu Empörungen [30]) sehr geneigt sind [31]), in Krieg verwickelt ist.

[1]) in mezzo. [2]) ésservi. [3]) montágna. [4]) detta l' Atlante. [5]) alto. [6]) errante. [7]) e quasi selvággio. [8]) abitáto da. [9]) pienissimo di. [10]) fiéra. [11]) specialmente di. [12]) leóne. [13]) tigre, f. [14]) leopárdo. [15]) pantéra. [16]) delle cui pelli. [17]) se ne fa un buon tráffico per. [18]) religione, f. [19]) maomettáno. [20]) Sováno. [21]) preténdere di ésserne. [22]) dopo. [23]) Imperatóre Ottománo. [24]) Capo. [25]) però. [26]) ragióne, f. [27]) far valére. [28]) esséndo quasi sempre in guerra con ... [29]) próprio súddito. [30]) sollevazióne, f. [31]) assai dédito a.

188.

Brasilien [1]) ist unter allen andern amerikanischen Provinzen Europa am nächsten und hat 1200 Meilen in der Länge. Die Luft ist die reinste und die gesündeste, die man nur in irgend einem Lande der Welt finden kann [2]), da [3]) dort die Einwohner [4]) bis [5]) hundert vierzig Jahre leben [6]), und ein Mann von hundert Jahren noch gar nicht für abgelebt gehalten [7]) wird. Das Land hat Ueberfluß [8]) an allen Producten [9]), welche zum Lebensunterhalte [10]) nothwendig [11]) sind, besonders

[1]) Il Brasile. [2]) di qualunque altro paése del mondo. [3]) mentre. [4]) abitante. [5]) sino. [6]) arrívano a vívere. [7]) reputare decrépito. [8]) abbondare di q. c. [9]) génere, m. [10]) vita. [11]) necessário a.

an Cacao [12]), Baumwolle [13]), Zucker, Kaffee und dergleichen Waaren [14]). Man findet dort [15]) auch viele Gold= und Silberminen [16]); aber das Merkwürdigſte iſt [17]), daß man [18]) im Jahre 1750 eine Diamantenmine [19]) entdeckte, welche ſo reich [20]) und groß [21]) iſt, daß, wenn [22]) die Regenten daſelbſt [23]) nicht ſtrenge Wachen [24]) aufſtellten, dieſer koſtbare Edelſtein [25]) bald weniger werth ſein würde [26]), als das Bergkryſtall [27]). Es gibt dort auch andere ſehr ſeltene [28]) Producte [29]), worunter die Ipecacuana=Wurzel [30]) (ein ſehr ſüßes und ſtark gebrauchtes Brechmittel) [31]) und vortreffliche Balſame [32]) gehören [33]).

[12]) caccáo. [13]) cotóne, m. [14]) simile merce, f. [15]) essérvi. [16]) miniéra. [17]) ma quel che è il più mirabile, si è che. [18]) fu scoperta. [19]) miniéra di diamánti. [20]) così ricco. [21]) esteso. [22]) che se. [23]) non vi tenéssero. [24]) rigorosa guardia. [25]) preziosa gemma. [26]) verrebbe ben presto a valer meno. [27]) cristallo di monte. [28]) raro. [29]) prodotto, genere, m. [30]) l' ipecacuana. [31]) vomitivo assai dolce e di grand' uso. [32]) balsamo eccellente. [33]) appartenere a q. c.

189.

Die Dauphiné [1]), eine Provinz [2]) des ſüdlichen Frankreichs [3]), hatte [4]) ihre eigenen [5]) Fürſten bis zu [6]) Humbert II. [7]), welcher, höchſt betrübt [8]) über den Tod ſeines einzigen [9]) Sohnes, im Jahre 1449 ſeine Staaten an Philipp von Valois, König von Frankreich, unter [10]) dem ausdrücklichen [11]) Bedinge [12]) abtrat [13]), daß die Erſtgebornen [14]) des königlichen Hauſes [15]) den Namen [16]) Dauphin [17]) annähmen [18]); dann zog [19]) er ſich in ein Kloſter [20]) zurück, in welchem er ſeine Tage [21]) endete [22]). Auf dieſe Weiſe [23]) wurde dieſes Land [24]) der Krone [25]) Frankreichs einverleibt [26]).

[1]) Delfinato. [2]) provincia. [3]) Francia meridionale. [4]) essere in potére di. [5]) suo. [6]) sino a. [7]) Umberto. [8]) afflittissimo per. [9]) unico. [10]) con, sotto. [11]) espresso. [12]) legge, f. condizione. [13]) rinunziare i suoi Stati ad uno. [14]) primogenito. [15]) Casa Reale. [16]) nome, m. [17]) Delfino. [18]) assúmere. [19]) ritirarsi. [20]) monastero. [21]) giórno. [22]) finire. [23]) in tal guisa. [24]) paése, m. [25]) Corona. [26]) unire a.

190.

Die Inſel [1]) Rhodus [2]), gegen Weſten [3]) von Cypern [4]) gelegen [5]), wurde [6]) den griechiſchen Kaiſern durch die Sarazenen [7]) entriſſen, welche ſie bis [8]) 1310 behaupteten [9]), allwo [10]) die Ritter [11]) des Hieroſolimitaner=Ordens [12]), aus Jeruſalem [13]) und aus Acri vertrieben [14]), ſich derſelben bemeiſterten [15]), und trotz [16]) aller von den Türken [17]), und beſonders [18]) von Mahomed II. [19]), im Jahre 1480 bis [20]) zum Jahre 1522 gemachten Anſtrengungen [21]) behaupteten, wo [22]) die Türken, unter [23]) Soliman II. [24]) zur Belagerung [25]) von Rhodus zurückgekehrt [26]), endlich [27]) durch die Verrätherei [28]) Amarats, Kanzlers [29]) des Ordens, ſie

[1]) Isola. [2]) Rodi. [3]) ponente. [4]) Cipro. [5]) posto a. [6]) tógliere ad uno. [7]) Saraceno. [8]) fino a. [9]) mantenere. [10]) in cui. [11]) Cavaliere. [12]) Ordine Gerosolimitano. [13]) Gerusalemme. [14]) scacciare da un luogo. [15]) réndersene padrone. [16]) conservarla contro tutto ... [17]) Turco. [18]) specialmente. [19]) Maometto. [20]) sino a. [21]) sforzo fatto da. [22]) in cui. [23]) sotto. [24]) Solimano. [25]) assedio. [26]) ritornare a q. c. [27]) venirne a capo per ... [28]) tradimento. [29]) Cancelliere.

17 *

eroberten, der ſich wegen des Unrechtes rächen wollte [30]), welches, wie er glaubte, ihm [31]) von der Geſammtheit [32]) des Ordens [33]) dadurch zugefügt wurde, daß man ihn [34]) in der Würde [35]) des Großmeiſters [36]) dem Philipp von Villiers nachgeſetzt hatte.

[30]) voler vendicarsi del torto. [31]) che supponeva essergli stato fatto da... [32]) il comune. [33]) Ordine stesso. [34]) che lo avea posposto. [35]) dignità. [36]) Gran Maestro.

191. Fortſetzung.

Seit [1]) der [2]) Zeit ſind [3]) die Türken Herren [4]) dieſer Inſel geblieben, auf welcher [5]) ſie einen Paſcha [6]) halten [7]), um [8]) ſie zu regieren [9]). Rhodus iſt die Hauptſtadt [10]), ein wohl befeſtigter [11]) und [12]) mit einem guten Hafen [13]) verſehener Ort, deſſen Eingang [14]) von [15]) zwei einander gegenüber [16]) auf [17]) zwei Felſen [18]) erbauten Thürmen [19]) beſchützt wird. Auf [20]) den nämlichen Felſen erhob [21]) ſich ehemals [22]) eine koloſſale [23]), die Sonne [24]) vorſtellende [25]) Statue [26]) von Erz [27]), zwiſchen deren Beinen [28]) die Schiffe [29]) mit [30]) ausgeſpannten [31]) Segeln [32]) hindurchfuhren, welche im Jahre 664 durch [33]) ein Erdbeben [34]) einſtürzte [35]).

[1]) Da... in poi. [2]) quel. [3]) essere rimasto. [4]) padrone. [5]) dove. [6]) Bascià. [7]) tenere. [8]) per. [9]) governare q. c. [10]) Capitale. [11]) città ben difesa. [12]) e fornita di. [13]) porto. [14]) ingresso. [15]) esser guardato da. [16]) una in faccia all' altra. [17]) sopra. [18]) scoglio. [19]) torre eretta. [20]) sopra. [21]) ergersi. [22]) anticamente. [23]) colossale. [24]) Sole, m. [25]) rappresentante. [26]) statua. [27]) bronzo. [28]) per mezzo alle cui gambe. [29]) vascello. [30]) a. [31]) spiegato. [32]) vela. [33]) per. [34]) terremoto. [35]) precipitare.

192.

Die Chineſen [1]) ſind außerordentliche Freunde [2]) der Wiſſenſchaften [3]), und in dem Rufe [4]), eine Nation [5]) voll [6]) Geiſt [7]) zu ſein. Man behauptet [8]), daß die Buchdruckerei [9]), das Schießpulver [10]) und der Compaß [11]) bei [12]) ihnen weit eher [13]) in Gebrauch [14]) geweſen ſeien, als [15]) man in Europa nur Kenntniß davon hatte [16]), was jedoch [17]) die Europäer nicht zugeben [18]) wollen. Ihre Sprache [19]) iſt die ſchwierigſte [20]) des Morgenlandes [21]). Sie haben in ſelbiger [22]) nicht mehr als 333 Wörter [23]), ſo daß [24]) ſie mit einem und demſelben [25]) Worte [26]), auf verſchiedene Art ausgeſprochen [27]), mehrerlei Dinge [28]) bezeichnen [29]). Im [30]) Schreiben [31]) gehen [32]) ſie nicht, wie [33]) wir, von der Linken [34]) zur [35]) Rechten [36]), auch nicht [37]), wie die Hebräer [38]), von der Rechten zur Linken, ſondern [39]) von oben [40]) nach unten [41]), und unſere letzte Seite [42]) iſt ihnen [43]) die erſte.

[1]) Chinese — Cinese. [2]) amatissimo di. [3]) scienza. [4]) essere in concetto di. [5]) nazione, f. [6]) pieno. [7]) spirito. [8]) pretendersi che. [9]) stampa. [10]) polvere da schioppo. [11]) bussola. [12]) presso. [13]) molto prima. [14]) in uso. [15]) che. [16]) averne notizia. [17]) però. [18]) concédere. [19]) linguaggio. [20]) difficile. [21]) Oriente. [22]) nel loro idioma. [23]) parola. [24]) sicchè. [25]) medesimo. [26]) voce, f. [27]) diversamente pronunciare. [28]) più cose. [29]) significare. [30]) in. [31]) scrivere. [32]) andare. [33]) come. [34]) sinistra. [35]) a. [36]) dritta. [37]) nè. [38]) Ebreo. [39]) ma bensì. [40]) alto. [41]) basso. [42]) pagina. [43]) per loro.

193. Fortsezung.

Das chinesische Reich [1]) ist uralt [2]), und man behauptet [3]), es sei [4]) 2952 Jahre vor [5]) der christlichen Zeitrechnung [6]) gegründet worden. Die Regierung [7]) des chinesischen [8]) Kaisers ist despotisch [9]), denn er hat [10]) unumschränkte Gewalt [11]) über [12]) Leben [13]) und Eigenthum [14]) seiner Unter= thanen [15]). Dieser Despotismus [16]) erstreckt [17]) sich jedoch [18]) nicht auf die freie Wahl [19]) des Nachfolgers [20]), noch darauf [21]), neue Geseze [22]) zu geben [23]) und alte [24]) zu verändern [25]), denn [26]) zu [27]) allen diesen Hand= lungen [28]) ist [29]) die Zustimung [30]) der Großen [31]) des Reiches und der ersten Beamten [32]) seines Hofes nöthig.

[1]) Impéro della China. [2]) antichissimo. [3]) pretendere. [4]) fondare. [5]) prima di. [6]) Era cristiana. [7]) Governo. [8]) Cinese. [9]) dispotico. [10]) avendo. [11]) assoluta autorità. [12]) su. [13]) vita. [14]) il bene. [15]) suddito. [16]) dispotismo. [17]) estendersi a q. c. [19]) però. [19]) elezione arbitraria. [20]) successore, m [21]) nè a. [22]) nuova legge. [23]) fare. [24]) antico. [25]) cambiare. [26]) poichè. [27]) per. [28]) atto. [29]) esser necessario. [30]) consenso. [31]) Grande. [32]) Ministro.

194. Fortsezung.

Das chinesische [1]) Reich, außerdem, daß es [2]) das weitläufigste [3]) von ganz Asien ist, ist es auch das fruchtbarste [4]), das bevölkertste [5]), und mit der größten Anzahl [6]) Städte versehen. Das fruchtbarste ist es, weil [7]) es Getreide [8]) und alle Arten [9]) Baumfrüchte [10]) in großer Menge [11]) hervorbringt [12]). Seine Flüsse [13]) haben Ueberfluß [14]) an Fischen [15]). In den Gebirgen [16]) fehlt es nicht [17]) an Gold=, Silber=, Zinn= [18]), Kupfer= [19]), Eisen= [20]) und Bleibergwerken [21]). Seine Ebenen [22]) bieten Ueberfluß an [23]) Weiden [24]), und die Wälder [25]) an Thieren [26]) dar. Der Handel [27]) wird außerordentlich [28]) begünstigt [29]) durch die Bequemlichkeit [30]) der Gewässer [31]), welche jene Gegenden [32]) durchströmen [33]). Außer [34]) den beiden Flüssen [35]), einer [36]) der blaue [37]), der andere der gelbe [38]) Fluß genannt, hat dort [39]) noch jede Provinz [40]) ihre Canäle [41]), auf [42]) welchen die Waaren [43]) in [44]) Schiffen [45]) aus einer Provinz in die andere gebracht [46]) werden. Einen gibt es [47]) unter andern, welcher [48]) den Namen großer Canal führt, und dieser durchschneidet [49]) das ganze Reich [50]) von Canton aus, welches [51]) im Süden [52]), bis Peking, welches im Norden [53]) liegt [54]).

[1]) Cinese. [2]) oltre l' esser. [3]) vasto. [4]) fertile. [5]) popolato. [6]) ed il più abbondante di. [7]) poichè. [8]) biada. [9]) sorta. [10]) frutto. [11]) quantità. [12]) produrre. [13]) fiume, m. [14]) essere abbondante di. [15]) pesce, m. [16]) montagna. [17]) non mancare di. [18]) stagno. [19]) rame, m. [20]) ferro. [21]) miniera di piombo. [22]) pianura. [23]) abbondáre di. [24]) pascolo. [25]) selva. [26]) animale, m. [27]) commercio. [28]) assaissimo. [29]) essere ajutato da q. c. [30]) comodo. [31]) ácqua. [32]) regione, f. [33]) baguare q. c. [34]) oltre. [35]) fiume, m. [36]) uno detto. [37]) riviera azzurra. [38]) gialla. [39]) esservi q. c. in un luogo. [40]) provincia. [41]) canale, m. [42]) per. [43]) merce, f. [44]) sopra. [45]) barca. [46]) trasportare. [47]) esservene uno. [48]) a cui dassi il nome. [49]) attraversare. [50]) Impéro. [51]) che è. [52]) mezzodì. [53]) settentrione. [54]) giacére.

195. Fortsezung.

Peking, die Hauptstadt [1]) des ganzen Reiches [2]), hat [3]) mehr als zwei Millionen Einwohner [4]). Der Siz [5]) der Kaiser war vormals [6])

[1]) Metrópoli. [2]) Impéro. [3]) comprendere. [4]) abitante. [5]) sede, f. [6]) prima.

in Nanking, einer Stadt, welche an [7]) Bevölkerung [8]), an Pracht [9]) und an Größe [10]) Peking nichts nachgibt [11]). Außerhalb [12]) eines feiner Thore [13]) sieht man den berühmten [14]), zwei hundert Fuß [15]) hohen [16]) Porzellan=Thurm [17]), welcher [18]) für eines der Wunder [19]) der Welt ge= halten wird. — Die Erdzunge [20]), welche sich gegen Westen [21]) vom Ganges [22]) ins Meer [23]) erstreckt [24]), heißt [25]) die westliche Halbinsel [26]) des Ganges. Sie [27]) ist der reichste Theil [28]) Indiens [29]), denn außer [30]) den Gold= und Diamantenminen [31]), die sich in dem Schooße [32]) ihres Gebietes [33]) vorfinden [34]), wird auch [35]) an ihren Küsten [36]) die Fische= rei [37]) der kostbarsten [38]) Perlen [39]) betrieben. Die Europäer [40]) treiben dort [41]) einen großen Handel [42]), und besitzen [43]) viele Plätze [44]).

[7]) nella. [8]) popolazione, f. [9]) magnificenza. [10]) grandezza. [11]) non la cede a. [12]) fuori di. [13]) porta. [14]) famoso. [15]) piede, m. [16]) alto. [17]) la torre di por- cellana. [18]) riputata una. [19]) maraviglia. [20]) lingua di terra. [21]) all' occidente. [22]) Gange, m. [23]) dentro mare. [24]) stendersi. [25]) chiamarsi. [26]) penisola occi- dentale. [27]) Essa. [28]) parte, f. [29]) India. [30]) poichè oltre (reg. accus.). [31]) mi- niere di diamanti. [32]) le viscere. [33]) terreno. [34]) ritrovarsi. [35]) fassi ancora. [36]) costa. [37]) pesca. [38]) prezioso. [39]) perla. [40]) Europeo. [41]) esercitarvi. [42]) traf- fico. [43]) possedervi. [44]) piazza — stabilimento.

196.

Das wirksame [1]) Empfehlungsschreiben [2]). Ein junger [3]) neapolitanischer [4]) Edelmann [5]), welcher [6]) in feinem Vaterlande [7]) keine militärische Anstellung [8]) nach feinem Wunsche [9]) erhalten konnte, be= schloß [10]) im Jahre 1774, in Dienste [11]) des österreichischen [12]) Kaisers zu treten, weshalb [13]) er sich [14]) einige Empfehlungen [15]) verschaffte, und sich [16]) auf den Weg nach [17]) Wien machte. Als er in Graß an= gekommen [18]) war, fand er [19]) in einem Gasthofe [20]) drei Fremde [21]), in deren Gesellschaft [22]) er zu Abend [23]) speisen zu können wünschte. Sie waren Deutsche; da sie aber [24]) alle französisch sprachen, so wurde er so vertraut [25]) mit ihnen, daß er sie mit feinem Vorhaben [26]) be= kannt machte [27]).

[1]) efficace. [2]) commendatizia. [3]) giovane. [4]) napolitano. [5]) nobile, gen- tiluomo. [6]) non potendo ottenere. [7]) patria. [8]) grado militare. [9]) a suo piaci- mento. [10]) deliberare. [11]) di portarsi a servire uno. [12]) Austria. [13]) al qual ef- fetto. [14]) procurarsi. [15]) commendatizia. [16]) porsi in viaggio. [17]) alla volta di. [18]) giungere. [19]) trovare. [20]) locanda. [21]) forestiere, m. [22]) compagnia. [23]) di- mandar di cenare. [24]) ma parlare. [25]) addimesticarsi talmente con uno. [26]) pro- getto. [27]) porre uno a parte di q. c.

197. Fortsetzung.

Nachdem sie ihn angehört [1]) hatten, fing [2]) Einer von ihnen an folgender Maßen mit ihm zu reden: Verzeihen [3]) Sie, aber [4]) ich bin der Meinung [5]), daß Sie da eine üble Wahl [6]) getroffen haben. Nach [7]) einem langen Frieden [8]) und bei [9]) einer außerordentlichen [10]) Menge [11]) junger Edelleute [12]), welche Anstellung suchen [13]), sehe ich keine Wahr= scheinlichkeit [14]), daß ein Ausländer [15]) eine Officiersstelle [16]) in der

[1]) Udire. [2]) prendere a parlare ad uno cosi. [3]) scusare. [4]) ma. [5]) esser d' avviso. [6]) prendere un cattivo partito. [7]) Dopo. [8]) lunga pace. [9]) ed a fronte di. [10]) prodigioso. [11]) numero. [12]) giovane nobile. [13]) domandare impiego. [14]) non veder apparenza. [15]) forestiere. [16]) posto di ufficiale.

Armee [17]) finden könne [18]). — Wer weiß, antwortete der Neapolitaner. Indessen [19]) weiche [20]) ich Keinem an [21]) gutem Willen [22]) und an Begierde [23]) mich auszuzeichnen [24]). Ueberdies [25]) bin ich mit Briefen von sehr bedeutenden Personen [26]) versehen [27]), und trotz [28]) aller Hindernisse [29]) gedenke [30]) ich auch mein Heil zu versuchen [31]).

[17]) armata. [18]) poter ritrovare. [19]) Frattanto. [20]) non cederla ad alcuno in q. c. [21]) in. [22]) buona volontà. [23]) desiderio di. [24]) distinguersi. [25]) D' altronde. [26]) persona ragguardevole. [27]) esser munito di... [28]) ad onta di. [29]) ostacolo. [30]) pensare di... [31]) tentare la sua sorte.

198. Fortsetzung.

Der Deutsche [1]), der sich mit ihm besprochen [2]) hatte, fuhr fort [3]): Wenn [4]) Sie denn so wollen [5]), so wäre auch ich im Stande [6]), Ihnen einen Gefallen zu erweisen [7]); ich könnte, wenn es Ihnen angenehm ist [8]), Sie mit einem Briefe versehen [9]), der Ihnen vielleicht [10]) nicht nutzlos sein würde [11]); ich werde Sie dem General Lascy empfehlen [12]), und Sie werden ihn eigenhändig abgeben [13]). Der Neapolitaner, voll [14]) Erkenntlichkeit [15]), nahm das Anerbieten an [16]), und setzte [17]) seinen Weg [18]) fort.

[1]) Tedesco. [2]) ragionare con uno. [3]) soggiungere. [4]) giacchè. [5]) voler così. [6]) caso. [7]) fare un piacere ad uno. [8]) se le aggrada. [9]) munir uno di q. c. [10]) forse. [11]) non riuscir ad uno inutile. [12]) raccomandare. [13]) presentare q. c. in persona. [14]) pieno di. [15]) riconoscenza. [16]) accogliere l' esibizione. [17]) proseguire. [18]) cammino.

199. Fortsetzung.

In Wien angekommen [1]), gab er seine Empfehlungen überall ab [2]), und da [3]) er für den General mehr als eine hatte [4]), so unterließ er nicht [5]), sie ihm ebenfalls [6]) zu überreichen [7]), mit Ausnahme jedoch [8]) jener des deutschen Reisenden [9]), die er verlegt [10]) hatte. Als Lascy sie gelesen hatte, äußerte er sein Bedauern [11]), ihm wenigstens für den Augenblick [12]) nicht nützlich [13]) werden zu können, was er den Umständen zuschrieb [14]). Der Jüngling [15]), der schon darauf gefaßt war [16]), gab sein Vorhaben nicht auf [17]), und auf die Zukunft hoffend [18]), fing er an [19]), dem Herrn General [20]) fleißig aufzuwarten [21]), von dem er immer mit einer leeren Höflichkeit [22]) empfangen [23]) wurde.

[1]) Arrivare. [2]) diffondere le sue commendatizie. [3]) siccome. [4]) averne. [5]) così non mancar di... [6]) pure. [7]) presentare. [8]) eccettuare però. [9]) viaggiatore. [10]) smarrire. [11]) partecipare ad uno il suo dispiacere di. [12]) almeno in quel momento. [13]) utile. [14]) accusandone le circostanze. [15]) giovane. [16]) esser già preparato a questo. [17]) non rinunziare al suo progetto. [18]) sperar bene per l' avvenire. [19]) mettersi a far q. c. [20]) Generale. [21]) la sua corte. [22]) sterile gentilezza. [23]) accogliere.

200. Fortsetzung.

Endlich [1]) ereignete [2]) es sich, daß er zufällig [3]) den verloren geglaubten [4]) Brief wieder fand [5]). Er säumte [6]) nicht, auch diesen [7]) abzugeben [8]), ohne die Umstände [9]) zu verhehlen [10]), unter denen [11]) er

[1]) Al fine. [2]) succedere. [3]) a caso. [4]) credere smarrita q. c. [5]) ritrovare. [6]) tardare. [7]) pur questa. [8]) di presentare. [9]) combinazione, f. [10]) non dissimulare. [11]) per cui.

ihn empfangen [12]) hatte. Lascy öffnet ihn [13]), durchläuft [14]) ihn, schüt-
telt den Kopf [15]), und scheint überrascht [16]). Er fragt [17]) den Neapolitaner, ob [18]) er die Person kannte [19]), die ihn ihm gegeben hatte [20]). —
Nein, Herr General [21]), antwortete der Jüngling. — Nun denn [22]),
mein Lieber, erwiedert [23]) der General, Sie haben ihn aus des Kaisers
eigenen [24]) Händen erhalten [25]). Sie hätten gewünscht [26]), Unterlieute-
nant [27]) zu werden [28]), er befiehlt [29]) mir aber, Sie zum Oberlieutenant [30]) zu machen [31]). Sie sind es [32]) von diesem Augenblicke [33]) an,
und werden sodann [34]) Ihre Schuldigkeit [35]) gegen [36]) ihn thun [37]).

[12]) ricevere. [13]) aprire. [14]) scorrere. [15]) scuotersi. [16]) sorpreso. [17]) dimandare a. [18]) se. [19]) conoscere. [20]) consegnare. [21]) mio Generale. [22]) Ebbéne.
[23]) ripigliare. [24]) stesso. [25]) avere. [26]) bramare di. [27]) sottotenente. [28]) essere.
[29]) comandare. [30]) primo tenente. [31]) fare. [32]) esserlo. [33]) punto. [34]) poi.
[35]) il dovere. [36]) verso. [37]) fare.

Formeln für Schuldscheine, Wechsel, Quittungen.

Obbligo.

Infrascritto (Io sottoscritto) confesso d'avér ricevúto dal Sig. N. N. *fiorini cinque cento
correnti d'Augusta* di puro e mero graziòso imprestito, obbligandomi alla restituzione della
suddétta intièra somma entro il termine di sei mesi. In fede di che mi sottoscrissi di proprio pugno.

Venézia il 20 Lúglio 1846.   Páolo Gorghi.

Schuldschein.

Unterzeichneter bekenne, vom Herrn N. N. Fünfhundert Gulden Augsb.
Währung als freundschaftliches Darlehen erhalten zu haben, und verpflichte mich, bin-
nen sechs Monaten ihm besagte Summe richtig zurückzuzahlen. Urkund dessen meine eigene
Fertigung.

Venedig den 20. Juli 1846.   Paul Gorghi.

Cambiale.

Trieste il 10 Agosto 1846.   *Per Fni. 200 in da 20 Car.*

A sei settimáne data (oder a vista) pagáte per questa prima di cambio all' órdine del
Signor G. F. *fiorini due cento* in da 20 Car. per tanti avúti dal Signor J. P. (oder va-
lùta in conto) ponendoli come per la d'avviso (oder come vi avviso, oder ponendoli in conto
come per l'avviso). Addio.

Al Signor M. B. in Vienna.   A. M.

Wechselbrief.

Triest den 10. August 1846.   Für 200 fl. in 20 kr. St.

Sechs Wochen nach dato (oder: nach Sicht) zahlen Sie für diesen Prima-Wechsel an
die Ordre des Herrn G. F. Gulden zwei Hundert in 20 kr. Stücken; Werth in
Baarem erhalten (oder Werth in Rechnung) und stellen es auf Rechnung laut Bericht.
Herrn M. B. in Wien.   N. M.

Assegno.

Il Signor *Giovanni Longhi* di Augusta si compiacerà verso il presente mio Assegno di
pagare all' órdine del Signor *Antonio Meyer* fiorini *mille* in tanti Luigi d'oro; ponendoli
in conto come l'avviso.

Trieste il 25 Lúglio 1846.   Giuseppe Sauer.

Buono per fl. 1000 in L. d'oro.

Quittanza.

Sono *fiorini cento*, che oggi ricevo effettivamente ed in contanti dal Sigr. C. M. di
qui per órdine e conto del Sigr. A. B. di Augusta. In fede, ecc.

Altra.

Confesso e dichiaro per la presènte d'avér ricevúto dal Sigr. A. F. fl. 3000, *dico fiorini tre mila*, e questi per quanto mi deve (o per saldo d'ogni mio avere, sino al presénte
giorno). In fede di che mi sottoscrissi di proprio pugno.

Vienna 31 Dicembre 1845.   N. N.

Praktische Anleitung

zur

Erlernung

der

italienischen Sprache.

Zweiter Theil.

Zweite Abtheilung,

enthält:

Gedächtniß = Uebungen,

bestehend:

in einer Sammlung der brauchbarsten Haupt= und Zeitwörter, in
sinnreichen Lehrsprüchen; dann in Beispielen und Idiotismen über
alle im theoretischen Theile vorkommenden Regeln; endlich in aus=
gewählten Redensarten, die in der heutigen gebildeten Umgangs=
sprache vorkommen.

In ogni scienza poco giovano i precetti senza
il continuo esercizio.

18

Gedächtniß-Uebungen.

Sammlung der nothwendigsten Nennwörter.

1) Von der Welt und den Elementen, dell' Universo e degli Elementi.

Dio, Iddio,	Gott.
il mondo,	die Welt.
il ciélo,	der Himmel.
la stella,	der Stern.
il sole,	die Sonne.
la luna,	der Mond.
l'ecclíssi,	die Mond- oder Sonnenfinsterniß.
il fuóco,	das Feuer.
l'ária,	die Luft.
l'acqua,	das Wasser.
la terra,	die Erde.
la pólvere,	der Staub.
il fango,	der Koth.
il mare,	das Meer.
la góccia,	der Tropfen.
la sorgente,	die Quelle.
il dilúvio,	die Sündfluth.
la pióggia,	der Regen.
il ghiáccio,	das Eis.
la neve,	der Schnee.
la núvola,	die Wolke.
la nébbia,	der Nebel.
il tuóno,	der Donner.
il fúlmine,	der Wetterstrahl.
il lampo,	der Bliß.
il vento,	der Wind.
il terremóto,	das Erdbeben.
la grándine, la gragnuóla, }	der Hagel.
la tempesta,	der Sturm.
il gelo,	der Frost.
la brina,	der Reif.
la rugiada,	der Thau.
il caldo,	die Wärme.
il freddo,	die Kälte.

2) Von der Zeit und den Jahreszeiten, del tempo e delle stagioni.

Un sécolo,	ein Jahrhundert.
un anno,	ein Jahr.
la primavéra,	der Frühling.
l'estáte,	der Sommer.
l'autúnno,	der Herbst.
l'invérno,	der Winter.
un mese,	ein Monat.
il giórno,	der Tag.
il giórno di festa,	der Festtag.
il giórno di lavoro,	der Werktag.
il far del giórno,	der Anbruch des Tages.
lo spuntar del sole,	der Sonnen-Aufgang.
il tramontár del sole,	der Sonnen-Untergang.
l'auróra,	die Morgenröthe.
la mattina,	der Morgen.
il mezzo giórno.	der Mittag.
il dopo pranzo,	der Nachmittag.
la sera,	der Abend.
la notte,	die Nacht.
dopo cena,	nach dem Abendmahl.
la seráta,	die Abendzeit.
la mezza notte,	die Mitternacht.
óggi,	heute.
jeri,	gestern.
l'altro jeri,	vorgestern.
dománi,	morgen.
posdománi,	übermorgen.
un momento,	ein Augenblick.

3) Von den Monaten und Tagen in der Woche, dei mesi e dei giorni della settimána.

Gennájo,	Jänner.
Febbrájo,	Februar.
Marzo,	März.
Aprile,	April.
Mággio,	Mai.
Giúgno,	Juni.
Lúglio,	Juli.
Agósto,	August.
Settembre,	September.
Ottobre,	October.
Novembre,	November.

18*

Dicembre,	December.
Lunedì,	Montag.
Martedì,	Dinstag.
Mercoledì,	Mittwoch.
Giovedì,	Donnerstag.
Venerdì,	Freitag.
Sábbato,	Samstag.
Doménica,	Sonntag.

4) Festtage, giorni di festa.

Il capo d'anno, l'anno nuovo, }	das neue Jahr.
Natale,	Weihnachten.
Pasqua,	Ostern.
le Pentecoste,	Pfingsten.
tutti i Santi,	Allerheiligentag.
il Carnevále,	der Fasching.
la quarésima,	die Fasten.

5) Von der Blutsverwandtschaft, della consanguinità.

Il parente,	der Verwandte.
i genitóri,	die Aeltern.
il padre,	der Vater.
la madre,	die Mutter.
il nonno, l'avo,	der Großvater.
la nonna, l'ava,	die Großmutter.
il figlio,	der Sohn.
la figlia,	die Tochter.
il fratéllo,	der Bruder.
la sorélla,	die Schwester.
il primogénito,	der Erstgeborne.
il figlio maggiore,	der ältere Sohn.
il minore,	der Jüngere.
il zio,	der Onkel.
la zia,	die Tante.
il nipóte,	der Neffe.
la nipóte,	die Nichte.
il cugino,	der Cousin.
la cugina,	die Cousine.
il cognato,	der Schwager.
la cognata,	die Schwägerin.
il suócero,	der Schwiegervater.
la suócera,	die Schwiegermutter.
il género,	der Schwiegersohn.
la nuóra,	die Schwiegertochter.
il marito, il consórte, }	der Ehegatte.
la móglie, la consorte, }	die Ehegattin.
il figliástro,	der Stiefsohn.
la figliástra,	die Stieftochter.
il patrigno,	der Stiefvater.
la matrigna,	die Stiefmutter.
il fratellastro,	der Stiefbruder.
la sorellástra,	die Stiefschwester.

6) Von den Theilen des Körpers, delle parti del corpo.

La testa, il capo,	der Kopf, das Haupt.
i capélli,	die Haare.
il viso,	das Gesicht.
la carnagióne,	die Fleischfarbe.
la pelle,	die Haut.
la fronte,	die Stirne.
l'occhio,	das Auge.
il ciglio,	die Augenbrauen.
l'orécchio,	das Ohr.
le témpie,	die Schläfe.
la guáncia,	die Wange.
il naso,	die Nase.
la bocca,	der Mund.
il dente,	der Zahn.
la lingua,	die Zunge.
il labbro,	die Lippe.
il paláto,	der Gaumen.
il mento,	das Kinn.
il collo,	der Hals.
la gola,	die Kehle.
la spalla,	die Schulter.
la schiéna,	der Rücken.
il bráccio,	der Arm.
il gómito,	der Ellbogen.
la mano,	die Hand.
il dito,	der Finger.
il polso,	der Puls.
l'únghia,	der Nagel.
lo stómaco,	der Magen.
il petto,	die Brust.
il cuóre,	das Herz.
il sángue,	das Blut.
la cóscia,	der Schenkel.
il ginócchio,	das Knie.
la gamba,	das Bein.
la polpa della gamba,	die Wade.
il calcágno,	die Ferse.
il piede,	der Fuß.
l'osso,	der Knochen.
la gengiva,	das Zahnfleisch.
la saliva,	der Speichel.
il sudore,	der Schweiß.
la voce,	die Stimme.
lo sternúto,	das Niesen.
il singhiózzo,	das Schluchzen.
lo sbadiglio,	das Gähnen.
il sonno,	der Schlaf.
il sogno,	der Traum.
la malattia,	die Krankheit.
la statura,	der Wuchs.
la ciéra,	das Aussehen.
il gesto,	die Geberde.
la ragione,	die Vernunft.
il giudizio,	der Verstand.

7) Stand der Menschen, stato degli uómini.

La gioventù,	die Jugend.
la fanciullézza,	die Kindheit.
il fanciúllo,	das Kind.
il pargolótto, } il bambino, }	das Kind in der Wiege.
il gióvane,	der Jüngling.
il ragázzo,	der Knabe.
la fanciúlla, } la ragázza, } la gióvane, }	das Mädchen.
un vécchio,	ein Alter.
una vécchia,	eine Alte.
un uómo attem-pato,	ein bejahrter Mann.
una donna attem-páta,	eine bejahrte Frau.
il padróne,	der Herr.
la padróna,	die Frau.
il servo,	der Bediente.
la serva,	die Magd.
il cameriére,	der Kammerdiener.
la cameriéra,	die Kammerjungfer.
il maggiordómo,	der Haushofmeister.
la maggiordónna,	die Haushälterin.
il cuoco,	der Koch.
il cocchiére,	der Kutscher.
il lacchè,	der Lakai.
il giardiniére,	der Gärtner.
il portinájo,	der Thorhüter.
la lavandája,	die Wäscherin.

8) Von den Theilen des Hauses, delle parti della casa.

La porta, l' uscio,	die Thür.
il portone,	das Thor.
il cortile, la corte,	der Hof.
l' entráta,	der Eingang.
la scala,	die Treppe.
gli scalini,	die Stufen.
il campanéllo,	die Hausglocke.
la sala,	der Saal.
l' anticámera,	das Vorzimmer.
la cámera, } la stanza, }	das Zimmer. die Stube.
la finéstra,	das Fenster.
la cucina,	die Küche.
la cantina,	der Keller.
la dispénsa,	die Speisekammer.
la stufa,	der Ofen.
il forno,	der Backofen.
il pozzo,	der Ziehbrunnen.
il necessário,	der Abtritt.
il muro,	die Mauer.

la soffitta, } il soffitto, }	der Oberboden, Decke des Zimmers.
il pavimento,	der Fußboden.
il tetto,	das Dach.
il pian terréno,	zu ebener Erde.
il primo, il se-cóndo, il terzo piáno,	der erste, zweite, dritte Stock.
l' affitto, la pigióne,	die Miethe.

9) Hausgeräthe, móbili di casa.

L' armádio,	der Schrank.
lo scrigno, } il cumò, }	der Schubkasten.
la cassa,	die Kiste.
la távola,	der Tisch.
il tavolino,	der kleine Tisch.
il cassettino,	das Schubkästchen.
la sédia,	der Sessel.
la sédia d' appóg-gio,	der Lehnstuhl.
una poltróna,	ein Sopha.
un canapè,	ein Canapee.
il tappéto,	der Teppich.
il baúle, } il forziére, }	der Koffer.
lo spécchio,	der Spiegel.
la lettiéra,	die Bettstätte.
il letto,	das Bett.
il pagliáccio,	der Strohsack.
il materázzo, } lo stramázzo, }	die Matratze.
il capezzale,	das Hauptkissen.
il cuscino, } il guanciale, }	das Kissen, der Pol-ster, das Kopfkissen.
le lenzuóla,	die Betttücher.
la copérta,	die Decke.
l' asciugamáni,	das Handtuch.
il candelliére,	der Leuchter.
il moccatójo, } lo smoccolatójo, }	die Lichtputze.
la candéla,	die Kerze.
la scopétta, } la spázzola, }	die Bürste.
le fórbici,	die Schere.
l' ago,	die Nadel.
il filo,	der Zwirn.
la spilla,	die Stecknadel.
il péttine,	der Kamm.
la chiáve,	der Schlüssel.
il lucchétto,	das Vorhängschloß.
la serratúra,	das Schloß.
il focoláre,	der Herd.
l' acciaríno,	der Feuerstahl.
la pietra da fuóco,	der Feuerstein.
i zolfanelli,	die Schwefelfäden.

il fuóco,	das Feuer.
la fiamma,	die Flamme.
il fummo,	der Rauch.
il carbóne,	die Kohle.
la cénere,	die Asche.
la palétta,	die Schaufel.
le molle,	die Feuerzange.
il girarrósto,	der Bratenwender.
lo spiedo,	der Bratspieß.
la padella,	die Pfanne.
la pignátta,	der Topf.
la méstola,	der Kochlöffel.
lo schiumatójo,	der Schaumlöffel.
il mortájo,	der Mörser.
la scopa,	der Besen.
il fiéno,	das Heu.
la paglia,	das Stroh.
l'avéna,	der Hafer.
la carrózza,	die Kutsche.
il calésso,	die Kalesche.
la scuderia, stalla,	der Pferdestall.
la sella,	der Sattel.
la briglia,	der Zaum.
la scúria,	die Peitsche.

10) Von Mannes= und Frauenkleidern, degli ábiti da uómo e da donna.

L'ábito, } il vestito, }	das Kleid.
ábito ricamato,	gesticktes Kleid.
ábito gallonáto,	bordirtes Kleid.
ábito voltáto,	gewendetes Kleid.
ábito da lútto,	Trauerkleid.
ábito da viággio,	Reisekleid.
la veste da cámera,	der Schlafrock.
il frac turchino,	blauer Frack.
il soprattútto, } il cappótto, }	der Ueberrock. der Kaputrock.
la mánica,	der Aermel.
il collare,	der Kragen.
la tasca, } la saccóccia, }	die Tasche.
le piéghe,	die Falten.
il bottóne,	der Knopf.
le mostre,	die Aufschläge.
il panno,	das Tuch.
la tela,	die Leinwand.
la fódera,	das Unterfutter.
i calzóni,	die Beinkleider.
i bracóni,	lange Hosen.
le muténde,	die Unterhosen.
il gilè,	die Weste.
la camiscia, } la camícia, }	das Hemd.

la cravátta, } il fazzoletto da collo, }	die Halsbinde, das Halstuch.
la camicétta,	das Vorhemd.
i tiracalzóni, } l'usoliére, }	der Hosenträger.
la calza,	der Strumpf.
la pianella, } la pantóffola, }	der Pantoffel.
la scarpa,	der Schuh.
lo stivále,	der Stiefel.
il cappello tondo,	der runde Hut.
il guánto,	der Handschuh.
il fazzolétto da naso,	das Schnupftuch.
il mantéllo, } il ferrajuólo, }	der Mantel.
la spada,	der Degen.
lo sprone,	der Sporn.
la fibbia,	die Schnalle.
l'anéllo,	der Ring.
l'orológio, } l'orjuólo, }	die Uhr.
la tabacchiéra,	die Dose.
l'ombrélla,	das Regendach.
il bastóne,	der Stock.
la sciárpa,	die Schärpe.
la cúffia,	die Haube.
la gonnélla,	der Weiberrock.
il grembiále,	die Schürze.
il velo,	der Schleier.
il nastro, } la fettúccia, }	das Band.
la cordellina,	die Schnur.
i merlétti,	die Spitzen.
il ventáglio,	der Fächer.
l'acconciatúra,	der Kopfputz.
il bellétto, } il liscio, }	die Schminke.
la pólvere di Cipri,	der Haarpuder.
le ácque odorifere,	die wohlriechenden Wässer.
la collána,	die Halskette.
l'orecchino,	der Ohrring.
le gióje,	die Juwelen.
una fila di perle,	eine Schnur Perlen.
un mazzétto di fiori,	ein Blumenstrauß.

11) Vom Essen und Trinken, del mangiáre e bére.

La colazióne,	das Frühstück.
il pranzo,	das Mittagmahl.
la merenda,	das Vesperbrot.

la cena,	das Abendessen.
il brodo,	die Fleischbrühe.
la zuppa di riso,	die Reissuppe.
la zuppa di pasta,	die Teigsuppe.
la minéstra,	die Suppe, auch Zu= speise.
il bollito,	das Gesottene.
l' allesso,	gesottenes Fleisch.
il manzo,	das Rindfleisch.
la carne,	das Fleisch.
l'arrósto,	das Gebratene.
il vitello,	das Kalbfleisch.
l'insaláta,	der Salat.
la salsa,	die Sauce.
i cibi, ⎫ le vivánde, ⎭	die Speisen.
la torta,	die Torte.
il cappóne,	der Kapaun.
il guazzétto, ⎫ l'intingolo, ⎭	das Eingemachte.
il castráto,	das Hammelfleisch.
l'agnéllo,	das Lammfleisch.
la carne porcina,	das Schweinfleisch.
un porchétto,	ein Spanferkel.
la salvaggina, ⎫ il salvático, ⎭	das Wildpret.
la gallina,	die Henne.
il pollástro,	das junge Huhn.
il piccióne, la co- lomba,	die Taube.
la beccáccia,	die Schnepfe.
la pernice,	das Repphuhn.
il fagiáno,	der Fasan.
il tordo,	der Krammetsvogel.
la quáglia,	die Wachtel.
lo stornello,	der Staar.
il merlo,	die Amsel.
la lódola,	die Lerche.
il friuguello,	der Fink.
il pettirosso,	das Rothkehlchen.
la cingallegra,	die Meise.
il gallináccio,	der Indian.
il camóscio,	der Gemsbock.
il cinghiále,	das Wildschwein.
il cervo,	der Hirsch.
un' oca,	eine Gans.
un' ánitra,	eine Ente.
una lepre,	ein Hase.
una braciuóla,	ein Rostbraten.
le braciuóle,	Carbonaden.
il presciutto,	Schinken.
i pomi di terra,	Erdäpfel.
i latticinj,	Milchspeisen.
l'uóvo,	das Ei.
uóva-affrittelláte,	eingeschlagene Eier.
la frittáta,	der Eierkuchen, Eier= fladen.
la farína,	das Mehl.
il butirro,	die Butter.
il latte,	die Milch.
la pasta,	der Teig.
la crema,	der Milchrahm, die Sahne.
il pasticcio,	die Pastete.
il formággio,	der Käse.
i piselli,	die Erbsen.
la fava,	die Bohne.
l' orzo,	die Gerste.
i cávoli,	der Kohl.
cávoli saláti,	Sauerkraut.
il cávolo cappuc- cio,	Weißkohl.
le caróte,	gelbe Rüben.
l'aspárago,	Spargel.
lo spinace,	Spinat.
il vino,	der Wein.
la birra,	das Bier.
il pane,	das Brot.
un boccone di pane,	ein Bissen Brot.
il sale,	das Salz.
il zúcchero,	der Zucker.
l'acéto,	der Essig.
l'ólio,	das Oel.
il pepe,	der Pfeffer.
il lardo,	der Speck.
la cipólla,	die Zwiebel.
l'aglio,	der Knoblauch.
la mostárda,	der Senf.
il pesce,	der Fisch.
l'anguilla,	der Aal.
l'aringa,	der Häring.
il baccalà, ⎫ il merlúzzo, ⎭	der Stockfisch.
lo storíone,	der Stör.
la trutta,	die Forelle.
il carpióne,	der Karpfen.
il luccio,	der Hecht.
il gámbero,	der Krebs.
l'óstrica,	die Auster.
la lumáca,	die Schnecke.
la tartaruga,	die Schildkröte.
la sardélla,	die Sardelle.
la tonnina, il tonno,	der Thunfisch.
le frutta,	das Obst.
la pera,	die Birne.
il pomo,	der Apfel.
la ciriégia,	die Kirsche.
la visciola,	die Weichsel.
la prúgna, ⎫ la susina, ⎭	die Pflaume. die Zwetschke.
la pérsica, pesca,	die Pfirsche.
la noce,	die Nuß.

la castágna,	die Kastanie.
la frágola,	die Erdbeere.
la mándorla,	die Mandel.
la nocciuóla,	die Haselnuß.
l' oliva.	die Olive.
l' aráncio,	die Pomeranze.
il limone,	die Citrone.
un melone,	eine Melone.
l' uva,	die Weintraube.
l' uva passa,	Rosinen.
la továgla,	das Tischtuch.
la salviétta,	die Serviette.
la posáta,	das Besteck.
i tondi,	die Teller
i piátti,	die Schüsseln.
il cucchiájo,	der Löffel.
la forchétta,	die Gabel.
il coltéllo,	das Messer.
la saliéra,	das Salzfaß.
il bicchiére,	das Weinglas.
la bottíglia, } il fiasco, }	die Flasche.
la sottocóppa,	der Credenzteller.
la tazza,	die Tasse.
la chícchera,	die Schale.
lo stuzzicadenti,	der Zahnstocher.

12) Von Gewerben und Handwerken, delle professióni e delle arti.

Il mercánte,	der Kaufmann.
l' artigiáno,	der Handwerker.
l' artéfice, } l' artista, }	der Künstler.
il librájo,	der Buchhändler.
lo stampatóre,	der Buchdrucker.
il pittóre,	der Maler.
lo scultóre,	der Bildhauer.
l' incisóre,	der Kupferstecher.
l' oréfice,	der Goldarbeiter.
il fornájo,	der Bäcker.
il macellájo, } il beccájo, }	der Metzger. der Fleischer.
l' oste,	der Wirth.
il sartore,	der Schneider.
il calzolájo,	der Schuster.
il cappellájo,	der Hutmacher.
il calzettájo,	der Strumpfwirker.
il mugnájo,	der Müller.
il muratore,	der Maurer.
il falegnáme, } il marangóne, }	der Tischler. der Schreiner.
il chiavájo,	der Schlosser.
il fabbro,	der Schmied.
il maniscalco,	der Hufschmied.
il pescatóre,	der Fischer.
il fruttajuólo,	der Obsthändler.

il conciapelle,	der Gerber.
il vetrájo,	der Glaser.
il pentolájo,	der Hafner.
il guantájo,	der Handschuhmacher.
lo spaccalégna,	der Holzhauer.
il facchino,	der Lastträger.
il ballerino,	der Tänzer.
il rigattiére,	der Tröbler.
il cartájo,	der Papiermacher.
il carbonájo,	der Kohlenbrenner.
il tessitóre,	der Weber.
il pellicciájo,	der Kürschner.
l' operájo,	der Taglöhner.
lo schioppettiere,	der Büchsenmacher.
lo spadájo,	der Schwertfeger.
il dentista,	der Zahnarzt.
il beccamórti,	der Todtengräber.
lo spazzacammino,	der Kaminfeger.
il ciarlatano,	der Marktschreier.
il vetturino,	der Landkutscher.

13) Vom Schreiben, dello scrivere.

Lo scrittójo,	die Schreibstube.
il calamájo,	das Tintenfaß.
un fóglio di carta,	ein Bogen Papier.
carta sugante,	Fließpapier.
il temperino,	das Federmesser.
penna fina, grossa,	feine, dicke Feder.
l' inchióstro,	die Tinte.
il polverino,	die Streusandbüchse.
una léttera,	ein Brief.
un bigliętto,	ein Billet.
il tocca lapis,	der Bleistift.
la ceralácca, } la cera di Spagna, }	das Siegellack.
il sigillo,	das Siegel.

14) Was man im Garten findet, ciò che si trova nel giardino.

Una spalliéra,	ein Spalier.
un viále,	eine Allee.
un boschetto,	ein Wäldchen.
una pérgola,	eine Laube.
una fontána,	ein Springbrunnen.
un giuóco d'acqua,	eine Wasserkunst.
una cascáta,	ein Wasserfall.
un lago,	ein See.
un ruscello,	ein Bach.
un vaso da fiori,	ein Blumentopf.

15) Von Farben, dei colóri.

Bianco,	weiß.
néro,	schwarz.
rósso,	roth.
verde,	grün.

giallo,	gelb.
turchino,	blau.
azzúrro,	himmelblau.
bigio, grigío,	grau.
bruno,	braun.
biondo,	blond.
pavonázzo, violétto,	violet.
ulivástro,	olivenfarbig.
cremesino,	carmoisinroth.
incarnáto,	fleischfarbig.
colór di rosa,	rosenfarbig.
colór di cénere, cenerino,	aschgrau.

16) Von Metallen, dei metalli.

La miniéra,	das Bergwerk.
l' oro,	das Gold.
l' argénto,	das Silber.
il ferro,	das Eisen.
il piómbo,	das Blei.
il bronzo,	das Erz.
il rame,	das Kupfer.
l' ottóne,	das Messing.
lo stágno,	das Zinn.
l' acciájo,	der Stahl.
il mercúrio, l' argento vivo,	das Quecksilber.
la calamita,	der Magnet.
la latta,	das weiße Blech.
il zolfo,	der Schwefel.
il verderáme,	der Grünspan.

17) Von der Stadt und ihren Theilen, della città e delle sue parti.

Il sobborgo,	die Vorstadt.
le fábbriche, gli edifizj,	die Gebäude.
il castéllo,	das Schloß.
Il palázzo,	der Palast.
il quartiére,	das Viertel einer Stadt.
la piázza,	der Platz.
la contráda,	die Gasse.
la stráda,	die Straße.
il mercáto,	der Markt.
la fiéra,	die Messe.
la chiésa,	die Kirche.

Il campanile,	der Glockenthurm.
la campana,	die Glocke.
il monastéro, il convento,	das Kloster.
il campo santo, il cimitério,	der Leichenhof.
la prigióne,	das Gefängniß.
la forca,	der Galgen.
la casa di pena, di correzione,	das Strafhaus, Besserungshaus.
l' ospedale,	das Spital.
la dogána,	die Mauth.
il ponte,	die Brücke.
il mulino,	die Mühle.
la fontána,	der Springbrunnen.
il pozzo,	der Ziehbrunnen.
l' albérgo,	der Gasthof.
l' osteria,	das Wirthshaus.
il macéllo,	die Schlachtbank.
la beccheria.	die Fleischbank.
la spezieria,	die Apotheke.
la bottéga,	das Gewölbe.
il porto,	der Hafen.
le mura,	die Stadtmauern
la spianáta,	das Glacis.
il bastióne,	die Bastei.

18) Das Land, la campagna.

Il villággio,	das Dorf.
la villa,	das Dorf= oder Land- haus.
il podére, la possessióne,	das Gut.
la montagna,	das Gebirge.
il monte,	der Berg.
le Alpi,	die Alpen.
la collina, il colle,	der Hügel.
il prato,	die Wiese.
la valle,	das Thal.
la rupe,	der Fels.
lo scoglio,	die Klippe.
la fossa,	der Graben.
la forésta, la selva, Il bosco,	der Forst, der Wald.
il desérto,	die Wüste.
il terréno,	das Erdreich.
l' erba,	das Gras.

Namen der Personen.

Abraham,	Abrámo.
Abelheid,	Adelaide.
Adolph,	Adolfo.
Albrecht,	Albérto.

Aloisius,	Luigi.
Andreas,	Andréa.
Anton,	António.
Augustin,	Agostino.

Bartholomäus,	Bartoloméo, Meo.	Katharina,	Catterina.
Benedict,	Benedétto.	Klara,	Chiara.
Blasius,	Biággio.	Lambrecht,	Lamberto.
Brigitta,	Brigida.	Lactantius,	Lattánzio.
Cajetan,	Gaetano.	Leo,	Leóne.
Christoph,	Cristóforo.	Ludwig,	Lodovico, Luigi.
Dionysius,	Dionigi.	Louise,	Luigia, Luísa.
Dominik,	Doménico.	Magdalena,	Maddaléna.
Eduard,	Odoárdo.	Margareth,	Margherita.
Elisabeth,	Elisabetta.	Mariechen,	Mariétta.
Erhard,	Gerárdo.	Maximilian,	Massimiliáno.
Ernst,	Ernésto.	Moriz,	Maurizio.
Eberhard,	Everárdo.	Melchior,	Melchiórre.
Friedrich,	Federico.	Nicolaus,	Nicolò, Nicóla.
Franz,	Francésco, Cécco.	Octavius,	Ottávio.
Georg,	Giórgio.	Otto,	Ottóne.
Gottfried,	Goffrédo.	Paul,	Páolo.
Gottlieb,	Teófilo.	Peter,	Piétro.
Hannibal,	Annibale.	Pius,	Pio.
Hermann,	Armínio.	Raymund,	Raimóndo.
Heinrich,	Enrico, Arrigo.	Richard,	Riccárdo, Ricciár-do.
Henriette,	Enrichétta.		
Herkules,	Ercole.	Rudolph,	Ridólfo.
Hector,	Ettore.	Rochus,	Rocco.
Hieronymus,	Giròlamo.	Rudger,	Ruggiéro.
Hippolytus,	Ippólito.	Ruprecht,	Rupérto.
Hyacinth,	Giacinto.	Simson,	Sansóne.
Jacob,	Giácomo, Jacopo.	Scipio,	Scipióne.
Johann,	Giovanni, Nanni.	Sebastian,	Sebastiáno.
Joachim,	Giovachino.	Stephan,	Stéfano.
Joseph,	Giuséppe, Peppo.	Veit,	Vito.
Judas,	Giúda.	Vincenz,	Vincenzo.
Judith,	Giuditta.	Wenzel,	Venceslào.
Julius,	Giúlio.	Wilhelm,	Guglielmo.
Karl,	Carlo.	Wilhelmine,	Guglielmina.
Karoline,	Carolina.		

Namen jener Länder und Städte u. s. w., die im Italienischen von dem Deutschen abweichen.

Aachen,	Aquisgrána.	Böhmen,	Boémia.
Aetna,	Etna, Mongibello.	Böhme,	Boémo.
Aix (in Frankreich),	Acqui.	Bonn,	Bonna.
Anjou,	Angiò.	Botzen,	Bolzáno.
Antwerpen,	Anversa.	Braunschweig,	Brunsvic.
Apulien,	Púglia ob. Apúglia.	Breisgau,	Brisgóvia.
Archipelagus,	Arcipélago.	Bremen,	Brema.
Artois,	Artésia.	Breslau,	Breslavia.
Augsburg,	Augústa.	Brixen,	Bressanóne.
Basel,	Basiléa.	Brüssel,	Brussélles.
Baiern,	Baviéra.	Cadix,	Cádice.
Bengalen,	Bengála.	Cairo,	Cáiro, il gran Cáiro.
Bergen,	Berga.	Carthago,	Cartágine.
Bern,	Berna.	Champagne.	Sciampágna.
Biel,	Biénna.	Chur,	Cóira.
Bodensee,	Lago di Costánza.	Coblenz,	Coblenza.

Clairvaux,	Chiaravalle.	Lappland,	Lappónia.
Cölln,	Colónia.	Lausiß,	Lusázia.
Curland,	Curlándia.	Leipzig,	Lipsia.
Dänemark,	Danimarca.	Lemberg,	Leópoli.
Däne,	Danese.	Liefland,	Livónia.
Danzig,	Dánzica.	Lissabon,	Lisbóna.
Dauphiné,	Delfinato.	London,	Londra.
Deutschland,	Germánia, Alemagna.	Lothringen,	Loréna.
		Löwen,	Lovánia.
Donau,	Danúbio.	Lübeck,	Lubécca.
Dresden,	Dresda.	Lüttich,	Liégi.
Eger,	Egra.	Maas, Fl.	Mosa.
Egypten,	Egitto.	Mähren,	Morávia.
Egyptier,	Egiziáno, Egízio.	Mailand,	Miláno.
Elsaß,	Alsázia.	Main,	Méno.
England,	Inghilterra.	Mainz,	Magónza.
Etsch, Fl.	Adige.	Mittelländisches Meer.	Mare mediterráneo.
Flandern,	Fiandra.	Moskau,	Moscóvia, Mosca.
Florenz,	Firénze, Fiorénza.	München.	Mónaco di Baviéra.
Franche Comté,	Franca Contéa.		
Franken,	Francónia.		
Frankfurt,	Francofórte.	Neapel,	Nápoli.
Frankreich,	Fráncia.	Neuburg,	Neobúrgo.
Freiburg,	Fribúrgo.	Niedersachsen,	la bassa Sassóuia.
Freising,	Frisinga.	Niederlande,	paési bassi; auch le Fiándre.
Friaul,	Friúli.		
Friesland,	Frísia.	Niederländer,	Fiammingo.
Fünfkirchen,	Cinquechiése.	Nordsee,	Mare del Nord.
Geldern,	Ghéldria.	Norwegen.	Norvégia.
Genf,	Ginévra.	Nürnberg,	Norimbérga.
Genua,	Génova.	Odensee,	Odenséa.
Gibraltar,	Gibiltérra.	Desterreich,	Austria.
Görz,	Gorízia.	Ofen,	Buda.
Göttingen,	Gottinga.	Ost-Friesland,	Frisia Orientale.
Graubündtnerland,	paése de' Grigióni.	Ostindien,	Indie Orientali.
		Ostsee,	Mar Báltico.
Griechenland,	Grécia.	Paris,	Parigi.
Großbrittanien,	Gran Brettágna.	Pfalz,	il Palatináto.
Haag,	l'Aja.	Polen,	Polónia.
Harlem,	Arlem.	Ein Pole,	un Polácco.
Haley,	Aléppo.	Pommern,	Pomeránia.
Hamburg,	Ambúrgo.	Posen,	Posnánia.
Harzwald,	Selva Ercínia.	Regensburg,	Ratisbóna.
Hessen,	Assia.	Rhein, Fl.	Réno.
Halle,	Halla.	Rhone, Fl.	Ródano.
Holland,	Olánda.	Rußland,	Rússia.
Istrien,	Istria.	Ein Russe,	un Russo.
Jerusalem,	Gerusalémme.	Sachsen,	Sassónia.
Kärnthen,	Carintia.	Salzburg,	Salisbúrgo.
Kiew,	Klóvia.	Sardinien,	Sardegna.
Kirchenstaat,	Stato della Chiésa.	Save, Fl.	Sava.
Komorn,	Comórra.	Savoyen,	Savója.
Königsberg,	Konisberga.	Schaffhausen,	Scaffúsa.
Krain,	Carnióla.	Schottland,	Scózia.
Krakau,	Cracóvia.	Schwaben,	Svévia.
Krimm,	Criméa.	Schwarzwald,	Selva nera.
Languedoc,	Linguadóca.	Schweden,	Svézia.

Schweiz,	la Svizzera, l'Elvézla.	Trapezunt,	Trebisónda.
Sibirien,	Sibéria.	Travemünde,	Travemunda.
Siebenbürgen,	Transilvánia.	Trient,	Trento.
Sitten,	Sion.	Trier,	Tréveri.
Slavonien,	Schiavónia.	Triest,	Trieste.
Solothurn,	Solúro, Soloduro.	Tübingen,	Tubinga.
Spanien,	Spagna.	Tunis,	Tunisi.
Speyer,	Spira.	Türkei,	Turchia.
Steiermark,	Stiria.	Turin,	Torino.
Stralsund,	Stralsúnda.	Ulm,	Ulma.
Straßburg,	Strashúrgo, Argentína.	Ungarn,	Ungheria.
		Benedig,	Venézia.
Stuhlweißenburg,	Alba Reále.	Warschau,	Varsávia.
Süderfee,	Zuiderzée.	Weichsel, Fl.	Vistola.
Syrien,	Síria, Soria.	Westindien,	Indie Occidentali.
Themse, Fl.	Tamigi.	Westphalen,	Vestfália.
Thüringen,	Turinghia.	Wien,	Viénna.
Thurgau,	Turgóvia.	Wittenberg,	Vittenberga.
Tiber, Fl.	Tévere.	Zürich,	Zurigo.
		Zweibrücken,	Duepónti.

Sammlung der nothwendigsten Zeitwörter.

1.

Osserváre,	bemerken, beobachten.
Giudicare,	urtheilen.
Accórgersi,	wahrnehmen.
Ignoráre,	nicht wissen.
Ingannársi, Sbagliáre, }	sich irren.
Riflёttere,	überlegen.
Considerare,	betrachten.
Studiáre,	studieren.
Imparáre a mente,	auswendig lernen.
Insegnáre,	lehren.
Ricordársi,	sich erinnern.
Scordársi, Dimenticarsi, }	vergessen.
Ciarláre,	schwätzen.
Gridare,	schreien.
Discórrere,	sprechen.
Dimostráre,	beweisen.
Affermáre,	bejahen.
Accónsentire,	einwilligen.
Dissentire,	nicht beistimmen.
Negáre,	verneinen.
Recitáre,	hersagen.
Corréggere,	verbessern.
Domandáre, Interrogáre, }	fragen.
Sciógliere la questióne,	die Frage auflösen.
Confóndersi,	sich verwirren.
Distinguere,	unterscheiden.

Approváre,	billigen.
Disapprováre,	mißbilligen.
Biasimare,	tadeln.
Convíncere,	überzeugen.
Rimproveráre,	Vorwürfe machen.

2.

Sentire, avér sentimento,	empfinden, fühlen.
Toccáre, tastáre,	befühlen, berühren.
Odoráre,	riechen.
Gustáre, assaporáre,	schmecken, versuchen.
Vegetáre,	fortleben wie die Pflanzen.
Prosperáre,	gedeihen.
Far moto,	Bewegung machen.
Saltáre,	springen.
Stare ritto,	aufrecht stehen.
Rizzársi,	sich aufrichten.
Vegliáre,	wachen.
Sognáre,	träumen.
Addormentársi,	einschlafen.
Russáre,	schnarchen.
Levarsi,	aufstehen.
Stancársi,	sich ermüden.
Svenire, svenirsi,	ohnmächtig werden.
Ammalársi,	krank werden.
Cibársi, nutrirsi,	sich nähren.
Pranzáre, cenare,	zu Mittag, zu Abend essen.
Far colazióne,	frühstücken.

Merendàre,	das Vesperbrot essen
Masticáre,	käuen.
Mórdere,	beißen.
Inghiottire,	einschlucken.
Saziàrsi,	sich sättigen.
Digerire,	verdauen.
Ubhriacàrsi,	sich betrinken.
Sudáre,	schwitzen.
Svaporàre,	ausdünsten.
Vomitàre,	speien.
Spuláre,	ausspucken.
Sternutáre,	niesen.
Sbadigliàre,	gähnen.
Respiráre, alitáre,	athmen.
Soffiare,	blasen.
Fischiáre,	pfeifen.
Soffiársi il naso,	sich schneuzen.
Tossire,	husten.
Tremáre,	zittern.
Raffreddàrsi,	sich verkälten.
Pizzicáre,	kneipen, beißen, jucken.
Venire i brividi ad alcuno,	schaudern.
Solleticáre,	kitzeln.
Esser sollético,	kitzlich sein.
Grattáre,	kratzen.

3.

Abborrire, detestáre,	verabscheuen.
Disprezzáre,	verachten.
Rifiutáre,	abschlagen.
Carezzáre,	liebkosen.
Abbracciáre,	umarmen.
Baciáre,	küssen.
Gioire, godére,	genießen.
Attristársi, Affliggersi,	sich betrüben.
Apprezzáre, stimáre,	schätzen.
Odiáre, aver in ódio,	hassen.
Perseguitáre,	verfolgen.
Ardire, osáre,	sich erkühnen.
Gloriársi, vantársi,	sich rühmen.
Insuperbire,	stolz werden.
Insolentire,	trotzig, grob werden.
Temére, aver paura,	fürchten.
Spaventársi, préndere spavento,	erschrecken.
Inorridire,	erschrecken, sich entsetzen.

Vergognársi, arrossire,	sich schämen, erröthen.
Maravigliársi,	sich verwundern.
Ammiráre,	bewundern.
Stupire,	erstaunen.
Arrabbiársi, andáre in cóllera,	sich erzürnen.
Sdegnarsi,	unwillig werden.
Litigáre,	zanken, Prozeß führen.
Sgridáre,	ausschelten.
Annojársi, Attediársi,	lange Weile haben. überdrüssig werden.
Angustiársi, Angosciársi,	sich beängstigen.
Curársi, aver cura,	sorgen, sich bekümmern.
Trascuráre,	vernachlässigen.
Compatire, Aver compassióne, pietà di uno,	Mitleid haben.
Impietosire,	mitleidig werden.
Dolérsi, lamentársi,	sich beklagen.
Sospiráre,	seufzen.
Ridere,	lachen.
Ridersi di uno, Beffáre,	verlachen, ausspotten.
Scherzáre,	scherzen.
Pentirsi,	bereuen.
Invidiáre,	beneiden.
Molestáre,	belästigen.
Favorire uno,	Einen begünstigen.
Inimicársi con uno,	sich mit Einem verfeinden.
Contrarre amicizia,	Freundschaft schließen.
Soffrire, patire,	dulden, leiden.
Beneficare uno,	Einem Wohlthaten erweisen.
Protéggere,	schützen.
Danneggiáre,	beschädigen.
Maltrattáre, strapazzáre,	mißhandeln.
Frustáre, bastonáre,	peitschen, prügeln.
Schiaffeggiáre, dare uno schiáffo, una guanciáta,	Ohrfeigen geben.
Castigáre, punire,	strafen.
Disperársi,	verzweifeln.
Moderársi, contenérsi,	sich mäßigen.
Industriársi,	sich bewerben.
Affaticársi,	sich bemühen.

4.

Vestirsi,	sich ankleiden.
Spogliársi,	sich auskleiden.
Méttersi il cappello, la berrétta in capo,	den Hut, die Mütze aufsetzen.
Coprirsi,	sich bedecken.
Levársi, trársi il cappello,	den Hut abthun, abnehmen.
Calzársi, méttersi le scarpe,	die Schuhe anziehen.
Scalzársi,	die Schuhe ausziehen.
Méttersi, cavarsi i guanti, le cálze, gli stiváli, ecc.,	die Handschuhe, die Strümpfe, die Stiefel, 2c. anziehen, ausziehen.
Stivaláto,	gestiefelt.
Aggiustáre i manichíni,	die Manschetten in Ordnung bringen.
Vestir panno, seta,	tuchene, seidene Kleider tragen.
Vestir di bruno,	schwarz, in Trauer gekleidet gehen.
Stringere, allargare il busto,	die Schnürbrust einziehen, weiter machen.
Abbottonársi,	sich zuknöpfen.
Sbottonársi,	sich aufknöpfen.
Cingere la spada,	den Degen umgürten.
Allacciársi,	sich zuschnüren.
Slacciársi,	sich aufschnüren.
Acconciare il capo,	den Kopf zurechtmachen.
Ricciare i capélli,	die Haare kräuseln.
Pettinarsi, farsi pettináre,	sich kämmen, kämmen lassen.
Lisciársi, méttersi il liscio,	sich schminken.

5.

Disegnáre,	zeichnen.
Abbozzare, schizzáre,	entwerfen.
Dipíngere,	malen.
Mettere la prima mano de' colori,	die Grundlage zu den Farben anlegen.
Dar l' última mano alla pittúra,	das Gemälde vollenden.
Ritrárre una persóna,	Jemand malen.
Ombreggiáre,	schattiren.
Colorire il diségno,	das Bild ausmalen.
Macinare i colóri,	die Farben reiben.
Ritoccáre il quadro,	Verbesserungen auf dem Bilde anbringen.

Scolpire, intagliáre in marmo, in rame, incidere in rame,	ein Bild in Marmor hauen; in Kupfer stechen, graben.
Gettáre in bronzo, in gesso,	in Erz, in Gips gießen.
Smaltáre,	mit Schmelzwerk zieren.
Indorare, inargentare,	vergolden, überfilbern.
Incassár gioje,	Steine einfassen, einsetzen.
Ricamáre,	sticken.
Stampáre,	drucken.
Legáre un libro,	ein Buch binden.
Intonáre,	den Ton angeben, vorsingen.
Far un trillo, trilláre,	einen Triller machen.
Suonáre il cembalo, il violino,	Clavier, Violine spielen.
Suonáre il flauto,	die Flöte blasen.
Suonáre le campane,	Glocken läuten.
Báttere il tempo,	den Tact schlagen.
Tenére la battuta,	den Tact halten.
Fare una pausa,	eine Pause machen.

6.

Cavalcáre, andár a cavállo,	reiten.
Selláre,	satteln.
Montáre a cavállo, in sella.	auf's Pferd steigen.
Maneggiár un cavállo,	ein Pferd zureiten.
Domáre,	bändigen.
Púngere, spronáre,	spornen.
Far girár il cavállo,	das Pferd im Kreise herumtreiben.
Córrere l' anéllo,	nach dem Ringe rennen.
Cacciár, andár a cáccia,	jagen, auf die Jagd gehen.
Investigáre, inseguire la fiéra,	dem Wilde nachspüren, nachsetzen.
Caricare, scaricare l' archibúgio, lo schióppo,	die Flinte laden, losschießen.
Tiráre alla fiéra,	nach dem Wilde schießen.
Colpire,	treffen.
Servire in guerra,	in Kriegsdiensten sein.

Arrolár gente, sol- Soldaten werben.
dati,

Far la guárdia, la Schildwache stehen.
sentinélla,

Esercitar i soldati die Soldaten in den
nelle armi, Waffen üben.

Marciáre, marschiren.

Combáttere, kämpfen.

Accampáre l' ar- eine Armee lagern.
máta,

Scaramucciáre, scharmützeln.

Far giornáta, dar eine Schlacht liefern.
battáglia,

Azzuffarsi, venir ins Handgemenge
alle mani, kommen.

Vincere, pérdere die Schlacht gewin-
la battáglia, nen, verlieren.

Il nemico è stato der Feind ist (gänz-
interamente lich) auf's Haupt
sconfitto. geschlagen worden.

Suonár la ritiráta, zum Rückzug blasen.

Arréndersi, sich ergeben.

Assediáre, belagern.

Dar l'assalto, la bestürmen, mit Lei-
scaláta, tern besteigen.

Prénder d'assálto, mit Sturm einnehmen.

Caricáre, sparare eine Kanone laden,
un cannóne, losbrennen.

Inchiodare, vernageln.

Passar a fil di spa- über die Klinge sprin-
da, gen lassen.

Tirar di spada, fechten.

Sfoderáre, tiráre den Degen ziehen.
la spada,

Duelláre, duelliren.

Ferire, verwunden.

Uccidere, tödten.

7.

Esercitár la chi- } die Wundarzneikunst
rurgia, } treiben.
Far il chirúrgo, }

Medicár la ferita, die Wunde heilen.

Egli è guarito, er ist gesund geworden.

Cavár sangue, Ader lassen.

Dare, pigliáre un klystiren, sich klysti-
serviziále, ren lassen.

Dare, préndere purgiren.
una purga,

Tastare il polso, den Puls fühlen.

Visitáre l'infermo, den Kranken besuchen.

Far la barba, den Bart scheren.

Affilare il rasójo, das Barbiermesser
abziehen.

Téssere tela, weben.
panno,

Filáre lino, lana, spinnen.

Cucire, nähen.

Rappezzáre, rat- flicken.
toppáre,

Conciár pelli, gärben.

Báttere il ferro, das Eisen schmieden.

Fóndere, gettáre, gießen.

Fabbricáre, bauen, fabriciren.

Laváre, waschen.

Sodáre i panni, walken.

Manganáre, rollen, pressen, glätten.

Inamidáre, dar l'á- stärken.
mido,

Stirár la bianche- plätten.
ria, dar il ferro,

Martelláre, hämmern.

Scarpelláre, aushauen, einen
Stein metzen.

Muráre, zumauern.

Lastricáre, selciá- pflastern.
re,

Macináre, mahlen.

Crivelláre, stac- sieben.
ciáre,

Impastáre, kneten.

Infornáre, in den Ofen schieben.

Cuócere il pane, das Brot backen.

Torniáre, drechseln.

Ferráre il cavállo, das Pferd beschlagen.

Tappezzáre, tapezieren.

Tingere, färben.

Cerchiáre una Reife anlegen.
botte,

Spilláre la botte, das Faß anbohren,
anzapfen.

Pialláre, hobeln.

Spianáre, ebenen, glatt machen.

Lisciáre, glätten.

Cucináre, Speisen zubereiten.

Cuócere, kochen.

Bollire, sieden.

Lessare la carne, das Fleisch sieden.

Arrostire, braten.

Esercitár l'agri- den Ackerbau treiben.
coltúra,

Lavorár la terra, ackern.

Occáre, eggen.

Zappáre, vangáre das Land mit der Ha-
un campo, cke, mit dem Grab-
scheit umarbeiten.

Raccógliere, far la einernten.
raccólta,

Segáre, miétere das Korn schneiden.
il grano,

Plantáre la vite,	den Weinstock pflan-zen.
Impaláre la vite,	den Weinstock an einen Pfahl bin-den.
Spampináre,	den Weinstock abreben.
Vendemmiáre,	Weinlese halten.

8.

Esporre le merci alla véndita,	die Waaren ausle-gen.
Offrire in véndita,	zum Verkauf anbie-ten.
Véndere a minuto, all' ingrosso,	im Kleinen, im Gro-ßen verkaufen.
Compráre caro, a buon mercáto,	theuer, wohlfeil kau-fen.
Domandar del prezzo,	um den Preis fragen.
Contrattar del prezzo,	um den Preis han-deln.
Fermáre il prezzo,	um den Preis einig werden.
Sopraffáre,	übervortheilen.
Dare, pigliáre a credito.	creditiren, auf Borg nehmen.
Pagar in contanti,	baar bezahlen.
Impegnáre, dare in pegno,	verpfänden.
Dar cauzióne, si-curtà,	Bürgschaft leisten.
Entrár mallevadóre,	Bürge werden.
Prénder in présti-to,	ausleihen von Einem.
Disimpegnáre,	das Pfand auslösen.
Misuráre, pesáre,	messen, wägen.
Ingannáre,	betrügen.
Tassáre,	tariren.
Sequestráre,	mit Arrest belegen.
Méttere sequestro in sulle merci,	die Waaren mit Ar-rest belegen.
Gabelláre,	verzollen.
Trasportare,	fortschaffen, verfüh-ren.
Caricare, scarica-re la vettúra,	aufladen, abladen.
Far contrabbando,	verbotene Waaren einschwärzen.
Fare il sensale,	einen Mäkler abge-ben.
Guadagnare,	gewinnen.
Pérdere,	verlieren.
Cambiar monéta,	Geld wechseln.
Dare a cambio,	Geld auf Wechsel leihen.

Accettáre, prote-stare la cam-biále,	den Wechsel accepti-ren, protestiren.
Arricchirsi,	sich bereichern.
Impoverire,	arm werden.
Failire,	Bankerott machen.
Temporeggiáre,	zögern, Zeit gewin-nen.
Indugiáre,	zaudern.
Affrettare,	beschleunigen.
Spicciarsi,	bald fertig machen.
Tornar a fare,	wieder thun.

9.

Ammazzáre, ucci-dere, commét-tere un omicidio,	einen Menschen töd-ten.
Ferire gravemente,	schwer verwunden.
Stroppiáre,	lähmen.
Assassináre,	einen Meuchelmord begehen.
Rubáre,	stehlen.
Rapire, rapináre,	rauben.
Depredáre,	ausplündern.
Spergiuráre, giu-rare il falso,	falsch schwören.
Diffamare,	den ehrlichen Namen schänden.
Calunniare,	verleumden.
Strapazzare, Maltrattare,	mißhandeln.
Far la spia ai ne-mici,	den Spion abgeben.
Rubare, spogliar la cassa,	die Casse bestehlen.
Disertare,	desertiren.
Carceráre, métte-re in prigióne,	in's Gefängniß se-tzen.
Méttere alla ber-lina,	an den Pranger stel-len.
Méttere ne' ferri, nei ceppi,	in Eisen schmieden.
Passare, correre le bacchette,	Spießruthen laufen.
Frustare, dare la frusta,	auspeitschen.
Mandáre in gale-ra,	auf die Galeere schi-cken.
Condannáre alle forche, alla morte,	zum Galgen, zum Tode verurtheilen.
Essere impiccáto,	gehenkt werden.
Decapitáre, ta-gliar la testa,	enthaupten.
Squartar vivo,	viertheilen.
Abbruciare,	verbrennen.

10.

Salutare, riverire,	grüßen.
Réndere il salúto,	wieder grüßen.
Inchináre uno, / Far un inchino,	sich vor Einem verbeugen.
Mandár baciamani,	Einem Handküsse zuschicken.
Dare il braccio,	am Arm führen.
Cédere la mano,	die Vorhand geben.
Ossequiare uno, Corteggiare alcúno, Andare a riveríre, a far i suoi ossequj, a far le sue parti,	Einem seine Aufwartung machen.
Complimentare uno,	Einen bewillkommnen.
Accógliere uno, far grata accoglienza,	Einen höflich empfangen.
Andáre incóntro,	entgegengehen.
Congedarsi, prénder congedo,	Abschied nehmen.

11.

Sentir la messa, la prédica,	Messe, Predigt hören.
Dire, cantar la messa,	die Messe lesen, singen.
Predicare, catechizzare,	predigen, katechisiren.
Confessarsi,	beichten.
Comunicarsi, andar alla comunione,	communiciren.
Pigliar l'acqua santa,	Weihwasser nehmen.
Fare il segno della santa croce,	das Kreuz machen.
Battezzare, ricévere il battesimo,	taufen, sich taufen lassen.
Cresimare, ricéver la crésima,	firmen, gefirmt werden.
Suonar le campane,	die Glocken läuten.
Far l'eséquie,	das Todtenamt halten.
Incensáre, dar l'incénso,	mit Weihrauch beräuchern.

12.

Giuóco delle carte,	das Kartenspiel.
Giuocar alle carte,	Karten spielen.
Mazzo di carte,	ein Spiel Karten.
Una bazza,	ein Stich.
Cuóri, mattoni (caro), fióri, pic,	Herz, Schellen (Caro), Laub, Kreuz.
Il re, la dama, il fante, l'asso, il sette, ecc.,	der König, die Dame, der Bub, das Aß, die Sieben, ꝛc.
Triónfo rispóndere,	einen Trumpf bekennen.
Scarto (von scartáre),	weggelegte Karten.
Vincere, pérdere la partita,	das Spiel gewinnen, verlieren.
Giuóco de' dadi,	das Würfelspiel.
Giuocáre a' dadi,	mit Würfeln spielen.
Tirar i dadi,	die Würfel werfen.
Tratto de' dadi,	ein Wurf.
Giuóco degli scacchi,	das Schachspiel.
Lo scacchiere,	das Schachbret.
Gli scacchi,	die Schachsteine.
Il Re, la Regina, Alfiére, Caváliere, Pedina,	König, Königin, Läufer, Springer, Bauer.
Dare, fare scaccomatto,	Schach bieten, Schach matt machen.
Il volánte,	der Federball.
Giuóco di palla, del pallóne,	das Ballspiel, Ballonspiel.
Giuocáre, far alla palla, al pallóne,	Ball, Ballon spielen.
Rimandáre il pallóne,	den Ballon zurückschlagen.
Il bracciále,	der Ballonschuh.
Il giuóco del bigliardo,	das Billardspiel.
Mandáre, cacciar la palla nel buco, imbucárla,	die Kugel ins Loch spielen.
Giuóco di zoni, di birilli,	Kegelspiel.
Giuóco di dama,	das Damenspiel.
Il damiére, le dame,	Damenbret, die Steine.
Damáre,	einen Stein zur Dame machen.
Giuocáre al lotto,	in der Lotterie spielen.
Giuocáre a mosca cieca,	blinde Kuh spielen.

13.

Navigare,	schiffen.
Imbarcarsi,	sich einschiffen.
Sbarcare, sbarcarsi,	ausschiffen, landen.

19

Allestire una nave,	ein Schiff ausrüsten.	Costegg...	sich längs der Küste halten.
Prénder una nave a nolo,	ein Schiff miethen.	Andare a sec...	ohne Segel fortrudern.
Levar l'áncora,	den Anker lichten.	Alzár le vele,	die Segel aufziehen.
Gettar l'áncora, ancorare,	den Anker werfen, ankern.	Amainare, calar le vele,	die Segel niederlassen.
Dar le vele ai venti, Far vela, }	absegeln.	Stare sull'áncora,	vor Anker liegen.
Andar a vela, Veleggiare, }	segeln.	Prénder il vento,	nach dem Winde segeln.
Andare a piene vele,	mit vollen Segeln schiffen.	Remar a seconda, contro acqua,	nach dem Strom, gegen den Strom rudern.
Vogare in alto mare,	die hohe See halten.		

Ausdrücke der äußern Empfindungen, welche den natürlichen Schall oder auch die hörbaren Bewegungen der Dinge nachahmen.

Abbajare,	bellen.	Muggire, mugghiare, mugolare,	brüllen.
Alenare, Alitare, }	athmen.	Ninna, ninnare,	Wiegenlied.
Barrire, barrito,	schreien, wie der Elephant.	Picchiare,	an die Thür klopfen, pochen.
Beccare,	picken.	Piombare,	schwer herabplumpen.
Belare,	blöcken, wie das Schaf.	Ragghiare, Ragliare, }	wie ein Esel schreien.
Bisbigliare,	lispeln.	Raspare,	scharren, feilen.
Borbottare, Borbogliare, }	murmeln, brummen.	Ruffa, raffa,	rips, raps.
Chiacchierare,	plaudern.	Ruttare,	rülpsen.
Chiocciare,	glucken.	Sbruffare,	sprudeln.
Crocidare, Gracchiare, }	schreien, wie die Krähe oder der Rabe.	Schiantare,	mit Gepraffel zerbrechen.
Cúculo,	Guckguck.		
Fischiare, Sibilare, }	pfeifen, zischen.	Schizzare,	spritzen.
		Scoppiare,	zerplatzen.
Gnaulare, Miagolare, }	miauen, wie die Katze.	Scrosciare,	rauschen, wie wenn es regnet.
Grugnire, grugnare,	grunzen.	Sdrucciolare,	gleiten.
		Sputare,	ausspucken.
Guajolare, Guai, }	heulen, das Geheul.	Tintinnire,	klingeln.
		Tremolare,	zittern.
Guazzare,	patschen, im Wasser.	Tartagliare,	stottern.
Guizzare, Guizzo, }	schnell fortschießen, wie die Fische.	Trottare,	Trott reiten.
		Zitto,	Still.

So sagt man auch far *bau bau*, um den Kindern mit vermummtem Gesicht Furcht einzujagen; daher baúta, eine bekannte Maske. Chicheri, ciáccheri, ein unbedeutendes Gewäsche. — Cri, cric, der Laut eines Glases oder des Eises, wenn es einen Schrick oder Riß bekommt. — La gatta fa *gnau*, die Katze schreit miau. — Tintin, das Geklingel einer Schelle. — Tüffete, táffete, puff, piff.

Massime e Sentenze.

I.

Un fior[1] non fa[2] ghirlanda[3]. Una róndine[4] non fa primavéra[5]. Un pruno[6] non fa siepe[7]. Agire[8] è vita[9], ed ózio[10] è morte[11]. L'amicizia[12] è la vita[13] dell' ánima[14]. Ogni corpo[15] ha la sua ombra[16]. Ogni rosa[17] ha la sua spina[18]. Ov'è[19] avarizia[20], regna tristízia[21]. Bugía[22] è madre[23] dell' ingánno[24]. Niun vizio[25] senza[26] supplízio[27]. Il sospetto[28] è il veleno[29] dell' amicízia. La necessità[30] è madre dell' invenzione[31]. L'ózio è il padre del vízio[32]. L'allegrezza[33] nutrisce[34] la vita. L'arte[35] avanza[36] la forza[37]. L'ordine[38] è una mezza vita[39]. Ogni fatica[40] mérita[41] il suo prémio[42]. Ogni princípio[43] è difficile[44]. Passata la fatica[45] è dolce il ripóso[46]. La prática[47] val più[48] della grammática[49].

[1]Eine Blume [2]macht keinen. [3]Kranz. [4]Schwalbe. [5]Frühling (Sommer). [6]Dornstrauch. [7]Zaun, Hecke. [8]Thätigkeit. [9]Leben. [10]Müßiggang. [11]Tod. [12]Freundschaft. [13]Leben. [14]Seele. [15]Jeder Körper. [16]seinen Schatten. [17]Jede Rose. [18]Stachel, Dorn. [19]Wo — wohnt. [20]der Geiz. [21]da herrscht die Traurigkeit. [22]Lüge. [23]Mutter. [24]Betrug. [25]Kein Laster (Fehler). [26]ohne. [27]Strafe. [28]Verdacht. [29]Gift. [30]Noth. [31]Erfindung. [32]Vater des Lasters (aller Laster Anfang). [33]Fröhlichkeit, Munterkeit. [34]nährt, erhält. [35]List (Kunst). [36]geht über (übertrifft). [37]Gewalt (Stärke). [38]Ordnung. [39]halbes Leben. [40]Jede Arbeit. [41]heischt (verdient). [42]ihren Lohn. [43]Aller Anfang. [44]schwer. [45]Nach verrichteter Arbeit. [46]ist die Ruhe süß (ist gut ruhen). [47]Erfahrung. [48]geht über (ist mehr werth). [49]die Theorie.

Uebungen über das Hilfszeitwort *éssere, sein.*

Presente.	Gegenwärtige Zeit.
Io sono allégro — allégra. (S. §. 54.)	Ich bin lustig.
Tu sei mesto — mesta.	Du bist traurig.
Egli è volúbile. (S. §. 55.)	Er ist flatterhaft.
Ella è civile, garbata.	Sie ist höflich, artig.
Noi siamo stanchi, stanche.	Wir sind müde.
Voi siete pigri, pigre.	Ihr seid faul.
Eglino ob. essi sono fastidiosi.	Sie sind verdrießlich, mürrisch.
Elleno ob. esse sono modéste.	Sie sind sittsam.

Anmerk. Die Fürwörter io, tu, egli, noi, voi, eglino, können eben so gut weggelassen, und gesagt werden: sono allegro, sei mesto, ecc. (Siehe §. 278, S. 111).

Fragweise.

Sono io bugiárdo? bugiárda?	Bin ich ein Lügner? eine Lügnerin?
Sei tu vecchio? vecchia?	Bist du alt?
È egli sociábile?	Ist er gesellig?
E ella loquace? ciarliera?	Ist sie geschwätzig?
Siamo noi paurósi?	Sind wir furchtsam?
Siete voi ubbidienti?	Seid ihr folgsam?
Sono essi affábili?	Sind sie leutselig?
Sono esse timide?	Sind sie schüchtern?

Anmerk. Hier können io, tu, egli, ecc. ebenfalls weggelassen, und gesagt werden: sono bugiardo? sei vecchio? ecc.

19*

Verneinungsweise.

Io non sono cieco — cieca.	Ich bin nicht blind.
Tu non sei sóbrio — sóbria.	Du bist nicht mäßig, nüchtern.
Egli non è scortése.	Er ist nicht unartig.
Ella non è capricciosa.	Sie ist nicht launig.
Noi non siamo gagliardi, forti.	Wir sind nicht stark.
Voi non siete golósi.	Ihr seid nicht gefräßig, naschhaft.
Essi non sono liberáli.	Sie sind nicht freigebig.
Esse non sono bizzarre.	Sie sind nicht wunderlich.

Praktische Abänderung der italienischen Hauptwörter.
(S. I. Theil, S. 19, 20, 23—25.)

Il panno. Del coltello (statt : di 'l).	Das Tuch. Des Messers.
Al tondo. Dal sale (st. a' l, da 'l).	Dem Teller. Von dem Salze.
I cibi. Dei cortíli (st. di i).	Die Speisen. Der Höfe.
Ai cuochi. Dai sogni (st. a i, da i).	Den Köchen. Von den Träumen.
In teátro. Nel ruscéllo (st. in il).	Im Theater. Im Bache.
Nei polmóni. Con danáro (st. in i).	In der Lunge. Mit Geld.
Col fazzoletto. Coi cappélli (st. con il, con i).	Mit dem Schnupftuche. Mit den Hüten.
Pel piacére. Pel mantello (st. per il).	Aus Vergnügen. Für den Mantel.
Pei gióvani. Sul ponte (st. per i, su' l).	Für die Jünglinge. Auf der Brücke.
Sui quadri. Su questa terra (st. su i).	Auf den Gemälden. Auf dieser Erde.

Zusammenziehung der Vorwörter mit dem Artikel lo. (Siehe §. 16.)

Lo staffiére. Dello sposo (st. di lo. S. §. 8).	Der Lakai. Des Bräutigams.
Allo straniére. Dallo stramazzo (st. a lo, da lo).	Dem Fremden. Von der Matratze.
Gli spiedi. Degli smeráldi (st. di gli).	Die Bratspieße. Der Smaragde.
Agli scrittóri. Dagli stampatóri (st. a gli, da gli).	Den Schriftstellern. Von den Buchdruckern.
In istato. Nello spécchio (st. in lo).	Im Stande. Im Spiegel.
Negli stiváli (st. in gli). Con istúdio (S. pag. 185. Buchst. S.).	In den Stiefeln. Mit Fleiß.
Collo spirito. Cogli scultóri (st. con lo, con gli).	Mit dem Geiste. Mit den Bildhauern.
Per istrumenti. Per lo spaccalegna (S. pag. 21).	Für Werkzeuge. Für den Holzhacker.
Per gli spadaj. Sullo scoglio (st. su lo, §. 8).	Für die Schwertfeger. Auf dem Felsen.
Sugli scanni.	Auf den Bänken.

Siehe 1. Theil, §. 17 und pag. 24.

L' occhio. Dell' uccéllo. All' amico.	Das Auge. Des Vogels. Dem Freunde.
Dall' osso. Gli errori. Degl' incisori.	Von dem Beine. Die Fehler. Der Kupferstecher.
Agl' ingrati. Dagli álberi.	Den Undankbaren. Von den Bäumen.
In onóre. Nell' ánno. Negli oréechj.	Zu Ehren. Im Jahre. In den Ohren.
Con amore. Coll' ábito. Cogl' iniqui.	Mit Liebe. Mit dem Kleide. Mit den Gottlosen.
Per inganno. Per l' operajo.	Aus Betrug. Für den Taglöhner.
Per gli adulatori. Sull' edifizio.	Für die Schmeichler. Auf das Gebäude.
Sugl' infelici.	Auf die Unglücklichen.

II.

Altri témpi [1], altri costúmi [2], ed altri sistémi [3]. L'oro [4] govér-na [5] il mondo [6]. Ogni paése [7] ha il suo costume [8]. Onor [9] passa [10] ricchezze [11]. Al primo colpo [12] non cade [13] l'albero [14]. Necessità [15] non ha [16] legge [17]. Il tempo e la sperienza [18] génerano [19] la pru-denza [20]. Grassa cucína [21], magro testamento [22]. Dove manca la vergogna [23], manca l'onore [24]. Nissuno [25] è mai caduto [26] maestro [27] dal cielo [28]. Quante teste [29], tanti cervelli [30]. Molto fumo [31], e poco arrosto [32]. Pian piano si va lontano [33]. Bandiera vecchia [34], onor di Capitano [35]. Presto e bene [36] non si conviene [37]. Delíbera [38] con len-tezza [39], ed eseguisci [40] con prontezza [41]. Lontáno dagli occhj [42], lontáno dal cuore [43]. La natura [44], il tempo, e la pazienza [45] sono i più gran médici [46] di questo mondo [47]. Sóglione [48] i codardi [49] par-lár [50] con audácia [51]. La dissomiglianza [52] è madre [53] dell'ódio [54].

[1] Andere Zeiten. [2] Sitten. [3] Meinungen, Grundsätze. [4] das Gold. [5] regiert. [6] Welt. [7] Land. [8] Sitte, Gewohnheit. [9] Ehre. [10] überwiegt. [11] Reichthum. [12] auf den ersten Streich. [13] fällt nicht. [14] Baum. [15] Noth. [16] kennt kein. [17] Gebot (bricht Eisen). [18] Erfahrung. [19] erzeugen. [20] Weisheit, Klugheit. [21] fette Küche. [22] magere Verlassenschaft. [23] Wer keine Scham hat. [24] hat auch keine Ehre. [25] Niemand. [26] ist je gefallen. [27] Meister. [28] Himmel. [29] So viel Köpfe. [30] so viel Sinne (Gehirn). [31] Viel Rauch. [32] wenig Braten. (Viel Geschrei und doch kein Ei.) [33] Langsam kommt man auch weit. [34] alte Fahne. [35] gereicht dem Heerführer zur Ehre. [36] Schnell und gut. [37] vereint sich nicht. [38] Ueberlege, entschließe dich. [39] langsam. [40] führe aus. [41] schnell, schleunig. [42] (weit) aus den Augen. [43] aus dem Herzen. [44] Natur. [45] Geduld. [46] die größten Heilkünstler (Aerzte). [47] dieser Welt. [48] pflegen. [49] Feiger, Furchtsamer. [50] sprechen. [51] Kühnheit, Dreistigkeit. [52] Ungleichheit, Unähnlichkeit. [53] Mutter. [54] Haß.

Uebungen über das Hilfszeitwort éssere.

Verneinungs- und Fragweise.

Non sono io dócile?	Bin ich nicht gelehrig?
Non sei tu misterioso?	Bist du nicht geheimnißvoll?
Non è egli discolo, trascurato?	Ist er nicht liederlich? unbekümmert?
Non è ella sospettósa?	Ist sie nicht argwöhnisch?
Non siamo noi circospetti?	Sind wir nicht vorsichtig?
Non siete voi stravagánti?	Seid ihr nicht wunderlich?
Non sono essi sconsigliati?	Sind sie nicht unbesonnen, unüberlegt?
Non sono esse núbili?	Sind sie nicht ledig?

Imperfetto.	Erste halbvergangene Zeit.
Io era svegliato.	Ich war wach.
Tu eri sonnolento, sonnacchioso.	Du warst schläfrig.
Egli era digiùno.	Er war nüchtern.
Ella era addormentata.	Sie war eingeschlafen.
Noi eravámo sbalorditi.	Wir waren bestürzt, betäubt.
Voi eraváte disattenti.	Ihr waret unaufmerksam.
Essi érano serviziévoli.	Sie waren dienstfertig.
Esse érano malincóniche.	Sie waren traurig, niedergeschlagen.

Passato indeterminato.	Zweite halbvergangene Zeit.
Io fui dappertútto.	Ich war überall.
Tu fósti abbásso.	Du warst unten.
Egli fu di sopra.	Er war oben.

Ella fu di dentro.	Sie war inwendig.
Noi fummo di fuóri.	Wir waren draußen.
Voi fóste là giù (laggiù).	Ihr waret dort unten.
Essi fúrono là su (lassù).	Sie waren dort oben.
Esse fúrono di qua e non di là.	Sie waren diesseits und nicht jenseits.

Praktische Abänderung der italienischen Hauptwörter.
(Siehe I. Theil, §§. 18, 19 und pag. 25).

La memória. Della ciéra (st. *di la*).	Das Gedächtniß. Des Aussehens.
Alla collina. Dalla spianáta (st. *a la, da la*).	Dem Hügel. Von dem Glacis.
Le beccherie. Delle locánde (st. *di le*).	Die Fleischbänke. Der Gasthöfe.
Alle porte. Dalle strade (*a le, da le*).	Den Thüren. Von den Straßen.
In faccia. Nella vigna (st. *in la*).	Ins Gesicht. Im Weinberge.
Nelle foréste. Con páglia.	In den Wäldern. Mit Stroh.
Colla vite. Colle penne (st. *con la, le*).	Mit dem Weinstock. Mit den Federn.
Per disgrázia. Per la valle.	Zum Unglück. Durch das Thal.
Per le sciocchezze. Sulla carrózza.	Für die Dummheiten. Auf dem Wagen.
Sulle rupi.	Auf den Felsen.

Siehe I. Theil, §. 19.

L'auróra. Dell' allegrezza (st. *di l'*).	Die Morgenröthe. Der Freude.
All' opinione. Dall' osteria.	Der Meinung. Vom Wirthshause.
Le idée. Dell' erbe.	Die Begriffe. Der Kräuter.
Alle arti. Dalle città.	Den Künsten. Von den Städten.
In islitte. Nell' immaginazióne.	In Schlitten. In der Einbildung.
Nelle ánime. Con acqua.	In den Seelen. Mit Wasser.
Coll' únghia. Colle insegue.	Mit dem Nagel. Mit den Schilden.
Per amicizia. Per l'assicurazione.	Aus Freundschaft. Wegen der Sicherstellung.
Per le azioni. Sull' insaláta.	Durch die Handlungen. Auf dem Salat.
Sulle inferriate.	Auf den eisernen Gittern.

Siehe I. Theil, §. 32, pag. 25.

Un fanciúllo. Uno stollo.	Ein Kind. Ein Thor.
Un animále. Una settimáua.	Ein Thier. Eine Woche.
D'un fiume. Ad uno schloppettiére.	Eines Flusses. Einem Büchsenmacher.
Da una ballerina. In una chiésa.	Von einer Tänzerin. In einer Kirche.
Con un bastóne. Per uno scoláre.	Mit einem Stocke. Für einen Schüler.
Su d'un sasso, oder sopra un sasso.	Auf einem Steine.

III.

Nè fiamma[1] senza fumo[2], nè virtù[3] senz' invidia[4]. Il paese grasso[5] fa l'uomo pigro[6]. In casa de' poltroni[7] ogni dì[8] è festa[9]. La povertà[10] è il premio[11] della pigrízia[12]. Chi ben comincia[13], ha la metà dell' opera[14]. Chi[15] ha tempo, non aspetti[16] tempo. La speránza[17] è l'alimento[18] de' míseri[19]. Il buono[20] è buono, ma il migliore vince[21]. È meglio[22] stracciar[23] le scarpe[24] che le len-

[1](Nè, weder, noch.) Keine Flamme. [2]ohne Rauch. [3]keine Tugend. [4]Neid. [5]ein fettes Land. [6]erzeugt (macht) faule Menschen. [7]Fauler. [8]alle Tage. [9]Feiertag. [10]Armuth. [11]Lohn. [12]Faulheit. [13]Wer wohl beginnt. [14]hat schon das Werk zur Hälfte. [15]Wer. [16]warte. [17]Hoffnung. [18]Nahrung. [19]der Leidenden. [20]Gute. [21]aber der Bessere hat den Vorzug (siegt). [22]Besser ist's. [23]zerreißen. [24]die Schuhe.

zuola[25]. Il sacco[26] de' mendici[27] non ha fondo[28]. Una grande vec-
chiaja[29] è una seconda fanciullézza[30]. Cuor forte[31] rompe[32] cattiva
sorte[33]. Si conóscono[34] le buone fonti[35] nella siccità[36], gli amici
nelle disgrazie[37]. L'occupazione[38] rende[39] doppio servízio[40], al-
lontána da noi[41] la noja[42] e 'l vizio[43]. La lode[44] giova[45] al
savio[46], e nuoce molto[47] al pazzo[48]. L'ignorante fortunato[49] è in-
soffribile[50]. Niun felice[51] è amico[52] dell' infelice[53].

[25] die Betttücher. [26] Sack. [27] Bettler. [28] Grund, Boden. [29] hohes Alter. [30] zweite
Kindheit. [31] Herz voll Muth. [32] verscheuchet (brichi). [33] Unglück (widriges Geschick).
[34] Man erkennt. [35] Quelle. [36] Trockenheit, Dürre. [37] Unglück. [38] Thätigkeit, Beschäftigung. [39] gewährt. [40] doppelten Nutzen. [41] entfernt von uns. [42] die Langeweile. [43] Laster. [44] das Lob. [45] nützt, ist heilsam. [46] Weise. [47] schadet, ist sehr
schädlich. [48] dem Thoren (Narren). [49] glücklicher Dummkopf, Unwissender. [50] unerträglich. [51] Kein Glücklicher. [52] Freund. [53] Unglücklicher.

Uebungen über das Hilfszeitwort éssere.

Passato determinato.	Völlig vergangene Zeit.	
Io sono stato qui apposta.	Ich bin geflissentlich hier	
Tu sei stato troppo crédulo.	Du bist zu leichtgläubig	
Egli è stato in iscuola.	Er ist in der Schule	
Ella è stata in teátro.	Sie ist im Theater	gewesen.
Noi siamo stati a sinistra.	Wir sind links	
Voi siete stati a destra.	Ihr seid rechts	
Essi sono stati a távola.	Sie sind bei Tische	
Esse sono state ammalate.	Sie sind krank	

Primo passato perfetto anteriore.	Erste vorvergangene Zeit.	
Io era stato nel bagno.	Ich war im Bade	
Tu eri stato a spasso.	Du warst spazieren	
Egli era stato in campagna oder in villeggiatura.	Er war auf dem Lande	
Ella era stata malaticcia.	Sie war kränklich, siech	gewesen.
Noi eravámo stati delúsi.	Wir waren getäuscht	
Voi eraváte stati in chiésa.	Ihr waret in der Kirche	
Essi érano stati pródighi.	Sie waren verschwenderisch	
Esse érano state contraffatte.	Sie waren entstellt	

Futuro.	Künftige Zeit.
Io sarò a casa.	Ich werde zu Hause sein.
Tu sarai per istrada.	Du wirst auf dem Wege sein.
Egli sarà in cóllera con me.	Er wird auf mich böse sein.
Ella sarà nel giardino.	Sie wird im Garten sein.
Noi saremo criticati, censurati.	Wir werden getadelt werden.
Voi sarete rauchi.	Ihr werdet heiser sein.
Essi saranno fuor di città.	Sie werden außer der Stadt sein.
Esse saranno di mezza táglia.	Sie werden von mittlerer Größe sein.

Ueber die Beiwörter. (Siehe I. Theil, §§. 54, 55, 59, 62.)

Un uómo dritto e leále.	Ein gerader und ehrlicher Mann.
Gli uómini dritti e leali.	Die geraden und ehrlichen Männer.
La sávia e prudénte madre.	Die weise und kluge Mutter.
Le sávie e prudenti madri.	Die weisen und klugen Mütter.
Fatál colpo (statt fatále). (Siehe §. 11.)	Unglücklicher Streich.
Mirábil cosa (st. mirábile).	Wunderbare Sache.

Bel cavállo (ft. bello). (Siehe §. 12.)	Schönes Pferd.
Bei, auch *be'* caválli (ft. belli).	Schöne Pferde.
Bell' uccéllo.	Schöner Vogel.
Belli, auch *begli* uccélli.	Schöne Vögel.
Bello struzzo.	Schöner Strauß.
Belli, auch *begli* struzzi.	Schöne Strauße.
Quel bosco (ft. quello).	Jener Wald.
Quei, auch *que'* boschi (ft. quelli).	Jene Wälder.
Quell' affáre.	Jenes Geschäft.
Quelli, auch *quegli* affári.	Jene Geschäfte.
Quello stendárdo.	Jene Standarte.
Quelli, auch *quegli* stendárdi.	Jene Standarten.
Gran cervo (ft. grande).	Großer Hirsch.
Gran cervi (ft. grandi).	Große Hirsche.
Gran ricchézza (ft. grande).	Großer Reichthum.
Gran ricchézze (ft. grandi).	Große Reichthümer.
Grand' incéndio.	Große Feuersbrunst.
Grand' incéndj.	Große Feuersbrünste.
Grande spécchio.	Großer Spiegel.
Grandi spécchj.	Große Spiegel.
San Giovánni Battista (ft. santo).	Heiliger Johann der Täufer.
Sant' António.	Heiliger Anton.
Santo Stéfano.	Heiliger Stephan.
Il Santo Padre (nicht san).	Der heilige Vater.
Buon panno (ft. buono). (§. 62.)	Gutes Tuch.
Buono scriváno.	Guter Schreiber.

IV.

Cieco[1] è l'occhio[2], se l'animo[3] è distratto[4]. A gloria[5] non si va[6] senza fatica[7]. Le pene divise[8] sono più leggiere[9]. È meglio[10] un buon amíco, che cento parenti[11]. È troppo[12] un nemico[13], e cento amici[14] non bástano[15]. L'interesse[16], l'ambizione[17] e la gloria[18] sono il movente[19] e lo scopo[20] di tutte le azioni[21] degli uomini. Acqua torbida[22] non fa specchio[23]. Tranquillo fiume[24] ha le sue rive fiorite[25]. Il frutto il più maturo[26] non vi cadrà[27] in bocca[28]. L'amore[29] e la fortuna[30] si cangiano[31] come la luna[32]. Il nostro onóre[33] è nella opinione degli altri[34]. Non si ódono[35] le campane picciole[36], quando[37] le grandi suónano[38]. Aspettare[39] e non venire[40], stare in letto[41] e non dormire[42], servire[43] e non gradire[44], sono tre cose[45] da morire[46]. Il silenzio[47] è la risposta[48] dei Savj[49]. Ogni timoroso[50] è crédulo[51].

[1]Blind. [2]das Auge. [3]wenn die Seele. [4]zerstreut. [5]Zum Ruhme. [6]gelangt man nicht. [7]ohne Anstrengung, Mühe. [8]Getheilte Leiden. [9]sind leichter zu tragen. [10]ist besser. [11]Verwandte. [12]ist zu viel. [13]Feind. [14]Freunde. [15]sind nicht hinreichend. [16]Eigennutz. [17]Ehrsucht. [18]Ruhm. [19]die Triebfedern. [20]Ziel. [21]aller Handlungen. [22]trübes Wasser. [23]Spiegel. [24]ruhiger Fluß. [25]mit Blumen besäete Ufer. [26]die reifeste Frucht. [27]wird euch nicht selbst fallen. [28]Mund. [29]Liebe. [30]Glück. [31]sind unstät, wechseln. [32]wie Mondeslicht. [33]Unsere Ehre. [34]beruht auf der Meinung Anderer. [35]Man hört nicht. [36]die kleinen Glocken. [37]wenn. [38]die großen schallen (läuten). [39]Warten. [40]kommen. [41]im Bette liegen. [42]schlafen. [43]aufwarten, bedienen. [44]nicht gefallen. [45]Drei Dinge. [46]darüber man sterben möchte. [47]Stillschweigen. [48]Antwort. [49]Weiser. [50]Jeder Furchtsame. [51]leichtgläubig.

Uebungen über das Hilfszeitwort *éssere*.

Modo Congiuntivo.	Verbindende Art.
Presente.	Gegenwärtige Zeit.

Egli crede, ch'io sia dissipatore.	Er glaubt, ich sei ein Verschwender.
Voglio, che tu sii più ecónomo.	Ich will, daß du sparsamer seiest.
Mi pare, ch'egli sia più liberlino.	Es scheint mir, daß er lieberlich sei.
Credo, ch'ella sia imbecille.	Ich glaube, daß sie blödsinnig sei.
Egli suppóne, che noi siamo sciocchi.	Er glaubt, daß wir dumm seien.
Ancorchè voi siate forestiéri.	Obwohl ihr Fremde seid.
Abbenchè essi siano scaltri.	Obgleich sie schlau sind.
Mi pare, ch'esse sieno Francesi.	Es scheint mir, daß sie Französinnen seien.

Condizionale und *Correlativo presente.*	Bedingende und beziehende gegenwärtige Zeit.
Io non sarei cosi tetro, se non fossi malsáno.	Ich würde nicht so düster sein, wenn ich nicht ungesund wäre.
Saresti più forte, se fossi più regoláto.	Du würdest stärker sein, wenn du ordentlicher wärest.
Non sarebbe si magro, se non fosse ético.	Er wäre nicht so mager, wenn er nicht schwindsüchtig wäre.
Noi saremmo più ricchi, se non fóssimo pródighi.	Wir wären reicher, wenn wir nicht verschwenderisch wären.
Voi sareste più rispettati, se foste meno grossoláni.	Ihr würdet mehr geachtet werden, wenn ihr nicht so grob wäret.
Eglino sarébbero già qui, se fóssero più lesti.	Sie wären schon hier, wenn sie flinker wären.

Passato perfetto.	Völlig vergangene Zeit.
Si dice, ch'io *sia stato* temerario.	Man sagt, daß ich frech gewesen sei.
Credo, che tu *sii stato* bagnato.	Ich glaube, daß du naß gewesen seiest.
Io suppongo, ch'egli *sia stato* impedito.	Ich vermuthe, er sei verhindert gewesen.
Ancorchè noi *siamo stati* valorósi.	Ungeachtet wir tapfer gewesen sind.
Mi pare, che *siate stati* tutti d'accórdo.	Es scheint mir, daß ihr alle einverstanden gewesen seid.
È peccato, ch'elleno non *siano state* qui.	Schade, daß sie nicht hier gewesen sind.

Ueber den sogenannten Theilungsgenitiv. (Siehe §§. 102—110.)

Dátemi pane.	Gebet mir Brot (überhaupt).
Dátemi *del* pane (statt alquanto pane, un poco di pane).	Gebet mir (etwas) Brot.
Il peso *del pane* non è giusto.	Das Gewicht des Brotes ist nicht richtig.
Egli mi ha dato *molto pane.*	Er hat mir viel Brot gegeben.
Ebbero una *gran quantità* di pane.	Sie hatten eine große Menge Brot.
Ciascúno ebbe *due* libbre di pane.	Jeder hatte zwei Pfund Brot.
Comprátemi *carta, penne* ed *inchiostro.*	Kaufet mir Papier, Federn und Tinte.
Comprátemi *della* carta, *delle* penne e *dell'* inchiostro.	Kaufet mir (etwas) Papier, (einige) Federn und (etwas) Tinte.
Comprátemi *molta* carta, *molte* penne e *poco* inchiostro.	Kaufet mir viel Papier, viele Federn und wenig Tinte.
Voléte *caffè* o *cioccoláta?*	Wollet ihr Kaffee oder Chocolate (überhaupt)?

Dátegli *del caffè*.	Gebet ihm (etwas) Kaffee.
Ecco il resto del *caffè*.	Siehe da den Rest des Kaffees.
Che volete? *pere o noci?*	Was wollet ihr? Birnen oder Nüsse?
Dátemi *delle* mele oder *dei* pomi (d. i. *alcúne* mele).	Gebet mir (einige) Aepfel.
Eccovi *ciriége* e *pesche*.	Da sind Kirschen und Pfirsiche.
Condúrre *delle* legna.	Holz (zum Brennen) führen.
Ebbe *delle* busse.	Er bekam Schläge.
Contár *delle* novélle.	Mährchen erzählen.
Ho *dégli* affàri (d. i. *alcuni affàri*).	Ich habe (einige) Geschäfte.
Essa ha *delle* visite.	Sie hat (einige) Besuche.
Ho *delle* buone nuove da dárvi.	Ich habe (einige) gute Nachrichten euch mitzutheilen.
Ella ha forse *dei* displacéri.	Sie hat vielleicht Verdruß.
Egli ha *della* bontà per me.	Er hat (einige) Güte für mich.
Fo *del* bene, e raccolgo sempre *del* male.	Ich thue Gutes, und erhalte dafür immer Böses.
Mio zio ha *de'* bei quádri (d. i. *alcuni bei quádri*). (§. 108).	Mein Onkel hat (einige) schöne Gemälde.
Con *della* prudénza (d. i. *con alquanta prudénza*). (S. §. 109.)	Mit einiger Klugheit.
Si abbandonárono *a delle* eccessi.	Sie begingen (einige) Excesse.
Chi nasce *con dei* difetti, mérita compassione. (S. §. 109.)	Wer mit (einigen) Gebrechen geboren wird, verdient Mitleiden.
Ella ha *di* bei giojelli (d. i. *una quantità di bei giojelli*). (S. §. 110).	Sie hat schöne Juwelen.

V.

Uno'fila [1], e un altro [2] si veste [3]. Fatti di gióvani [4], e consigli di vecchj [5]. I saggi [6] hanno la bocca [7] nel cuore [8], ed i matti [9] il cuore in bocca. Il ricco non sa [10] chi amico gli sía [11]. Il pigro numera [12] gli anni, il forte [13] le vittorie [14]. Il bene non è conosciuto [15], se non è perduto [16]. Forza [17] senza consíglio [18] e senza ingegno [19] nulla vale [20]. Guárdati [21] da uomo giuocatore [22] e da lite [23] col tuo superiore [24]. È più fácile [25] consigliare [26] che fare [27]. La verità produce odio [28]. Sii giusto [29], e non temér nulla [30]. Chi non ha nulla [31], non è nulla [32]. L'onestà [33] è la miglior astuzia [34]. L'albero [35] si conosce [36] dal frutto [37]. Il tempo [38] e la rassegnazione [39] víncono [40] i più insuperábili ostácoli [41]. La disgrázia [42] è una maestra [43] che sa umiliare [44] i più superbi [45]. Ogni fiore [46] al fin [47] perde [48] l'odóre [49].

[1] Der Eine spinnt. [2] der Andere. [3] kleidet sich damit. [4] Jünglings That. [5] Greises Rath. [6] der Weise. [7] Zunge (Mund). [8] Herz. [9] der Thor, Narr. [10] Der Reiche weiß nicht. [11] wer ihm Freund ist. [12] Der Träge zählt nach. [13] der Rüstige. [14] nach Siegen. [15] Man kennt das Gute nicht. [16] bis es verloren ist. [17] Stärke. [18] ohne Bedachtsamkeit. [19] Verstand. [20] hat keinen Werth. [21] Hüte dich vor. [22] dem Spieler. [23] Zwist, Zank. [24] Obere, Vorgesetzte. [25] leichter. [26] rathen. [27] als selbst thun. [28] Wahrheit erzeugt Haß. [29] Sei gerecht. [30] fürchte nichts. [31] Wer nichts hat. [32] ist nichts. [33] Ehrlichkeit. [34] beste List. [35] Den Baum. [36] erkennt man. [37] an der Frucht. [38] Zeit. [39] Geduld, Ergebung. [40] besiegen. [41] die unübersteiglichsten Hindernisse. [42] Unglück. [43] Lehrmeisterin. [44] die zu demüthigen weiß. [45] die Hochmüthigsten. [46] Jede Blume. [47] am Ende. [48] verliert. [49] ihren Duft, Geruch.

Uebungen über das Hilfszeitwort éssere.

Condizionale e Correlativo passato.	Bedingende und beziehende vergangene Zeit.
Io *sarei stato* ingannato, se non *fossi stato* più scaltro.	Ich wäre betrogen worden, wenn ich nicht schlauer gewesen wäre.
Non *saresti stato* ammaláto, se *fossi stato* moderato.	Du würdest nicht krank gewesen sein, wenn du mäßig gewesen wärest.
Egli *sarebbe stato* importúno a tutti, se ci *fosse stato.*	Er wäre Allen lästig gewesen, wenn er da gewesen wäre.
Non *saremmo stati* delusi, se *fossimo stati* più circospétti.	Wir wären nicht getäuscht worden, wenn wir vorsichtiger gewesen wären.
Voi *sareste stati* più stimati, se *foste stati* meno orgogliósi.	Ihr wäret mehr geschätzt worden, wenn ihr nicht so stolz gewesen wäret.
Sarébbero *stati* più cauti, se *fossero stati* avvertiti.	Sie würden vorsichtiger gewesen sein, wären sie gewarnt worden.

Imperativo.	Gebietende Art.
Sii assiduo.	Sei emsig.
Non *essere* impaziente.	Sei nicht ungeduldig.
Non *sia* così puerile.	Er soll nicht so kindisch sein.
Siamo umáni con tutti.	Laßt uns mit Allen liebreich sein.
Siate leáli e sinceri.	Seid redlich und aufrichtig.
Siamo più accorti nel parlare.	Sie sollen in Reden behutsamer sein.
Essendo egli scialacquatore.	Da er ein Verschwender ist.
Essendo egli *stato* guércio.	Weil er einäugig war.

Ueber die zweite Endung. (Siehe I. Theil, §§. 35, 36, Nr. 2, 3.)

Il mantello *del* zio. (§. 35.)	Der Mantel des Oheims.
La casa *di* mia sorella.	Meiner Schwester Haus.
L'ábito *di* Giovanni.	Johanns Kleid.
Il levár, il tramontár *del* sole.	Der Aufgang, der Niedergang der Sonne.
Il nome *di* Giústo, *di* Grande.	Der Name des Gerechten, des Großen.
Lana *di* pécora. (§. 36. Nr. 2.)	Schafwolle.
Punto *di* vista.	Gesichtspunct.
La casa *di* correzione.	Die Besserungs-Anstalt.
Séntesi un colpo *di* pistóla.	Man hört einen Pistolenschuß.
Cave *di* pietra e *di* marmo.	Stein- und Marmorbrüche.
Il suo capo d'ópera.	Sein Meisterwerk.
Il corpo *di* guárdia.	Die Hauptwache.
Con un sol tratto *di* penna.	Mit einem einzigen Federzug.
Un tocco *di* campána.	Ein Glockenschlag.
Vetro *di* finéstra.	Fensterscheibe.
Fior *di* latte.	Milchrahm, Sahne.
Una ghirlanda *di* fióri.	Ein Blumenkranz.
Pezzo d'ignoránte che sei!	Dummkopf du!
La punta di coltéllo.	Die Messerspitze.
Una vena d'argento.	Eine Silberader.
Dománi è giorno di posta.	Morgen ist Posttag.
Maéstro di diségno, di schérma.	Zeichenmeister, Fechtmeister.
Tribunále d'Appello.	Appellationsgericht.
Bigliétto di lotto — del monte.	Lotterielos — Versatzzettel.
La posta de' cavalli.	Die Pferdepost.
Certificato d'ufficio.	Amtszeugniß.
La città di Lipsia, d'Augusta, di Ratisbóna, di Londra, d'Aquisgrána, di Varsavia. (§. 36. Nr. 3.)	Die Stadt Leipzig, Augsburg, Regensburg, London, Aachen, Warschau.

Impéro d'Austria.	Kaiserthum Oesterreich.
Regno d'Ungheria, di Boémia, di Lombardia e Venézia.	Königreich Ungarn, Böhmen, Lombardei und Venedig.
Il mese di Gennájo, di Mággio.	Der Monat Jänner, Mai.
Il nome di Giuséppe, di Francésco.	Der Name Joseph, Franz.
L'isola di Sicilia, di Sardégna.	Die Insel Sicilien, Sardinien.
Un quarto d'ora.	Eine Viertelstunde.
Una razza di cani.	Eine Art Hunde.
Corsa di cavalli.	Pferdewettrennen.
Le truppe di presidio, di guarnigione.	Besatzungstruppen.
La rada di Trieste.	Die Rhede von Triest.
Il diritto di tonnellaggio.	Das Tonnengeld.
Tassa di bollo.	Stempeltare.
Un giuoco di carte.	Ein Spiel Karten.
Piume di strúzzo.	Straußfedern.
L'acconciatura del capo.	Der Kopfputz.
L'ordine del giorno.	Der Tagsbefehl.

VI.

Nella prosperità [1] temér si deve [2] l'avversità [3]. Non vi è [4] cosa per vile che sia [5], che a qualche cosa [6] útile non sia [7]. Niuno perde [8] che un altro [9] non guadagni [10]. Non pianse mai [11] uno, che un altro non ridesse [12]. Non ha il palio [13], chi non corre [14]. Non può éssere prudente [15], chi non è paziente [16]. La spada ammazza [17] molti, ma più [18] il vino [19]. La pena [20] è zoppa [21], ma [22] pur ella arríva [23]. Là dove [24] la forza [25] regna [26], la legge [27] e la ragióne [28] non hanno luógo [29]. Il favóre [30] è cagione [31], che il torto [32] regna [33]. La penna [34] dell' avvocato [35] è un coltello di vendémmia [36]. Il tradimento [37] è amato [38], ma il traditór [39] odiato [40]. Fuggi [41] quel dolce [42] che può farsi [43] amáro [44]. La vita [45] è seminata [46] di spine più [47] che di fiori [48].

[1] Im Glücke. [2] fürchte man. [3] Unglück. [4] Es gibt keine. [5] noch so geringe Sache. [6] die nicht zu etwas. [7] nützlich sei. [8] Niemand verliert. [9] ohne daß ein Anderer. [10] gewinnt. [11] Es weinte nie Jemand. [12] gelacht hätte. [13] erringt den Preis nicht. [14] wer nicht mitrennt. [15] kann keine Klugheit besitzen. [16] der nicht Geduld besitzt. [17] Das Schwert tödtet. [18] aber Mehrere noch. [19] Wein. [20] Strafe. [21] hinkend. [22] aber. [23] kommt doch nach. [24] Wo. [25] Gewalt. [26] herrscht. [27] haben das Gesetz. [28] Vernunft. [29] nicht Platz. [30] Begünstigung. [31] Ursache. [32] daß das Unrecht. [33] geschieht, herrscht. [34] Feder. [35] Advocaten. [36] ein Messer des Winzers (Weinlese). [37] Verrätherei. [38] wird gern gesehen. [39] aber der Verräther. [40] gehaßt. [41] Fliehe. [42] die Süßigkeit (Vergnügen). [43] die werden kann. [44] bitter. [45] Der Lebenspfad. [46] besäet. [47] mehr mit Dornen. [48] als mit Blumen.

Uebungen über das Hilfszeitwort avére, haben.

Presente.	Gegenwärtige Zeit.
Io ho un ábito grigio.	Ich habe ein graues Kleid.
Tu hai un orológio.	Du hast eine Uhr.
Egli ha una tabacchiera.	Er hat eine Tabakdose.
Ella ha nastri oder fettúce.	Sie hat Bänder.
Noi abbiamo bei quadri.	Wir haben schöne Gemälde.
Voi avete genitori.	Ihr habet Aeltern.
Eglino oder essi hanno vivacità.	Sie haben Lebhaftigkeit.
Elleno oder esse hanno merletti.	Sie haben Spitzen.

Anmerk. Die Fürwörter io, tu, egli, ecc. können auch weggelassen werden.

Fragweise.

Ho io buone speranze?	Habe ich gute Hoffnungen?
Hai tu raffreddóre?	Hast du Schnupfen?
Ha egli tosse?	Hat er Husten?
Abbiamo noi la chiave?	Haben wir den Schlüssel?
Avete il vajuólo?	Habet ihr die Pocken?
Hanno la rosolía?	Haben sie die Masern?

Verneinungsweise.

Io non *ho* niente oder nulla.	Ich habe nichts.
Tu non *hai* bisógno di nulla.	Du hast nichts vonnöthen.
Egli non *ha* punto di sentimento.	Er hat gar kein Gefühl.
Noi non *abbiamo* febbre.	Wir haben kein Fieber.
Voi non *avete* appetito.	Ihr habet keine Eßlust.
Essi non *hanno* schiffo (náusea, ri-brézzo) di questo.	Sie haben vor dem keinen Ekel (Ab-scheu).

Ueber die zweite Endung. (Siehe I. Theil, §. 36, Nr. 4, 5.)

Dieci bráccia di tela, di panno.	Zehn Ellen Leinwand, Tuch.
Un barile d'óglio, di aceto.	Ein Fäßchen Oel, Essig.
Una libbra di carne, di formággio.	Ein Pfund Fleisch, Käse.
Un centinájo di zúcchero, di caffè.	Ein Zentner Zucker, Kaffee.
Un móggio di grano.	Ein Malter Korn.
Un pezzo di pane, un tocco d'ar-rosto.	Ein Stück Brot, Braten.
Un quarto di butirro.	Ein Viertel-Pfund Butter.
Un bicchiére di vino, di birra.	Ein Glas Wein, Bier.
Ho comprato dieci bottiglie di Bor-gógna e sei di Sciampágna.	Ich habe zehn Bouteillen Burgunder und sechs Champagner gekauft.
Una cassa di pipe.	Eine Kiste Pfeifen.
Un gran número di lupi.	Eine große Anzahl Wölfe.
Una quantità di pécore, di manzi.	Eine Menge Schafe, Ochsen.
Una infinità di gente.	Eine ungeheure Menge Menschen.
Un pajo di scarpe vécchie.	Ein Paar alte Schuhe.
Due paja di stiváli, di calzóni, di calze.	Zwei Paar Stiefel, Hosen, Strümpfe.
Una ventina di zecchini.	Zwanzig Stück Ducaten.
Cinque miglia di strada.	Fünf Meilen Weges.
Una chicchera di caffè.	Eine Schale Kaffee.
Una tazza di tè.	Eine Tasse Thee.
Una presa di tabácco.	Eine Prise Tabak.
Prendétemi la misúra d'un soprat-tútto, e d'un pajo di calzóni.	Nehmet mir das Maß zu einem Ueber-rocke und einem Paar Beinkleider.
Una muta di cavalli.	Ein Zug Pferde.
Tabacchiéra d'oro.	Goldene Tabakdose.
Un vaso d'argénto.	Ein silbernes Gefäß.
Un cuór di macigno.	Ein steinernes Herz.
Il filo di ferro.	Der Eisendraht.
Guanti di pelle fina.	Feine lederne Handschuhe.
Cappello di paglia.	Strohhut.
Una miniéra d'oro, d'argénto.	Ein Gold-, Silberbergwerk.
Vestito di vellúto.	Sammtkleid.
Vino d'Italia.	Italienischer Wein.
Acciájo d'Inghilterra.	Englischer Stahl.
Ferro di Stíria.	Steierisches Eisen.
Fiéra di Francofórte.	Frankfurter Messe.

La festa di dománi.	Das morgige Fest.
Il giorno d'oggi.	Der heutige Tag.
La commédia di jeri.	Die gestrige Komödie.
Il teátro d'oggi giórno.	Das jetzige Theater.
Una malattía di quattro settimáne.	Eine vierwöchentliche Krankheit.
Il vino di otto, di venti ánni.	Der acht-, zwanzigjährige Wein.
La guerra di sette ánni.	Der siebenjährige Krieg.
Un bel colpo d'occhio.	Ein prächtiger Anblick.
Lo squillo della tromba.	Das Schmettern der Trompete.

VII.

L'uomo insigne [1] non è mai apprezzato [2], nè in vita [3], nè in pátria [4]. Parlare [5] senza pensare [6], è tirare [7] senza mirare [8]. Non parlare [9] senza éssere interrogato [10], e sarai più stimato [11]. Chi molte cose [12] incomincia [13], viene a capo di poche [14]. È gran pazzía [15] il vívere póvero [16], per morír ricco [17]. Il godimento [18], non il possesso [19] rende [20] felice. Non ha il dolce a caro [21] chi provato non ha l'amaro [22]. L'ambizione [23] inebria [24] al par del vino [25]. Le buone parole [26] úngono [27], e le cattive [28] pungono [29]. Chi vanta [30] il bene [31] che fa [32], ne perde [33] tutto il mérito [34]. Non ti lasciar sedurre [35] dall'apparente felicità [36] de' malvagi [37]: un malvagio fortunato [38] è un bel frutto al di fuori [39], che ha dentro il verme [40]. Le nozze [41] de' furfanti [42] dúran poco [43], dice il proverbio [44], e la farina [45] del diávolo [46] va tutta in crusca [47]. A padre guadagnatore [48], figlio spenditore [49].

[1] Ausgezeichneter. [2] nie geschätzt. [3] weder bei seinen Lebzeiten. [4] noch in seinem Vaterlande. [5] Reden. [6] denken. [7] heißt schießen. [8] zielen. [9] Sprich niemals. [10] ungefragt. [11] man wird dich höher schätzen. [12] Wer viele Dinge. [13] anfängt. [14] vollendet wenige. [15] Große Thorheit ist es. [16] arm zu leben. [17] um reich zu sterben. [18] Genuß. [19] Besitz. [20] macht. [21] Der weiß das Süße nicht zu schätzen. [22] der das Bittere nicht gekostet hat. [23] Ehrgeiz. [24] berauscht. [25] gleich dem Weine. [26] Gute Worte. [27] schmeicheln (schmieren). [28] böse. [29] verfeinden (stechen). [30] Wer anrühmt. [31] das Gute. [32] das er thut. [33] raubt ihm (verliert). [34] allen Werth. [35] Laß dich nicht verführen. [36] von dem Scheinglücke. [37] Böse. [38] beglückter Bösewicht. [39] ist eine Frucht, schön von außen. [40] den Wurm im Innern. [41] Hochzeit. [42] Schurke. [43] dauert nicht lange. [44] sagt das Sprichwort. [45] Mehl. [46] Teufel. [47] wird lauter Kleie. [48] der gewinnt. [49] der ausgibt — verschwendet. (Ein Sparsamer will einen Zehrer haben.)

Uebungen über das Hilfszeitwort avére.

Verneinungs- und Fragweise.

Presente.	Gegenwärtige Zeit.
Non *ho io* la certezza del contrario?	Habe ich nicht die Ueberzeugung vom Gegentheil?
Non *hai tu* inchiostro?	Hast du keine Tinte?
Non *ha egli* il tuo calamájo?	Hat er nicht dein Tintenfaß?
Non *abbiamo* carta e penne?	Haben wir nicht Papier und Federn?
Non *avete voi* il mio temperino?	Habet ihr nicht mein Federmesser?
Non *hanno essi* il polverino?	Haben sie nicht die Streubüchse?

Imperfetto.	Erste halbvergangene Zeit.
Io *aveva* stima di lui.	Ich hatte Achtung für ihn.
Tu *avevi* molto crédito.	Du hattest viel Credit.
Egli *aveva* poco danáro.	Er hatte wenig Geld.
Nol *aveamo* delle vísite.	Wir hatten (einige) Besuche.

Voi *avevate* per costúme.	Ihr hattet die Gewohnheit.
Essi *avevano* il piacér di vedérla.	Sie hatten das Vergnügen sie zu sehen.

Passato indeterminato.	Zweite halbvergangene Zeit.
Ebbi paúra.	Ich hatte Furcht.
Avesti dei dispiacéri.	Du hattest Verdruß.
Ebbe molto da fare.	Er hatte viel zu thun.
Avemmo un suo bigliétto.	Wir hatten ein Billet von ihm.
Aveste in lui un buon avventóre.	Ihr hattet an ihm einen guten Kunden.
Ebbero sue nuove.	Sie hatten Nachrichten von ihm.

Ueber die zweite Endung. (Siehe I. Theil, §. 86, Nr. 7, 9.)

Una persona di fede.	Eine treue Person.
Egli è di testa dura.	Er hat einen harten Kopf.
Uomo di corte.	Ein Hofmann.
— di mondo.	— Weltmann.
— di léttere.	— Gelehrter.
— di dolce tempra.	— sanftmüthiger Mann.
— di grand' affáre.	— wichtiger Mann.
— di garbo.	— artiger Mann.
— di cattiva condotta.	— Mann von schlechter Aufführung.
— di grande abilità.	— Mann von großer Fähigkeit.
— di gran reputazione.	— Mann von großem Ruf.
— di mezza táglia.	— Mann von mittlerer Größe.
— di mal talénto.	— bösartiger Mensch.
— di spada, di guerra.	— Kriegsmann.
— di bassa estrazione.	— Mann von niedriger Herkunft.
— di poca salúte.	— Mann von schlechter Gesundheit.
La cosa è di grande importanza.	Die Sache ist von großer Wichtigkeit.
Un médico di grido.	Ein Arzt von großem Rufe.
L'arte del torno, del tíngere.	Die Drechsler-, Färbekunst.
La fonderia de' carátteri.	Die Schriftgießerei.
Campo di piacere.	Lustlager.
Filatoj di cotone.	Baumwollspinnerei.
Ponte di barche.	Schiffbrücke.
Ispettore della fonderia de' cannóni.	Kanonengießerei-Inspector.
L'abbigliamento dei soldati.	Die Uniformirung der Soldaten.
Progetto di legge.	Gesetzentwurf.
Il decreto di nómina.	Das Ernennungs-Decret.
Certificato d'origine.	Ursprungs-Zeugniß.
Stati uniti d'America.	Vereinigte Staaten von Amerika.
L'Imperatóre delle Rússie.	Der Kaiser von Rußland.
Il Re di Prússia.	Der König von Preußen.
I confini della Sassónia.	Die Gränzen von Sachsen.
Entro il términe di tre mesi.	Binnen einem Zeitraume von 3 Monaten.
Un prodígio di uomo.	Ein Wunder von einem Menschen.
Un uomo di trenta.	Ein Mann von 30 Jahren.
Il fiór di galant' uomini.	Ein Muster von einem ehrlichen Manne.
Quello sciocco di vostro servo.	Jener Pinsel von eurem Bedienten.
Questo diávolo di fémmina.	Dieser Satan von einem Weibe.
Quel drittaccio di Ferdinando.	Jener Schlaukopf von Ferdinand.
Tocco di briccóne!	Schurke!
Quel poverino di mio fratéllo.	Mein armer Bruder!
Tanto di vino ed altrettánto d'acqua.	So viel Wein und eben so viel Wasser.
Fa un sì bel chiaro di luna.	Es ist ein so heller Mondschein.
Uno di nome Giacinto.	Einer mit Namen Hyacinth.

Giúda di soprannóme (soprannomá- to) Taddéo.	Judas, mit bem Beinamen Thaddäus.
Permesso (congedo) di tre mesi.	Dreimonatlicher Urlaub.

VIII.

A cadér va [1], chi troppo in alto sale [2]. Un malanno [3] non vien
mai solo [4]. Chi non ha danari [5] in borsa [6], ábbia il miele in bocca [7]. Chi non rísica [8], non rósica [9]. Chi biásima [10], vuol comperare [11]. Chi cerca, trova [12]. Chi paga débito, fa capitale [13]. Chi
raro viene [14], vien bene [15]. Chiave d'oro [16] apre [17] ogni porta [18].
Il buon vino [19] non ha bisogno [20] di frasca [21]. De' grandi [22] e de'
morti [23] o parla bene o taci [24]. È meglio [25] un uovo oggi [26], che
domani [27] una gallína [28]. Una pécora marcia [29] ne guasta [30] un
branco [31]. È meglio [32] dar [33] la lana [34] che la pécora. È meglio
domandare che errare [35]. È bello [36] predicare il digiuno [37] a corpo
pieno [38]. È più fácile [39] lodár [40] la povertà [41] che sopportarla [42].
È meglio patir [43] di stómaco [44], che di mente [45]. È più fácile far
le piaghe [46] che sanárle [47]. Al confessóre [48], al medico [49] e all' avvocato [50] non tenére il ver celato [51].

[1] Dem Falle geht entgegen. [2] wer zu hoch steigt. [3] Unglück. [4] fommt nie allein.
[5] Wer fein Geld hat. [6] Beutel. [7] der gebe gute Worte (foll Honig im Munde haben). [8] Wer nichts wagt. [9] gewinnt nichts (nagt nichts ab). [10] Wer tabelt. [11] will
faufen. [12] Wer sucht, der findet. [13] Wer Schulden zahlt, legt ein Capital an (hat
immer Credit). [14] Wer selten fommt. [15] ist angenehm. [16] goldener Schlüssel. [17] öffnet.
[18] Thür. (Gold richtet Alles aus.) [19] Wein. [20] braucht feinen. [21] Zeiger (grünen
Zweig). [22] Von den Großen. [23] Verstorbenen. [24] rede gut oder schweige. [25] Es ist
besser. [26] ein Ei heute. [27] als morgen. [28] Henne. [29] räubiges Schaf. [30] steckt an.
[31] die ganze Heerde. [32] Es ist besser. [33] hergugeben. [34] Wolle. [35] Besser fragen, als
fehlen. [36] schön. [37] Fasten predigen. [38] bei vollem Magen. [39] Es ist leichter. [40] zu
loben. [41] Armuth. [42] als zu ertragen. [43] zu leiden. [44] am Magen. [45] am Geiste.
[46] Es sind Wunden leichter geschlagen. [47] als geheilt. [48] Beichtvater. [49] Arzt. [50] Ad-
vocat. [51] muß man die Wahrheit nicht verhehlen.

Uebungen über das Hilfszeitwort avére.

Passato determinato.	Völlig vergangene Zeit.
Ho *avuto* buon viaggio.	Ich habe eine gute Reise
Hai *avuto* sempre delle scuse.	Du hast immer Ausflüchte
Ha *avuto* bisogno di cento fiorini.	Er hat 100 Gulben nöthig
Abbiamo *avuto* un cattivo posto.	Wir haben einen schlechten Platz
Avete *avuto* tempo di farlo.	Ihr habet Zeit es zu thun
Hanno *avuto* suoi riscontri.	Sie haben Nachricht von ihm

gehabt.

Primo passato perfetto anteriore.	Erste vorvergangene Zeit.
Io aveva *avuto* voglia d'andárvi.	Ich hatte Lust gehabt hinzugehen.
Acevi *avuto* il bisognévole per ví- vere.	Du hattest das Nöthige zum Leben ge- habt.
Non aveva *avuto* danari seco.	Er hatte fein Geld bei sich gehabt.
L' avevamo *avuto* sulla punta della lingua.	Wir hatten es auf der Zungenspitze ge- habt.
Mi *avevate avuto* in mal crédito.	Ihr hattet eine üble Meinung von mir gehabt.
Arerano *avuto* qualche cosa da dírmi.	Sie hatten mir Etwas zu sagen gehabt.

Aruto ch' ebbe la tua léttera disse, statt *dopochè ebbe aruto, ecc.*	Als er deinen Brief gehabt hatte, sagte er, ꝛc.
Aruto ch' ebbero la certezza della sua partenza, statt *poichè ebbero aruto.*	Als sie die Gewißheit seiner Abreise gehabt hatten.

Futuro.	Künftige Zeit.
Arrò un cameriere.	Ich werde einen Kammerdiener
Avrai un armádio.	Du wirst einen Kleiderschrank
Arrà un taccuino.	Er wird eine Brieftasche
Arremo un maéstro di casa.	Wir werden einen Haushofmeister
Arrete un cocchiere.	Ihr werdet einen Kutscher
Arranno un portinajo.	Sie werden einen Thorhüter

(haben.)

Ueber die dritte Endung. (Siehe I. Theil, §§. 37, 45, 46, 49.)

Ha mandáto la lettera *a* Giovánni.	Er hat den Brief dem Johann geschickt.
Tiráre *ad* un uccello.	Nach einem Vogel schießen.
Il mercánte pensa *al* guadágno.	Der Kaufmann denkt an den Gewinn.
Tocco un fiorino *ad* uno.	Es kommt ein Gulden auf Einen.
Ognuno tira l'acqua *al* suo molino.	Jeder zieht das Wasser auf seine Mühle.
Dalle paróle si venne *alle* bastonáte.	Von Worten kam es zu Schlägen.
A chi l'avéte mostrato, *a* Pietro o *alla* cugiua?	Wem habt ihr es gezeigt, dem Peter oder der Cousine?
A che pensáte? penso *all'* avvenire.	Woran denket ihr? ich denke an die Zukunft.
Arriverémo presto *alla* próssima posta?	Werden wir bald auf die nächste Post kommen?
Egli è corso súbito *alla* porta.	Er ist gleich zur Thür gelaufen.
Parláva *ad* uno straniéro.	Er sprach mit einem Fremden.
Lo incitò *alla* cóllera.	Er reizte ihn zum Zorne.
Preferisce il bene *al* male.	Er zieht das Gute dem Bösen vor.
La sua conversazióne mi viene *a* noja.	Seine Gesellschaft wird mir lästig (verursacht mir lange Weile).
Egli se lo reca *a* disonóre.	Er rechnet es sich zur Schande.
La liberalità gli vien imputata *a* difétto.	Die Freigebigkeit wird ihm zum Fehler angerechnet.
Essi érano *alla* cáccia, *alle* nozze, *a* pranzo, *a* cena, *al* festino.	Sie waren auf der Jagd, auf der Hochzeit, beim Mittagessen, beim Abendessen, bei dem Feste.
Andréte dománi *al* ridótto, *al* concérto?	Werdet ihr morgen in die Redoute, in's Concert gehen?
Io andrò domani *a* un bállo.	Ich werde morgen auf einen Ball gehen.
Andáte *a* imparáre, *a* scrivere, *a* dormíre, *a* mangiáre.	Gehet lernen, schreiben, schlafen, essen.
Essi vanno *a* spasso, *a* passeggiáre.	Sie gehen spazieren.
Andiámo *al* caffè.	Gehen wir in's Kaffeehaus.
Per dove si va *alla* posta? *alla* dogána?	Wo geht man auf die Post? auf die Mauth?
Egli è *a* Berlino.	Er ist in Berlin.
Soggiórna *in* Firénze.	Er hält sich in Florenz auf.
Egli morì *in* Vienna.	Er starb in Wien.
Egli lo condurrà *a* Praga.	Er wird ihn nach Prag führen.
Ella giunse *a* Mónaco.	Sie kam in München an.
Egli è arriváto *in* Francoforte.	Er ist in Frankfurt angekommen.
Egli è nato *in* Londra.	Er ist in London geboren.
L'Istitúto politécnico *in* Vienna.	Das polytechnische Institut in Wien.

20

La posta parte ogni dì *per* l'Itália, *per* Venézia, *per* Roma.	Die Post geht alle Tage nach Italien, nach Venedig, nach Rom.
Egli deve recarsi *a* Miláno.	Er muß nach Mailand abreisen.
È restáto tutto il giorno *a* casa.	Er ist den ganzen Tag zu Hause geblieben.
Egli non va *a* palázzo, *a* corte.	Er geht nicht auf's Rathhaus, nach Hofe.
Di qui *a* Venézia, *a* Roma.	Von hier nach Venedig, nach Rom.

IX.

Il candóre [1], la docilità [2], la semplicità [3] sono le virtù dell' infánzia [4]. Bisogna [5] corrégger le stesso [6], prima [7] di corrégger gli altri [8]. La nobiltà [9] data [10] ai padri, perchè [11] éran virtuósi, si lasciò [12] ai figli [13], acciocchè lo diventássero anch' essi [14]. Il vero mérito [15] va sempre congiunto [16] coll' onestà [17] e colla modéstia [18], come lo è [19] il falso [20] colla vanità [21] e coll' orgóglio [22]. V'ha più [23] onore [24] nel perdonare [25], che piacére [26] nella vendetta [27]. L'inérzia [28] s'avanza [29] con passo lento [30], e presto la segue [31] la povertà [32]. Chi non vuole ascoltare [33], deve provare [34]. Una buona coscienza [35] è un buon guanciale [36]. Chi fa, non gode [37]. Aprile [38] fa il fiore [39], e Maggio [40] ne ha l'onóre [41]. Agosto matura [42], Settembre vendemmia [43]. A fummo [44], acqua [45] e fuoco [46] presto si fa luogo [47].

[1] Unschuld, Reinheit. [2] Gelehrigkeit. [3] Einfalt der Sitten. [4] Kindheit. [5] Man muß. [6] sich selbst bessern. [7] bevor man. [8] Andere. [9] Abel. [10] verliehen. [11] weil. [12] ließ man. [13] Kinder. [14] damit auch sie es werden. [15] Verdienst. [16] ist stets gepaart. [17] mit Rechtlichkeit. [18] Bescheidenheit. [19] so wie. [20] das Falsche. [21] Eitelkeit. [22] Hochmuth. [23] Es ist mehr. [24] Ehre. [25] im Vergeben. [26] Vergnügen. [27] in der Rache. [28] Trägheit. [29] rückt heran. [30] mit langsamen Schritte. [31] bald folgt ihr. [32] Armuth. [33] hören will. [34] fühlen. [35] gutes Gewissen. [36] Kopfkissen. [37] Wer arbeitet, genießt nicht. [38] April. [39] schafft die Blume. [40] Mai. [41] trägt den Ruhm davon. [42] August zeitiget. [43] September hält Weinlese. [44] Dem Rauche. [45] Wasser. [46] Feuer. [47] räumt man gar schnell den Platz.

Uebungen über das Hilfszeitwort avére.

Modo Congiuntivo.	Verbindende Art.
Presente.	Gegenwärtige Zeit.
Sai tu, che cosa *io abbia?*	Weißt du, was ich habe?
Mi pare, che *tu abbi* torto.	Es scheint mir, du habest Unrecht.
Credo, *ch'egli abbia* il mal cadúco.	Ich glaube, er habe die fallende Sucht.
Bisógna, che *abbiámo* una stufa.	Wir müssen einen Ofen haben.
Pare, che *abbiáte* male di testa.	Es scheint, daß ihr Kopfweh habet.
Vuole, che *ábbiano* buon concetto di lui.	Er will, daß sie eine gute Meinung von ihm haben sollen.
Condizionale und *Correlativo presente.*	Bedingende und beziehende gegenwärtige Zeit.
Se io *avessi* tempo, *avréi* génio d'andárvi.	Wenn ich Zeit hätte, so würde ich Lust haben dahin zu gehen.
Se tu *avessi* prudenza, non *avresti* tanti nemici.	Wenn du Klugheit hättest, so würdest du nicht so viele Feinde haben.
Avrebbe più crédito, se *avésse* migliór condótta.	Er würde mehr Credit haben, wenn er eine bessere Aufführung hätte.

Non avremmo tanta inquietúdine, se non avessimo paúra di questo.	Wir würden nicht so viel Unruhe haben, wenn wir nicht Furcht vor diesem hätten.
Se aveste economia, avreste più danáro.	Wenn ihr sparsam wäret, so würdet ihr mehr Geld haben.
Se avéssero dei buoni libri, avrébbero meno noja.	Wenn sie gute Bücher hätten, so würden sie weniger lange Weile haben.

Passato perfetto. — Völlig vergangene Zeit.

Dubitate, ch'io abbia avuto ragione?	Zweifelt ihr, daß ich Recht gehabt habe?
È probábile, che ne abbi avuto notizia.	Es ist wahrscheinlich, daß du davon Kenntniß gehabt habest.
Bisógna, ch'egli non abbia avuto danári seco.	Er muß kein Geld bei sich gehabt haben.
Suppone, che abbiamo avuto l'involto.	Er vermuthet, daß wir das Packet erhalten haben.
Non è possibile, che abbiate avuto tanto da fare.	Es ist nicht möglich, daß ihr so viel zu thun gehabt habet.
Non è credibile, che abbiano avuto cattivo fine.	Es ist nicht zu glauben, daß sie eine böse Absicht gehabt haben.

Ueber die vierte Endung. (Siehe I. Theil, §§. 38 und 402.)

Io ho nome — mi chiamo Luigi.	Ich heiße Ludwig.
Essi lo crédono (giúdicano) galant' uomo.	Sie halten ihn für einen ehrlichen Mann.
Nominóllo Giovánni.	Er nannte ihn Johannes.
Il pópolo lo elésse Re.	Das Volk wählte ihn zum König.
Lo pronunciárono e dichiárárono Gonfaloniére.	Sie ernannten und erklärten ihn zum Bannerherrn.
Lo conosco giovial uómo.	Ich kenne ihn als einen lustigen Menschen.
Egli lasciò (instituì) erede suo fratello.	Er setzte seinen Bruder zum Erben ein.
Vógliono costituire giúdice tuo padre.	Sie wollen deinen Vater zum Richter bestellen.
Non vuól soddisfáre alcúno.	Er will Keinem Genüge leisten.
Egli serve due anni il suo padrone.	Er dient seinem Herrn 2 Jahre.
Visse settant' anni (s. §. 52, Nr. 5)	Er lebte 70 Jahre.
La festa durò tre giorni.	Das Fest dauerte 3 Tage.
Ha scritto sei ore continue.	Er hat 6 Stunden in Einem fort geschrieben.
Lotàrio regnò sette anni in Itália.	Lothar regierte 7 Jahre in Italien.
Venne doménica passáta.	Er kam vorigen Sonntag.
Prende lezióne tre volte la settimána.	Er nimmt die Woche dreimal Lection.
Il terzo giorno dopo il suo ritórno.	Den dritten Tag nach seiner Ankunft.
Visse dieci anni in América.	Er lebte 10 Jahre in Amerika.
Lo aspettai quindici giorni.	Ich erwartete ihn 14 Tage lang.
Questa tela è alta un bráccio.	Diese Leinwand ist eine Elle breit.
Un viale lungo due miglia.	Eine 2 Meilen lange Allee.
Un libro grosso tre dita.	Ein 3 Finger dickes Buch.
Una cámera larga cinque piedi.	Ein 5 Schuh breites Zimmer.
Profóndo circa dieci spanne.	Bei 10 Spannen tief.
Una città distánte, discósta, lontana tre miglia.	Eine 3 Meilen entfernte Stadt.
La torre è alta quattro cento piedi.	Der Thurm ist 400 Fuß hoch.
Potévi salváre e la vita e l'ánima.	Du konntest das Leben und die Seele retten.
Un tal uomo ódia e Dio, e 'l próssimo, e 'l fratello, e l'amico.	Ein solcher Mensch haßt Gott, den Nächsten, den Bruder und den Freund.

20*

X.

Amato non sarai [1], se a te solo penserái [2]. Accóstati [3] ai buoni [4], e sarai uno di essi [5]. A grassa cucína [6], povertà vicina [7]. A frettolósa dománda [8], tarda risposta [9]. Amor [10] accieca [11] la ragione [12]. Avér sentito dire [13], è mezza bugía [14]. A gran promettitore [15] poca fede si deve [16]. Ogni noce [17] ha la sua guscia [18]. Paróle [19] una volta volate [20], non póssono [21] esser revocate [22]. Quelli che hanno più paróle [23], hanno meno fatti [24]. Secondo [25] si coltíva [26] il campo [27], rende [28] i frutti [29]. Se ari male [30], peggio mieterái [31]. Il ricco [32] è oro di fuori [33], di dentro [34] ferro [35]. È padróne [36] della vita altrui [37] chi la sua sprezza [38]. È meglio esser battuto [39] colle mani [40], ch'esser feríto [41] da cattive lingue [42]. Chi è capace [43] d'ingannáre [44] una volta [45], è traditóre [46] per sempre [47]. Chi la dura, la vince [48].

[1] Geliebt wirst du nimmer. [2] denkst du nur stets an dich allein. [3] Geselle dich. [4] Guten. [5] bald bist auch du Einer von ihnen [6] Der Küche des Schwelgers. [7] ist Armuth nicht fern. [8] Der hastigen Frage. [9] gib zögernd Antwort. [10] Liebe. [11] macht erblinden. [12] Vernunft. [13] Was man vom Hörensagen hat. [14] halb erlogen. [15] Dem Vielversprecher. [16] gib wenig Glauben. [17] Kern, Nuß. [18] Schale (Schote, Hülse). [19] Wort. [20] einmal ausgesprochen. [21] können. [22] zurückgerufen. [23] Die viel Worte haben. [24] weniger Thaten. [25] Je nachdem. [26] bebaut ist. [27] das Feld. [28] trägt es. [29] Früchte. [30] Ackerst schlecht. [31] schlechter ernten. [32] Reiche. [33] außen Gold. [34] innen. [35] Eisen. [36] Herr über. [37] das Leben Anderer. [38] der das eigene verachtet. [39] geschlagen. [40] mit Händen. [41] verwundet. [42] von Lästerzungen. [43] im Stande. [44] hintergehen. [45] einmal. [46] ein Betrüger. [47] immer. [48] Standhaftigkeit überwindet Alles.

Uebungen über das Hilfszeitwort avére.

Condizionale und Correlativo passato.

Avréi avuto bel tempo, se avessi avuto a partir oggi.

L'avresti avuto, se avessi avuto soferénza.

Avrebbe avuto la cárica, se non avesse avuto nemici.

Avremmo avuto maggiór piacére, se l'avéssimo avuto oggi.

Avreste avuto minór imbarázzo, se aveste avuto più órdine.

Se non avéssero avuto grande facoltà, non avrébbero avuto tanta servitù.

Bedingende und beziehende vergangene Zeit.

Ich hätte schönes Wetter gehabt, wenn ich hätte heute verreisen müssen.

Du hättest es bekommen, wenn du Geduld gehabt hättest.

Er hätte die Anstellung erhalten, wenn er nicht Feinde gehabt hätte.

Wir hätten ein größeres Vergnügen gehabt, wenn wir es heute erhalten hätten.

Ihr würdet weniger Verlegenheit gehabt haben, wenn ihr mehr Ordnung gehabt hättet.

Wenn sie nicht ein großes Vermögen gehabt hätten, würden sie nicht so viel Dienerschaft gehabt haben.

Imperativo.

Abbi pietà di me.

Non avér timóre di questo.

Abbia un po' di paziénza.

Non abbia soggezióne di lui.

Abbiamo costanza nei buoni proponiménti.

Abbiate corággio e precauzióne.

Gebietende Art.

Habe Erbarmen mit mir.

Sei darum nicht besorgt.

Er soll ein wenig Geduld haben.

Er soll sich vor ihm nicht scheuen.

Haben wir Standhaftigkeit in guten Vorsätzen.

Habet Muth und Vorsicht.

Non ne *abbiàte* alcun dùbbio.	Habet daran keinen Zweifel.
Abbiano moderazione e condiscen- denza.	Sie sollen Mäßigung und Nachsicht ha= ben.

Infinitivo e Gerundio.

Bisógna *avér* buone gambe.	Man muß gut zu Fuß sein.
Non nego di *avérlo avuto.*	Ich läugne nicht, es gehabt zu haben.
Avéndo egli tempo, potrà andárvi.	Da er Zeit hat, so wird er hingehen können.
Avéndo egli avuto male a un dito, non poteva scrivere.	Da er einen bösen Finger gehabt hatte, so konnte er nicht schreiben.
Per aver avuto buone raccomanda- zioni, ha ottenuto presto il posto desiderato.	Weil er gute Empfehlungen gehabt hatte, so hat er bald die gewünschte Stelle erhalten.

Ueber die sechste Endung und einige Redensarten mit da.
(Siehe I. Theil, §§. 40—42.)

Egli è ritornáto *dal* bosco.	Er ist aus dem Walde zurückgekommen.
Vengo *da* Londra — *da* casa mia.	Ich komme von London — vom Hause.
È già partito *da* Nápoli.	Er ist von Neapel schon abgereiset.
Io sono tradito *da* voi, *da* tutti.	Ich bin von euch, von Allen verrathen.
Discende *da* una schiatta nóbile.	Er stammt von einem adeligen Geschlech= te ab.
Lontáno *dai* miéi genitóri.	Weit von meinen Aeltern.
Lungi *da* Firénze.	Weit weg von Florenz.
Da chi dipendéte voi?	Von wem hängt ihr ab?
Non si distingue l'uno *dall'* altro.	Man unterscheidet den Einen von dem Andern nicht.
Ritornáre *dalla* Germánia ober *dall'* Alemágna, *dall'* Italia, *dalla* Rus- sia, *da* Torino.	Aus Deutschland, aus Italien, aus Ruß= land, von Turin zurückkehren.
Non è ancora uscito *dalla* città.	Er ist noch nicht aus der Stadt gegangen.
Portái queste carte *dal* giúdice al notajo.	Ich trug diese Papiere vom Richter zum Notar.
Da che vi ho vedúto.	Seitdem ich euch gesehen habe.
Da jeri in qua.	Seit gestern.
Sono tormentáto *dalla* gotta *da* due mesi in qua.	Ich bin seit zwei Monaten von der Gicht geplagt.
Che mi state contemplándo *da* capo a piédi?	Was betrachtet ihr mich vom Kopf bis zum Fuß?
Ossérvo, che *da* poco in qua sei di migliór colóre.	Ich bemerke, daß du seit Kurzem eine bessere Farbe hast.
Mettete *da* banda le sédie.	Stellet die Sessel bei Seite.
Andate *da* banda.	Geht aus dem Wege.
Eh! cominciámo *da* capo.	He! fangen wir von Neuem an.
Da qui a un anno ritórna di nuovo.	In einem Jahre kehrt er wieder zurück.
Da principio, *da* bel principio.	Anfangs.
Fin *da* fanciullo.	Von Kindheit an.
Fin *dalle* fasce, *dalla* culla.	Von der Wiege an.
Da parte a parte — *da* banda a banda.	Durch und durch.
Da senno? *da* vero?	Im Ernste? wahrhaftig?
Scende, cade *dal* tetto.	Er steigt, er fällt von dem Dache.
L'acqua scorre giù *dal* monte.	Das Wasser fließt vom Berge herab.
Da qui innanzi, *d'* or' avánti (§. 41).	Von nun an.
Da oggi, — *d'* oggi innanzi.	Von heute an.
Da sezzo, — *da* parte	Zu allerletzt, — bei Seite.

Da per tutto.	Ueberall.
Da un canto — *da* un lato.	Von einer Seite.
Non volévano uscire *di* qua (§. 41).	Sie wollten von hier nicht fort.
E ritornáta poc' anzi *di* Prússia.	Sie ist kurz zuvor von Preußen zurückgekommen.
Egli è *di* Augusta (§. 41).	Er ist von Augsburg.
E uscito *di* casa, *di* teatro, *di* corte, *di* palázzo, *di* città, *di* chiésa, ecc.	Er ist aus dem Hause, aus dem Theater, vom Hofe, vom Rathhause, aus der Stadt, aus der Kirche gegangen.

XI.

Il vizio [1] displace [2] agli stessi viziosi [3]. Uomo avvertito [4], mezzo munito [5]. Anche la bontà [6] spesse volte [7] è madre dei disórdini [8] e della licenza [9]. Chi apre [10] il suo cuore [11] all' ambizione [12], lo chíude [13] al ripóso [14]. Quello che puoi far oggi [15], non diferírlo [16] a domani [17]. Chi ha tempo [18], non aspetti [19] tempo, dice il proverbio [20]. Guárdati [21] dal vantare le cose tue [22]. Sórdida [23] è la lode [24] in bocca própria [25], *ovvéro* [26]: Di se stesso [27] il lodatore [28] trova presto [29] un derisóre [30]. Non t'insuperbire [31] mai di verúna cosa [32]. La supérbia [33] è figlia dell' ignoranza [34]. Non éssere [35] aváro [36], ricórdati [37] che non usare [38] è lo stesso che [39] non avére [40]. Ma guárdati anche [41] dall' éssere scialacquatore [42]. Il cavár sempre dal sacco [43], e non rimétterne mai [44], ne fa presto trovare il fondo [45].

[1] Laster. [2] mißfällt selbst. [3] Lasterhafter. [4] gewarnt. [5] verwahrt, gesichert. [6] Sogar die Güte. [7] oft. [8] erzeugt Unordnung. [9] Zügellosigkeit. [10] öffnet. [11] Herz. [12] Ehrgeiz. [13] verschließt es. [14] Ruhe. [15] Was du heute thun kannst. [16] verschiebe. [17] auf morgen. [18] Zeit. [19] erwarte. [20] Sprichwort. [21] Hüte dich. [22] deine Handlungen zu loben. [23] Garstig. [24] klingt das Lob. [25] aus eigenem Munde. [26] oder. [27] wer sich selbst. [28] lobt. [29] findet gar bald. [30] einen Spötter. [31] Sei nie stolz. [32] auf irgend etwas. [33] Stolz. [34] Unwissenheit. [35] Sei nicht. [36] geizig. [37] bedenke. [38] daß nicht benützen. [39] so viel ist als. [40] nicht besitzen. [41] Aber hüte dich gleichfalls. [42] verschwenderisch zu sein. [43] Immer aus dem Beutel nehmen. [44] und nie wieder Etwas hineinthun. [45] läßt gar bald den Boden sehen.

Vorübungen und Redensarten zu freundschaftlichen Gesprächen. Frasi ed espressioni le più usitate nella conversazione.

Höfliche Ausdrücke.

Buón giórno — ben leváto.	Guten Morgen — guten Tag.
Così di buon' ora in piédi?	Schon so früh auf den Beinen?
Le áuguro il buon giórno (S. §. 124).	Ich wünsche Ihnen einen guten Morgen.
Vossignoria oder Ella s'è leváta a buon' ora — per tempo — tardi.	Sie sind früh — bei Zeiten — spät aufgestanden.
Ha Ella dormito — riposáto bene?	Haben Sie wohl geschlafen — geruhet?
Buóna séra — felice séra.	Guten Abend.
Buóna notte — felice notte.	Gute Nacht.
Riposi bene — dorma bene.	Schlafen Sie wohl.
Le áuguro un buon appetito.	Ich wünsche Ihnen einen guten Appetit.
Parimente.	Gleichfalls.
Buon prò le fáccia.	Ich wünsche, daß es Ihnen wohl bekomme.

Buon capo d'anno.	Ein glückliches neues Jahr.
Buon viaggio.	Glückliche Reise.
Le áuguro oder le desidero un próspero successo.	Ich wünsche Ihnen Glück dazu.
Il Ciél la próspéri — la benedica.	Gott segne Sie.
Dio la guárdi.	Gott behüte Sie.
Quando avrò il piacére di rivedérla?	Wann werde ich das Vergnügen haben, Sie wieder zu sehen?
Presto — fra poco (tempo).	Bald — in kurzer Zeit.
Addío, Signóre! — a rivedérci.	Leben Sie wohl, mein Herr! — auf Wiedersehen!

Ueber die Vorwörter da und in. (Siehe 1. Theil, §§. 42, 43, 48.)

Sono stato *da* mia sorélla (§. 42).	Ich bin bei meiner Schwester gewesen.
Oggi pranzerò *dal* mercánte.	Heute werde ich beim Kaufmann zu Mittag essen.
Dopo pranzo andrò *da* lui.	Nachmittag werde ich zu ihm gehen.
E venuto stamattina *da* me.	Er ist heute Vormittag zu mir gekommen.
Egli ábita — allóggia — sta *da* suo padre; oder *in casa* di suo padre; oder *presso* suo padre.	Er wohnt bei seinem Vater.
Ella è *nella* stanza vicina.	Sie ist im Gemache daneben.
Sono quasi *in* porto.	Ich bin fast im Hafen.
Egli è *in* Austria; — *in* Morávia; *in* campágna (ob. *in* villeggiatúra).	Er ist in Oesterreich; — in Mähren; — auf dem Lande.
Egli va *nel* giardino; *in* quella camera; *in* Itália; *in* campagna; *in* Iscózia; *in* Turchia.	Er geht in den Garten; in jenes Zimmer; nach Italien; auf das Land; nach Schottland; nach der Türkei.
Morirono amendúe *in* un giorno è *in* un' ora.	Sie starben beide an dem nämlichen Tage, und zur nämlichen Stunde.
Tu eri *in* chiésa.	Du warst in der Kirche.
C'è nissúno *in* casa?	Ist Niemand zu Hause?
Egli è *nel* cortile, *nella* cucina, *nella* cantina.	Er ist im Hofe, in der Küche, im Keller.
E andáto *in* chiésa, *in* città, *in* piazza, *in* osteria, *in* teátro.	Er ist in die Kirche, in die Stadt, auf den Markt, .in's Wirthshaus, in's Theater gegangen.
Abitáva *in* quella casa.	Er wohnte in jenem Hause.
Lo trovái *in* letto.	Ich fand ihn im Bette.
António è *in* cóllera con me.	Anton ist auf mich böse.
Se ne parla *in* tutta la città.	Man spricht in der ganzen Stadt davon.
E partito *in* fretta.	Er ist in Eile abgereiset.
Vi è andáto *in* carrózza.	Er ist dahin gefahren.
Dománi potrémo andár *in* islitta.	Morgen werden wir Schlitten fahren können.
Essi sono sortiti *in* questo punto.	Sie sind in diesem Augenblicke ausgegangen.
Adésso siéte *nelle* mie mani.	Nun seid ihr in meinen Händen.
Lo prevenni *in* punta di piédi, e qui l'aspétto.	Ich kam ihm auf der Spitze der Zehen zuvor, und erwarte ihn hier.
Io mi riposo *nella* capacità di mio fratéllo.	Ich verlasse mich auf die Geschicklichkeit meines Bruders.
Alquánte cópie se ne stamperánno *in* carta velina.	Einige Exemplare werden auf Velinpapier gedruckt.

Voi siete *nel* fiór degli anni.	Ihr seid in der Blüthe eurer Jahre.
Avete avúto bel tempo *nel* vostro viággio.	Ihr habt schönes Wetter auf eurer Reise gehabt.

XII.

Guárdati [1] dalle occasioni pericolose [2]; la farfalla [3], che gira intorno al lume [4] alfin si brúcia [5] le ali [6]. Non ti beffare [7], nè mormorár [8] di nessúno [9]. Deve esser privo [10] d'ogni difetto [11] chi vuol censurare gli altrui [12]. Corréggi [13] i tuoi difetti per tempo [14]. L'álbero quando [15] ha preso cattiva piega [16], difficilmente può raddrizzarsi [17]. Süi pronto [18] ad udire [19], e tardo [20] a parlare [21]. Il savio [22] udendo più savio diventa [23]. Chi pécora [24] si fa [25], lo mangia [26] il lupo [27]. Non dimandare quella cosa [28] che tu negheresti [29]. Migliore è [30] la riprensione del savio [31] che la lode dello stolto [32]. Chi è pronto all' ira [33], è ognor [34] disposto a follía [35]. Chi vuol fuoco [36], ha da patire [37] il fumo. Contro la fortuna [38] non giova scienza alcuna [39]. Castigate [40] il cattivo [41], ed esso vi odierà súbito [42]. Chi benefício riceve [43], perde la libertà [44].

[1] Hüte dich vor. [2] gefährlichen Gelegenheiten. [3] Schmetterling. [4] um's Licht flattert. [5] verbrennt sich endlich. [6] Flügel. [7] Verspotte. [8] verleumde. [9] Niemand. [10] Der muß frei sein. [11] von jedem Fehler. [12] der die Anderer rügen, tadeln will. [13] Verbessere. [14] bei Zeiten. [15] Wenn der Baum einmal. [16] schief gewachsen ist. [17] läßt sich schwer wieder gerade richten. [18] Sei bereit. [19] zu hören. [20] zögere (spät). [21] zu sprechen. [22] Weise. [23] wird noch weiser durch's Hören. [24] zum Schaf. [25] sich macht. [26] den frißt. [27] Wolf. [28] Begehre nicht was. [29] du selbst versagen würdest. [30] mehr werth. [31] des Weisen Tadel. [32] des Thoren Lob. [33] Wer sich leicht erzürnt. [34] immer. [35] zu Thorheiten geneigt. [36] Feuer. [37] muß auch ertragen. [38] Gegen des Geschickes Macht. [39] nützt keine Wissenschaft. [40] Züchtiget. [41] Böse. [42] Gleich wird er euch hassen. [43] Wohlthat empfängt. [44] verliert die Freiheit.

Redensarten im Gespräche.

Servitór suo — Padrón mio distinto.	Ihr Diener.
Umilíssimo servo — m'inchino a Lei — le sono schiavo.	Unterthänigster Diener.
Servo divóto — divotíssimo servo; i miéi rispetti — Padrón ríverito.	Gehorsamster Diener.
Son tutto suo.	Ich bin ganz der Ihrige.
La riverisco.	Ich empfehle mich.
Come sta Vossignoria Illustríssima?	Wie befinden sich Euer Wohlgeboren?
Come va? — come se la passa?	Wie geht's?
Ella sta bene?	Sie befinden sich gut?
Bene per servírla — per ubbidirla.	Gut, Ihnen zu dienen.
Come vanno i suoi (vostri) affári? bene o male?	Wie steht es um Ihre (eure) Geschäfte? gut oder schlecht?
Bene, grázie a Dio.	Gott sei Dank, gut.
Ne godo — me ne rallégro — me ne consólo.	Es freut mich.
Mi scusi, se l'incómodo.	Vergeben Sie mir, wenn ich Ihnen ungelegen bin.
Le chiédo scusa dell' ardire.	Ich bitte Sie um Vergebung, wenn ich so frei bin.
Mi consérvi la sua grázia.	Erhalten Sie mich in Ihrer Gnade.

Con sua licénza — con permésso — con permissióne.	Mit Ihrer Erlaubniß.
Dove va Lei così in fretta?	Wohin gehen Sie so eilig?
Vuol venir con me?	Wollen Sie mit mir kommen?
Non ho tempo.	Ich habe keine Zeit.
Venga dopo pranzo da me.	Kommen Sie Nachmittag zu mir.

Redensarten mit dem Vorworte in.

In iscritto; — in istáto.	Schriftlich; — im Stande.
In primo luogo; — in fondo.	Für's Erste; — im Grunde.
In paragone di noi egli è ancóra felice.	Gegen uns ist er noch glücklich.
In mezzo del ober al paése.	Mitten im Lande.
In meno d'un' ora.	In weniger als einer Stunde.
In séguito; dopo fatto; poi.	Darauf; nach der Hand.
In caso di bisógno — in ogni caso.	Zur Noth; in jedem Falle.
In principio — in avvenire.	Zu Anfang; künftighin.
In forza ober in virtù d'un trattato.	Kraft, oder in Folge eines Vertrages.
Nell' ora stéssa.	Zu derselben Stunde.
Nel tempo stesso; — in nissúna maniera.	Zu gleicher Zeit; — auf keine Weise.
Nel cuór della Russia.	Mitten in Rußland.
Nel cuór dell' inverno.	Im strengsten Winter.
In verità; — in fatti ober di fatti.	In Wahrheit; — in der That.
Nel cuór della state.	Im heißesten Sommer.
Te lo dice in fáccia.	Er sagt es dir in's Gesicht.
In sua vece, in suo luogo.	An seiner Statt.
In questo modo, in tal modo.	Auf diese Weise.
Tutt' in un tratto; ad un tratto.	Auf einmal.
In tali circostanze.	Bei solchen Umständen.
In vista di ciò.	In Betracht dessen.
In ordine a ciò, che vi ho detto.	In Betreff dessen, was ich euch gesagt habe.
In onóre della virtù.	Zur Ehre der Tugend.
In favore dell' accusato.	Zu Gunsten des Angeklagten.
Incisore in rame.	Kupferstecher.
Perito in arte.	Kunstverständiger.
Castelli in ária.	Luftschlösser.
Dottóre in ambe le leggi.	Beider Rechte Doctor.
In tempo di guérra.	In Kriegszeiten.
Nel tempo dell' última guérra.	Während des letzten Krieges.
Colle mani in croce vi stava.	Er stand da mit kreuzweise gelegten Händen.
Torto in arco.	Wie ein Bogen gekrümmt.
Come si dice questo in tedésco? in italiano?	Wie heißt das auf deutsch? auf italienisch?
Vuotò il bicchiére in tre volte.	Er leerte das Glas auf dreimal aus.
Il suo avére consiste parte in danáro, e parte in beni stabili.	Sein Vermögen besteht theils in Geld, theils in Grundstücken.
É venuto in persóna.	Er ist persönlich gekommen.
Dovéva stare in piédi.	Er mußte stehen.
Egli si mise in ginocchióni.	Er kniete sich nieder.
In nome di Dio.	In Gottes Namen.

XIII.

Non fa 'l frate l'abito [1], nè il filósofo la barba [2], nè la toga [3] il dottór. In ogni cosa [4] sappi usar moderazione [5]. Ogni troppo [6] è vizióso [7]. Due cose [8] prívano [9] l'uomo della ragione [10] e lo fan símile alle bestie [11]: la collera [12] e l'ubbriacchezza [13]. Due cose principalmente devi imparare [14], se vuoi diventar [15] uomo saggio [16]: *Astenérti* [17] e *sostenére* [18], cioè [19]: esser temperante e paziente [20]. Spesso sotto [21] rozza [22] fronde [23] soave frutto [24] si nasconde [25]. A veste logorata [26] poca fede [27] vien prestata [28]. Tal sembra [29] in vista [30] agnello [31], che al di dentro [32] è lupo [33]. Se l'invídia [34] fosse una febbre [35], tutto il mondo [36] sarebbe infermo [37]. È meglio esser invidiato [38], che compassionato [39]. Non lodár [40] il bel giórno [41] innánzi sera [42]. Spesso [43] chiara mattína ha [44] tórbida sera [45]. Tal dà [46] consíglio [47] ad un altro per uno scudo [48], che per lui [49] non lo vorrebbe per un quattríno [50].

[1] Die Kutte macht nicht den Mönch. [2] noch der Bart den Philosophen. [3] noch der Amtsrock. [4] In allen Dingen. [5] wisse Mäßigkeit zu zeigen. [6] Jedes Zuviel. [7] tadelhaft. [8] Zwei Dinge. [9] berauben. [10] Vernunft. [11] stellen ihn den Thieren gleich. [12] Zorn. [13] Trunkenheit. [14] vor Allem lerne. [15] werden willst. [16] weiser Mann. [17] dich enthalten. [18] ertragen. [19] das heißt. [20] mäßig und geduldig. [21] Oft unter. [22] unansehnlich, roh. [23] Laub, Blatt. [24] süße Frucht. [25] verbirgt sich. [26] Zerrissener (abgenutzter) Kleidung. [27] wenig Vertrauen. [28] schenkt man. [29] Mancher scheint. [30] von außen (im Gesicht). [31] Lamm. [32] der von innen. [33] Wolf. [34] Neid. [35] Fieber. [36] Welt. [37] krank. [38] beneidet. [39] bemitleidet. [40] Lobe nicht. [41] Tag. [42] vor dem Abend. [43] Oft. [44] folgt einem heitern Morgen. [45] ein trüber Abend. [46] Mancher gibt. [47] einen Rath. [48] für einen Thaler. [49] den er für sich selbst nicht. [50] um einen Heller möchte.

Redensarten zu freundschaftlichen Gesprächen.

Come sta V. S. (Ella) di salúte?	Wie geht's mit der Gesundheit?
Sto bene — ottimamente — passabilmente — mediocremente — male.	Gut — sehr wohl — leidlich — mittelmäßig — schlecht.
Non troppo bene; — così, cosi.	Nicht gar gut; — so, so.
Ai suói comándi; discretamente.	Zu Ihren Diensten; ganz erträglich.
Obbligatissimo.	Ich bin sehr verbunden.
Le bácio le mani.	Ich küsse die Hände.
Ella ha buonissima ciéra.	Sie sehen recht gut aus.
Troppa bontà sua.	Sie sind zu gütig.
Sono ben obbligáto alla di Lei gentilézza.	Ich bin Ihnen für Ihre Güte sehr verbunden.
Ella non ha troppo buóna ciéra.	Sie sehen nicht am besten aus.
Che cosa ha?	Was fehlt Ihnen?
Sono un poco indispósto.	Ich bin etwas unpäßlich.
Me ne dispiáce — me ne rincrésce.	Es thut mir leid.
Di grázia, non mi saprebbe dire, dove allóggia il Médico N.?	Könnten Sie mir nicht gefälligst sagen, wo der Arzt N. wohnt?
Dove sta di casa il signór Chirúrgo?	Wo wohnt der Herr Chirurgus?
Qui al primo piano; a pian terréno.	Hier im ersten Stock; zu ebener Erde.
Ne la ringrázio.	Ich danke Ihnen.
Ehi! Giovanni, andate a chiamarmi il calzolajo ed il sartore.	He! Johann, gehet, holet mir den Schuster und den Schneider.
Non tardate molto a venire.	Kommet bald zurück.

Beispiele und Redensarten mit den Vorwörtern con und su.
(Siehe I. Theil, S. 20, 21 und 33.)

Si netta *col* fazzoletto.	Er wischt sich mit dem Schnupftuche ab.
Colla (con la) coda dell' occhio.	Mit dem Augenwinkel.
Temperár il vino *coll'* acqua.	Wasser unter Wein mischen
Favorite di venir *con* me oder *meco.*	Beliebet mit mir zu kommen.
Portà *teco* (con te) la lantérna.	Trage die Laterne mit dir.
Egli lo prese *seco* (con se).	Er nahm es mit sich.
Coll' andar del tempo.	Mit der Zeit.
Fu ucciso *con* una pistóla.	Er wurde mit einer Pistole getödtet.
Con sembiante turbato mi disse.	Er sagte mit betrübter Miene.
Con istúdio. *Con* istupóre.	Mit Fleiß. Mit Erstaunen.
Questi bottóni non s'accórdano *col* colóre.	Diese Knöpfe schicken sich nicht zu der Farbe.
Via di qua *con* questa cosa.	Weg mit dieser Sache.
Con bel garbo, oder *con* bella grázia.	Mit guter Art.
Con poco garbo.	Mit wenig Anstand.
Con sua buóna grázia.	Mit Ihrer gütigen Erlaubniß.
Con ogni magnificénza.	Auf's prächtigste.
Con ogni forza.	Aus allen Kräften.
Con rispetto parlando; oder salva vénia.	Mit Ehren zu melden
Magonza, città *sul* Reno.	Mainz, eine Stadt am Rhein.
Sul fatto.	Auf frischer That.
Vi prometto *sulla* mia fede.	Ich verspreche euch bei meiner Treue.
Francoforte *sull'* Odera.	Frankfurt an der Oder.
Su questa terra.	Auf dieser Erde.
Su oder *sopra* qualche tavolino.	Auf irgend einem Tische
Riccárdo assiso *su* d'un sasso.	Richard auf einem Steine sitzend.
Vóglio suonare un' ária *sul* mio clavicémbalo.	Ich will eine Arie auf meinem Clavier spielen.
Non sapréi rispóndervi *su* tal punto.	Ueber diesen Punct könnte ich euch nicht antworten.
I baúli sono *sulla* carrózza.	Die Koffer sind auf dem Wagen.
Ha piánto *sulla* di lui disgrázia.	Er hat über dessen Unglück geweint.
Ripone *sulla* sottocóppa il bicchiére.	Er stellt das Glas wieder auf den Credenzteller.
Non ha diritto verúno *sulla* mia riconoscenza.	Er hat kein Recht auf meine Erkenntlichkeit.
Riposátevi *sulla* mia paróla.	Verlaßt euch auf mein Wort.
Quello che ha in cuóre, lo ha sempre *sulla* labbra.	Was er im Herzen hat, hat er immer auf der Zunge.
La casa dà *sulla* strada.	Das Haus geht auf die Straße.
Le stelle non hanno alcun inflússo *sugli* uómini.	Die Sterne haben keinen Einfluß auf die Menschen.
Sul far del giorno, oder *in sul* náscere del giorno.	Beim Anbruch des Tages.
Sul far della sera, oder *in sulla* sera.	Gegen Abend.
Sulla (oder *in sulla*) mezza notte.	Gegen Mitternacht.
In sul monte; *in sulla* távola.	Auf dem Berge; auf dem Tische.

XIV.

Un fine amáro fa [1] scordare del principio dolce [2]. Tal ha paúra [3], che minacciar osa [4]. Quanto meno l'uomo è veduto [5], tanto

[1] Ein bitteres Ende macht. [2] einen süßen Anfang vergessen. [3] Mancher hat selbst Furcht. [4] der zu drohen wagt. [5] Je seltener man einen Menschen sieht.

più è desiderato[6]. Tali dobbiamo essere[7], quali vogliámo comparíre[8]. Quello che vuoi[9], che gli altri tácciano[10], tácilo tu il primo[11]. Schiavo altrui si fa[12], chi dice[13] il suo segreto[14]. In età d'anni venti[15] non si vede[16] come a quella di quaranta[17]. Tutti gli uómini[18] più a dir che ad operár son pronti[19]. Più vede[20] un ócchio del padróne[21], che quattro de' servitóri[22]. Odi, vedi e taci[23], se vuói víver in pace[24]. La clemenza[25] è l'impronto più nóbile[26] della Maestà[27]. Non bisógna[28] far ciò[29], che negli altri si condanna[30]. Píccol préstito fa[31] un amíco, ed un grande[32] fa un nemíco[33]. Le ragióni[34] del póvero non pésano[35]. È un artifízio scaltro[36] il lodár uno[37] per biasimare un altro[38].

[6] desto mehr wünscht man ihn zu sehen. [7] So sollen wir sein. [8] wie wir scheinen möchten. [9] Was du willst. [10] daß Andere verschweigen. [11] das verschweige du zuerst. [12] Zum Sclaven Anderer macht sich. [13] wer verräth. [14] sein eigenes Geheimniß. [15] Mit zwanzig Jahren. [16] sieht man nicht. [17] wie mit vierzig. [18] Menschen. [19] bereitwilliger zu sprechen, als zu handeln. [20] mehr sieht. [21] ein Auge des Herrn. [22] Diener. [23] Höre, sieh' und schweige. [24] wenn du in Frieden leben willst. [25] Die Milde (Güte). [26] das edelste Kennzeichen (Abdruck, Gepräge). [27] Majestät. [28] Man muß. [29] das nicht thun. [30] was man an Andern tadelt. [31] kleines Darlehen macht. [32] großes aber. [33] Feind. [34] Die Gründe. [35] haben kein Gewicht. [36] Es ist ein feiner Kunstgriff. [37] den Einen zu loben. [38] um den Andern zu schmähen.

Redensarten im Gespräche.

Ben venùta Vossignoria (V. S.).	Willkommen, mein Herr.
Ben tornata V. S. — mi congrátulo con Lei oder mi rallégro del suo felice ritórno.	Ich freue mich, daß Sie glücklich zurückgekommen sind.
Mi rallegro di vedérla.	Es freut mich, Sie zu sehen.
Mi pare cent' anni che non ho avuto il piacér di vedérla.	Es scheint mir eine Ewigkeit, daß ich nicht das Vergnügen gehabt habe, Sie zu sehen.
Quanto è, che è venùta?	Wie lange ist's, daß Sie angekommen sind?
Quando è ritornáta?	Wann sind Sie zurückgekommen?
Sono ritornáto un mese fa.	Ich bin vor einem Monate zurückgekommen.
Chi è di là? non c'è nissúno?	Wer ist da? Ist Niemand da?
Date una sédia — date da sedére a questo Signore.	Gebet diesem Herrn einen Sitz.
Si serva — s'accómodi, La prego — ne la súpplico — resti servita.	Bedienen Sie sich — ich bitte, nehmen Sie Platz — Setzen Sie sich gefälligst.
Si metta e sedére — segga accanto a me — resti a sedére — prenda una sédia.	Setzen Sie sich nieder — setzen Sie sich neben mich — bleiben Sie sitzen — nehmen Sie einen Stuhl.
La ringrázio, vóglio restáre in piédi.	Ich danke Ihnen, ich will lieber stehen.
Non s'incómodi, La prego	Ich bitte, bemühen Sie sich nicht.
Fáccia conto d'essere a casa sua.	Thun Sie, als ob Sie zu Hause wären.
Non fate cerimónie — complimenti.	Machet keine Umstände.

Beispiele und Redensarten mit dem Vorworte per. (Siehe §§. 21, 52.)

Lo fo per piacére, e non per dovére.	Ich thue es aus Vergnügen, und nicht aus Schuldigkeit.
L'ha preso pel mantéllo.	Er hat ihn beim Mantel genommen.

Io lo tenni *per* un galantuómo.	Ich hielt ihn für einen rechtschaffenen Mann.
Io parlo *per* vostro vantággio.	Ich rede zu eurem Vortheile.
Per vergógna divénue rosso.	Aus Scham wurde er roth.
Per riguárdo dell' amíco.	In Rücksicht des Freundes.
Lo indússe *per via* di minácce.	Er bewog ihn durch Drohungen.
Soffre *per cagióne* di lui.	Er leidet seinetwegen.
Mo ti da lui venívano *per* consiglio.	Viele kamen zu ihm um Rath.
Venne *per le* poste.	Er kam mit der Post.
Egli vien giórno *per* giorno.	Er kommt Tag für Tag.
Lo dico *pel* vostro bene.	Ich sage es zu eurem Besten.
Io *per* me saréi di paráre.	Ich für mich wäre der Meinung.
Ah Signóre! *per* carità non mi pre- cipitáte.	Ach Herr, um Gottes willen! macht mich nicht unglücklich.
Il sangue *per le* vene agghiaccia.	Das Blut starret in den Adern.
Per le ville, *per i* campi, *per le* vie e *per le* case di dì e di notte mo-ríeno. *(Bocc.)*	In den Landhäusern, auf dem Felde, auf den Straßen und in den Häusern starben sie bei Tag und bei der Nacht.
Per poco saréi cadúto.	Es fehlte wenig, so wäre ich gefallen.
Per lo consiglio di colui.	Auf dessen Anrathen.
Fu seppellito *per* morto.	Er wurde für todt begraben.
Li lasciárono *per* morti.	Sie ließen sie für todt liegen.
L'ha presa *per* moglie.	Er hat sie zum Weibe genommen.
Andáre *per* una cosa.	Gehen, um Etwas zu holen.
Menáre *per la* mano.	An der Hand führen.
Per un tempo determináto.	Auf eine bestimmte Zeit.
L'ha imprestato *per* quindici giorni.	Er hat es auf vierzehn Tage geliehen.
Per lo passáto } *Per l'*addiétro } si vivéva bene.	Vorher, ehedem lebte man gut.
Panno *per* un vestito.	Tuch zu einem Kleide.
Entráre *per la* finestra, *per* l'úscio.	Zum Fenster hineinsteigen; zur Thür hineingehen.
Porterò le spese *per* metà.	Ich werde die Auslagen zur Hälfte tra- gen.
Valútano il fiorino *per* (oder a) venti grossi.	Sie rechnen den Gulden zu 20 Groschen.
Non lo posso dare *per meno* di diéci fiorini.	Unter zehn Gulden kann ich es nicht geben.

XV.

La prudenza[1] può conseguir più[2] che gli eccessi[3]. Tal volta[4] un momento decíde[5], e mille altri[6] sono gettati[7]. Si dee più con-tare[8] sulla probità[9] d'un uomo, che sul suo giuramento[10]. Non bisogna mai ingerirsi[11] di comandare[12], senza avér prima impa-rato ad obbedire[13]. Chi è presto a giudicár[14], presto si pente[15]. Chi tardi arríva[16], mal allóggia[17]. Chi fabbrica su quel d'altri[18], perde[19] la calcina e la pietra[20]. Chi non vede[21] il fondo[22], non passi l'acqua[23]. A colui che vuol far male[24], mai gli manca occa-

[1] Klugheit. [2] kann mehr durchsetzen. [3] als der Hitzkopf (das aufbrausende We- sen). [4] Manchmal. [5] entscheidet ein Augenblick. [6] tausend andere. [7] fruchtlos (weg-geworfen). [8] Man soll mehr rechnen (bauen). [9] auf die Rechtlichkeit. [10] Schwur. [11] Man soll sich's nie herausnehmen. [12] zu befehlen. [13] ohne vorher gehorchen ge-lernt zu haben. [14] schnell aburtheilt. [15] bereuet auch schnell. [16] spät kommt. [17] schlecht beherbergt. [18] auf Anderer Boden baut. [19] verliert. [20] den Mörtel und die Steine. [21] sieht. [22] Grund. [23] setze nicht über das Wasser. [24] Dem, der Böses thun will.

sione²⁵. Chi vuol ammazzár²⁶ il suo cane²⁷, basta che dica²⁸, che è arrabbiato²⁹. Chi pinge³⁰ il fiore³¹, non gli dà odóre³². La diligenza³³ è fecónda³⁴ di dolci frutti³⁵. Il piacére³⁶ è il nemico³⁷ della frequenza³⁸. Un ánima allégro³⁹ non invídia⁴⁰ un príncipe. Un tugúrio⁴¹ di paglia⁴², dove si ride⁴³, val più⁴⁴ che un palazzo⁴⁵, dove si piange⁴⁶.

²⁵fehlt es nie an Gelegenheit. ²⁶erschlagen will. ²⁷Hund. ²⁸braucht nur zu sagen. ²⁹daß er toll ist. ³⁰malt. ³¹Blume. ³²gibt ihr keinen Geruch. ³³Der Fleiß. ³⁴fruchtbar. ³⁵an süßen Früchten. ³⁶Das Vergnügen. ³⁷Feind. ³⁸der Wiederholung. ³⁹fröhliches Gemüth. ⁴⁰beneidet keinen. ⁴¹Eine Hütte. ⁴²Stroh. ⁴³wo man lacht. ⁴⁴ist mehr werth. ⁴⁵Palast. ⁴⁶wo man weint.

Höfliche Redensarten.

È già lungo tempo — è già un bel pezzo, che non ebbi il piacér di vederla.	Es ist schon lange, daß ich nicht das Vergnügen hatte, Sie zu sehen.
È Ella stata sempre bene?	Haben Sie sich immer gut befunden?
Vuól restár servita a pranzo? — vuól favorire a cena?	Wollen Sie auf Mittag da bleiben? — wollen Sie zum Nachtmahl mir die Ehre erweisen?
Vuól avér la bontà di far meco quattro passi?	Wollen Sie die Güte haben, mit mir ein wenig spazieren zu gehen?
Non posso accettár le sue grázie.	Ich kann von Ihrer Güte keinen Gebrauch machen.
Gliene rendo infinite grázie.	Ich danke Ihnen recht sehr.
Molto sensibile alla sua bontà.	Ich bin von Ihrer Güte sehr gerührt.
Non vóglio recarle più incómodo — vóglio levárle l'incómodo.	Ich will Ihnen nicht mehr beschwerlich fallen — ich will Ihnen nicht mehr ungelegen sein.
Ormai se ne vuól andáre?	Sie wollen schon gehen?
Si tratténga ancora un poco.	Verweilen Sie noch ein wenig.
Per questa volta convien ob. bisógna che la preghi di dispensármene.	Ich muß für dieses Mal um Vergebung bitten.
Ha poi tanta premúra?	Haben Sie denn solche Eile?
Ha molta fretta, Signóre.	Sie eilen sehr, mein Herr.
Bisogna, ch'io me ne vada.	Ich muß gehen.
Ho degli affari di premúra.	Ich habe dringende Geschäfte.
Io parlo schietto, senza soggezione.	Ich spreche ganz aufrichtig.
Spero dunque d'aver l'onore un' altra volta.	Ich hoffe also ein anderes Mal die Ehre zu haben.
Mi favorisca più spesso.	Geben Sie mir öfters die Ehre.
Ella si consérvi.	Bleiben Sie wohl auf.
A buon rivedérci — al piacére di rivedérla.	Auf gutes Wiedersehen.

Redensarten mit dem Vorworte per.

Per la prima, per l'última volta.	Zum ersten, zum letzten Mal.
Anno per anno.	Jahr aus, Jahr ein.
Per poco tempo, per breve spázio di tempo.	Auf kurze Zeit.
Per mancánza di danáro.	Aus Mangel an Geld.
Per amór suo — in grázia sua — in sua considerazióne.	Aus Liebe zu ihm.
Per mia fè.	Bei meiner Treue.

Per tempo — di buon' ora.	Bei Zeiten.
Una volta per sempre.	Ein= für allemal.
Per suo libero volére — spontanea= mente.	Von freien Stücken.
Per viággio — per istráda.	Unterwegs.
Per ora non posso.	Vor der Hand kann ich nicht.
Va per gradi.	Es geht stufenweise.
Per qual ragióne?	Warum? aus welchem Grunde?
Per buona sorte.	
Per buona ventúra.	Zum Glück.
Per avventura.	
Per disgrázia.	Zum Unglück.
Per atto di amicizia.	Aus Freundschaft.
— — di carità.	— Menschenliebe.
— — di conveniénza.	— Höflichkeit.
Ci va per mare o per terra?	Reiset er zu Wasser oder zu Land?
Pezzo per pezzo, parte per parte.	Stück für Stück.
Per Dio! per carità!	Um Gotteswillen!
Conóscer per fama. Per ispaventáre.	Von Namen kennen. Um zu erschrecken.
Per lo che, per lo quale.	Weßwegen.
Per lo meno. Per lo più.	Wenigstens. Meistens.
Per poco — quasi saréi morto.	Ich wäre beinahe gestorben.
Per un anno, per un' ora, per un giórno.	Ein Jahr lang, eine Stunde, einen Tag lang.
Chiamar per nome.	Beim Namen nennen.
Per potér ch'ella ábbia.	Welche Macht sie auch haben mag.
Per pensiéri che avésse.	So viel er auch zu denken habe.
Per quanti siano i nostri nemici.	So zahlreich auch unsere Feinde sein mögen.
Per quante lágrime ei spárga.	So viele Thränen er auch vergießen möge.
Per quanta forza avér mai possa.	So stark er auch sein mag.

XVI.

Dio ti guardi [1] da un ricco [2] impoverito [3], e da un póvero [4], quand' è arricchito [5]. Dono [6] rinfacciato [7] non è ringraziato [8], nè gradito [9]. Distrugge [10] la sua fede [11] chi spesso giura [12]. La gioventù [13] è una febbre continua [14] e l'ebbrietà [15] della ragione [16]. Dai buoni s'impara [17] la bontà [18], dai cattivi e malvagi [19] la malvagità [20]. Chi smarrita [21] ha la strada [22], torni indietro [23]. Chi solo si consiglia [24], solo si pente [25]. Come salnterai [26], salutato sarai [27]. Si ricéve l'óspite [28] secondo l'ábito [29], e si accommiata [30] secondo il discorso [31]. Dopo il fatto [32] ognuno è buon consigliere [33]. Scrivi [34] le offese [35] nell' aréna [36], e i benefízj [37] nel marmo [38]. Domandár [39]

[1] Bewahre dich vor. [2] Reiche. [3] verarmt. [4] Arme. [5] wenn er reich geworden. [6] Geschenk. [7] vorgeworfen. [8] gedankt, erhält keinen Dank. [9] wohl aufgenommen, angenehm. [10] zerstört, verliert. [11] allen Glauben. [12] oft schwört. [13] Jugend. [14] ununterbrochenes Fieber. [15] Trunkenheit. [16] Vernunft. [17] lernt man. [18] Güte, Gutes thun. [19] Böse und Ruchlose. [20] Ruchlosigkeit. [21] verfehlt. [22] Weg. [23] kehre um. [24] sich allein Rath gibt. [25] bereuet auch allein. [26] grüßen wirst. [27] wird man dir danken. [28] man empfängt den Fremden (Gast). [29] nach seinem Kleide. [30] und entläßt ihn. [31] nach seiner Rede. [32] Nach geschehener That. [33] weiß Jeder guten Rath. [34] Schreibe. [35] Beleidigung. [36] Sand. [37] Wohlthat. [38] Marmor. [39] ersuchen, bitten.

non è villanía[40], ma l'offrir[41] è cortesía[42]. Dove l'oro parla[43], ogni lingua tace[44]. Parla poco[45], e parla bene, se vuoi essere stimato[46] un uomo di mérito[47]. Una testa[48] sávia rende[49] la bocca[50] stretta[51]. Non ti fidar mai troppo[52] di persona ancór ignota[53], e d'un nemico riconciliato[54].

[40] Unart. [41] aber anbieten. [42] ist eine Höflichkeit. [43] wo das Gold spricht. [44] verstummet jede Zunge. [45] Sprich wenig. [46] wenn du gehalten werden willst. [47] Verdienst. [48] Kopf. [49] macht. [50] Mund. [51] eng (macht zurückhaltend im Reden). [52] Traue nicht zu sehr. [53] einem noch Unbekannten [54] versöhnter Feind.

Redensarten zu freundschaftlichen Gesprächen.

Ho l'ónore di riverirla.	Ich habe die Ehre, Ihnen mein Compliment zu machen.
Che fortuna! una volta ho pur il piacér di vedérla.	Welches Glück! habe ich doch endlich einmal das Vergnügen, Sie zu sehen.
Signorina mia, ho ben piacére di ritrovárla in buóna salúte.	Mein Fräulein, es freuet mich unendlich, Sie in guter Gesundheit wiederzusehen.
Gliene sono sommamente tenúta.	Ich bin Ihnen recht sehr dafür verbunden.
Ella sta sempre bene?	Sie befinden sich immer wohl?
Bene, grázie al ciélo — grázie a Dio — a Dio le grázie — sia ringraziato il ciélo.	Gott sei Dank! gut — dem Himmel sei Dank!
Dove fu Ella in questo frattempo?	Wo waren Sie die Zeit hindurch?
Era qualche tempo in campagna.	Ich war einige Zeit auf dem Lande.
Si è Ella divertita bene?	Haben Sie sich gut unterhalten?
O sì, ci siamo divertiti da principi.	O ja, wir haben uns fürstlich unterhalten.
Questo mi fa piacére.	Das freuet mich sehr.
Ne godo próprio — ne provo somma allegrézza.	Es freuet mich ungemein — ich fühle darüber eine große Freude.
È già lungo témpo, che m'era proposto di venir a farle una visita.	Es ist schon lange, daß ich mir vorgenommen hatte, Ihnen einen Besuch abzustatten.
Era io pure intenzionáto di venir uno di questi giórni a ritrovárla; temeva quasi, ch'Ella fosse indispósta.	Ich selbst war Willens, Sie dieser Tage zu besuchen; ich besorgte fast, daß Sie unpäßlich wären.
Ella è troppo cortese, gentile.	Sie sind zu gütig, zu gefällig.
Gódo in verità di vedérla così prosperósa.	Es freuet mich in der That, Sie so ganz wohlauf zu sehen.
Ella ha una bellissima ciéra, divénta sempre più grassa.	Sie sehen sehr gut aus, und werden immer fetter.
Quest' ária mi conferisce molto.	Diese Luft schlägt mir gut an.

Beispiele und Redensarten über tra und fra, zwischen, unter.
(Siehe I. Theil, §. 22, S. 21.)

Io sto *fra* 'l timóre e la speránza.	Ich bin zwischen Furcht und Hoffnung.
Tra oder *fra* amici si può parlare liberaménte.	Unter Freunden kann man frei reden.
Fratto scóglio e 'l fiume.	Zwischen dem Felsen und dem Flusse.
Il più sfortunáto *fra* genitóri.	Der Unglücklichste der Väter.
Fra gli uómini. *Fra gl'* infelici	Unter den Menschen. Unter den Unglücklichen.
Discórdia *fra* marito e móglie.	Uneinigkeit zwischen Mann und Frau.

Ciò resti *fra di* noi; sia detto *fra* noi.	Das soll unter uns bleiben.
Io dicéva *fra* me stesso.	Ich sagte bei mir selbst.
Egli verrà *fra* dieci giórni.	Er wird binnen 10 Tagen kommen.
Fra qui e pasqua; *fra* qui e otto giorni.	Zwischen jetzt und Ostern; binnen 8 Tagen.
Non lo so, ma lo saprò bene *tra* poco.	Ich weiß es nicht, aber in kurzem werde ich es wohl erfahren.
Perdéttero i nemici *tra* morti e prigioniéri nove mila uomini.	Die Feinde verloren an Todten und Gefangenen 9000 Mann.
Ve lo dirò *fra* quattro occhj.	Ich werde es euch unter vier Augen sagen.
Tra noi passa una stretta amicizia.	Wir sind innige Freunde.
Hanno parláto sempre sotto voce *fra* loro due.	Beide haben unter sich immer leise gesprochen.

Ueber einige Beiwörter. (Siehe I. Theil, S. 36 und 37.)

Il soldáto *tedesco.*	Der deutsche Soldat.
La moda *francése.*	Die französische Mode.
La marina *inglése.*	Die englische Marine.
L'Impéro *Russo.*	Das russische Reich.
Il pópolo *spagnuólo.*	Das spanische Volk.
Un vascéllo *turco.*	Ein türkisches Schiff.
L'accadémia *fiorentina.*	Die florentinische Akademie.
Il Regno *Lombárdo-Véneto.*	Das lombardisch-venetianische Königreich.
Le province *vénete.*	Die venetianischen Provinzen.
Un cittadino *milanése.*	Ein Mailänder Bürger.
La diéta *germánica.*	Der deutsche Bundestag.
Le truppe *austriache.*	Die österreichischen Truppen.
Una figúra *quadrata.*	Eine viereckige Figur.
Una forma *triangolare.*	Eine dreieckige Form.
Una piazza *rotónda.*	Ein runder Platz.
Cappello *nero, nericcio.*	Schwarzer, schwärzlicher Hut.
Piúme *biánche, bianchicce.*	Weiße, weißliche Federn.
Nastri *verdi, verdigni, verdicci.*	Grüne, grünliche Bänder.
Garófani di color *giallo, gialliccio.*	Nelken von gelber, gelblicher Farbe.
Fazzoletto *rosso, rossiccio, rossigno.*	Rothes, röthliches Schnupftuch.
Vióla *turchina.*	Blaues Veilchen.
Ferro *caldo, rosso.*	Heißes, rothglühendes Eisen.
Carne *pútrida.*	Faules Fleisch.
Pan *fresco.*	Frisch gebackenes Brot.
Acqua *tórbida.*	Trübes Wasser.
Acqua *piována.*	Regenwasser.
Un uomo *ragionévole.*	Ein vernünftiger Mann.
Una Donna *magnánima.*	Eine großmüthige Frau.
Un frutto *poco saporito.*	Eine wenig schmackhafte Frucht.
Un uómo *assái savio.*	Ein sehr weiser Mann.
Un vino *molto forte.*	Ein recht starker Wein.
Non ho mire *così* eleváte.	Ich habe keine so hohen Absichten.
Una vécchia *oltre modo* astúta.	Eine überaus listige Alte.
Un uómo *prepoténte.*	Ein übermüthiger Mann.
Acqua *bollénte.*	Siedendes Wasser.
Vento *stridénte.*	Rauschender Wind.
Uomo *erudito, letteráto.*	Ein gelehrter Mann.
Albero *florito.*	Ein Baum in der Blüte.
Omicidio *premeditáto.*	Vorsätzlicher Todtschlag.

21

XVII.

Dove l'uomo [1] non è conosciuto [2], quando parla [3], non gli è creduto [4]. La virtù [5] senza prudenza [6] è una bellezza [7] senza occhj [8]. Ciocchè costa poco [9], è molto caro [10], tostochè [11] è superfluo [12]. Un grano d'ardire [13] fa le veci [14] d'una grande abilità [15]. Di rado [16] il médico piglia medicine [17]. Difender [18] la sua colpa [19], è un' altra [20] colpa. Di mal erba [21] non si fa buon fieno [22]. Dietro una muráglia [23] o una siepe [24] non dir [25] il tuo segreto [26]. Molto e ben parlare [27] si tróvano di rado insieme [28]. Molte volte [29] chi fugge l'orso [30], s'incontra [31] nel leóne [32]. Non vi è peggior lite [33], che tra sangue e sangue [34]. È meglio un magro accordo [35], che una grassa sentenza [36]. Gli uomini si conoscono [37] al parláre [38], e le campáne [39] al suonare [40]. Si gode meno di ciò [41] che si ottiéne [42], che di ciò che si spera [43]. Il passato [44] e il futuro [45] ci pajon [46] sempre migliori del presente [47]. Cattive lingue tágliano più [48] che spade [49].

[1] Wo der Mensch. [2] nicht bekannt ist. [3] da wird ihm auch, wenn er spricht. [4] nicht geglaubt. [5] Tugend. [6] ohne Klugheit. [7] Schönheit. [8] Auge. [9] was wenig kostet. [10] sehr theuer. [11] sobald. [12] überflüssig. [13] ein Gran, ein Bischen Kühnheit. [14] vertritt die Stelle. [15] Geschicklichkeit. [16] gar selten. [17] nimmt ein Arzt Medicin. [18] beschönigen (vertheidigen). [19] Fehler (Schuld). [20] ein zweiter. [21] aus schlechtem Grase. [22] wird kein gutes Heu. [23] Hinter einer Mauer. [24] Zaun. [25] sprich nie aus. [26] Geheimniß. [27] sprechen. [28] trifft man selten zusammen. [29] Sehr oft. [30] vor dem Bären flieht. [31] stößt auf. [32] Löwe. [33] Kein ärgerer Streit. [34] zwischen Blutsverwandten. [35] magerer Vergleich. [36] fetter Prozeß. [37] erkennt man. [38] am Sprechen. [39] Glocke. [40] am Klingen. [41] Man erfreut sich weniger über das. [42] was man erhält. [43] was man hoffet. [44] Vergangenheit. [45] Zukunft. [46] scheinen uns. [47] Gegenwart. [48] böse Zungen schneiden schärfer. [49] Schwerter.

Redensarten zu freundschaftlichen Gesprächen.

Dove va Ella? — dove va Lei adésso?	Wo gehen Sie jetzt hin?
Vado in chiésa — vado a casa.	Ich gehe in die Kirche — nach Hause.
D'onde vien Ella?	Woher kommen Sie?
Io vengo dal mercáto — vengo da casa.	Ich komme vom Markte — vom Hause.
Io vado un' po al passéggio.	Ich gehe ein wenig spazieren.
Andiamo a spasso — a passeggiáre.	Gehen wir spazieren?
Mi vuól fare compagnia?	Wollen Sie mir Gesellschaft leisten?
Ben volentiéri; con tutto il cuóre.	Sehr gerne; — von ganzem Herzen.
Perchè nò? ciò può ben éssere.	Warum nicht; dies kann wohl leicht sein.
In buon' ora! a Lei non posso dare un rifiúto.	Wohlan! Ihnen kann ich nichts abschlagen.
Cosa fa la sua signóra sorélla?	Was macht Ihre Frau Schwester?
È un po' incomodata.	Sie ist etwas unpäßlich.
Mi dispiace estremamente.	Es thut mir unendlich leid.
Da quando in qua?	Seit wann?
Dall' altro jeri.	Seit vorgestern.
Iu vero, me ne dispiace, mi rincresce.	Wahrlich, es thut mir leid.
Oggi si sente molto male	Heute fühlt sie sich recht schlecht.
Mi spero, che ciò non sarà di duráta.	Ich hoffe aber, daß dies von keiner Dauer sein wird.
Questa mattina si sente già un po' meglio.	Diesen Morgen befindet sie sich schon etwas besser.

Mi riverisca tanto la signora madre. | Grüßen Sie mir vielmal die Frau Mutter.
Non mancherò di far le sue parti — | Ich werde nicht ermangeln es auszu-
o di portar le sue grázie. | richten.

Beispiele über einige Beiwörter. (Siehe §. 65.)

Il *grosso* dell' esército. | Die Hauptarmee.
Quel *poco* di vino non basta. | Der wenige Wein ist nicht hinreichend.
Un *poco* di bene, *un poco* di male. | Etwas Gutes, Etwas Böses.
Mi diéde *poca* carne. | Er gab mir wenig Fleisch.
Vi era *molta* gente. | Es waren viele Leute da.
Avéva *troppe* spese. | Er hatte zu viele Unkosten.
Un *galant'* uomo. | Ein ehrlicher Mann.
Un uomo *galante*. | Ein feiner, artiger Mann.
Egli aveva *proprio* vestito. | Er hatte sein eigenes Kleid.
Un vestito *proprio*. | Ein sauberes Kleid.
Un *gentil* uómo. | Ein Edelmann.
Un uomo *gentile*. | Ein feiner, höflicher, artiger Mann.
Il *póver* uomo! quanto deve soffrire. | Der arme Unglückliche! wie muß er leiden.
L'uomo *póvero*. | Der arme Mann (im Gegensatze von reich).

Gran *cosa* veramente. | Wahrlich ein wunderbares Ding.
Cosa *grande*. | Ein großes Ding.
Un *dolce* sonno. | Ein sanfter Schlaf.
Un tempo *dolce*. | Ein gelindes Wetter.
Una *certa* notizia. | Eine gewisse (d. i. irgend eine) Nachricht.

Una notizia *certa*. | Eine gewisse (zuverlässige) Nachricht.
Panno *alto*. | Breites Tuch.
Stile *Dantésco*, *Boccaccésco*, *Petrar-chésco*, *pittorésco*. | Styl nach Art des Dante, Boccaccio, Petrarca; ein malerischer Styl.
A uso *cagnésco*, *gattésco*, *furbésco*. | Nach Art der Hunde, der Katzen, der Schelme.

Beiwörter, die einen Genitiv regieren.

Abbondánte di biáde. | Ueberfluß an Getreide habend.
Di mille prégi *adorno*. | Mit tausend Vorzügen geschmückt.
Ammalato / Infermo } di corpo e di ánima. | Krank an Leib und Seele.
Ardente d'invidia. | Brennend vor Neid.
Aváro / Cúpido } di danári e ricchézze. | Geizig, begierig nach Geld und Reichthum.
Arido di ricchézze. | Begierig nach Reichthümern.
Asperso, imbrattato di sángue. | Mit Blut bespritzt, befleckt.
Bello / Piccolo } di persóna. | Schön, klein von Person.
Benemérito della pátria. | Um das Vaterland verdient.
Bianco di carnagione. | Weiß von Fleischfarbe.
Ha bisógno di cento fiorini. | Er hat hundert Gulden nöthig.
Bramóso di glória. | Ruhmbegierig.
Brutto di viso. | Häßlich von Gesicht.
Capace di tutto. | Zu Allem fähig.
Certo di una cosa. | Von einer Sache überzeugt sein.
Colmo di onóre. | Mit Ehren bedeckt.
Colpévole del delitto. | Des Verbrechens schuldig.

21*

XVIII.

Chi servizio fa[1], servizio aspetti[2]. I panegiristi[3] per lo più[4] sono bugiardi[5]. Gl' invidiosi[6] muójono[7], ma non[8] l'invidia[9]. L'orgoglio deriva[10] dalla mancànza[11] di riflessione[12] e di conoscenza[13] di noi stessi[14]. Più[15] l'uomo si conosce[16], più egli è disposto[17] all' umiltà[18]. Chi troppo vuol farsi temére[19], di rado si fa amare[20]. Allorchè un cieco[21] vuol guidar[22] l'altro, cádono entrambi[23] nella fossa[24]. Città affamata[25], tosto espugnata[26]. Nella cóllera[27] non conviene eseguir mai nulla[28]. La difficoltà[29] è una specie[30] d'incanto[31], che sparisce dinanzi[32] all intrépido[33]. Chi si scusa[34] senza esser accusato[35], fa chiaro[36] il suo peccato[37]. Il gusto[38] degli uomini va soggetto[39] a molte vicende[40]. L'onore rassomiglia[41] alla neve[42], che mai più acquista il candór primo[43], perduto che l'ábbia una volta[44]. Buona incúdine[45] non teme martello[46]. Batti[47] il buono, egli migliora[48], batti il cattivo[49], egli peggiora[50]. Benchè la bugía[51] sia veloce[52], la verità la raggiunge[53].

[1] Dienste erweiset. [2] darf Dienste erwarten. [3] Lobredner. [4] meistens. [5] Lügner. [6] Neider. [7] sterben. [8] nicht aber. [9] Neid. [10] Stolz entspringt aus. [11] Mangel. [12] an Ueberlegung. [13] Kenntniß. [14] unser selbst. [15] Je mehr. [16] kennt. [17] geneigt. [18] Demuth. [19] Wer sich allzu gefürchtet machen will. [20] macht sich selten beliebt. [21] Wenn ein Blinder. [22] führen. [23] fallen beide. [24] Grube. [25] Eine ausgehungerte Stadt. [26] ist bald eingenommen. [27] Zorn. [28] soll man nie Etwas ausführen. [29] Schwierigkeit. [30] eine Art. [31] Zauber. [32] verschwindet vor. [33] Unerschrockener. [34] entschuldigt. [35] beschuldigt. [36] befundet. [37] Vergehen, Sünde. [38] Geschmack. [39] unterworfen. [40] vielen Veränderungen (Schicksal). [41] Die Ehre gleicht. [42] Schnee. [43] der seinen ersten Glanz nie wieder erlangt. [44] hat er ihn einmal verloren. [45] guter Amboß. [46] fürchtet keinen Hammer. [47] Strafe (schlage). [48] er wird besser. [49] Böse. [50] er wird schlechter. [51] Wenn gleich die Lüge. [52] schnell. [53] ereilt sie doch.

Redensarten zu freundschaftlichen Gesprächen.

Addio caro, dove si va?	Gott zum Gruß, mein Lieber, wo gehen Sie hin?
Vado a far una visita, e poi andrò a teátro.	Ich gehe einen Besuch abzustatten, und dann werde ich in's Theater gehen.
Vi sarà una gran folla.	Es wird sehr voll sein.
Dove sen va Lei, se la dimanda è lécita?	Wohin gehen Sie, wenn ich Sie fragen darf?
Mia sorélla vuóle ad ogni patto che io vada da lei.	Meine Schwester will durchaus, daß ich zu ihr gehe.
L'ho veduta passáre poc' anzi.	Ich habe sie kurz vorher vorbeigehen gesehen.
Questa sera verrò da Lei a far una partita.	Ich werde diesen Abend zu Ihnen kommen, um eine Partie zu spielen.
L'aspetto infallibilmente.	Ich erwarte Sie gewiß.
Si ricordi della promessa.	Erinnern Sie sich des Versprechens.
Le do parola d'esser qui prima delle sei.	Ich gebe Ihnen mein Wort, vor sechs Uhr hier zu sein.
Ha perduto molto danáro al giuóco.	Er hat viel Geld im Spiele verloren.
Io lo compiánsi di cuóre.	Ich habe ihn wahrhaft sehr bemitleidet.
Quando è arriváta, s'è permésso domandárle?	Wann sind Sie angekommen, wenn ich Sie fragen darf?

Arrivái jer sera, a notte molto avanzáta.	Ich kam gestern Abend an, sehr spät in der Nacht.
In che albérgo allóggia?	In welchem Gasthause wohnen Sie?
Al bue d'oro.	Im goldenen Ochsen.
La posso pregar del suo indirizzo?	Darf ich Sie um Ihre Adresse bitten?
Eccoci il mio indirizzo.	Hier ist meine Adresse.
Non vorrebbe venir domani da me a pranzo?	Wollten Sie nicht morgen bei mir zu Mittag speisen?
Non so, se avrò tempo.	Ich weiß nicht, ob ich Zeit haben werde.
Ho dato a qualcuno un appuntamento.	Ich habe Jemanden bestellt.
Addio Signore.	Gott befohlen, mein Herr.
I miéi saluti a casa — faccia i miei complimenti.	Richten Sie zu Hause meine Empfehlung aus.
Le son obbligato, — ne la ringrazio.	Ich bin Ihnen sehr verbunden, — ich danke Ihnen.

Fortsetzung der Beiwörter, die einen Genitiv regieren.

Cómplice del furto.	Mitschuldig am Diebstahl.
Composto di dóppia natura.	Aus zwei Naturen zusammengesetzt.
Consapévole del fatto.	Wissenschaft von einer That haben.
Contento della sua sorte.	Mit seinem Schicksal zufrieden.
Poco curante dell' avvenire.	Wenig um die Zukunft bekümmert.
È curioso di sapere	Er ist begierig zu wissen.
Débole di salute	Schwach an Gesundheit.
Degno di lode	Des Lobes würdig.
Desideroso di una cosa	Auf Etwas begierig sein.
Difettoso di persona.	Der körperliche Gebrechen hat.
Franco di posta.	Postfrei.
Fornito di sperienza, di danaro.	Mit Erfahrung, mit Geld ausgerüstet oder versehen.
Geloso del suo potére.	Auf seine Macht eifersüchtig.
Gonfio de' proprj successi.	Ueber seinen günstigen Erfolg aufgeblasen.
Incerto dell' avvenire.	Ungewiß über die Zukunft.
Incaricato di affari pubblici.	Mit Staatsgeschäften beauftragt.
Indegno di stima.	Der Achtung unwürdig.
Egli mi è inferiore di rango.	Er hat den Rang nach mir.
Innocente dell' omicidio.	Unschuldig am Todtschlage.
Invidioso della fortuna altrui.	Einem seines Glückes wegen neidisch sein.
Liberale, parco di lodi.	Freigebig, sparsam an Lobsprüchen.
Mancante di danari.	Dem es an Geld fehlt.
Nativo di Leópoll.	Aus Lemberg gebürtig.
Nóbile di náscita e costumi.	Edel an Geburt und Sitten.
Ornato di superbe statue.	Mit prächtigen Statuen geziert.
Pago, soddisfatto di una cosa.	Zufrieden mit Etwas.
Pállido di colore.	Blaß von Farbe.
Partécipe del bottino.	Der an der Beute Antheil hat.
Egli è pieno di conoscenze.	Er ist voll Kenntnisse.
Póvero di spirito.	Arm am Geiste.
Assai pratico delle cose antiche.	In den Alterthümern sehr erfahren.
Privo { d'umanità.	Ohne Menschlichkeit.
di buon senso.	Ohne Verstand.
di ogni avere.	Von allem Vermögen entblößt.
Proprio dell' arte.	Zur Kunst gehörig.
Provvisto dell' occorrevole.	Mit dem Nöthigen versehen.
Reo di morte.	Des Todes schuldig.
Ricco di beni di fortuna.	Reich an Glücksgütern.

Moneta *scarsa di* peso.	Eine nicht vollwichtige Münze.
La gioventù *studiosa delle* belle arti.	Die Jugend, welche sich auf die schönen Künste verlegt.
Borsa *vuóta di* danaro.	Ein an Geld leerer Beutel.

XIX.

Ben servir[1] acquistà[2] amici, ed il vero dir[3] nemici. Chi perde[4] la fede[5], non ha più altro da pérdere[6]. Chi disprezza[7] la scienza[8], mostra di non conóscerlà[9]. L'ignoranza[10] è la notte[11] dello spirito, è una notte senza luna[12] e senza stelle[13]. Ben sa[14] il sávio che non sa nulla[15], ma il matto[16] crede sapér ogni cosa[17]. Si ammírano i talenti[18], si loda[19] la beltà, si onóra[20] la virtù, ma si ama[21] la bontà. Avanti che tu conosca[22], non lodare, nè disprezzare[23]. Amicizia riconciliata[24] è come[25] una piaga mal saldata[26]. A casa del vostro compare[27] ogni sera[28] non bisogna[29] andare. La bellezza[30] è come un fiore[31] che nasce, e presto muore[32]. Bisogna[33] lodar il mare, e tenérsi[34] alla terra. Chi sempre ride[35] spesso inganna[36]. La vera modestia[37] è come un albero[38] folto[39], che nasconde sotto[40] le sue foglie[41] le frutta[42] che produce[43]. Un momento[44] di piacére ha spesso[45] un' intera vita[46] di dolore[47], che gli succede[48]. Guárdati da chi[49] non ha che pérdere[50].

[1] Gute Dienste erzeigen. [2] erwirbt. [3] die Wahrheit sagen. [4] verliert. [5] Vertrauen. [6] hat nichts mehr zu verlieren. [7] verachtet. [8] Wissenschaft. [9] zeigt, daß er sie nicht kennt. [10] Unwissenheit. [11] Nacht. [12] Mond. [13] Sterne. [14] Gar wohl weiß. [15] nichts. [16] Thor, Narr. [17] Alles. [18] Man bewundert die Talente. [19] lobt. [20] ehrt. [21] liebt. [22] bevor du Jemand kennst. [23] sollst du ihn weder loben, noch verachten. [24] wieder versöhnte Freundschaft. [25] gleicht. [26] einer schlecht geheilten Wunde. [27] in deines Gevatters Haus. [28] alle Abend. [29] mußt du nicht. [30] Schönheit. [31] Blume. [32] die aufkeimt und bald vergeht. [33] man soll. [34] sich halten. [35] lacht. [36] täuscht oft (betrügt). [37] Bescheidenheit. [38] Baum. [39] dicht belaubt. [40] verbirgt unter. [41] Blätter, Laub. [42] Früchte. [43] hervorbringt. [44] Augenblick. [45] oft. [46] ein ganzes Leben. [47] Schmerzen. [48] nachfolgen. [49] Hüthe dich vor dem. [50] der nichts zu verlieren hat.

Höfliche Redensarten und Fragen.

È egli permesso di domandárle?	Ist es erlaubt Sie zu fragen?
Cosa comanda?	Was befehlen Sie?
Che cosa cerca?	Was suchen Sie?
Chi cerca, chi dimanda?	Wen suchen Sie? nach wem fragen Sie?
Domanda forse di me?	Fragen Sie vielleicht nach mir?
A chi parlate voi?	Mit wem sprechet Ihr?
Che c'è? — che cos'è?	Was gibt's?
Alcun la domanda.	Es fragt Jemand nach Ihnen.
Come si dice — come si chiama questo in italiano?	Wie nennt man das im Italienischen?
Quanto costa questa roba?	Was kostet diese Sache?
Quanto le devo?	Wie viel bin ich Ihnen schuldig?
Non è questo troppo caro?	Ist dies nicht zu theuer?
Dove si vende carta? inchiostro?	Wo verkauft man Papier? Tinte?
Dove va Lei così in fretta?	Wohin gehen Sie so eilfertig?
Come dite? che dite? che cosa dite?	Wie? was sagt ihr?
Che vuol dir questo?	Was soll das bedeuten?

Chi è colui?	Wer ist Jener?
Mi par di conoscerlo — la sua fiso- nomia non mi è nuova.	Er kommt mir bekannt vor — sein Gesicht ist mir nicht unbekannt.
L'ho sulla punta della lingua.	Ich habe ihn auf der Zunge.
Di chi è quel temperino?	Wem gehört jenes Federmesser?
Che ne dice?	Was sagen Sie davon?
È Ella in órdine? pronta?	Sind Sie fertig?
A che serve questo?	Wozu dient das?
Di che ridete?	Worüber lachet ihr?
Che significa questo?	Was bedeutet dies?
Di che paese è egli?	Aus welchem Lande ist er?
Egli è di Vienna.	Er ist aus Wien.
D'onde venite?	Woher kommt ihr?

Beiwörter, die den Dativ regieren.

Pópolo *avvezzo alle* armi.	Ein an die Waffen gewöhntes Volk.
È *attento alle* sue parole.	Er ist auf seine Worte aufmerksam.
Buono *allo* scopo destinato.	Gut zum vorhabenden Zwecke.
Egli non è *buono a* niente.	Er taugt zu nichts.
Caro *agli* amici.	Seinen Freunden theuer.
Chiaro, *evidente a* tutti.	Allen einleuchtend.
Conforme *alla* legge.	Dem Gesetze gemäß.
Contrario *al* buon ordine.	Der guten Ordnung zuwider.
Non è *convenevole a'* tuoi desiderj.	Es ist deinen Wünschen nicht entspre- chend, dienlich.
È *costretto a* farlo.	Er ist gezwungen es zu thun.
Dannoso *alla* salute.	Der Gesundheit schädlich.
Dédito *allo* studio.	Dem Studiren ergeben.
Destinato *a* vendere.	Zum Verkauf bestimmt.
Disposto, preparato, *pronto a* vostro servizio.	Zu euren Diensten bereit.
Esposto *ai* pericoli.	Den Gefahren ausgesetzt.
Facile *a'* trasporti.	Hitzig, aufbrausend.
Fedele, *infedele alla* promessa data.	Dem gegebenen Versprechen treu — un- treu.
Grato *al* Principe.	Dem Fürsten angenehm.
Ignoto *a* tutti.	Allen unbekannt.
Inclinato, propenso *alla* concordia, *alla* pace.	Zur Einigkeit geneigt, friedliebend.
Tutto *intento alla* musica.	Ganz mit der Musik beschäftigt.
Insensibile *alle* mie lágrime.	Unempfindlich bei meinen Thränen.
Novico, *nocevole alla* salute.	Der Gesundheit schädlich, nachtheilig.
Odioso *al* popolo.	Verhaßt beim Volke.
Egli era *presto a* farlo.	Er war gleich bereit, es zu thun.
Proporzionato *alle* parti.	Im Verhältnisse mit den Theilen.
Pronto all' ira.	Jähzornig.
Non è *soggetto a* nessuno.	Er ist von Niemanden abhängig.
Avanzi *sfuggiti all'* edacità dei sécoli.	Ueberreste, die dem nagenden Zahn der Zeit entkommen sind.
Sorda *ai* preghi di alcuno.	Gegen Jemandes Bitten taub sein.
Utile *alla* pátria; — *inutile, funesto a* lui stesso.	Dem Vaterlande nützlich; — für ihn selbst unnütz, verderblich.
Una città *vicina al* mare.	Eine nahe am Meere gelegene Stadt.

XX.

Chi per tutto[1] vuol dire la verità, non trova ospitalità[2]. Chi in presenza[3] ti teme[4], in assenza[5] ti nuoce[6]. Chi due lepri caccia[7], l'una perde[8], e l'altra lascia[9]. È meglio un uccello[10] in gábbia[11], che cento per l'aria[12]. Servitù offerta[13] non è mai stimata[14]. Se la pazzía[15] fosse dolóre[16], in ogni casa[17] si udiríano[18] lamenti[19]. Chi promette per altri[20], paga per se[21]. Con gran Signori[22] bisogna usár poche paróle[23]. L'industria[24] è la mano dritta[25], e la frugalità[26] la man sinistra[27] della fortuna[28]. Ogni cosa è ben data per la pace[29]. Il pane mangiato[30] è presto dimenticato[31]. Chi ha un cattivo nome[32] è mezzo impiccato[33]. Tardi grida[34] l'uccello, quand' egli è preso[35]. Un matto[36] sa più domandare[37] che sette[38] savj rispóndere[39]. Ogni bel giuoco[40] vuol durar poco[41]. Più fa valére la cosa[42], che più la desídera[43]. Il mondo ricompensa[44] più spesso[45], l'apparenza[46] del mérito[47], che il mérito in effetto[48]. Più fácile è giudicare le ópere[49], che non è a farle[50].

[1] Ueberall. [2] findet nirgends Gastfreundschaft. [3] in deiner Anwesenheit. [4] fürchtet. [5] Abwesenheit. [6] schadet. [7] zwei Hasen jagt. [8] verliert den einen. [9] läßt den andern laufen. [10] Vogel. [11] Käfig. [12] Luft. [13] Angebotene Dienste. [14] werden nie geschätzt. [15] Narrheit. [16] schmerzte. [17] in allen Häusern. [18] hörte man. [19] Wehklagen. [20] für Andere verspricht. [21] zahlt für sich selbst. [22] Bei großen Herren. [23] muß man sich kurz fassen. [24] Betriebsamkeit. [25] rechte Hand. [26] Mäßigkeit, Nüchternheit. [27] linke. [28] Glück. [29] Frieden. [30] Gegessenes Brod. [31] bald vergessen. [32] in schlechtem Rufe steht. [33] gehenkt. [34] Zu spät schreit. [35] gefangen. [36] Narr. [37] kann mehr fragen. [38] sieben. [39] beantworten. [40] schönes Spiel. [41] muß kurz währen. [42] Desto höher steigert man die Sache im Werthe. [43] je mehr man sie wünscht. [44] belohnt. [45] öfters. [46] Schein. [47] Verdienst. [48] selbst (in der That). [49] Werke beurtheilen. [50] als sie machen.

Höfliche Redensarten und Fragen.

Che gente è quella?	Was sind dies für Leute?
Che vuol ch' io le dica?	Was wollen Sie, daß ich Ihnen sage?
Che mai c'è a provare?	Was kann es schaden, es zu versuchen?
Ma chi sa?	Aber wer weiß?
Ma come lo sa?	Aber wie wissen Sie es?
Che mai vi viene in testa?	Was fällt euch ein?
Che ci vuol fare?	Was wollen Sie da thun?
Quali sono le sue ragioni?	Welche sind seine Gründe?
A chi l'avete dato?	Wem habt ihr es gegeben?
Per chi lo fate?	Für wen macht ihr es?
Ha egli di che vivere?	Hat er zu leben?
Che lettere son queste?	Was sind dies für Briefe?
Di qual sorta?	Von welcher Art?
Qual dúbbio avete voi?	Welchen Zweifel habt ihr?
Non c'è che dire.	Hier ist nichts zu sagen.
Non c'è altro, ci vuol pazienza.	Hier ist nichts anderes zu thun, man muß Geduld haben.
Non ti ricórdi di lui?	Erinnerst du dich seiner nicht?
Non si cura egli di lei?	Bekümmert er sich nicht um sie?
Non l'ha ricevuto da te?	Hat er es nicht von dir erhalten?
Non l'ha inteso da loro?	Hat er es nicht von Ihnen gehört?
Poss' io sapere chi glielo ha detto?	Darf ich wissen, wer es Ihnen gesagt hat?

Da chi ha Ella intéso questo?	Von wem haben Sie dieses gehört?
Conosce Ella questo signore?	Kennen Sie diesen Herrn?
Non si può sovvenire d'averlo veduto?	Können Sie sich nicht entsinnen, ihn gesehen zu haben?
Credo, che sia un uomo, che intenda ragione.	Ich glaube, daß er ein billiger Mann sei.
A che tante ceremonie?	Wozu so viele Umstände?
A che proposito ha detto egli questo?	Bei was für Gelegenheit hat er dies gesagt?
Mi dica, si può sapere il perchè?	Sagen Sie mir, darf man wissen warum?

Beiwörter mit dem Ablativ. (§. 40.)

Alieno dallo studio.	Dem Studiren abgeneigt.
Assente da un luogo.	Abwesend von einem Orte.
Dipendente dagli elementi.	Von den Elementen abhängig.
Discosto da' suoi.	Von den Seinigen entfernt.
Distante dalla città.	Von der Stadt entlegen.
Diverso dall' originale.	Vom Original abweichend.
Diviso dal padre.	Vom Vater getrennt.
Decaduti dai privilegi di cittadino.	Verlustig aller bürgerlichen Rechte.
Esente da qualunque superstizione.	Von jedem Aberglauben frei.
Esule dalla patria.	Aus dem Vaterlande verwiesen.
Immune da ogni gravezza.	Von jeder Last befreit.
Indipendente da suo padre.	Unabhängig von seinem Vater.
Una villa *lontana da* Roma.	Ein von Rom entlegenes Landgut.
Puro da ogni colpa.	Rein von aller Schuld.
Scevro da ogni passione.	Frei von jeder Leidenschaft.
Sicura da' pericoli.	Sicher vor Gefahren.
Stanco dal viaggio.	Müde von der Reise.

Beiwörter mit den Vorwörtern in und per.

Esser *assiduo in* alcun lavoro.	Fleißig über einer Arbeit sein.
Biasimevole in tutto.	In Allem tadelnswerth.
Egli è *destro, spedito in* questa cosa.	Dies geht ihm gut von der Hand.
Domiciliato in Magonza.	In Mainz ansäßig.
Esercitato, erudito nell' arte di guerra.	Geübt, erfahren in der Kriegskunst.
Egli era *in* quell' arte *dottissimo* ed *espérto*.	Er war in jener Kunst sehr gelehrt und erfahren.
Imperito nelle cose fisiche.	Unerfahren in der Physik.
Valente, eccellénte in poesia.	Geschickt, vortrefflich in der Dichtkunst.
Virtuóso nel canto.	Virtuos im Singen.
Un uomo *chiáro per* nobiltà, e *famóso per* le sue imprése.	Ein Mann, vornehm durch seine Geburt, und durch seine Thaten berühmt.
Destinato per la solénne funzióne.	Für die feierliche Function bestimmt.
Infáme per molti misfatti.	Vieler Missethaten wegen verabscheuungswürdig.
Pregiabile per la sua magnanimità e *per* il suo ingégno.	Seiner Großmuth und seines Verstandes wegen schätzenswerth.

Nach den Beiwörtern, die den Genitiv regieren, nimmt der Infinitiv das Vorwort di, und nach jenen, die den Dativ regieren, das Vorwort a vor sich.

Sarei *vago, curióso di* sapérlo.	Ich wäre begierig, es zu wissen.
Egli è *degno di* esser premiáto.	Er verdient belohnt zu werden.

Sollecito d'eseguire gli ordini del suo padróne.	Eifrig die Befehle seines Herrn zu vollziehen.
Abile, atto, buóno, abituáto *a* fare la tal cosa.	Fähig, tauglich, gut, geübt, diese Sache zu verrichten.
Pronto, disposto a servírvi.	Bereit, bereitwillig euch zu dienen.
Destináto a véndere.	Zum Verkaufe bestimmt.
Egli è *tardo a* venire.	Er kommt spät.
E cosa *facile, difficile a* oder *da* fare.	Das ist leicht, schwer zu thun.
Piacévole, dilettévole a ob. *da* sentire.	Angenehm zu hören.
Mirábile a vedére.	Wunderbar zu sehen.
Buóno a ob. *da* mangiáre.	Gut zu essen.
Aspro a gustáre.	Herb zu kosten.
Soáve a ob. *da* odoráre.	Angenehm zu riechen.
Turpe, brutto — bello a ob. *da* vedére.	Häßlich — schön zu sehen.
Mórbido a toccáre.	Weich anzufühlen.
Il *primo,* l'*último a* entráre.	Der zuerst, zuletzt hineingeht.

XXI.

Arditamente pícchia[1] alla porta[2] chi buone nuove apporta[3]. A chi fa male[4], mai máncano scuse[5]. Al nemico che volta la schiena[6], fátegli[7] un ponte[8] d'argento. Tanto va[9] la mosca[10] al miele[11], chè vi lascia[12] il capo[13]. Spesso[14] sotto bel guanto[15] si nasconde[16] brutta[17] mano. Non bisogna crédere facilmente[18], nè rispondere spensieratamente[19]. Niente facendo s'impara[20] a far male[21]. La terra e la calcína[22] cuoprono[23] i mancamenti[24], che fa[25] la medicina. Il letto[26] e 'l fuoco[27] fanno l'uomo da poco[28]. Gran dormír non è[29] senza ogni[30], gran parlar[31] non è senza menzógne[32]. Ambasciadór[33] non porta pena[34]. Chi séguita la preda[35], la vittória distrugge[36]. Le persone più destre[37] comméttono alle volte[38] gli errori più grossolani[39]. Il migliór uomo, se dovesse portare[40] i suoi falli[41] scritti in fronte[42], non oserebbe[43] levare il cappello[44] dagli occhj. Chi non sa negare[45], non sa regnare[46].

[1] Dreist klopft an. [2] Thür. [3] wer — bringt. [4] Böses thut. [5] mangeln nie Entschuldigungen. [6] den Rücken kehrt. [7] bauet. [8] Brücke. [9] so lange geht. [10] Fliege. [11] Honig. [12] läßt. [13] Kopf. [14] Oft. [15] Handschuh. [16] verbirgt sich. [17] garstig, häßlich. [18] allzu leicht. [19] unüberlegt. [20] durch Nichtsthun lernt man. [21] Böses thun. [22] Kalk. [23] bedecken. [24] Fehler. [25] begeht. [26] Bett. [27] Feuer. [28] untauglich zur Arbeit. [29] lang schlafen bleibt nicht. [30] Träume. [31] viel sprechen. [32] Lügen. [33] Abgesandte. [34] trägt keine Schuld (der Knecht kann nicht für den Herrn). [35] der Beute nachjagt. [36] bringt sich um den Sieg. [37] geschicktesten. [38] begehen bisweilen. [39] plumpsten Fehler. [40] tragen müßte. [41] Fehler. [42] an der Stirne geschrieben. [43] würde es nicht wagen. [44] den Hut abzunehmen. [45] Wer nichts abschlagen kann. [46] weiß nicht zu regieren.

Höfliche Redensarten und Fragen.

Che cosa fa di buóno? — di bello?	Was machen Sie Gutes? — Schönes?
Che giórno è oggi?	Was ist heute für ein Tag?
Come si divérte il dopo pranzo?	Wie bringen Sie den Nachmittag zu?
Come passa Ella il tempo?	Wie bringen Sie die Zeit zu?
Dove sta di casa? dove allóggia?	Wo wohnen Sie?
Perchè non parla Ella?	Warum reden Sie nicht?
Perchè mi fa questa ciéra?	Warum machen Sie mir diese Miene?

Che partito si ha qui da préndere? — Was soll man da anfangen?

E così, come se la inténde? — Und so, was gedenken Sie zu thun?

Che rimédio c'è? che c'è da fare? — Was ist hier für ein Mittel? was ist hier zu thun?

C'è nissúno in casa? — Ist Niemand zu Hause?

Signóre, alcún la domanda. — Mein Herr, Jemand fragt nach Ihnen

Ascólti, senta un poco. — Hören Sie einmal

Che c'è ai suói comandi? — Was steht zu Ihren Befehlen?

Ehi! di grázia! — favorisca! — Haben Sie die Gnade — die Güte!

Chi è? chi chiáma? che cosa vuóle? che è succésso? — Wer ist es? wer ruft? was wollen Sie? was ist geschehen?

Perchè non parláte ad alta voce? — Warum sprechet ihr nicht laut?

Perchè non glielo dite a bocca? — a voce? — Warum saget ihr es ihm nicht mündlich?

È venúto a tempo? — Ist er zu rechter Zeit gekommen?

Quando è andato a ritrovár il suo amico? — Wann ist er seinen Freund besuchen gegangen?

Che cosa ti ha mandáto a dire? — Was ließ er dir sagen?

Quanto tempo è, che è partito? — che è in viàggio? — Wie lange ist es, daß er abgereiset — daß er auf der Reise ist?

Quante miglia vi sono? — Wie viele Meilen sind dahin?

Lo sai di certo? — Weißt du es gewiß?

Quando esce di casa? — Wann geht er aus?

Egli è fuór di città; — in sobbórgo. — Er ist außer der Stadt; — in der Vorstadt.

Quanti anni ha? che età ha Ella? — Wie alt sind Sie?

Ho venti sette anni. — Ich bin 27 Jahre alt.

Ella certo non li móstra. — Sie sehen gewiß nicht so alt aus.

Ella è nel fior degli anni. — Sie sind in der Blüte Ihrer Jahre.

Quanti ne abbiámo del mese? — Denn wievielten haben wir?

Ueber eigene Namen. (Siehe I Theil, pag. 49—53.)

Dio oder Iddio lo faccia. — Gott gebe es.

Così Iddio m'ajúti. — So wahr mir Gott helfe.

Dio ce ne guardi. — Gott bewahre uns davor.

La bontà di Dio. — Die Güte Gottes.

Teti reca l'armi ad Achille. — Thetis überreicht dem Achilles die Waffen.

Jeri parlái a Carolina. — Gestern sprach ich mit Carolinen.

Nettúno salva Enéa dalle mani d'Achille. — Neptun rettet den Aeneas aus den Händen des Achilles.

Il clemente Iddío. — Der gütige Gott.

Il Dio de' nostri padri. — Der Gott unserer Väter.

Gli Déi degli antichi Románi. — Die Götter der alten Römer.

L'Olimpo, degli Déi sede. — Der Olymp, der Sitz der Götter.

Il férreo Marte. — Der eiserne Mars.

Il Gióve del Campidóglio. — Der Jupiter vom Capitol.

Il Dio Mercúrio. — Der Gott Mercur.

La Dea Giunóne. — Die Göttin Juno.

Il magnánimo Dioméde. — Der großmüthige Diomedes.

La giocónda Vénere. — Die anmuthige Venus.

Enéa, figlio del valoróso Anchise. — Aeneas, ein Sohn des tapfern Anchises.

Il cleménte Tito. — Der gütige Titus.

Il valoróso Cesare. — Der tapfere Cäsar.

Il crudél Neróne. — Der grausame Nero.

L'Orlándo furióso. — Der wüthende Roland.

I Ciceróni ed i Virgilj sono molto rari. — Die Cicerone und die Virgile sind sehr selten.

l'Arábia deserta. — Das wüste Arabien.

Il Salomóne del Nord.	Der Salomo des Nordens.
L'Orázio toscáno (Fúlvio Testi).	Der toscanische Horaz.
Il Sofocle moderno (Vittório Alfiéri).	Der Sophokles unserer Zeit.
Al parér *del Maffei* (d. i. poéta M.).	Nach der Meinung des Maffei.
I Sonetti *del Petrarca.*	Die Sonette des Petrarca.
L'Ariosto morì in Ferrara.	Ariosto starb in Ferrara.
I quadri *del Corréggio* (d. i. del pittore C.).	Die Gemälde des Correggio.
Le tragédie *di Vincenzo Grarina.*	Die Trauerspiele des Vincenz Gravina.
L'Aminta *di Torquato Tasso.*	Der Aminta des Torquato Tasso.
Paolina ha *i* capelli biόndi, *il* naso aquilino, *le* guance piéne e vermiglie. (Siehe §. 122.)	Pauline hat blonde Haare, eine Adlernase, volle rothe Wangen.
Giácome ha *la* vista corta, ma l'udíto fino.	Jacob hat ein kurzes Gesicht, aber ein feines Gehör.
Quest' albero ha *la* scorza dura.	Dieser Baum hat eine harte Rinde.
I grandi hanno *le* braccia lunghe.	Die Großen haben lange Hände.
Ottávio sa *l'*italiano, *il* tedésco ed *il* francése.	Octavius kann italienisch, deutsch und französisch.
Oggi deve far egli *la* sentinella (oder la guárdia).	Heute muß er Schildwache stehen.
Sláte *il* benvenúto.	Seid mir willkommen.
Augurátegli *il* buon giόrno.	Wünschet ihm einen guten Morgen.
Ottόne *il Grande.*	Otto der Große.
Le gesta di Alessandro *il Grande.*	Die Thaten Alexanders des Großen.
Filippo *il Bello.*	Philipp der Schöne.
Alfonso *il Sávio.*	Alphons der Weise.
Giuliáno *l' Apostata.*	Julianus der Abtrünnige.
Génova *la Superba.*	Genua die Stolze.
Carlo *Magno.*	Carl der Große.
Costantino *Magno*, padre di Costanzio.	Constantin der Große, Vater des Constantius.
Ferdinándo *primo.*	Ferdinand der Erste.
Carlo *secόndo.*	Carl der Zweite.
Enrico *quarto.*	Heinrich der Vierte.
Pio *séttimo.*	Pius der Siebente.
Cleménte *décimo quarto.*	Clemens der Vierzehnte.

XXII.

Chi vuol conservár[1] un amico, ossérvi[2] queste tre cose: l'onόri[3] in presénza[4], lo lodi[5] in asςénza[6], e l'ajúti[7] nei bisogni[8]. Vedéndo uno[9], lo conosci mezzo[10], udéndolo parlare[11], lo conosci tutto[12]. Non far male a chi[13] ti può far peggio[14]. Più bella è la beltà[15] del cuore di quella del volto[16]. Parole dolci[17] raffrénano[18] grand' ira[19]. Quando il leone[20] è morto[21], le lepri[22] gli sáltano addosso[23]. L'ira non sa tenér la língua a segno[24]. Più n'uccíde la gola[25] che la spada[26]. L'arte di conservare[27] non è mi-

[1] Wer sich erhalten will. [2] beachte. [3] er ehre ihn. [4] in seiner Gegenwart. [5] lobe ihn. [6] Abwesenheit. [7] helfe ihm. [8] Noth. [9] Siehst du Einen. [10] kannst du ihn halb kennen. [11] hörst du ihn sprechen. [12] kannst du ihn ganz erkennen. [13] Thue Keinem wehe, der. [14] weher thun kann. [15] Schönheit. [16] als die des Antlitzes. [17] sanft. [18] besänftigen. [19] Zorn. [20] Löwe. [21] todt. [22] Hasen. [23] springen auf ihn hinauf. [24] weiß die Zunge nicht im Zaume zu halten. [25] Gefräßigkeit (Lüsternheit, Gurgel) tödtet mehr. [26] Schwert. [27] Kunst zu erhalten.

nor[28] di quella di conquistare[29]. L'invidioso non dà a nessuno[30] maggior tormento[31] che a se stesso[32]. Lo stolto considera[33] il dono[34], il sávio[35] considera l'animo[36]. Lo spírito e l'ingegno[37] non hanno punto che fare con la náscita[38]. Non gli anni, ma il sapér[39] pesa e misura[40]. Chi sa coprír[41] la sua ignoranza[42], è quasi[43] più sávio di colui che fa pompa[44] del suo sapére.

[28]geringer. [29]erwerben. [30]Der Neider verursacht Keinem. [31]Dual. [32]sich selbst. [33]Der Thor berücksichtiget. [34]Gabe. [35]Weise. [36]das Herz (des Gebers). [37]Geist und Verstand. [38]haben mit der Geburt nichts zu schaffen. [39]Nicht die Jahre, sondern das Wissen. [40]messe und wiege ab. [41]verbergen. [42]Unwissenheit. [43]fast. [44]welcher prangt.

Von Neuigkeiten.

Che c'è di nuóvo?	Was gibt es hier Neues?
Che nuóve abbiamo?	Was haben wir für Neuigkeiten?
Non sa Ella niente di nuovo?	Wissen Sie nichts Neues?
Non ho intéso nulla.	Ich habe nichts gehört.
Non so niénte.	Ich weiß nichts.
Mi sorprende, ch'Ella non ábbia intéso niénte.	Ich wundere mich, daß Sie nichts gehört haben.
Che si raccónta di bello per la città?	Was spricht man Schönes in der Stadt?
Le posso raccontar molto poco.	Ich kann Ihnen sehr wenig erzählen.
Ho intéso dire, che avrémo pace.	Ich habe gehört, daß wir Frieden bekommen.
Si parla d'un viággio dell' Imperatóre.	Man spricht, daß der Kaiser eine Reise unternehmen wird.
Quando si crede, che partirà?	Wann glaubt man, daß er abreisen wird?
Non si sa.	Man weiß es nicht.
Dove si dice ch'andrà?	Wo soll er hingehen?
Chi dice in Itália, chi in Germánia.	Einige sagen nach Italien, andere nach Deutschland.
Da chi l'ha intéso Ella?	Von wem haben Sie es gehört?
E la gazzétta, che ne dice?	Und was sagt die Zeitung?
No l'ho letta ancóra.	Ich habe sie noch nicht gelesen.
Ha Ella avúto nuóve di suo fratello?	Haben Sie Nachrichten von Ihrem Bruder?
Mi scrisse l'altro giórno.	Er hat mir neulich geschrieben.
Non mi scrisse mai dacchè è partito.	Er schrieb mir nicht seitdem er abgereist ist.
Io gli scrissi l'ordinário passáto	Ich schrieb ihm vergangenen Posttag.

Ueber die Weglassung des Wortes der unbestimmten Einheit uno.
(Siehe §. 130.)

Egli è Románo, Fiorentino, Tedésco, Sássone, Russo, Svedése, Danése, Milanése, Veneziáno.	Er ist ein Römer, ein Florentiner, ein Deutscher, ein Sachse, ein Russe, ein Schwede, ein Däne, ein Mailänder, ein Venezianer.
Quelle tre dame sono francési.	Jene drei Damen sind Französinnen.
Egli è capitano.	Er ist ein Hauptmann.
Questa dama è un' Italiána di mia conoscénza.	Diese Dame ist eine Italienerin von meiner Bekanntschaft.
Egli è un ufficiále di gran mérito.	Er ist ein sehr verdienstvoller Officier.
Egli è pazzo.	Er ist ein Narr.
Egli è forestiére.	Er ist ein Fremder.
Quelli sono ésteri — straniéri.	Jene dort sind Ausländer — Fremde.

Egli è amico del teátro.	Er ist ein Freund des Theaters.
Farsi médico, avvocáto.	Ein Arzt, ein Advocat werden.
Io sono di ciò conoscitóre.	Ich bin ein Kenner davon.
Aspetto rispósta senza fallo.	Ich erwarte ohne weiters eine Antwort.
Egli era uomo rozzo e sevéro.	Er war ein rauher und strenger Mann.
Venne da luogo sospétto.	Er kam von einem verdächtigen Orte.
Egli è in cattivo stato.	Er ist in einem schlechten Zustande.
Questi fióri rendono buon odóre.	Diese Blumen geben einen guten Geruch von sich.
Prender móglie, prender marito.	Eine Frau, einen Mann nehmen.
La dignità di Sovráno il richiéde.	Die Würde eines Souveräns erfordert es.
Lo mise in luogo sicuro.	Er stellte es an einen sichern Ort.
Pare oder sembra galant' uomo.	Er scheint ein ehrlicher Mann zu sein.
Páolo fu dichiarato pródigo.	Paul wurde für einen Verschwender erklärt.
Giácomo nacque gentiluomo.	Jacob ist ein geborner Edelmann.
Armínio è credúto, oder è reputáto uomo onésto.	Hermann wird für einen ehrlichen Mann gehalten.
Gugliélmo è divenúto scultóre.	Wilhelm ist ein Bildhauer geworden.
Goffrédo fu costituito giudice.	Gottfried wurde zum Richter bestellt.
Egli si chiama Odoárdo, oder ha nome Odoárdo.	Er heißt Eduard.
Giulio resta mio debitore.	Julius bleibt mein Schuldner.
Augusto fu proclamato Imperatore.	Augustus wurde zum Kaiser ausgerufen.
L'Elettore di Sassónia fu eletto Re di Polónia.	Der Kurfürst von Sachsen wurde zum König von Polen erwählt.
Sua Maestà I. R. ha nominato Governatore di Milano il Signor Conte di N.	Seine k. k. Majestät haben den Grafen N. zum Gouverneur von Mailand ernannt.

XXIII.

Nuoce[1] più la pace simulata[2] che la guerra apérta[3]. Non è póvero chi ha poco, ma colui che[4] desídera[5] molto. Il troppo castigare[6] fa spesso peggiorare[7]. Molti spesso dícono ciò, che[8] hanno in animo di non fare[9]. La donna quanto più si mira allo spécchio[10], tanto più ella distrugge la casa[11]. Chi ben dona[12], caro vende[13], se villáno non è chi prende[14]. Il Sávio non dice quello che fa[15]; ma non fa niente che non possa[16] ésser detto[17]. I riguardanti[18] védono spesso più di quelli che giuócano[19]. Ognuno sarebbe sávio, se il fatto[20] si potesse rifare[21]. Quel peso[22] ch'uno si scéglie[23], non è sentito[24]. Il buon pastóre[25] tosa[26], e non scortica[27]. La fortuna[28] dà molto a molti, ma a nissúno quanto desídera[29]. Chi non ha mai provato miséria[30], non sa compatire[31]. I dardi[32] della sorte[33] previsti[34] non feriscono

[1] Schadet. [2] scheinbarer Friede. [3] offener Krieg. [4] sondern der, welcher. [5] wünscht. [6] zu viel strafen. [7] bewirkt oft Verschlimmerung. [8] sagen das, was. [9] nicht zu thun Willens sind. [10] je öfter sich im Spiegel besieht. [11] besto mehr richtet sie das Haus zu Grunde. [12] verkauft es theuer. [13] wenn der Nehmer nicht ohne Lebensart (ungeschliffen, Grobian) ist. [14] thut. [15] kann. [16] gesagt. [17] Zuschauer. [18] spielen. [19] das Geschehene. [20] wieder machen (d. i. besser machen). [21] Würde, Last. [22] wählt. [23] fühlt man nicht. [24] Schäfer. [25] schert. [26] schindet. [27] das Glück. [28] aber Keinem so viel, als er wünscht. [29] nie Mißgeschick erduldet. [30] kennt kein Mitleid. [31] Pfeil. [32] Schicksal. [33] vorgesehen.

mai addentro [35]. Nè sale [36], nè consíglio [37] non dar mai se non [38] pregato [39].

[35] verwunden nie tief. [36] Salz. [37] Rath. [38] wenn nicht. [39] gebeten.

Um Etwas zu begehren, zu bitten; um zu danken.

Vorrébbe aver la bontà — la gentilézza di dirmi?	Möchten Sie die Güte — die Gewogenheit haben, mir zu sagen?
Ne la prego — ne la súpplico.	Ich bitte — ich beschwöre Sie darum.
Cara Lei, mi fáccia questo favóre — questa grázia.	Mein Lieber, erweisen Sie mir diese Gefälligkeit — diese Gnade.
Mi dica di grázia!	Sagen Sie mir zur Güte.
Non vorrébbe compiacérsi?	Möchten Sie nicht die Güte haben?
Mi vorrébbe far questa finézza?	Wollten Sie mir diese Gefälligkeit erweisen?
Si compiáccia — favorisca di dirmi.	Belieben Sie gütigst mir zu sagen.
Avréi a pregarla d'un piacére — favóre.	Ich hätte Sie um eine Gefälligkeit zu bitten.
Se volésse degnársi.	Wenn Sie die Gnade hätten.
Glielo dimándo in grázia.	Ich erbitte mir es zur Gnade.
La scongiúro a non rifiutármi questo favore — questa grázia.	Ich beschwöre Sie, mir diese Gnade nicht zu versagen.
Può esser certo di tutta la mia riconoscénza.	Sie können meiner innigsten Dankbarkeit versichert sein.
Ella mi obbligherà infinitaménte.	Sie werden mich unendlich verbinden.
Mille grazie.	Tausend Dank.
Gliene rendo infinite grázie.	Ich sage Ihnen unendlichen Dank dafür.
Le rendo divotissime grázie.	Ich danke Ihnen ergebenst.
Quanto le sono mai obbligáto!	Wie sehr bin ich Ihnen verbunden!
Ciò è troppo veramente.	Das ist zu viel in der That.
Come trovár i dovúti ringraziamenti!	Wie soll ich Ausdrücke finden, Ihnen gehörig zu danken!
Molto sensibile alla sua bontà.	Ich bin von Ihrer Güte sehr gerührt.
Come le contraccambierò io sì gran favóre!	Wie werde ich Ihnen eine so große Gefälligkeit je erwiedern können!
Si degni comandáre anche a me.	Ich bitte Sie, auch mir zu befehlen.
Mi porga Ella pure occasióni di servirla.	Verschaffen Sie mir auch Gelegenheit, Ihnen dienen zu können.

(Siehe I. Theil, §§. 131, 132.)

Egli ha un bel fare.	Er hat gut machen.
Voi avéte un bel dire.	Ihr habet gut reden.
Essa ha un bel divertirsi.	Sie kann sich leicht unterhalten.
Questo è un burlársi di me.	Das heißt mich zum Besten haben.
Ditemi un bel sì, o un bel no.	Saget mir rund heraus, ja oder nein.
Egli si créde un Virgilio.	Er glaubt ein Virgil zu sein.
Egli è forte come un Ercole.	Er ist stark wie ein Herkules.
E s'egli fosse un Dio, nol potrébbe.	Und wenn er ein Gott wäre, so könnte er es nicht.
Voi siete diventáto un altro Diógene.	Ihr seid ein zweiter Diogenes geworden.
Un altro non l'avrébbe fatto.	Ein Anderer hätte es nicht gethan.
Un tale me lo ha detto.	Ein Gewisser hat es mir gesagt.
Un certo che voi ben conoscéte.	Ein Gewisser, den ihr gut kennet.
In una certa casa mi fu detto.	In einem gewissen Hause wurde mir gesagt.
Date loro un fiorino per uno.	Gebet einem Jeden einen Gulden.
Un qualche dono.	Irgend ein Geschenk.

Un mille, *un* due mila fiorini.	Ungefähr ein= oder zweitaufend Gulden.
Uno di noi.	Unfer einer (einer von und).
Un nostro pari deve contentársi.	Unfer einer muß zufrieden fein.
Voi avète *ragióne — torto.*	Ihr habet Recht — Unrecht.
Abbiáte *pazienza.*	Habet Gebuld.
Non abbiáte *paúra.*	Habet keine Furcht.
Non ho *appetito — vóglia.*	Ich habe keinen Appetit — keine Luft.
Ho *fame; —* ho *sete.*	Mich hungert; mich dürftet.
Ho *sonno; —* non ho *freddo.*	Mich schläfert; mich friert nicht.
Aver *fáccia.*	Dreiftigkeit haben.
Aver *mal talento.*	Böfen Willen haben.
Egli ha *corta vista.*	Er hat ein kurzes Gesicht.
Aver *tempo, occasióne, motivo* di far qualche cosa.	Zeit, Gelegenheit, Ursache haben, Etwas zu thun.
Finchè ho *vita.*	So lange ich das Leben habe.
Aver *compassióne, corággio.*	Mitleiden, Muth haben.
Non ha *intenzióne* di farlo.	Er ift nicht Willens es zu thun.
Ella ha *giudizio.*	Sie hat Vernunft.
Far *fronte* ad uno.	Einem die Spitze bieten.
Far *peniténza;* far *nozze.*	Buße thun; Hochzeit halten.
Dátemi rispósta.	Gebet mir Antwort.
Non mi diéde *notizia — ragguáglio.*	Er gab mir keine Nachricht.
Dar *ajúto;* dar *cáccia.*	Hilfe leiften; Jagd machen.
Non gli prestáte *fede.*	Meffet ihm keinen Glauben bei.
Prestár *servigio.*	Dienfte leiften.
Soffrir *ingiúrie.*	Unbilden leiden.
Pérder *danári.*	Geld verlieren.
Mi máncano *quattrini.*	Es fehlt mir an Geld.
Córrer *pericolo.*	Gefahr laufen.
Rénder *grázie.*	Dank fagen.
Prénder *parte, interésse.*	Theil nehmen.
Provár *dolóre, rergógna.*	Schmerz, Scham haben.
Senza *sale.*	Ohne Witz.

XXIV.

Il buon giúdice[1] spesso dà udienza[2], raro credenza[3]. In quella casa non è pace[4], dove gallina canta[5] e gallo tace[6]. Chi dà il suo[7] avanti di moríre[8], apparécchisi a ben soffríre[9]. Chi vuol il lavóro[10] mal fatto[11], paghi avanti tratto[12]. Dove ci manca[13] la pelle di leóne[14], convién cucirvi[15] il cuojo di volpe[16]. Chi si alléva[17] il serpe[18] in seno[19], è pagato di veléno[20]. Chi guarda[21] ad ogni núvola[22], non fa mai viaggio[23]. Chi risponde senza ésser interrogato, sciocco od ignorante è reputato[24]. Carlo quinto diceva: chi sa[25] bene quattro lingue, vale[26] quattro uomini. Il molto amór próprio[27] di un uomo è certo indízio[28], ch'ei conosce poco se stesso. Lo sconsiderato[29] fa cento passi[30], per non avérne voluto far uno a tempo[31]. Il timór[32] dell'

[1] Richter. [2] gibt oft Gehör. [3] felten Glauben. [4] Friede. [5] die Henne krähet. [6] Hahn schweigt. [7] das Seinige hergibt. [8] bevor er ftirbt. [9] mache fich gefaßt, tüchtig zu darben. [10] Arbeit. [11] schlecht verrichtet. [12] zahle nur im Voraus. [13] mangelt. [14] Löwenhaut. [15] muß man hinnähen. [16] Fuchspelz. [17] aufzieht. [18] Schlange. [19] Bufen. [20] wird mit Gift bezahlt. [21] achtet auf. [22] Wölfchen. [23] kommt nie zur Reife. [24] gilt für einen Einfältigen oder Unwiffenden. [25] weiß. [26] gilt. [27] Eigenliebe. [28] Kennzeichen. [29] Unbedachtfame. [30] Schritte. [31] zu rechter Zeit. [32] Furcht.

uno, aumenta l'ardire [33] dell' altro. Il giorno avvenire [34] sempre si spera miglior [35] dell' passato [36]. Per lo più [37] i successi [38] sono minori [39] delle speranze.

[33] mehrt die Dreistigkeit. [34] kommenden Tag. [35] hofft man besser. [36] vergangenen. [37] Größten Theils. [38] Erfolg. [39] geringer.

Um einzuwilligen.

Ci acconsento.	Ich willige ein.
Ben volentiéri — con tutto il cuore.	Sehr gerne — von ganzem Herzen.
Ho sommo piacére di potér ésserle útile in quaiche cosa.	Es freuet mich unendlich, Ihnen in Etwas nützlich sein zu können.
Glielo prometto, non ne ábbia alcún dúbbio.	Ich verspreche es Ihnen, zweifeln Sie nicht daran.
Ho tutta la soddisfazióne in poterla servire.	Es ist für mich ein besonderes Vergnügen, Ihnen dienen zu können.
Mi comándi pure liberamente dove io posso servirla.	Befehlen Sie nur frei mit mir, wo ich Ihnen dienen kann.
Ecco qui ai suói comándi — al sno servizio.	Hier steht's zu Ihren Diensten.
Sono tutto a Lei, — è mio dovére.	Ich bin ganz der Ihrige, — es ist meine Pflicht.
Fáccia capitale di me, — si fidi pure di me.	Bauen Sie auf mich.
Stia sicúro, che non me ne scorderò.	Seien Sie versichert, daß ich darauf nicht vergessen werde.
Non so che dire, Ella mi confónde.	Ich weiß nicht, was ich sagen soll, Sie beschämen mich.
Mi onóri de' suói comándi.	Beehren Sie mich mit Ihren Befehlen.
Dio lo sa, con che cuóre la serviréi, ma . . .	Gott weiß, wie gerne ich Ihnen dienen möchte, allein . . .
Non se ne offénda la prego, ma in questo io non posso nulla.	Ich bitte, es nicht übel aufzunehmen, allein hierin vermag ich nichts zu thun.
Mi dispiáce, che ciò non sia in mio potére.	Es thut mir leid, daß dieses nicht in meiner Macht steht.
Ebbene farò il mio possibile, vedrò.	Gut, ich werde mein Möglichstes thun, ich werde sehen.

Redensarten mit tutto und ambedue.

Non lo faréi per *tutto l' oro* del mondo.	Das thäte ich um alles in der Welt nicht.
Misero *tutto il* paése a contribuzióne.	Das ganze Land setzten sie in Contribution.
Tutti se n' andárono.	Alle gingen fort.
Il tutto monta a cento scudi.	Das Ganze beträgt hundert Thaler.
Le parti unite insième fanno *un tutto*.	Die Theile zusammengenommen, machen ein Ganzes.
Essi érano *il tutto* della terra.	Sie waren Alles auf der Erde.
La guarnigióne fu messa *tutta* a fil di spada.	Die ganze Besatzung mußte über die Klinge springen.
I rimanénti *tutti* fúrono sbaragliáti.	Die Uebrigen wurden alle zerstreut.
È pazzia il voler sapér *tutto*.	Es ist Thorheit Alles wissen zu wollen.
Sono informáto *di tutto* quel che concérne l'affáre.	Ich bin von Allem unterrichtet, was zur Sache gehört.
Io sono stato *per tutto* (statt tutta) Roma.	Ich bin ganz Rom durchgegangen.
Ho cercáto *per tutta* la casa.	Ich habe das Haus ganz durchsucht.
Egli è *tutt'* uno.	Es ist Alles eins.

22

Con *tutta* fretta.	In aller Eile.
In *tutt'* altra guisa.	Auf ganz andere Art.
Tutto dì, *tutto* giorno, *tutt'* ora, a *tutte* ore.	Beständig, allezeit, zu jeder Zeit.
Libero *del tutto*, *in tutto*, *in tutto* e *per tutto*.	Ganz und gar frei.
È stato *per tutto*.	Er ist überall gewesen.
Tutto tutto, oder tutútto, *tutto quanto*.	Alles, nichts ausgenommen.
Tutti quanti perirono.	Alle zusammen gingen zu Grunde.
Tutti e *due*.	Alle zwei.
Tutti e *tre* le sorélle.	Alle drei Schwestern.
In *tutti* i tempi.	Zu allen Zeiten.
Vengo da parte *di tutti* loro.	Ich komme von ihnen Allen hergeschickt.
Tutti córrono ad incontrárlo.	Alles läuft ihm entgegen.
Con *tutto* ciò.	Bei Allem dem.
Sono *in tutto* dieci carantáni.	Es sind in Allem 10 Kreuzer.
Ambo, *ambedúe*, *ambidúe*, *amendúe*, *entrámbi* i fratélli.	Beide Brüder.
Alzò *ambo* oder *ambe* le mani.	Er hob beide Hände auf.
Dottóre in *ambe* le leggi.	Beider Rechte Doctor.
D' ambe le parti.	Von beiden Seiten.

XXV.

S'offre [1] l'occasión difficilmente, ma sfugge facilmente [2]. Un viso avvenente [3] è un muto eloquente [4]. Rimproverár [5] nell' infelicità è vera crudeltà [6]. Vincer [7] nella vittória [8] se stesso, è doppia glória [9]. Non v'è cosa tanto evidente [10], che non soffra contraddizione [11]. Quanto è mai comune [12] il parlare da [13] savio e l'operare [14] da insensato [15]. Il fine [16] di ciascun [17] giorno ben impiegato [18] ha per compagno [19] il piacére. Il cuore per ben godére [20], ha bisogno di divíder con altri [21] le sue gioje [22]. Il piacére, se si lascia nell' istante [23] che più ci gusta [24], ci corre dietro [25]. Ogni piacére ha la sua feccia [26], non vuol [27] esser troppo scosso [28], perchè presto [29] s'intórbida [30]. È ridícolo [31] di adirarsi [32], quando [33] non si è il più forte [34]. Un sol vizio odioso [35] può oscurare [36] tutte le virtù d'un grand'uomo. Parlare molto e bene è il talento [37] del bello spirito [38]; parlare poco e bene è il carátere [39] del saggio; parlare molto e male è l'ordinário [40] degli sciocchi [41]. Le disgrazie [42], gli affronti [43] e la contrária fortuna [44] méttono l'uomo tutto allo scoperto [45].

[1] Bietet sich dar. [2] leicht entflieht sie. [3] reizendes Gesicht. [4] beredter Stummer. [5] Vorwürfe machen. [6] Grausamkeit. [7] besiegen. [8] Sieg. [9] doppelter Ruhm. [10] so einleuchtend, klar. [11] Widerspruch erleide. [12] wie allgemein (alltäglich) ist es. [13] als. [14] zu handeln. [15] ein Unsinniger. [16] Ende. [17] jeden. [18] gut angewendet. [19] zum Begleiter. [20] Wonne recht gut zu genießen. [21] muß Andern mittheilen können. [22] Freude. [23] in dem Augenblicke. [24] erfreuet, ergötzt. [25] folgt uns nach. [26] Satz, Hefen. [27] darf nicht. [28] zu viel gerührt, gerüttelt. [29] denn bald. [30] trübt sich. [31] lächerlich, thöricht. [32] sich zu erzürnen. [33] wenn. [34] der Stärkere. [35] hassenswerthe Untugend. [36] verdunkeln. [37] Naturgabe. [38] schönen Geistes. [39] Kennzeichen, das Eigene. [40] Gewohnheit. [41] Thoren. [42] Unfälle. [43] Beleidigung, Schmach. [44] Mißgeschick. [45] entblößen, aufdecken, in seiner ganzen Blöße darstellen.

Um zu rathen, zu überlegen, zu betheuern, zu verwundern, zu verneinen.

Che c'è da fare?	Was ist zu thun?
Che cosa mi consiglia?	Was rathen Sie mir?
Che vuól, ch' io fáccia?	Was wollen Sie, daß ich thun soll?
Che mi dice di fare?	Was rathen Sie mir zu thun?
Qual sarébbe dunque il suo consiglio?	Was wäre also Ihr Rath
Facciámo cosi.	Machen wir es so.
Facciámo una cosa.	Thun wir eins.
In quanto a me io diréi.	Was mich betrifft, so würde ich sagen.
Io per me diréi, — saréi di paréve.	Ich meines Theils würde sagen, — wäre der Meinung.
Se io fossi in lei.	Wenn ich Sie wäre.
S'io fossi in suo luógo, in sua vece.	Wenn ich an Ihrer Stelle wäre.
Ed Ella che ne dice? — che gliene pare?	Und was meinen Sie?
Sarà méglio che ...	Es wird besser sein, wenn ...
Mi scusi, ábbia paziénza, ma le dico, che non fa bene.	Verzeihen Sie, ich bitte um Geduld, allein ich sage Ihnen, daß Sie nicht recht thun.
Per mio avviso bisognerébbe — converrébbe far così.	Nach meiner Meinung müßte man so thun.
Lasci far a me.	Lassen Sie mich machen.
Le parlo schiétto, io per me nol faréi.	Ich sage Ihnen aufrichtig, ich für meinen Theil würde es nicht thun.
La più giústa saria.	Das Gescheidteste wäre.
Si può tentáre, non c'è poi quel gran rischio.	Man kann es versuchen, die Gefahr ist ja nicht groß.
Non sarebbe poi mal fatto, se ...	Es wäre doch nicht übel gethan, wenn ...
E l'istesso, — è la medesima cosa.	Es ist das Nämliche.
Lo dico pel vostro bene, — pel vostro méglio.	Ich sage es zu eurem Besten.
Che pensa Ella di fare?	Was sind Sie gesonnen zu thun?

Siehe I. Theil, §. 129.

Il bello, il mirabile d'una cosa.	Das Schöne, das Wunderbare von einer Sache.
Il vivere dell' uomo è breve (statt: la vita è breve).	Das Leben des Menschen ist kurz.
L' esser sano è cosa desiderábile (statt: la sanità è desiderábile).	Die Gesundheit ist wünschenswerth.
Finalmente ricorse al minacciáre (statt: alle minacce).	Endlich nahm er zum Drohen seine Zuflucht.
Tutti sono a divertirsi (statt: al divertimento).	Alle sind bei der Unterhaltung.
Dal dire al fare v'è un gran tratto (statt: dalle paróle ai fatti, ecc.).	Zwischen Sagen und Thun ist ein großer Unterschied.
Solamente col faticare si acquista la dottrina (statt: colla fatica).	Nur durch Mühe erwirbt man sich die Gelehrsamkeit.
Il nascer grande è caso, e non virtù.	Vornehm geboren zu sein, ist Zufall und kein Verdienst.
Io amo l'andár in campagna.	Ich gehe gern auf's Land.
Guárdimi il cielo dall' accettáre le vostre offérte.	Behüthe mich der Himmel eure Anträge anzunehmen.
Il dire fa dire.	Ein Wort gibt das andere.
Termináto il desináre.	Da das Mittagsmahl zu Ende war.

22*

Il vedére cose brutte reca disgústo.	Häßliche Sachen zu sehen, ist unangenehm.
Il suo fare non mi piace.	Seine Weise zu handeln, gefällt mir nicht.
Del suo procédere non m'appago.	Ich bin mit seinem Verfahren nicht zufrieden.
Un vestire pulito.	Eine saubere Kleidungsart.
Un parláre elegante.	Ein zierlicher Vortrag.
Isconci *parlari*.	Unanständige Reden.
Assoggettáte il vostro destino ai di lui suprémi *voléri*.	Unterwerfet euer Schickfal seinem höchsten Willen.
Si scusò *con dire*, che non avéa danari.	Er entschuldigte sich damit, daß er sagte, er habe kein Geld.
Coll' andár del tempo.	Im Verlauf der Zeit.
Per éssere venúto tardi fu esclúso.	Weil er spät kam, wurde er ausgeschlossen.
Sul fare del giorno.	Gegen Anbruch des Tages.
Sul tramontar del sole.	Gegen Sonnenuntergang.
Tra l'andare e 'l venire passò un' ora.	Zwischen dem Hingehen und Wiederkommen verfloß eine Stunde.

XXVI.

Molti han sul labbro [1] il miele [2], e in cuór sérbano [3] il fiele [4]. Acciò [5] l'uomo non perda [6] la sua tranquillità [7] dée contentársi [8] del mediocre [9]. Diportátevi in guisa [10], che vi possiate meritare [11] la stima [12] delle persone dabbéne [13]. Mal riesce [14] per l'ordinario [15] ciocchè intapréndesi [16] a contrattempo [17]. Tra gli amici il comperare e il véndere non è cosa da cousigliarsi [18]. La fortuna e l'umore [19] govérnano il mondo. Il mondo è fatto a scale [20], chi scende, chi sale [21]. L'uomo s'annoja [22] del bene, cerca il meglio [23], trova il male, e vi si sommette [24] per timóre di peggio [25]. Non si sente la morte [26] che una volta sola [27], colui che la teme [28], muore ogni volta [29], che ci pensa [30]. Più [31] l'uomo si conosce [32], più egli è disposto [33] all' umiltà [34]. Se si fanno [35] tre passi [36] per obbligarvi [37], fátene sei [38] per far conóscere [39] la vostra gratitúdine [40]. Quanto più farete figura nel mondo [41], più [42] i vostri diffetti [43] saranno osservati [44]. Celate ciò che [45] temete [46], e ciò che odiate [47].

[1] Lippe. [2] Honig. [3] bergen. [4] Galle. [5] Auf daß, damit. [6] verliere. [7] Ruhe. [8] soll er sich begnügen. [9] mit dem Mittelmäßigen. [10] Führet euch so auf. [11] verdienen. [12] Achtung. [13] rechtlicher Männer. [14] Es gelingt schlecht. [15] gewöhnlich. [16] das, was man unternimmt. [17] zur Unzeit. [18] zurathen. [19] Laune. [20] ist wie eine Leiter. [21] der Eine steigt herunter, der Andere hinauf. [22] wird überdrüßig. [23] sucht das Bessere. [24] unterwirft sich. [25] aus Furcht vor dem Schlimmern. [26] Man fühlt den Tod. [27] ein einziges Mal. [28] der ihn fürchtet. [29] stirbt so oft. [30] als er daran denkt. [31] Je mehr. [32] sich kennt. [33] geneigt. [34] Demuth. [35] Wenn man thut. [36] drei Schritte. [37] um euch zu verpflichten. [38] so thut sechs. [39] um zu beweisen. [40] Dankbarkeit. [41] Eine je größere Rolle ihr in der Welt spielen werdet. [42] desto mehr. [43] Mängel. [44] beobachtet. [45] Verheimlichet das, was. [46] fürchtet. [47] hasset.

Um sich zu verwundern, zu betheuern.

Le sarèbbe mai arriváta una qualche disgrázia?	Wäre Ihnen irgend ein Unglück begegnet?
Perchè sta sì pensieróso?	Warum so nachdenkend?
Sarèbbe mai vero che...	Wäre es doch wahr, daß...
Pur troppo, egli è vero.	Es ist leider nur zu wahr.

Non v'è dubbio.	Daran ist kein Zweifel.
Sì, davvéro.	Ja, im Ernste.
In coscienza mia.	Bei meiner Treue.
Possa morir, se mento	Sterben soll ich, wenn ich lüge.
Ve lo giúro da galant' uómo.	Ich schwöre es euch, als ein ehrlicher Mann.
Dio mio! — Dio buóno!	Mein Gott! — guter Gott!
Può far del mondo!	Ist's um aller Welt willen möglich!
Cospétto! cápperi!	Potz tausend!
Guardáte, che caso!	Sehet, welcher Zufall!
Mi affligge próprio sino all' ánima.	Es thut mir wirklich bis in die Seele weh.
Mi ferisce il cuore, — mi si spézza il cuóre.	Es durchbohrt mir das Herz.
Póvero — meschino voi!	O, ihr Unglücklicher!
Egli è pur dispiacevole!	Es ist doch verdrießlich!
Oh! che caso particoláre!	O, welch' ein sonderbarer Zufall!
Che Dio mi guardi!	Bewahre mich Gott dafür!

Ueber die Vergleichungsstufen. (Siehe I. Theil, pag. 59—64.)

Quest' álbero è così dritto come quello.	Dieser Baum ist eben so gerade, wie jener.
L'uno è così cattivo come l'altro.	Der Eine ist so schlimm wie der Andere.
Mio padre non è tanto vécchio quanto il tuo.	Mein Vater ist nicht so alt wie deiner.
Un uomo forte come un Ércole.	Ein Mann, so stark wie ein Herkules.
La mia casa è alta quanto la vostra.	Mein Haus ist so hoch wie eures.
Io sono eréde come te.	Ich bin Erbe wie du.
Tu sei Ufficiále come lui.	Du bist Officier wie er.
Questa montagna è più erta di quella.	Dieser Berg ist steiler als jener.
Non v'ha libro più antico della bibbia.	Es gibt kein älteres Buch als die Bibel.
Il vostro orológio è più piccolo del mio.	Eure Uhr ist kleiner als meine.
Roma è meno popoláta che Nápoli.	Rom ist weniger bevölkert als Neapel.
Rimarrái più sano che pesce.	Du wirst gesünder als ein Fisch werden.
E più sávio tacére che parlár male.	Schweigen ist vernünftiger, als schlecht reden.
È meglio tardi che mai.	Es ist besser spät, als gar nicht.
Egli è più savio che voi credéte.	Er ist vernünftiger, als ihr glaubt.
Mi ha dato più che io non domandáva.	Er hat mir mehr gegeben, als ich begehrte.
Mi ha dato più di quello che io voléva.	Er hat mir mehr gegeben, als ich wollte.
Vie più grato.	Desto angenehmer.
Molto più bello.	Weit schöner.
Di gran lunga maggiòre.	Weit größer.
Il più poténte Monárca d'Európa.	Der mächtigste Monarch in Europa.
Il maggiór letteráto di questo sécolo.	Der größte Gelehrte dieses Jahrhunderts.
Il sito il più bello ed il più ameno del mondo.	Die schönste und angenehmste Gegend von der Welt.
Il più bel gióvane, che si possa vedére.	Der schönste Jüngling, den man sehen kann.
Il più brav' uomo, ch'io ábbia mai conosciúto.	Der bravste Mann, den ich je gekannt habe.
Il più bel quadro, che sia in Roma.	Das schönste Gemälde, welches in Rom ist.
Quivi sono de' contorni bellissimi.	Hier gibt es sehr schöne Gegenden.

Un soldato *molto* ober *assai* valoróso.	Ein sehr tapferer Soldat.
Fiéro *oltre modo.*	Außerordentlich stolz.
Grande *fuór di misúra.*	Außerordentlich groß.
Superiormente buóno.	Vorzüglich gut.
Singolarmente dotto.	Sehr gelehrt.
Hai una bocca *delicatissima* ober *molto* — *assái* delicáta.	Du hast einen Leckermund.

XXVII.

Non si può essere insieme amíco e adulatore [1]. Non parlate d'affari [2] a colui che è occupato [3], perchè [4] non vi ascolterà con attenzione [5]. Il Savio non castíga [6] per vendetta del passato [7], ma per rimedio [8] dell' avvenire [9]. Chi non vuol vívere, se non coi giusti [10], viva [11] nel deserto [12]. Dopo fatta [13] l'amicizia si dée credere [14], e avanti di contrarla [15] si dée giudicare [16]. Un' anima grande [17] disprezza [18] le grandezze [19], e cerca piuttosto [20] il mediocre [21] che il molto. Sacrificare [22] la sua coscienza [23] all' ambizione [24] è lo stesso, che abbruciare [25] un bel quadro [26] per averne delle céneri [27]. È perduta [28] la speranza del rimédio [29], quando i vizj [30] si cambiano [31] in costúmi [32]. L'assuefazione [33] ci rende insensibile [34] ogni più grande pena [35] ed incómodo [36]. Ha mezzo vinto [37] chi intraprende [38] una cosa con risolutezza [39] e coraggio [40]. La noja [41] è una malattía [42], il cui solo rimedio [43] è il lavóro. L'uomo che è sempre sfortunato [44], fu certo spesso imprudente [45], o mancò per lo meno [46] della necessária destrezza [47]. La vendetta [48] del magnanimo [49] consíste in avér potuto vendicarsi [50].

[1] Schmeichler. [2] von Geschäften. [3] beschäftigt. [4] denn. [5] mit Aufmerksamkeit zuhören. [6] straft. [7] aus Rache für das Geschehene. [8] Besserung (Mittel) für. [9] Zukunft. [10] nur mit Gerechten. [11] lebe. [12] Einöde (Wüste). [13] nach geschlossener. [14] hege man Zutrauen. [15] bevor man sie schließt. [16] prüfe (urtheile) man. [17] große Seele. [18] verachtet. [19] großes Ansehen, Herrlichkeit. [20] sucht lieber. [21] Mittelmäßige. [22] aufopfern. [23] Gewissen. [24] Ehrgeiz. [25] verbrennen. [26] Gemälde. [27] Asche. [28] verloren. [29] Hoffnung zur Besserung. [30] Laster. [31] verwandeln. [32] in Gewohnheiten. [33] Gewohnheit. [34] unempfindlich. [35] jede noch so große Beschwerde (Leiden). [36] Unbequemlichkeit. [37] halb gewonnen. [38] unternimmt. [39] Entschlossenheit. [40] Muth. [41] die Langeweile. [42] Krankheit. [43] Heilmittel. [44] unglücklich. [45] unklug. [46] es fehlt ihm wenigstens. [47] Geschicklichkeit. [48] Rache. [49] Großmüthigen. [50] besteht darin (in dem Bewußtsein), daß er sich rächen konnte.

Um sich zu verwundern, zu überlegen, zu betheuern.

Ma come lo sa?	Aber wie wissen Sie es?
Stento a créderlo — nol posso crédere.	Dies kann ich kaum glauben.
Ciò non m'éntra.	Das will mir nicht in den Kopf gehen.
Mi par impossibile, avrà mal intéso.	Es scheint mir unmöglich, Sie werden nicht gut gehört haben.
Lo creda a me, ci si può fidare.	Glauben Sie es mir, Sie können sich darauf verlassen.
Ma! che cose!	Ach! was für Dinge!
Ha ragióne, l'ho intéso anch' io.	Sie haben Recht, ich habe es auch gehört.

344

Basta, sarà, ma nol credo.	Es mag sein, aber ich glaube es nicht.
Se lo vedéssi co' miei ócchj, ancora nol crederéi.	Wenn ich es mit eigenen Augen sähe, so würde ich es noch nicht glauben.
Chi mai l'avrèbbe detto!	Wer hätte das gesagt!
Che combinazióne!	Welches Zusammentreffen von Umständen!
Ma così vanno le cose! — così va il mondo!	Aber so geht es! — so geht es auf der Welt.
Che razza di pensáre!	Welche Denkungsart!
Che modo di procédere!	Welches Verfahren!
Che idee bizzarre!	Welch' seltsame Einfälle!
Che poco giudizio!	Wie wenig Verstand!
Che balordággine!	Welche Dummheit, Albernheit!
Che uomo stravagánte!	Welch' ein wunderlicher Mensch!

Siehe I. Theil, S. 63 und 64.

Il tempo d'oggi è *peggióre* di quello di jeri.	Das heutige Wetter ist schlechter als das gestrige.
Questo panno è *miglióre* di quell' altro.	Dieses Tuch ist besser als jenes.
Pena *maggióre* da che nácqui io non provai.	Eine größere Pein habe ich in meinem Leben nicht gefühlt.
Della vostra *peggiór* è la sorte mia.	Mein Schicksal ist schlimmer als eures.
Va di male in *peggio.*	Es geht immer schlechter.
Più danáro che uno abbia, *più* créscono le cure.	Je mehr Geld Einer hat, desto größer werden seine Sorgen.
Egli è *il miglióre*, *il peggióre*, *il maggióre* de' suoi concittadini.	Er ist der beste, der schlimmste, der größte unter seinen Mitbürgern.
Questo è *il mio migliór* cavállo.	Dies ist mein bestes Pferd.
Stato *peggior* del mio vedeste mai?	Habet ihr je eine schlechtere Lage gesehen, als meine ist?
Il male sarà *meno* grande di quel che tu credi.	Das Uebel wird nicht so groß sein, als du glaubst.
Voi il faréte *méglio* di me.	Ihr werdet es besser machen, als ich.
Vediámo *il méglio*, e seguitiámo *il péggio.*	Wir sehen das Bessere, und befolgen das Schlimmere.
Di due mali scégliere *il minóre.*	Unter zwei Uebeln das kleinste wählen.
Mi sembra, ch'io ábbia fatto un' óttima scelta.	Es scheint mir, daß ich eine sehr gute Wahl getroffen habe.
Ciò che si conósce il *meno*, si stima *il più.*	Das, was man am wenigsten kennt, schätzt man am meisten.
Il più presto che sía possibile.	Sobald es immer möglich ist; auf das Schleunigste.
In meno d'un' ora.	In weniger als einer Stunde.
Al più tardi.	Am spätesten.
Più della metà ha preso.	Ueber die Hälfte hat er genommen.
Far *più* del suo dovére.	Mehr als seine Schuldigkeit thun.
Tanto *méglio.*	Desto besser.
È furbo *al pari* di te.	Er ist so fein wie du.
La natúra è *superiore* all' arte.	Die Natur ist über die Kunst erhaben.
S'alza sempre *prima* dell' alba.	Er steht immer vor Tagesanbruch auf.
Il *primo* de' letteráti del suo tempo.	Der erste Gelehrte seiner Zeit.
L'*último* di questi fogli.	Das letzte dieser Blätter.
L'*ínfimo* di tutti gli uómini.	Der geringste unter allen Menschen.

XXVIII.

Se non abbracci[1] la fortúna[2], quando ti si presénta[3], in vano[4] la speri[5], quando t'ha voltate[6] le spalle[7]. Non deve perméttersi[8] alla lingua[9] di precédere[10] il pensiéro[11]. Se vuoi conóscer[12] un uomo, ponlo in dignità[13]. Chi più sa[14], più dúbita[15]. Non si debbe crédere all' amíco che loda, nè al nemico che biásima[16]. Se il segréto[17] si sa da tre[18], si sa da tutti. Il giovane ciarlone[19] è nemico della ragione[20]. Nelle cose dubbie[21] più si crede ad altri che a se stesso. Più danaro[22] che uno abbia, più créscono le cure[23]. Quanto maggiori[24] sono i nostri contenti[25], tanto più sensibile ci è[26] la loro caducità[27]. La maggior parte degli uomini, a guisa[28] delle piante[29], hanno delle qualità nascoste[30], che il caso[31] solo fa scoprire[32]. Il piacere è come un fiore[33], il cui odór delicato[34] convien[35] sentir leggermente[36], se si vuole trovarci[37] sempre la stessa fragranza[38]. L'andare in cóllera[39] è un puníre[40] in se stesso i falli[41] e le impertinenze[42] degli altri. Il mezzo il più pronto[43] per respingere[44] l'ingiuria[45] si è il dimenticarla[46].

[1] Erhaschest du nicht. [2] Glück. [3] sich dir darbietet. [4] vergebens. [5] so hofft. [6] gekehrt. [7] Rücken. [8] erlauben. [9] Zunge. [10] vorauszueilen. [11] Gedanken. [12] kennen. [13] so verleihe ihm Ehrenstellen. [14] Je mehr man weiß. [15] zweifelt. [16] wenn er schmähet, tadelt. [17] Geheimniß. [18] Wenn drei wissen. [19] geschwätziger Jüngling. [20] Vernunft. [21] In zweifelhaften Dingen. [22] Je mehr Geld. [23] desto größer sind die Sorgen. [24] Je größer. [25] unsere Freuden. [26] desto mehr fühlen wir. [27] Vergänglichkeit. [28] nach Art. [29] Pflanzen. [30] verborgene. [31] Zufall. [32] entdecken. [33] Blume. [34] feiner Wohlgeruch. [35] man muß. [36] leicht. [37] daran finden. [38] den nämlichen Wohlgeruch. [39] Sich zu erzürnen. [40] heißt bestrafen. [41] Fehler. [42] Grobheiten. [43] Das schleunigste Mittel. [44] von sich abzuwenden. [45] eine Beleidigung. [46] sie zu vergessen.

Redensarten.

Che avéte detto?	Was habt ihr gesagt?
Non dico niénte.	Ich sage nichts.
Non ho detto altro se non che . . .	Ich habe nichts anders gesagt, als daß ...
Mi è stato detto.	Man hat mir gesagt.
Si dice per cosa certa.	Man sagt es für gewiß.
Dico di sì — dico di nò.	Ich sage ja — nein.
Scommetto di sì, — di nò.	Ich wette, es ist so, — es ist nicht so.
Scommetteréi qualche cosa di bello.	Ich möchte etwas Schönes wetten.
Fáccia la grazia di aspettare un poco.	Haben Sie die Gnade ein wenig zu warten.
Scherzáte?	Scherzet ihr?
Dite davvéro? — Io, dice sul sério?	Ist das Ihr Ernst? Sagen Sie es im Ernste?
Non lo credo, ma potrébbe dársi, che fosse vero.	Ich glaube es nicht, aber es könnte doch wahr sein.
Ella l'ha indovináta.	Sie haben es errathen.
Questo non è impossibile.	Das ist nicht unmöglich.
Ebbéne, in buon' ora!	Je nun, immerhin — wohlan!
Pián, piáno amico!	Sachte, sachte Freund!
Non è vero, scusátemi.	Verzeihet, es ist nicht wahr.
Non è vero niénte.	Es ist nichts an dem.

È certo una fàvola — una fandónia — una menzógna — una bugía.	Es ist gewiß ein Mährchen — eine Lüge.
L' ho detto per burla.	Ich habe es im Scherze gesagt.
È vano il dirne di più.	Es ist vergebens, ein Mehreres darüber zu sprechen.
Ho già compreso il tutto.	Ich habe schon Alles verstanden.
Ménti per la gola.	Du lügst unverschämt.
Non vóglio assolutamente, — non voglio in conto alcúno, — in nissún modo, — in nissúna maniera.	Ich will es durchaus nicht, — ich will es auf keine Weise.

Siehe I. Theil, §. 134.

Scala a lumáca, a chiócciola.	Schneckenstiege.
Ghirlánda a diadéma di fióri.	Ein diademartiger Blumenkranz.
Un nastro a cocárda largo.	Ein breites Band nach Art einer Cocarde.
Velo bianco a pieghe strette.	Ein enggefalteter weißer Schleier.
Abiti rigáti a quadretti.	Viereckig gestreifte Kleider.
Clavicembalo a coda con banda.	Längliches Clavier mit türkischer Musik.
Sopràbito alla moda, all' antica.	Ein Ueberrock nach der Mode, nach alter Weise.
Pautalóni a campána di cásimir grígio.	Weite Pantalon-Hosen (nach Art einer Glocke) von grauem Casimir.
Colláre alla pellegrina.	Ein Pilgerkragen.
Calzóni alla francese, all' orientale.	Hosen auf französische, orientalische Art.
Un orológio a polvere.	Eine Sanduhr.
Clessidra ossia orológio ad acqua.	Eine Wasseruhr.
Una nave a vela, a vapóre.	Ein Segelschiff, ein Dampfschiff.
Lámpada alla Bordier.	Bordier'sche Lampe.
Una stanza a volta.	Ein Zimmer mit einer gewölbten Decke.
Mácchina a vite.	Eine Maschine mit einer Schraube.
Carrozza a quattro posti.	Eine viersitzige Kutsche.
Carretta a mano.	Ein Handkarren.
Carro a due o più cavalli.	Ein zwei- oder mehrspänniger Wagen.
Mulino a vento.	Eine Windmühle.
Pittúra a fresco.	Ein Fresco-Gemälde, d. i. auf nassem Kalk.
Ispettóre alle rasségne militári.	Militär-Revue-Inspector.
Pensione a vita.	Lebenslängliche Pension.
Vascello a tre ponti.	Ein Dreidecker (Kriegsschiff).
Tórcia a pece.	Pechfackel.
Sédia a braccióli.	Armsessel.
Scelti a sorte.	Durch's Loos gewählt.
Schioppo a doppia canna.	Eine Doppelflinte.
Illuminazione a gas.	Gas-Beleuchtung.
Pavimento a mosaico.	Fußboden von Mosaik-Arbeit.
Strumenti a fiato.	Blas-Instrumente.
Pestello a mano.	Handstößel.
Oriuólo a ripetizione.	Repetiruhr.
Mulino a due ruote.	Mühle mit zwei Gängen.
Cacciatori a cavallo.	Jäger zu Pferde.
Razzi alla Congréve.	Congreve'sche Raketen.
Suggello a cifra.	Siegel mit Namenszug.
Le istruzioni a stampa.	Gedruckte Instructionen.
Fucile a vento.	Windbüchse.
Esercizio a fuoco.	Exercitium im Feuer.

XXIX.

La dolcezza [1], l'affabilità [2] ed una certa urbanità [3] distinguono [4] l'uomo, che vive nel gran mondo [5]; questi sono i contrassegni [6], per cui vássene distinto [7]. Se vogliamo sapére ciocchè si parla [8] di noi in nostra assenza [9], badiamo soltanto a ciò [10] che si parla degli altri in nostra presenza [11]. Fa duopo [12] che di quando in quando rientriamo in noi stessi [13], per rénderci conto [14] delle nostre azióni [15]. Noi temiamo [16] di vedérci quali noi siamo [17], per non ésser tali quali ésser dovremmo [18]. Il vero mérito [19] è sempre accompagnato [20] dalla piacevolezza [21], civiltà [22] e moderazione [23]; non è che il falso [24], che viene accompagnato dall' orgóglio [25], e dalla vanità [26]. Dimenticarsi della própria nascita [27] e far viltà [28], o ricordársene solamente per trarne una vanità ridícola [29], è un disonorárla in ogni modo [30]. Un contegno [31] facile e naturale è sempre il più aggradévole [32], ogni caricatura [33] è dispiacévole o ridícola [34]. I cuori sensíbili e ben fatti [35] facilmente compréndono [36], quanto sia desolante [37] il non esser amato. Egli è affatto naturale [38], diceva Tacito, che ciò che si conosce il meno [39], si stima il più [40].

[1] Sanftmuth. [2] Leutseligkeit. [3] Artigkeit, Höflichkeit, feines Benehmen. [4] unterscheiden. [5] große Welt. [6] Merkmale. [7] welche ihn auszeichnen. [8] was gesprochen wird. [9] Abwesenheit. [10] brauchen wir nur auf das zu merken. [11] Gegenwart. [12] es ist nothwendig. [13] daß wir von Zeit zu Zeit in uns kehren. [14] Rechenschaft zu geben über. [15] Handlungen. [16] fürchten. [17] wie wir sind. [18] sein sollten. [19] Verdienst. [20] begleitet. [21] Gefälligkeit. [22] Höflichkeit. [23] Mäßigung. [24] nur das Falsche ist es. [25] Stolz. [26] Eitelkeit. [27] Seine Abkunft vergessen. [28] Niedrigkeiten begehen. [29] oder sich ihrer nur erinnern, um einen lächerlichen Stolz darauf zu gründen. [30] heißt in beiden Fällen sie entehren. [31] Betragen. [32] angenehm. [33] Verzerrung. [34] mißfällig oder lächerlich. [35] zartfühlende und wohlgebildete Herzen. [36] begreifen. [37] betrübend. [38] ganz natürlich. [39] was man am wenigsten kennt. [40] am meisten geschätzt wird.

Redensarten im Gespräche.

Venite un po' qua.	Kommt ein wenig her.
Ascoltáte, ehi! dite.	Höret, he! Saget einmal.
Aspettáte un poco, un moménto.	Wartet ein wenig.
Si bussa, — v'è chi picchia all'uscio.	Jemand klopft an die Thüre.
Vedéte chi è, — chi picchia.	Sehet, wer es ist, — wer klopft.
Non c'è nissúno.	Es ist Niemand da.
E il signór Segretario, che bramerébbe aver il piacér di riverirla.	Es ist der Herr Secretär, welcher das Vergnügen zu haben wünscht, Ihnen seine Aufwartung zu machen.
Ditegli che passi, — che resti servito, — che è padrone.	Saget ihm, er möchte die Güte haben hereinzukommen.
Entrate — passi — avánti!	Herein!
Che fortuna! che buon vento!	Welches Glück!
Chi è quel Signore, con cui Ella ha parláto?	Wer ist der Herr, mit dem Sie gesprochen haben?
È un Italiano, mio conoscente.	Er ist ein Italiener, ein Bekannter von mir.
Ha un bel fare, mi piace molto.	Er hat ein artiges Benehmen, er gefällt mir sehr.
È molto istrutto, molto colto.	Er ist sehr unterrichtet, sehr gebildet.

È civile, affàbile, complacente con ognuno.	Er ift höflich, leutfelig und gefällig gegen Jedermann.
È ben fatto, pien di bel garbo, ed è sempre próprio e molto ben messo.	Er ift gut gebaut, voll Anftand und immer fauber und fehr gut gekleidet.
Parla a perfezione più lingue.	Er fpricht mehrere Sprachen fehr gut.
Suona il clavicémbalo, il violino, il flauto con maestria.	Er fpielt meifterhaft Clavier, Violine, auf der Flöte.
Balla (danza) leggiadramente, tira bene di spáda, e cavalca con tutta destrezza.	Er tanzt fehr artig, ficht gut, und reitet mit vieler Gefchicklichkeit.
Desidererei molto di far la sua conoscenza.	Ich wünfchte fehr, mit ihm Bekanntfchaft zu machen.
S'Ella vuole andremo a ritrovarlo insieme.	Wenn Sie wollen, fo werden wir mit einander gehen, ihn zu befuchen.
Con molto piacere, gliene sarò sommamente tenuto (obbligáto).	Mit vielem Vergnügen, ich werde Ihnen dafür fehr verbunden fein.
Venite qua, vi devo dire qualche cosa.	Kommt her, ich muß euch etwas fagen.
Aspettátemi, che vengo subito.	Wartet auf mich, ich komme gleich.
Non camminate tanto presto.	Gehet nicht fo gefchwind.
Andáte più adágio.	Gehet langfamer.

Redensarten mit dem Vorworte a. (Siehe §. 135.)

Córrere *a* spron battúto, *a* briglia sciolla.	Mit verhängtem Zügel laufen.
La fortézza si è resa *a* discrezione.	Die Feftung hat fich auf Gnade und Ungnade ergeben.
Tu lo possiédi *a* ragione, *a* torto.	Du befitzeft es mit Recht, mit Unrecht.
Fátelo *a* vostro cómodo, *a* vostro ágio, *a* bell' ágio.	Thut es nach eurer Bequemlichkeit, Gemächlichkeit.
Giudicáre *a* ócchio, *a* vista.	Nach dem Augenmaße urtheilen.
Contare *a* minuti.	Nach Minuten zählen.
L'ha vendúto *a* buón mercáto.	Er hat es wohlfeil verkauft.
Véndere *a* braccio, *a* canna, *a* peso.	Nach der Elle, nach dem Stabe, nach dem Gewichte verkaufen.
Véndere *all'* ingrosso, *a* minúto.	Im Großen, im Kleinen verkaufen.
Acqua di Colónia *a* prezzi moderati.	Kölner Waffer zu mäßigen Preifen.
Ve la darò *al* prezzo della fabbrica.	Ich werde es euch um den Fabrikspreis geben.
Tagliáre *a* pezzi.	In Stücke fchneiden.
Ad ogni costo io vóglio pace con te.	Unter jeder Bedingung will ich mit dir Frieden haben.
Egli è venúto *a* bella posta.	Er ift gefliffentlich gekommen.
Andarci *a* posta.	Eigens hingehen.
Ecco tre ritrátti *a* lapis nero, *a* olio, *a* fresco.	Hier find drei Porträts mit Bleiftift gezeichnet, in Oel, Fresco gemalt.
Suonáre campána *a* martello.	Die Sturmglocke läuten.
Si decide *a* pluralità di voti.	Es wird durch Stimmenmehrheit entfchieden.
Andáre con tiro *a* sei.	Mit Sechfen fahren.
Andáre *a* passi lenti, *a* cavallo, *a* piedi, *a* onde, *a* tastóne, *a* sangue freddo, *a* occhj apérti, *a* capo chino.	Mit langfamen Schritten gehen, zu Pferd, zu Fuß, wie ein Betrunkener taumeln, im Finftern tappen, mit kaltem Blute, mit offenen Augen, mit gefenktem Haupte.
Io tengo *a mente* le sue paróle.	Ich merke mir feine Worte.

Impara *a mente* la sua lezióne.	Er lernet seine Lection auswendig.
Fare *a* gara.	Um die Wette thun.
Glielo disse *a* bocca, *ad* alta voce.	Er sagte es ihm mündlich, laut, mit lauter Stimme.
Suonáre *a* prima vista.	Vom Blatte weg spielen.
Parláre *a* quattro occhj.	Unter vier Augen sprechen.
Imparáre *a* spese altrúi.	Auf fremde Kosten lernen.
Lo accólse *a* bráccia apérte.	Er nahm ihn mit offenen Armen auf.
A costo della vita.	Und wenn es das Leben kostete.
Gli ufficiáli *a* mezza paga.	Die Officiere auf halbem Sold.

XXX.

Dimmi [1] con chi vai [2], e saprò quello che fai [3]. Chi entra malle-vadore [4], entra pagatore [5]. Invan si pesca [6], se l'amo [7] non ha esca [8]. Tanto ne va a chi ruba, che a chi tiene il sacco [9]. Volpe vecchia non teme laccio [10]. Scénder [11] dal cavallo all' asino. Duro con duro non fa buon muro [12]. Chi troppo promette [13], nulla attende [14]. Far orécchie di mercante [15]. Cane che abbaja non morde [16]. Il lupo [17] cangia [18] il pelo [19], ma non il vízio [20]. Una mano lava [21] l'altra, e le due il viso [22]. Essere tra l'ancúdine [23], e 'l martello [24]. Imbar-carsi [25] senza biscotto [26]. Chi troppo abbraccia, nulla stringe [27]. Chi vien dietro, serri l'uscio [28]. Chi ha terra, ha guerra [29]. È me-glio andar solo, che male accompagnato [30]. Peccato vecchio, pe-nitenza nuova [31]. Onor di bocca assai vale, e poco costa [32]. Chi va piano, va sano [33]. Dal detto al fatto v'è un gran tratto [34]. Nè nobiltà s'apprezza, nè virtù senza ricchezza [35]. Chi ti fa carezze più che non suole, o ti ha ingannato, o ingannar ti vuole [36].

[1] Sage mir. [2] umgehest. [3] dann sage ich dir, was du thust. [4] Wer bürgt. [5] der zahlt. [6] Vergebens fischt man. [7] Angel. [8] Köder (wer nicht schmiert, der fährt nicht). [9] Der Hehler ist so gut, wie der Stehler. [10] Schlinge. (Alte Füchse sind schwer zu fangen.) [11] kommen. [12] Zwei harte Steine mahlen nicht gut. [13] Wer zu viel verspricht. [14] hält selten sein Wort. [15] Bei einem Ohr hinein, und zum andern hinaus. [16] Ein Hund, der viel bellt, beißt nicht. [17] Wolf. [18] verändert. [19] das Haar. [20] böse Gewohnheit (die Katze läßt das Mausen nicht). [21] wäscht. [22] beide das Gesicht. [23] Amboß. [24] Hammer (zwischen zwei Feuern sein). [25] sich einschiffen. [26] Zwieback (ohne die gehörigen Mittel Etwas unternehmen). [27] Wer zu viel unternimmt, vol-lendet nichts. [28] Dafür sorge, wer nachkommt. [29] Reichthum bringt Unruhe mit sich. [30] Es ist besser allein, als in böser Gesellschaft zu sein. [31] Frische Buße für alte Sünden. [32] Höfliche Worte vermögen viel, und kosten wenig. [33] Wer langsam geht, der geht sicher. [34] Ein Anderes ist sagen, ein Anderes ist thun. [35] Weder Adel noch Tugend werden ohne Reichthum geschätzt. [36] Wer dir ungewöhnliche Liebkosungen bezeigt, hat dich entweder betrogen, oder will dich betrügen.

Redensarten.

Veníte un po' qua — ditemi un po'...	Kommt ein Bischen her — sagt mir einmal . . .
Andáte pel médico, dite che vénga súbito.	Gehet zum Arzt, saget, er soll gleich kommen.
Eccolo che viéne.	Hier kommt er eben.
Andáte a chiamármi il maggiordómo.	Gehet, holet mir den Haushofmeister.
Non ha tempo di venire.	Er hat keine Zeit zu kommen.

Andáte a comprármi carta, penne, ed inchióstro. — Gehet, kaufet mir Papier, Federn und Tinte.

Portátemi un calamajo, un fóglio di carta ed un temperino. — Bringet mir ein Tintenfaß, einen Bogen Papier und ein Federmeſſer.

Temperátemi queste penne, ma badáte che non sieno nè troppo fine, nè troppo grosse. — Schneidet mir dieſe Federn, gebet aber Acht, daß ſie weder zu fein noch zu dick ausfallen.

Avrò anche bisógno d'un' óstia, o della ceralácca (cera di Spágna) e d'un sigillo. — Ich werde auch eine Oblate, oder Siegellack und ein Siegel nöthig haben.

Non ve ne dimenticáte. — Vergeſſet es nicht.

Non mancáte di farlo. — Unterlaſſet nicht es zu thun.

Non tardáte molto a venire. — Kommet bald zurück.

Vengo súbito, — vengo all' istánte. — Ich komme im Augenblicke.

Non ve ne scordáte. — Vergeſſet nicht darauf.

Lasciáte stare adésso quelle sédie. — Laßt jetzt die Seſſel ſtehen.

Redensarten mit dem Vorworte a. (Siehe §. 135.)

Tenére a bada. — Einen mit leeren Hoffnungen hinhalten.

Stare a bada. — Auf Etwas warten; zaudern.

A basta lena; a branchi. — Mit allen Kräften; haufenweiſe.

Cavalcáre a bisdósso. — Ohne Sattel reiten.

A brano a brano (minutaménte). — In kleinen Stücken.

A conto; a buon conto io non ci vado. — Auf Rechnung; indeſſen, auf alle Fälle, ich mag nicht hingehen.

A cagióne oder a motivo del danáro. — Des Geldes wegen.

Dare a cámbio. — Auf Wechſel geben.

Piángere, dolérsi a caldi occhj. — Mit heißen Thränen beweinen, ſich beklagen.

A capo nudo. — Mit bloßem Haupte.

Ora sono a cavállo. — Nun bin ich geborgen.

A capríccio, a caso. — Nach Laune, zufälliger Weiſe.

A condizióne; a contánti. — Unter der Bedingung; bar.

Volésti fare a tuo modo. — Du wollteſt nach deinem Kopfe handeln.

A corda, a filo. — Nach der Schnur, ſchnurgerade.

Combáttere a corpo a corpo. — Mann gegen Mann kämpfen.

A destra, a sinistra. — Rechts, links.

Ad arte; a dirittura. — Mit Fleiß; gerades Weges.

A digiúno; a diságio. — Nüchtern; ungemächlich.

Non fa una a dovere. — Er thut nichts recht, wie es ſich gehört.

A fronte di tutto questo. — Ungeachtet deſſen, trotz deſſen.

Ci viene ad onta di ciò. — Er kommt demungeachtet, trotz dem.

A tuo márcio dispetto. — Dir recht zum Trotz.

A dispetto di tutti. — Allen zum Trotz.

Plángere alla dirotta. — Häufige Thränen vergießen.

Ad una voce. — Mit einhelliger Stimme.

A fáccia a fáccia. — Von Angeſicht zu Angeſicht.

A favóre, in grázia di tutti. — Zu Gunſten, zum Vortheile Aller.

A fiór d'acqua. — Ueber dem Waſſer, oben auf dem Waſſer.

Essere a grado. — Beliebt ſein.

Tenére a freno. — Im Zügel halten.

A fatica, a forza, a fúria. — Mit Mühe, mit Gewalt, über Hals und Kopf.

A fitto, all' incirca. — In Pacht, ungefähr.

A nome mio. — In meinem Namen.

Tieni a mano il tuo. — Halte das Deinige zu Rathe.

Scegliéte *a* vostro piacére.	Wählet nach Eurem Gefallen.
Ad ogni modo.	Durchaus.
Facciámo *a* monte.	Laſſen wir das Spiel nicht gelten.
Una cosa *alla* volta.	Eins nach dem Andern.
Lo mandò via *a* colpi di frusta.	Er jagte ihn mit Peitſchenhieben fort.
A canto, *al* mio canto, *al* mio lato.	Daneben, an meiner Seite.
Al più, *al* sommo.	Auf's Höchſte.
A mio rischio; *a* calca.	Auf meine Gefahr; gedrängt.
A pane ed acqua.	Bei Waſſer und Brot.
Messo *a* oro — indoráto.	Mit Gold belegt — vergoldet.
Mostráre uno *a* dito.	Mit dem Finger nach Einem zeigen.
Una muta *a* quattro, *a* sei.	Ein Zug von Vieren, von Sechſen.

XXXI.

Chi ode, vede e tace, quegli vuol vívere in pace [1]. Appetito non vuol salsa [2]. Gallína vécchia fa buon brodo [3]. Corvi con corvi non si cávan mai gli occhj [4]. Belle parole e cattivi fatti ingánnano savj e matti [5]. Buon grano fa buon pane [6]. Cane scottato ha paúra dell' acqua fredda [7]. Insalata ben salata, poco acéto e ben oliata [8]. Dal canto si conosce l'uccello [9]. Raccomandare il lardo alla gatta [10]. Il mondo è di chí se lo piglia [11]. Pestár l'acqua nel mortajo, *ovvéro:* cavár l'acqua col crivello [12]. Tenér il piede in due staffe [13]. Volér guarir ogni male coll' istesso empiastro [14]. Chi vuol che sia ben detto di lui, guárdisi di dir male d'altrui [15]. Véndere lúcciole per lanterne [16]. A buon intenditór poche parole [17]. I pensieri non págano gabelle [18]. A venire in giù ogni cosa ajuta [19]. A távola e a letto non portar nessun rispetto [20]. I páperi vóglion menare a bere le oche [21].

[1] Schweigen und Denken kann Niemand kränken. [2] Der Hunger iſt der beſte Koch. [3] Eine alte Henne gibt eine gute Suppe. [4] Ein Rabe hackt dem Andern die Augen nicht aus (kein Wolf frißt den andern). [5] Gute Worte und ſchlechte Thaten betrügen Weiſe und Narren. [6] Gutes Getreide gibt auch gutes Brot. [7] Das gebrannte Kind fürchtet das Feuer. [8] Der Salat muß viel Salz und Oel und wenig Eſſig haben. [9] Aus dem Geſange erkennt man den Vogel. [10] Die Katze zum Speck ſtellen. [11] Die Welt gehört dem, der ſie zu erobern weiß. (Friſch gewagt iſt halb gewonnen.) [12] Vergebliche Arbeit thun. [13] Wohl verſorgt ſein (den Fuß in zwei Steigbügeln halten). [14] Mit Einem Pflaſter Alles heilen wollen. [15] Wer haben will, daß man von ihm gut rede, der rede von Andern nicht übel. [16] Einen leuchtenden Wurm für eine Laterne verkaufen. (Einem einen blauen Dunſt vormachen.) [17] Den Gelehrten iſt gut predigen. [18] Gedanken ſind zollfrei. [19] Wenn man verderben ſoll, hilft Alles mit. [20] Bei Tiſche und im Bette ſoll man nicht blöde ſein. [21] Das Ei will klüger ſein als die Henne. (Die junge Gans will die alte zum Waſſer führen.)

Um zu befehlen.

Accostatevi — avvicinátevi a me	Nähert euch mir — tretet näher.
Restáte lì.	Bleibt dort ſtehen.
Andate a destra — a sinistra.	Gehet zur Rechten — zur Linken.
Parláte un po' più alto, che non v'inténdo.	Sprechet ein wenig lauter, denn ich verſtehe euch nicht.
Parliámo un po' più sotto voce — più sommessaménte.	Sprechen wir leiser.
La porta è chiúsa — apérta.	Die Thüre iſt zu — offen.
Chiudéte — serráte la porta.	Machet die Thüre zu.
Apritela.	Machet ſie auf.

Chiudéte quella finéstra e apríte l'altra.	Machet dieses Fenster zu und das andere auf.
Tiráte le cortine.	Ziehet die Vorhänge vor.
Questa cosa va fatta cosi.	Diese Sache muß so gemacht werden.
Cosi va bene.	So ist es gut.
Signór oste, fáteci il nostro conto.	Herr Wirth, machet unsere Rechnung.
Salite, — scendéte.	Kommt herauf — herunter.
Entrate, — uscite, sortite.	Tretet herein — gehet hinaus.
Tirátevi un po' in là.	Ziehet Euch ein wenig besser hin.
Ritirátevi un pochétto.	Ziehet Euch ein wenig zurück.
Via di qua.	Weg von hier.
Fate luógo.	Machet Platz.
Andáte per la vostra strada.	Gehet Euren Weg fort.
Non istate a toccármi.	Rühret mich nicht an.
Lasciátemi in pace.	Lasset mich in Frieden (ruhig).
Non mi seccáte, — non m'annojáte.	Plaget — belästigt mich nicht.
Non mi rompéte il capo.	Machet mir den Kopf nicht warm.
Váttene via.	Packe dich fort.
Va alla buón' ora.	Gehe zum Henker.
Che uomo vile!	Ueber den niederträchtigen Menschen!
Via birbánte! va alle forche! lévati di qui, baróne!	Weg mit dir! Schurke.

Redensarten mit a. (Siehe §§. 135 und 136.)

A seconda delle proprie bráme.	Nach seinem Wunsche.
A rotta di collo, *a* precipízio.	Ueber Hals und Kopf.
Abita *a* pián terréno.	Er wohnt zu ebener Erde.
Trovár *a* propósito.	Für gut befinden.
All' inconsideráta, *all'* impazzáta.	In den Tag hinein, unbedachtsam.
Si conósce *all'* ária.	Man sieht es schon an der Miene.
Ei veste *alla* buona.	Er kleidet sich einfach, ohne Putz.
Vivere *alla* buona.	Gut und schlecht leben, wie es kommt.
Venire *a* capo.	Zu Stande kommen, bringen.
A bel dilétto; *a* contra génio.	Mit Fleiß; mit Widerwillen.
A gambe leváte.	Mit den Füßen in der Höhe. (Fliehen.)
Méttere *a* fracásso.	Verwüsten.
La cosa va *alla* lunga.	Die Sache zieht sich in die Länge.
Alla larga; *alla* péggio.	Weit davon; so schlecht als möglich.
Alla rinfusa; *alla* schietta.	Durch einander; ohne Umstände, aufrichtig.
Dare *a* prova.	Auf Probe geben.
Alla sfuggita; *a* lungo andáre.	Im Vorbeigehen; in die Länge.
Al pari d'ogni altro.	Wie jeder Andere.
Alla sfiláta; *a* schiéra.	Einzeln, in kleinen Haufen; haufenweise.
A ripentáglio; *a* rischio.	Mit Gefahr.
A man salva, *a* misúra.	Ohne Gefahr; nach dem Maße.
A poco *a* poco, oder *a* mano *a* mano.	Nach und nach.
Méttere *a* sacco.	Plündern.
A ócchj veggénti.	Zusehends.
A suo talénto, *a* sua vóglia.	Nach seinem Gutdünken.
A propósito; *a* piómbo.	Eben recht; senkrecht.
A rovéscio; *a* sbieco.	Verkehrter Weise; schief, quer über.
A scelta; *a* un di presso.	Nach eigener Wahl; ungefähr.
Allo scopérto; *a* vicénda.	Unter freiem Himmel; wechselweise.
Ad un tratto; *all'* incirca.	Auf einmal; ungefähr.
A sorte — *a* caso.	Von ungefähr; zufälliger Weise.
A scrócco — *a* ufo.	Umsonst; auf anderer Leute Kosten.

L' ha pagáto *a* piéno.	Er hat ihn ganz bezahlt.
A spina pesce.	Schlänglicht, bald rechts, bald links.
A solo *a* solo; *a* sangue freddo.	Unter vier Augen; mit kaltem Blute.
Verrò *all'* óra precisa (S. §. 136.)	Ich werde auf die Stunde kommen.
Io me ne andái *all'* ora sólita.	Ich ging um die gewöhnliche Stunde.
All' occasióne.	Bei Gelegenheit.
È ancor *a* buón ora.	Es ist noch frühzeitig.
Alla stessa ora.	Zu derselben Stunde.
Ella s'alza *al* tocco delle dieci — *alle* diéci in punto.	Sie steht mit Schlag zehn Uhr auf.
Arriverà *al* diéci del mese.	Er wird den zehnten dieses Monats kommen.
Allo spuntár — *al* levár del sole.	Bei Sonnenaufgang.
All' alba.	Mit Tages Anbruch.
Al tramontár del sole.	Bei Sonnenuntergang.
Al chiaro di luna.	Bei Mondschein.
Oggi *a* otto; lunedì *a* otto.	Heute über acht Tage; Montag über acht Tage.
Alla fin fine; *alla* fine dei conti.	Wenn es um und um kommt.
Mal *a* propósito; — fuór di tempo.	Zur Unzeit.
Ad ogni tanto; *al* fine.	Alle Augenblicke; endlich.
Ad un tratto; *a* prima giúnta.	Auf einmal; gleich zu Anfange.

XXXII.

Dio manda il freddo secondo i panni [1]. Cercare il pelo nell' uovo [2]. Tre donne fanno un mercato [3]. Per un punto Martin perdè la cappa [4]. È un pazzo a bandiera [5]. Bisogna navigare secondo il vento [6]. Pagare il fio [7]. Se non piove, vioviggina [8]. Fa la gatta morta [9]. Ha il miele in bocca ed il rasojo alla cintola [10]. Sa più un dottore e un matto, che un dottór solo [11]. Si lamenta del brodo grasso [12]. Chi la dura, la vince [13]. La buona madre non dice, volete [14]? A chi consíglia non duol il capo [15]. Báttere il ferro infin ch'è caldo [16]. La candela è al verde [17]. Chi dorme, non piglia pesci [18]. Chi dorme co' cani, si sveglia colle pulci [19]. Chi va al mulino, s'infarína [20]. Chi fa il conto senza l'oste, lo fa due volte [21]. Stuzzicare in un vespajo, *ovvéro:* Destare il can che dorme [22]. Qui gatta ci cova [23]. Figlio dell' oca bianca [24]. Sciorre la bocca al sacco [25]. Aguzzarsi il palo in sul ginocchio [26]. O asso o sei; o Césare o niente [27]. Far un viaggio e due servizj [28].

[1] Der Himmel legt nicht mehr auf, als man ertragen kann. [2] Fehler (Zweifel) suchen, wo keine sind. [3] Wo drei Weiber sind, wird Markt gehalten. [4] Um ein Auge wäre die Kuh blind. [5] Der ist ein ausgemachter Narr. [6] Man muß den Mantel nach dem Winde drehen. [7] Seine Schuld büßen. [8] Regnet's nicht, so träufelt's. [9] Er thut, als wenn er nicht sähe. [10] Honig im Munde und Galle im Herzen. [11] Vier Augen sehen mehr als zwei. [12] Er beklagt sich, daß es ihm zu wohl gehe. [13] Standhaftigkeit überwindet Alles. [14] Wer lange fragt, gibt nicht gerne. [15] Rathen ist leichter, als selbst thun. [16] Das Eisen schmieden, so lange es warm ist. [17] Das Liebchen ist zu Ende. [18] Der Faule kommt zu nichts. [19] Wer sich unter die Kleien mengt, den fressen die Schweine. [20] Womit man umgeht, das hängt Einem an. [21] Man muß nicht die Rechnung ohne Wirth machen. [22] In ein Wespennest stechen. [23] Hier steckt was dahinter. [24] Ein Glücks- oder Sonntagskind. [25] Sein Herz ausschütten; es einmal frei heraussagen. [26] Sich selbst schaden. [27] Alles oder nichts. [28] Zwei Sachen auf einmal verrichten.

Vom Wetter.

Che tempo fa oggi? che tempo abbiámo?	Was ist heute für ein Wetter?
Fa bel tempo, — è un tempo bellissimo.	Es ist schönes, — sehr schönes Wetter.
Fa cattivo tempo, — è un tempaccio.	Es ist schlechtes Wetter.
Il tempo è nebbioso; nuvolóso.	Es ist neblicht; umwölkt.
Mi pare che vi sia una gran nébbia.	Es scheint mir, daß wir einen starken Nebel haben.
La néhbia si va disperdendo.	Der Nebel verzieht sich.
Vedéte, fa sole.	Sehet, die Sonne scheint.
Oggi è una bella giornáta, — fa una giornáta da paradiso.	Heute ist ein schöner Tag.
Il tempo è sereno — chláro.	Es ist ein helles — heiteres Wetter.
Fa un tempo molto dolce.	Es ist ein sehr gelindes Wetter.
Non fa nè troppo caldo, nè troppo freddo.	Es ist weder zu warm, noch zu kalt.
Le strade sono asciútte.	Es ist trocken auf der Straße.
Fa una gran polvere.	Es gibt viel Staub.
Fa un po' caldo.	Es ist etwas warm.
Ah! comincia ben a far caldo.	Ach! es fängt an sehr warm zu werden.
È un calór eccessivo.	Es ist eine unerträgliche Hitze.
È un caldo soffocante.	Es ist sehr schwül.
Son tutto in acqua, — son tutto in sudóre.	Ich bin ganz naß von Schweiß.
Non posso più dal caldo.	Ich kann nicht mehr vor Hitze.
Appena ci si può respirare.	Man kann hier kaum Athem holen.
Il sole entra in canicola.	Es fangen die Hundstage an.
Siámo nel cuóre della state.	Wir sind mitten im Sommer.
Il tempo si è cangiáto.	Das Wetter hat sich geändert.
È un tempo assái variábile — incostánte.	Es ist eine sehr veränderliche, unbeständige Witterung.
Si leva il vento.	Der Wind erhebt sich.
Fa del vento.	Es geht der Wind.
Il vento si è calmato.	Der Wind hat sich gelegt.
S'annúvola.	Es umwölkt sich.
Il tempo si è secco, úmido, piovóso, tempestóso.	Es ist ein trockenes, feuchtes, regnerisches, stürmisches Wetter.
L'ária è riempita di núvole.	Die Luft ist ganz mit Wolken angefüllt.
Pare, che vóglia piôvere.	Es scheint, als wenn es regnen wollte.
Fa un tempo oscúro.	Es wird finster.
Non sono che nubi passaggiére.	Es ist nur ein vorübergehendes Gewölke.
Mi rincrésce di non aver préso meco l'ombrélla.	Es thut mir leid, daß ich nicht meinen Regenschirm mit mir genommen habe.

Von dem Gebrauche des Vorwortes da. (Siehe §§. 139—143.)

Cámera *da* conversazione con lavolini *da* ginóco e lumi.	Gesellschaftszimmer mit Spieltischen und Lichtern.
Cámera *da* mangiáre, *da* dormire.	Speisezimmer, Schlafzimmer.
Veste *da* cámera, *da* donna.	Schlafrock, Frauenkleid.
Fazzoletto *da* naso.	Schnupftuch.
Sartóre *da* uomo, *da* donna.	Manns-, Frauenschneider.
Caválli *da* posta, *da* sella, *da* tiro.	Post-, Reit-, Zugpferde.
Alberi *da* frutti.	Obstbäume.
Cane *da* cáccia; schioppo *da* caccia.	Jagdhund; Jagdflinte.
Orológio *da* tasca.	Sackuhr.

23

Provisióni *da* bocca, *da* guerra.	Mund-, Kriegsvorrath.
Una botte *da* vino.	Ein Weinfaß.
Un vaso *da* (oder *dell'*) óglio (§. 140).	Ein Oelgefäß.
Bottiglia *da* (oder *dell'*) acqua.	Wasserflasche.
Carta *da* lettere.	Briefpapier.
Recátemi le tazze *da* (*del*) tè.	Gebet mir die Theeschalen.
Uomo *da* poco, *da* niente, — *da* bene.	Ein Mann, der wenig, nichts taugt, — der brav ist.
Cose *da* far arricciár i capégli.	Sachen, wobei Einem die Haare zu Berge steigen.
Lo giúro *da* galantuomo.	Ich schwöre es als ein ehrlicher Mann.
Non vi consiglio *da* amico, ma *da* fratéllo.	Ich rathe es euch nicht als Freund, sondern als Bruder.
Così potrò vivere *da* Signóre.	So werde ich wie ein Herr leben können.
Fu trattáto *da* Regina.	Sie wurde wie eine Königin behandelt.
L'ha fatto *da* maéstro.	Er hat's meisterhaft gemacht.
I nemici si difendono *da* disperáti.	Die Feinde vertheidigen sich wie Verzweifelte.
Hanno fatto una sortita *da* leóni.	Sie machten einen Ausfall wie die Löwen.
Fulgénzio è un pazzo *da* catene.	Fulgenzius ist ein Narr zum Binden.
Fáccia *da* briccóne.	Schurkengesicht.
Questo è un tratto *da* briccóne.	Dies ist ein Schelmenstreich.
La Signóra *dalla* testa di morte.	Die Frau mit dem Todtenkopfe.
Il cavaliére *dalla* trista figura.	Der Ritter von der traurigen Gestalt.
Molino *da* grano.	Mahlmühle.
Molini *da* segáre legna, oder *da* tavole.	Sägemühle.
Bastimenti *da* trasporto.	Transportschiffe.
Navi *da* guerra.	Kriegsschiffe.
La casa *da* subastarsi.	Das Haus zum Versteigern.
Compagno *da* viaggio.	Reisegesellschafter.
Vasi *da* profumi.	Rauchgefäße.
Truppe *da* sbarco.	Landungstruppen.
Legname *da* costruzióne per la marina.	Schiffbauholz.
Mácchina *da* filare e *da* tóndere i panni.	Spinn- und Tuchscher-Maschine.
Tela *da* vele.	Segeltuch.
Pólvere *da* fuóco.	Schießpulver.
Bestie da soma.	Lastthiere.
Carrozza *da* gala.	Galawagen.
Tórchio *da* vino, *da* ólio.	Wein-, Oelpresse.
Misura *da* grano.	Getreidemaß.
Le vasche *da* bagno.	Die Badwannen.
Bottega da caffè.	Kaffeehaus.
Ballerini *da* corda.	Seiltänzer.
Corno *da* caccia.	Jagdhorn.
Ollo *da* árdere.	Brennöl.
Bestie *da* macéllo.	Schlachtvieh.
Le trombe *da* fuóco.	Die Feuerspritzen.

XXXIII.

Esser più doppio che una cipolla [1]. Avér un po' di sale in zucca [2]. Dir cose che non le direbbe una bocca di forno [3]. Qui bisogna

[1] Sehr heimtückisch sein. [2] Ein Bischen Verstand haben. [3] Aufschneiden, gewaltige Lügen auskramen.

bere, o affogare⁴. Esser un seccafistole, un seccapolmoni⁵. Assai
parole e poche lance rotte⁶. Il tesoro è cambiato in carbóni⁷. Cavár la castagna dal fuoco colla zampa del gatto⁸. Víver col cuore
nel zúcchero⁹. Fare lo sputasenno, fare il saccente¹⁰. Vénder l'uccello in sulla frasca; — vénder la pelle prima di pigliar l'orso¹¹.
Fare altrui le fiche¹². Esser uno sputaperle¹³. Se la sguazza; se
ne sta in cucagna¹⁴. Rimanér con un palmo di naso¹⁵. Conciár
uno pel dì delle feste¹⁶. Disputár dell' ombra dell' ásino¹⁷. Questa
non è erba del suo orto¹⁸. Fortuna e dormi¹⁹. Chi la fa, l'aspetti²⁰.
Chi di venti non sa, di trenta non ha²¹. Chi nasce bella, nasce
maritata²². Ogni legno ha il suo tarlo²³. Chi spesso fida, spesso
grida²⁴. La buona ancúdine non teme martello²⁵. Ira senza forza,
súbito si smorza²⁶. Venne per farína, e vi lasciò il sacco²⁷. La
lingua batte, dove il dente duole²⁸.

⁴Friß Vogel oder stirb. ⁵Ein sehr lästiger Mensch sein. ⁶Viel Lärm und wenig
dahinter. ⁷Seine Hoffnungen sind getäuscht worden. ⁸Auf eines Andern Gefahr Etwas unternehmen. ⁹Sehr vergnügt leben. ¹⁰Den Gelehrten, den Weisen spielen wollen. ¹¹Auf Etwas sehr Ungewisses rechnen. ¹²Einen ausspotten, höhnen. ¹³Wie ein
Orakel sprechen. ¹⁴Er schwimmt im Ueberfluß. ¹⁵Mit einer langen Nase abziehen.
¹⁶Einen übel zurichten. ¹⁷Ueber unbedeutende Sachen streiten. ¹⁸Das ist in seinem
Garten nicht gewachsen. ¹⁹Wer das Glück hat, der führt die Braut nach Hause.
²⁰Wer Unrecht thut, hat ein Gleiches zu erwarten. ²¹Wer im zwanzigsten dumm
ist, wird im dreißigsten nicht klug. ²²Schönheit findet Liebhaber. ²³Jeder Stand
hat seine Plage. ²⁴Oft getraut, oft betrogen. ²⁵Ein gutes Gewissen fürchtet keine
Verleumdung ²⁶Zorn ohne Kraft erlischt bald. ²⁷Anstatt was auszurichten, kam er
mit Schande zurück. ²⁸Weß das Herz voll ist, läuft der Mund über.

Vom Wetter.

Piove egli?	Regnet es?
Credo di sì — di nò.	Ich glaube ja — nein.
Comincia a pióvere.	Es fängt an zu regnen.
A momenti piove.	Bald wird es regnen.
Ploviggina, — fa una pioggétta minúta.	Es nieselt, — es regnet fein.
Pióve a ciel dirotto, — pióve dirótta-mente, — dilúvia.	Es regnet gewaltig, — es gießt.
La notte scórsa non ha fatto che piòvere.	Es hat die vergangene Nacht unaufhörlich geregnet.
Pioverà tutto il giorno.	Es wird den ganzen Tag regnen.
La pióggia passerà ben tosto.	Der Regen wird bald vorüber sein.
Mettiámoci al copérto.	Stellen wir uns unter.
Fa molto fango.	Es ist sehr kothig.
Che temporále! — Che burrásca!	Was für ein Gewitter! was für ein Sturm (zur See)!
Come fa oscúro!	Wie dunkel es wird!
Tuóna, — il tuóno rimbómba.	Es donnert, — der Donner rollt.
Lampéggia — baléna.	Es blitzt.
Non ci si vede che al folgorár dei lampi.	Man sieht blos durch das Leuchten der Blitze.
Gràndina — tempésta.	Es hagelt.
Il vento sóffia impetuosamente.	Der Wind geht gewaltig.
Fa un vento freddo.	Es geht ein kalter Wind.
Il temporale è passato.	Das Gewitter ist vorüber.

23*

Le nubi svaníscono — si dispérdono, si vanno dileguando.	Die Wolken verschwinden — zerstreuen sich.
Ecco l'arcobaleno — l'arco celéste.	Sieh da den Regenbogen.
E segno di bel tempo.	Das zeigt schönes Wetter an.
Il tempo si rasseréna — si rischiára.	Das Wetter heitert sich auf.
Le strade sono molto fangóse.	Die Straßen sind sehr kothig.

Redensarten mit dem Vorworte di. (Siehe §. 144.)

Fratéllo di padre, di madre.	Bruder von des Vaters, von der Mutter Seite.
D'oggi innánzi — in poi.	Von heute an.
D'ora in poi, d'or avánti.	Von nun an.
Di primavéra, di state.	Im Frühling, im Sommer.
Di Mággio, di Giúgno.	Im Mai, im Juni.
Di lunedi, di giovedi.	Am Montage, Donnerstags.
Di passo uguále, di forza.	Mit gleichem Schritte, mit Gewalt.
Di bel nuóvo.	Auf's Neue.
Di anno in anno.	Jahr aus, Jahr ein.
Di tutto cuóre.	Von ganzem Herzen.
Di moto próprio.	Aus eigenem Antriebe.
Di buon' ora — per tempo.	Bei Zeiten.
D'una parte all' altra.	Durch und durch.
Di continuo — incessantemente.	In Einem fort — unausgesetzt.
Di notte.	In der Nacht.
Di qui a Venézia.	Von hier nach Venedig.
Di tempo in tempo.	Von Zeit zu Zeit.
Di giorno in giorno.	Von Tag zu Tag.
Di casa in casa.	Von Haus zu Haus.
Di bel mattino.	Mit dem frühesten Morgen.
Di fa di buón cuore.	Er thut es gerne.
Lo buón grado.	Gerne, mit gutem Willen.
Di notte tempo.	Bei Nachtzeit.
Di órdine sovráno.	Auf allerhöchsten Befehl.
D' primo tratto.	Anfangs, gleich im Anfange.
Di mattína, di sera.	Des Morgens, Abends.
Di dentro, di fuori.	Inwendig, auswendig.
Di dietro, di sopra, di sotto.	Rückwärts, oben, unten.
Di buon grado, di buona vóglia.	Gerne.
Di mal grado, di mala vóglia.	Ungerne.
Di sopérchio; di vantággio.	Ueberflüssig.
Di gran lungo; di sicuro.	Bei weitem; sicher.
Di sua natúra.	Seiner Natur nach.
Di pianta; di primo láncio.	Von Grund auf; sogleich.
Di rado; di poco.	Selten; seit Kurzem.
Di certo; di ragióne.	Gewißlich; mit Recht.
Di slancio; di volo.	In einem Sprunge; im Fluge.
Andár di trotto; d'accórdo.	Den Trab reiten; einstimmig sein.
Dar di piatto.	Mit der Fläche eines schneidenden Instrumentes hauen.
Fuor d'uso, fuor di moda.	Aus der Mode.

XXXIV.

È meglio ésser capo di gatta [1], che coda [2] di leóne [3]. La botte [4] non dà che del vino che ha [5]. Col tempo e colla páglia [6] si matúrano [7]

[1] Kopf einer Katze. [2] Schweif. [3] Löwe. (Es ist besser unter Kleinen der Erste, als unter Großen der Letzte zu sein.) [4] Faß. [5] (Wie der Baum, so die Frucht.) [6] Stroh. [7] zeitig werden.

le néspole [8]. Mentre [9] l'uomo ha i denti in bocca [10], non sa quello che gli tocca [11]. Beato il losco in terra de' ciechi [12]. Chi di gallína [13] nasce [14], convien che rázzoli [15]. Ogni bel giuoco vuol durar poco [16]. L'uomo che non ebbe mai avversità [17], ignora [18] la metà [19] de' sentimenti [20], di cui è capace [21]. Le due più belle cose, ch'io conosca, soléva dire un Savio, è un cielo stellato [22] sovra il nostro capo, e il sentimento [23] d'un atto virtuoso [24] nel nostro cuore. Non basta d'aver bisogno d'un amico per trovarlo; ma convien pure andár fornito [25] di ciò che può appagare le di lui aspettazioni [26]. L'uomo che non sa tacér [27] nulla, rassomíglia [28] ad una léttera aperta [29], che ognuno [30] può léggere. La grand' arte [31] della conversazione [32] si è, di sapér attirar la paróla [33], di parlar poco, e di far parlár molto. La forza [34] tiranneggia [35] il mondo, e l'ésito [36] felice d'una cosa è quello, che la giustífica [37].

[8] die Mispel. (Die Zeit bringt Alles zu Stande.) [9] So lange. [10] Zähne im Munde. [11] bevorsteht. (Niemand ist seines künftigen Schicksals gewiß.) [12] Unter den Blinden herrscht der Einäugige. [13] Henne. [14] herstammt. [15] scharren. (Art läßt nicht von Art.) [16] Kurz und gut. [17] Widerwärtigkeiten. [18] kennt nicht. [19] Hälfte. [20] Gefühle. [21] fähig. [22] gestirnter Himmel. [23] Bewußtsein. [24] tugendhafte Handlung. [25] versehen sein. [26] den Erwartungen entsprechen. [27] verschweigen. [28] gleichet. [29] offenen. [30] Jedermannm. [31] Kunst. [32] Gesellschaft, Umgang. [33] die Worte herauszulocken. [34] Gewalt. [35] tyrannisirt. [36] Ausgang. [37] rechtfertiget.

Von den Jahreszeiten.

Fa un tempo assai cattivo.	Es ist ein sehr schlechtes Wetter.
Questa notte ha geláto.	Diese Nacht hat es gefroren.
I giórni cálano.	Die Tage nehmen ab.
Ci avviciniámo all' autúnno.	Wir nähern uns dem Herbste.
Le mattine e le seráte son molto frésche.	In der Frühe und des Abends ist es sehr kühl.
Questa mattina v'ebbe della brina.	Diesen Morgen gab es Reif.
Oggi è una giornáta molto fredda — riglda.	Heute ist ein sehr kalter Tag.
Son tutto agghiacciáto — geláto.	Ich bin ganz eiskalt.
Son tutto intirizzito dal freddo.	Ich bin ganz starr vor Kälte.
Accendéte un po' il fuóco.	Machet ein wenig Feuer.
Riscaldáte bene la stufa.	Heizet im Ofen recht ein.
Si avvicini al fuóco — alla stufa.	Nähern Sie sich dem Feuer — dem Ofen.
Le giornáte sono corte assái.	Die Tage sind sehr kurz.
Alle quattro appéna ci si vede più.	Um vier Uhr sieht man kaum mehr.
Pare, che vóglia nevicare.	Es scheint, es wolle schneien.
Névica a gran fiócchi.	Es schneit große Flocken.
La notte passáta è caduta tanta neve, che si potrà andare in islitta.	Vergangene Nacht ist so viel Schnee gefallen, daß man wird Schlitten fahren können.
Dicesi che dománi si farà una slittáta magnifica.	Man sagt, daß morgen eine prächtige Schlittenfahrt sein wird.

Beispiele über die Zahlwörter. (Siehe I. Theil, S. 66.)

Sono arrivati *tre* forestieri.	Es sind drei Fremde angekommen.
Io ho *due* ospiti.	Ich habe zwei Gäste.
La febbre gli vien ogni *due* giorni; ogni *terzo* giorno.	Er bekommt jeden zweiten — dritten Tag das Fieber.

Gli diéde un *due* mila fiorini.   Er gab ihm ungefähr 2000 Gulden.

Egli ébbe presso a *sei* mila scudi.   Er hatte nahe an die 6000 Thaler.

Circa *tre* cento miglia, ober *tre cento* miglia in circa da Roma.   Ungefähr 300 Meilen von Rom.

Due fra loro.   Zwei unter ihnen.

Egli verrà fra *dódici* giorni.   Er wird binnen 12 Tagen kommen.

In *quindici* giorni.   In 14 Tagen.

Dentro un' ora sarò da te.   In einer Stunde bin ich bei dir.

Presso di *cinque* mesi.   Beinahe 5 Monate.

Oggi *a otto* — lunedì *a otto* — domani *a quindici*.   Heute über 8 Tage — Montag über 8 Tage — morgen über 14 Tage.

Un giorno *fra* gli áltri.   Ein Tag unter andern.

Uno de' sette; due di noi.   Einer von den sieben; zwei von uns.

Cinque de' nostri; l'*último* di tutti.   Fünf von den Unsrigen; der Letzte von Allen.

Quattro per *cento*; *un* e mezzo per cento.   Vier von Hundert; anderthalb von Hundert.

Ai *tre* Mori; alle *due* colombe.   Zu den drei Mohren; zu den zwei Tauben.

Sedére il *primo*, l'*último*; occupare il *primo*, l'último luogo.   Oben an, unten an sitzen.

Sono quasi ob. pressochè *cent'* anni.   Es sind an die 100 Jahre.

Tre giorni di seguito.   Drei Tage nach einander.

Un Páolo, ragguagliáto alla nostra monéta, fa *tre* grossi e mezzo.   Ein Paolo macht nach unserem Gelbe 3½ Groschen.

Il luógo è *quindici* in *diciótto* miglia lontano di qui.   Der Ort ist 15 bis 18 Meilen weit von hier.

Si è sbagliáto di *trédici* fiorini.   Er hat sich um 13 Gulden geirrt.

Non aderisco nè agli *uni*, nè agli *altri*.   Ich stimme weder dem einen, noch dem andern Theile bei.

Il *secóndo* tomo di questo libro.   Der zweite Band dieses Buches.

La *terza* parte.   Der dritte Theil.

La *quarta* volta.   Das vierte Mal.

Nel *vigésimo* canto.   Im zwanzigsten Gesange.

Quattro e *cinque* fa nove.   4 und 5 ist 9.

Da *otto* levándone *tre*, resta *cinque*.   3 abgezogen von 8, bleiben 5.

Tre via *quattro* dódici.   3 Mal 4 ist 12.

Tre via *tre* nove.   3 Mal 3 ist 9.

Due volte *sei* fa dódici.   2 Mal 6 ist 12.

Sei in *diciótto tre* volte.   6 in 18 geht drei Mal.

Il *primo*, il *séttimo*, l'*último* a venire fu Luigi.   Der erste, der siebente, der letzte, welcher kam, war Ludwig.

Essa ha *diéci* mila fiorini di dote.   Sie hat 10,000 Gulden Heirathsgut.

Ci vógliono *cento* tálleri per avérlo; per *cento* tálleri l'avrái.   Es ist um 100 Thaler zu thun, so hast du es.

Diéci persóne senza contare i figliuóli; — oltre i figliuóli.   Zehn Personen ohne die Kinder.

In capo a ober di *quattro* giorni.   In vier Tagen.

Or volge l'*undécimo* anno.   Es sind beinahe 11 Jahre verflossen.

Trenta grossi fanno un tállero.   30 Groschen machen einen Thaler.

Ragguagliándo il braccio a *due* piédi.   Die Elle zu 2 Schuh gerechnet.

Tu séi la *metà* più grosso.   Du bist um die Hälfte dicker.

Come sta 2 a 4, così sta 6 a 12, ob. il 2 a 4 sta come il 6 a 12.   2 verhält sich zu 4, wie 6 zu 12.

Sotto Arrigo IV., sotto il regno di Arrigo IV. — regnando Arrigo IV.   Unter Heinrich IV.

Tre volte la settimána.   Die Woche drei Mal.

La festa durò *otto* giorni.   Das Fest dauerte 8 Tage.

Ogni *sei* miglia.	Alle 6 Meilen.
Ogni *quarto* anno.	Alle 4 Jahre.
Ne vénnero in numero di *mille*, o in quel torno.	Es kamen ihrer an die Tausend; es kamen ihrer gegen tausend.
Ambo, ambedúe, ambidúe, amendúe, entrambi, tutti e due *i fratélli*.	Beide Brüder.
Ambo (nicht *ambi*) i soldáti.	Beide Soldaten.
Ambo oder ambe *le sorélle*.	Beide Schwestern.
D'ambe le parti.	Von beiden Seiten.
Lo ascolto con *ambo* gli orécchj.	Ich höre ihm mit beiden Ohren zu.
Vedo con *ambedue* gli ócchj.	Ich sehe mit beiden Augen.

XXXV.

Il Savio non deve mai provocáre l'ira [1] del più potente [2], ma procurar di fuggírla [3]. È difficile di moderarsi [4] in quello, che buono crediamo [5]. Il silenzio [6] serve d'ornamento ad ogni donna [7]. È insoffríbile [8] il servo, che ha più spirito [9] del padrone. È d'uopo [10] imparare [11] lungo tempo ciò, che si deve insegnare [12]. La troppa severità [13] obbliga sovente a mentire [14]. Bisogna esser nato [15] per l'ambizione [16], ed avér non so qual' audácia naturale [17], per riuscire [18] nelle grand' imprése [19]. Il timóre esterno [20] riunisce [21] gli Stati i più divisi [22]. È bene di resistere alla prima voglia [23], che hanno i soldati di combáttere [24], affine ch'ella s'aumenti [25]. Temporeggiando [26] non si guasta mai [27] niente negli affari disputati [28]. Ciò che è affare d'importanza [29] in un tempo, è una bagatella in un altro [30]. Le cose che l'uomo desídera il più [31], e colla maggior impazienza [32], non gli arrívano quasi mai [33] nel tempo, in cui gli farébbero il più gran piacére. La memória [34] dei benefizj passati debbe far dimenticare le ingiurie presenti [35].

[1] Reizen den Zorn. [2] Mächtigeren. [3] ihm auszuweichen suchen. [4] sich zu mäßigen. [5] für gut halten. [6] Schweigen. [7] ziert jede Frau. [8] unerträglich. [9] mehr Verstand. [10] nothwendig. [11] zu lernen. [12] lehren soll. [13] Allzu große Strenge. [14] zwingt oft zum Lügen. [15] geboren. [16] Ehrgeiz, Ruhmsucht. [17] ich weiß nicht, welche natürliche Dreistigkeit. [18] glücklich zu sein. [19] Unternehmungen. [20] äußere Gesahr (Furcht). [21] vereiniget. [22] die feindlichsten Staaten. [23] der ersten Begierde zu widerstehen. [24] zu kämpfen. [25] damit sie noch größer werde. [26] Durch Zögerung. [27] verdirbt man nie. [28] in streitigen Angelegenheiten. [29] Sache von Wichtigkeit. [30] ist zur andern eine Kleinigkeit. [31] am meisten wünscht. [32] Ungeduld. [33] treffen fast nie zu. [34] Die Erinnerung. [35] sollte gegenwärtige Beleidigungen vergessen machen.

Von den Jahreszeiten.

Non uscirà Ella di casa? No?	Werden Sie nicht ausgehen? Nein?
Suo fratéllo è meno freddolóso di Lei.	Ihr Bruder ist nicht so empfindlich für die Kälte, als Sie.
Ella è molto infreddáta — raffreddáta; ha il raffreddaménto — raffreddóre.	Sie haben den Schnupfen stark.
Sono ormái quindici giórni che sono infreddato, e che ho la tosse.	Es sind schon 14 Tage, daß ich den Schnupfen und den Husten habe.
Il tempo s'è mitigáto.	Das Wetter ist gelinder geworden.
Non fa più quel freddo, che facéva giorni sono.	Es ist nicht mehr so kalt, wie es vor einigen Tagen war.

Didiáccia.	Es thaut auf.
Il ghiaccio oder diáccio si strúgge, la neve si scióglie, si fonde.	Das Eis geht auf, der Schnee zergeht.
Andiámo a gran passi incontro alla primavera.	Wir nähern uns sehr rasch dem Frühlinge.
I giórni cominciano a créscere.	Die Tage fangen an länger zu werden.
Il giórno e la notte sono quasi di eguále duráta.	Tag und Nacht sind fast gleich.

Ueber die persönlichen Fürwörter. (Siehe §§. 185, 192.)

Ei *mi* motéggia — *mi* corbélla — *si* burla di me.	Er hat mich zum Besten.
Ben *ti* sta.	Es geschieht dir recht.
Gli ho dimandáto.	Ich habe ihn gefragt.
Egli *le* diéde il libro.	Er gab ihr das Buch.
Ella *lo* ha a casa.	Sie hat es zu Hause.
Io non *l'* ho avúto.	Ich habe es nicht gehabt.
Egli *ci* ha scritto una léttera.	Er hat uns einen Brief geschrieben.
Non *l'* hai tu vedúta?	Hast du ihn (den Brief) nicht gesehen?
Tu non *mi* hai mostráto niénte.	Du hast mir nichts gezeigt.
Egli *la* conósce.	Er kennt sie.
Le dirò súbito che *la* vedo.	Ich werde ihr sagen, sobald ich sie sehe.
Non *gli* dissi nulla oder niente.	Ich sagte ihm nichts.
Ne faréte *loro* un regalo?	Werdet ihr ihnen damit ein Geschenk machen?
Non posso nè créder*lo*, nè sperár*lo*.	Ich kann es weder glauben, noch hoffen.
Non *si* può nè amár*la*, nè stimár*la*.	Man kann sie weder lieben, noch schätzen.
Fáte*gli* sapére.	Machet ihm zu wissen.
Vergógna*ti*.	Schäme dich.
Non *ti* vergognare di ciò.	Schäme dich dessen nicht.
Non *mi* molestáte — non *mi* stuccate.	Belästiget mich nicht.
Non *ci* rompéte il cervéllo — non *ci* seccáte.	Machet uns den Kopf nicht warm.
Non *li* cimentáte.	Bringet sie nicht auf.
Mi rallegro di vedér*la*.	Ich freue mich sie zu sehen.
Gli toccò in sorte.	Es traf ihn das Loos.
Stento a créder*lo*.	Ich kann es kaum glauben.
Si rese — *si* recò a Roma.	Er begab sich nach Rom.
Si è leváto il vento.	Der Wind hat sich erhoben.
Si rimise in cammino.	Er machte sich wieder auf den Weg.
Mi sarei vergognáta di me stessa.	Ich würde mich vor mir selbst geschämt haben.
Ci piacque la sua prática.	Sein Umgang gefiel uns.
Ella *si* è un po' riméssa.	Sie hat sich ein wenig erholt.
Costui non *m'*incóntra il genio.	Dieser da gefällt mir nicht.
Non *la* condánno; non *le* do torto.	Ich verdenke es ihr nicht.
Lo voglio così.	Ich will es so haben.
Credo, che non *lo* sáppia.	Ich glaube, daß er es nicht weiß.
Gli cálano le ale.	Er ist nicht mehr so stolz.
Se *mi* salta in testa, — se *mi* viéne il capriccio.	Wenn es mir in Kopf kommt, — wenn es mir einfällt.
Egli *lo* sgrida, *lo* rampógna.	Er zankt ihn aus.
Non ho vedúto altri fuorchè *lui*.	Ich habe Niemanden außer ihm gesehen.
Gli tién mano — *gli* tien la scala.	Er hält ihm die Stange.
Egli *si* riferisce *a noi*.	Er beruft sich auf uns.
Ei non *si* cura di niente.	Er bekümmert sich um nichts.
Non *ne* ho colpa.	Ich kann nichts dafür.

Vien diètro *a me.*	Er folgt mir nach.
Lévati di qui, baróne.	Weg mit dir, Schurke!
Si sparla di noi.	Es geht über uns her.
Vedéndo*lo* arsi di cóllera.	Als ich ihn sah, entbrannte ich vor Zorn.
Essèndo*sene* ricordáto.	Als er sich daran erinnert hatte.
Détto*mi* questo, parti.	Nachdem er mir dies gesagt hatte, ging er fort.
Non *mi* posso sovvenire d'avérlo vedúto.	Ich kann mich nicht entsinnen, ihn gesehen zu haben.

XXXVI.

La lunga prosperità génera fidúcia [1], e fa che meno si è circospetto [2]. Lo sdegno [3] fa spiccare il coraggio [4]. Vi sono occasioni [5] nella guerra, in cui è d'uopo [6] prendere partito [7], senza deliberare [8]. Ognuno è disposto [9] a dir ben [10] del suo cuore, e quasi nissuno ardisce [11] dirne del suo spírito. La mínima burla [12] è capace d'inasprire [13] e d'irritare [14] una donna. Niente giova meglio [15] per confóndere [16] i nostri nemici, che di non far caso [17] delle loro offése [18]. Il cuore vive sempre nel presente, e lo spírito nel futuro; quindi è [19], ch'essi vanno così poco d'accordo [20]. Nelle tue tribolazioni [21] non ti lamentar [22] con nissun altro, che con colui, il quale ti può dar ajúto [23]; pochi son quelli che ajútano a portare, quasi tutti aggravano il peso [24]. L'inquieta umanità [25] si divide [26] in due classi: gli uni cércano [27], e non sanno trováre [28]; gli altri tróvano, e non sanno godére [29]. Non è sempre la vittoria [30] un segno di valore [31]. Ha fatto vincere [32] più battaglie [33] l'artifizio [34] che la forza [35].

[1] Langes Wohlergehen erzeugt Zuversicht. [2] weniger vorsichtig. [3] Zorn. [4] den Muth erwecken. [5] Gelegenheiten. [6] wo es nothwendig ist. [7] einen Entschluß fassen. [8] ohne erst zu überlegen. [9] geneigt. [10] gut zu sprechen (loben). [11] getraut sich. [12] kleinste Scherz. [13] zu reizen, erbittern. [14] zu erzürnen. [15] nützt mehr. [16] beschämen. [17] nicht achten. [18] Beleidigungen. [19] daher kommt es. [20] einig sind. [21] Bedrängniß. [22] beklage dich. [23] Hilfe leisten. [24] erschweren die Last. [25] Die unruhige Menschheit. [26] theilt sich. [27] suchen. [28] finden. [29] wissen nicht zu genießen. [30] Sieg. [31] ein Beweis der Tapferkeit. [32] gewinnen gemacht. [33] Schlachten. [34] die List. [35] Gewalt.

Beim Aufstehen und Ankleiden.

Buon giórno, amico!	Guten Morgen, mein Freund!
Oh caro, vi saluto!	O, sein Sie mir gegrüßt, mein Lieber!
Come! ancora a letto, gran poltróne! Su, su, vestítevi presto; che andremo a far colazione nel Prater.	Wie, noch im Bette, Sie Fauler! Auf, auf, kleiden Sie sich an; wir wollen in den Prater frühstücken gehen.
Son andáto a letto sì tardi, che sono ancóra pien di sonno.	Ich bin so spät zu Bette gegangen, daß ich noch voll Schlaf bin.
A che ora vi siéte coricáto?	Um wie viel Uhr sind Sie zu Bette gegangen?
Alle quattro dopo mezza notte.	Um 4 Uhr nach Mitternacht.
M'immágino, che saréte stato al festino — al ridótto?	Sie werden vermuthlich bei dem Feste — in der Reboute gewesen sein?
Appúnto. Ci sono andáto con ferma intenzióne, di non restarvi che due orette; ma una compagnia	Errathen. Ich bin mit dem festen Vorsatz dahin gegangen, nur ein Paar Stündchen dort zu verweilen; allein eine

d'amici m'ha obbligáto a tratte-
nérmivi sino dopo le tre. — Gefellſchaft Freunde hat mich verleitet, bis nach brei Uhr ba zu bleiben.

Ho sentito, che v'érano molte má-
schere. — Ich habe gehört, baß es viele Masken gegeben hat.

È verissimo. — Ganz recht.

Avéte riposáto bene? — Haben Sie gut ausgeruhet?

Ho dormito assái bene. — Ich habe recht gut geſchlafen.

Non ho fatto che un sonno in tutta la notte. — Ich habe bie ganze Nacht in Einem fort geſchlafen.

Ho dormito molto male; non ho chiuso ócchio in tutta la notte. — Ich habe ſehr ſchlecht geſchlafen; ich habe bie ganze Nacht kein Auge zugemacht.

Non mi sento niénte affátto bene. — Ich fühle mich gar nicht wohl.

Me ne dispíáce assái, dovrébbe re-
stár in letto. — Es thut mir ſehr leib, Sie ſollten im Bette bleiben.

No, no, sono con Lei in un istánte. — Nein, nein, in einem Augenblicke werbe ich mit Ihnen ſein.

Siehe I. Theil, §. 189.

Me lo (libro) ha imprestáto oggi. — Er hat es mir heute geliehen.

Ce lo renderà domani. — Er wirb es uns morgen zurückgeben.

Perchè non te li (libri) ha mostráti? — Warum hat er ſie bir nicht gezeigt?

Ve la (léttera) ha portáta stamat-
tina. — Er hat ihn (ben Brief) euch heute Morgen gebracht.

Ce le (léttere) ha consegnáte jerséra. — Er hat ſie uns geſtern Abenbs über-
geben.

Egli se lo figúra. — Er ſtellt es ſich vor.

Me ne (dell' affáre) ha già parláto. — Er hat mit mir ſchon bavon geſprochen.

Quando ne avrà loro mandáto. — Wenn er ihnen bavon wirb geſchickt haben.

Gliéne (ſtatt: gli ne, ober le ne) ha promésso. (§. 190.) — Er hat ihm, ober ihr bavon ver-
ſprochen.

Non glielo (ſtatt: gli lo, ober le lo) invidio. — Ich gönne es ihm, ober ihr.

Io non ve lo pósso dire, ober non posso dirvelo. — Ich kann es euch nicht ſagen.

Me ne vóglio contentare, ober vó-
glio contentármene. — Ich will mich bamit begnügen.

Rifiutátegliélo. — Schlaget es ihm, ober ihr ab.

Non glielo crédete. — Glaubet es ihm, ober ihr nicht.

Non oso dirtelo. — Ich wage es nicht, bir zu ſagen.

Dopo avércene avvertiti, se ne andò. — Nachbem er uns bavor gewarnt hatte, ging er fort.

Esséndosene accórto. — Als er bies wahrgenommen hatte.

Facéndovelo crédere. — Als er euch bies glauben machte.

Me ne congrátulo seco Lei. — Ich gratulire Ihnen bazu.

Me ne impórta ben poco. — Es liegt mir wenig baran.

Me l'ho fatto passár della mente. — Ich habe es mir aus bem Sinne ge-
ſchlagen.

Me lo dice il cuóre. — Das Herz ſagt mir es.

Mi si spezza il cuóre. }
Ciò mi passa il cuóre. } — Es geht mir burch's Herz.

Andátevene con Dio. — Gehet in Gottes Namen.

Váttene in mal' ora. — Gehe zum Henker.

Gliélo ha detto in fáccia. — Er hat es ihm in's Geſicht geſagt.

Colùi non me ne sa nè grado, nè gràzia. — Er weiß mir keinen Dank bafür.

Tróvati altro partito. — Suche bir einen anbern Herrn.

Me ne renderete conto.	Ihr werdet mir Rechenschaft darüber ablegen.
Se n'è partito colle trombe nel sacco.	Er ist mit einer langen Nase abgezogen.
Ve lo dirò a suo tempo.	Ich werde es euch zu seiner Zeit sagen.
L'uno *sen* va, l'altro *sen* viéne.	Der Eine geht, der Andere kommt.

XXXVII.

Non si ama un amico, quando[1] la sua assenza[2] non affligge molto[3]. Quando si è all' estremo[4], le più ardite risoluzioni[5] sono d'ordinario le più sicure. I grandi uómini hanno lo spirito maturo[6] nel fior dell' età[7], e sono capáci ancór gióvani[8] di grandi affari[9]. Basta[10] che un gran Capitano[11] viva lungo tempo per provare[12] i disastri[13] della fortuna. Fanno le prosperità cambiar d'umóre a' più grandi uomini[14]. Quanto felice[15] non saria l'uomo, s'egli fosse capace di differire[16] le inquietúdini[17] del suo cuore fino[18] alla realità[19] della cosa temuta! Le sue più gran pene[20] sono le angosce[21], ch'ei sente pe' mali futuri[22], quantunque di rado[23] succedan[24] que' gran malanni[25], che ci presentò la fantasia. All' acquisto[26] d'un fine nóbile e grande[27] giova[28] più un' indústria giudiziosa[29] accompagnata da un sommo grado[30] di pazienza, che i talenti più luminosi[31]. Si può levare[32] il comando[33] ma non l'autorità e il crédito[34] a un capitano famoso[35]. Evvi un non so che di grande[36] nella miséria[37] degli eroi, che fa loro conservare il rispetto[38].

[1]Wenn. [2]Abwesenheit. [3]nicht sehr betrübt. [4]auf's Aeußerste gebracht. [5]kühnsten Entschlüsse. [6]reifen Verstand. [7]in der Blüte ihrer Jahre. [8]als Jünglinge. [9]großer Thaten fähig. [10]braucht nur lang zu leben. [11]Feldherr. [12]kennen zu lernen. [13]Unfall, Widerwärtigkeit. [14]Bei den größten Männern bewirkt Wohlergehen Sinnesänderung. [15]Wie glücklich. [16]fähig aufzuschieben. [17]die Unruhe. [18]bis zur. [19]Wirklichkeit. [20]Leiden. [21]die Beängstigungen. [22]für zukünftige Uebel. [23]obwohl selten. [24]zutreffen. [25]jene großen Uebel. [26]Erlangung. [27]edler und erhabener Zweck. [28]nützt. [29]vernünftige Emsigkeit. [30]hohen Grad. [31]glänzend. [32]nehmen. [33]Oberbefehl. [34]Ansehen und Gewicht. [35]berühmten Feldherrn. [36]Es liegt etwas unnennbar Großes. [37]in dem Mißgeschicke. [38]das ihnen fortwährend unsere Achtung erhält.

Beim Aufstehen und Ankleiden.

Ehi! cameriére, chi è di là?	He, Kammerdiener! ist Niemand da?
Illustrissimo!	Gnädiger Herr!
Bisognerà ch'io mi levi; — vóglio alzarmi.	Ich muß — ich will aufstehen.
Guardate, che ora è.	Sehet, wie viel Uhr es ist.
Sono le otto in punto.	Es ist eben acht Uhr.
Credévo, che fosse più tardi.	Ich glaubte, es sei schon später.
Recátemi — dátemi una camiscia netta.	Gebt mir ein frisches Hemd.
Dátemi qua le mie pianélle, la mia veste da cámera, e i miéi sottocalzóni (e le mie mutande).	Gebet mir meine Pantoffeln, meinen Schlafrock und meine Unterhosen.
Dátemi da far la barba.	Bringet das Nöthige zum Barbieren.
Portatemi súbito l'acqua calda.	Bringet mir gleich warmes Wasser.
Éccola servíta.	Hier sind Sie bedient.
Questo sapóne non val nulla, ci	Diese Seife taugt nichts, man braucht

vuol mezz' ora prima di fare la saponáta. — eine halbe Stunde um sie schäumen zu machen.

Dátemi i rasoj inglési, che questi non tágliano punto. — Gebet mir die englischen Barbiermesser, diese da greifen nicht an.

Converrà farli arruotare ed affilare un' altra volta. — Man muß sie noch einmal schleifen und abziehen lassen.

Fate veníre il parrucchiére. — Laßt den Friseur kommen.

Compráte della pólvere di cipri. — Kaufet Haarpuder.

Mettéte dell' ácqua nella brocca — nel lavamáni. — Bereitet das Wasser im Waschbecken.

Date qua l'asciugamáni. — Gebt das Handtuch her.

Siehe I. Theil, §§. 193 und 194.

Egli non è stato ancóra nel giardino. — Er ist noch nicht im Garten gewesen.

Avéte vóglia d'andárvi, oder d'andárci? — Habet ihr Lust hinzugehen?

Non ri érano più di cento persóne. — Es waren nicht mehr als 100 Personen da.

Mettétevi dell' acqua. — Thut Wasser hinein.

Bisógna pensárvi. — Man muß daran denken.

Ci ho aggiúnto del mio. — Ich habe mein Geld dabei eingebüßt.

Io ci sono státo presénte. — Ich bin dabei gewesen.

Io non ci ho alcún interésse. — Ich habe nichts davon.

Egli non ci ha disposizióne. — Er schickt sich nicht dazu.

Egli ci è andáto a posta. — Er ist eigens hingegangen.

Io non ci metto nè sal, nè ólio. — Ich will mich da nicht einmischen.

Ci ha trováto il verso. — Er ist auf's Rechte gekommen.

Qui gatta ci cova. — Da steckt was dahinter.

Qui ci trovo mal il mio conto. — Dabei finde ich meine Rechnung nicht.

Ci penserò sopra. / Vi farò i miéi conti. — Ich will mich darüber besinnen.

A dire il vero, io non vorréi impacciármivi. — Die Wahrheit zu sagen, ich möchte mich nicht gerne da einmischen.

Ci mancò poco, ch'io non cadéssi. — Ich wäre beinahe gefallen.

Ei non ci può supplire. — Er kann es nicht bestreiten.

Qui io non c'entro. — Das geht mich nichts an.

Questo non c'entra. — Das gehört nicht hieher.

Ci sarà del duro. — Es wird hart halten.

Ci manca ben molto, che l'uguagliáte. / Ci vuól molto, pria che possiáte stare al suo confrónto. — Ihr seid lange nicht so wie er; — ihr habt noch weit dahin.

Non ci vóglio dormir sopra. — Ich will die Sache nicht so lassen.

Ei ci ha lasciáto la pelle. — Er hat dabei das Leben eingebüßt.

Ci ha lasciáto del suo pelo. — Er hat dabei Haare gelassen, d. i. er hat an der Sache verloren.

Ce ne ha parláto; d. i. ci ha parláto di questo. — Er hat mit uns darüber gesprochen.

Gliene mandi pure; d. i. gli mandi di questo. — Er soll ihm nur davon schicken.

Ella se ne glória, — ne va gloriósa, ne fa pompa. — Sie macht sich damit groß.

Che fastidio ne ho io? — Was kümmere ich mich darum?

Io non ce n'ho colpa. / Non so che farvi. — Ich kann nichts dafür.

Mandátegliene. — Schicket ihm davon.

XXXVIII.

Fortuna istupidisce [1] colui, ch'ella di troppo favorisce [2]. Là [3] si può dir che fúlmine [4] vi sia, ov' è il potér coll' ira in compagnia [5]. Dove il péssimo [6] è felice, sarà l'óttimo [7] infelice. Più presto [8] che una colpa [9] si riprende [10], minóre [11] la si rende [12]. Sol dell' ingannatóre [13] è proprio [14] degl' inganni avér timóre [15]. Fra tutti i torti [16] più quello ferisce [17], del qual di lamentarsi non s'ardisce [18]. Se ricercato [19] tace il sapiente, ei nega brevemente [20]. Chi a bella posta altérca [21], la verità non cerca [22]. Fortuna non si dà così seconda [23], che in se qualche amarezza [24] non ascónda [25]. È di necessità [26] che tema altrui quei che temér si fa [27]. Quando a taluno [28] non vien più creduto, ben si può dir, ch'egli ha tutto perduto. Va in traccia di perigli [29] l'imprudente [30] che próvoca [31] il potente. Chi al tempo sa piegarsi [32], è uomo da lodarsi [33]. L'avaro non mai buono per altrui [34], è péssimo [35] per lui. Gli spiriti irrequieti [36] preferíscono sempre [37] l'avvenire al presente.

[1] Das Glück bethört, betäubt. [2] zu sehr begünstiget. [3] Dort. [4] der Blitz. [5] wo Macht und Zorn vereiniget sind. [6] der Schlechteste. [7] Beste. [8] Je schneller. [9] Vergehen. [10] zur Strafe gezogen wird. [11] desto geringer. [12] wird es. [13] Nur dem Betrüger. [14] ist es eigen. [15] Betrug zu fürchten. [16] Unter allen Kränkungen (Unrecht). [17] schmerzt die am meisten. [18] über die man sich nicht zu beklagen wagt. [19] um etwas ersucht. [20] so schlägt er es damit kurz ab. [21] vorsetzlich streitet. [22] sucht. [23] vollkommenes (günstiges) Glück. [24] irgend eine Bitterkeit. [25] in sich schließe. [26] es ist nothwendig [27] gefürchtet macht. [28] Einem. [29] wandelt den Weg der Gefahr. [30] Unkluge. [31] reizt, aufbringt, herausfordert. [32] Wer sich in die Zeit zu fügen weiß. [33] ist ein lobenswerther Mann. [34] nie gut für Andere. [35] ist doch am schlimmsten für sich. [36] Unruhige Gemüther. [37] ziehen stets vor.

Beim Ankleiden.

Aprite l'armádio e datemi fuori i calzóni di casimiro bianco, — oppúre i pantalóni di panno turchino.	Machet den Schrank auf, und gebet mir die weißen Beinkleider von Casimir, — oder die Pantalon-Hosen von blauem Tuch.
È netta la mia cravátta — o il mio fazzolétto da collo?	Ist mein Halstuch weiß?
Recátemi un gilè biánco, — una camiscióla bianca.	Gebt mir eine weiße Weste.
Questo gilè non è ben laváto, è ancór tutto sporco.	Diese Weste ist nicht gut gewaschen; sie ist noch ganz schmutzig.
Dove sono i miei tiracalzóni — ob. il mio usoliére?	Wo ist mein Hosenträger?
Questi stiváli non son ben lustráti.	Diese Stiefel sind nicht gut gewichst.
Metterà oggi il frac — vestíto grigio?	Werden Sie heute den grauen Frack anziehen?
Nò, stamáne fa un po' fresco, uscirò in cappótto, — metterò il soprattutto turchino.	Nein, heute ist es ein wenig kühl; ich werde im Ueberrock ausgehen, — ich werde den blauen Ueberrock anziehen.
L'avete nettáto male, andáte, báttetelo fuóri un' altra volta, e scopettátelo bene.	Ihr habt ihn schlecht ausgefehrt, gehet, klopfet ihn noch einmal und bürstet ihn gut aus.
Guardáte, ci son anche due mácchie.	Sehet, hier sind auch zwei Flecken.
Portátelo dománi al cavamacchie.	Traget ihn morgen zum Fleckputzer.

Il mio cappello tondo.	Meinen runden Hut.
Cercátemi i guánti e il fazzolétto da naso.	Suchet mir die Handschuhe und das Schnupftuch.

Siehe 1. Theil, §. 206.

Io non *la* so poi così per minúto.	Ich weiß es eben nicht so genau.
La spacca alla grande, — *la* sfóggia.	Er macht Wind.
Come *re la* intendéte?	Nun, wie ist es? wie seid ihr gesinnt?
Ce *la* intenderémo.	Wir werden schon einig werden.
Non *te 'la* passerò certo.	Ich werde es dir gewiß nicht so hingehen lassen.
Finiámo*la*.	Machen wir dem Streit ein Ende.
Non vorrei, che *se la* prendésse con noi.	Ich möchte nicht, daß er mit uns anfinge.
Menár*la* buona.	Es Einem hingehen lassen.
Ce *l*' ha fatta.	Nun hat er uns recht gehabt, oder: nun sind wir recht betrogen.
Ella *la* sa lunga.	Sie ist recht fein.
La più giusta saria.	Das Gescheiteste wäre.
Come *se la* passa?	Wie geht es Ihnen?
Spero di potér campár*la* quest' anno.	Ich hoffe, mich dieses Jahr durchzubringen.
Se la gode, — ei *se la* diverte, — si va burlándo.	Er macht sich lustig.
Io *me la* pensái bene.	Ich dachte es mir wohl.
L' ho fatta la seconda minchioneria.	Nun habe ich den zweiten dummen Streich gemacht.
Te lo dico *colle buone*.	Ich sage es dir im Guten.
La fa da gran Signóre.	Er spielt den großen Herrn.
Egli *la* spaccia alla grande.	Er spielt den Großen.
Io non *la* so capire.	Ich kann's nicht verstehen.
Non *la* cede ad alcúno.	Er gibt Keinem nach.
Gliela llo vinta.	Ich gebe es ihm gewonnen.
Io stava cantándo*mela*.	Ich beschäftigte mich mit Singen; d. i. ich sang mir Eins.
Adesso *le* sentiremo *belle*.	Nun werden wir was hören.
Ce *l*' ha data da bere. } Ce *l*' ha fatta crédere. }	Er hat uns was aufgebunden.
Se la disbróglino fra di loro, oder che si aggiústino essi.	Sie mögen es mit einander ausmachen.
Voi credéte, che sia finit*a*.	Ihr glaubt, damit sei dies abgethan.
Egli è uno che *la* preténde.	Er bildet sich was ein.
Non c'è verso di dár*gliela* da capire.	Ich kann ihm das nicht in den Kopf bringen.
Ebbéne *la* lascerémo così.	Nun gut, wir wollen es dabei bewenden lassen.
Me *l*' ha da pagáre; vo' che *la* veda.	Ich will es ihm gedenken.
L' ho scappáta bella.	Ich bin gut davon gekommen.
L' avéte fatta un po' grossa.	Ihr habt es ein wenig grob gemacht.
Ora *l*' avete fatta bella.	Jetzt habt ihr es schön gemacht.
Ei *la* sente molto avánti.	Er hat eine tiefe Einsicht.
Ei *se la* inténde bene con esso.	Er ist mit ihm gut einverstanden.
Ei *se la* passa bene.	Er ist in guten Umständen, wohlauf.
Pigliár*la* per uno.	Sich eines Menschen annehmen.
Portárse*la* in pace.	Etwas geduldig ertragen.
Gliela ho suonáta.	Ich habe es ihm frei heraus gesagt.

XXXIX.

Per penetrare [1] il disegno di uno [2], bisogna sorprénderlo [3]. Le imprese [4] che pájono brillanti alla prima [5], non sono d'ordinario fortunate. L'interesse [6] è il più forte legame [7] di tutte le società [8]. Quando si hanno cattive ragioni [9], meglio si è di farle dire [10] per altri. Le leggi [11] sono come le cose necessárie ad una nave [12], altre son buone per la calma [13], altre per la tempesta [14]. Si comincia [15] a sprezzare [16] un gran Capitano, quando [17] comparisce [18] uno più grande. Lásciano [19] sempre i Polítici qualche speranza delle cose stesse [20], che non vógliono concédere [21]. Bisógna raddoppiare [22] le cure [23] e l'applicazione [24] a proporzione [25] della contrarietà [26] del tempo e delle circostanze. Non servite [27] se non rare volte di testimonio [28], affine di non [29] disgustare [30] una delle parti. Ogni più acérba ingiuria [31] tu dirai, a cui d'ingrato il título [32] darai. Chi i delitti [33] non punisce [34], i malvagi [35] incoraggisce [36]. Quei ch'è pazzo, pazzi crede [37] tutti gli uomini che vede. D'uomo avveduto [38] è stile [39] temér sempre [40] un nemíco, e sia pur vile [41].

[1] Um zu erforschen. [2] Absicht eines Andern. [3] überraschen. [4] Unternehmungen. [5] anfänglich glänzend scheinen. [6] Eigennuß. [7] das Band. [8] Gesellschaften. [9] schlechte Beweise (Gründe) zu führen hat. [10] vorbringen zu lassen. [11] Gesetze. [12] gleichen den einem Schiffe nöthigen Gegenständen. [13] zur Zeit der Meeresstille (Ruhe). [14] während des Sturmes. [15] fängt an. [16] gering zu schätzen, verachten. [17] sobald. [18] erscheint. [19] lassen noch etwas Hoffnung. [20] selbst in den Angelegenheiten. [21] zugestehen. [22] verdoppeln. [23] Sorge. [24] Fleiß. [25] im Verhältniß. [26] Widrigkeit, Widerwärtigkeit. [27] dienet. [28] zum Zeugen. [29] um nicht. [30] zu mißfallen. [31] die allerbitterste Schmähung. [32] den Namen Undankbarer. [33] Verbrechen. [34] straft. [35] den Bösewicht. [36] ermuthiget. [37] hält für Narren. [38] vorsichtig. [39] Grundsatz. [40] stets zu fürchten. [41] sei er noch so gering.

Beim Ankleiden.

V. S. Illustrissima non si scórdi, che oggi è invitáta a pranzo dal Ministro d'Inghiltérra.

Vergessen Euer Gnaden nicht, daß Sie auf heute zum englischen Minister zu Mittag geladen sind.

Lo so; vado un poco alla cavallerizza; poi verso mezzo giórno ritornerò a farmi pettináre ed a vestirmi.

Ich weiß es; ich gehe nur auf kurze Zeit auf die Reitschule; gegen 12 Uhr komme ich zurück, um mich frisiren zu lassen und anzuziehen.

Preparátemi intánto l'ábito di gala, una camiscia co' manichini di Fiandra, una cravatta di battista, un pajo di calze di seta biánche, un pajo di scarpe, e le fibbie.

Richtet mir indessen das Gala-Kleid her, ein Hemd mit Niederländerspitzen, ein Halstuch von Battist, ein Paar weißseidene Strümpfe, ein Paar Schuhe und die Schuhschnallen.

Il calzolájo ha portato due paja di scarpe.

Der Schuster hat zwei Paar Schuhe gebracht.

Vuol provárle V. S.?

Wollen Sie selbe anprobiren?

Volentiéri. Dátemele; affibbiátene una.

Gerne. Her damit; schnallt den einen ein.

Cosi; queste son fatte benissimo, e mi vanno bene; ma queste, oltre all' ésser mal fatte, sono troppo strette, e mi fanno male.

So; diese da sind recht gut gemacht und passen auch gut; diese aber sind nicht nur schlecht gemacht, sondern sie sind mir auch zu enge, und thun mir wehe.

Se cománda, gliene pagherò un pajo, e l'altro glielo renderò.	Wenn Sie befehlen, so zahle ich ihm das eine Paar, und das andere gebe ich ihm zurück.
Fate pure così.	Macht es nur so.

Besondere Redensarten, welche die persönlichen Fürwörter in Verbindung mit verschiedenen Vorwörtern bilden.

Egli mi dà *del tu, del Lei.*	Er nennt mich du, Sie.
Cosa sarà *di me?*	Was wird aus mir werden?
Si fidi *di me.*	Bauen Sie nur auf mich.
Era arriváto prima *di lui.*	Er war vor ihm angekommen.
Egli è fuor *di se.*	Er ist außer sich.
Io non ho danári presso *di me* — *con me* — *meco.*	Ich habe kein Geld bei mir.
Ei non ha danári *seco.*	Er hat kein Geld bei sich.
Lasciate far *a me.*	Laßt mich nur machen.
Questo non tocca *a me.*	Das kommt nicht mir zu.
Di questo ei n'è debitóre *a lui.*	Das hat er ihm zu verdanken.
Egli è di gran lunga *a lui* superióre.	Er ist weit über ihm.
Cadde addósso *a lui.*	Er fiel auf ihn hinauf.
Quanto *a me* io ve lo concédo.	Was mich betrifft, so gebe ich es euch zu.
Io conto tanto *che voi.*	Ich bin so gut wie ihr.
Io non sono *te,* e tu non sei *me.*	Ich bin nicht an deiner, und du bist nicht an meiner Stelle.
Voi siete schiávo *come lui.* (§. 148.)	Ihr seid Sclave wie er.
Se io fossi *lui, voi, te,* — se io fossi *in lui, in voi, in te.*	Wenn ich an seiner, eurer, deiner Stelle wäre.
Egli è entráto *in se stesso.*	Er ist in sich gegangen.
Quell' uomo *in se* non è cattivo.	Jener Mensch ist an sich selbst nicht böse.
Tornando *in se.*	Indem er wieder zu sich kam.
Per quanto sta *in me.*	So viel von mir abhängt.
Sta *in te,* — dipende *da te.*	Es steht bei dir.
Vógliono cominciare *da te.*	Sie wollen bei dir anfangen.
L'ho fatto *da me.*	Ich habe es von mir selbst gethan.
Egli fa tutto *da se.*	Er thut Alles selbst.
Si contraddice *da se.*	Er widerspricht sich selbst.
La cosa va *da se.*	Die Sache geht von selbst.
Questa non è cosa *da voi.* (Siehe §. 141.)	Dies ist nichts für euch.
Io andrò *da lui, da lei.* (Siehe §. 42.)	Ich werde zu ihm, zu ihr gehen.
Ciò s'inténde *da se, da per se.*	Das versteht sich von selbst.
Questo guarirà *da per se.*	Dieses wird von selbst heilen.
Sono venúto *da per me.*	Ich bin aus eigenem Antriebe gekommen.
Con *lui* va assái male.	Es steht schlecht um ihn.
Con *lui* è finita. Per *lui* non c'è più tempo. }	Es ist aus mit ihm.
Egli s'interessa *per me.*	Er nimmt sich meiner an.
Lo fáccio *per lui.*	Ich mache es seinetwegen.
Quel che *per me* si può fare.	Was durch mich geschehen kann.
Per *me* io ne sono conténto.	Was mich betrifft, ich bin damit zufrieden.
Sia detto qui *fra noi* — in confidenza.	Unter uns gesagt.
Dicévano *fra se:* questo è vero.	Sie sagten bei sich selbst: das ist wahr.

XL.

Più mosche [1] si préndono [2] coi miel [3] che coll' aceto [4]. Un muto dolore [5] d'ogni altro è maggiore. È sempre ampio quel tetto [6], che a molti amici dar puote ricetto [7]. Abbastanza eloquente [8] è chi peróra [9] a prò [10] d'un innocente. Colui che nei giudizj [11] non va lento [12], sen corre al pentimento [13]. Da chi una volta t'offese [14] guárdati [15]; nè senza molta cautela [16] réndigli fede [17] e amistà. Chi vorrà parteggiando esser di tutti [18], sol d'ódio e d'onta coglieranne i frutti [19]. Spesso, mentre altri rifletténdo sta [20], l'occasión sen va [21]. Niuna cosa costa più cara [22] di quella, cui cómprano le preghiere [23]. Chi a se medesimo provvedér non sa [24], cattivo consigliere altrui sarà [25]. Chi débole [26] imitár pretende [27] il forte, sol frutti ne corrà d'onta, e di morte [28]. Spesso ritróvasi della gente [29] di volto amábile [30], ma rea di cor [31]; e sotto rúvide ed inamábili sembianze [32] scórgesi [33] virtù talór [34]. Raro non è [35], che una felice sorte [36] altrui condúca a morte [37].

[1] Fliegen. [2] werden gefangen. [3] Honig. [4] Eſſig. [5] Ein ſtummer Schmerz. [6] Geräumig genug iſt ſtets das Haus. [7] Obdach gewähren kann. [8] Beredt genug. [9] ſpricht. [10] zu Gunſten. [11] in ſeinen Urtheilen. [12] nicht langſam zu Werke geht. [13] eilt der Reue entgegen. [14] beleidigte. [15] hüte dich. [16] große Vorſicht. [17] ſchenke ihm Zutrauen. [18] Wer es mit Niemanden verderben, und Aller Freund ſein will. [19] wird nur des Haſſes und der Schande Früchte ernten. [20] man langſam überlegt. [21] entflieht, entweicht. [22] kommt theurer zu ſtehen. [23] welche Bitten erkaufen. [24] für ſich ſelbſt nicht zu ſorgen weiß. [25] wird Andern ein ſchlechter Rathgeber ſein. [26] ein Schwacher. [27] nachzuahmen denkt. [28] wird als Früchte nur Schande und Tod ernten. [29] Man findet oft Leute. [30] von Angeſicht lieblich. [31] von bösartig von Herzen. [32] rauhem und unfreundlichem Aeußern. [33] erblickt man, nimmt man wahr. [34] bisweilen. [35] Nicht ſelten iſt's. [36] glückliches Loos. [37] Leute zum Tode führt.

Beim Schlafengehen.

Comincio ad avér sonno.	Ich fange an ſchläfrig zu werden.
Che ora fa al suo orológio?	Wie viel haben Sie auf Ihrer Uhr?
Le úndici sono suonate in questo punto.	So eben hat es 11 Uhr geſchlagen.
Già così tardi.	Schon ſo ſpät.
Batteranno presto le úndici e mezzo.	Gleich wird es halb zwölf ſchlagen.
Il mio oriuólo non va bene, egli fa le otte passáte.	Meine Uhr geht nicht gut, auf der iſt es 8 Uhr vorbei.
Avánza, — va troppo presto.	Sie geht zu früh.
Ritárda, — va troppo tardi.	Sie geht zu ſpät.
Ho dimenticáto di caricárlo, — non l'ho tiráto sù; ho perso la chiavetta.	Ich habe vergeſſen ſie aufzuziehen, — ich habe ſie nicht aufgezogen; ich habe den Schlüſſel dazu verloren.
Siám vicini a mezza notte.	Wir ſind nicht weit von Mitternacht.
Non può esser più d'un ora, ch'io sono qui.	Es kann nicht länger als eine Stunde ſein, daß ich hier bin.
È già tempo d'andársene a casa.	Es iſt ſchon Zeit, ſich nach Hauſe zu begeben.
Resti ancór un poco.	Bleiben Sie noch ein wenig da.
Non la incomoderò più oltre.	Ich will Ihnen nicht länger beſchwerlich fallen.
Comincia a farsi tardi, e domattina mi devo levár per tempo.	Es fängt an ſpät zu werden, und morgen früh muß ich bei Zeiten aufſtehen.

24

Elta è dunque sólita di coricársi a buon' ora?	Sie pflegen also frühzeitig zu Bette zu gehen?
Per lo mio sólito, non vo mai a letto prima di mezza notte.	Für gewöhnlich gehe ich nie vor Mitternacht zu Bette.

Redensarten, welche mit einigen andern Fürwörtern gebildet werden.

Quest' ábito è *mio*. (§. 220.)	Dieses Kleid ist mein, oder gehört mir.
Quella casa è *tua*.	Jenes Haus ist dein, oder gehört dir.
Di chi è questo capéllo? è *mio*, è *suo*.	Wessen ist, oder wem gehört dieser Hut? er ist mein, sein; oder gehört mir, ihm.
Di qui sono quelle camisce? sono *mie*, sono *vostre*.	Wem gehören jene Hemden? mir, euch.
Tu hai perdúto i *tuói* libri; i *miéi* io li ho ancóra.	Du hast deine Bücher verloren; die meinigen habe ich noch.
È *tua* quella casa?	Gehört jenes Haus dir?
Egli è *mio* stretto parénte	Er ist mein naher Verwandter.
È *mio* amico.	Er ist mein Freund.
Un *suo* pari.	Einer seines Gleichen.
Un *mio* pensiéro.	Ein Gedanke von mir.
Uno de' *suoi* servitóri, oder un suo servitóre.	Ein Bedienter von ihm.
Una delle *sue* sorélle, oder una *sua* sorélla.	Eine Schwester von ihm.
A *suo* dispétto. (§. 220.)	Ihm zum Trotz.
A *mio* favóre, a *mio* riguárdo.	In Rücksicht meiner.
Avér *le sue*; toccár *le sue*.	Seinen Wischer (Verweis) haben.
Sta in *nostro* potére.	Es hängt von uns ab
Salutátelo da parte *mia*.	Grüßet ihn von mir aus.
È sempre la *stessa* campána.	Es ist immer eine und die nämliche Leier.
Gli altri sei *di cui* (statt: dei quali) la Grécia si vanta. (§. 230.)	Die andern sechs, deren sich Griechenland rühmt.
Credéte ad uno, *a cui* (al quale) avéte ispiráto stima e rispetto.	Glaubet Einem, dem ihr Achtung und Ehrfurcht eingeflößt habt.
Colui è nobile veramente, *cui* (il quale, che) nobilita la sua virtù.	Jener ist wahrhaft edel, den seine Tugend adelt.
Quello fu il primo incontro, *in cui* (nel quale) mi trovái.	Dies war das erste Gefecht, bei dem ich mich befand.
La somma *di cui* (della quale) ho bisógno è di fiorini due mila.	Die Summe, die ich brauche, beträgt zwei tausend Gulden.
È pazzo *chi* (statt: *colui che*) presúme d'oppórsi *a chi* (statt: *a colui che*) è più forte. (§. 232.)	Der ist ein Narr, der es wagt, sich dem Stärkeren zu widersetzen.
Il *che* (lo che) sentito avéndo il padre. (§. 235.)	Als der Vater dies gehört hatte.
Al *che* dicono, che Solone rispóse.	Worauf Solon geantwortet haben soll.
Su di *che* tutti méssisi a rídere.	Als darauf Alle zu lachen anfingen.
Egli è stato il *primo* a parlárci.	Er war der Erste, der uns anredete.
Il *secóndo* a entráre fu Luigi.	Ludwig war der Zweite, der hineinging.
Io, *che* sono vostro padrone.	Ich, euer Herr.
A *me*, *che* sono una védova abbandonáta, si fa grán torto.	Mir, verlassenen Witwe, geschieht großes Unrecht.
Egli, *che* fu il più grand' eróe del suo secolo.	Er, der größte Held seines Jahrhunderts

Anmerk. Beispiele über die andern Fürwörter sind im ersten Theile (Seite 82—95) bei der Abhandlung derselben aufzusuchen, und Anfänger würden gut thun, auch dieselben genau auswendig zu lernen.

XLI.

La fame [1], gran maestra [2], anche una béstia [3], e sia pur sciocca [4], addestra [5]. Suol [6] esser superba [7] certa gente col débole [8], ed è vil poi [9] col potente [10]. Volpe ti fa [11], s'esser leon [12] non sai; abbi accortezza [13], se valór non hai [14]. Chi non sa sopportár [15] i suoi casi amari [16] gli altrui mirando [17] a sopportare impari [18]. Non v'ha più acuto morso [19] di quello del rimorso [20]. Alla passata no [21], ma alla presente fortuna [22] l'uomo saggio ha da por mente [23]. Chi assai presume [24], e nulla puote [25] o poco, diviene oggetto altrui [26] di scherno e giuoco [27]. Nel laccio di cadér [28], che ad altri tende [29], debbe temér [30] chi a tésser fraudi imprende [31]. La natura non ci par mai più amábile e più bella, che dopo una buona azione. Esser fa d'uopo [32] ben infelice, per potér dire: Non ho nemici. Riguardare dinanzi e dietro di se, è l'occupazion prima dell'uomo intellettuale [33]. La maggior parte dei gióvani fórman la fábbrica [34] delle loro conoscenze come i cattivi architetti [35], che édificano [36] senza avérne prima fatto [37] il disegno [38].

[1] Der Hunger. [2] ein großer Lehrmeister. [3] selbst ein Thier [4] noch so dumm. [5] macht gelehrig. [6] pflegen. [7] hochmüthig. [8] gegen den Geringen (Schwachen). [9] dann zu friechen. [10] vor den Mächtigen. [11] Mache dich zum Fuchse. [12] Löwe nicht sein kannst. [13] sei schlau. [14] nicht stark (tapfer) bist. [15] zu ertragen weiß. [16] Unglücksfälle. [17] durch Betrachtung der Leiden anderer Leute. [18] lerne es. [19] kein heftigerer Biß. [20] Gewissensbisse. [21] Nicht auf vergangenes. [22] Schicksal. [23] soll sein Augenmerk richten. [24] sich viel wähnt, anmaßend ist. [25] vermag. [26] wird Andern ein Gegenstand. [27] der Verachtung und des Spottes. [28] In die Schlinge zu gerathen. [29] Andern legt. [30] muß der fürchten. [31] Hinterlist anzuwenden gedenkt. [32] Man muß. [33] verständig. [34] Gebäude. [35] Baumeister. [36] bauen. [37] entworfen. [38] Bauriß.

Beim Schlafengehen.

Andiámo a letto.	Gehen wir zu Bette.
Non posso più tenér apérti gli occhj.	Ich kann die Augen nicht mehr offen halten.
Dátemi una candéla.	Gebt mir eine Kerze.
Dov'è lo smoccolatójo?	Wo ist die Lichtschere?
Eccolo qui.	Hier ist sie.
Mettételo sul candeliére.	Legt sie auf den Leuchter.
Cavátemi gli stiváli.	Ziehet mir die Stiefel aus.
Dov'è la mia berrétta da notte?	Wo ist meine Schlafmütze?
Aggiustáte un po' il letto, mi pare che non sia ben fatto.	Macht ein wenig das Bett zurecht, es scheint, daß es nicht gut aufgebettet sei.
Io fo gran caso d'un buon letto.	Ich lobe mir ein gutes Bett.
Ehi! s'è spento il lume, accendétemi un'altra candela.	He! das Licht ist ausgelöscht, zündet mir eine andere Kerze an.
Fáteci lume.	Leuchtet uns.
Vóglio spogliármi.	Ich will mich ausziehen.
Dimáni mi sveglieréte alle cinque e mezzo.	Morgen wecket mich um halb sechs Uhr auf.
Riposi bene.	Schlafen Sie wohl.

24*

Ueber die unperſönlichen Redensarten: es iſt, es gibt. (§§. 280—284.)

C' è oder v' è, ecci oder evvi, v' ha oder havvi qui un qualche incisóre?	Iſt hier irgend ein Kupferſtecher?
Non v' è oder c' è nessuno oder alcuno.	Hier iſt keiner.
Ci sono oder vi sono due droghieri.	Es ſind zwei Specereihändler hier.
Non credo che ve ne siano; o che ve ne ábbia.	Ich glaube nicht, daß es deren hier gibt.
Si racconta oder raccontasi una novità.	Man erzählt eine Neuigkeit.
Si diceva oder dicevasi.	Man ſagte.
Si raccóntano molte cose.	Man erzählt viele Sachen.
Si danno di quelli.	Es gibt ſolche.
Dánnosi qui buoni médici?	Gibt es hier gute Aerzte?
Dieci anni sono oder fa.	Vor zehn Jahren.
Sono due mesi, oder due mesi fa.	Vor zwei Monaten.
V' è oder c' è sempre molta gente.	Es ſind immer viele Leute da.
C' érano oder v' érano de' pópoli.	Es gab Völker.
Non c' è modo di persuadérlo.	Es iſt nicht möglich, ihn zu überreden.
Non c' è verso.	Es gibt kein Mittel.
Dunque non c' è da sperár pace.	Alſo iſt kein Friede zu hoffen.
Vi fu tra loro chi disse.	Jemand, oder einige unter ihnen ſagten.
Non vi fu chi facesse parola.	Niemand ſagte ein Wort.
C' è oder passa un gran divário — una gran differenza da me a voi.	Es iſt zwiſchen mir und euch ein großer Unterſchied.
Con lui non c' è da far niente.	Es iſt nichts mit ihm anzufangen.
Non c' è caso, ch'io possa venirne in chiáro.	Es iſt nicht möglich, dahinter zu kommen.
In quel che dice, non c' è sale.	Es iſt kein Witz in dem, was er ſagt.
Ci vuol paziénza.	Man muß Geduld haben.
Vi vógliono fatti e non parole.	Es werden Thaten und nicht Worte erfordert.
Ce ne vorrébbe un altro pajo.	Man ſollte noch ein Paar davon haben.
È un gran tratto di tempo — è un bel pezzo, che non lo vidi.	Es iſt ſchon lange Zeit, daß ich ihn nicht ſah.
Non ci vógliono che due giorni per smaltire il dolore.	Es iſt um zwei Tage zu thun, ſo iſt der Schmerz vorüber.

XLII.

Ira[1] è breve furór[2], che a morte mena[3] colui talór[4] che in se stesso nol frena[5]. Dei buoni la sorte[6] in questa terra addíta[7], che al cielo[8] non si va per via fiorita[9]. È raro il caso[10] che fortuna sia verso il vero valore[11] e giusta e pia[12]. Colui che ratto va[13], ove l' aspetti[14], lento[15] a te parrà[16]. A un' alta Reggia[17], a un vil tugúrio e basso[18] move[19] la morte coll' egual suo passo[20]. Troppo talora[21] e talór troppo poco pensa[22] chi di fortuna è tristo giuoco[23]. Non v' è (lo *Speroni* soléa dire) sordo peggior[24] di chi

[1] Der Zorn. [2] kurze Wuth. [3] führt. [4] bisweilen. [5] in ſeinem Innern nicht bezähmt. [6] Das Loos der Guten. [7] zeigt uns. [8] gen Himmel. [9] auf blumigem Wege wandle. [10] der Fall. [11] gegen wahres Verdienſt. [12] gerecht und mild. [13] ſchnell geht. [14] wenn du auf ihn warteſt. [15] langsam. [16] dünken. [17] zur erhabenen Fürſtenburg. [18] wie zur ſchlechten und niedern Hütte. [19] wendet ſich. [20] gleichförmigen Schritt. [21] Bald zu viel. [22] bald zu wenig denkt. [23] des Glückes trauriges Spielwerk. [24] keinen ſchlimmern Tauben.

non vuol sentire [25]. È sanguinosa [26] la battáglia fra due armate, l'una delle quali vuol conservár [27] la libertà, e l'altra riparare [28] l'onór perduto [29]. Nella maggiór parte delle riconciliazioni [30] finisce la guerra, ma non l'ódio [31]. V'ha de' casi, in cui la prudenza [32] debbe cedere [33] all'ardire [34]. La compiacenza [35], la dolcezza [36] e le maniere insinuanti [37] sérvono a scuoprire [38] i segreti altrui. L'adulazione [39] è una moneta [40] falsa, a cui dà corso [41] la sola nostra vanità [42].

[25] hören mag. [26] blutig. [27] verwahren, schützen. [28] wiederherstellen. [29] verloren. [30] Versöhnung. [31] Haß. [32] Klugheit. [33] nachgeben, weichen. [34] Muth, Kühnheit. [35] Gefälligkeit. [36] sanftes, liebreiches Betragen. [37] einschmeichelndes Benehmen (sich beliebt machen). [38] entdecken, erfahren. [39] Schmeichelei. [40] Münze. [41] in Umlauf setzt. [42] Eitelkeit.

Vom Essen und Trinken.

Mi dica, ma senza compliménti, ha fatto già colazióne?	Sagen Sie mir, aber ohne Umstände, haben Sie schon gefrühstückt?
No davvéro, perchè per dirgliela, sono venuto a farla da Lei.	Nein, denn aufrichtig, ich bin gekommen, um bei Ihnen zu frühstücken.
Bravo, senza cerimonie; cosi mi piáce.	So recht, ohne Umstände; so gefällt es mir.
Viéne a propósito. Vuól caffè o cioccoláta?	Sie kommen eben recht. Wollen Sie Kaffee oder Chocolade?
Per me è tutt' uno.	Mir ist es alles eins.
Io sono avvézzo al caffè cou latte.	Ich bin den Kaffee mit Milch gewohnt.
Qualche volta per variare, bevo la cioccoláta; ma trovo, ch'ella non mi conferisce.	Zuweilen trinke ich zur Abwechslung auch Chocolade; aber ich finde, daß sie mir nicht gut bekommt.
Ho della crema eccellénte.	Ich habe köstliche Sahne.
Dove sono le chicchere?	Wo sind die Schalen?
Le piace dolce o amáro?	Beliebt Ihnen süß oder bitter?
Si serva di zúcchero.	Bedienen Sie sich mit Zucker.
Le piacerébbe del tè con del butirro fresco?	Wäre Ihnen Thee mit frischer Butter gefällig?
Le son molto obbligáto.	Ich bin Ihnen sehr verbunden.
Ho un tè delizióso; deve assaggiárlo.	Ich habe einen sehr guten Thee; Sie müssen ihn kosten.
Prenda ancora una fetta di pane col butirro.	Nehmen Sie noch ein Schnittchen Butterbrot.
Grázie; non vóglio guastare il pranzo.	Ich danke. Ich möchte mir nicht das Mittagsessen verderben.
Dove pranza Ella oggi?	Wo speisen Sie heute zu Mittag?
Vuól far peniténza meco?	Wollen Sie mit meinem Wenigen fürlieb nehmen?
Oggi sono impegnáto, ma un' altra volta profitterò delle sue grázie.	Für heute bin ich schon versagt, aber ein anderes Mal werde ich von Ihrer Güte Gebrauch machen.
Vóglio levárle l'incómodo.	Ich will Ihnen nicht länger Ungelegenheit machen.
Che incómodo? anzi mi fa piacére.	Was für eine Ungelegenheit? Im Gegentheil, Sie machen mir ein Vergnügen.

Redensarten mit dem Hilfszeitworte avére.

Avér male.	Uebel auf sein.
Avér a caro.	Gern haben.

Avére a cuóre.	Sich angelegen sein lassen.
Avére stima d'alcúno.	Einen schätzen.
Avér da dare — da fare.	Schulbig — beschäftigt sein.
Avérsene a male.	Uebel aufnehmen.
Avér il modo di spéndere.	Mittel haben.
Avér in ódio.	Hassen.
Avérla con uno.	Auf Einen böse sein.
Avér in préggio qualche cosa.	Auf Etwas viel halten.
Avér da avére da qualchedúno.	Von Einem Etwas zu fordern haben.
Egli non ha colpa.	Er kann nichts dafür.
Egli ha mille fiorini d'annuo appun-tamento.	Er hat tausend Gulden jährlichen Ge-haltes.
Egli ha l'ária d'esser galant' uómo.	Er hat das Ansehen eines ehrlichen Mannes.
L'ho sulla punta della lingua.	Ich habe es auf der Zunge.
Ha la lingua lunga.	Sie hat eine Schwertzunge.
Avér náusea di qualche cosa.	Efel vor Etwas haben.
Avér il cervéllo a segno.	Den Kopf am rechten Orte (die Ge-banken beisammen) haben.
Ho per vero quel che dice.	Ich halte für wahr, was er sagt.
Avér buon concetto di qualchedúno.	Gute Meinung von Jemanden hegen.
Il fióre ha un odór grato.	Die Blume riecht gut.
Qui ci ha da pensár egli.	Da mag er selbst zusehen.

Redensarten mit dem Hilfszeitworte éssere.

Essere a cuore.	Angelegen sein.
Ora sono a cavállo.	Nun bin ich geborgen.
Egli è di guárdia.	Er hat die Wache.
Essere alla mano.	Bei der Hand sein.
Esser da poco, da niente.	Wenig oder nichts nütze sein.
Essere alle strette.	In der Klemme sein.
Esser in grázia di alcúno.	Bei Einem in Gnaden stehen.
Esser in cóllera con qualchedúno.	Auf Einen zornig sein.
Esser al (*in*) servizio di qualchedúno.	Bei Einem im Dienste sein.
Essere ancóra in vita.	Noch bei Leben sein.
Qui c'è sotto qualche cosa.	Hier steckt was dahinter.
Esser in procinto, sul punto.	Im Begriffe sein.
Esser in buóne con qualchedúno.	Mit Jemanden in gutem Einverständ-nisse sein.
Esser ammaláto a morte.	Auf den Tod krank sein.
È mal in órdine.	Er ist schlecht daran.
Esser tutto in ácqua.	Durch und durch naß sein.
La cosa è bell' e fatta.	Die Sache ist ganz abgethan.
Quest' orológio gli è molto a caro.	Er hat diese Uhr für sein Leben gern.
Egli è in buono, o cattivo concetto.	Er ist in gutem, üblem Rufe.
Non sono in caso.	Ich bin nicht im Stande.
Questo giardíno è fuór di mano.	Dieser Garten ist zu abgelegen.
L'affare è conclúso, siámo intési.	Nun sind wir eins, es bleibt dabei.
La léttera è stata dimenticáta.	Der Brief ist liegen geblieben.
Non v'è pári.	Darüber geht nichts.
Cosa sarà di me?	Was wird aus mir werden?
Sono d'opinióne.	Ich halte dafür.
Essere in crédito, in favóre.	In Ansehen, in Gunst stehen.
Siéte in órdine?	Seid ihr fertig?
Di questo ei n'è debitore a me.	Das hat er mir zu verdanken.

XLIII.

Havvi delle persone, che disgústano con del mérito [1], ed altre, che piácciono con dei difetti [2]. Pérdere la propria riputazione [3] è un morire avanti tempo [4]. È próprio de' piccioli spiriti [5] l' offendersi delle più picciole cose [6]. Vi sono dei rimpróveri [7], che encómiano [8], e degli encómj [9], che biasimano [10]. Il rifiutár la lode [11] è spesso un desidério [12] d'esser lodato due volte. La confidenza [13] somministra più matéria [14] alla conversazione [15], che lo spírito [16]. Il contrad-dire [17] è alcune volte picchiare all' úscio [18] per sapere [19], se vi è qualcheduno in casa. La presenza d' un benefattore [20] è orríbile [21] agl' ingrati, e malgrado [22] la loro empia insensibilità [23] il rimorso li assale [24], e li condanna [25]. Non bisogna essere tanto facile [26] nel farsi [27] degli amíci; ma egli è molto pericoloso [29] di rómpere [29] l'amicizia, quando è già inoltrata [30]. Se volete far durare [31] i vostri piaceri e le vostre ricreazioni [32], non li fate servire che [33] come un sollievo [34] ad occupazioni più série [35].

[1] Trotz ihrer Verdienste zuwider sind. [2] ungeachtet ihrer Fehler gefallen. [3] gu-ten Ruf. [4] heißt vor der Zeit sterben. [5] Kleinen Seelen ist es eigen. [6] sich über Klei-nigkeiten beleidigt zu finden. [7] Vorwürfe. [8] zum Lobe gereichen. [9] Lobsprüche. [10] Ta-del enthalten. [11] Das Lob ablehnen. [12] zeigt oft den Wunsch. [13] Vertraulichkeit. [14] verschafft mehr Stoff. [15] zur Unterhaltung. [16] Verstand. [17] Widerspruch. [18] an die Thüre klopfen. [19] erfahren. [20] Wohlthäter. [21] schrecklich. [22] trotz. [23] abscheulichen Fühllosigkeit. [24] ergreift sie das böse Bewußtsein. [25] verdammt sie. [26] es nicht so leicht damit nehmen. [27] sich zu machen. [28] gefährlich. [29] zu brechen. [30] einmal besteht. [31] Dauer verschaffen, dauernd machen. [32] Erholungen, Ergötzungen. [33] lasset sie nur dienen. [34] Erheiterung. [35] ernsthaftere Beschäftigungen.

Vom Essen und Trinken.

Oggi ho molto appetito.	Heute habe ich starken Appetit.
Ho fame, — ho gran fame.	Ich bin hungerig, — ich habe großen Hunger.
Sono ancóra digiúno.	Ich bin noch nüchtern.
Mi muójo di fame.	Ich sterbe vor Hunger.
Vorréi andáre a pranzo.	Ich möchte zum Mittagmahl gehen.
Oggi non ho ancóra mangiáto niénte.	Heute hab' ich noch nichts gegessen.
Mangeréi un boccóne di qualche cosa.	Ich möchte einen Bissen von irgend Et-was essen.
Apparecchiáte — preparáte la távola.	Decket den Tisch.
Sparecchiáte la távola.	Decket den Tisch ab.
Portáte qua la továglia, le salviette, le posate e i tondi.	Bringet das Tischtuch, die Servietten, die Bestecke und die Teller.
I cucchiaj, le forchétte e i coltélli sono ben netti?	Sind die Löffel, die Gabeln und die Messer rein?
Andáte in cucina a prender l'acqua, e poi in cantina a trarre (cavár) il vino.	Geht in die Küche Wasser zu holen, und dann in den Keller um Wein.
Sciacquáte i bicchiéri.	Spühlet die Gläser aus.
Dov' è la saliéra, l' ólio, l' acéto e il pepe?	Wo ist das Salzfaß, das Oel, der Essig und der Pfeffer?
C'è del zucchero nella zuccheriéra?	Ist Zucker in der Zuckerbüchse?
Portáte ancóra una sédia.	Bringet noch einen Sessel.
Si è portáto in távola, andiámo.	Es ist aufgetragen, gehen wir.

Dite alla Signóra, che la minestra è in távola.	Sagt der Frau, die Suppe sei aufge= tragen.
Prego d'accomodársi.	Ich bitte sich zu setzen.

Ueber das unregelmäßige Zeitwort andare.

Io *vo* oder *vado* a távola, a pranzo, a cena.	Ich gehe zu Tische, zum Mittag=, zum Abendessen.
Tu *vai* a nozze, a bordo.	Du gehst zur Hochzeit, an Bord.
Ci *va* la vita.	Es kostet das Leben.
Noi *andiámo* ogni giorni a spasso.	Wir gehen alle Tage spazieren.
Voi *andáte* pe' fatti vostri.	Ihr gehet euren Weg weiter.
Essi *vanno* attórno la città.	Sie gehen um die Stadt herum.
Io *andáva* col capo ignudo, scoperto.	Ich ging ohne Hut umher.
Essi *andávano* scalzi.	Sie gingen barfuß.
Io *andái* per il vino.	Ich ging um Wein.
Tu *andasti* ai bagni.	Du reisetest in's Bad.
La cosa *andò* pur così.	Die Sache trug sich doch so zu.
Noi *andámmo* a far bottino.	Wir gingen auf Beute aus.
Voi *ve ne andáste* senza prender congédo.	Ihr ginget fort, ohne Abschied zu neh= men.
Essi *andárono* l'uno dopo l'altro.	Sie gingen Einer nach dem Andern.
Io *sono andato* in islitta, in barca.	Ich bin in dem Schlitten, in dem Kahne gefahren.
Vi *andrò* in compagnia del padre.	Ich werde mit dem Vater hingehen.
Tu *andrai* in pellegrinággio.	Du wirst wallfahrten gehen.
La (statt *ella*) non *andrà* così, come voi v'immagináte.	Das wird nicht so gehen, wie ihr euch einbildet.
Noi *andrémo* in chiésa a pregáre.	Wir werden in die Kirche beten gehen.
Voi *andréte* in tráccia di loro.	Ihr werdet sie aufsuchen gehen.
Essi *andránno* dicéndo.	Sie werden überall sagen.
Vatti con Dio.	Gehe in Gottes Namen.
Non *andáre* in cóllera.	Gerathe nicht in Zorn.
Se ne *vada*.	Er soll fortgehen.
Andiámo in fila — a far quattro passi.	Gehen wir in der Reihe — ein wenig spazieren.
Andátevene.	Packt euch fort.
Vádano pure avanti.	Sie sollen nur weiter gehen.
Questo è un volérmi dire, ch'io *me ne vada*.	Das heißt so viel als, ich soll gehen.
Bisogna, che tu *vada* a comperar l'occorrévole.	Du mußt das Nöthige einkaufen gehen.
Voléte, che essi *vádano* da lui?	Wollet ihr, daß sie zu ihm gehen?
Vorrésti, ch'io vi *andássi* a farmi ammazzáre?	Wolltest du, daß ich hinginge, um mich umbringen zu lassen?
Vorréi, che *andasse* e non tornasse mai più.	Ich wünschte, daß er ginge und nie mehr zurückkehrte.
Andréi volentieri la mattina per tem- po, se la cosa *andásse* a mio senno.	Ich würde gerne des Morgens sehr früh gehen, wenn es nach meinem Willen ginge.
Commandò, che tutti s'*andássero* a riposare.	Er befahl, daß sich Alle zur Ruhe bege= ben sollten.
Lo *vo cercándo* dappertutto.	Ich suche ihn überall.
Andáva per i campi certe erbe co- gliendo.	Er sammelte auf den Feldern gewisse Kräuter.
Vanno fuggendo quello, che noi cer- chiamo di fuggire.	Sie fliehen, was wir zu fliehen suchen.

Egli è ora d'*andárcene*.	Es ist Zeit, daß wir gehen.
Quest' ábito non mi va bene.	Dieses Kleid steht mir nicht gut an.

Redensarten mit andare.

Andársene, andar via.	Fort gehen, weg gehen.
Andare a male, in rovína.	Zu Grunde gehen.
— da qualchedúno.	Zu Jemanden gehen.
— in lungo, alla lunga.	In die Länge ziehen.
— di male in péggio.	Immer ärger werden.
— al basso.	Zu Grunde gehen.
— in cóllera.	In Zorn gerathen.
— a cavallo; in carrozza.	Reiten; fahren.
— di galóppo.	Galoppiren.
— di trotto — di volo.	Trab — sehr schnell reiten.
— bel bello.	Recht langsam gehen.
— sulla (*in*) punta del piedi.	Auf den Zehen gehen.
— in alto máre.	In die offene, weite See fahren.
— a fondo.	Untersinken.
— colle dritte.	Ehrlich handeln.
— del corpo, o di corpo.	Stuhlgang haben.
Il giuóco va tanto alto.	Das Spiel geht so hoch.
Vada un fiorino.	Es gilt einen Gulden.
Con lui va assai male.	Es steht schlecht um ihn.
Va per la più lunga.	Er geht um, macht einen Umweg.
A lungo andare.	Wenn es lange dauert.

XLIV.

Quella fortuna che ti sorríde[1], oh quante volte t'oppríme[2] e uccide[3]! Dopo gli affanni[4] della discórdia[5] più cara ad éssere vien[6] la concórdia[7]. Più facilmente[8] il suo nemíco atterra[9] quei, ch'è più lesto[10] a preparár[11] la guerra. Se il pópol coi costúmi[12] non si regge[13], vana è[14] qualunque legge. All' uom potente[15] privo di consiglio[16], è sua potenza[17] il suo maggiór períglio[18]. Pensa pria[19] di risólvere[20]; ma risólto[21], non dar[22] più a tema[23], nè a speranza ascolto[24]. Quel che s'usò già[25], s'usa[26] anche adesso, e 'l mondo fu e sarà sempre[27] lo stesso. Pazienza lesa[28] divien furór[29], nè trova più ritegni[30], come acqua, che, se l'árgine sormonta[31], atterra[32] tutto ciò che la raffronta[33]. Come noi veggiam, piace anche ai cani[34] l'esser accolti con dolci atti umani[35]. Son tanti i paréri[36], quante sono degli uómini le teste[37]. A un galantuomo[38] fa torto il giuramento[39], ad un birbante poi[40] non bástano[41] cento.

[1] Lächelt. [2] drückt nieder. [3] tödtet. [4] Leiden. [5] Zwietracht. [6] wird weit mehr geschätzt. [7] Eintracht. [8] am leichtesten. [9] überwältigt, stürzt. [10] am raschesten. [11] sich rüstet zum. [12] durch seine Sitten. [13] sich nicht regiert. [14] so ist vergebens. [15] Dem Mächtigen. [16] der guten Rathes entbehrt. [17] wird seine Macht. [18] zur größten Gefahr. [19] Bedenke, bevor. [20] du dich entschließest. [21] aber einmal entschlossen. [22] gib weder. [23] Furcht. [24] Gehör. [25] Was einst geschah. [26] geschieht. [27] stets dieselbe. [28] Gemißbrauchte Geduld. [29] geht in Wuth über. [30] kennt keinen Rückhalt mehr. [31] das Wehr übersteigt. [32] niederreißt. [33] sich ihm entgegenstellt. [34] ist es selbst den Hunden angenehm. [35] auf sanfte, menschliche Weise behandelt zu werden. [36] Der Meinungen sind so viele, als. [37] Köpfe. [38] Dem ehrlichen Manne. [39] thut der Schwur wehe. [40] beim Schurken hingegen. [41] genügen.

Vom Essen und Trinken.

Signor oste, che cosa avete da darci?	Herr Wirth, was können Sie uns geben?
Con che la posso servire?	Womit kann ich Sie bedienen?
Che cosa avéte di buono?	Was haben Sie Gutes?
Ho una buóna minéstra, zuppa di riso e di pasta, del manzo eccellente, dei pollastri e dei piccióni.	Ich habe gute Suppe, mit Reis oder Mehlspeise, vortreffliches Rindfleisch, junge Hühner und Tauben.
Ho ancóra del vitello arrósto, un cappóne, un' ánitra, un' oca, dei fagiani, delle beccácce.	Ich habe noch Kalbsbraten, einen Kapaun, eine Ente, eine Gans, Fasanen, Schnepfen.
Avete delle braciuóle, delle uóva, e degli aspáragi?	Habt ihr Rostbraten, Eier und Spargel?
Procuráte dunque di servirci presto.	Trachten Sie also uns bald zu bedienen.
Il mio sólito è sei piátti la mattina, e quattro la sera.	Mein Gewöhnliches ist sechs Speisen zu Mittag, und vier Abends.
Avete del buón polláme, della salvaggína e pesci?	Haben Sie gutes Geflügel, Wildpret und Fische?
Vuol Ella della sénape (della mostárda) oppúr dei cavoli fiori colla carne?	Wollen Sie Senf oder Blumenkohl mit dem Rindfleisch?
Le piace questa salsa?	Schmeckt Ihnen diese Sauce?
Recátemi il coltello da trinciáre.	Geben Sie mir das Messer zum Vorschneiden.
Credo che non sia ben affiláto.	Ich glaube, es ist nicht gut geschliffen.
Prenda dell' insaláta coll' arrósto.	Nehmen Sie Salat zum Braten.
Non è egli buóno questo pasticcio?	Ist diese Pastete nicht gut?
Ma Ella non mángia!	Aber Sie essen ja nicht!
Ho mangiáto abbastánza, — sono sázio.	Ich habe genug gegessen, — ich bin satt.
Ho mangiáto anche troppo, non posso più.	Ich habe schon zu viel gegessen, ich kann nicht mehr.
Servite il dopopasto (pospasto).	Tragen Sie den Nachtisch auf.
Prenda di questi confetti.	Nehmen Sie sich von diesem Confect.
Ho mangiáto veraménte di gusto.	Ich habe wirklich mit Appetit gegessen.
Ho sete, dátemi da bere.	Ich bin durstig, geben Sie mir zu trinken.
Béva un bicchiére di vino.	Trinken Sie ein Glas Wein.
Alla sua salúte! — alla salúte di tutta la compagnia!	Auf Ihre Gesundheit! — auf die Gesundheit der ganzen Gesellschaft!
Questo vino m' ha riscaldáto la testa, m' ha ubbriacato.	Der Wein ist mir in den Kopf gestiegen, — hat mich berauscht.
Vorréi della birra.	Ich möchte Bier.
Ho bevúto abbastánza, — mi son caváta (spenta) la sete.	Ich habe genug getrunken, — ich habe meinen Durst gestillt.
Ehi! signór oste, portáteci il nostro conto.	He! Herr Wirth, bringen Sie unsere Rechnung.

Ueber das unregelmäßige Zeitwort fare.

Lo *fo* oder *fáccio* a bello studio.	Ich thue es mit Fleiß.
Tu ti *fai* benemérito della pátria.	Du machst dich um das Vaterland verdient.
Egli *fa* mostra di éssermi amico.	Er stellt sich als wenn er mein Freund wäre.
Lo *facciámo* a posta.	Wir thun es mit Fleiß, absichtlich.
Lo *fate* da capo, di bel nuóvo.	Ihr machet es von Neuem.
Essi si *fanno* cavar sangue.	Sie lassen sich zur Ader.
Egli lo *facéva* senza la mia sapúta.	Er that es ohne mein Wissen.

Io non *feci* motto.	Ich gab keinen Laut von mir.
Tu *facesti* più del tuo dovére.	Du haft über beine Schuldigkeit gearbeitet.
Egli si *fece* soldato.	Er ist Soldat geworden.
Noi *facémmo* il giro della città.	Wir gingen um die Stadt herum.
Voi *facéste* chiamare le guardie.	Ihr schicktet nach der Wache.
Essi *fécero* cambio di mercanzie.	Sie gaben Waare gegen Waare.
Lo *ha fatto* per avarizia.	Er hat es aus Geiz gethan.
Il lavóro é bell' e *fatto*.	Ich bin ganz fertig mit der Arbeit.
Farò chiamare — veníre il médico.	Ich werde nach dem Arzte schicken.
Mi *faráí* avvertito, avvisato.	Du wirst mich mahnen, erinnern.
Egli *farà* il mestiére di truffatóre.	Er wird auf Betrug ausgehen.
Vi *farémo* venir la vóglia, o l'acqua in bocca.	Wir werden euch das Maul wässerig machen.
Lo *faréte* colle buone, — colle cattive (maniére).	Ihr werdet es gutwillig, — mit Zwang thun.
Essi non *faránno* altro che cantare.	Sie werden nichts als singen.
Se tu vuói, ch' io *fáccia* questo.	Wenn du willst, daß ich das thue.
Non gli *fáccia* segno di nulla.	Lassen Sie sich nichts gegen ihn merken.
Prego che mi *fácciate* questo favóre.	Ich bitte, mir diese Gefälligkeit zu erweisen.
Io verrò, purchè non mi *facciano* aspettár troppo.	Ich werde kommen, wenn sie mich nur nicht zu lange warten lassen.
Fatti più in là, — in qua.	Rücke weiter hin, — her.
Non lo *fare* per tutto l'oro del mondo.	Thue das bei Leibe nicht.
Voglio che si *fáccia* così.	So soll es sein.
Fátevi fare un ábito nero.	Lasset euch ein schwarzes Kleid machen.
Fátevi animo — cuore, guerriéri!	Soldaten! fasset Muth.
Lo *fácciano* pure.	Sie sollen es nur thun.
Se io il *facéssi*.	Wenn ich es thäte.
Se tu lo *facéssi* senza ch' egli se ne accorgésse.	Wenn du es thätest, ohne daß er es merkte.
Se *facéste* questo, ve lo rendereste nemico.	Wenn ihr das thätet, so würdet ihr ihn euch zum Feinde machen.
Ancorchè io conosca, che *saría* ben *fatto*.	Ob ich gleich erkenne, daß es wohl gethan wäre.
Non so, perchè l'*ábbia fatto* così.	Ich weiß nicht, warum er es so gethan hat.
Non dico che voi l'*abbiáte fatto*.	Ich sage nicht, daß ihr es gethan habt.
Fáttosi giorno, me ne andai in campágna.	Als es Tag wurde, ging ich auf's Land.
Io spero che mi *verrà fatto* di accertarmene.	Ich hoffe, daß es mir gelingen werde, mich davon zu versichern.
Se mi *vien* — se mi *verrà fatto* che...	Wenn es mir gelingt, daß...
Fo i miéi dovéri, altrimenti *facéndo* saréi disgraziáto.	Ich thue meine Schuldigkeit, sonst würde ich unglücklich sein.
Fa d'uopo (*fa* di mestiéri, di bisogno, è necessário) che glielo dica.	Ich muß es ihm sagen.

Redensarten mit fare.

Far la carità.	Almosen geben.
— bene il fatto suo.	Seine Sache wohl verstehen.
— calár le ále ad alcuno.	Einem den Stolz benehmen.
— dispetto; carezze.	Trotz bieten; liebkosen.
— alto e basso.	Nach Belieben schalten und walten.
— la barba; il letto.	Barbieren; aufbetten.

Far gran caso d'una cosa.	Sehr viel auf Etwas halten.
— guerra; soldati.	Krieg führen; recrutiren.
— di cappéllo ad uno.	Einem Ehre erweisen.
— all' amóre.	Eine Liebschaft haben.
— alla péggio.	So schlimm als möglich machen.
— a' pugni.	Sich mit Fäusten schlagen.
— a gambe.	Sich in aller Eile flüchten.
— un bel colpo.	Eine Sache sehr geschickt ausführen.
— conto di partire.	An die Abreise denken.
— ragione al brindisi.	Im Trinken Bescheid thun.
— le veci altrui.	Eines Andern Stelle vertreten.
— le carte.	Die Karten geben.
— frónte ad uno.	Einem die Spitze bieten.
Nel nostro paese fa buon vivere.	Bei uns lebt man sehr wohlfeil.
Fece man bassa.	Er gab kein Quartier.
Farsi alla finestra.	An's Fenster treten.
Questo mi fa rábbia.	Das ärgert mich.

XLV.

L'ingegno [1] se non è retto [2] dal giudízio [3], conduce [4] l'uomo spesso al precipízio [5]. Chi vende [6] a credenza [7], spaccia assai [8], perde l'amico, e 'l danár non ha mai [9]. Il próspero successo [10] fa ben sovente [11] comparir savio lo sciocco [12]. Il mangiar molto [13] a gloriose imprese [14] inábile ci rende [15]; ed un buon cuoco [16] il suo padron dotto [17] giammai non rese [18]. È proverbio degli antichi: Chi dà presto [19], dà due volte; e un proverbio poi modérno assicúra [20], che sovente [21] chi tarda a dar [22], finisce a non dar niente [23]. L'amicizia in tutta la sua eccellenza [24] è oggidì ciò che fu sempre [25], cioè la cosa più rara [26] del mondo. I falsi amici son come l'ombra dell' indice solare [27], la quale appáre [28], quando il sole risplende, e dispare allorchè il tempo si turba [29]. La maldicenza [30] non è mai sólita a far grazia [31] a chi si sforza [32] d'essere onesto [33]. L'uom saggio non véndica [34] i proprj oltraggi [35] che col disprezzo [36], si affida [37] nel cielo, e non teme il veléno [38] della maldicenza.

[1] Das Genie. [2] geleitet. [3] Vernunft. [4] führt zum. [5] Verderben. [6] verkauft. [7] auf Borg. [8] setzt viel ab. [9] bekommt nimmermehr sein Geld. [10] glücklicher Erfolg. [11] läßt oft. [12] den Thoren weise scheinen. [13] Viel essen. [14] erhabenen Unternehmungen. [15] macht uns untüchtig zu ... [16] Koch. [17] gelehrt, weise. [18] machte niemals. [19] gleich gibt. [20] behauptet. [21] oftmals. [22] zu geben zögert. [23] gibt endlich gar nichts. [24] in ihrer ganzen Vortrefflichkeit. [25] stets. [26] das seltenste Ding. [27] Sonnenzeiger. [28] zum Vorschein kommt. [29] trübt. [30] Verleumdung. [31] pflegt nie zu verschonen. [32] Mühe gibt. [33] redlich. [34] rächt. [35] Beleidigungen, Beschimpfungen. [36] nur durch Verachtung. [37] vertrauet auf. [38] Gift.

Beim Kaufen und Verkaufen.

Quanto costa la libbra di questo zúcchero?	Was kostet das Pfund von diesem Zucker?
A quanto riviéne il centinajo?	Wie hoch kommt der Zentner?
Quanto riviéne il centinajo questo caffè?	Wie theuer verkaufen Sie den Zentner von diesem Kaffee?
Il prezzo fisso è cento trenta fiorini.	Der bestimmte Preis ist 130 Gulden.

Questo è troppo caro.

Das ist zu theuer.

Per questo prezzo non lo posso comperare.

Um diesen Preis kann ich ihn nicht kaufen.

Io le vóglio dare.

Ich will Ihnen geben …

L' assicúro, che calcolando le spese di condótta, dogána, ecc. non ci guadagniámo il sei per cento.

Ich versichere Sie, daß, wenn man Fracht, Mauth ꝛc. in Anschlag bringt, wir nicht sechs beim Hundert gewinnen.

Se vuól lasciármelo per cento fiorini, io ne prenderò una buóna partita.

Wenn Sie mir ihn um 100 Gulden lassen wollen, so werde ich davon eine gute Partie nehmen.

Se fosse possibile, lo faréi; ma riviene tanto a me, ci perderéi.

Wenn es möglich wäre, so würde ich es thun; aber es kommt mich selbst so hoch, ich würde dabei verlieren.

Ella avrà in me un buon avventóre.

Sie werden an mir einen guten Kunden haben.

Per aver l' onore di servirla, glielo lascerò per cento dieci fiorini.

Um die Ehre zu haben, Sie zu bedienen, lasse ich ihn Ihnen um 110 Gulden.

Io non fáccio che una parola, s' Ella lo vuóle, il suo ristretto è.

Ich sage nur ein Wort, wenn Sie es wollen, so ist dies der letzte Preis!

A crédito Ella non dà niente?

Auf Credit geben Sie nichts?

Io vendo fior di roba, accordo buóni prezzi, e non vendo che a contanti.

Ich verkaufe ausgesuchte Waare, mache billige Preise, und verkaufe blos gegen baare Bezahlung.

Ueber das unregelmäßige Zeitwort dare.

Io vi *do*, quanto vi si appartiéne.

Ich gebe euch, so viel euch gehört.

Tu *dai* a interesse, a usúra.

Du gibst auf Interesse, auf Wucher.

Questo mi *dà* da pensare.

Das macht mir zu schaffen.

Gli *diámo* quello che gli compéte.

Wir geben ihm das, was ihm zukommt.

Voi vi *date* buon tempo.

Ihr lasset euch wohl geschehen.

Essi *danno* del capo nel muro.

Sie stoßen mit dem Kopfe an die Wand.

Gli *diédi* la lettera nell' uscire di teatro.

Ich gab ihm den Brief, als ich aus dem Theater ging.

Tu gli *desti* il consiglio di non farlo.

Du gabst ihm den Rath, es nicht zu thun.

Detto ciò *diede* le gambe.

Mit diesen Worten lief er davon.

Noi *demmo* mercanzia per mercanzia.

Wir gaben Waare gegen Waare.

Voi *deste* la caparra.

Ihr gabt das Darangeld (Handgeld).

Essi si *diédero* a studiare.

Sie verlegten sich auf das Studiren.

Io *darò* sicurtà.

Ich werde Bürgschaft leisten.

Glielo *darái* per meno di dieci tálleri.

Du wirst es ihm unter zehn Thaler geben.

Ciò *darà* negli occhj.

Dies wird in die Augen stechen.

Voi vi *daréte* alla poltroneria.

Ihr werdet euch auf die faule Seite legen.

Dámmene soltánto un poco.

Gib mir nur ein wenig davon.

Non gli *dare* questo contento.

Mache ihm dieses Vergnügen nicht.

Ci *dia* carta bianca.

Er soll uns Vollmacht geben.

Temo che non gli *dia* nel génio.

Ich fürchte, daß er ihm nicht gefalle.

Darébbe via tutto il suo.

Er würde alles das Seinige verschenken.

Daréi non so quanto per questo libro.

Für mein Leben gern hätte ich das Buch.

Se io gli *dessi* il libro, egli mi *darébbe* l' orológio.

Wenn ich ihm das Buch gäbe, so würde er mir die Uhr geben.

Se noi vi *déssimo* quello che bramáte, ci *dareste* motivo di sconténto.

Wenn wir euch gäben, was ihr wünschet, so würdet ihr uns Ursache zum Mißvergnügen geben.

Dándosi il caso, che, ecc.

Wenn sich eine Gelegenheit ergibt, daß ꝛc.

Redensarten mit dare.

Dar il buón giorno.	Einen guten Tag wünschen.
— la buóna séra.	Einen guten Abend wünschen.
— in préstito.	Ausleihen.
— la cáccia ad uno.	Einem nachjagen.
— la morte.	Umbringen.
— del naso a tutto.	Sich in Alles mischen.
— di piglio a qualche cosa.	Etwas ergreifen.
— nelle debolézze.	In Schwachheiten ausarten.
— alla luce.	Auf die Welt bringen.
— del culo in terra.	Auf den Hintern fallen.
— a interésse il suo danaro.	Sein Geld auf Zinsen legen.
— nell' occhio.	Ins Auge fallen.
— un appuntamento.	Einen bestellen.
— comiáto.	Den Abschied geben.
— di mano alla spada.	Den Degen ergreifen.
— il sacco ad una città, saccheg-giare.	Eine Stadt ausplündern.
Dárla ad inténdere ad alcúno.	Einem Etwas unter die Nase reiben (zu verstehen geben).
Dà un po' nel caricáto.	Er fällt etwas in das Affectirte.
La casa dà sulla strada.	Das Haus geht auf die Straße.
Dar di cozzo in una cosa.	An Etwas anstoßen.

XLVI.

Virgilio disse: se siete lodato oltre modo [1], cingétevi [2] la fronte [3] di verbéna (*erba célebre*) [4] per timore che l'elógio [5] non v'attacchi il cervello [6]. Nel petto [7] sta il giudice inesorábile [8] degli uomini; la rimembranza del delitto [9] è il ministro della giustizia [10] del Cielo, ch'entra con noi [11] nel sepólcro [12]. L'innocenza non perisce [13], e quando sembra più mísera [14], più vicina è la mano [15], che le porge ajuto [16], e la fa trionfare [17]. Tutti gli onóri [18] e le ricchezze sono inferiori alla consolazióne [19] d'éssere senza colpa [20] e senza rimórsi [21]. La lingua del detrattóre [22] è un fuoco divorante [23], che strugge [24] tutto ciò che tocca [25], che non láscia [26] da per tutto, ove passò [27], che ruine e desolazione [28]. Con alcune [29] persone il maggior torto [30] è quel d'avér ragione [31]. Torto [32] più spesso [33] avrai, se persuaso sei [34] di non avérlo mai. Chi dice uno spropósito [35], e il sosténta [36], per difénderne un sol [37], ne dirà trenta [38].

[1] übermäßig gelobt. [2] so fränzet euch. [3] Stirne. [4] Eisenkraut. [5] das Lob. [6] nicht das Gehirn angreife. [7] Brust. [8] wohnt der unerbittliche Richter. [9] Erinnerung an das Verbrechen. [10] Diener der Gerechtigkeit. [11] uns begleitet. [12] Grab. [13] Unschuld verdirbt nicht. [14] am unglücklichsten scheint. [15] ist die Hand am nächsten. [16] ihr Hilfe bringt. [17] sie triumphiren macht. [18] Ehren. [19] stehen weit unter der Wonne. [20] schuldlos. [21] frei von Gewissensbissen. [22] Verleumders. [23] verzehrendes Feuer. [24] verzehrt. [25] berührt. [26] nichts zurückläßt. [27] wo es vorüberzog. [28] Trümmer und Zerstörung (Trostlosigkeit). [29] Bei gewissen. [30] Verbrechen. [31] Recht. [32] Unrecht. [33] weit öfters. [34] dich überzeugt wähnst. [35] Ungereimtheit, Albernheit. [36] sie vertficht. [37] die eine zu vertheidigen. [38] dreißig andere sagen.

Beim Kaufen und Verkaufen.

Ho vendúto una casa per 50,000 fiorini.	Ich habe ein Haus um 50,000 Gulden verkauft.
Ho vendúto il cavállo per mille fiorini.	Ich habe das Pferd um 1000 fl. verkauft.
Quanto costa il cappéllo?	Wie viel kostet der Hut?
Ho pagáto il cappéllo con 12 fior.	
Ho pagáto il cappéllo dódici fior.	Ich habe für den Hut 12 Gulden bezahlt.
Ho pagáto dódici fiorini per il cappéllo.	
Quante lire italiáne gli avéte date?	Wie viele Franken habt ihr ihm gegeben?
Per quanti luigi gli ha venduto il suo orológio?	Um wie viele Louisd'or hat er ihm seine Uhr verkauft?
Mi lasci vedére alcúne mostre di panno.	Lassen Sie mir einige Muster von Tuch sehen.
Éccone; si scelga a suo piacére.	Hier haben Sie; wählen Sie nach Ihrem Gefallen.
È un pezzo, che non abbiámo avúto un sortimento così perfetto come quest' anno.	Es ist lange her, daß wir keine so reiche Auswahl wie heuer gehabt haben.
Vorréi un buon panno pastóso fino, e simile a questa mostra.	Ich möchte ein gutes, feines Tuch nach diesem Muster haben.
Come trova Ella questo panno?	Wie finden Sie dieses Tuch?
Questa pezza mi piáce molto; il colór è bello, e la lana è fina; ma non ha molto corpo.	Dieses Stück gefällt mir sehr; die Farbe ist schön, die Wolle fein, aber nicht fest genug.
Di così bello non ne troverà in nessun altro luogo.	So Schönes werden Sie an keinem andern Orte finden.
Egli è un colór di moda.	Es ist eine Modefarbe.
Se cománda, ve ne sono delle altre pezze; alcúne più care, ed alcúne più a buón mercato.	Wenn Sie befehlen, es gibt noch andere Stücke, theurere und wohlfeilere.

Ueber das unregelmäßige Zeitwort stare.

Io gli *sto* sempre accánto — alláto.	Ich bin ihm immer an der Seite.
Stai in mezzo.	Du stehst in der Mitte.
Ben gli *sta*.	Es geschieht ihm Recht.
Sta in voi.	Es steht bei euch.
Qui *sta* il punto.	Auf das kommt es an.
Stiámo a vedére la festa.	Wir sehen der Feierlichkeit zu.
Perchè non *state* a lavorare?	Warum arbeitet ihr nicht?
Essi *stanno* bene a cavállo.	Sie sitzen gut zu Pferde.
Io *stava* scrivéndo, quando venne.	Ich schrieb, als er kam.
Tu *stavi* per cadére.	Du wärest beinahe gefallen.
Sta pure ad udire.	Höre mich nur an.
Stetti ad ascoltárlo.	Ich hörte ihm zu.
Stesti a sedére.	Du saßest.
Siette pur cheto.	Er blieb ganz ruhig.
Vi *stéttero* per un momento.	Sie blieben einen Augenblick dort.
Starò a vedére, che cosa farà.	Ich will sehen, was er machen wird.
Ora *starémo* freschi.	Jetzt werden wir gut daran sein.
Vuole, ch'io *stia* a casa.	Er will, daß ich zu Hause bleibe.
Sta all' erta.	Sei auf deiner Hut.
Non mi *stare* a dire.	Rede mir nicht.
Stia in guárdia.	Seien Sie auf Ihrer Hut.
Stiano di buón cuóre.	Sie mögen gutes Muthes sein.
Se io *stessi* sul puntiglio.	Wenn ich fest darauf beharrte.

S' essi *stéssero* colle mani alla cintola.	Wenn sie die Hände in den Sack steckten.
Stando in questi termini la nostra città.	Da sich unsere Stadt in solcher Lage befand.

Redensarten mit stare.

Stare in piédi, star sedúto.	Stehen, sitzen.
— saldo.	Sich nicht bewegen.
— sulle búrle.	Scherz treiben.
— sulle sue.	Den Ernsthaften spielen.
— bene o male di salúte.	Sich gut oder übel befinden.
— da qualchedúno.	Bei Jemanden wohnen.
— di mala voglia.	Uebel gelaunt sein.
— ne' dovúti limiti.	Sich in den gehörigen Schranken halten.
— al detto d'alcúno.	Auf Anderer Wort sich verlassen.
— al soldo di un Príncipe.	Im Solde eines Fürsten stehen.
— in pena, in traváglio.	In Angst, in Kummer sein.
— al disópra, al disótto.	Gewinn, Verlust haben.
— a posta d'alcúno.	Auf die Befehle eines Andern bereit sein.
— coll' orécchio teso oder a orécchj leváti.	Die Ohren spitzen.
— a sentire.	Zuhören.
— per uscire.	Im Begriff sein auszugehen.
Star a banco.	Das Richteramt ausüben.
Le sta tutto il dì attórno.	Er ist den ganzen Tag um sie.
Si sta allegramente.	Es geht lustig zu.
Statti con Dio.	Gott befohlen.
Io sto a quello, che voi dite.	Ich gehe das ein, was ihr sagt.
Non può star molto a venire.	Er kann nicht lange ausbleiben.
Lasciami stare.	Laß mich in Ruhe.
Gli sta sul cuóre.	Es liegt ihm viel daran.
Questo non istà bene.	Das geziemt sich nicht.
Io sto per dire.	Ich möchte fast sagen.
Non mi state a dire.	Redet mir nicht.

XLVII.

Mai non préndasi consíglio [1] o dall' ira [2] o dal puntiglio [3]; chi decíde in quel momento [4], corre incontro [5] a un pentimento [6]. Ricchezze, onór, piacéri [7] sono beni menzognéri [8]: torméntano bramati [9], delúdono [10] sperati [11], non sáziano [12] ottenuti [13], desólano [14] perduti [15]. Costa all' ipocrisía [16] molto più parér [17] quel che non è, che l'ésserlo non costa alla virtù [18]. Vedo due disputar [19]: vuoi ch'io decída [20]? Ragión [21] chi parla, e torto [22] ha quel che grida [23]. L'uomo amabile e discreto [24] teme d'essere importúno [25], e il molesto seccatóre [26] non ne ha mai sospetto alcuno [27]. Le mal erbe [28] più che 'l buon frumento [29] créscono orgogliose in ogni lido [30].

[1] Fasse nie einen Entschluß. [2] im Zorne. [3] Starrsinne. [4] in solchen Augenblicken entschließt. [5] geht entgegen. [6] Reue. [7] Lustbarkeiten. [8] falsche (erlogene) Güter. [9] beunruhigen, während man sie wünscht. [10] täuschen, wenn. [11] hofft. [12] befriedigen nicht. [13] besitzt. [14] betrüben. [15] verloren. [16] Es kostet der Verstellung (Heuchelei). [17] zu scheinen. [18] als es der Tugend kostet, es wirklich zu sein. [19] sehe Zwei im Streit. [20] entscheide. [21] Recht hat. [22] Unrecht. [23] schreit. [24] liebenswürdige und bescheidene. [25] lästig zu werden. [26] zudringlicher Plagegeist. [27] hat gar keine Ahnung davon. [28] Unkraut. [29] Weizen. [30] wächst in jedem Erdreiche stolzer empor.

Chi degli stolti il número[31] può fare[32], può numerár[33] le aréne[34] ancór del mare. A un cortigiano[35] un Re disse: Che ora fa? — L'ora che piace[36] a Vostra Maestà. Altro è avére una gran mente[37], ed altro esser malizioso[38], e tristo e scaltro[39].

[31] die Zahl der Thoren. [32] angeben kann. [33] vermag auch zu zählen. [34] Sandkörner. [35] Zu einem Höflinge. [36] so viel Uhr als — beliebt. [37] Ein Anderes ist's, großen Geist besitzen. [38] tückisch. [39] bösartig und schlau.

Beim Kaufen und Verkaufen.

Che comanda?	Was befehlen Sie?
Che c'è ai suoi comandi?	Was steht zu Ihren Befehlen?
Vorrei un bel panno oscuro.	Ich möchte ein schönes dunkles Tuch.
Eccogliene uno, ch'è eccellente, e di una delle miglióri fabbriche; senta che corpo.	Hier sehen Sie eins, welches ganz vortrefflich und aus einer der besten Fabriken ist; fühlen Sie nur, wie fest es ist.
Ossérvi pure come è fina la tessitura.	Sehen Sie auch, wie fein das Gewebe ist.
Il colór non mi piáce, tira troppo al rosso.	Die Farbe gefällt mir nicht, sie schlägt zu sehr in's Röthliche.
Ne ha di colór più cárico?	Haben Sie keines von einer dunkleren Farbe?
Per servirla.	Zu dienen.
Questo ha troppo lústro, bagnándolo diventerà grosso.	Dies hat zu viel Glanz, wenn es naß gemacht wird, so wird es grob werden.
E poi temo, che il colór non resista.	Und dann fürchte ich, die Farbe möchte nicht halten.
Per questo gliene sto garánte, è tinto in lana.	Für dieses bürge ich Ihnen, es ist in der Wolle gefärbt.
Questo colóre è all' última moda.	Diese Farbe ist nach der letzten Mode.
Quanto ha di altezza?	Wie breit ist es?
Ha nove quarti d'altezza.	Es ist neun Viertel breit.
Prenderò di questo. Quanto costa? — Quanto ne vuóle? — Quanto dimanda il bráccio? — Quanto lo vende?	Ich nehme von diesem. Wie theuer ist es? — Wie viel wollen Sie dafür? — Was begehren Sie für die Elle? — Wie theuer geben Sie es?
Venti fiorini il braccio.	Die Elle zu zwanzig Gulden.
Oh! questo è un prezzo alteráto!	O, der Preis ist übertrieben!
Mi dica il ristretto, io non amo di contrattare a lungo.	Sagen Sie mir den letzten Preis, ich handle nicht gern lange.
Ebbéne glielo láscio — glielo do a diciotto fiorini.	Nun also, ich gebe es Ihnen um 18 Gulden.
Quante bráccia gliéne occórrono?	Wie viel Ellen brauchen Sie davon?
Per un soprattutto (cappótto), foderáto dello stesso, mi ci vorránno tre bráccia e mezzo.	Zu einem Ueberrock, gleich gefüttert, werde ich 3½ Ellen brauchen.
Ella è grande; ne avrà bisógno di tre bráccia e tre quarti compresa la fódera.	Sie sind groß; Sie werden 3¾ Ellen brauchen, das Futter mit einbegriffen.

Ueber die unregelmäßigen Zeitwörter in ere.

Sono così stanco, che non *posso* più.	Ich kann nicht mehr vor Müdigkeit.
Tu non ci *puói* badáre.	Du kannst hierauf nicht Acht geben.
Egli se la *può* rídere.	Er hat gut lachen.
Non vi *possiamo* acconsentire.	Wir können nicht darein willigen.

25

Non me lo *potete* negáre. — Ihr könnt es mir nicht läugnen.

Non tutti *póssono* oder *ponno* esser padróni. — Nicht alle Menschen können Herren sein.

Non *potévo* venire, perchè avévo da fare. — Ich konnte nicht kommen, weil ich zu thun hatte.

Non *potéva* persuadérsene. — Er konnte sich davon nicht überzeugen.

Non *potéi* oder *potétti* resistere alla forza. — Der Gewalt konnte ich nicht widerstehen.

Non *potesti* compréndere. — Du konntest nicht begreifen.

Verrò, se *potrò*. — Ich werde kommen, wenn ich kann.

Se non *potréte* darmi tutto, me ne daréte alméno una parte. — Wenn ihr mir nicht Alles werdet geben können, so werdet ihr mir wenigstens einen Theil geben.

Potránno male durar fatica. — Sie werden mühsame Arbeit schwerlich aushalten können.

Questa mi pare la migliór risoluzióne, ch' io *possa* préndere. — Dies scheint mir der beste Entschluß, den ich fassen kann.

Non mi pare, che ciò *possa* farsi senza periglio. — Es scheint mir nicht, daß dies ohne Gefahr geschehen könne.

Corre voce, che *póssano* tornár i nemici. — Man spricht, daß die Feinde zurückkommen können.

Se *potèssi* farlo, lo faréi. — Wenn ich könnte, so würde ich es thun.

Come il *potréi* io fare? — Wie könnte ich das thun?

Per l' età tu *potrésti* essergli padre. — Den Jahren nach könntest du sein Vater sein.

Traéndogli l' osso *potrèbbe* guarire. — Wenn man ihm das Bein herauszöge, könnte er genesen.

Voi *avréste potúto* andárvi. — Ihr hättet hingehen können.

Io *devo* — *debbo* — *deggio* andármene. — Ich muß fortgehen.

I cento scudi, che mi *devi*, sono in buone mani. — Die 100 Thaler, die du mir schuldig bist, sind in guten Händen.

Egli *deve* — *dée* — *debbe* ésser affábile con tutti. — Er soll mit Allen leutselig sein.

Dobbiámo — *deggiámo* tirárci un tantino più in là. — Wir müssen ein wenig weiter hinrücken.

Dovete dargli notizia. — Ihr müsset ihm Nachricht geben.

Dévono — *débbono* — *déggiono* star qui ad aspettárlo. — Sie müssen hier bleiben, um auf ihn zu warten.

Dovévi accóglierlo méglio. — Du hättest ihn besser aufnehmen sollen.

Dováte dirmelo alméno. — Ihr hättet mir es wenigstens sagen sollen.

Io *dovéi* — *dovétti* contentármi. — Ich mußte mich zufrieden stellen.

Tu *dovésti* trattenérviti alcúne settimane. — Du mußtest dich dort einige Wochen aufhalten.

Dovrò pagár il fio per gli altri. — Ich werde für Andere büßen müssen.

Tu ridi, che pur *dorrésti* piángere. — Du lachst, da du doch weinen solltest.

Egli *dovrèbbe* restar a casa. — Er sollte zu Hause bleiben.

Tanto l' uno quanto l'altro *dovrébbero* morire. — Der Eine sowohl als der Andere sollten sterben.

Egli *avrébbe dovúto* aspettáre. — Er hätte warten sollen.

Se morir *doréssi*, voglio parlárgli. — Wenn ich sterben sollte, will ich ihn sprechen.

Se tu lo *doréssi*, noi lo *dorrémmo* pure. — Wenn du es müßtest, so müßten wir es auch.

XLVIII.

Giacchè[1] la nostra vita è così corta[2], sì lunga l'arte[3], e grande l'ignoranza[4], dovrebbe almén la gente[5] esser accorta[6], ed imparár sol cose di sostanza[7]. L'adulazione[8] è un certo male, che piace[9] a que' che in zucca[10] han poco sale[11]. Finchè[12] il lusse ed il viver delicato[13] fu da Roma sbandito[14], fu felice e gloriósa[15] Roma e vincitrice[16]. Chi vola[17] senz' ali[18], se ne pente[19]; ai voli troppo alti e repentini[20] sogliono i precipizj[21] esser vicíni[22]. *Turenne* in mezzo a' suoi trionfi confessava[23] che tre quarti dell' avvenimento[24] dipendevano dal caso[25]. Nissuno è del tutto esente da vanità[26], e come avverte[27] un Antico, chi non n'è tinto[28], n'è alméno spruzzato[29]. L'amicizia degli uomini di mondo[30] non è che una lega di vizj, o di piacéri[31]. Io ho tre spécie[32] d'amíci, dicéa scherzando[33] *Voltaire*, gli amici che mi ámano, gli amici a cui sono indifferente[34], e gli amici che mi detéstano[35]. Il fuoco delle passioni[36] non distingue ranghi[37], ma divampa in petto egualmente[38].

[1]Da. [2]kurz. [3]Kunst. [4]Unwissenheit. [5]sollten die Leute mindestens. [6]so vernünftig sein, es einsehen. [7]nur Dinge von Belang. [8]Schmeichelei. [9]das besonders gefällt. [10]im Schädel (Kürbis). [11]wenig Grütze. [12]so lang. [13]Wohlleben. [14]verbannt aus. [15]ruhmvoll. [16]siegreich. [17]sich aufschwingt. [18]Flügel. [19]bereuet es. [20]zu hohen und zu schnellen Aufflügen. [21]pflegt der Sturz. [22]nicht fern. [23]gestand mitten in seinen Siegen. [24]drei Viertheile der Ereignisse. [25]vom Zufalle abhingen. [26]ganz von Eitelkeit frei. [27]bemerkt. [28]nicht ganz damit angestrichen. [29]ist doch wenigstens damit bespritzt. [30]Leute von Welt. [31]Bund von Lastern oder Lustbarkeiten. [32]Arten. [33]scherzend. [34]gleichgültig. [35]verabscheuen, verwünschen. [36]Feuer der Leidenschaften. [37]macht keinen Unterschied unter den Ständen. [38]sondern setzt jede Brust auf gleiche Weise in Flammen.

Von einem Kranken.

Oggi mi sento assai male.	Heute fühle ich mich sehr schlecht.
Andate pel médico, dite che venga subito.	Gehet zum Arzt, saget, er soll gleich kommen.
Eccolo, che viene.	Hier kommt er eben.
Signor Dottore, le sono schiavo.	Ihr ergebenster Diener, Herr Doctor.
Mi presi la libertà di farla chiamare, essendo già alcuni giorni, che sto molto male.	Ich nahm mir die Freiheit, Sie rufen zu lassen, da es schon einige Tage sind, daß ich mich sehr übel befinde.
Che cosa si sente?	Was fehlt Ihnen?
Mi sento una sì gran debolezza per tutto il corpo, che non posso régger in piedi.	Ich fühle am ganzen Körper eine solche Schwäche, daß ich mich nicht auf den Füßen erhalten kann.
La testa mi fa molto male.	Der Kopf thut mir sehr wehe.
Non dormo la notte, e non posso mangiar niente.	Die Nacht schlafe ich nicht, und kann nichts essen.
Mi lasci un po' sentirle il polso.	Lassen Sie mich ein wenig den Puls fühlen.
Vediamo la sua lingua.	Lassen Sie mich Ihre Zunge sehen.
Ella ha la febbre.	Sie haben das Fieber.
Prova Ella delle nausee?	Haben Sie Ekel?
Si sente voglia di vomitare?	Fühlen Sie einen Reiz zum Erbrechen?

25 *

Ha la bocca amara, quando si sveglia?	Haben Sie einen bittern Mund, wenn Sie erwachen?
Ha molta sete?	Haben Sie starken Durst?
Qual è il suo ordinário modo di vivere?	Welche ist Ihre gewöhnliche Lebensweise?
Ha avute delle altre malattie nella sua vita?	Haben Sie andere Krankheiten in Ihrem Leben gehabt?
È sólita di prender medicine?	Pflegen Sie zu mediciniren?
Ha il petto libero?	Haben Sie eine freie Brust?
Respira con facilità?	Athmen Sie leicht?
Suda Ella facilmente?	Schwitzen Sie leicht?
Le prescriverò una medicina.	Ich werde Ihnen eine Medicin verschreiben.
Eccole la ricetta.	Hier ist das Recept.
Si tenga in letto, prenda la medicina ogni due ore, stia di buon ánimo, e dimani alla stessa ora verrò a ritrovarla.	Halten Sie sich im Bette, nehmen Sie die Medicin alle 2 Stunden, seien Sie gutes Muthes, und morgen werde ich Sie um dieselbe Stunde wieder besuchen.

Ueber die unregelmäßigen Zeitwörter in ére.

Non *vóglio* vedérlo, nè sentirlo.	Ich will ihn weder sehen, noch hören.
Vuói tu, sì o no?	Willst du oder willst du nicht?
Quanto tempo *ci vuóle* per farlo?	Wie lange braucht man, um es zu machen?
Non *vogliamo* abbandonarti.	Wir wollen dich nicht verlassen.
Voléte niente?	Wollet ihr Etwas von mir?
Voléte ch' io venga con voi?	Wollet ihr, daß ich mit euch komme?
Vógliono gli odiérni Filósofi che, ecc.	Die heutigen Philosophen behaupten, daß, 2c.
Benchè io non *voléa*.	Ob ich gleich nicht wollte.
Voléva pigliarlo nelle parole.	Er wollte ihn mit Worten fangen.
Volevámo che sia castigáto, — lo *volevámo* vedér punito.	Wir wollten ihn bestraft wissen.
Lo *volévano* morto.	Sie wollten ihn todt haben.
Non vi *volli* star più, e sómmene venúto.	Ich wollte nicht länger dort bleiben, und bin hergekommen.
Non *volesti* mandarcelo.	Du wolltest es uns nicht schicken.
Non *volle* partire, chè 'l vento non fosse favorévole.	Er wollte nicht abreisen, bis der Wind günstig war.
Prima non *volémmo*, finalmente però ci risolvémmo.	Anfangs wollten wir nicht, endlich aber entschlossen wir uns dazu.
Ora che *vorrà* dir questo?	Nun, was soll das bedeuten?
Vorránno esser pagáti.	Sie werden bezahlt sein wollen.
Vorréi sapére, come la cosa sia andáta?	Ich möchte wissen, wie die Sache ausgegangen ist?
Non *vorrébbero* che lo sapesse.	Sie möchten nicht, daß er es erfahre.
Vogliámtelo aver detto.	Das wollen wir dir gesagt haben.
Non lo *vóglio* aver detto per oltraggiárti, — per farti oltrággio.	Ich will dich nicht geschimpft haben.
Non *vóglio* che si tocchi questa corda, — che se ne faccia motto, o parola.	Ich will nicht, daß man diese Saite berühre, — daß man davon spreche.

Redensarten mit volére.

Volérla con uno.	Einem aufsäßig sein.
Volér bene ad uno.	Einem wohlwollen.
Volér male.	Hassen.

Voler piuttósto.	Lieber wollen.
Le cose vógliono ésser cosi.	Die Sachen müffen so fein.
Vuol favorire di mangiar con noi la zuppa; vuol far peniténza con noi?	Wollen Sie unser Gaſt fein?
Ci vuól molto, pria che possiáte stare al suo confrónto.	Ihr feib lange nicht so wie er.
Vo' fárvene passár la vóglia.	Ich will euch den Kißel vertreiben.
Accada quel che si vóglia.	Es mag vorfallen was da will.

XLIX.

Può chi vuole [1] comprar la lode [2], ma la stima [3], chi non sa meritarla [4], non l'avrà [5]. Se mi dici che mi aduli [6], sei villano ed insolénte [7]; se mi aduli e non lo dici, sei cortése e compiacente [8]. Invita gli altri spesso [9] a crédere il contrário [10] chi suol lodar se stesso. Esser cieco [11] ed esser sordo [12] son due mali: ma sovente far da sordo [13], e far da cieco son due beni all' uom prudente [14]; chè a più d'uno spesso ha nociuto [15] il mostrár [16] d'aver udito e d'aver veduto. Chi di nascosto [17] ascolta parlár di sè [18], non ode sovente la sua lode [19]. Raddoppia [20] il mal chi contro il mal si sdegna [21]; ne allévia la metà [22] chi si rassegna [23]. I Tribunali [24] fúrono paragonati [25] a que' spinosi cespugli [26], entro ai quali la pecorélla [27] cerca un asílo [28] contro il lupo [29], e d'onde non esce [30] senza lasciarvi [31] qualche bióccolo [32] della sua lana [33]. Chi sa meno [34] degli altri più presume [35]: la cattiva ruota del carro [36] è sempre quella [37], che fa più romóre [38].

[1] Wohl kann, wer will. [2] sich Lob erkaufen. [3] Achtung aber. [4] wer fie sich nicht erwirbt. [5] wird fie nicht befißen. [6] mir schmeichelst. [7] grob und unverschämt. [8] höflich und gefällig. [9] Es bringt die Andern oft dahin. [10] das Gegentheil zu glauben. [11] blind. [12] taub. [13] sich taub stellen. [14] sind oft dem klugen Manne zwei nützliche Dinge. [15] geschadet. [16] zu zeigen. [17] lauschend, heimlich. [18] von sich sprechen hört. [19] hört selten wohl sich loben. (Der Horcher an der Wand hört seine eigene Schand'.) [20] verdoppelt. [21] sich darüber erzürnt. [22] erleichtert sich's zur Hälfte. [23] sich geduldig ihm fügt. [24] Die Gerichte. [25] verglichen. [26] stachlichen Hecken. [27] Lämmchen. [28] Zufluchtsort sucht. [29] vor dem Wolfe. [30] es nicht verläßt. [31] zurückzulassen. [32] einige Flocken. [33] Wolle. [34] weniger weiß. [35] hat den meisten Eigendünkel. [36] Rad am Wagen. [37] ist es stets, was. [38] den meisten Lärm.

Vom Theater.

Non va Ella a teátro questa sera?	Gehen Sie heute nicht ins Theater?
Che si récita staséra?	Was ist heute für ein Stück?
Che spettácolo c' è oggi?	Was ist heute für ein Schauspiel?
La nuóva commédia del Signor N. mi dicon che sia un capo d'ópera.	Das neue Lustspiel von Hrn. N., sagt man, sei ein Meisterstück.
È vero, jer séra fui in teátro per sentirne la prima récita.	Es ist wahr, gestern war ich im Theater, um deffen erste Vorstellung zu sehen.
Ebbéne, come le ha piaciúto?	Nun, wie hat es Ihnen gefallen?
Infinitamente; questa sera si replica la secónda volta.	Ungemein gut; diesen Abend wird es zum zweiten Mal aufgeführt.
L'ho già veduto recitare altróve; l'intréccio n' è molto interessánte, lo stile terso, conciso e naturále.	Ich habe es schon anderswo aufführen gesehen; die Verwicklung hat viel Intereffe, die Schreibart ist rein, gedrängt und natürlich.

Fu molto ben rappresentáta ed eseguíta, e riscósse l' applauso universale.	Es wurde recht gut aufgeführt, und erhielt allgemeinen Beifall.
E le Opere, come le piácciono?	Und wie gefallen Ihnen die Opern?
Qualche volta per variáre, e poi la música mi divérte.	Zur Abwechslung bisweilen; auch unterhält mich die Musik.
Le decorazióni e i vestlárj sono magnifici; le mutazióni di scena e le trasformazióni si fanno con sorprendénte celerità e precisióne.	Die Decorationen und die Kleidung sind prächtig, die Veränderung der Scenen und die Verwandlungen geschehen mit auffallender Schnelligkeit und Pünctlichkeit.

Ueber die unregelmäßigen Zeitwörter in ére.

Non so che fármi di te.	Ich weiß nicht, was ich mit dir anfangen soll.
Non sai niente di questa cosa?	Weißt du nichts um diese Sache?
Lo sa per esperiénza.	Er weiß es aus Erfahrung.
Non sappiámo a chi attenérci.	Wir wissen nicht, an wen wir uns halten sollen.
Non sapéte ballare? disegnare?	Könnet ihr nicht tanzen? zeichnen?
Non sanno, se ne sia colpévole.	Sie wissen nicht, ob er daran Schuld sei.
Io non sapéra ove ricoverármi.	Ich wußte nicht, wohin ich meine Zuflucht nehmen sollte.
Lo seppi meglio di lui.	Ich wußte es besser als er.
Sapésti pur troppo bene, ch'egli ti odiava.	Du wußtest nur zu gut, daß er dich haßte.
Fu da tanto, e tanto seppe fare.	Er war so geschickt, und vermochte so viel auszurichten.
Sapémmo che in questi contorni le strade sono sicúre.	Wir wußten, daß in diesen Gegenden die Wege sicher sind.
Sapéste che restò deluso nelle sue aspettazióni.	Ihr wußtet, daß er in seinen Erwartungen getäuscht wurde.
Essi non séppero vincere se stessi.	Sie konnten sich selbst nicht überwinden.
A questo modo alméno saprò, a qual partito io mi trovi.	Auf diese Art werde ich doch wissen, woran ich bin.
Non hanno sapúto mantenér la libertà.	Sie haben die Freiheit nicht zu erhalten gewußt.
L' ho fatto, affinchè sáppia quanto gli sono amico.	Ich habe es gethan, damit er wisse, wie sehr ich ihm gewogen bin.
Parmi che non sáppiano molto.	Es scheint mir, daß sie nicht viel wissen.
Acciò sapésse, che sperár dovésse.	Damit er wüßte, was er zu erwarten hätte.
Non mi saprèi tirár d'impáccio.	Ich wüßte mir nicht zu helfen.
Non so, come l' ábbia sapúto.	Ich weiß nicht, wie er es erfahren hat.

Redensarten mit sapére.

Sapére a mente.	Auswendig kennen.
— grado.	Dank wissen.
— di fumo, di múschio.	Nach Rauch, nach Bisam riechen.
— di vino, di muffa.	Nach Wein, nach Schimmel riechen.
— far il fatto suo.	Seine Absichten zu befördern wissen.
— di certo.	Es gewiß wissen.
— trovare il pelo nell' uóvo.	Arglistig sein.
Ti so dire.	Ich kann dir sagen.
Lo so per esperiénza.	Ich weiß es aus Erfahrung.
Ei non sa che fare.	Er weiß nicht, was er machen soll.

Io non la so poi così per minúto.	Ich weiß es nicht so genau.
Non so dove dare la testa.	Ich kann mir nicht helfen.
Sapere di geometria, di música.	Geometrie, Musik verstehen.

L.

Angusta ed erta [1] e rípida [2] è la strada, onde [3] al bel tempio della glória [4] vassi [5]. *Dante (ab experto)* ebbe già a dire [6]: ch'è troppo faticoso e duro calle [7], lo scendere e 'l salír [8] per le altrui scale [9], e che 'l pan d'altri sempre sa di sale [10]. La gioventù, se non è retta dall' altrui senno [11], è come [12] un ammalato, che se non sempre, almen per l'ordinario [13], appetisce [14] sol quel che gli è contrario [15]. La paura del male [16] è spesso un mal più grave assai [17] del male stesso. È contrária [18] l'istória alla bugía; istória e verità sono sorelle; l'istória è quella [19], che rischiara [20] i tempi, che insegna [21] la virtù con mille esempj. Gli oratorí, i filósofi, i poeti, finchè taccion [22], non son d'alcun profitto [23], come le gemme e simili altre cose, finchè nelle miniere stanno ascóse [24]. Non perso [25] hai ciò, che d'aver perso ignóri [26]. Perso invece dirò quel [27], che uno brama [28], ed ottenér non può. Io stimo [29] quel ruscel [30], che della fonte conserva la chiarezza [31], onde già nacque [32]; se pútrido diviene [33] a piè del monte, non so che far delle sue fétid' acque [34]. L'ignaro volgo [35] a biasimar [36] più ch'a lodar disposto [37] è quel che non intende [38], e chi sa meno [39], più cicala [40] e tien men [41] la lingua a freno [42], e non sa il proverbio che dice: Chi è somáro [43], e cervo [44] esser si crede, al saltar della fossa se ne avvede [45].

[1] Schmal und steil. [2] jähe. [3] auf dem. [4] Nachruhm. [5] wandert. [6] wußte (aus Erfahrung). [7] ein gar beschwerlicher und rauher Pfad. [8] auf- und abzusteigen. [9] auf Stufen. [10] versalzen schmecke. [11] von der Vernunft Anderer geleitet. [12] gleicht. [13] in der Regel. [14] begehrt. [15] schädlich. [16] vor dem Uebel. [17] weit größeres. [18] entgegengesetzt. [19] ist es. [20] erleuchtet. [21] lehrt — in. [22] so lange sie schweigen. [23] Werth, Nutzen. [24] in Bergwerken verborgen liegen. [25] Nicht hast du verloren. [26] Nicht weißt. [27] Hingegen werde ich das verloren nennen. [28] wünscht. [29] schätze. [30] Bach. [31] die Reinheit der Quelle bewahrt. [32] aus der er entsprang. [33] in Fäulniß übergeht. [34] beginnen soll mit seinem stinkenden Wasser. [35] unwissender Pöbel. [36] zu tadeln. [37] geneigter. [38] nicht versteht. [39] am wenigsten weiß. [40] schwätzt am meisten. [41] am wenigsten. [42] im Zügel. [43] Lastthier (Esel). [44] Hirsch. [45] wird es gewahr, wenn er über den Graben setzen soll. (Man sieht es am Springen, daß der Esel kein Hirsch ist.)

Vom Theater.

Come stanno qui di buóni attóri e di attrici?	Haben Sie hier gute Schauspieler und Schauspielerinnen?
La nuova cantante, che si fe' per la prima volta sentire nella parte di prima donna, mi piacque oltre modo.	Die neue Sängerin, die das erste Mal in der Rolle der prima Donna auftrat, gefiel mir ungemein.
Essa ha molta grázia nell' azione e nei gesti, giustezza nella declamazióne, ha un esteriore molto aggradévole, ed una voce sonóra.	Sie hat viel Annehmlichkeit in ihrer Mimik, Richtigkeit in der Declamation, ein sehr einnehmendes Aeußere und eine klangvolle Stimme.

A qual teátro darebbe Ella la preferénza, al francésc, all' italiáno,
al tedésco, oppúre all' inglése? — Welchem Theater würden Sie den Vorzug geben, dem französischen, italieni-
schen, deutschen oder englischen?

Ogni nazióne ha il suo caráttere ori-
ginale, e le sue particolarità. — Jede Nation besitzt ihren Original-Cha-
rafter und ihre Eigenthümlichkeit.

Così per esempio, l'Italia ha la música ed il canto; la Francia la de-
corazióne ed i balli, ecc. — So hat zum Beispiel Italien die Musik
und den Gesang; Frankreich die Deco-
rationen und den Tanz, 2c.

Staséra vado al teátro; se vuól favorire nel mio palchetto, mi farà
piacére. — Heute gehe ich in's Theater; wollen Sie
gefälligst in meine Loge kommen, so
wird es mir Vergnügen machen.

Ella è troppo gentile, non mancheró
di profittáre delle sue grázie. — Sie sind zu gütig; ich werde nicht unter-
lassen, von Ihrem gütigen Anerbie-
ten Gebrauch zu machen.

Ueber die unregelmäßigen Zeitwörter in ére.

Ora vedo — veggo — reggio, che mi
sono ingannáto. — Nun sehe ich, daß ich mich betrogen habe.

Vedi, com' e pericolóso. — Du siehst, wie gefährlich es ist.

Non ci vede il suo profitto. — Er sieht dabei seinen Vortheil nicht.

Vediámo — veggiámo che viene. — Wir sehen, daß er kommt.

Vedéte, che cércano d'ingannárvi. — Ihr sehet, daß sie euch betrügen wollen.

Védono — réggono — véggiono, che
abbiámo ragióne. — Sie sehen, daß wir Recht haben.

Quando lo vidi — veddi, mi venne la
rábbia. — Als ich ihn sah, entbrannte ich vor Zorn.

Vedesti, che ti stava aspettando con
impaziénza. — Du sahst, daß er mit Ungeduld auf dich
wartete.

Egli vide — vedde la sua condotta. — Er sah seine Aufführung.

Vedémmo, ch' egli ebbe il torto. — Wir sahen, daß er Unrecht hatte.

Lo vedéste nella maggiór indigenza. — Ihr sahet ihn in der größten Dürftigkeit.

Lo vídero per viággio — per istrada. — Sie sahen ihn auf der Reise — auf dem
Wege.

Non lo vedrò mai più. — Ich werde ihn nie wiedersehen.

Vedrémo, se mel ricuserà. — Wir werden sehen, ob er es mir abschlagen wird.

Se la vedésse morire, non l'ajute-
rébbe. — Wenn sie vor seinen Augen stürbe, so
würde er ihr nicht helfen.

Veda di superárlo. — Sehen Sie ihn zu übertreffen.

Non ho vedúto — visto altri che lui. — Ich habe Niemanden außer ihm gesehen.

Lo vedrei molto volentiéri. — Ich würde ihn recht gerne sehen.

Vendéndosi — veggendosi sorprési si
misero a fuggire. — Da sie sich überrascht sahen, ergriffen sie
die Flucht.

Io siédo — seggo dopo di te. — Ich sitze nach dir.

Tu siedi ancór a távola. — Du sitzest noch bei Tische.

Egli siéde affacciáto alla finéstra. — Er sitzt an dem Fenster.

Noi sediámo accánto a lui. — Wir sitzen neben ihm.

Voi sedéte dietro alla cortina. — Ihr sitzet hinter dem Vorhange.

Essi siédono — séggono qui presso
di noi. — Sie sitzen da bei uns.

Resti a sedére. — Bleiben Sie sitzen.

Egli sta sempre sedúto. — Er sitzt immer.

Egli non sedéva, stava in piédi. — Er saß nicht, er stand.

Segga qui presso di me. — Setzen Sie sich hieher zu mir.

Mi pare, che non vi sia gran rischio. — Es scheint mir, daß dabei keine große
Gefahr sei.

Queste cámere mi *pajono* un po' troppo piccole.	Diese Zimmer scheinen mir ein wenig zu klein.
Gli *pare* tempo d'andare.	Es schien ihm Zeit fortzugehen.
Eziandio negli stracci *paréva* bella.	Sie schien auch in ihren Lumpen schön.
Paréa piuttósto Tedesco che Francése.	Er schien eher ein Deutscher, als ein Franzose zu sein.
Se *váglio* — *valgo* servirla.	Wenn ich Ihnen dienen kann.
Non *vali* niente.	Du taugst zu nichts.
Qui non *val* far paróle.	Hier nützt das Reden nicht.
Guardáte un po', se *varrebbe* la spésa di voltáre questo vestito.	Sehen Sie ein wenig, ob es der Mühe lohnt, dieses Kleid zu wenden.
Egli ha sapúto farsi *valére*.	Er wußte sich wichtig zu machen.
Mi *duole* di vedérla afflitta.	Es thut mir leid, sie betrübt zu sehen.
Tu mi tocchi dove mi *duóle*.	Du greifst mich an, wo es mir wehe thut.
La testa, i denti mi *dolgono* (*dogliono*).	Der Kopf, die Zähne thun mir wehe.
Gli spiace, ch'io me ne sia *dolúto* a voi.	Es ist ihm nicht recht, daß ich mich bei euch darüber beklagt habe.
Mi *cade* in pensiéro.	Es fällt mir der Gedanke ein.
Ciò *accádde* d'estáte.	Dies geschah im Sommer.
Caddi corréndo.	Ich fiel im Laufen.
È *cadúto* boccóne.	Er ist auf's Maul gefallen.
Se a me *cadésse* il riprenderlo.	Wenn es mir zukäme ihn zurecht zu weisen.
Egli *cadrà* senz' altro.	Er wird ohne weiters fallen.
Caddero inciampando in un sasso.	Sie fielen über einen Stein.
Voi mi potéte torre quant' io *tengo*.	Ihr könnt mir nehmen, was ich habe.
Tu *tiéni* questa cosa per vera.	Du hältst diese Sache für wahr.
Egli *tien* la chiave della cassa.	Er hat den Schlüssel zum Gelde.
Teniámo oder *tenghiámo* memória fresca di questo.	Wir haben dieses im frischen Andenken.
Voi *tenéte* quell' álbero per uno spettro.	Ihr haltet jenen Baum für ein Gespenst.
Essi lo *téngono* per grande uomo.	Sie halten ihn für einen großen Mann.
Egli *tenéva* la borsa stretta.	Er wollte mit dem Geldbeutel nicht heraus.
Io lo *tenni* a battésimo.	Ich hob ihn aus der Taufe.
Tu gli *tenesti* l'uscio, la porta.	Du hindertest ihn hinein zu gehen.
Egli lo *tenne* per il braccio.	Er hielt ihn bei der Hand.
Terrò per me il libro.	Ich werde das Buch für mich behalten.
Lo *terránno* a freno.	Sie werden ihn im Zaum halten.
Le sono molto *tenúto*.	Ich bin Ihnen sehr verbunden.
Non c'è ragión che *tenga*.	Da hilft keine Ausrede.
Tiéntelo a mente, finchè tu possa.	Behalte es im Gedächtnisse so lange du kannst.
Egli non *mantiéne* la sua paróla.	Er hält sein Wort nicht.
Io *manténgo* quel che ho detto.	Ich bleibe bei dem, was ich gesagt habe.
Manténgano le loro promésse.	Sie sollen ihre Versprechungen halten.
Egli lo *manterrà* del tutto.	Er wird ihn ganz erhalten.
Rimango stordito, — non so che mi dire.	Der Verstand bleibt mir stehen, — ich weiß nicht, was ich sagen soll.
Egli *rimáne* in ginocchlóni.	Er bleibt knien.
Noi *rimaniámo* qui ancór un poco.	Wir bleiben noch ein wenig hier.
Essi *rimángono* in piedi.	Sie bleiben stehen.
Io *rimási* esclúso dal loro número.	Ich blieb von ihrer Anzahl ausgeschlossen.

Tu *rimanésti* delúso nelle tue aspettazióni.	Du wurdeſt in deinen Erwartungen getäuſcht.
Essi *rimásero* in vita.	Sie blieben am Leben.
Essi ne sono *rimásti* persuási.	Sie waren davon überzeugt.
Io *rimarrò* indietro.	Ich werde zurückbleiben.
Che tu con noi ti *rimánga* questa sera, n'è caro.	Es iſt uns lieb, daß du dieſen Abend bei uns bleibſt.
Ciò *rimánga* fra noi.	Das bleibe unter uns.
Non vorrei, che *rimanéssero* senz' ajúto.	Ich möchte nicht, daß ſie ohne Hilfe blieben.
È *rimásto* ucciso in battáglia.	Er iſt im Treffen geblieben.

Redensarten mit tenére.

Tenér conto di uno.	Jemanden ſchätzen.
Tenér a battésimo, ſtatt: leváre dal sagro fonte.	Aus der Taufe heben.
Tenér a mente.	Nicht vergeſſen.
Tenér diétro ad uno.	Einem nachſetzen.
Tenér dello scimunito.	Etwas dumm ſein.
Tenér del pazzo — del semplice.	Etwas verrückt ſein — einfältig ausſehen.
Tenér l'uscio, la porta, l'entráta ad alcuno, ſtatt: impedirne l'ingrésso.	Einem den Eingang verwehren.
Tenérsi offeso.	Sich beleidigt finden.
Esser tenúto in cosciénza.	Im Gewiſſen verbunden ſein.
Egli tién dalla mia parte.	Er iſt auf meiner Seite.
Tenérsi sulle gambe.	Sich auf den Füßen erhalten.
Io tengo che —	Ich bin der Meinung, daß —
Tenétevi a mano sinistra.	Haltet euch links.
Gli tién mano — gli tién la scala.	Er hält ihm die Stange.
Non c'è amico che tenga.	Freund hin, Freund her.

Se ti *piace*, sì ti *piáccia*, se no, sì te ne sta.	Wenn es dir ſo gefällt, ſo iſt es gut, wo nicht, ſo mußt du dich damit begnügen.
A lui *piacque* questa.	Ihm gefiel dieſes.
Ciò detto, si *tacque*.	Als er dies geſagt hatte, ſchwieg er.
La música mi è *piaciúta* particolarmente.	Die Muſik gefiel mir vorzüglich.
Nacquero molto fortunáti.	Sie wurden ſehr glücklich geboren.
È *nato* in Francia.	Er iſt in Frankreich geboren.
Il lusso è la cagióne, onde *nascono* infiniti mali.	Der Luxus iſt die Urſache, aus welcher unzählige Uebel entſtehen.
Mi *nocquero* moltissimo.	Sie ſchadeten mir ſehr viel.
Quel cibo non gli può aver *nociúto*.	Jene Speiſe kann ihm nicht geſchadet haben.
Conósco, che saria ben fatto.	Ich erkenne es, daß es wohl gethan wäre.
Io lo *riconóbbi* súbito.	Ich erkannte ihn gleich.
Non lo *conoscésti* di nome?	Kanntest du ihn nicht dem Namen nach?
Egli mi *conóbbe* in Parigi.	Er kannte mich in Paris.
Mi *rincrésce* di non avérlo vedúto.	Es thut mir leid, ihn nicht geſehen zu haben.
Mi *rincrébbe* di non ésservi stato	Es thut mir leid, nicht dort geweſen zu ſein.
Pongo il caso, che questo sia vero.	Ich ſetze den Fall, daß dies wahr ſei.

Poni il libro sulla távola.	Lege das Buch auf den Tisch.
Suppóne, ch' egli sia stato a ritrovárlo.	Er vermuthet, er habe ihn besucht.
Supponghiamo (supponiamo) ch' egli non l' abbia.	Setzen wir den Fall, daß er es nicht habe.
Suppongono, che tu l' abbi avúto.	Sie vermuthen, daß du es gehabt habest.
Supponéva, che pránzino a casa.	Ich vermuthete, daß sie zu Hause speisen.
Suppósi, ch' egli sia ricco.	Ich glaubte, er sei reich.
Il pósero in croce.	Sie kreuzigten ihn.
Lo porránno in opera.	Sie werden es in's Werk setzen.
Se ti porrò le mani addósso.	Wenn ich über dich komme.
Desidero, che ciò sia posto in esecuzione.	Ich wünsche, daß dies ausgeführt werde.
Egli si porrébbe in viaggio.	Er würde sich auf den Weg machen.
Se mi ponéssi a far questo lavóro.	Wenn ich mich anschickte, diese Arbeit zu verrichten.
Io ho posto in lui tutte le mie speránze.	Ich habe alle meine Hoffnungen auf ihn gebaut.
Non dico, che voi l' abbiate fatto.	Ich sage nicht, daß ihr es gethan habet.
Gli dici delle villanie in faccia.	Du sagst ihm Grobheiten in's Gesicht.
Te lo diciamo colle buone.	Wir sagen es dir im Guten.
Lo dite da vero?	Sagt ihr es im Ernste?
Méntono, se dicono questo.	Sie lügen, wenn sie dieses sagen.
Egli dicéva fra se.	Er sprach für sich in Gedanken.
Dissi di no. Nol dicésti?	Ich sagte nein. Sagtest du es nicht?
Disse, che m' avrébbe scritto da Miláno.	Er sagte, daß er mir von Mailand schreiben wolle.
Per certo, noi dicémmo il vero.	Wahrlich, wir sprachen die Wahrheit.
Voi dicéste: già Dio non vóglia.	Ihr sagtet: Gott wolle doch nicht.
Essi dissero, che io avéva ben fatto.	Sie sagten, daß ich recht gethan hatte.
L' ha detto ridendo.	Er hat es lachend gesagt.
Vel dirò apertaménte.	Ich will es euch frei heraussagen.
Gli dirai da parte mia —	Du wirst ihm von mir aus sagen —
È necessário, che glielo dica.	Ich muß es ihm sagen.
Ne dica egli il suo sentimento.	Er soll seine Meinung darüber sagen.
Che voléte, che noi vi diciamo?	Was wollet ihr, daß wir euch sagen?
Benchè tutti lo dicano, io però non lo credo.	Obschon es Alle sagen, so glaube ich es doch nicht.
Ciò ti sia detto per tuo avviso.	Ich will dich hiermit ermahnt haben.
Si dirébbe, ch' io sia pazzo.	Man würde sagen, daß ich ein Narr bin.
Vorrébbe, ch' io gli dicéssi —	Er will, daß ich ihm sage —
Digli, che si presenti.	Sage ihm, daß er sich stelle.
Dillo tu; ditelo voi.	Sage du es; saget ihr es.
Lo dica il fratello.	Der Bruder soll es sagen.
Dimmi di che io l' ho offéso.	Sage mir, womit ich ihn beleidigt habe.
Iddio vel dira per me!	Gott sei es geklagt! Gott weiß es, wie er mich mißhandelt.
Dicéndo, se avér vinto il palafréno, ecc.	Sagend, er habe das Pferd gewonnen, ꝛc.
Di due mali sceglio — scelgo il minóre.	Unter zwei Uebeln wähle ich das kleinste.
Egli si scetse il migliór cavállo.	Er wählte sich das beste Pferd.
L' avrébbe difficilmente scelto.	Er würde es schwerlich gewählt haben.
Che voléte, ch' io vi scelga?	Was wollet ihr, daß ich da wählen soll?
Lo scioglio — sciolgo da ogni impegno.	Ich spreche ihn von jeder Verbindlichkeit los.
Quest' enimma non si scóglie cosi facilmente.	Dieses Räthsel löset man nicht so leicht.

Disciólsero la loro società.	Sie löſten ihre Geſellſchaft auf.
L' ho *sciólto* dal suo imbarázzo.	Ich habe ihn aus ſeiner Verlegenheit herausgebracht.
Mi *sciorrò* ober scioglierò da questo intrigo.	Ich werde mich aus dieſem Handel herausziehen.
Sciorrà la bocca al sacco.	Er wird es auf einmal frei herausſagen.
Se *sciógliésse* le vele.	Wenn er unter Segel ginge.
L' ha *colto* sul fatto.	Er hat ihn auf der That ertappt.
Gli *toglie* la vita.	Er bringt ihn um's Leben.
Vi diránno villanie, e la riputazione vi *torránno*.	Sie werden euch Grobheiten ſagen, und euch um euren guten Namen bringen.
Chi te la *torrà?*	Wer wird ſie dir wegnehmen?
Tógliono danáro in prestito.	Sie nehmen Geld zu leihen.
Glielo *tolsi*, perchè l'avéva *tolto* al suo compagno.	Ich nahm es ihm, weil er es ſeinem Mitgeſpielen genommen hatte.
Traggo il tizzóne dal fuoco.	Ich ziehe den Brand aus dem Feuer.
Che ne *ritráe* per tutte le sue pene?	Was hat er für alle ſeine Mühe?
Lo *trasse* di sotto al ponte.	Er zog ihn unter der Brücke hervor.
Non ne *ritrarrà* alcun vantaggio da questo negózio.	Er wird aus dieſem Geſchäfte keinen Nutzen ziehen.
Si è *sottrátto* a questo impégno.	Er hat ſich von dieſer Verbindlichkeit losgemacht.
Questo si *detráe* dall' altro.	Dies wird von dem Andern abgezogen.
Voleva *detrármi* troppo.	Er wollte mir zu viel abziehen.
Traéndogli l' osso potrébbe guarire.	Wenn man ihm den Knochen herauszöge, könnte er geneſen.

Ueber die unregelmäßigen Zeitwörter in ire.

Io *vengo* innánzi tempo.	Ich komme vor der Zeit.
Tu *viéni* tardi.	Du kommſt ſpät.
Egli *viéne* dopo le cinque.	Er kommt nach fünf.
Noi *veniamo* — *venghiamo* in vettúra, in carrózza.	Wir kommen gefahren.
Voi *venite* a piédi, a cavallo, corréndo.	Ihr kommt zu Fuß, geritten, gelaufen.
Essi *véngono* alle prese.	Sie gerathen einander in die Haare.
Ecco che *rengono* pian piano.	Da kommen ſie langſam angeſtiegen.
Egli *veniva* in casa mia.	Er kam zu mir in's Haus.
Voi *venivate* a due a due.	Ihr kamet zu zwei und zwei.
Venni assalito da quattro assassini.	Ich wurde von vier Straßenräubern anangefallen.
Finchè nel regno di tua madre *venisti*.	Bis du in das Reich deiner Mutter kamſt.
Si *venne* accorgéndo.	Er wurde es nach und nach gewahr.
Gli *venne* trovato un buon uómo.	Er fand von Ungefähr einen Mann.
Venimmo per le poste.	Wir kamen auf der Poſt.
Veniste nuotando, a nuoto.	Ihr kamet geſchwommen.
Gli *rénnero* posti gli occhj addosso.	Man hatte ein wachſames Auge auf ihn.
Sono *remito* a domandarla —	Ich bin gekommen, Sie zu fragen —
Senti, come e perchè sono *veniti*.	Höre, wie und warum ſie gekommen ſind.
Verrò senz' altro.	Ich werde ganz gewiß kommen.
Ci *verrái* anche tu?	Wirſt du auch herkommen?
Io spero, che mi *verrà fatto* di accertármene.	Ich hoffe, daß es mir gelingen werde, mich davon zu verſichern.
Verrémo verso mezzodì.	Wir werden gegen Mittag kommen.
Tanto meglio se non *verranno*.	Deſto beſſer, wenn ſie nicht kommen.

Ditegli, che *renga* a desinare con esso noi.	Saget ihm, er solle mit uns zum Mittagmahl gehen.
Che meco se ne *véngano.*	Daß sie mit mir gehen.
Voléte, ch'io *renga* con voi?	Wollet ihr, daß ich mit euch gehe?
Viéni da me.	Komm zu mir.
Viéntene meco für *viéni meco.*	Komm mit mir.
Che ti *venga* la rábbia?	Daß du toll würdest!
Acciocchè non gli *renisse detta* alcúna paróla di correzione.	Damit ihm kein strafendes Wort (des Verweises) gesagt werde.
L'uno sen va, l'altro sen *viene.*	Der Eine geht, der Andere kommt.
La vita mi *viene* a noja.	Das Leben wird mir zur Last.
Ci *véngono* di quando in quando.	Sie kommen manches Mal daher.
S'egli *arviéne,* che tu mai vi torni.	Wenn du je wieder dahin kommst.

Redensarten mit venire.

Venir in idéa.	Auf den Gedanken kommen.
— meno, svenire.	Ohnmächtig werden.
— sonno ad uno.	Schläfrig werden.
— al mondo.	Geboren werden.
— per uno.	Einen abholen.
— a patti — a paróle.	Sich vergleichen — zanken.
— alle mani.	Handgemein werden.
— colle belle, colle buóne.	Gute Worte geben.
— alle strette.	In die Klemme gerathen.
— di notte.	Bei der Nacht kommen.
— alle corte.	Es ganz kurz machen.
Tu mi viéni a propósito.	Du kommst mir eben recht.
Mi vien in mente.	Es fällt mir ein.
Vénnero alle prese.	Sie geriethen an einander.
Mi venne fatto.	Es gelang mir.
Io dimándo quel che mi viéne.	Ich fordere, was man mir schuldig ist.
Questa cosa mi viéne a fastidio, a noja.	Dies kommt mir ekelhaft, langweilig vor.
Quanti ve ne véngono?	Wie viel kommt euch heraus?
Me ne vengono due.	Ich bekomme zwei.
Mi vién vóglia.	Es kommt mir die Lust an.
Verrà in — fra quindici giorni.	Er wird in 14 Tagen kommen.
Venire a battáglia — a giornáta.	Eine Schlacht liefern.
Egli non ne verrà mai a capo.	Er wird dies nie zu Stande bringen.

Muájo di curiosità di sapére dove sia.	Ich sterbe vor Neugierde zu erfahren, wo er sei.
Egli *muóre* di consunzione.	Er stirbt an der Abzehrung.
Essi *muájono* di vóglia di vedérlo.	Sie sterben vor Sehnsucht, ihn zu sehen.
Avéndo detto ciò *morì.*	Nachdem er das gesagt hatte, verschied er.
E *morto* questa notte.	Er ist diese Nacht gestorben.
Non *morrái* — *morirái* prima di aver vedúto il Signóre.	Du sollst nicht sterben, du hast denn den Herrn gesehen.
Anzichè lo *mora* — *muaja.*	Ehe ich sterbe.
Teméva, che non si *morisse* di freddo.	Er fürchtete zu erfrieren.
Egli sta oder è per *morire.*	Er ist dem Tode nahe.
Io non *salgo* — *saglio* volontiéri su verso la cima degli álberi.	Ich klettere nicht gerne zum Gipfel der Bäume hinauf.
Egli *sale* troppo alto.	Er steigt zu hoch hinauf.

Salghiamo — *sagliamo* questo monticello.	Steigen wir diesen Hügel hinauf.
Egli *salì* sopra una torre.	Er stieg auf einen Thurm.
Salirono su per una scala.	Sie gingen über eine Stiege hinauf.
Odo buóne nuove del fratello.	Ich höre gute Nachrichten von dem Bruder.
Odi quello che dico.	Höre, was ich sage.
Egli *ode* tutto quello che parliamo.	Er hört Alles, was wir sprechen.
Udiamo pure il suo consiglio.	Hören wir doch auch seinen Rath.
Udite quel che sono per dirvi.	Höret was ich euch sagen will.
Quivi *s' odono* gli uccelletti cantáre.	Hier hört man die kleinen Vögel singen.
L' *udii* a molti dire.	Ich habe es Viele sagen gehört.
Mai ricordar non m' *udisti*.	Du hörtest mich nie Erwähnung davon machen.
Male *udito*, e péggio intéso.	Schlecht gehört, und noch schlechter verstanden.
Avéa l' *udir* sottile.	Er hatte ein feines Gehör.
Io non *esco* mai di casa.	Ich gehe nie aus.
Perchè non *esci* di là entro?	Warum kommst du nicht dort heraus?
Esce del seminàto.	Er kommt aus dem Geleise.
Usciamo — *esciamo* di qua.	Gehen wir da hinaus.
Voi non *riuscìte* a persuadérlo.	Ihr bringet es nicht dahin, ihn zu überreden.
Escono in fretta.	Sie gehen in aller Eile aus.
E *uscìto* di senno.	Er hat den Verstand verloren.
Non è molto, ch'è *uscìta* alla luce un' ópera.	Es ist seit Kurzem ein Werk herausgekommen.
Egli non vi *riuscirà*.	Es wird ihm nicht gelingen.
In atto di *uscire*.	Im Begriffe auszugehen.

Von der Regierung der Zeitwörter (de' verbi col loro reggime).

A.

1) Thätige (übergehende) Zeitwörter (transitivi), welche nebst einer vierten Endung (Accusativo) noch eine dritte (Dativo) fordern. (Siehe §§. 37, 135, 403.)

Aggiungerò alle vostre le mie ragióni.	Euren Gründen werde ich auch die meinigen beifügen.
Aprir il suo cuore all' amico.	Sein Herz dem Freunde öffnen.
Cédere il suo diritto a qualchedúno.	Einem sein Recht abtreten.
Costringere uno ad una azióne.	Einen zu einer That zwingen.
Crédergli q. c. *) alla sua paróla.	Ihm Etwas auf sein Wort glauben.
Dipingere al vivo, diétro natura, dal naturale.	Nach dem Leben, nach der Natur malen.
Disputare ad alcuno una cosa.	Einem eine Sache streitig machen.
Distribuire q. c. ai poveri.	Etwas unter die Armen austheilen.
Gettare uno a terra; rovesciárlo.	Einen über den Haufen werfen.
Imparáre a mente la lezióne.	Die Lection auswendig lernen.

---

*) q. c. bedeutet *qualche cosa*, Etwas, und qchd. *qualchedúno*, Jemand.

Imputare ad uno alcúna cosa in peccato, a difetto.	Einem Etwas als Sünde, als Fehler anrechnen.
Imprestáre q. c. a qchd. per corto tempo.	Einem auf kurze Zeit Etwas leihen.
Indúrre uno a q. c.	Einen zu Etwas verleiten.
Insidiár la vita a qchd.	Jemanden nach dem Leben streben.
Interrómpere ad uno il suo discórso.	Einem in die Rede fallen.
Levár il cappello a qchd.	Den Hut vor Einem abnehmen.
Levár la vita ad uno.	Einem das Leben nehmen.
Métter mano a q. c.	Hand an Etwas legen.
Métter mano alla spada.	Nach dem Degen greifen.
Se ti metto le mani addósso.	Wenn ich über dich komme.
Métter il cervello a partito.	Ernsthaft denken lernen.
Méttere al giórno.	Auf die Welt bringen.
Muóver lite ad uno.	Mit Jemanden einen Prozeß anfangen.
Pagáre q. c. a conto.	Etwas an der Schuld abzahlen.
Passár il fiúme a nuoto.	Durch einen Strom schwimmen.
Porre mano all' ópera.	Hand an's Werk legen.
Porre uno al cimento.	Einen auf die Probe stellen.
Porre al chiaro q. c.	Etwas an's Licht bringen.
Proibire una cosa a qchd. sotto pena di morte.	Einem bei Todesstrafe Etwas verbieten.
Lo resi consapévole.	Ich benachrichtigte ihn.
Me ne renderái conto.	Du wirst es mir schon bezahlen.
Rimétter una cosa all' indománi.	Etwas auf morgen aufschieben.
Ringraziare uno, rendere grázie a qchd.	Sich bei Jemanden bedanken.
Sapér una cosa a mente.	Etwas auswendig wissen.
Scrívere una léttera a qchd.	Einen Brief an Jemanden schreiben.
Spiegár le vele ai venti.	Unter Segel gehen.
Stender la mano a q. c.	Nach Etwas langen.
Tenér uno a bada.	Einen nicht aus den Augen lassen.
Tenér a mano il suo.	Sparen.
Tirár l'acqua al suo molino.	Das Wasser auf seine Mühle leiten.
Trováre q. c. a proposito.	Etwas für passend (dem Zwecke entsprechend) finden.
Véndere le mercanzie all' ingrosso, a minúto.	Die Waare im Großen, im Kleinen verkaufen.
Volér bene o male a qchd.	Jemanden lieben, hassen.

2) Unübergehende Zeitwörter (intransitivi), welche blos eine dritte Endung haben. (Siehe §§. 37, 45, 135, 404.)

Abitare a canto, a pián terreno.	Neben an wohnen, zu ebener Erde.
Accudire agli affári suói.	Seinen Geschäften obliegen.
Aderire ai consigli di uno.	Jemandes Rathschlägen folgen.
Adulare ad uno oder uno.	Einem schmeicheln.
É arriváto all' uso di ragione.	Er ist schon in dem Alter, wo er seine Vernunft hat.
Aspirare ad una cárica.	Nach einem Amte trachten.
Atténdere a q. c.	Sich auf Etwas verlegen.
Badare a' fatti suói.	Sich um das Seinige bekümmern.
Comandare agli altri.	Ueber Andere gebieten.
Si conósce all' ária.	Man sieht es schon an der Miene.
Cooperáre ad una cosa con uno.	An einer Sache mitarbeiten.
Córrer dietro ad uno.	Einem nachlaufen.
Córrer a rotta di collo, a precipizio.	Ueber Hals und Kopf laufen.

Córrere a gara, a prova. }	Um die Wette laufen.
— a chi può più. }	
Il tempo si dispone alla ploggia.	Es läßt sich zum Regnen an.
Giovare ad uno.	Einem helfen.
Giuocare alle carte, al bigliárdo.	Karten, Billard spielen.
Incitare alla cóllera.	Zum Zorne reizen.
Intervenire alla prédica.	Der Predigt beiwohnen.
Insegnáre ad uno a far q. c.	Einem Anleitung geben, Etwas zu machen.
Nuócere ad alcúno.	Jemanden schaden.
Obbedire ad uno di q. c.	Einem gehorchen.
Parlár ad uno di q. c.	Mit Einem von Etwas reden.
Passeggiáre al chiáro di luna.	Im Mondschein spazieren gehen.
Pensáre a q. c.	An Etwas denken.
Pregáre a mani giúnte.	Mit gefalteten Händen bitten.
Rassomigliáre ad uno.	Einem ähnlich sein.
Non posso réggere alla fatica.	Ich kann bei der Arbeit nicht ausdauern.
Non so più réggere a' miéi guái.	Ich kann mein Unglück nimmer ertragen.
Resistere ad uno.	Einem widerstehen.
Riccórrere ad uno.	Zu Einem seine Zuflucht nehmen.
È ridótto a ségno che, ecc.	Er hat's so weit gebracht, daß, ⁊c.
È ridótto alle strette.	Er ist in äußerster Noth, in der Klemme.
A che termine siámo ridótti!	Wohin ist es mit uns gekommen!
Riflétlere a q. c.	Ueber Etwas nachdenken.
Rimediár ad una cosa, oder una cosa.	Einer Sache abhelfen.
Rinúnziáre ad una cosa.	Einer Sache entsagen.
Rispóndere ad uno.	Einem antworten.
Scrivere a léttere d' oro.	Mit goldenen Buchstaben schreiben.
Servíre ad uno di segretário.	Bei Einem als Secretär dienen.
Soggiacére al più potente.	Dem Mächtigern unterliegen.
Soprainténdere a q. c.	Die Aufsicht über Etwas haben.
Spacciarla alla gránde.	Den Großen spielen.
Stare all' altrui decisióne.	Sich nach eines Andern Entscheidung richten.
Tenér diétro ad uno.	Einem nachstellen.
Tirár ad un uccéllo.	Nach einem Vogel schießen.
Tirár a segno.	Nach dem Ziele werfen.
Tocca a voi a far questo.	Euch kommt es zu, dies zu thun.
Tornáre ad onóre, a vergógna.	Zur Ehre, zur Schande gereichen.
Végliano a vicénda, scambievol-mente.	Sie wachen Einer um den Andern, abwechselnd.
Venir a capo d' una cosa.	Eine Sache zu Stande bringen.
Egli viéne alle cinque.	Er kommt um 5 Uhr.
Viaggiar a piédi, a cavállo.	Zu Fuß, zu Pferde reisen.
Vivere a suo talénto.	Nach seiner Willkür leben.
Viver alla buóna.	Schlecht und gut leben, wie es kommt.

3) Zurückkehrende Zeitwörter, welche eine dritte Endung regieren.
(Siehe §§. 37, 45.)

Abituársi a q. c.	Sich an Etwas gewöhnen.
Accostársi ad uno.	Sich Einem nähern.
Adattársi a q. c.	Sich zu Etwas bequemen.
Affacciársi alla finéstra.	Sich an's Fenster legen.
Appigliársi a qualche partito.	Sich zu Etwas entschließen.
Applicársi a q. c.; darsi a q. c.	Sich auf Etwas verlegen.
Approssimársi } alla città.	Sich der Stadt nähern.
Avviársi }	

Associársi ad uno.	Mit Einem in Gesellschaft treten.
Assuefársi a q. c.	Sich an Etwas gewöhnen.
Attenérsi a qchd.	Sich an Einen halten.
Attenérsi all' altrúi decisióne.	Sich nach eines Andern Entscheidung halten.
Avvicinársi al villaggio.	Sich dem Dorfe nähern.
Conformársi alla volontà di uno.	Sich nach Jemandes Willen richten.
S'incamminò a quella volta.	Er ging nach jener Gegend.
Méttersi a cuóre.	Sich zu Gemüthe ziehen.
Obbligarsi a q. c.	Sich zu Etwas verbindlich machen.
Preparársi a qualche accidénte.	Sich auf einen Zufall gefaßt machen.
Presentársi ad uno.	Vor Jemanden erscheinen.
Raccomandársi ad uno.	Sich Einem empfehlen.
Recársi una cosa a grand' onóre.	Sich Etwas für eine große Ehre rechnen.
Recársi a vergógna.	Sich zur Schande rechnen.
Ridersela a crepapáncia.	Aus vollem Halse lachen.
Réndersi a patti.	Sich auf Bedingungen ergeben.
Réndersi a Roma.	Sich nach Rom begeben.
Réndersi superióre a' pregiudizj.	Sich über die Vorurtheile hinwegsetzen.
Si è ridótto al verde.	Er hat sich in die größte Noth gestürzt.
Sottométtersi a qchd.	Sich Einem unterwerfen.
Si svegliò a questo romóre.	Ueber dem Lärmen erwachte er.
Tenétevi a mano dritta, sinistra.	Haltet euch rechts, links.
Egli si vide alle strette.	Er sah sich in die Enge getrieben.
Vestírsi alla buóna.	Sich einfach, schlechtweg kleiden.
Vestírsi alla moda.	Sich nach der Mode kleiden.
Vólgersi a Dio.	Sich zu Gott wenden.

Da.

4) Thätige (übergehende) Zeitwörter (transitivi), welche nebst einer vierten Endung (Accusativo) noch eine sechste (Ablativo) zu sich nehmen. (Siehe §. 40.)

Allontanáre uno da un luógo.	Einen von einem Orte entfernen.
Assólvere uno da qualche pena.	Einen von einer Strafe freisprechen.
Cavár vino dalla botte.	Wein aus dem Fasse ziehen.
Deriváre l'origine d'una cosa da un' altra.	Den Ursprung einer Sache von einer andern ableiten.
Divider una cosa da un' altra.	Eine Sache von der andern theilen, trennen.
Dio mi guardi da questa cosa.	Gott behüte mich vor dieser Sache.
Levár una cosa dalle mani.	Etwas aus den Händen nehmen.
Méttere da banda ogni scherzo.	Allen Scherz bei Seite legen.
Ricominciar una cosa da capo.	Etwas von Neuem anfangen.
Suonare un' instruménto da música.	Ein Instrument spielen.
Tiráre Attignere } l'acqua dal pozzo.	Das Wasser aus dem Brunnen schöpfen.

5) Unübergehende Zeitwörter (intransitivi), welche blos eine sechste Endung (Ablativo) zu sich nehmen. (Siehe §. 40.)

Cadére dalla memória, dalla mente.	Dem Gedächtnisse entfallen.
Egli non può più camminare dalla stanchézza.	Er kann vor Müdigkeit nicht mehr gehen.
Comincerò da te.	Ich werde bei dir anfangen.
Ciò dipénde da lui.	Dies hängt von ihm ab.

26

Dalla qual cosa nàcquero diverse paure.	Woraus verschiedenartige Besorgnisse entstanden.
Degenerare } Deviare } dal padre.	Vom Vater abarten.
Egli è partito dalla Rùssia.	Er ist von Rußland abgereist.
Proviène da questa causa.	Es rührt von dieser Ursache her.
Ritornáre dal bosco.	Aus dem Walde zurückkommen.
Scoppiár } Smascellár } dalle risa.	Versten vor Lachen.
Egli tién dalla mia parte. } — è dal mio canto. }	Er ist auf meiner Seite.
Io vengo da Firénze.	Ich komme von Florenz.

6) Zurückkehrende Zeitwörter mit einer sechsten Endung. (§. 40.)

Allonténatevi dalla città.	Entfernt euch von der Stadt.
Assentársi da un luógo.	Sich von einem Orte wegbegeben.
Astenérsi da' cibi proibiti.	Sich der verbotenen Speisen enthalten.
Difèndersi dal freddo.	Sich vor der Kälte bewahren.
Dipartirsi da uno.	Von Einem scheiden.
Garantirsi dal sole.	Sich vor der Sonne verwahren.
Guardársi dagli adulatóri.	Sich vor den Schmeichlern hüten.
Liberátevi dall' afflizióne.	Befreit euch von dem Kummer.
Sbrigársi } Spicciarsi } da nojósi affári. Sbrogliársi }	Sich von verdrießlichen Geschäften losmachen.
Separátevi gli uni dagli altri.	Sondert euch von einander ab.
Staccátevi da quella persóna.	Machet euch von jener Person los.

Con.

7) Thätige Zeitwörter (transitivi), welche nebst einer vierten Endung (Accusativo) noch ein Hauptwort mit con zu sich nehmen. (Siehe §§. 51, 407.)

Cambiare una cosa con un' altra.	Eine Sache gegen eine andere vertauschen.
Concertare una cosa con uno.	Etwas mit Einem verabreden.
Sa condire la conversazióne con qualche sale.	Er weiß die Unterhaltung mit manchem Witze zu würzen.
Cucir coll' ago q. c.	Etwas mit der Nadel nähen.
Te lo dico colle buóne.	Ich sage es dir im Guten.
Lo feci colla migliór intenzióne.	Ich that es in der besten Absicht.
Mescolár l'acqua col vino.	Wasser mit Wein mischen.
Paragonare una cosa con un' altra.	Eine Sache mit einer andern vergleichen.
Passár paróla con qchd.	Sich mit Jemanden verstehen.
Passár uno colla spada da banda a banda.	Einen mit dem Degen durch und durch stechen.
Non mi rompéte il capo con tante chiácchiere.	Macht mich mit so vielem Geschwätz nicht toll.
Sfogár la sua cóllera, la sua bile con qchd.	Seinen Zorn an Einem auslassen.
Studiár con piacére la lezióne.	Die Lection mit Freude studiren.

8) Unübergehende Zeitwörter (intransitivi) mit einem Hauptworte mit con.

Attaccarla con qchd.	Mit Jemanden Händel anfangen.
Dormire con uno.	Bei Einem schlafen.

Navigáre con vento contrário.	Bei widrigem Winde segeln.
Io parlo col cuóre sulle labbra.	Ich rede, wie mir um's Herz ist.
Restár colla bocca aperta.	Wie ein Maulaffe da stehen.
Restáte con noi.	Bleibet bei uns.
Toccar con mano.	Deutlich einsehen, mit Händen greifen.

9) Zurückkehrende Zeitwörter mit einem Hauptworte mit con.

Abboccársi con qchd.	Sich mit Jemanden besprechen.
Addimesticársi con uno.	Sich mit Jemanden gemein machen.
Affratellársi con uno.	Sich mit Einem in Bruderschaft einlassen.
Ammogliársi con una.	Sich ein Weib nehmen.
Associársi con un mercánte.	Mit einem Kaufmanne in Gesellschaft treten.
Confederarsi con uno.	Sich mit Jemanden verbinden.
Si è disimpegnáto con bel término.	Er hat sich mit guter Art losgemacht.
Guadagnarsi con isténto il vitto.	Schwer seinen Unterhalt sich verdienen.
Incontrársi con aspre lingue.	Unter böse Zungen gerathen.
Se n' è partito colle trombe nel sacco.	Er ist mit langer Nase abgezogen.
Sfogársi coll' amico.	Sein Herz gegen den Freund ausschütten.

Per.

10) Thätige Zeitwörter (transitivi), welche nebst einer vierten Endung noch ein Wort mit per zu sich nehmen. (Siehe §§. 52, 408.)

Lo aspéttano per questa sera.	Sie erwarten ihn diesen Abend.
Chiamár uno per nome.	Einen beim Namen nennen.
Per riguardo dell' amico vi farò questa grazia.	Aus Rücksicht gegen den Freund werde ich euch diesen Gefallen erweisen.
Mandár uno pel médico.	Einen nach dem Arzte schicken.
Métter il becco (il naso) per tutto.	Die Nase in Alles stecken.
Prénder una cosa per un' altra.	Eine Sache für eine andere ansehen.
Prénder una cosa per ischérzo.	Etwas für Scherz nehmen.
L' ha presa per móglie.	Er hat sie zum Weibe genommen.
Voi non prendéte la cosa pel suo verso.	Ihr greift die Sache nicht am rechten Orte an.
Prénder uno per la mano.	Einen bei der Hand nehmen.
Lo prese per un matto (pazzo).	Er hielt ihn für einen Narren.
Rénder bene per male.	Böses mit Gutem vergelten.
Per conto di voi ne sentiva un gran dispiacére.	Euretwegen fühlte ich ein großes Mißvergnügen darüber.
L' hanno tenúto per morto.	Sie haben ihn für todt gehalten.
Tirar uno per i capélli.	Einen bei den Haaren ziehen.

11) Unübergehende Zeitwörter (intransitivi) mit einem Hauptworte mit per.

Córrer per la strada.	Am Wege fortlaufen.
Mi corre per l'ánima \ — per la mente / una cosa.	Mir kommt eine Sache in den Sinn, mir fällt etwas bei.
Créder per certo.	Für gewiß glauben.
Divenír rosso per vergógna.	Schamroth werden.
Duellár per la vita.	Auf Leben und Tod duelliren.
Egli è per istráda.	Er ist auf dem Wege.
Lavorár per mercéde. \ — per danáro. /	Um Lohn, um Geld arbeiten.

26 *

Levársi per tempo. } — a buón ora. } — Bei Zeiten aufstehen.
Io párlo pel vostro vantággio. — Ich rede zu eurem Vortheile.
Passár per di qua. — Hier durchgehen.
Passár per la strada. — Ueber die Straße gehen.
Passár per un uómo dabbéne. — Für einen rechtschaffenen Mann angese= hen werden.

Passeggiare per la cámera. } — per il giardíno. } — Im Zimmer, im Garten herumgehen.
Pigliarla per uno. — Sich eines Menschen annehmen.
Riguardár per le inferriáte. } — per i cancélli. } — Durch das Gitter sehen.
Non vi scrissi per timore d'ésservi molésto. — Ich schrieb euch nicht, aus Furcht euch beschwerlich zu fallen.
Soffrire per cagióne d'un altro. — Eines Andern wegen leiden.
Sollecitár per un impiégo. — Um ein Amt anhalten.
Supplicár per q. c. — Um Etwas bitten.
Interessársi per uno. — Sich eines Menschen annehmen.
Réndersi famoso per tutta l'Europa. — Sich durch ganz Europa berühmt machen.

In.

12) Thätige Zeitwörter (transitivi), welche nebst einer vierten En= dung noch ein Wort mit in zu sich nehmen. (Siehe §§. 43, 409.)

Cercár il pelo nell' uóvo. — Schwierigkeiten suchen, wo sie nicht sind.
Chiamare uno in giudizio. — Einen vor Gericht fordern.
Convertir gli effetti in danáro. — Alles zu Gelde machen.
Immérgere uno nell' acqua. — Einen in's Wasser tauchen.
Introdúrre uno in una casa. — Einen in ein Haus einführen.
Lasciare uno in pace. — Einen ruhig lassen.
Lasciare in biánco una cosa. — Eine Sache unentschieden lassen.
Legar una pietra in oro. — Einen Stein in Gold fassen.
Mandare uno in rovína. — Einen um Alles bringen.
Méttere una cosa in vista. — Etwas an's Licht stellen.
Ciò mi mette in apprensióne. — Das erregt Besorgnisse in mir.
Méttere in fuga il nemico. — Den Feind in die Flucht schlagen.
Méttere in campo una cosa. — Etwas in's Werk setzen.
Métter in campo una questióne. — Eine Frage auf's Tapet bringen.
— in órdine le cose sue. — Sein Haus bestellen.
— in carta q. c. — Etwas schriftlich aufsetzen.
— in pratica q. c. — Etwas ausführen.
Voi mi mettéte in bocca d'ognúno. — Ihr bringt mich in die Mäuler der Leute, in's Gerede.

Pigliar uno in parola. — Einen beim Worte nehmen.
Lo avrà posto in cattiva vista; egli lo avrà calunniato — avrà spar- láto di lui. — Er wird ihn angeschwärzt haben.
Portar uno in palma di mano. — Für Jemand die größte Freundschaft hegen.
Prender una cosa in sul sério. — Etwas für Ernst nehmen.
Vi prendo in parola. — Ich halte euch beim Wort.
Riméttere q. c. in arbítrio di alcúno. — Jemandes Willen etwas überlassen.
Stringer alcuno nelle sue bráccia (abbracciar uno). — Jemanden um den Hals fallen.
Trascórrere un libro in poco tempo. — Ein Buch in kurzer Zeit durchlesen.
Tenér le mani in croce. — Die Hände kreuzweise halten.
Trováre una cosa in un luógo. — Etwas an einem Orte finden.

13) Unübergehende Zeitwörter (intransitivi), blos mit einem Haupt=
worte mit in. (Siehe §. 43.)

Abitare in questi contórni.	In dieser Umgegend wohnen.
Alloggiare in casa di qchd. ob. presso qchd.	Bei Einem wohnen.
Gli cade in pensiéro.	Es fällt ihm bei; er kommt auf den Gedanken.
Crédere in Dio.	An Gott glauben.
Eccédere in una cosa.	Zu viel in einer Sache thun.
Entrár in se stesso (ravvedérsi).	In sich gehen, seine Fehler einsehen.
Entrare in cámera.	In's Zimmer treten.
Giacére in terra.	Auf der Erde liegen.
Inciampare nelle cialde.	In einer leichten Sache fehlen.
Incórrere in un erróre.	In einen Irrthum gerathen.
Lasciár in biánco.	Leeren Raum in einer Schrift lassen.
Il fiúme mette in mare.	Der Fluß ergießt sich in's Meer.
Pernottare in qualche luógo.	An einem Orte übernachten.
Persistere nella sua opinione.	Auf seiner Meinung verharren.
Pescar nel tórbido.	Im Trüben fischen.
Non può reggersi in piedi.	Er kann nicht mehr auf den Füßen stehen.
Ridónda in vostro vantaggio.	Es gereicht zu eurem Nutzen.
Sedére in capo alla távola.	Obenan sitzen.
Egli serve nel reggimento di N.	Er dient bei dem Regimente N.
Toccár ad uno in sorte.	Einem durch das Loos zu Theil werden.
Tornar in niente.	Wieder zu nichts werden.
Tornare in accóncio.	Zu Statten kommen.

14) Zurückkehrende Zeitwörter mit einem Hauptworte mit in.

Abbáttersi in qchd.	Auf Einen stoßen.
Cacciársi in testa. ·	Sich in den Kopf setzen.
Confidársi in uno.	Sein Vertrauen in Jemanden setzen.
Immérgersi nel sonno.	In tiefen Schlaf versinken.
Intoppársi in uno.	Auf Einen stoßen.
Méttersi in viaggio.	Sich auf den Weg machen.
Méttersi indósso un ábito.	Ein Kleid anziehen.
Portársela in pace.	Etwas geduldig ertragen.
Si rimise in cammino.	Er machte sich wieder auf den Weg.
Riméttersi in carne.	Wieder zu Fleisch kommen.

Di.

15) Thätige Zeitwörter (transitivi), welche nebst einer vierten En=
dung noch eine zweite (Genitivo) zu sich nehmen. (Siehe §. 410.)

Accertare alcúno di q. c.	Jemanden einer Sache versichern.
Amár uno di cuóre.	Jemanden vom Herzen lieben.
Avvisare ⎫ Avvertire ⎬ uno di q. c. Prevenire ⎭	Einen von Etwas benachrichtigen.
Caricar uno d'infamia.	Einen mit Schande überhäufen.
Gli ho caváto di bocca il segréto.	Ich habe ihm das Geheimniß aus dem Munde gelockt.
Colmár di grázie qchd.	Einen mit Gnaden überhäufen.
Coltivár l'amicizia di alcúno.	Freundschaft mit Jemanden unterhalten.
— la memória.	Das Gedächtniß üben.

Coltivár una lingua.	Sich in einer Sprache üben.
Condannár uno dí dieci fiorini.	Einen mit zehn Gulden strafen.
Di due mali eléggere il minóre.	Unter zwei Uebeln das geringste wählen.
Lodár uno del suo zelo.	Einen seines Eifers wegen loben.
Méttere d'accordo più persone.	Viele Köpfe unter Einen Hut bringen.
Pagár il fio di qualche fallo.	Für einen Fehler büßen.
Pérder qchd. di vista.	Jemanden aus dem Gesichte verlieren.
Pérdere il filo del discórso.	Vom Gespräche abkommen.
Pigliár uno di mira.	Einen verfolgen.
Pregáre } Ringraziáre } alcúno di q. c.	Einen um Etwas bitten, Einem für Etwas danken.
Prénder qchd. di mira.	Jemanden verfolgen, nicht aus den Augen lassen.
Rénder conto di q. c.	Ueber Etwas Rechenschaft ablegen.
Riempire una botte d'acqua.	Ein Faß mit Wasser anfüllen.
Riportare vittórie de' suói nemici.	Ueber seine Feinde siegen.
Segue le pedáte (tracce) di suo padre.	Er geräth seinem Vater nach.
Egli spaccia molto di queste merci.	Er verschleißt viel von diesen Waaren.
Stringer una città d'assédio.	Eine Stadt belagern.
Tacciar qchd. di avarizia.	Einen des Geizes beschuldigen.
Tirare giù del próssimo.	Uebel von Andern sprechen; — seinen Nächsten verleumden.
Vedèr uno di buón òcchio.	Einen gerne sehen.
Víncere alcúno di cortesia.	Einen an Höflichkeit übertreffen.

16) Unthätige Zeitwörter (intransitivi) mit einer zweiten Endung. (Siehe §. 411.)

Abbisognare di tutto.	Alles benöthigen.
Abbondare di tutto.	Alles im Ueberflusse haben.
Ardere di desidério.	Vor Begierde brennen.
Cambiare di nome.	Seinen Namen ändern.
Cascar di fame.	Vor Hunger umfallen.
Calare } Scemare } di prezzo.	Im Preise fallen.
Discórrere d'una cosa con uno.	Mit Einem von einer Sache sprechen.
Disperare di q. c.	Ueber Etwas verzweifeln.
Dispórre de' danari.	Ueber Geld eine Anordnung treffen.
Disputare di q. c.	Ueber Etwas streiten.
Domandare di qchd.	Nach Jemanden fragen.
Dubitare di q. c.	Ueber Etwas zweifeln.
Ferír di coltéllo.	Mit dem Messer verwunden.
Gioire di q. c.	Sich über Etwas erfreuen.
Giudicare di q. c.	Ueber Etwas ein Urtheil fällen.
Godére di una cosa.	Etwas genießen.
Mancar di paróla, di fede.	Das Wort nicht halten.
— di vita.	Sterben.
— d'ánimo.	Den Muth verlieren.
Morir di fame, di sete.	Vor Hunger, vor Durst sterben.
— di suo male.	Eines natürlichen Todes sterben.
— di peste, di qualche male.	An der Pest, an einer Krankheit sterben.
— di vóglia.	Vor Sehnsucht sterben.
Náscere di stirpe nóbile.	Von einem adeligen Geschlechte abstammen.
Parlár ad uno di qualche affáre.	Mit Jemanden von einem Geschäfte reden.
Partir di (da) Vienna.	Von Wien abreisen.

Piánge di dolóre. } — di allegría. }	Er weint vor Schmerz, vor Freude.
Ricercare di qchd.	Nach Jemanden fragen.
Servire di scusa, di pretésto, di régola.	Zur Entschuldigung, zum Vorwand, zur Richtschnur dienen.
Sortire del letto.	Aus dem Bette heraussteigen.
Supplicáre di q. c. per qchd.	Um Etwas für Jemanden bitten.
Si tratta dell' onóre.	Es handelt sich um die Ehre.
Tremár di páura.	Vor Furcht zittern.
Uscire di mente, di casa.	Aus dem Gedächtniß kommen, aus dem Hause gehen.
Vívere del suo, di caritá.	Von dem Seinigen, von Almosen leben.

17) Der größte Theil der zurückkehrenden Zeitwörter hat eine z w e i t e
Endung nach sich.

Incaricársi di q. c.	Einen Auftrag übernehmen, etwas auf sich nehmen.
Avvedérsi di q. c.	Etwas gewahr werden.
Beffarsi di q. c.	Ueber Etwas spotten.
Burlarsi di uno.	Jemanden zum Besten haben.
Cattivarsi l' amore di uno.	Sich Jemand's Liebe erwerben.
Cavársi d' addósso un vestito.	Ein Kleid ausziehen.
Dilettarsi d' alcuna cosa.	Sich an Etwas ergötzen.
Dolérsi di uno.	Sich über Einen beklagen.
Fidársi di uno oder in uno.	Sich auf Einen verlassen.
Formalizzársi di q. c.	Sich über Etwas aufhalten.
Imbéversi di mássime cattíve.	Böse Grundsätze einsaugen.
Impadronírsi di q. c.	Sich einer Sache bemächtigen.
Indispettirsi di q. c.	Sich über Etwas ärgern.
Innamorarsi di q. c.	Sich in Etwas verlieben.
Inténdersi d' alcúna cosa.	Sich auf Etwas verstehen.
Insuperbirsi di q. c.	Auf Etwas stolz, hochmüthig werden.
Lagnársi di q. c.	Sich über Etwas beklagen.
Lamentársi di una cosa.	Ueber Etwas jammern, wehklagen.
Occupársi di q. c.	Sich mit Etwas beschäftigen.
Posso passármene di questa cosa.	Ich kann diese Sache entbehren.
Pérdersi d' animo.	Den Muth sinken lassen.
Piccarsi di q. c.	Sich Etwas anmaßen, auf Etwas stolz sein.
Non ti piccár di ciò.	Nimm das nicht übel.
Rallegrarsi di q. c.	Sich über Etwas freuen.
Ricordarsi di uno.	Sich eines Menschen erinnern.
Ridersela delle altrui pazzie.	Ueber eines Andern Thorheiten lachen.
Risentirsi d' un affrónto.	Eine Beleidigung ahnden.
S' è sbagliáto di 20 fiorini.	Er hat sich um 20 Gulden geirrt.
Mi sono studiáto d'incontrare il suo génio.	Ich habe mich bemühet ihm zu gefallen.
Si tratta d' una cosa d'importánza.	Es handelt sich um eine wichtige Sache.

Einige Beispiele,

um Briefe in verschiedenen Fällen anzufangen, besonders bei Glückwünschungsschreiben.

Avvicinándosi il principio del *nuovo anno*, desidero che riesca a V. S. Illustriss. totalmente felice. Piaccia a S. D. M. che sia tale il compiacimento del suo giubilo, quale è l'affetto del mio augurio, ecc.

La legge indispensabile, che io mi sono imposta d'avvalermi d'ogni incontro per conservarmi la sua amicizia da me in sommo pregio tenuta, mi obbliga a rassegnarle il mio ossequio all' appressarsi *dell' anno nuovo*. L'ordinaria politica di questa sorta non ha luogo appo di me. Essi vengono dal miglior cuore del mondo i mille felici augurj che io ho l'onore di farle, ecc.

Sarebbe troppo manchevole l'affetto della mia osservanza verso V. S. Illustriss. se in questo principio *del nuovo anno* non venissi con queste righe a pregarle dal Cielo ogni prospero avvenimento. Siano tali le sue contentezze, che non resti a Lei più che desiderare, nè a me che augurárle, acciocchè non senta penuria di grazie, chi gode abbondanza di merito. Viva felice, e se ha saputo più volte largamente favorirmi, sappia anche talvólta liberamente comandarmi, ecc.

Ravviva nell' ossequioso riverente mio animo i più candidi sentimenti di divozione verso V. Ecc. il vegnente *anno nuovo*, in occasione del quale indirizzo per distinta maniera i miei fervidi voti all' Altissimo, onde implorarglielo ripieno di giorni di salute, e ricolmo d'ogni consolazione. Supplico umilissimamente V. Ecc. a degnarsi di aggradirne il fausto augurio, come un giusto tributo del mio dovere, ed una non equivoca testimonianza della profonda venerazione, che mi costituisce quale mi glorio di professarmi con perfetta sommissione e profondo rispetto di V. Ecc. umiliss. devotissimo, ecc.

Non trascuro l'opportuna occasione di rinnovellarmi alla memoria di V. S. Illma. e di ricordarle il mio sempre costante pienissimo ossequio all' approssimarsi dell' imminente *capo d'anno* coll' augurarle cordialmente ogni sorta di prosperità e contentezza. Nell' espressione di questi genuini miei voti accolga un atto doveroso di quella viva riconoscenza che mi fa essere quale ho l'ambizione di segnarmi di V. S. Illma. divotiss., ecc.

La viva impazienza che ho di testimoniarle in qual si sia incontro la mia venerazione, e il tenero affetto, che nutre per Lei il mio cuore, fanno che abbraccio con estremo giubilo l'opportunità di contestargliene i miei sentimenti cogliendo l'occasione di felicitarla sul di Lei *giorno natalizio*, e pregando l'Altissimo a volermi concedere, che ancor per lunga serie d'anni possa seco Lei esercitare questo cordialissimo uffizio. Un simile atto che non fosse animato dall' amore e dalla gratitudine potrebbe risguardarsi qual' effetto indifferente della consuetudine; ma procedendo dal cuore il più sincero e riconoscente, ed essendo diretto ad un benefattore, che ha il più giusto titolo a tutta la mia stima e gratitudine, sono certissimo, ch'Ella riceverà di buon grado la sincera e verace testimonianza di questi miei ingenui sentimenti, ecc.

Mostrerei di far poca stima di quella inclinazione, che mi muove, a servire V. S. Illma. se trascurassi l'opportuna occasione, che mi si presenta del suo *giorno nomastico*, il quale avvicinandosi m'invita ad augurarle il colmo d'ogni maggior contentezza. Si compiaccia la divina bontà, che le mie preghiere non restino senza frutto, e che il suo merito non rimanga senza premio. Non mi cancelli dalla sua memoria, e Le sovvenga, che mi ha spesso obbligato col favorirmi, ma non giammai favorito col comandarmi, ecc.

Il vegnente *capo d'anno* mi porge la graditissima occasione di testimoniarle i sentimenti veraci della mia affezione, augurándoglielo di tutto cuore felicissimo. Prego l'eterna providenza, che V. S. trapassi il corso di questo, e d'altri moltissimi anni con tale quiete d'animo, che ne resti pienamente pago il suo desiderio, ecc.

Dimani è la Santa di cui voi portate il nome. Ebbene, me ne rallegro, me ne congratulo, ve ne felicito; e tutto il bene che a me stessa bramo, a voi pure lo desidero. Ho detto tutto, qualora vi aggiungo, che mi amiate, e siate certa d'esserne pienamente corrisposta dalla vostra amica, ecc.

Se quella guerra perpetua, ch'è fra la natura e la morte, si potesse riconciliare col pianto, prometto a V. S. che nel pianger seco Lei la perdita che ha fatta del Sgr. suo Padre, non sarei punto inferiore a Lei stessa. Ma se Le sovverrà, che il segreto volere del Monarca eterno deve per ogni ragione prevalere al desiderio nostro, si assicuri, che domerà arditamente il senso, e renderà totalmente libera la ragione, col lume della quale conoscerà la necessità insuperabile di questa condizione di natura. Si conformi dunque col volere di chi ci regge, ecc.

Sono restato immobile e senza parole all'intendere la funesta nuova della perdita che V. S. ha fatta, ciocchè avea di più caro su questa terra. Questa disgrázia, che m'è riuscita ben improvvisa, mi ha commosso sì vivamente, che dubito chi ne provi maggior dolore, ecc.

Giacchè Ella si è esibita sì graziosamente a favorirmi in quanto mi occorresse, e va cercando di addossarsi degl'incomodi e de'disturbi per me, mi piglio la libertà d'incaricarla d'una commissione, ed è, ecc.

Giacchè V. S. mi ha accordata la permissione di avvalermi ne'miei bisogni delle sue graziose offerte, io il fo stavolta con tanto maggior fiducia, quanto sono più certo, che Le parran giuste le mie suppliche, ecc.

La commissione che V. S. si è degnata di darmi mi ha arrecato un contento ben singolare, perchè mi porge occasione di esercitar verso Lei un atto di servitù, ecc.

Io era sempre persuáso assaissimo della sua gentilezza; ma il favore che in questa congiuntura mi ha prestato, finisce di convincermi, ch'Ella è la persona la più graziosa e la più obbligante del mondo, ecc.

Mi confondete coi vostri ringraziamenti per simile bagatelle. Ciocchè ho fatto è un nulla in paragone di quello, che bramo di operare a vostro vantaggio, ecc.

Sono più che persuaso della vostra generosità verso di me, e quando l'occasione mi si presenterà mi avvarrò di buon grado delle graziose vostre offerte, ecc.

Ho ricevuto il gentilissimo (pregiatissimo, graditissimo) foglio, che Ella m'ha fatto l'onore di scrivere. L'assicuro, che io non provo maggior piacere, che allor quando Ella m'onora de'suoi comandi, ecc.

Neueste Formeln, um Briefe zu schließen.

1) An höhere Personen.

Perdoni V. S. Illma. Il lungo tedio, ober mi creda quale pieno di rispetto mi do l' onore di protestarmi (ober: quale profondamente inchinandomi, mi do l' onore di protestarmi)

di V. S. Illma.
umilissimo e devotissimo Servitore
Antonio Stecchi.

E desideroso di dare in ogni tempo vivissime pruove della memoria, ch' io conservo dei tanti benefizj, che V. Ecc. si è compiaciuta di dispensarmi, e della stima, colla quale io riguardo il suo altissimo merito, resto inchinandomi con umilissimo ossequio.

E qui per non tediar più V. Ecc. Le fo umilissima riverenza supplicandola della continuazione de' suoi favori e protezione.

Qui rimettendo in tutte le cose con la dovuta riverenza ogni mio interesse nelle mani di V. A. umilmente prostrato in terra, m' inchino e prego ogni vera felicità.

Il tutto espongo all' A. V. S. con la dovuta umilissima riverenza ed ossequio, mentre profondamente inchinandomi resto —

Prego all' A. V. il colmo delle grazie dal cielo, facendole umilissima riverenza.

E pieno di vera stima e di profondo rispetto mi do l' onore di ratificarmi, ober: mi raffermo, — mi dichiaro, — mi rassegno, — mi protesto, — mi professo, — mi costituisco riverentemente.

Il Sigr. N. mi ha imposto che io Le faccia un cordialissimo saluto in suo nome, ed io supplicandola a rassegnare il mio ossequio al Sigr. N. resto di vero cuóre —

V. S. si degni tenermi per suo, come sono, e alla sua buona grazia e della sua degna signora consorte con tutto il cuore raccomandandomi mi rassegno —

E raccomandandomi con ogni caldezza alla validissima di Lei protezione continuo a professarmi —

Frattanto raccomandandomi alla continuazione della sua preziosa grazia ed efficace benevolenza ho l' onore di baciarle la mano e di protestarmi per sempre

Dilettissima Sigra. Madre
Sua Umiliss. Obbligatiss. Affma. Figlia.

La supplico a somministrarmi occasioni di corrispondere a tanti obblighi ch' io Le professo, ed a considerarmi quale con tutta la stima ed ossequio mi do l' onore di protestarmi —

Attenderò i suoi graditi riscontri, mentre pieno di vera stima passo con tutto l' ossequio a protestarmi —

Disposto per fine ai di Lei comandi mi do l' onore di rassegnarmi —

E augurandole ogni contento resto col più umile ossequio —

Accertandola ch' Ella non ha chi più di me si glorj di essere —

Mi conservi Ella il suo affetto, e mi creda qual sono e sarò eternamente —

E pregandola a tenermi in sua buona grazia, sono con tutto l' ossequio —

Intanto mi continui il suo affetto, e mi creda al solito con tutta la stima ed ossequio —

E in attenzione dell' onore de' suoi stimatissimi comandi con umilissimo ossequio mi professo —

2) An Gleiche.

Intanto vi prego a fare i miei umilissimi rispetti, oder i miei saluti, oder i miei baciamani alla signora zia, e sempre pronto ai vostri comandi con tutta la stima mi rassegno —

Degnatevi di onorarmi della continuazione del vostro affetto, che infinitamente stimo, e gradite che io cordialmente v'abbracci, e mi dica di vero cuore —

Vi supplico per fine di mantenermi nella vostra grazia, e di onorarmi con tutta la confidenza de' vostri comandi, sicuro di ritrovare in me un vero amico, che si reca ad onore di professarsi con tutta la stima —

Pregandovi per fine di volervi avvalere della mia servitù in tutto ciò che mi giudicate capace, caramente vi saluto, e sono —

E per fine pregandovi de' miei complimenti alla vostra degna consorte mi dichiaro colla più perfetta stima ed amicizia —

Mentre di cuore ossequiandovi per parte anche della mia famiglia, sono al solito —

Resto con augurarvi con tutto l'animo perfetta salute, ed ogni più desiderabile felicità —

Continuatemi la vostra amicizia, chè per me sono e sarò sempre al solito —

State sano, salutatemi gli amici, ed amatemi come fate, addio.

E intanto mi professo immutabilmente, invariabilmente —

E salutandovi sono —

Vi abbraccio e sono al solito —

3) An Niedrigere.

Altro per ora non occorrendomi, aspetto con impazienza da voi una pronta risposta sovra l'affare commessovi, e sono.

E per fine raccomandandovi di bel nuovo quanto vi ho imposto di fare, sono affettuosissimo per servirvi —

Intanto vi mando la mia paterna benedizione ed augurandovi ogni bene, resto di cuore —

Ed assicurandovi di esser sempre disposto a compiacervi, vi saluto e sono —

Servitemi in quest' incontro colla vostra solita attenzione che ve ne sarò grato. Addio.

Einige Abkürzungen (abbreviature), welche im Geschäftsstyle häufig vorkommen.

a. c. anno corrente.	Car'mo. carissimo.
a. p. anno passato.	Col'mo. colendissimo.
p. p. prossimo passato.	C. M. Cesarea Maestà.
p. v. prossimo venturo.	D. Don, Donna.
A. A. L. L. Altezze Loro.	Dre. Dottore.
A. I. Altezza Imperiale.	Ecc. Eccellenza.
A. R. Altezza Reale.	E. E. L. L. Eminenze Loro.
A. S. Altezza Serenissima.	Em'za. Eminenza.
A. V. Altezza Vostra.	E. S. Eminenza Sua.
Affmo. Affezionatissimo.	Fr. Frà. Frate.
Ann. Annotazione.	G. C. Gesù Cristo.
Aple. Aprile.	Gio. Giovanni.
b. m. buona memoria.	Gian. Batta. Giovanni Battista.

Illre. Illustre.
I. R. A. Imperiale Regia Apostolica.
Illmo. Illustrissimo.
L. L. M. M. Loro Maestà.
Monsig. Monsignore.
N. S. Nostro Signore.
Obbligmo. Obbligatissimo.
Osseqmo. Ossequiosissimo.
P. V. Paternità Vostra.
Pron. Pne. Padrone.
Rev'do. Reverendo.
S. S. Santissimo.
S. D. M. Sua divina Maestà.

S. E. Sua Eccellenza.
S. E. Sua Eminenza.
Sereniss. Serenissimo.
Sigr. Signore.
S. S. P. P. Santi Padri.
T. C. Tenente Colonello.
V. S. Vossignoria.
V. E. Vostra Eccellenza.
Ven'do. Venerando.
Umil'mo. ⎫
Umiliss. ⎬ Umilissimo.
⎭
V. B. L. M. Vi bacio le mani.

Gewöhnliche Titulaturen und Auffchriften.

A Persone secolari.

An weltliche Perfonen.

All' Imperatore.

An den Kaifer.

Sacra Imperial Maestà!
Della Vostra Imperial e Regia Apostolica Maestà umilissimo e fede-
lissimo servo e suddito.
A Sua Imperiale e Regia Maestà Fer-
nando I., Imperatore d'Austria ere-
ditario, Re d'Ungheria e di Boemia,
Arciduca d'Austria ecc. ecc. ecc.

Euer Majeftät!
Euerer k. k. apoftolifchen Majeftät treu=
gehorfamfter Unterthan.

Seiner k. k. Majeftät Ferdinand I., Kaifer
von Defterreich, König von Ungarn
und Böhmen, Erzherzog zu Defter=
reich 2c. 2c. 2c.

A un Re.

An einen König.

Sacra Real Maestà!

Allerdurchlauchtigfter, Großmächtigfter
König!

Vostra Real Maestà (V. R. M.)!
A Sua Maestà Federigo II., Re di
Prussia. — A Sua Maestà Cattolica
Filippo II., Re di Spagna.

Euer königliche Majeftät!
An Seine königliche Majeftät Friedrich II.
König von Preußen. — An Se. katho=
lifche Majeftät Philipp II., König von
Spanien.

Ad un Arciduca d'Austria.

An einen Erzherzog von
Defterreich.

Altezza Imperiale!
Vostra Altezza Imperiale (V. A. I.)!
A Sua Altezza Imperiale Carlo, Principe Imperiale d'Austria, e Reale
d'Ungheria e di Boemia, Arciduca
d'Austria, ecc. ecc.

Kaiferliche Hoheit!
Euer kaiferliche Hoheit!
An Seine kaiferliche Hoheit, Carl, kai=
ferlichen Prinzen von Defterreich, und
königlichen zu Ungarn und Böhmen,
Erzherzog von Defterreich 2c. 2c.

A un Conte, Marchese o Barone.

An einen Grafen, Marquis
oder Freiherrn.

Illustrissimo Sigr. Conte (Marchese,
Barone)!
Dell' Illustrissimo Sigr. Conte (Ba-
rone) umilissimo, ossequiosissimo
servitore.
All' Illustrissimo Signore e Padrone
Colendissimo il Sigr. Conte a Ba-
rone di N.

Hochgeborner Graf (Freiherr)! Gnädiger
(gnädigfter) Herr!
Euer Hochgräflichen (Freiherrlichen) Gna=
den unterthänigft gehorfamfter Diener.

Dem Hochgebornen Herrn Herrn A. Gra=
fen oder Freiherrn von N.

A un Gentiluomo. — An einen Adeligen.

Illustrissimo Signore! Pron. Colmo!
V. S. Illustrissimo! — Euer Wohlgeboren (Hochwohlgeboren)!

All' Illmo. Sigr. e Pron. Colmo il Sigr.
N., Cavaliere dell' Ordine di Leo-
poldo. — An Seine des Herrn Herrn N. N. Wohlgeboren, des Leopold-Ordens Ritter.

*Ad una persona di rango o merito
considerabile.* — An einen Herrn von Range oder
sonst von Bedeutung.

Molto Illustre Sigr. e Pne. Colmo!
Vossignoría! — Euer Wohlgeboren (Hochwohlgeboren)!

Al Molto Illustre Sigr. e Pne. Colmo
il Sigr. N., Consigliere di — — An Seine des Herrn Herrn Rathes N. N.
Wohlgeboren.

Nelle lettere familiari. — In vertraulichen Briefen.

Signore! — Signor riveritissimo! sti-
matissimo, osservatissimo! — Mein Herr! Hochgeehrtester, Schätzbarster, Hochzuverehrender Herr!

Amico carissimo, pregiatissimo! — Theuerster, Schätzbarster Freund!

Dilettissima Sigra. Madre. — Geliebteste Mutter!

A Persone ecclesiastiche. An geistliche Personen.

Al Papa. An den Papst.

Santo (oder Santissimo, oder beatissimo) Padre! — Vostra Santità
(Beatitudine). — E con ogni umiltà Le bacio i santissimi piedi. — A Sua
Santità Pio VII. Sommo Pontefice della Santa Chiesa Romana.

NB. An Seine Heiligkeit wird immer entweder in der lateinischen oder italienischen
Sprache geschrieben.

Ad un Cardinale. An einen Cardinal.

Eminentissimo Signore! V. Eminenza! oder, ist er ein Prinz von Geburt:
Altezza Eminentissima! — E per fine bacio a V. Eminenza la sagra pór-
pora. A Sua Eminenza Monsignore N., Cardinale della Santa Chiesa Romana, Arcivescovo di N.

Ad un Arcivescovo o Vescovo d' Italia.

Monsignore! Vossignoria Illustrissima e Reverendissima. — A Monsignor N. N., Arcivescovo, o Vescovo di N.

Annot. Ai Vescovi Principi della Germania si dà il Titolo di *Altezza.*

Ad un Principe ecclesiastico. — An einen geistlichen Fürsten.

A Sua Altezza Rlverendissima Mon-
signor N. N., Vescovo e Principe. — Dem Hochwürdigsten Fürsten und Herrn
N. N., Bischofe zu N.

Ad un Abate. — An einen Prälaten.

Reverendissimo Padre e Sigr. Pne.
Colmo! — Hochwürdigster Herr Prälat! Gnädiger
Herr!

Vostra Paternità Rev'ma. — Euer Hochwürden und Gnaden.

All' Illustrissimo e Reverendissimo
Padre e Sign. Pdron. Colmo. il Padre
N. N., dell' inclito Ordine di S. Bene-
detto, Abate del Monastero di — — Dem Hochwürdigsten und gnädigen Herrn
Herrn N. N., vom Orden des heil.
Benedikt, Abt des Klosters zu —

415

Ad un Canonico o Parroco.

An einen Domherrn oder
Pfarrer.

All' Illustrissimo e Reverendissimo
Signor e Padron Colendissimo il
Signor N. N., Canonico della Chiesa
Metropolitana, oder Cattedrale di
N., oder Parroco della Chiesa di —

Dem Hochwürdigsten, Hochwohlgebornen
und Hochgeehrtesten Herrn Herrn N. N.,
Domherrn oder Pfarrer zu N.

An andere weltliche und Ordensgeistliche.

Molto Reverendo Sigr. Curato!
Al molto Illustre e molto Revdo.
Sigr. Pne. Colmo. il Sigr. Abate,
oder Don Antonio N., Curato della
Chiesa di —

Hochwürdiger Herr!
Dem Hochwürdigen, auch Hochgelehrten
Herrn Herrn N. N. rc. rc.

Ende der II. Abtheilung des II. Theils.

Praktische Anleitung

zur

Erlernung

der

italienischen Sprache.

———

Zweiter Theil.

Dritte Abtheilung,

enthält

Lese=Uebungen,

bestehend:

aus sinnreichen und unterhaltenden Anekdoten, Fabeln, Erzählungen, Briefen, Beschreibungen und Auszügen aus klassischen Schriftstellern.

———

Lese-Uebungen.

Mássime, Aneddoti, e Racconti piacévoli.

1.

Biante soleva dire: Procuráte di piacére a tutti: se voi vi riu-scirete, troverete gran soddisfazione nel corso della vita; il fasto ed il disprezzo che si mostra per gli altri, non ha mai nulla prodotto di buono.

Amate i vostri amíci con discrezione, pensate che póssono diventare vostri nemíci.

Odiate i vostri nemici con moderazione; imperciocchè può darsi che vi divéntino un giorno amici.

Scegliete con precauzione coloro, che voi volete prendere per vostri amici; abbiate per essi un eguale affetto, ma distin-guete il loro mérito.

Imitate coloro, la cui scelta vi fa onore, e siate persuasi, che la virtù de' vostri amici contribuirà non poco alla vostra ri-putazione.

Guardátevi bene di lodare una persona per le sue ricchezze, s'ella non lo mérita altrimenti.

Vivete sempre come se foste all' ultimo istante de' vostri giorni, e come se doveste rimanére lungo tempo in vita.

Godére buona salute è un dono della natura: le ricchezze ordinariamente sono effetto della sorte; ma non havvi che la sa-pienza che possa réndere un uomo útile alla sua pátria.

2.

Pittaco venne domandáto un giorno: Qual era la cosa, che non si doveva fare che al più tardi possibile? Préndere danari in préstito dall' amico, rispos' egli.

Qual era la cosa, che si doveva far sempre? Approfittare del bene e del male che ci accade.

Ciò che éravi di più spiacévole? Il tempo. Di più nascosto? L'avvenire. Di più fedéle? La terra. Di più infedéle? Il mare.

3.

Chilone diceva ordinariamente: esservi tre cose difficili, custodire il segreto, soffrire le ingiurie, ed impiegar bene il tempo.

27

419

Diceva che la maggior sapienza era di sapér frenare la lingua, specialmente ne' banchetti.

Che non si dovéa mai sparlare di nessuno; che altrimenti si era continuamente esposto a farsi dei nemici e ad ascoltare cose spiacevoli.

Che era meglio perdere, che fare un guadagno ingiusto e sconveniente.

Che un uomo coraggioso doveva sempre essere affabile, e farsi piuttosto rispettare che temére.

Che colla pietra del paragone si próvano l'oro e l'argento; ma che è coll' oro e coll' argento, che si prova il cuore degli uomini.

Che d'ogni cosa bisognava usare con moderazione, per timore, che la privazione non ci fosse poi troppo sensibile.

4.

Cleóbolo soleva dire: Prima di sortire di casa vostra, penságia sempre a ciò che andate a fare; e quando vi sarete rientrato, esaminatevi, e ripassate in mente tutto ciò che avete fatto.

5.

Anacarsi disse: che la vite portava tre sorte d'uve: il piacére, l'ubbriachezza ed il pentimento.

Un giorno gli venne domandato, ciò che bisognava fare per impedire a qualcheduno di mai bever. vino? Non havvi miglior mezzo, rispos' egli, che di mettergli dinanzi un uomo ubbriaco, affinchè lo esámini attentamente.

Un giorno dopo avere considerato la grossezza delle távole di una nave; aimè! esclamò egli, coloro che viággiano sul mare non sono lontani dalla morte che di quattro dita.

Diceva pure, che i mercati erano luoghi, che gli uomini avevano stabiliti per vicendevolmente ingannársi.

6.

Antistene, capo de' Cinici, disse, che se uno fosse obbligato a scegliere, sarebbe assai meglio diventar corvo che invidioso, perchè i corvi non lácerano che i morti, invece che gli invidiosi lacerano i vivi.

7.

Aristótile diceva a' suoi amici ad a' suoi discepoli, che la scienza era riguardo all' ánima ciò che la luce era riguardo agli occhj; e che se le radíci n'érano amare, dolcissimi in ricompensa n'érano i frutti.

Venéndogli richiesto qual era la cosa, che più presto scancellávasi? Si è la riconoscenza, rispos' egli. — Ciò che era la speranza? Si è, diss' egli, il sogno d'un uomo, che veglia.

Domandáto quale differenza éravi tra i sapienti e gl'igno-
ranti? altrettanta, rispos' egli, quanta ve n'ha fra i vivi ed i
morti. Qualcheduno gli domandò un giorno ciò che dovéano fare
i suoi discépoli per approfittar molto? Dévono sempre sforzársi
di raggiúgnere i più avanzati, rispos' egli, e di non aspettar
coloro, che véngono dopo di essi.

Certuno gloriávasi un giorno di essere cittadíno d'una gran
città. Non badare a ciò, gli disse Aristótile, consídera piuttosto, se sei degno di éssere membro d'una patria illustre.

8.

Diogene non trovava nulla di più ridícolo di certe persone,
che sagrificávano agli Dei per pregarli di conservárle in salute,
e che, sortendo dalla ceremónia, facévano dei banchetti, nei
quali si abbandonávano a mortali eccessi.

Venne in mente a qualcheduno di domandargli: qual è la
bestia che morde più forte? Fra le feroci, rispos' egli, *il maldi-
cente*, e fra le domestiche, l'*adulatore.*

Gli fu richiesto perchè l'oro è di colór pállido: perchè ha
molti invidiosi, rispos' egli.

9.

Carlo Magno sigilláva i trattáti col pomo della sua spada
dove probabilménte vi era un impronto: *io li farò poi tenére*,
dicéva egli, *colla púnta.*

10.

Catóne d'Utica nella sua fanciullézza era estremamente ta-
citúrno, e non voléva parláre in presenza d'alcúno. Essendone
rimproveráto rispóse: *Si biásimi pure il mio silénzio, purchè si
appróvi la mia condotta; parlerò quando saprò dire delle cose
degne d'esser ascoltáte.*

11.

Un provinciále vedendo che un suo amico si dava del vanto per ésser Parigino, gli disse: *Per quel che spetta a ciò, tu
non hai nulla di più di quello che hanno i topi e le mosche di
Parigi.*

12.

La vita dell'uómo è somigliánte ad una partita di scácchi,
in cui ciascúno consérva il suo grado secóndo la própria qualità.
Finita che sia, re, regíne, pedóni, caválli, alfiéri sono tutti
messi indistintamente nello stesso sacco.

13.

Un certo tale vedéndo passáre il suo médico, si voltò dall'
altra parte. Chièstagli la ragióne, rispóse: *È tanto tempo che
non sono stato ammaláto, che mi vergógno a comparirgli dinanzi.*
27 *

14.

Che terribil cosa é la peste! dicéva un **Cavaliér** preoccupato della sua nobiltà, *non è sicúra nemmén la vita d' un gentiluómo.*

15.

Un uomo che si trováva distante da un predicatóre in modo, che non potéva inténderlo, disse: *Egli mi ha parláto colle mani, ed io l'ho ascoltato cogli ócchj.*

16.

Dolabélla dicéva a Ciceróne: *Voi lo sapete pure, non aver io che trent' anni. E non vuoi tu, che lo sáppia,* rispóse Tullio, *se son già oltre dieci anni, che mel vai dicendo.* (§. 394.)

17.

Uno sciócco scherniva un uom di spirito per la grandézza delle di lui orécchie. *Io confesserò,* disse questi, *di avérle troppo grandi per un uomo, ma voi mi accorderete parimente di averle troppo picciole per un ásino.*

18.

Un buffóne avendo ricevuto un cárico di legnate dopo esserne stato da buóna pezza minacciáto, si consoláva con dire: *Buóno, buóno, così son guarito dalla paúra.*

19.

Un ammaláto interrogáto perchè non facésse venire il médico, rispóse: *perchè non ho ancóra vóglia di morire.*

20.

Un pittóre di poco conto, fattosi médico, disse a quelli, che gli chiedevan la ragione di questo cangiamento di stato: *che avea voluto scégliere un' arte, di cui la terra coprisse i difetti.*

21.

Un cavallerízzo di non molta abilità dovendo montare su d'un cavállo troppo alto, e temendo di non riuscirvi, disse: *Miò Dio! ajutátemi.* Fece indi uno sforzo sì grande, che cadde dall' altra parte. Rialzándosi con dolore, *mio Dio!* esclamò, *voi mi avéte strajutáto (ajutato anche troppo).*

22.

Un uomo ricco, ma molto ignoránte, aveva una bellissima bibliotéca; del quale venendo a parlar un dottissimo Signóre, disse: Costui rassomíglia ad un gobbo, che porta la sua gobba diétro alle spalle, e non la guarda mai.

23.

Un riccone, ma sciócco, esséndosi fatto effigiár in marmo, mostrò quella figura ad un suo amico, e gli dimandò: se lo scultore vi avéva ben incontráta la rassomiglianza? A cui l'altro rispóse: Perfettamente, certo; perchè vi rassomíglia in ánima ed in corpo.

24.

Un certo malfattóre era stato condannáto alla morte; ma perchè avéva per lo passáto servito bene al suo Príncipe nelle guérre, gli fu detto dal giudice, che in considerazióne dei suói buóni servigi, la giustizia gli era stata favorévole, e l' avéva condannáto a pérder solo la testa. Allora disse il miserello: Quando mi sarà leváta la testa, darò il restante per un quattrino.

25.

Facéndosi Enríco Quarto un giórno fare la barba, gli disse un cortigiáno: Non so donde proviéne, che Sua Maestà è più canuta dall' una, che dall' altra parte. Al che rispose il Re: La causa di ciò è, che i venti delle mie avversità hanno soffiáto più da quella che da questa parte.

26.

Demaráto, annojato venendo con interrogazióni importúne da un' tristo uomo, e senténdosi da costúi sovente richiédere: chi fosse il miglióre fra gli Spartáni? *Chi ti è*, disse, *totalmente dissimile.*

27.

Essendo un certo invitáto ad andáre a udire chi imitava l'usignuólo: *Io stesso*, disse, *ho udito già l'usignuólo medésimo.*

28.

Perchè mai, Signóre, vi date così appassionatamente allo stúdio della filosofia? disse qualcúno al Re Gerone, *a che può essa servirvi? Essa m' insegna*, rispóse il Monárca, *a far volentiéri e con piacére ciò che gli altri uómini fanno per timór delle leggi.*

29.

Platone, vedendo un giovinástro occupato a giuocare, lo rimproverò aspramente. Si scusò il giovane dicendo, che giuocáva di pochíssimo. *Eh! calcolate voi per nulla*, replicò il Sággio, *l' abitudine del giuóco, che così voi contraéte?*

30.

Il filósofo Biánte, costretto a condannár a morte un malfattóre, versò delle lágrime sulla funésta sorte di questo sciagurato. *Perchè piangéte voi?* (gli disse qualchedúno). *Il condannár costui, o assólverlo non dipénde dal vostro arbitrio?* No,

rispóse Biánte, *la giustizia e le leggi richiédono, che io il con-*
danni; ma la natura altresì vuóte, che io mi commóva nelle dis-
grazie della débole umanità.

31.

Marco Aurélio amaramente piangéva la morte dello schiávo,
che l'avéva alleváto da fanciúllo, e i cortigiani (*razza che d'or-*
dinario ha il cuór di selce) motteggiávano questo Príncipe sulla
sovérchia di lui sensibilità. *Permettéte almeno* (disse loro l'Imperatóre Antoníno, suo padre), *ch' egli sia uomo. Stimate forse,*
che il Filósofo e l'Imperatore ábbiano rinunziáto all' umanità?

32.

Teodórico, quantúnque Ariáno, era affezionatissimo ad un
suo Ministro cattólico, e gli accordáva tutta la sua confidenza.
Questo Ministro credendo di potér domináre il suo padróne, se
rinunciásse alla própria religióne, abbracciò l'Arianismo. Teodórico, avéndolo sapúto, lo scacciò súbito dalla sua corte con dire:
Se costui è infedéle a Dio, sarà poi fedéle a me, che non sono
che uomo?

33.

Si raccónta che a Nápoli i paggi d'un Balì di Malta, uomo
estremamente aváro, avéndogli rappresentáto, che non avévano
più biancheria, e che le loro últime camísce se ne andávano a
brani, fece chiamare il suo maggiordómo, e in loro presénza
gli ordinò di scrívere alla sua Comménda, che si dovésse semi-
nár della cánapa per provvedér di biancheria que' Signoríni; su
di che i paggi méssisi a rídere: *i birbantelli*, ripigliò il Balì, *gon-*
gólano di gioja, or che hanno delle camisce.

34.

Un Milord, odiáto dal Ministro, fu ingiustamente accusáto
come cómplice in una congiúra contro il Re, e puníto ingiustamente di morte. Duránte il procésso la móglie non fece alcun
passo per giustificárlo. Qualche tempo dopo i suói figli tramá-
rono un' effettiva cospirazióne contro il Ministro, avéndo risólto
di assassinárlo. Fúrono scopérti ed arrestáti. La madre bro-
gliáva sollecitamente per salvárli, mentre venívano processáti.
Il Ministro le disse un giórno: *D'onde procede, Madama, che*
voi imploráte con tanto ardóre la grázia pei vostri figli, e
quando si trattáva di vostro maríto, non vi lasciáste qui mai
vedére? Mio maríto era innocénte, rispós' ella.

35.

Temistocle mandato nell' isola d'Andro per riscuótere danari, entrato in consiglio fece la sua proposta; ma trovándovi
delle difficoltà, disse: Andriani! io vi porto due Dee, la per-

suasione e la forza; prendete ora quella che più vi piace. Gli Andriani rispósero prontamente: E noi ancóra, Temistocle, abbiamo
due Dee, la povertà e l'impossibilità; prendete ora quella che più
v'aggrada.

36.

Alfónso Re di Spagna a chi gli consigliáva nelle angústie d'una
guerra d'impórre nuóvi aggrávj, disse: A me fan più paura le lágrime del mio pópolo, che le forze de' miéi nemíci.

37.

Alcúni Deputáti d'una città avéndo chiésto licenza a Vespa-
siáno Imperatóre d'alzare in onór suo una státua, la cui spésa
ascenderébbe a venticínque mila dramme, egli di natúra sua alquánto aváro, per far loro conóscere, che amería méglio il danaro in natúra, stese la mano apérta con dire: Eccovi la base
dove potéte métter la vostra statua.

38.

Licúrgo lo spartáno legislatóre scelse una vólta due cani ancór lattánti, e si pose ad allevár ognun d'essi con método affátto
diverso. Avvezzò l'uno alla ghiottoneria ed alla mollezza, dirésse
l'altro ad inseguír ne' boschi le fiére. Un dì, che quelli di Sparta
si érano adunáti in piazza, compárve Licúrgo fra di loro, e cominciò a tenérvi questo discórso: Ammiráte, o Spartáni! quanta
sía la forza dell'educazióne e della consuetúdine per rénder un
cuóre più o meno sensíbile alla virtù; qui ne avréte una prova
assái manifésta. Si fe' recár i due cáni, e pose dinánzi a loro una
scodélla (Suppennapf) ed una lepre: lasciáti quindi in libertà, ve-
locemente inseguì l'uno la lepre, e l'altro con ingórda impaziénza
andò ad assalír la scodélla. Aucór non sapévano gli Spartáni raffi-
gurársi quella scena; ma Licúrgo non li lasciò più oltre sospési, e
disse loro: I cani che avéte vedúti, ebbero in fatti gli stessi gene-
ratóri; ma l'educazión loro fu divérsa, e quindi avvénne, che
riuscì l'uno ghiotto poltróne, e l'altro un valoróso predatór di fiére.

39.

Andò un giórno in Aténe alla commédia un póvero vecchio
di aspétto venerábile. Tutto il teátro era già piéno, e questi in-
váno andáva da un luogo all'altro cercándo un pósto da sedérsi.
Niúno vi fu fra quella turba numerósa, che si fosse curato di
procurare al vécchio un posto. Ma tosto ch'egli passò dinánzi
alcúni Spartáni, che si trattenévano in Aténe in qualità d'Am-
basciadóri, tutti concordemente giústa il costúme della loro città,
si levárono in piédi, e col rispétto il più esempláre il pregárono
d'accettár l'uno dei loro posti, il più cómodo ed il più elleváto.
Osservò il pópolo un tal atto, e ne dimostrò la sua approva-

zióne con un bátter di mano universále; il che diéde occasióne
ad uno d'essi di dire: gli Ateniesi sanno, ma noi facciámo cos' è
convenévole.

40.

Il delítto che gli Spartáni avévano il più in orróre, era l'in-
gratitúdine. In un luogo prefísso avévano appésa una campanélla,
e quando questa suonáva, era segno che qualchedúno veníva
giudicáto reo d'ingratitudine, ed allóra tutti accorrévano con
piétre per lapidáre l'ingrato. — Accadde una volta, che un vécchio cavállo abbandonato per la sua inutilità dal padróne, se ne
stava pascéndo l'erba nel luógo appúnto in cui era la detta campána; ed ivi per accidénte avendo toccáto la corda suonò qual-
cunpoco. Accórsero giústa il sólito gli Spartáni a questo segno,
le piétre alla mano: ma per quella volta non ritrovárono alcúno.
Dopo esátta ricérca però riconóbbero, che nissún altro che
quello smunto abbandonáto cavallo mossa avéa la campána, e
interpretándo essi che ciò fosse avvenúto per giústo giudízio
del cielo, accórsero alla casa dell'ingráto padrone, ed a forza
tirátolo fuóri, il lapidárono.

41.

Il Cardinále di R. passándo una volta incógnito per un villággio di Fráncia osservò un uomo d'incírca sessant' anni, che
piangéva dirottaménte innánzi alla sua porta. Il buon Porporato
sentì commóversi a quella vista, e colla più soáve piacevolézza
gli domandò, qual' era il motivo delle sue lágrime: mio padre
mi ha bastonáto, rispóse il vécchio con una voce interrótta da
singhiózzi. E perchè vi ha bastonáto vostro padre? Niénte per
altro, che perchè passái dinánzi a mio nonno senza salutárlo.
Vostro nonno è egli là déntro? dimandò il Cardinále. Sì Signore,
e mio padre ancora. Sua Eminenza entrò, e vide assíso sovra
d'uno scanno un uómo venerábile di novánt' anni, tenéndo in
mano lo struménto, con cui sapéva conserváre la subordinazióne
della famíglia. Accánto a lui si vedéva in un letto uno spéttro
decrépito, l'oggetto della comúne venerazióne; egli non avéva
che un sóffio di vita, e si disse al Cardinále, ch'era in età di
cento e vent' anni.

42.

La móglie del Siguor Fager, consigliére della Cámera dei
conti, e la moglie del Tesoriére di Fráncia un dì si rincontrá-
rono in carrózza nella strada delle Coquilles, che è una delle
più strette di Parígi. Ambedúe volévano passarla, il che però
saría loro stato impossibile, se una di esse risólta non si fosse
di far retrocédere la própria carrózza. Ma niúna di queste seppe
indúrsi ad un passo tanto pregiudiziévole all' etichétta loro

cortigianésca: sicchè in tal guísa restárono ivi immote dalle nove
di mattína fino a mezzo giórno, nel qual tempo spedírono i loro
servi a prénder del fiéno e della biáda per i cavalli, ordinándo púre,
che fosse loro recáto il pranzo in carrózza. Si sparge intánto per
tutto Parígi una sì fatta nuova, ed una quantità di gente si ragúna
attórno di esse. Ognúno era curióso di vedére, come quella
scena si sarebbe finita. Dopo lungo indugiáre un borghése che
abitáva in quella stráda, arrivò con un carro di vino, ed avéndo
egli púre aspettáto più di tre ore, si portò in fine dal Commissário
di quel quartiére prégandolo di porvi rimédio, giacchè secóndo
ogni apparénza non avría egli potúto entráre per quel giórno in
casa sua. Si diéde il Commissário ogni pena possíbile per inspirár
loro un po' di ragióne, ma le ritrovò piucchè mai ostináte, e non
voléndo neppúre per rigúardo de' loro maríti adoperáre la forza,
cáddegli in pensiéro di proporre loro l'espediénte di retrocédere
ambedue nello stesso tempo. Questa proposta venne in fine accet-
táta, e ognúna di esse ritiróssi autorevolmente, stanche ben
credo dell' incómoda loro ostinatézza.

43.

Il Palázzo d'oro, fatto fabbricár in Roma da Neróne, fu la
più grande e ricca fabbrica, che mai il mondo ábbia vedúta. Sue-
tónio ce ne dà un piccolo sbozzo (Sfizze, Entwurf). Tutto il di
dentro era messo a oro, ornáto di gemme, intarsiáto (eingelegt)
di madriperle. Sale e cámere innumerábili incrostáte (bekleidet) di
mármi fini, pórtici di colonne, che si stendévano un miglio, vigne,
boschetti, prati, bagni, peschiere, parchi con ogni sorta di fiére
e d'animáli, un lago di straordinária grandézza con corona di fáb-
briche all' intórno a guísa d'una città, e davanti il palázzo un
colósso di bronzo alto 120 piédi rappresentante Neróne. Quando
egli vi andò ad abitáre disse: or sì che quasi incomíncio ad abitáre
un allóggio conveniénte ad un uómo! (*Muratori, Annali d'Italia.*)

44.

Alcúni capi d'una lega d'assassíni, mossi dal desidério di
vedére il grande Scipióne, s'avviárono alla sua villa, in cui al-
lór soggiornáva. Scipióne al vedér accostarsi quella ciúrma, fece
adunár sull' istánte le sue genti, e già preparávasi alla difésa.
Ma coloro per levargli ogni sospétto fécero restár indiétro i loro
subaltérni, gettáron vía le armi, e giúnti alla porta dichiárono
di non ésser colà venúti con altra mira, che di vedér il famóso
Scipióne; il che séndogli riferito, acconsentì, che se gli fóssero
amméssi dinanzi. Entráron dunque l'un dopo l'altro nella sua
stanza con quel rispétto e con quella venerazióne, che saríano
entráti alla presénza d'un loro Dio, gli baciáron chini la mano,

e dopo averlo fissi riguardáto per alcùn tempo, gli presentárono
dei regáli, che apposta seco avéan presi, ritornándosene ben con-
solati alle lor case. Tal è la forza della virtù anche sopra i cattívi.

45.

Mead célebre Médico d' Inghilterra ci vién rappresentáto dalla
stória come un Eróe d'amicízia; di lui si legge questo incompara-
bile anéddoto. Freind, altro Médico rinomato d'Inghilterra ed amico
di Mead, cadde in disgrázia della Corte, per avér parláto con
troppa libertà del Govérno, e fu messo in prigióne nella gran torre
di Londra. Alcuni mési dopo cadde ammaláto il primo Ministro,
e venéndo Mead ricercáto, questi l'assicurò bene, che l'avrébbe
guaríto; ma che pertanto non gli avrébbe ordináto un sol bicchiér
d'acqua, se prima non avésse reso la libertà all' amíco suo Freind.
Il Ministro dichiarò risolutamente, non ésser quella una cosa possíbile, ma che d'altrónde egli era risolúto di sagrificáre ogni somma, ch' egli avésse mai sapúto domandare; ma il Médico rimáse
fermo nella sua richiésta. Alcuni giórni dopo il Ministro vedendo,
che la malattía peggioráva, pregò in fine il Re di far grazia a
Freind. Dal momento che gli venne accordáta, Mead impegnóssi
con tutto il calóre al di lui ristabiliménto; e la stessa sera portò a
Freind cinque mila ghinée, ch' egli avéva ricevúte per gli onorárj
delle vísite, che per lui aveva fatte.

46.

Si dice, che il gran Boerhave ábbia ordináto nel suo testamento, che veníssero abbruciáti dopo la sua morte tutti i manoscritti
e tutte le carte, che si trovássero in casa sua, eccettuáto pertanto un sol libro, che si sarébbe rinvenuto nel suo armádio. All' incanto de' suoi móbili venne púre espósto in véndita un libro, il
quale avéa il táglio dorato, ed era legáto superbamente con can-
tóni e serratúre d'argento; desso non mancò di dare nell'occhio
ad un ricco Conte, il quale nella persuasione, ch'egli dovésse
contenére i segréti tutti dell' arte médica, ne fece tosto l'offérta
di diéci mila fioríni, e l'otténne. Quando ei l'aperse, non ritrovò
in tutto il libro che de' fogli in bianco, eccettuátone il primo, ove
leggévasi il seguénte ammaestraménto: Tiéni la testa fredda,
i piedi caldi, e il ventre líbero; in tale maniéra tu non avrái mai
bisógno di médico.

47.

Certo filósofo leggéva una sera al chiarór di candéla un libro
di fisonomía. Ad un certo passággio, dove dicéva, che colui,
che ha il mento assái largo, dava indízio di pazzía, ei tosto
per certificársi, s'egli ancóra avéva un símil mento, prese la

candéla, corse allo spécchio, e víde in fatti, ch'ei l'avéa assái
largo, e mentre con qualche rincresciménto andávalo riguardándo
e contemplándo, accostò un po' troppo la candéla alla bárba, e
inavvedutaménte le diéde fuóco, avéndo la disgrázia di abbru-
ciársela più della metà. Il filósofo tutto tranquillo sen ritórna al
súo libro, prende la penna, e scrive nel márgine: *probatum est,*
ne fu fatta la prova.

48.

Glorióso e pién di se stesso veleggiáva il gran Túllio di ritórno dalla Sicília, dove per órdine del Senáto esercitáta avéa la
Questúra. Già alla fantasía le acclamazióni e gli appláusi preséntasi, con cui il román pópolo è in procínto d'accóglierlo. A se
cammin facéndo, ripéte: la fama della tua Questúra già ti ha
precedúto, e in Róma ognún di te vi discórre. Túllio, Túllio,
qual brillante accoglimento t'aspétta! Ecco dirássi, corréndomi
incontro la città tutta, ecco il deliberatóre, ecco il próvido Padre
della Pátria, ed in ogni bocca il nome di Túllio sarà benedétto.
Sciólto il freno a codéste idée lusinghiére, pon piéde a terra nel
porto di Pozzuólo, dove s'intratténevano alcuni Románi di distin-
zióne a prénder i bagni. Ei gónfio dinánzi ad essi preséntasi, e
già di légger nei lor volti il próprio elógio suppóne. — Non è
Ciceróne quegli? disse l'uno d'essi a mezza voce: Sì, egli è
désso, certo. — Buóno, questi vién molto a propósito, egli ci
porterà delle nuóve da Roma; è già un bel pezzo, che non ne ho
ricevúte. E ben Ciceróne! che fassi a Roma, o almén che facé-
vasi, quando voi ne partiste? — Come a Roma? Voi altri dunque
non sapéte, ch'io rivéngo dalla Provincia? — Sì, sì, disse l'uno,
ei ritórna se ben m'appóngo dall'Africa. Che dall'Africa? riprése
Ciceróne, tutto freméndo d'ira e di dispétto: io rivéngo dalla Sicília, dove stato sono Questóre. Ha ragióne, disse un terzo, mi
par d'avérne ancór qualche idéa: per mia fè, or mi sovvéngo,
dalla Sicília, dalla Sicília ei viéne. Ciceróne di tutt'altro umóre,
che non era entráto, senza più altro dire, copérto di confusióne,
dispárve.

49.

Come ho io da fare (disse un gióvane ad un uomo attempáto
e pién d'esperiénza) per far fortúna? Per quanto io so, rispóse
questi, ci sono due o tre espediénti, de' quali vo' ben lasciárvene
la scelta. Siáte intrépido e valoróso dinánzi al nemico, disprez-
záte i perícoli e la vita stéssa; voi saréte colmáto d'onore, di
títoli, di gradi e di pensioni. Egli è vero, che si può anche rin-
contrár la morte sul cammíno della glória; ma la morte, abbre-
viándo i vostri giórni, spegnerà pure in voi le vostre pretensióni.
D'altronde per l'appúnto il perícolo è quello, che rende nóbile il
mestiér delle armi. — Ma pure voléte voi sapére un mezzo men

periglióso? Siáte sággio, e tenéte sempre saldo il freno alle
vostre passióni. D'un uomo, che ha sempre il cervéllo a segno,
se ne fa conto. Eccovi il ripiégo delle ánime grandi; ma non è
già alla portáta d'ognúno. Il garzoncéllo non sapéva a che at-
tenérsi. Arrischiár la sua vita ad ogni istánte, o passárla in una
contínua soggezione (Zwang); l'alternatíva parévagli ben disgus-
tósa. Se ne accórse il buon vécchio: io so, riprése allóra, un
altro espediénte, che è molto più fácile: Siáte pazzo, anche un
tale riésce; ed io per dire il vero ho vedúto ben diéci pazzi contro un sávio fare la lor fortuna.

50.

Un Avvocato, a chi venne qualcheduno domandárgli un consíglio con mani vuote, rispose: Chi ha bisogno di lume, porti
dell' ólio.

51.

Andò una volta il Gonella, buffóne del Duca Borso di Este,
al Duomo di Ferrara alla messa, ed incontrati vicino a quello tre
ciéchi, che stávano accattando l'uno apprésso l'altro molto stretti,
e fermátosi disse loro: Togliete questo testone (Silbermünze zu
36 fr.) o ciéchi! e spartítelo tra voi tre, e pregate Dio per me;
ma il testone non lo consegnò a nessuno. I ciechi ringraziándolo
concordemente e dicendo: Iddío vel mériti, o cósa símile, pen-
sárono, che lo avesse già lasciato ad uno di loro. Quando venuta
l'ora del mangiare, e voléndosene eglino andare alle loro case,
ovvéro alla taverna, disse l'uno agli altri: Dividiamo il testone
di quel benefattore, e chi lo ha, lo scambi in moneta minuta. Al
che dicendo ciascuno: io non l'ho, l'avrai ben tu, dalle contese
si venne alle mani, e si diédero delle bastonate da ciéchi.

52.

Avéva Pompéjo già deciso di sterminàre tutti gli abitánti di
Messína, perchè si érano messi nel partíto di Mário. Sténio, capo
della città, andò a visitárlo, e gli disse: Perchè far perìre tant'in-
nocénti per un solo colpévole? Io son quegli, che persuási, anzi
sforzái i Messinési a préndere tal partito; son io solo perciò da
castigáre. Ammirando Pompéjo tanta generosità in questo uomo,
perdonò in grázia di lui a tutta la città.

53.

Il Cavaliére William Geoels Inglése, Governatóre della Vir-
gínia, mentre discorréva un giórno con un negoziánte in una
strada di Williamsburg, víde un Negro, che passándo lo riverì,
e súbito gli rese il salúto. *Come mai*, disse il negoziánte, *si
abbássa V. Ecc. sino a salutare uno schiavo!... E perchè no?*

rispóse il Governatore, *mi spiacerebbe non poco che uno schiavo avésse più creanza di me.*

54.

I fornaj di Lióne, voléndo rincarire il pane, recárousi al Signor Dugas, primo Cónsole della città, e spiegátegli le loro ragióni, gli lasciárono sul tavolíno una borsa diduecento luígi, nella persuasióne che tal somma trattásse efficacemente la lor causa. Alcúni giorni dopo vénnero a prénderne la rispósta: *Signóri,* disse loro il Cónsole, *ho ponderáto le vostre ragióni sulla bilância della giustizia, e non le trovai di peso; perciò non giúdico, che per una malfondata carestía si abbia da impiccolire il pane, e far soffrire il pópolo. Quanto al danaro, che mi lasciaste qui, l'ho fatto distribuíre agli ospedali di questa città, fido intérprete delle vostre intenzióni. Da ciò ho pur compréso che, se siete in grado di far tali elemósine, non avéte poi nel vostro mestiére i discápiti che narrate.* Così attóniti e pièni di confusióne se ne andárono.

55.

Il Príncipe di A.... incantáto della condotta intrépida d'un granatiére all'assédio di Filisbúrgo nel 1734, gli gettò la sua borsa, significándogli nel punto stesso il suo rincresciménto, che la somma contenútavi non fosse più considerábile. La mattína dopo, il granatiére venne a trovár il Príncipe, e presentándogli dei diamánti e alcuni altri giojellí gli disse: *Mio Generale, voi mi regalaste il danaro, che racchiudeva la vostra borsa, e lo ritengo; ma non avéste certamente l'intenzióne di darmi queste gióje, e ve le ripórto. Tu le mériti doppiamente,* gli rispóse il Príncipe, *e per la tua bravura, e per la tua probità.*

56.

Il Co. di Mansfeld uno dei più gran Capitáni del suo sécolo ebbe prove sicúre, che uno speziále aveva ricevúto una somma considerábile per attossicárlo. Egli lo mandò a chiamare, e quando gli comparve dinnanzi: *Mio amico,* gli disse, *io non posso indúrmi a crédere che una persona, a cui non feci alcún male, vóglia tormi la vita. Se la necessità v'indúce a comméttere tal delítto, eccovi del danaro, siate onesto.*

57.

Dovéa un giórno il célebre Arístide decíder una controvérsia fra due particolári. Uno di questi si mise a téssere un lungo catálogo delle maldicénze, che il suo avversário avéa vomitate contro Arístide, onde inasprírlo ed irritárlo contro di lui; ma questo incontaminábile giúdice interrompéndolo disse: Deh, caro amico! lasciám lì le ingiúrie fatte a me dal vostro nemíco, parliám di quelle che ha fatte a voi; chè io son qui per giudicár la causa vostra, e non già la mia.

58.

Il Re Stanisláo, detto il benéfico per le sue sublími virtù, perseguitáto da' súdditi ribélli, proscritto da' proprj Stati, errânte in paési straniéri, avéva cercato un asílo nel Ducáto di Dueponti. Quando si credéva già in sicúro, alcuni ribáldi determinárono d'arrestárlo per darlo in mano a' congiuráti, che avéan messo táglia sopra la sua testa. Esséndosi costóro soffermati alla sua presenza: *Che cosa vi ho io fatto, miéi amici*, lor disse, *che voléte darmi in preda de' miéi avversarj? Di che paése siéte?* Tre di questi sciagurati rispósero, ch'erano Francési. *Eh bene*, diss' egli, *rassomigliaréte a' vostri compatrioti, che io stimo, e siéte incapáci d'una cattiva aziône.* Così parlando, diéde loro quanto si trováva d'avére addósso: borsa, oriuolo, tabacchiera d'oro, e partírono, non si saprébbe ben dire, se colmi più di confusióne, o di ténera maravíglia.

59.

Un gran Signore dopo éssere stato lungo tempo il favoríto del Sovráno, e non essendo più in tanto crédito, trovò sulle scale, mentre érasi partíto dal Re, il suo nuóvo competitóre, che vi andáva, e che gli chiese, se da Sua Maestà vi fosse qualche cosa di nuóvo: *nient' affátto*, rispós' egli, *se non che io discéndo, e voi salíte.*

60.

Il Re Alfónso avéva un buffón alla Corte. Questi tenéva un libro in cui scrivéva le follíe, che si facévano dai cortigiáni coi loro nomi. Il Monárca volle vedérlo per ridere, e vi trovò da capo il suo nome. *Come c'entro io?* gli disse Alfónso. — *Voi avéte dato diéci mila scudi per comprarvi cavalli in Barberia ad un Moro, che non ha nè legge, nè fede. Egli ve li mangerà, e nol vedréte mai più. — E s'egli torna? — Allóra vi ci porrò tutti e due.*

61.

Luigi XIV. disse al Duca di Sciomberg, che era Ugonótto: *Senza la vostra religióne voi sareste già da lungo tempo Maresciallo di Fráncia. — Sire*, rispose il Duca, *poichè V. M. mi giúdica degno d'esserlo, io ne son pago, non avéa altra mira.* Tal rispósta bastò a leváre ogni ostácolo e rivestírlo sul fatto di questa dignità.

62.

Luigi il Grande giuocava a sbaraglíno (eine Art Trictrac) circondáto da una coróna di Duchi e di Cortigiáni. Era nata nel giuóco una differénza, su cui tutti tacévano. In quel momênto entra il Conte di Grammont. *Giudicateci voi*, gli disse il Re. *Sire! avéte torto*, rispos' egli súbito. — *Come? Non sapéte*

ancóra il punto della questióne, e mi condannate? — *E non vede*
V. M. che per poco che avésse ragióne, tutti questi Signóri
glieľ avrébbero data? Il Re approvò la sentenza, che fu in un
tempo lanciáta, che non lasciáva sentír il torto a nessúno.

63.

A Nápoli un Commendatóre di Malta, quanto ricco, altret-
tánto aváro, lasciáva logoráre le sue livrée in tal modo, che un
ciabattino del vicináto, vedéndo gli ábiti dei suói servitóri tutti
bucheráti, se ne beffò pubblicamente. Si lagnárono di tal insolénza
i servi presso il loro padrone, che fatto chiamár il ciabattíno, lo
rampognò della sua temerità minacciándolo di farlo carcerare.
Chièdo umilissimaménte perdúno a Vostra Ecc., *egli non è vero;*
so troppo il rispetto che le devo per derídermi della sua livréa. —
Eppure i miéi famigli mi assicúrano, che tu non puói trattenér
le risa vedéndo i loro ábiti. — *Questo non lo nego, Illustrissimo,*
ma rido solo dei buchi, dove non c' e livréa.

64.

Il sofista convinto. Il filósofo Diodóro pretendéva prováre al
médico Erofilo, che non vi era moto, con questo argoménto: *Se*
alcún corpo si muóve, o egli si muóve nel luógo dov' è, o nel
luo ove non è. *Non si muóve dov' è*, *perchè nel tempo che ivi*
è, ripósa; e ciò che ripósa non si muóve: non si muóve poi dove
non è, perchè dove non esiste, non può esercitare nessún' azióne:
dunque niuna cosa è in moto. Il nostro filosofo cadde di cavállo,
e si slogò un bráccio. Chiamò Erofilo, perchè gliélo rimettésse.
O il vostro osso, díssegli 'l medico allora, *si è mosso nel luógo*
dov' era, o nel luogo ove non era. Nel luógo dov' era, non potéva
muóversi, perchè ivi era in ripóso; nel luógo ove non era, non
potéva muóversi, com' è chiaro; dunque il vostro osso non si è
mosso nè poco, nè punto; per conseguénza nè meno slogáto.
Diodóro allóra disse: *Lasciámo i sofismi, e togliétemi questo*
dolóre.

65.

Un' Imperatrice, esséndo stata ingannáta da un giojelliére,
volle trárne una strepitósa vendétta. Si recò dináuzi al suo sposo, e gli esagerò la perfidia e l' infedeltà del mercadánte non al-
traménte, che se si fosse trattáto d'un crimenlése. *Egli è ben*
giusto, disse l'Imperatóre, *che voi siáte vendicáta; colúi sarà*
punito, come mérita il suo misfatto: sia condannáto alla fiére.
Arriváto il giórno destináto al supplízio, la Principéssa si pre-
pára a gustar intieramente il suo trionfo, e tutta la Corte e la
città prende parte ai di lei sentimenti. — Comparisce il reo
nell' aréna colpíto, tremante, annichiláto. Qual belva viéne a

scagliársegli addósso? Sarà una tigre furibonda, un léone, un órso? — Oibò! un — capretto!

66.

Contadino divenúto gran Filósofo. Demócrito filosofo, es-séndo un giórno uscíto d'Abdera, incontrò un gióvane del con-táđo, chiamáto Protágora, che portáva sulle spalle un fascio di legna molto destramente legáto. Demócrito, maravigliato di ciò, domandò al giovane, s'egli avéa a quel modo legáto il fascio? e questi rispondéndo di sì, il Filósofo lo pregò cortesemente a disciórlo e a legárlo di nuóvo nel modo stesso, il che egli pron-tamente eseguì. Demócrito, scorgéndo un maraviglióso ingégno nascósto sotto a que'cenci, gli favellò in questa guisa: Figliuólo, fa a modo mio; lascia stare questa vita, che un giórno col tuo ingégno operáre potrái cose assai miglióri. Demócrito lo prese seco a casa, gl'insegnò la filosofía e le sciénze, in cui Protágora facéva progréssi rapidíssimi, e ne divenne póscia tanto célebre professóre, che Platone non isdegnò d'intitolargli uno de' suói diáloghi. Protágora scrisse le leggi ai Turj, pópolo d'Itália, e molte altre cose che sono state consumáte dal tempo.

67.

Anassámene salva con un prudénte stratagémma la pátria da gravíssimo perícolo. I Lansacéni favorírono sempre la parte di Darío contro Alessándro Magno; onde Alessándro, avéndo superáto Darío, andava piéno di sdegno a prénder di loro una terríbil vendétta. Anassámene, che era stato maéstro d'Alessan-dro, andò ad incontrárlo, per impedíre se potéva, la distruzióne della sua pátria. Alessándro, avéndo saputo, che costúi veníva, e immaginándosi per qual cagióne, si voltò all' esército, e giurò per tutti gli Déi, che farebbe ostinatamente tutto il contrário di quello che Anassámene richiedésse. Anassámene informáto del giuraménto si presentò ad Alessándro, e fu accólto da lui beni-gnaménte siccóme al sólito. Domandáto poi che nuóve recásse, e quel ch'egli venisse a fare, rispose: Vengo, invittíssimo Re, a pregárti, che tu fáccia rovinare Lansaco infíno dalle fonda-menta, e saccheggiare ogni casa, e che tu non ábbia alcun ri-spétto a' tempj, non agli uómini, non alle donne, non all' età di verúno, metténdo tutto a ferro e fuóco. Si dice, che Alessándro sorpréso da un tale stratagémma, e legáto dal giuraménto, per-donò umanaménte ai Lansaceni.

68.

Lucúllo, opulentíssimo Senatór di Roma, avéa regoláte le spese della tavola secóndo le stanze del suo palázzo, denomi-náte dagli Déi. Onde dovéndo improvvisamente dare una cena a Pompéjo e a Cicerone, gli bastò di dire all' orecchio ad uno dei servitóri: si cenerà nella camera d'Apólline; e la cena fu apparecchiáta secondo la spesa fissáta per quella stanza di mille ducénto e cinquanta scudi d'oro. Una volta non cenándo alcuno con lui, fu servíto con un apparécchio assai moderáto: onde chiamáto a se il maéstro di casa, gli fece gran rimpróveri, ed egli si scusò con dire: io non sapéva che, esséndo voi solo, vi fosse bisógno di un sontuóso banchétto. Allóra Lucúllo soggiúnse: Non sapévi tu, che Lucullo era per cenár con Lucullo?

69.

L'arte delúsa coll' arte. Coráce promette a Sósio d'insegnargli la Rettórica, e Sosio promette a lui di pagárgli il prémio, quando l'avrà imparáta. Ma avéndola poi appréssa, non voléa soddisfárlo; sicchè Coráce lo chiamò in giudizio. Sósio confidando nell' arte sofística, gli domanda: In che consiste la Rettórica? Coráce risponde, ch'ella consiste nel persuadére. Dunque, dice Sósio, se io persuádo i giúdici di non dovérti dar niénte, io non ti pagherò, perchè avrò vinta la lite; se non li persuado non ti pagherò neppúre, perchè non avrò imparáto a persuadére; perciò farái méglio a desíster dalla tua imprésa. Ma Coráce, che ne sapéva più di lui, ritorse il suo argoménto in questo modo, e disse: Anzi se tu persuádi i giúdici, tu mi pagherái, perchè avrái imparáto a persuadére; se non li persuádi, tu mi pagherái, perchè perderái meco la lite: sicchè in ogni modo tu mi devi soddisfare.

70.

Protógene, pittór famosíssimo, avéa dipíuto un Cupído di straordinária bellézza. Esséndo egli follemente invaghito di Frine, e domandándogli costéi qualche sua bell' ópera, le diéde l'arbitrio d'eléggersi quella, che più le andásse a génio, pensándo che non avrébbe avúto tanto discerniménto da scégliersi la miglióre, vale a dire, il Cupído; ma la cosa andò altrimenti. Trovándosi egli un giórno in casa di lei, ella fece veníre alcúni all'improvviso ad avvertírlo, che la sua bottéga con tutto ciò, che v'era dentro, ardéva miseraménte. Allo strano annúnzio si levò Protógene in fretta, andò alla finéstra, e domandò loro con grande angóscia, se in tanto incéndio il suo Cupído vi fosse salvo. Allóra l'astúta femmina sorríse, e volle quel Cupído, a fare il quale Protógene avéva impiegáto due anni.

71.

Filopémene preso per un súo servidóre. Filopémene, famóso Generále degli Achéi, avéva un aspétto sì ignóbile e sì defórme, che paréva un uómo tratto piuttosto dalla féccia del volgo, che nato per governáre le genti. Un giorno essendo alla cáccia, fu costrétto a ritirársi in casa d'un suo amico, avéndo seco

28

un solo de' suói sèrvidori. — Picchiáto alla pórta dell' amico, la móglie s' affacciò alla finéstra, domandándo quel che cercássero, alla quale il servitór di Filopémene rispóse, che il generále degli Achéi veniva ad alloggiár quivi. La donna, credéndo che fóssero due servidori di Filopeméne, apérse loro immediátamente la porta, e disse ad ambedúe, che si sedéssero intánto ch'ella manderébbe il suo servo a darne avviso al marito, ch'era allóra fuóri di casa. In questo mentre cominciò a preparár la cena tutta affannáta e confúsa, e disse a Filopémene d'ajutárla a fare il fuóco, acciò la cena fosse pronta all' arrivo del suo Signóre. Ond' egli, presa una scure in mano, cominciò a tagliár delle legna, e in questo mentre sopravvenne il padróne di casa, e riconosciúto Filopémene, gli disse riverentemente: che fate, Signor mio, con questa? Io pago, diss' egli, la pena della mia deformità.

Favole.

1. D'un Orso e un Leone.

Un Leone ed un Orso, avendo ucciso insieme un capriolo, combattevano poi tra loro, e si avevano date tante busse, che per troppo combattere si erano stracciati, e giacevano sdrajati in terra. Una Volpe, che vi passava a caso, vedendoli giacer distesi, ed essere il capriolo fra essi, entrando fra loro, glielo rubò e fuggì con esso. Ciò essi vedendo, e non potendola seguitare, dissero: Noi ci siamo affannati per la Volpe. *Sentenza.* Questa favolo significa: alcuni guadagnare per l'altrui fatiche, e fra due litiganti, se non s'accordano, ne gode il terzo.

2. D'un Figlio e un Padre.

Un vecchio, che avea un figliuolo d'animo generoso, che si dilettava di caccia, sì sognò, ch'era ammazzato da un Leone, e temendo egli, che questo sogno non avesso a sortir ad effetto, edificò una casa bellissima, ed ivi menando il figliuolo, tenevalo in buona custodia, e per maggior suo diletto avea dipinto in essa casa ogni sorta d'animali, fra' quali eravi ancora un Leone. Il giovane, guardando questo, tuttavia s'affliggeva più onde una volta stando appresso al Leone dipinto disse: O fiera crudele, per tua causa e per il sogno di mio padre io son guardato in queste stanze come in una prigione, e dicendo queste parole, diede della mano nella parete per cacciar l'occhio al Leone, e la percosse in un chiodo, che ivi stava ascoso, e si fece una gran ferita, per la quale gli venne una grave febbre, ed in breve se ne morì, e così il Leone ammazzò il giovane, e niente gli giovò l'astuzia del padre.

3. Di Giove e d'un Viandante.

Andando un Pellegrino in lungo viaggio, fece voto, se trovava per istrada alcuna cosa, di darne la metà a Giove. Trovando un canestro di datteri e mandorle pieno, tutti i datteri e mandorle si mangiò, e le scorze presentò ad un altare di Giove, dicendo: O Giove! ecco quello, che ti ho promesso, e do a te le scorze, e a me le midolle di quel che ho trovato. *Sentenza.* Questa favola dimostra: l'Avaro per avarizia gabbare ancora Dio.

4. Di una Cerva e una Vite.

Una Cerva fuggendo da' Cacciatori si nascose sotto una Vite; quando quelli furono un poco passati, pensando essere ascosa, cominciò a mangiare le foglie della Vite, e facendo strepito, i Cacciatori si voltarono, pensando quel ch'era, cioè che qualche animale fosse nascoso sotto quelle foglie, ammazzarono con le saette la Cerva, la quale intanto diceva: Quel che patisco è giusto, perch' io non doveva offendere chi mi guardava. *Sentenza.* La favola dimostra, che chi fa dispiacere a quelli, dai quali ha avuto beneficio, Dio lo castiga.

5. Di una Moglie savia e d'un Marito pazzo.

Una Donna saggia aveva dato in custodia ad un suo Marito pazzo i polli. Il Nibbio gliene prese uno. Là Moglie accortasi, che mancava, battè il Marito, e gli commise che in avvenire ne avesse maggior cura. Egli dubitando del Nibbio, li legò tutti con uno spago, e venendo il Nibbio, portolli tutti insieme. Del che disperato l'uomo volle ammazzarsi per non esser battuto dalla Moglie, e prese un vaso di confetti, il quali gli aveva detto la Moglie esser pieno di veleno, acciocchè non se lo mangiasse per avvelenarsi, e lo mangiò tutto. Tornata la Moglie, ed accortasi del tutto, cominciò a batterlo ed ingiuriarlo. Il Marito disse: Lasciami stare, che son vicino alla morte, che per supplicio del mio delitto io ho mangiato tutto quel veleno, ch'era in quel vaso, che tu m'hai più volte vietato, che io non toccassi. Del che allora la Moglie non potè contenersi dal ridere. *Sentenza.* La favola dinota, quanto poco frutto faccia colui che a correggere si prende uno, che di natura poco saggio sia, in cui la fortuna il più delle volte dimostrar vuol quanto sia il suo favore.

6. Del Demonio e d'una Vecchia.

Saliva una Vecchia sopra un albero, e vedendola il Demonio, chiamò testimonj, e mostrò loro la Vecchia, che saliva sopra l'albero, e disse: Siate testimonj, che quella Vecchia cadrà da quell' albero; l'imputerà a me, come fanno tutti

28 *

d'ogni male che a loro avviene. La Vecchia cascò, ed essendole
stato detto, perchè fosse salita sopra quell' albero, rispose: Il
Diavolo mi c'indusse; alle quali parole, il Diavolo subito appar-
ve, dicendo: Tu te ne menti, ecco i testimonj, che io non ci
ho colpa alcuna. *Sentenza.* Questa favola significa, che quando
alcun commette errore, non deve accusar la fortuna, nè il diavolo, ma se medesimo.

7. *Di un Fanciullo che non voleva imparare.*

Un fanciullo non volendo imparare, mai non volle dire: *A.*
Gli disse il suo maestro: È sì gran cosa a dire *A*? Poscia alcuni suoi uguali dicevano: Perchè non vuoi dire *A*, ch'e così
poca fatica? Ed egli rispose: Credi tu che io non sappia dire
A? Ma come avrò detto *A*, farà bisogno dire *B*, *C*, *D*, e tutto
l'Alfabeto, e così la cosa andrà a lungo. *Sentenza.* La favola significa, che non bisogna obbligarsi a picciole cose, per non dover esser soggetto a maggiori.

8. *Di una Pecora presa dal Lupo.*

Una Pecora presa dal Lupo non fece motto, e per sua buona
sorte campò. Poi essendo presa da un Cane gridava tanto forte,
che 'l Pastore la sentì, e corse, e la tolse di bocca al Cane: poscia le dimandò il Pastore, perchè quando fu presa dal Lupo, non
gridava così forte? Rispose ella: Io aveva più fastidio d'esser
offesa dal Cane, che dal Lupo: perchè il Lupo è naturalmente
nostro nemico, ed il Cane guardiano di casa: e però era forza,
ch'io grandemente me ne dolessi. *Sentenza.* La favola dimostra,
quanto siano amare le offese, che si ricevono da chi dalle mani
d'altri doveva salvarci.

9. *Del Porco Cinghiale e dell' Asino.*

Il Porco Cinghiale volle combattere coll' Asino, confidan-
dosi ne' suoi denti ch'erano molto più forti e lunghi, che quelli
dell' Asino. Avvicinandosegli l'Asino gli diede i calci nella fronte
di modo che il Porco cascò mezzo morte in terra, e disse fra se
medesimo: io non pensava, che tu m'avessi a nuocere coi piedi. *Sentenza.* La favola dinota, che un uomo deve sempre pensare, d'onde possa essere offeso dal nemico.

10. *Di un Lupo e due Cani.*

Stando un Lupo sopra un colle, vide due Cani, che guardando una gregge di Pecore combattevano insieme. Pensando
che allora fosse tempo d'assaltar le Pecore, subito corse alla
gregge, e ne portò via una. Il che vedendo i Cani lasciarono
subito il lor combattere, e corsero dietro al Lupo, gli tolsero

la Pecora, e gli diedero molti morsi, dimodochè appena campò la vita; e trovandolo un altro Lupo lo riprese, dicendo, ch' egli era stato matto ad assaltare la gregge, dove eran due Cani così valenti, ed egli rispose: Io mi son gabbato, perchè combatte-vano insieme; e l'altro rispose: Quando due combattono insie-me, e veggono un nemico comune, subito s'accordano tra loro. *Sentenza.* La favola vuol dimostrare quanto commova l'inimicizia che naturalmente alcuno ha con un altro.

11. *Del Pavone e della Grù.*

Il Pavone e la Grù cenavano insieme. Il Pavone si gloriava avere una bella coda, e la Grù gli concedeva, che non era Uc-cello più bello di lui, ma che appena poteva volar sopra i tetti, ed ella col suo volare passava le nuvole. *Sentenza.* La favola c'insegna, che niuno deve sprezzare gli altri, perchè la natura ha dato la dote sua ad ogni uomo, e chi non ha la sua virtù, forse n'ha un' altra, che non è men bella della sua.

12. *Dell' Avaro e dell' Invidioso.*

Eran due uomini, l'uno avaro e l'altro invidioso, e tutti due pregavano Giove, il quale per loro soddisfazione mandò a tutti e due Apollo, talchè ciò che dimandasse un di loro, l'avesse, e l'al-tro avesse il doppio. L'invidioso allora dimandò, che gli cacciasse un' occhio, acciocchè fossero cacciati tutti e due al compagno. *Sentenza.* Che cosa è peggiore che l'avarizia? Che più pazzo che l'invidia? la quale, pure che altrui nuoca, mal a se stessa desidera.

13. *La Nottola, lo Spino ed il Mergo.*

La Nottola, lo Spino ed il Mergo deliberarono trafficare di compagnia. La Nottola tolse in prestito argento, lo Spino rac-colse molte vesti, e 'l Mergo si provvide di moneta, e si misero a navigare. Trovandosi già in alto mare insorse una gran tempesta; onde la nave con tutto 'l carico delle mercanzie si sommerse, ed essi a grande stento scamparono. Quindi avviene che il Mergo sempre va girando in sul lido del mare, per ripescare alcuna sua moneta; la Nottola per la paura che ha dei suoi creditori, non si fa mai vedere di giorno; e lo Spino non cessa mai d'attaccarsi alle ve-sti di coloro che passano, per vedere se conosce alcuna delle sue.

14. *Il Fuoco, l'Acqua e l'Onore.*

Il Fuoco, l'Acqua e l'Onore fecero un tempo comunella in-sieme. Il Fuoco non può mai stare in un luogo; l'Acqua anche sempre si muove: onde tratti dalla loro inclinazione indussero l'Onore a far viaggio in compagnia. Prima dunque di partirsi

tutti e tre dissero, che abbisognava darsi fra loro un segno da
potersi ritrovare, se mai si fossero scostati e smarriti l'uno dall'
altro. Disse il Fuoco: S'ei mi avvenisse mai questo caso, che io
mi segregassi da voi, ponete ben mente colà dove voi vedete
fumo; questo è il mio segnale, e quivi mi troverete certamente.
E me, disse l'Acqua, se voi non mi vedete più, non mi cercate
colà, dove vedrete siccità (Trockenheit) o spaccature di terra (Erb-
riſſe, Spalte); ma dove vedrete salci, alni (Erlen), cannucce
(Sumpfrohr), o erba molto alta e verde; andate costà in traccia
di me, e quivi sarò io. Quanto poi a me, disse l'Onore, spalan-
cate ben gli occhj, e ficcatemegli bene addosso, e tenetemi saldo, perchè se la mala ventura mi guida fuori di cammino, sì ch'io
mi perda una volta, non mi trovereste mai più.

15. Un Padre e tre Figli.

Un ricco padre divise a' tre figli i suoi beni. Si riserbò solamente un anello prezioso, e questo, disse, sarà dato a chi di
voi saprà fare l'azione più bella e più generosa. I figli partirono, e
tornarono dopo tre mesi. Il primo disse: Uno straniero mi ha
affidato una cassetta piena d'oro senza prenderne sicurtà; avrei
potuto rubárgliela a man salva: ma invece al suo ritorno gliela
ho fedelmente restituita. Il padre rispose: Tu hai fatto bene, ma
non hai fatto però che il tuo dovere; saresti stato il più scelle-
rato uomo del mondo a rubarla: *ognuno deve restituir fedelmente
quel ch'è d'altrui.* — Sottentrò il secondo. Io passava, disse, un
giorno vicino ad una peschiera; vidi precipitarvi un fanciullo;
senza il mio ajuto ci si sarebbe annegato: io corsi pronto, e lo
cavai salvo dall'acqua. Anche la tua azione è buona, rispose il
padre, ma anche tu non hai fatto, se non quello a cui tutti siamo tenuti, che è: *di soccorrerci ne' pericoli scambievolmente.* —
Il terzo allora disse: Un giorno io ho trovato un mio nemico ad-
dormentato sull'orlo d'un precipizio, voltandosi ei vi sarebbe
caduto; io l'ho liberato dal pericolo. Ah figlio! disse il padre,
abbracciandolo teneramente, a te si deve l'anello.
*Il far del bene agli stessi nemici è l'azione appunto più
bella e più generosa.*

Aluni ritratti presi dall' Osservatore del Conte Gasparo Gozzi.

I. Lisandro avvisato dallo staffiere, che un amico viène a
visitarlo: stringe i denti, li dirúggina, i piédi in terra batte,
smánia, borbótta. L'amico entra. Lisandro s'accóncia il viso,
liéto e piacévole lo rende, con affabilità accóglie, abbráccia, fa
convenevoli; di non avérlo vedúto da lungo tempo si lágna; se
più differirà tanto, lo minaccia. Chiédegli notizie della móglie,
de' figliuóli, delle faccénde; alle buóne si ricrea, alle malincó-
niche si sbigottísce. Ad ogni parola ha una faccia nuova. L'amico

sta per licenziársi, non vuól che vada si tosto; appéna si può
risólvere a lasciárlo andáre; le últime sue parole sono: Ricor-
dátevi di me, venite, vostra è la casa mia in ogni tempo. L'
amico va, chiúso l'uscio della stanza: Maladétto sía tu, dice Lisandro al servo; non ti diss' io mille volte, che non vóglio im-
portúni? Dirái da qui in poi, ch'io son fuóri. Costúi non voglio.
Lisandro è lodáto in ogni luógo per uomo cordiále. Préndesi
per sostánza l'apparénza.

II. Cornélio poco saluta: salutáto a stento rispónde: non
fa interrogazióni, che non impórtino : domandato con poche síl-
labe si sbriga; negl' inchíni è sgarbáto, o non ne fa; niúno abbráccia; per ischérzo mai non favélla; búrbero parla; alle ceri-
mónie volge con dispétto le spalle, udéndo paróle che non signí-
ficano, s'addorménta o sbadíglia; nell' udire le angósce d'un
amíco s'attrísta, impallidísce, gli éscono le lágrime; préstagli
al bisógno, senz' altro dire, ópera e borsa. Cornélio è giudicáto
dall' universále uómo di duro cuóre. Il Mondo vuól máschere ed
estrínseche superstizióni.

III. Il cervéllo di Quintílio si nutrisce di giórno in giórno
come il ventre: la sostanza entrátagli nelle orécchie jeri, trovò
lo sfogo nella língua, e rimáse vuóto la sera. Stamattína entra
in una bottéga; dománda che c'è di nuóvo? l'ode, di là si parte,
va in altri luóghi, lo rispárge. Fa la vita sua a guísa di spú-
gna, qui empiúta, là spremúta. Prende uno pel mantello, perchè
gli narri, un altro perchè l'ascolti: spesso s'abbátte in chi gli
raccónta quello, che avrà raccontáto egli medésimo; corrégge
la narrazione, afférma, che è alteráta (verfälscht), non perchè ábbia alterazióne, ma per ridíre (um etwas auszusetzen). Se due léggono in un canto una léttera, strúggesi di sapére, che contén-
ga. Conoscéndoli, s'affáccia, se non li conósce invénta un ap-
pícco per addimesticársi. Due, che si párlino piáno all' orécchio,
fanno, ch'egli volta l'ánima sua tutta da quel lato, e non inténde
più, chi seco lui favélla. Intérpreta cenni, occhiáte, e s'altro
non può, créa una novélla, e qual cosa udíta la narra. Quintílio
come una ventósa (Schröpfkopf) sarébbe vácuo, se dell' altrúi
non s'impregnásse.

IV. Sílvio si presénta altrúi malincónico; è una fredda compagnia, fa noja. Va a visitáre alcuno, mai nol ritrova in casa.
Vuól parláre, è quasi ad ogni paróla interrótto. Come uómo assalíto dalla pestilénza è fuggito; ha buon ingégno, ma non può
farlo apparíre. I nemíci suói dícono, che non è atto a nulla; i
meno malévoli al vedérlo nelle spalle si stríngono. Non è brutto
uomo, e le donne dícono, che ha un ceffo (Affengesicht) insoffri-
bile. Al suo ragionévole parláre non v'ha chi presti orécchio:
sternuta, e non v'ha nessúno che se n'avvégga. Sílvio non ha
danári.

V. Alcíppo vuole, e disvuóle. Quello che s'ha da fare,
finchè lo vede da lontáno, dice: lo farò; il tempo s'accosta, gli

cággiono le bráccia, ed è un uomo di bambágia, vedéndosi apprésso alla fatíca. Se tu gli dimándi: Alcippo, che hai tu fatto
la mattina? egli nol sa. Visse, nè seppe se vivéa. Stéttesi dorméndo quanto potè più tardi, vestissi adágio, parlò a colui, che
primo gli andò avánti, nè seppe di che; più volte s'aggirò
per la stanza, venne l'ora del pranzo; passerà il dopo pranzo
come la mattina passò: e tutta la vita sarà eguále a questo
giorno.

VI. Udíi Oliviéro parlár di Ricciárdo due mesi fa: mai non
fu il migliór uomo di Ricciárdo; bontà sopra ogni altra, cuóre
di miéle e di zúcchero. Lodáva Oliviéro ogni detto di lui, alzáva
al Ciélo ogni fatto. Migliòre era il suo parére di quello di tutti;
in dottrina non avéva nessúno che l'eguagliásse; nel réggere la
sua famíglia era un mirácolo, nelle conversazióni allegrézza e
sapóre. A poco a poco Oliviéro di Ricciárdo non parlò più;
appresso incominciò a biasìmárlo: è maligno, ha mal cuóre, non
sa quello che si dica, nè che si fáccia. Va per colpa sua la famiglia in rovína, è noja di tutti. Ricciárdo da un mese in quà gli
prestò danári.

L'eccidio d'Ercolano e di Pompéja.

In sul princípio adombróssi [1] l'atmosfera, e oltremódo riuscì [2] calda e soffocánte, nel qual tempo si fe' sentir all'improvviso uno spaventévole terremóto, e tutto quel tratto di paése [3]
apparì in un moménto copérto di fiamme, le quali uscívano a
globi [4] dalla terra, che in cento luóghi s'apríva. Le più alte
colline si vedévan saltáre siccóme smósse da' fondaménti [5]. Dalle
víscere della terra usciva un rimbombo come quello d'un ráuco
tuóno [6], e l'ária pareggiáva co' sibili l'ululár delle fiére [7]. Il
Cielo scoccáva saétte [8], ed il mare muggía tempestóso [9]. In séguito cominciò il Vesúvio a vomitár fuóco e piétre con vasto
gorgo [10], il denso fumo [11] coprì tutt' in un tratto il firmaménto,
ed il giórno si convertì nella più cupa [12] notte. Alcuni credéttero
allóra, che i gigánti si avvéssero mossa battáglia [13], mentre fra
l'orrór [14] di quelle ténebre apparían lor dinánzi dell' ombre
colossáli, e credéan udire fra quel confúso rimbómbo il suóno
delle lor trombe spaventóse [15]. Alcuni altri s'immaginávano, che
il mondo era per dissólversi [16], e per ritornare nel primiéro suo
Caos. Presi da queste idée, molti si mettévano in fuga, e molti
altri corrévano dalle strade nelle lor case, e di bel nuóvo dalle
case nelle strade, immaginándosi sempre, che il luógo, in cui
stávano, era il più pericolóso. Agli sbocchi [17] del Vesúvio si

---

[1] Verdunfelte fich. [2] wurde. [3] Strich Landes. [4] wogenartig, wie Ku-
geln. [5] hüpfen, als wären fie losgeriffen von ihren Wurzeln. [6] Getöfe, wie
eines rollenden Donners. [7] glich mit ihrem Zifchen dem Geheul wilder
Thiere. [8] fchoß Blitzftrahlen. [9] brauste ftürmifch. [10] fpie aus weitem
Schlunde. [11] dicker Rauch. [12] finfter. [13] eine Schlacht liefern. [14] Schreckniß.
[15] fürchterliche Pofaunen. [16] fich auflöfen, in Trümmer gehen. [17] Auswürfe.

associò un' esplosione di lava sì copiósa, che l'ária si trovò piéna
per molte e molte míglia all' intorno. Tutto il páese e gran
tratto [18] del mare fúron con essa coperti, ove cadéva devastá-
va [19] ogni cosa, uccidéva le persóne e gli animáli, e co-
perse in fine due città: Ercoláno e Pompéja. (*Plinio il Giovine.*)

[18] Strecke. [19] verwüstete.

Descriziòne di un Giardino.

Avea Gioachino allato a casa un vago [1] suo giardino, dove
v'avea d'alberi ben mille maniere, ed ancor più, i quali, essendo
cárichi di belle frutta, porgéano agli occhj de' riguardanti singolare diletto. Vi si vedeano lunghi viali [2] ed altri ameni ricin-
ti [3], che, per éssero da fronzute e folte pérgole [4] coronati, per
entro non vi potea punto il sole. I fioriti pratelli poi, le riso-
nanti acque [5], e i delicati bagni, a' quali era quivi accóncio ed
opportuno luogo [6], invitávano a préndere quel piacére, che uom
suole appetire [7] negli estivi calori.

[1] reizend, schön. [2] Allee. [3] eingeschlossene Bezirke. [4] dichte Laube. [5] rau=
schendes Wasser. [6] bequemer, passender Ort. [7] nach welchem sich der Mensch zu
sehnen pflegt.

Scelta di Lettere.

Lettera del Ganganelli *) al Sig. Abate Ferghen.*

Non può far meglio, Signor Abáte, per distrarsi [1] dagli
impacci [2] e dalle inquietúdini, che viaggiar l'Italia. Ogni uomo
ben istruito debbe un omággio a questo paese tanto rinomato,
e tanto degno di ésserlo, ed io ce la vedrò con indicíbil piacére.

A prima vista scorgerà que' baluardi [3] dati dalla natura negli Apennini, e quelle Alpi che ci divídono dai Francesi, e ci
meritárono il título d'Oltramontáni. Questi son tanti monti mae-
stosi, fatti per servír d'ornamento al quadro [4] ch'essi contor-
nano; i mari sono altrettante prospettive che preséntano i più
bei punti di vista, che interessár póssano i viaggiatori e i pit-
tóri. Nulla di più ammirabile che un suólo il più fértile sotto il
clima più bello, ovunque intersecato [5] di vive acque, ovunque
popolato da villaggi e adorno di supérbe città: tal è l'Italia.

Se tanto in onóre vi fosse l'agricoltúra, quanto l'architettúra; se diviso non fosse il paese in tanti govérni diversi, tutti di
vária forma, e quasi tutti déboli e poco estési, non si vedrébbe
la miséria al fianco della magnificénza, e l'industria senz' atti-

[1] Sich zerstreuen, losreißen. [2] Verdrießlichkeit, lästige Geschäfte. [3] Boll=
werke. [4] Gemälde. [5] durchschnitten.

---

*) Papa Clemente XIV, nato a S. Arcangelo presso Rimini nel 1705,
e morto nel 1774.

vità; ma per somma disgrazia più si è atteso all' abbellimento delle città, che alla cultúra delle campagne, e da per tutto gl'incolti terreni rimpróverano agli abitanti la loro infingardaggine [6].

S'Ella antrerà a Venézia, vedrà una città única al mondo per la sua situazione, la quale è appunto come un vasto naviglio, che si ripósa tranquillamente sulle acque, ed a cui non s'appróda che per mezzo di navígli.

Ma non sarà questa l'única cosa che la sorprenderà. Gli abitanti mascherati per quattro o cinque mesi dell' anno, le leggi di un Governo temuto, che lascia ai divertimenti la maggior libertà, le prerogative d'un Principe, che non ha autorità veruna, le costumanze d'un pópolo, che ha sin paúra dell' ombra própria, e si gode la maggior tranquillità, son tutte cose tra loro disparate, ma che in modo particolare interéssano un viaggiatore. Non vi è quasi un Veneziáno che non sia eloquénte: sono state anzi fatte delle raccolte dei concétti gondoliéri [7] ripiéni di sali argutissimi [8].

Ferrara nel suo ricinto le farà vedére una bella e vasta solitúdine, tácita quasi altrettanto, quanto la tomba dell' Ariósto che ivi ripósa.

Bologna presenterà a' suói occhj un altro bel prospetto. Vi troverà le scienze familiari anche al bel sesso, che prodúcesi con dignità nelle accadémie, nelle quali ogni dì gli s'innálzano de' troféi. Mille diversi prospétti soddisfaranno il suo spírito e gli occhj suói; e la conversazione poi degli abitanti la rallegrerà moltissimo.

Quindi per uno spázio di trecento míglia attraverserà una moltitúdine di piccole città, ciascuna delle quali ha il suo teatro ed il casíno, e qualche letterato o poeta che si ápplica secondo il suo génio ed a norma del suo piacére.

Visiterà Loreto, pellegrinággio famoso pel concorso dei forestiéri, e pei superbi tesori, de' quali è arricchito il suo témpio.

Finalmente vedrà Roma la quale per mille anni coutínui si rivedrébbe sempre con nuóvo piacére, città che assísa sopra sette colli, chiamati dagli Antichi i sette dominatori del mondo, sembra di là dominár l'univérso, e dir con orgóglio a tutti i pópoli, ch'essa n'è la regína e la capitále.

Nel gettár uno sguardo su quel famoso Tévere, le sovverrà di quegli antichi Romani, che tanto hanno parlato di lui, e come tante volte andò gonfio del sangue loro, e di quello dei loro nemíci.

Andrà quasi in éstasi nel rimirár la Basílica di San Piétro, dai conoscitori chiamata maravíglia del mondo, perchè infinitamente superióre a Santa Sofia di Costantinópoli, a San Paolo di Londra, ed al témpio stesso di Salomóne.

[6] Trägheit. [7] Sprüche, Gesänge der Gondelfahrer. [8] sehr witzig, scharfsinnig..

Esso è un vaso tale che si esténde quanto più si scorre, ed in cui tutto è colossale; ma tutto vi apparisce di una grandezza ordinária. Le pitture rapíscono, i mausolei son parlanti, e si crederebbe di rimirár quella nuóva Gerusalémme dal cielo discésa, di cui parla San Giovanni nella sua Apocalissi.

Nel complesso ed in ciascúna parte del Vaticano, erétto sulle rovíne dei falsi orácoli, vi troverà del bello in ogni génere da stancare i suoi occhj e da rimanérne incantato. Qui è, dove Rafaéllo e Michelángelo, ora in una maniera terríbile ed or amábile, hanno spiegato ne' più bei capi d'ópera il genio loro, esprimendo al vivo l'intiéra forza del loro spírito; e qui è dove è depositata la sciénza e lo spírito di tutti gli scrittori dell' univérso in una moltitúdine d'ópere, che compóngono la più vasta e la più ricca librería del mondo.

Le chiése, i palazzi, le piazze púbbliche, le pirámidi, gli obelischi, le colónne, le gallerie, le facciate, i teatri, le fontane, le vedute, i giardini, tutto le dirà, ch'Ella è in Roma, e tutto la farà ad essa affezionare, come ad una città, che fu mai sempre con preferenza universale ammirata.

Scoprirà finalmente un nuóvo mondo in tutte le figure di pittura e scultúra, sì degli antichi, come dei moderni, e crederà questo mondo animato.

La disgrazia si è, che quest' óttica magnifica andrà poi a finire in torme di questuanti, mantenuti da Roma mal a propósito con ispárger certe limósine mal intése, in vece di farli applicare a lavori útili; ed in tal modo la rosa scórgesi colla spina, e il vízio si vede bene spesso a fianco della virtù.

Se i nuóvi Romani non le sémbrano punto bellicosi, ciò addiviéne dal loro attuale Governo, che non ne ispira loro il valóre: del resto si trova in essi ogni séme di virtù, e sono sì buóni militari come gli altri, allorchè militano sotto qualche strniéra potenza.

Passerà di pói a Nápoli per la famosa Via Appia, che per la sua antichità si è resa in oggi per somma disgrázia scomodíssima, ed arriverà a quella Parténope, ove ripósano le céneri di Virgílio, sulle quali védesi náscere un láuro, che non può ésser méglio collocato.

Da un lato il monte Vesúvio, dall' altro i Campi elisj le presenteranno dei punti di vista singolarissimi: e dopo di ésserne sázio, si troverà circondato da una moltitúdine di Napolitani vivaci e spiritosi, ma troppo inclinati al piacére ed all' infingardággine per ésser quel che potrébbono éssere. Saréhbe Nápoli un' impareggiábil città, se non vi s'incontrasse una fólla di plebéi, che hanno un' ária di ribaldi [9] e di malandrini [10], senz' ésser sovente nè l'uno, nè l'altro.

Le chiése sono riccamente adorne, ma l'architettura è di un cattivo gusto, che non corrisponde punto a quella di Roma.

[9] Schurken, gottloses Gesindel. [10] Straßenräuber.

Un piacér singolare proverà nel passeggiare i contorni di questa città, deliziosa pe' suoi frutti, per le sue prospettive e per la sua situazione; e potrà penetrare sino in quei famosi sotterránei, ove restò un tempo inghiottita la città d'Ercolano da un'eruzione del Vesúvio. Se a caso egli fosse in furore, vedrà uscir dal suo seno dei torrénti di fuóco, che maestosamente si spándono per le campagne. Pórtici le farà vedére una collezione di quanto è stato scavato dalle rovíne d'Ercolano, ed i contorni di Pozzuolo, già decantati dal principe dei poéti, le inspireranno del gusto per la poesía. Bisogna andarvi coll'Enéide alla mano, e confrontare coll'antro della Sibilla di Cuma e coll'Acheronte quel che ne ha detto Virgilio.

Al ritorno passerà per Casérta, che per i suói ornati, pei marmi, per l'estensione e per gli acquidotti degni dell'antica Roma, può dirsi la più bella villa d'Europa.

Firénze, donde uscírono le belle arti, e dove esístono come in depósito i loro più magnifici capi d'ópera, le presenterà nuóvi oggetti. Vi ammirerà una città, che, giusta l'espressione d'un Portoghese, non dovrebbe mostrarsi che le doméniche: tanto è gentile e vagamente adorna. Da per tutto vi si scórgono le tracce della splendidezza del buon gusto de' Médici, descritti negli annali del génio quai restauratori delle arti.

Livorno, pórto di mare sì popolato che vantaggioso per la Toscana; Pisa sempre in possesso delle scuóle, e d'avér degli uómini in ogni génere eruditi; Siena rinomata per la purità dell'ária e del linguággio, l'interesseranno a vicénda in modo particolare. Parma, situata in mezzo ai páscoli più fértili, le mostrerà un teatro, che contiéne quattórdici mila persone, e nel quale ciascuno inténde tutto quel che si dice anche a mezza voce. Piacénza poi le sembrerà ben degna del nome, ch'essa porta, essendo un soggiorno, che, per la situazione ed amenità, piace singolarmente a' viaggiatori.

Non si scordi di Módena, come pátria dell'illustre Muratori, e come una città célebre pel nome, che ha dato a' suói Sovrani.

In Milano troverà la seconda chiesa dell'Italia per beltà e grandezza; più di diéci mila státue di marmo ne adórnano l'esterno, e sarebbe un capo d'ópera, se avesse una facciata. La società de' suoi abitanti è sommaménte piacévole. Vi si vive come a Parigi, e tutto spira un'ária di splendidezza.

Le ísole Borromée l'inviteranno a portarsi a vederle mercè il racconto che le ne sarà fatto. Situate in mezzo d'un lago deliziosissimo, preséntano alla vista tutto ciò, che di più ridente e magnifico tróvasi nei suói giardini.

Génova le proverà ésser ella realmente supérba nelle sue chiese e nei suói palazzi. Vi si ossérva un porto famoso pel suo commercio e per l'affluénza degli straniéri; vi si vede un Doge,

che si cáugia appress' a poco siccome i superióri delle comu-
nità, e che non ha un' autorità molto maggiore.

Torino finalmente, residenza di una Corte, ove da lungo
tempo ábitan le virtù, l'incanterà colla regolarità degli edifizj,
colla bellezza delle piazze, colla dirittura delle sue strade, collo
spirito de' suoi abitanti, e qui in tal guisa terminerà il piacevo-
lissimo suo viággio.

Ho fatto, com' Ella ben vede, prestissimamente tutto il
giro dell' Itália e con pochissima spesa, col fine d'invitarla in
realtà a venirci.

Non le starò a dir cosa alcuna dei nostri costumi; questi
non sono niénte più corrotti di quelli delle altre nazioni, chec-
chè ne dicano i maligni; soltanto váriano nel chiaroscuro, secondo la diversità dei Govérni, poichè il Romano non somiglia
al Genovese, nè il Veneziano al Napolitano; si può dir dell'
Itália come del mondo intero, che, salva qualche piccola differénza, ci è qua, come altrove, un po' di bene e un po' di male.

Non la prevéngo sulla grázia degl' Italiani, nè tampóco
sull' amor loro per le sciénze e per le belle arti, essendo questa
una cosa, che conoscerà ben presto nel trattarli, ed Ella specialmente sopra d'ogni altro, con cui tanta soddisfazione si
prova nel conversare, ed a cui sarà sempre un piacére il potersi dire, ecc.

Lettera di Apostolo Zeno *) al Sigr. Muratori a Milano.

Eccomi in questa gran Corte ristabilito in piena salute,
allegro e ben accolto da tutti, e in particolare dall' Augusto [1]
Padrone [2], che in pubblico ed in privato mi ha dato non ordi-
narie dimostrazioni [3] della sua benignissima grazia. Ciò non
ostante penso di tornármene in Italia dentro il prossimo Ottóbre, e di prevenire il lungo e rígido [4] inverno, che qui si
soffre [5], senza lasciarmi lusingare [6] nè dalle grandezze della
Corte, nè dal benefìzio delle stufe [7]. Lontano da' miei libri, mi
sembra éssere dimezzato [8], talchè [9] nessun altro soggiorno [10]
può finir di piacérmi. L'altro jeri ho letto il parágrafo delle Vostra lettera a questo gentilissimo Monsignor Nunzio *Passionei*,
che lo ha molto gradito [11], imponendomi di risalutarvi caramente.
Al Sigr. Abate *Aloisio* esporrò [12] al primo incontro quanto mi or-
dinate. Fate Voi pure le mie parti [13] con tutta cotesta onoratissi-

---

[1] Titel des Monarchen: Allerdurchlauchtigster. [2] Kaiser Karl VI. [3] Bezeigung, Zeichen. [4] streng. [5] dulden, leiden. [6] anlocken. [7] Ofen. [8] halb zu leben.
[9] dergestalt daß — so daß. [10] Aufenthalt, Wohnort. [11] sehr wohl aufgenommen.
[12] euren Auftrag eröffnen. [13] grüßt auch meiner Seits.

---

*) Cittadino veneziano, antiquario, storico, critico e poeta d'alto grido:
fu predecessore del *Metastasio* alla Corte austriaca. Nácque nel 1668 e
morì nel 1750.

ma compagnia del Cioccolate, e in particolare col nostro amatissimo Sigr. Conte *Tardini*. Conservatemi la vostra cara amicizia, e state sano.

Del medesimo al Sigr. Cornaro a Venezia.

Credo che questa lettera sarà per questa volta l'ultima, che
vi scrivo di qui, donde partirò, se altro non succede che me lo
impedisca, dentro [1] la settimana ventura. Ho fatto il più, che è
quello di averne ottenuta la benigna permissione da Sua Maestà, che me l'ha conceduta con l'accompagnamento [2] di molte
distinto grazie [3] e affettuose [4] espressioni. Da Trieste o da
Gorizia avrete avvisi sicuri dell' avvanzamento del mio viaggio,
per cui non mi sono ancora risoluto, se per quella, o per questa parte abbia a terminarlo. Mi regolerò secondo i tempi e le
congiunture. Debbo dirvi, e lo direte anche al fratello, che in
virtù [5] d'una supplica da me presentata a S. M. il Sig. Ippolito è
stato dichiarato Segretario Imperiale, col qual titolo gli si assicura in perpetuo il suo primiero stipendio [6] ed assegnamento,
che presto ancora, per l'assistenza che gli presta con ogni
amore il Sigr. Principe *Pio*, gli sarà accresciuto d'altri 400 annui fiorini, i quali aggiunti a' 600, che prima godeva, gli assi-
cureranno un annuo stipendio di mille fiorini, coi quali potrà
onestamente mantenersi [7]. Non vi posso esprimere il contento,
che provo di questi suoi vantaggi. Fo fine, e col cuore vi abbraccio. Addio.

[1] innerhalb, in. [2] Begleitung. [3] Gnadenbezeigungen. [4] gütig, liebreich,
freundlich. [5] in Folge, kraft, vermöge. [6] Besoldung. [7] wird anständig bestehen,
leben, sich erhalten können.

Del medesimo al Conte di Savalla a Vienna.

La lettera di V. E. mi ha ripieno, non saprei dire, se più
di contentezza o di confusione [1]. Da una parte non poteva non
rallegrarmi meco stesso vedendomi per mezzo di V. E. onorato
degli alti sovrani comandi di cotesto Augustissimo e Clementis-
simo Imperatore nel dovere ogni anno impiegar la mia debolezza
nel componimento d'un Dramma pel suo imperiale Teatro: da
un' altra parte mi confondeva [2] la considerazione e la conoscenza
del mio fiacco [3] talento per poter corrispondere, come avrei
voluto e dovuto, a sì sublime segnalatissimo onore. Pure anche
in questa parte mi sono andato racconsolando col riflesso, che
come altre volte la clemenza Augustissima ha compatite [4] e gradite [5] le mie fatiche, così anche in avvenire sarà per riguardarle
con la medesima generosa bontà. Eccomi dunque, che all' E. V.

[1] Verlegenheit, etwas bestürzt. [2] aus der Fassung bringen, verwirren.
[3] schwach. [4] Nachsicht haben, Einem zu gute halten, nicht übel nehmen. [5] wohl
aufnehmen (genehmigen).

mi dichiaro prontissimo d'impiegare quanto so e vaglio a rassegnazione [6] de' sovrani Cesarei comandi, pronto a tralasciare
qualunque altra mia occupazione, acciocchè abbia modo d'adem-
pirli con la maggiore puntualità ed esattezza. Al termine, che
Ella mi prescrive della Pasqua, l'E. V. avrà in sua mano il
Dramma, che mi fa l'onor di commettermi, ed acciocchè meglio
possa incontrare, la prego d'avvisarmi per tempo in chi debbano
cadere le prime parti, acciocchè meglio possa al bisogno adat-
tarle, come pure il numero dei personaggi, delle mutazioni
ed altro, che stimasse opportuno. E qui le rendo divotissime
grazie dell' occasione, che mi ha somministrata di dichia-
rarmi....

Venezia 17 Novembre 1717.

[6] der sich in den Willen eines Andern ergibt, mit Ergebung, Unterwerfung.

*Lettera del Principe Pio di Savója all' Abate Metastasio *),
colla quale d'ordine dell' Imperatore Carlo VI. gli propone il
servigio di Sua Maestà Cesarea.*

Molt' Illustre Signor mio Osservandissimo!

L'applauso comune che V. S. molt' Illustre ricava [1] nella
poesía, e negli altri componimenti, da questo Augustissimo
Imperatore approvati, sono la cagione, che io d'ordine della
Maestà Sua le esibisco [2] il suo Cesáreo Servígio nelle circostanze [3] che a Lei parrà più próprio d'accettarlo. Conviéne che
Ella mi motivi [4] ciò che brama annualmente per onorario fisso,
poichè pel residuo non vi sarà svário [5] alcuno. Il Signor Apóstolo Zeno non desídera altro compagno, che V. S. molto Illustre, non conoscéndo egli in oggi soggétto più adatto [6] di Lei
per servire un Monarca sì intelligénte, quále è il nostro. Dalla
di Lei risposta e richiésta dipenderà la trasmessa [7] del danáro
pel suo viaggio, godéndo io intanto di quest' apertura [8] per
attestarle la stima ed affetto, che mi costituíscono [9]

Di V. S. molt' Illustre

Vienna 31 Agosto 1729.

Affezionat[mo] per servirla di cuóre
Príncipe Pio di Savója.

[1] Erhalten, sich erwerben. [2] anbiete. [3] Bedingungen. [4] erwähnen, melden.
[5] Schwierigkeit. [6] geschickter, tauglicher. [7] Uebersendung. [8] Gelegenheit. [9] bezeich=
nen, verharren.

---

*) *Pietro Trapasso* di Roma fu soprannominato *Metastasio* dal celebre
Gravina, ch'egli ebbe a maestro, e che gli tradusse il cognome colla
voce greca *metastasis*. Fu poeta cesáreo, ed è il principe, forse inimi-
tábile, de' poeti drammatici. Morì in Vienna nel 1782.

Risposta del Matastasio.

Eccellénza.

Non prima di jéri mi giunse il Veneratissimo Fóglio di Vostra Eccellénza, tuttochè scritto in data de' 31 Agosto, ed il poco tempo, nel quale sono obbligato a rispóndere, non è sufficiente per riméttermi dalla sorpresa, che deve necessariamente produrre l'onore dei Cesárei Comandi, a' quali non ardivano di salíre i miéi voti [1] non che [2] le mie speranze. Il dubbio della mia ténue [3] abilità mi farébbe ricercare con estremo timore la glória del Cesáreo servígio, se l'approvazione augustíssima non mi togliesse anche la libertà di dubitar di me stesso: onde non resta a me, che di atténdere i cenni di Vostra Eccellénza per eseguirli. Mi prescríve l'Eccellénza Vostra replicatamente nella sua léttera, che io spiéghi i miéi desiderj intorno all' ánnuo onorário. Questa legge me ne tóglie [4] la repugnanza [5], e giustífica il mio ardire. Mi si dice, che l' onorário sólito dei poéti, che hanno l'onore di servire in cotesta Corte, e che quello che come poéta ricéve il signor Apóstolo Zeno, sia di 4000 annui fioríni: ond' io regolándomi [6] sull' esémpio dell medésimo, restringo [7] umilmente le mie richiéste fra i términi [8] della soraccennata [9] notízia, con le riflessioni, che, abbandonando io la mia pátria, sono obbligato a lasciare sufficiente assegnamento [10] a mio padre cadénte [11] ed alla mia numerosa famíglia, la quale non ha altro sostegno, che il frutto, che fortunatamente ricevono in Itália le mie déboli fatiche; che diviso da' miei dovrò vívere nella più illustre Corte d'Európa con quel decóro [12] che conviéne al Monarca, a cui avrò l'onore di servire; finalmente con la certezza, che potréi male applicarmi all' impegno del mio esercizio, distratto dal continuo doloroso pensiéro degl' incómodi e bisógni paterni.

Ecco ubbidita la legge di chi richiéde; ma in questa richiésta spero, l'Eccellénza Vostra non considererà che la mia ubbidiénza: poténdo per altro Ella éssere persuása, che in qualunque condizione io debbo éssere prontissimo ad eseguire quanto piacerà all'Augustíssimo Padrone d'impormi. Conosco quanto debbo all' incomparábile signor Apóstolo Zeno, il quale non conténto di avér protétte finóra le mie ópere, vuole col peso del suo voto [13] éssermi così generosamente benéfico. Io gliéne serbo [14] per fin che vivo il dovuto senso di gratitúdine, ed umilmente raccommandándomi al válido patrocínio dell' Eccellénza Vostra, le fáccio profondo inchino.

Roma 28 Ottobre 1729.

Umil[mo] Devot[mo] Obbl[mo] Servitore
Pietro Metastasio.

[1] Wünfche. [2] gefchweige. [3] gering. [4] benimmt. [5] bie Abgeneigtheit, Weigerung. [6] richtenb. [7] befchränfe. [8] Gränzen. [9] obgemelbet. [10] Verforgung. [11] gebrechlich, hochbejahrt. [12] Anftanb. [13] Stimme. [14] hegen, behalten.

Del Príncipe Pio di Savoja al Metastasio.

Non mi fu possibile rispóndere al di Lei compito [1] fóglio per éssermi trovato alla caccia coll' Augustíssimo Imperatore, al quale ho fatto léggere i suói sentiménti, poténdosi assicurare, che Sua Maestà si è compiaciúta di vedere una léttera scritta con tanta proprietà ed aggiustatezza [2] concernénte [3] l'interésse venturo.

Che il signor Zeno ottenesse il soldo di 4000 fiorini è vero; ma tanto ottenne e come stórico, e come poéta, avéndo servito S. M. fin dal tempo, che si trovava in Ispagna. Io non dúbito ch' Ella con il progresso del tempo arriverà a godére tal somma. L'abáte Pariáti non ottenne, nè tira fin al giorno d'oggi, che fiorini due mila e sei cento. Con tutto ciò per distínguere il di Lei mérito accórda S. M. fiorini 8000 l'anno, cento ungheri [4] pel viággio, i quali dall' Eminentissimo Cenfuegos le verranno sborsati, come io con mie righe [5] in quest' ordinário lo prego di eseguíre. Spero dunque, ch' Ella non defrauderà [6] la speránza, che nutro di presto qui vederla, per autenticarle di viva voce e con l'ópere quanto sia, ecc.

[1] artig, zierlich. [2] Genauigkeit, Geschicktheit. [3] betreffend. [4] Kremnitzer Ducaten. [5] Zeilen (Schreiben). [6] täuschen.

Risposta.

Lo stabilimento. di 3000 fiorini ánnui, del quale il Veneratissimo Fóglio dell' Eccellenza Vostra mi assicura, a tenore [1] dell' Orácolo [2] Augustissimo, non ha bisogno di nuóva accettazione; perchè, siccóme mi dichiarai nell' altra mia, in qualunque condizióne io non saréi così nemico a me stesso, di non abbracciare avidamente il sommo degli onori, che potévano sperare i miéi studj; e per quanto sia difficile il conóscersi, io mi conosco abbastanza per confessare, che quanto mi viéne accordato è un puro effetto della beneficénza Cesárea usata a misurarsi con la sua grandezza, non col mérito altrúi. Onde giacchè mi vién permessa questa glória, io già mi consídero attuál servitóre della Cesárea Maestà Sua. Nell' umanissima lettera di Vostra Eccellénza non mi vién prescritto tempo al partire, effetto [3], cred' io, della clementissima previdenza [4] di Cesare, il quale avrà benignamente considerato, che una mossa [5], della quale è necessária conseguenza la variazione di tutte le misúre mie, non può comodamente eseguirsi con sollecitúdine corrispondente al mio desidério. Ed in fatti la mia parténza richiederébbe qualche dilazione [6] per dar ordine agl' interéssi doméstici [7], disporre di due sorelle nubili, disfarmi di alcúni officj vacábili [8], e parti-

[1] In Gemäßheit, laut. [2] Ausspruch. [3] eine Wirkung. [4] Fürsorge. [5] Schritt. [6] Aufschub. [7] häusliche Angelegenheiten. [8] um mich von einigen Dienstobliegenheiten frei zu machen.

29

colarmente di uno, il cui titolo è maestro del registro delle suppliche [9] apostóliche, il frutto del quale dipende dal mio esercizio [10] personále; onde, perchè non sia affatto infruttuóso il
capitale impiegato in compra, mi conviéne ricuperarlo con la
véndita [11], e farne altro impiégo, e finalmente per adempire all'
óbbligo di méttere in iscéna due miéi drammi nuóvi in questo
teatro di Roma contratto [12], quando non ardiva di augurarmi
l'onore de'Comandi Augustissimi. Tutto ciò si potrà da me com-
pire nel tempo, che rimane da questo giorno al principio della
quarésima. Quando però abbia io male spiegato gli órdini di
Vostra Eccellenza, ogni nuóvo cenno farà, che io sagrifichi
qualunque mio riguardo doméstico, e mi servirà per sovrabbon-
dante [13] ragione da scaricarmi [14] del mio impegno teatrale. E
supplicando l'Eccellénza Vostra a convalidare [15] con la sua assisténza i motivi, che mi necéssitano contro mia voglia a desiderare la dilazione suddetta, le faccio profondissimo inchíno.

    Roma 3 Novembre 1729.

[9] Bittschriften. [10] Ausübung. [11] es wieder hereinbringen durch den Verkauf. [12] ein=
gegangen. [13] mehr als hinreichend. [14] befreien, entledigen. [15] unterstützen, bekräf=
tigen.

Ad Apostolo Zeno.

    Non credeva di potér avére maggior títolo di rispétto [1] per
V. S. Illustrissima di quello, che m'imponeva [2] il suo nome,
che da me fu dal princípio de'miéi studj insiéme con tutta
l'Italia venerato; ma ora mi si aggiunge [3] una inescusabile [4] necessità, poichè senza táccia [5] d'ingrato non posso dissimulare [6]
di dovére alla generosità sua tutta la mia fortuna. Ella mi ha
abilitato [7], facendosi da me ammirare ed immitare; mi ha solle-
vato all'onore del servizio Cesáreo col peso considerábile della
sua approvazione, onde ardisco di lusingarmi, che riguardan-
domi come un'ópera delle sue mani, séguiti a protéggere quasi
in difesa [8] del suo giudizio la mia pur troppo débole abilità, ed
a regolare a suo tempo la mia condotta, facéndomi co' suoi consigli evitare quegli scógli, che potrebbe incontrare chi viéne
senza esperienza ad impiegarsi nel servizio del più gran Monarca del mondo. La confessione di questi miei óbblighi verso
di V. S. Illustrissima, e le speranze, che io fondo nella sua di-
rezione [9], sono finora note a tutta la mia patria, e lo saranno
per fin che io viva, dovunque io sía mai per ritrovarmi, único
sfogo [10] della mia verso di Lei infruttuosa gratitúdine. Non es-
sendomi prescritto tempo alla partenza, ho creduto, che mi sia
permesso di differírla fino alla quarésima ventúra. Ho spiegato

[1] Ursache, Aufforderung zur Verehrung. [2] von mir erheischte. [3] kommt mir
hinzu. [4] unerläßliche. [5] Verschuldung, ohne mich der Undankbarkeit schuldig zu ma=
chen. [6] verhehlen. [7] geschickt, fähig gemacht, ausgebildet. [8] zur Vertheidigung. [9] Lei=
tung. [10] Aeußerung, Ergießung.

prolissamente a Sua Eccellenza il signor Principe Pio le cagioni di tal dilazione. Supplico V. S. Illustrissima ancóra a sostenerle, perchè io possa venire senza il séguito di alcún pensiéro nojoso, quando però sia tutto questo di pienissima soddisfazione dell' Augustissimo Padrone: e baciándole umilmente le mani, faccio profondissima riverénza.

Roma 5 Novembre 1729.

Del Medesimo a suo fratello.

La Maestà dell' Augustissima Padrona nell' última sua gravidanza, fece scommessa col primogénito del Principe di Dietrichstein, ch'ella partorirébbe un'Arciduchessa. La vinse, come sapéte, e il perditore per pagare la piccola discrezione [1] che dovea, immaginò di far esprimere in una figurína di porcellána il próprio ritratto, atteggiáto [2] col sinistro ginócchio a terra, e presentante con la destra un picciolissimo fóglio, di cui v'inchiúdo un esémpio. É necessário, che sappiáte, che quando fu presentata all' Imperatrice la novella Principessa, ella esclamò: „Oh poveretta, la compiango, ella mi somiglia come due gocce d'acqua.‟ Io richiésto dal perditóre feci a nome di lui i quattro seguénti versetti, che non meritávano lo strepito che se n' è fatto.

> Io perdei, l' Augusta Figlia
> A pagár mi ha condannato;
> Ma s' è ver, che a voi somiglia,
> Tutto il mondo ha guadagnato.

[1] Die kleine Wettschuld. [2] dargestellt, in der Stellung.

Lettera del Conte Francesco Algarotti *) al Sigr. Barone di Knobelsdorf a Berlino.

E con esso Lei e con Berlino grandemente mi rallegro, che sia ormai tanto avanti la fabbrica [1] di cotesto Teatro, del quale Ella due anni sono mi fece vedere il disegno [2]. Oh, il bell' aspetto, che renderà il gran basamento [3] rustico [4], la loggia [5] Corintia, e tutto il restante dell' edificio, spirante in ciascun lato l'antica eleganza e maestà! Ottimo è il suo avviso [6] di collocare nelle quattro nicchie [7] che sono per ciascuna delle quattro facciate [8], le immagini de' più celebri poeti drammatici greci, latini, italiani e francesi. Quanto alle nicchie destinate per i Greci, elleno non potrebbono essere più degnamente occupate,

[1] Bau. [2] Bauriß, Zeichnung. [3] Grund, Postament. [4] die toskanische Ordnung in Säulen. [5] Säulengang, Gallerie, Altan. [6] Meinung. [7] Nische, Bilderblende. [8] die Fassade, Vorderseite eines Gebäudes.

---

*) Valente filósofo e poeta veneziano. Viaggiò e conobbe i più rinomati letterati e le più splendide Corti d'Europa. Federico II. lo fe' suo Ciambellano e Cavalier del merito. Morì a Pisa nel 1764.

29 *

che da' quattro ch'Ella ha già disegnati [9]: *Sofocle*, *Euripide*, *Aristofane* e *Menandro*, le statue de' quali avranno senza fallo [10] tenuto il primo luogo tra quelle che ornavano il teatro di Atene. Ed è ancora fuor d'ogni dubbio, che le nicchie dei Francesi hanno da essere occupate da *Cornelio*, *Racine*, *Quinault*, e *Molière*. Due nicchie tra' Latini saranno nicchie adattissime per *Plauto* e per *Terenzio*. Ma *Seneca* per la terza Ella mostra di non esserne gran fatto [11] persuaso, come nol sono, se ho a dirla schiettamente [12], nè anche io. Finalmente quanto alle nicchie serbate per gl'Italiani, sopra i quali Ella domanda più particolarmente il mio sentimento [13], il primo luogo di ragione [14] è dovuto al *Trissino*, che primo tra' moderni compose una tragedia, che rende odore d'antico [15], ancorchè siavi chi dice, che i fiori de' Greci colti da lui, tra le sue mani appassiscono [16]. Nell'altre nicchia si vuol porre il segretario fiorentino (*Macchiavelli*), autore anch'egli di componimenti di teatro, ove si trova l'eleganza del dire [17] di *Terenzio*, e la forza comica di *Plauto*. E ci scommetterei che avrebbe mosso a riso l'istesso *Orazio*, a cui non garbeggiavano gran fatto [18], com'Ella sa, i sali [19] Plautini. Verrà terzo il *Tasso* per la favola pastorale dell' *Aminta*. Resta la quarta nicchia, la quale al certo non potrebbe venir meglio da altri occupata che dal *Metastasio*. Queste statue convenientemente vestite con belle maschere antiche, e con qualche strumento a' piedi, saranno alla fabbrica di non picciolo ornamento. Ella mi creda quale veramente sono, ecc.

[9] bestimmt, gewählt. [10] unfehlbar, gewiß. [11] nicht viel, sehr. [12] freimüthig, aufrichtig, offenherzig. [13] Gesinnung, Meinung. [14] mit Recht, von Rechtswegen. [15] Spuren vom Alten. [16] verwelken, verdorren. [17] zierliche Sprache. [18] nicht viel gefallen, anständig sein. [19] feiner Scherz, witziger Einfall.

Paolo Manuzio [*]) a M. Niccolò Barbarigo.

Ho veduto questi due dì con molta diligenza e con infinito mio piacere la vita, che mi lasciaste del Card. Contarini, scritta da voi latinamente, della quale non intendo di dirvi molte cose. Bastivi questa sola, e se confidate nel mio giudizio [1], tenetela per vera, che lo stile con la materia contende [2]. Operò egli con virtù, e voi avete scritto con eloquenza. Egli alla Patria ed a santa Chiesa giovò mirabilmente, e voi a tutte le genti, se a noi altri vaghi della vostra gloria, vi lascerete disporre a mandar in luce i vostri componimenti, e a tutti i secoli gioverete,

[1] Für sentenza, decisione, parere, Urtheil, Ausspruch, Meinung. [2] daß der Styl der Erhabenheit des Gegenstandes entspricht.

[*]) *P. Manuzio*, onore degli stampatori, e peritissimo delle antichità romane. A lui deve l'Italia 4 libri di lettere volgari molto piacevoli, e ripiene d'erudizione.

dando a vedere un esempio di perfetta vita, col quale risveglie-
rete negli animi di molti desiderio grande di rassomigliarsi in
qualità, quanto più si possa, a quel singolarissimo Signore: Nobile ed alto pensiero fu il vostro, quando proponeste di volér
scrivere le vite di dodici de' più notabili Gentiluomini, che fiori-
rono in diversi tempi nella vostra gloriosíssima Repubblica,
dando loro il paragone [3] di altrettanti de' più lodati stranieri.
Lodevole impresa, ma difficile, e da principio non conoscendo
interamente le forze dell' ingegno vostro, dubitai non doveste
reggere alla grandezza del peso. Ora mi rallegro, che l'opera
vostra, per quanto già si vede a desiderato fine riesce. Seguite
il rimanente. Più onorato, più di voi degno pensiero non poteva
nell' animo cadervi. State sano.

    Di Venezia...

[3] vergleichen, gegen einander halten.

Il Commendatore Annibal Caro *) al Signor Molza.

    Presentator di questa sarà M. Mattio Franzesi Fiorentino;
come dire un Venezian da Bergamo. Viene a Padova chiamato
dal Sigr. Pietro Strozzi, e credo che si fermerà di costà. Egli
è mio grandissimo amico, desidera d'esser vostro, e merita,
che voi siate suo. Perchè vi sia raccomandato per mio amore,
credo, che vi basti dire, ch'io l'amo sommamente, e ch'io sono
amato da lui. Ma perchè conosciate ch'egli n'è degno per se,
bisogna dirvi, chè oltre all' esser letterato ed ingegnoso, è
giovane molto da bene, e molto amorevole, bello scrittore, bellissimo dettatore [1], e nelle composizioni alla Bernesca [2] arguto
e piacevole assai, come per le sue cose potrete vedere. Quando
verrà per visitarvi, offriteveli, prima per suo merito, e poi per
amor mio: accettatelo per amico con tutte quelle accoglienze,
che vi detta la vostra gentilezza, e che fareste a me stesso, o
se io fossi lui. E mi vi raccomando.

    Di Roma alli 24 di Gennajo 1539.

[1] der gelehrte Arbeiten in Versen oder in Prosa schreibt. [2] nach der Manier
des Berni, eines scherzenden Dichters; humoristisch.

Monsignor della Casa **) al Re di Francia.

    La benignità, che V. M. Cristianissima s'è degnata di usar
meco, nominandomi a N. S. tra quelli, che Ella reputa degni

---

*) Eccellente scrittore, poeta ed epistolografo. Morì nel 1561.

**) Gentiluomo Fiorentino e Letterato de' più famosi del secolo XVI.
Fu uno de' Ristoratori della Prosa volgare. Morì in Roma l'anno 1556.

d'esser Cardinali, non si può misurare, se non con la grandezza
dell' animo e della bontà sua; perciò non ardisco entrare in ren-
derlene grazie, perchè io non basterei a farlo con la debita misura. Solo le dico, ch'io mi sforzerò d'esser tale, che Ella non
abbia mai cagione di pentirsi dell' onorato giudizio, che s'è
degnata fare di me; il che m'ha promesso Monsignor di Lansac
per sua cortesia di dir più amplamente a V. M. Cristianissima,
alla quale bacio con ogni riverenza la mano.

　　Di Roma 1555.

Il Cavalier Guarini *) all' Ambasciadore Veneto in Francia.

　　Io non credetti mai, che 'l mio *Pastor fido* dovesse salir
tant' alto, nè di felicità, nè d'onore, che mi potesse fare invido
del suo bene; l'andar per le mani e per le bocche di tutta l'Italia, l'essere stato già tante volte spettacolo di Teatri e di Città
principali; l'aver monti e mari sì prestamente varcati, l'essere
alle straniere più nobili Nazioni divenuto sì caro, e tanto dime-
stico, che nelle lingue loro sappia già favellare, e penetrando a
quei famosi Regni dell' Oceano, che divisi si chiaman dal nostro mondo, avere avuto da loro, e 'l pregio della stampa, e
l'onore della scena, e l'applauso de' popoli; tutti questi sì grandi
ed eccessivi favori non ebbero mai forza di fare in me quell'
invidia, che ha fatto la lettera di V. S. Illustrissima, ond' Ella
s'è compiaciuta di darmi avviso, che 'l mio *Pastor fido* ha fatto
le delizie di coteste non mai abbastanza esaltate e riverite Dame di Francia. Ho sempre grandemente desiderato di vedere
cotesto Regno sì grande, sì bello, sì poderoso, e sì nobile.....
Se di qui in Francia non fosse più lunga strada di quella, che è
di qui a Roma, ardirei d'arrischiarmi. Ma passar l'Alpi? dirò
col mio divino Compatriota, ch'io non ho piè gagliardo a sì
gran salto. Padron mio, son già vecchio, ovvero per lusingar
me stesso, non son più giovine. Il far sì lungo cammino col peso di tanti anni, richiede necessità, non vaghezza. Per venire e
tornare non ho forze: per venire e restar non ho luogo. Con-
chiudo insomma, che non ho tempo da perdere, e che gl'in-
dugi non fan per me. Quanto alle mie Rime, do loro l'ultima
mano, e le vo quasi novelle Spose adornando per mandarle all'
onor del mondo (Dio voglia, che sia così). Quanto prima saranno
impresse, le manderò a V. S. Illustrissima per beatificarle nel
Coro delle divine Muse di Francia. Signor Cavaliére, mio Padrone, io non ho altro che dirle, se non che io la supplico a

---

*) Uno de' più chiari lumi della volgar Poesia. Nacque nel 1538 in
Ferrara, e morì in Venezia 1612. La più celebre delle sue poesie è
il *Pastor fido*.

tenermi, com' Ella fa, in buona grazia, e darmi occasione, ond'io possa mostrare quanto la osservi, e conosca d'esserle debitore per tanti segnalati favori, che sempre mi ha fatti, e mi fa. E per fine le bacio riverentemente la mano, pregando Dio, che in sua santa guardia sempre la custodisca.

Di Ferrara....

Torquato Tasso *) al Città di Bergamo.

Illustrissimi Signori, e Padroni miei Osservandissimi. Torquato Tasso Bergamasco per affezione, non solo per origine, avendo prima perduta l'eredità di suo Padre, e la dote di sua Madre, e l'antifato [1], e di poi la servità di molti anni, e le fatiche di lungo tempo, e la speranza de' premj, ed ultimamente la sanità e la libertà; fra tante miserie non ha perduto la fede, la quale ha in cotesta Città, nè l'ardire di supplicarla, che si muova con pubblica deliberazione [2] a dargli ajuto e ricetto [3]: supplicando il Signor Duca di Ferrara, già suo Padrone e benefattore, che il conceda alla sua Patria, ai parenti, agli amici, a se medesimo. Supplica dunque l'infelice, perchè le Signorie Vostre si degnino di supplicare a sua Altezza, e di mandar Monsignor Licino, ovvero qualche altro apposta, acciocchè trattino il negozio della sua liberazione, per la quale sarà loro obbligato perpetuamente, nè finirà la memoria degli obblighi colla vita.

Nello Spedale di S. Anna di Ferrara. 1586.

[1] Den Mißbrauch, bie Nutzung bavon. [2] Beschließung, Rathschluß. [3] Aufnahme, aufnehmen.

Marini **) al Signor NN.

La lettera di V. S. mi è stata carissima, non già perchè fosse necessaria a farmi nuova fede della sua antica affezione, poichè ne son sicuro per molte prove, ma perchè m'ha dato occasione non meno di ridere della vana malignità degl' inimici, che di godere del vero gusto degli amici, tra' quali pongo V. S. nella prima fila, sapendo con quanto sentimento di parzialità accompagna sempre le mie fortune. Se la speranza di co-

---

*) Principe de' Poeti epici italiani, nacque in Sorento nel 1544, e morì in Roma nel 1595.

**) Nacque in Napoli nel 1569, e vi morì nel 1625. Sarebbe stato uno de' più celebri Poeti Italiani, se non si fosse abusato del suo grande ingegno, e della facilità del suo verseggiare.

testi poverelli, che hanno sparsa la voce della mia morte, non
ha altra candela, andrà a dormire al bujo [1], perchè non fui giammai in tutto il corso della mia vita, nè più sano, nè più allegro, nè
più glorioso di quel, che sono al presente. Mi ritrovo dopo tanti
anni di peregrinazione nella mia Patria, ricevuto ed accarezzato
con tanti onori, e con tanti applausi, ch'io, che conosco assai
bene i pochi meriti miei, resto pieno di confusione, nè posso non
vergognarmi di me stesso. Non conviene, che io mi diffonda [2]
in raccontare ogni particolarità, perciocchè le cose sono così
pubbliche, che potrà averne relazione da mille bocche, e da
mille penne. Il Sig. Vicerè è quasi ogni giorno meco, mi fa favori non ordinarj, e dimostra di compiacersi della mia conversazione. Son Principe di questa Accademia con concorso fre-
quentissimo di tanta moltitudine di Titolati, di Cavalieri e di
Letterati, che veramente è cosa mirabile. La Città per usar meco gratitudine, e lasciar qualche pubblica memoria d'avere avuto un figliuolo, che non le ha fatto disonore, tratta di voler
farmi una statua con Epitafio in nome di tutta l'Università. Queste
sono dimostrazioni non facili, e non solite in questo Regno
e da ogni altro sarebbero forse procurate con cento mezzi:
ma Iddio sa, s'io fo ogni mio sforzo per evitarne l'effetto,
perchè son molto alieno da sì fatte ambizioni, e mi basta
essere stimato qualche cosa in casa mia. Ho voluto darne parte
a V. S., perchè so, con che vivo affetto sente ogni mia prosperità, ed acciocchè dia una mentita a coloro, che mi prédicano
per morto. Son vivo adunque, ed avendomi Ella fatto certo, ch'io
vivo ancora nella sua memoria e nella sua grazia, voglio pretendere di vivere tuttavia un gran pezzo alla barba [3] degli autori di cotali invenzioni. Starò qui per tutto il mese di Novembre,
e poi farò ritorno alla volta di Roma in casa del Serenissimo
Cardinal di Savoja, dove potrà V. S. indirizzarmi i suoi coman-
damenti. Ed intanto le bacio caramente le mani.

Di Napoli....

[1] Im Dunkeln; im Finstern. [2] weitläufig worüber sprechen (sich ausbreiten).
[3] zum Trotz.

Il Senatore Filicaja *) al Signor Menzini.

Ho fatto ogni diligenza per aver le Satire del Soldani, e
servirla del riscontro, ch'Ella m'impose. Ma quei due, che le
hanno, sono alla Corte, che di presente si trova in Pisa. Onde
prima del ritorno della Corte non penso di potere aver la fortuna di servirla compitamente, come richiede il mio debito. E

*) Fiorentino, celebre Accademico della Crusca e Ristoratore della
volgar Poesia. Mori nel 1707.

rendendo alla bontà di V. S. infinite grazie dell' essersi degnata
di comandarmi, la supplico per fine di continuarmene l'occasione,
e con tutto lo spirito mi confermo.

Firenze 3 Marzo 1692.

*Antonio Maria Salvini *) al Signor NN.*

Intendeste nella mia passata come io sono compiacente,
e condescendente verso gli amici. Ora voglio, che sappiate,
come io sono in conversazione. Io stimo tutti gli uomini, come fratelli e paesani; fratelli, come discendenti dal medesimo
Padre, che è Iddio; paesani, come tutti di questa gran Città,
che Mondo si chiama. Non mi rinchiudo, nè mi ristringo, come i più fanno, che non degnano, se non un certo genere di
persone, come Gentiluomini e Letterati, e gli altri stimano
loro non appartenere: e gli Artigiani, e i Contadini, e la ple-
be non solamente non degnano, ma talora anche strapazzano,
come se non fossero uomini anch' essi, ma bestie, o genti d'un
altra razza. Ho odiato sempre l'affettazione di parere in tutti i
gesti, nel portamento, nelle maniere, nel tuono della voce contraffatto[1], un virtuoso o un Signore d'importanza, sfuggendo
più che la morte ogni atto di superiorità, e facendomi così
degnevole, umano, comune e popolare. Il cappello non rispar-
mio, e sono quasi il primo a salutare. E per dirvi tutto il mio
interno, non saluto mica per semplice ceremonia, ma per una
stima universale, che io nutrisco nel cuore verso tutti, siano
chi si pare, ed abbiano nome come vogliono; perchè finalmente
ognuno per sciatto[2] e spropositato[3] che sia, fa la sua figura
nel mondo, ed è buono a qualcosa; si può aver bisogno di tutti,
e però tutti vanno stimati..... Io seguito i miei studj allegra-
mente, ne' quali ancor conservo il mio genio universale, perchè
tutto m'attaglia[4], e da ogni libro mi pare di cavar costrutto[5],
e ordinariamente stimo gli Autori, e non gli disprezzo, come
veggo fare molti, senza nè anche avergli letti, e che per parere di giudizio sopraffino appresso al volgo, sfatano[6], sviliscono[7]
tutto, e pronti sono, e apparecchiati piuttosto a biasimare, che a
lodare: mi diletto pertanto in varie lingue, oltre alla latina e la
greca piacendomi il grave della spagnuola, ed il delicato della francese. Or che pensate? ultimamente mi sono adattato all'

[1] verstellt, nachgemacht. [2] plump, tölpisch, unansehnlich. [3] ungeschickt, albern,
unverständig. [4] gefallen, gut anstehen. [5] statt profitto, Nutzen, Vortheil. [6] sfataro,
verachten, verhöhnen. [7] statt avvilire, herabsetzen, verächtlich machen.

*) Uno de' più illustri membri dell' Accademia della Crusca, e dei più
tersi ed eleganti Scrittori volgari; Professore di lingue nello Studio di
Firenze, sua Patria. Morì nel 1729.

inglese, e mi diletta, e mi giova assaissimo. E gl' Inglesi essendo nazione pensativa, inventiva, bizzarra[8], libera e franca, io ci trovo ne'loro libri di grande vivacità e spirito: e la greca e le altre lingue molto mi conferiscono a tenere a mente i loro vocaboli per via d'etimologie e di similitudine di suoni. Per finire, conservo co'libri come colle persone, non isdegnando nessuno, facendo buon viso a tutti, ma poi tenendo alcuni pochi buoni e scelti più cari. Addio.

    Di casa 18 Novembre 1714.

[8] wunderlicher Laune.

Eustachio Manfredi *) al Sign. Dottor Ghedini.

    Pochi giorni prima, ch'io partissi di Bologna, per portarmi qua, ebbi dal nostro Zanotti contezza del Frugoni e delle singolari virtù sue; ma specialmente dell' ottimo suo gusto nella Poesia: e sentendo, che era per trattenersi all' Accademia del Porto, mi compiaceva tra me dell' opportunità, che forse mi si sarebbe data di conoscerlo, e di stringermi seco in amicizia. Or questa contentezza avete voi voluto procurarmi anche prima di quel ch'io l'avessi sperata. Perciocchè essendomi convenuto allora, per la necessità di partire, rimettere un tal pensiero al mio ritorno; ecco, che egli stesso viene inaspettatamente a trovarmi in Venezia con una vostra lettera, e ad un tempo mi si dà a conoscere, e portami novelle di voi, di che cosa più dolce e bramata non potea accadermi. Vi ringrazio dunque, che al piacere, che ho provato grandissimo della conoscenza e famigliarità d'un tal uomo, abbiate voluto aggiungere quello d'avermela voi medesimo conciliata: il che in un certo modo me la rende più pregevole e più cara. Veramente nel brieve tempo che con esso ho potuto finora passare, l'ho trovato somigliantissimo a quello, che voi e Zanotti me lo avete dipinto. Pronto[1], vivace[2], e copioso ingegno[3], d'amabili e franche maniere, e tanto più ne' ragionamenti allegro e piacevole, quanto nell' aspetto maggior gravità[4] e malinconia par che mostri. Giovedì fui per visitarlo, ma trovai, che fuor di casa avea desinato. Ecco mentre scrivo, vien di nuovo a trovarmi il Frugoni. Voi amatemi, e se alcuna speranza di gratitudine, benchè alquanto lontana, vedete dalla Patria, donate il resto a' tempi, e non ci abbandonate. Addio.

    Venezia 12 Ottobre 1720.

[1] scharffinnig, sich nicht lange besinnend, heller Verstand. [2] lebhaft, munter. [3] fruchtbares Genie. [4] Ernst.

---

    *) Lettor pubblico di Matematica nell'Università di Bologna, sua patria; Astronomo e Poeta, pari ai più grandi. Morì nel 1739.

Alessandro Fabri al Giampietro Zanotti a Bologna.

O tu sei morto affatto, o per noi almeno non sei più vivo. Altramenti avresti alla mia, che qua t'invitava, o corrisposto, o risposto. Ma la nostra compagnia non ti dee per avventura esser piacévole come qualche altra in Bologna. Pazienza. Io non vo' per questo rimanermi da farti il secondo invito, seguane che può. Viene lo sterzo a Bologna stasera; e lunedì o martedì sarà di ritorno a noi. Vuoi tu valerti dell' occasione, o no? Risolvi. Madama ti sollecita, Ghedino ti prega, io ti scongiuro, tutti t'aspettiamo. Addio. Saluta i tuoi, e particolarmente Franceschino.

Dalla Torre del Forcello 11 Giugno 1718.

Flaminio Scarselli *) a D. Domenico Fabri a Bologna.

Di grazia mettiam da parte le scuse. Altrimenti seguendo il vostro esempio, non d'altro riempir dovrò la mia lettera, che di preghiere per ottenere compatimento al lungo ritardo della risposta. È primieramente vi ringrazio dell' approvazione, che date a miei Sonetti, de'quali a mio giudizio il men cattivo è quello de' Bolognesi, comechè gli altri due abbiano riportato maggior applauso. Ora sì, che io comincio a compiacermene, e a riputarle degni di qualche lode, dappoichè hanno avuto potere [1] di risvegliare la vostra Musa. Ho letto il vostro Sonetto, e l'ho trovato sì bello, come lo sono tutti i lavori d'ingegno, che vengon da voi. Amatemi, come fate, e state sano.

Roma 9 Novembre 1743.

[1] Im Stande waren.

Il C. Agostino Santi Pupieni al Conte N.N.

Io non credo di dover studiare sentimenti per assicurarvi del contento, con cui ho inteso dalla vostra lettera novelle di voi, e notizia del felice proseguimento del vostro viaggio. Sapete la schiettezza [1], del mio animo ed il debito, che ho di amarvi ; senza rigiri [2] di parole è facile il dedurne la mia cosolazione. Ho salutato tutti gli amici in vostro nome, ed hanno dimo-

[1] Aufrichtigkeit, Freimüthigkeit, Redlichkeit. [2] Wortumschweife, Herumdrehen.

---

*) Bolognese. Fra le sue opere si apprezza assaissimo la traduzione del *Telemaco*, ch'ei fece in ottava rima. Morì nel 1776.

strato piacere al mio non inferiore. Vi dico bene, che ho creduto di morir dalle risa, quando all' aprire del vostro foglio ho veduto l'inscrizione d' *Illustrissimo mio Signore*. Sicchè dunque, perchè ora siamo lontani, non siamo più quegli amici, ch'eravamo, allorchè stavate qui a Magonza? E dov' è andato la nostra confidenza? Vi dico daddovero, che mi scandalizzo [3] di voi. Se non vi fosse noto il mio carattere, vorrei compatirvi; ma in questa guisa certamente, collo stare sui titoli, o voi volete sciogliere il vincolo della nostra amicizia, o credete che io sia un pazzo, che ambisca [4] d'esser trattato in distanza diversamente da quello, che esigo in presenza. Troppo presto vi s'attacca il contaggio epidemico [5] dell' Italia; non vorréi, che foste sì pieghevole [6] in questa materia, perchè mi dareste indizio di troppa facilità, per uniformarvi [7] a tutti i vizj delle Nazioni, colle quali v'accade di conversare. So bene, che in Italia, e qui in Germania la mercanzia de'titoli in due secoli ha fatto sì gran progressi, quanto sono andate in declinazione le facoltà, le ricchezze, e le discipline [8] morali: e che le altre Nazioni si fanno imitatrici, esclusane la francese. In oggi si dà ad ogni miserabile Italiano l'*Illustrissimo* [9], che era riservato alla Sede Imperiale. Allora beato chi potea conseguire il *Messére*. Anzi ho detto male, in oggi non vi è più che un contenti dell' *Illustrissimo* divenuto troppo vile ed abbietto [10]. Ma so altrettanto, che il galantuomo abborrisce codeste pazzie, e che il darsi titoli tra amici, ed anche tra eguali, o è un effetto d'insaziabile vanità, o nasce da timore che gli altri non sappiano che siete Nobile. Vi vuol altro che titoli per farsi distinguere: azioni oneste, contegno castigato [11], lingua corretta da termini della vile plebaglia e dalle detrazioni [12], soccorrere il misero, e non opprimerlo, avere stima di tutti, giovare alla Patria, e dar buon esempio nella Religione. Questi sono i caratteri, che innalzano appresso il mondo, e verso del Cielo. Lasciamo dunque i titoli a chi non ha altra nobiltà che di titoli, e noi cerchiamo di distinguerci col fare il nostro dovere nella via civile e nella morale. I titoli sono il fumo, e la virtù è l'arrosto, che serve a farci viver lieti in questo misero peregrinaggio non solo, ma anche per mandare provvigione [13] verso quel paese, dove non varranno nè titoli, nè splendori, ma le sole opere buone; ed il maggior Titolato del mondo sarà al pari (e Dio non voglia) inferiore al più infelice pezzente [14]. Tutti gli amici vi riveriscono, ed io pregandovi seguitar le vestigia ch'io vi segno in proposito di titoli, con un sincero amplesso mi giuro *Vostro Amico di cuore*.

Magonza 25 Maggio 1736.

[3] sich über etwas ärgern, böse werden. [4] darnach streben, wünschen, suchen. [5] eine ansteckende Seuche. [6] biegsam, nachgiebig, folgsam. [7] sich nach etwas richten. [8] moralisches Betragen, Zucht. [9] Hochwohlgeboren. [10] verächtlich; schlecht. [11] ehrbares, züchtiges Betragen. [12] Verleumdung. [13] Vorrath. [14] Bettler.

Descrizione d'una valle.
Decamerone, giorn. 6.

Alla valle pervennero, dentro della quale per una via assai stretta, dall' una delle parti della quale un chiarissimo fiumicello correva, entrarono, e viderla tanto bella, e tanto dilettevole, e specialmente in quel tempo, ch' era il caldo grande, quanto più si potesse divisare[1]. Il piano, che nella valle era, così era ritondo, come se a sesta[2] fosse stato fatto, quantunque artificio della natura e non manual paresse. Ed era di giro poco più d' un mezzo miglio, intorniato di sei montagnette di non troppa altezza, ed in sulla sommità di ciascuna si vedeva un palagio quasi in forma fatto di un bel castelletto. Le piagge[3] delle quali montagnette, così digradando giù verso 'l piano discendevano, come ne' teatri veggiamo dalla lor sommità i gradi insino al infimo venire, successivamente ordinati, sempre ristringendo il cerchio loro. Ed erano queste piagge, quanto alla plaga[4] del mezzo giorno ne riguardavano, tutti di vigne, di ulivi, di mandorli, di ciriegi, di fichi e d'altre maniere assai di alberi fruttiferi piene senza spanna perdersene. Quelle, le quali il carro di tramontana[5] guardavano, tutte eran di boschetti, di querciuoli, di frassini, e d' altri alberi verdissimi e ritti quanto più esser potevano. Il piano appresso era pieno d'abeti, di cipressi, di allori e di alcuni pini sì ben composti, e sì bene ordinati, come se il migliore artefice gli avesse piantati, e fra essi poco sole, e niente allora ch' egli era alto, entrava insino al suolo, il quale era tutto un prato di erba minutissima, e di fiorellini porporini. Ed oltre a questo era un fiumicello, il quale d'una delle valli cadeva giù per balze[6] di pietra viva, e cadendo facea un romore ad udire assai dilettevole, e sprizzando parea da lungi argento vivo, ecc.

[1] einbilden, denken. [2] Sesta, Seste, f. Zirkel; a sesta, abgezirkelt. [3] piaggia, Abhang, Hügel. [4] Weltgegend, Himmelsstrich. [5] gegen Norden. [6] steiler Fels.

Descrizione di una donna brutta.
Giorn. 8. Nov. 4.

Ella aveva il più brutto viso e il più contraffatto[1], che si vedesse mai, ella aveva il naso schiacciato forte[2], e la bocca torta[3], e le labbra grosse, e i denti mal composti e grandi, e neri, e sentiva del guercio[4], nè mai era senza mal d'occhj: con un color verde e giallo, che pareva, che non a Fiesole ma a Si-

[1] verstellt, verzogen. [2] stark gequetschte Stumpfnase. [3] verdreht, krumm. [4] schielend.

nigaglia avesse fatta la state; e oltre a tutto questo era scian-
cata[5], e un poco monca[6] dal lato destro.

[5] lahm. [6] verstümmelte, kürzere Hand.

AGNOLO FIRENZUOLA.

Il naufragio d'una nave.

Novella prima.

In sul tramontar del sole il mare tutto divenuto bianco, cominciò a gonfiare, e con mille altri segni a minacciar di gran sfor-
tuna (Seesturm); onde il padrone della nave, di ciò subito accor-
gendosi, voleva dare ordine con gran prestezza di fare alcun ripa-
ro[1]; ma la pioggia e il vento l'assaltarono[2] in un tratto così
rovinosamente, che non gli lasciavano far cosa, che si volesse:
e in oltre l'aria era in un tratto divenuta sì buja[3], che non si
scorgeva[4] cosa del mondo, se non che talor balenando[5] appariva
un certo bagliore[6], che lasciandogli poi in un tratto in maggiore
scurità, faceva parer la cosa vieppiù orribile, e più spavento-
sa. Che pietà era a vedere que' poveri passaggieri per volere
anch' eglino riparare a' minacci del Cielo, far bene spesso il
contrario di quello, che bisognava. E se il padrone diceva lor
nulla, egli era sì grande il romor dell' acqua che pioveva, e
dell' onde che cozzavano[7] l'una nell' altra, e così stridevan[8]
le funi, e fischiavan[9] le vele, e i tuoni e le saette[10] facevano
un fracasso sì grande, che niuno intendeva cosa, che si dices-
se, e quanto più cresceva il bisogno, tanto più mancava l'animo[11] e il consiglio a ciascuno. Che cuor credete voi, che fosse
quel de' poveretti veggendo la nave, che or pareva se ne volesse andare in Cielo, e poco poi fendendo il mare se ne volesse scendere nello 'nferno? Che rizzar di capegli[12] pensate
voi che fosse, il parer che il Cielo tutto converso in acqua si
volesse piovere nel mare, e allora il mare gonfiando volesse
salir su nel Cielo? Che animo vi stimate voi che fosse il loro
a vedere altri gettare in mare le robe sue più care, o egli
stesso gittarvele per manco male? La sbattuta[13] nave lasciata
a discrezion de' venti, e or da quei sospinta, e or dall' onde
percossa, tutta piena d'acqua se n'andava cercando d'uno scoglio[14], che desse fine alle fatiche degli sfortunati marinari, i
quali non sappiendo omai altro che farsi, abbracciandosi l' un l' altro, si davano a piagnere e gridare misericordia, quanto loro
usciva dalla gola. O quanti volevan confortare altrui, che avean

[1] Vorkehrungen zur Sicherheit treffen. [2] überfallen. [3] dunkel, finster. [4] sehen,
unterscheiden. [5] durch das Blitzen. [6] plötzlicher Schein, Licht. [7] stoßen, an einander
schlagen. [8] knarren. [9] pfeifen, zischen. [10] Wetterstrahl. [11] fehlte an Muth. [12] die
Haare stiegen zu Berge. [13] zerrüttete. [14] Klippe, Felsen.

mestier di conforto, e finivano le parole o in sospiri, o in lagrime! O quanti, poco fa, si facevan beffe [15] del Cielo, che or
parevano Monacelle [16] in Orazione? Chi chiamava la Vergine
Maria, chi S. Niccolò di Bari, chi gridava S. Ermo: chi vuol
ire al sepolcro, chi farsi Frate per l'amor di Dio, quel merca-
tante vuol restituire, quell' altro non vuol fare più l'usura: chi
chiama il padre, chi la madre, chi si ricorda degli amici, chi dei
figliuoli; e il veder la miseria l'un dell' altro, e l'avere com-
passione l'un all' altro, e l'udir lamentar l'un l'altro, faceva
così fatta calamità mille volte maggiore. Stando gli sfortunati
adunque in così fatto periglio, l'albero sopraggiunto da una gran
rovina di venti [17] si pezzò [18], e la nave sdrucita [19] in mille parti
ne mandò maggior numero di loro nello spaventoso mare ad
esser pasto [20] de' pesci e dell' altre bestie marine; gli altri forse più pratichi o in minor disgrazia della fortuna procacciaro-
no il loro scampo [21] chi in su questa tavola, e chi in su quell'
altra.

[15] spotten, sich lustig machen. [16] Nonne. [17] durch einen starken Windstoß überfallen. [18] wurde umgerissen, brach. [19] tostrennen, auflösen. [20] Nahrung. [21] entfa-
men, retteten sich.

BERNARDO DAVANZATI.

In morte di Cosimo primo.

Pros. fior. part. 1. pag. 55.

Non è dato alle cose mondane il crescere mai sempre, o
fermarsi; ma salire da che son nate in sin al colmo [1], e quindi
voltando [2] scendere alla lor morte. Però non si può dir uomo
beato innanzi a suo fine, e nel colmo delle sue felicità fu bel
morire. Adunque il senso non c'inganni, o Alterati! non ci
trasporti il dolore, non mostrino le troppe lagrime, che il
nostro danno ci muova più che il suo bene. Grate gli furono le
lagrime, allorchè la Città tutta quanta corse a vederlo morto, e
sconsolatamente [3] piangea, e ricordava [4] il povero l'abbondanza,
il ricco la sicurezza, il virtuoso la liberalità, il soldato la gloria,
ognuno la sua giustizia. Ma ora voltiamoci a più giovevoli uffizj [5], e siccome noi l'onorammo chiamandolo per pubblico de-
creto nella gran sala Padre della Patria, e poi l'abbiam cele-
brato con Esequie, con Orazioni e con Versi, così andiamolo
sempre lodando e ammirando, e nelle cose a noi convenevoli
imitando, e portiamo accesa a vivo la memoria di lui, e questo
desiderio, ch'egli ha lasciato di se, a guisa d'un gran Poeta

[1] höchster Grad, höchste Stufe. [2] umkehren. [3] untröstlich. [4] erinnern. [5] nützliche Pflichten, Obliegenheiten.

che fornisce la sua eroica imitazione, lasciando non sazj e con sete gli ascoltatori.

LORENZO TEBALDUCCI.

Nel prendere il Consolato dell' Accademia Fiorentina.

Pros. fior. part. 2. vol. 1.

Per quelle tante grazie e doni, che Iddio vi ha dati, per quell' altezza d'animo che dal volgo vi divide, per quell' amore che portate a voi stessi e a questa Patria, generosa Madre di tanti generosi Eroi: affaticatevi con tutto lo sforzo di pervenire al fastigio[1] della sapienza, il cui possedimento è più prezioso d'ogni ricchezza e d'ogni potenza, d'ogni diadema è corona regale. Non è invecchiato il mondo, nè si è stancata o sdegnata la natura, nè si sono cangiati i cieli, nè Iddio ha chiusa la sua mano; ma solo manca il volere e l'ardente desiderio, il quale faccia dilettevole quella fatica, che all' acquisto di tutti i beni necessariamente precede.

Non è giocondo all' Imperiale Esercito, nel più freddo inverno allo scoperto dimorare, la state sotto l'ardente sole camminare armato, ne' gran pericoli per tutta la notte ne' suoi occhj non ricever sonno, nutrirsi talora d'erbe e di radici selvagge, tollerando i dolori della fame e della sete; ma tutti questi incomodi[2] egli compensa[3] colla speranza della vittoria, e però agevolmente[4] e lietamente gli sostiene. Pittagora ancor giovanetto andò in Egitto, passò in Creta, in Lacedemone, in Italia per apprendere le scienze; Platone in Egitto la Teologia, e l'Astrologia, venne in Italia per udire Archita in Taranto, Timeo in Locri, Licurgo, Solone, Democrito, Eudosso ed altri da molte e diverse parti del mondo, sotto l'Insegna[5] della Filosofia militando, poggi[6] e onde passando, andarono raccogliendo le scienze per arricchirne se stessi e per lasciarle a noi altri. Agli animi pigri e pusillanimi[7] ancor le cose facili son difficili; agli animosi e desiderosi le difficili son facili: per voi seminerete, per voi raccorrete, e raccorrete frutti di vita felice. Sieno gli ozj, le ebrietà[8] e i vaneggiamenti[9] di chi gli vuole; vostro diletto, vostro negozio, vostra impresa sia la virtù, la bontà, la sapienza: queste son degne di voi, queste eleggete; con i raggi di queste illustrerete[10] voi stessi, e la patria, e l'Italia, e l'Europa, e ogni angolo della terra, riempiendo[11] dello splendore e della gloria de' nomi vostri tutto l'universo.

---

[1] zum höchsten Grad — zum Gipfel. [2] Beschwerlichkeiten. [3] findet er ersetzt, entschädigt. [4] leicht. [5] Fahne. [6] Berge, Hügel. [7] träge und kleinmüthig. [8] Trunkenheit. [9] Aberwitz. [10] berühmt machen, Glanz verschaffen. [11] erfüllen.

ANTONMARIA SALVINI.

In difesa d'un Accademico.

Pros. Tosc. lez. 25. p. 215.

Se coll' apparato solamente, collo strepito, e coll' eloquenza si portassero via i Giudici, e si vincessero le cause, io questa mane non ardirei di far parola, e darei per condannato il mio Reo. Ma il mio felice destino ho voluto, che cou Giudici incorrotti egli abbia a fare, che la troppa facondia [1] hanno in sospetto, e che solo alla verità ed alle ragioni riguardano. Udiste con quanto impeto [2], con quanta voga [3], con qual torrente di dire [4], gonfio e tempestoso [5] l'Accusator ne venisse, una romorosa Orazione negli orecchi versando: Orazione di lungo tempo preparata, meditata, studiata, per venire addosso a uno in tempo, che per supreme pubbliche incumbenze [6] occupato, non ha agio nè pur di rispondere. Questo tempo colse l'Accusatore credendo, ch'egli per mancanza di difesa avesse a rimaner condannato. Ma s'ingannò a gran partito, ecc.

[1] Beredsamkeit. [2] Ungestüm. [3] Hitze, Heftigkeit. [4] Strom von Worten. [5] schwülstig und donnernd. [6] Amtsgeschäfte.

ELEGIA.

Sopra la terza guerra della Messenia*).

Quanto mai è dolorosa la rimembranza della mia patria! L'amarezza dell' assenzio e il fil tagliente della spada sono un nulla in paragon di lei. Alzatomi prima del levar del sole con passi incerti mi trovo smarrito nella campagna. La freschezza dell' aurora non faceva più impressione ne' miei sensi. Due smisurati leoni sono esciti da un bosco vicino e la loro vista non mi spaventa. Non gli ho aizzali, e si sono allontanati. Crudeli Spartani! Che cosa vi avean fatto i nostri Padri? Dopo la presa d'Ira li caricaste di supplizj, ed insultaste alla loro disgrazia coi trasporti della vostra gioja. — Aristomene ci ha promesso un avvenire più propizio. Ma chi potrà mai soffogare ne' nostri cuori il sentimento dei mali, di cui abbiamo inteso il racconto, e di cui siamo stati le vittime? Tu fosti felice, Aristomene, poichè non ne fosti il testimone. Non vedesti gli abitatori della Messenia trascinati alla morte come scelerati, e venduti come vili giumenti. Non vedesti i loro discendenti trasmettere per secoli interi ai loro figliuoli l'obbrobrio del loro nascimento. Riposa tranquilmente nel tuo sepolcro, ombra gloriosa! e

*) Cominciò essa l'anno 464 avanti l'era volgare, e finì l'anno 454.

30

permetti, che consegni alla posterità gli ultimi misfatti degli Spartani.

I loro magistrati non men nemici del cielo, che della terra danno la morte a supplichevoli, che strappano dal tempio di Nettuno. Questo Dio giustamente irritato percuote col suo tridente le coste della Laconia. Si scuote la terra, s'aprono caverne, una delle cime del monte Taigeto precipita nelle valli. Sparta è interamente distrutta a riserva di sole cinque case, e più di venti mila persone sono sepolte nelle sue rovine. Ecco il segnale della nostra redenzione, grida una moltitudine di schiavi. Sconsigliati! corrono a Sparta senz'ordine e senza capo; alla vista di un corpo di Sparziati riuniti in fretta dal Re Archidamo, si arrestano come i venti sciolti dalle catene di Eolo, allorchè il Dio de' mari loro si mostra, e alla vista degli Ateniesi e di diverse nazioni venute in soccorso degli Spartani, per la maggior parte si dissipano, come la nebbia al comparir del sole. Ma non invano i Messenj han preso le armi, una lunga schiavitù non ha alterato il sangue, che scorre nelle loro vene, e simili all' aquila inceppata, che dopo di aver rotto i suoi legami, s'innalza baldanzosa al cielo, ascendono il monte Itome, e rispingono vigorosamente i replicati attacchi degli Spartani, ridotti ben presto alla necessità di richiamare le truppe dei loro alleati.

Vi giungono gli Ateniesi sì rinomati nel fare gli assedj, e son condotti da Cimone, da quel Cimone, cui tante volte la Vittoria ha coronato di un lauro immortale. Lo splendore della sua gloria, e il valore delle sue truppe ispirano timore agli assediati, e terrore agli Spartani. Presono sospetto di questo grand'uomo, come s'ei tramasse qualche tradimento e lo consigliano coi più frivoli pretesti di ricondurre la sua armata nell'Attica. Parte. — La Discordia, che girava intorno al recinto del campo, si ferma, prevede le calamità vicine a cadere sopra la Grecia, e scuotendo la testa serpentosa, prorompe in strida di gioja, e dice:

Sparta! Sparta! che non sai pagare i servigi, se non con oltraggi, contempla questi guerrieri, che ripigliano il cammino della loro patria colla vergogna in viso, e col dolore nell'anima. Sono quei medesimi, che ultimamente mescolati co' tuoi sfidarono i Persiani a Platea. Essi correvano alla tua difesa, e tu gli hai coperti d'infamia. In avvenire tu non li vedrai più che tra' tuoi nemici. Atene ferita nel più vivo del suo orgoglio armerà contro di te le nazioni*). Tu le solleverai contro di essa, e la tua e la potenza di lei si urteranno senza posa, come s'urtano i venti tempestosi. Le guerre genereranno le guerre, e le tregue non saranno se non che sospensioni di furore. Io andrò coll' Eumenidi (Furien) alla testa dell'armate, e dalle nostre ardenti faci farem piovere

*) Guerra del Peloponneso.

la peste, la fame, la violenza, la perfidia, e tutti i flagelli del cielo irritato e delle passioni umane. Io mi vendicherò delle tue antiche virtù, e mi prenderò giuoco delle tue disfatte, come delle tue vittorie. Innalzerò ed abbasserò la tua rivale. Ti vedrò a' suoi piedi percuoter la terra colla tua fronte umiliata. Le domanderai la pace, e la pace ti sarà negata; distruggerai le sue mura, la calpesterai, e caderete tutte e due in un tempo, come due tigri, che dopo di essersi sbranate, spirano vicine l'una all' altra. Allora t'immergerò sì dentro la polvere, che il viaggiatore sarà obbligato di curvarsi per vedere i tuoi tratti, e per riconoscerti; intanto ecco il segno, che dee provarti la verità delle mie parole. Tu prenderai Itome nel decimo anno dell' assedio. Vorrai esterminare i Messenj, ma gli Dei, che si risérbano per accellerare la tua rovina, impediranno l'esecuzione di questo crudel progetto. Lascerai ad essi la vita a condizione, che ne godano in un altro clima e che siano posti in catene, se ardiscono di ricomparire nella loro patria. Quando questa predizione sarà adempiuta, sovvengati delle altre, e trema.

In tal guisa parlò il malefico genio, che estende il suo potere dal cielo fino all'inferno. Ben presto dopo escimmo d'Itome, ed io era allora nella prima età. Ciò non ostante l'immagine di questa fuga precipitata nella mia anima con tratti indelebili. Mi stanno sempre avanti gli occhj quelle scene d'orrore e di tenerezza; una nazione intera cacciata dai suoi lari, errante presso popoli spaventati da quelle disgrazie, che non ardiscono di sollevare; guerrieri coperti di ferite, portando sulle loro spalle gli autori dei giorni loro, donne assise per terra spiranti per debolezza coi figli, che serrano fra le loro braccia; qui lagrime, gemiti e l'espressioni le più vive di disperazione, e là un dolor muto e un silenzio tristissimo. Se dovesse dipingere questi quadri il più crudel degli Spartani, un resto di pietà gli farebbe cadere il penello dalle mani.

Dopo lunghe e penose scorse ci strascinammo fino a Naupacta, città situata sul mare di Crissa, che apparteneva agli Ateniesi, dai quali l'avemmo in dono. Segnalammo più d'una volta il nostro valore contro i nemici di questo popolo generoso. Io stesso nel tempo della guerra del Peloponneso comparvi con un distaccamento sulle coste della Messenia, devastando il paese e facendo spargere lagrime di rabbia ai nostri barbari persecutori; ma gli Dei mescolano sempre un veleno secreto ai loro favori, e la speranza spesse volte non è altro che una rete tesa ai disgraziati. Allorchè noi cominciavamo a godere di una sorte tranquilla, la flotta di Sparta trionfò di quella d'Atene, e venne ad insultarci a Naupacta. Salimmo subito sulle nostre navi, e l' Odio fu la sola Divinità, che le due parti invocarono. Non mai la Vittoria bevve più sangue impuro ed innocente. Obbligati di cedere al maggior numero fummo vinti e cacciati dalla Grecia,

30 *

come eravamo stati dal Peloponneso, e la maggior parte si valvò
nell' Italia e nella Sicilia. Tre mila uomini mi affidarono il loro
destino, e li condussi tra le tempeste e gli scogli su quelle rive,
che rimbomberanno eternamente i miei lugrubi canti.

NOVELLA DEL BOCCACCIO.

*Ghino di Tacco piglia l'Abate di Cligni, e medicato del male
dello stomaco, e poi il lascia. Il quale tornato in Corte di
Roma, lui riconcilia con Bonifazio Papa, e fallo Priore
dello Spedale.*

Ghino di Tacco, per la sua fierezza e per le sue ruberie
uomo assai famoso, essendo di Siena cacciato, e nemico dei
Conti di Santa Fiore, ribellò Radicofani alla Chiesa di Roma,
ed in quel dimorando, chiunque per le circostanti parti passava,
rubar faceva a' suoi masnadieri. Ora essendo Bonifazio Papa
ottavo in Roma, venne a corte l'Abate di Cligni, il quale si
crede essere uno de' più ricchi Prelati del mondo, e quivi gua-
statoglisi lo stomaco fu da' medici consigliato, ch'egli andasse
a' bagni di Siena, e guarirebbe senza fallo. Per la qual cosa
concedutoglielo il Papa, senza curar della fama di Ghino, e
con gran pompa d'arnesi, e di cavalli, e di famiglia entrò in
cammino. Ghino di Tacco, sentendo la sua venuta, tese le reti,
e senza perderne un sol ragazzetto, l'Abate con tutta la sua famiglia e le sue cose in uno stretto luogo racchiuse. E questo
fatto, un de' suoi, il più saccente, bene accompagnato, mandò
all' Abate, il qual da parte di lui assai amorevolmente gli disse,
che gli dovesse piacere d'andar a smontare con esso Ghino al
castello. Il che l'Abate udendo, tutto furioso rispose, ch'egli
non ne voleva far nienta, siccome quegli, che con Ghino
niente aveva a fare; ma ch'egli andrebbe avanti, e vorrebbe
vedere, chi l'andar gli vietasse. Al quale l'ambasciatore umilmente parlando, disse: Messére, voi siete in parte venuto,
dove dalla forza di Dio in fuori di niente ci si teme per noi: e
perciò piacciavi per lo migliore di compiacére a Ghino di questo.
Era già, mentre queste parole erano, tutto il luogo di masnadieri circondato: perchè l'Abate co' suoi preso veggendosi,
disdegnoso forte, con l'ambasciatore prese la via verso il castello, e tutta la sua brigata e gli suoi arnesi con lui: e smon-
tato, come Ghino volle, tutto solo fu messo in una cameretta
d'un palagio assai oscura e disagiata, ed ogni altro uomo, secondo la sua qualità, per lo castello fu assai bene adagiato, e i
cavalli e tutto l'arnese messo in salvo, senza alcuna cosa toc-
carne: e questo fatto, sen' andò Ghino all' Abate e dissegli:
Messére, Ghino, di cui voi siete oste, vi manda pregando che
vi piaccia di significargli dove voi andavate, e per qual cagione.

L'Abate, che come savio aveva l'altierezza giù posta, gli significò dove andasse, e perchè. Ghino, udito questo, si partì, e pensossi di volerlo guarire senza bagno; e facendo nella cameretta sempre ardere un gran fuoco, e ben guardarla, non tornò a lui infino alla seguente mattina: ed allora in una tovagliuola bianchissima gli portò due fette di pane arrostito ed un gran bicchiere di Vernaccia *) di Corniglia, di quella dell' Abate medesimo, e sì disse all' Abate: Messére, quando Ghino era più giovane, egli studiò in medicina, e dice che imparò, niuna medicina al mal dello stomaco esser migliore che quella, ch' egli vi farà, della quale queste cose, che io vi reco sono il cominciamento; e perciò prendetele e confortatevi. L'Abate, che maggior fame aveva, che voglia di motteggiare, ancorachè con isdegno il facesse, si mangiò il pane, e bevve la vernaccia, e poi molte cose altiere disse, e di molte domandò, e molte ne consigliò ed in ispezialtà chiese di poter veder Ghino. Ghino udendo quelle, parte ne lasciò andar, siccome vane, e ad alcuna assai cortesemente rispose, affermando che come Ghino più tosto potesse, il visiterebbe: e questo detto da lui si partì. Nè prima vi tornò, che il seguente dì con altrettanto pane arrostito, e con altrettanta vernaccia, e così il tenne più giorni, tanto ch'egli s'accorse, l'Abate aver mangiate fave secche, le quali egli studiosamente e di nascoso portate v'avea e lasciate: per la qual cosa egli gli domandò da parte di Ghino, come star gli pareva dello stomaco. Al quale l'Abate rispose: A me parrebbe star bene, se io fossi fuori delle sue mani, ed appresso questo niun' altro talento ho maggiore che di mangiare: sì ben m'hanno le sue medicine guarito. Ghino adunque, avendogli de' suoi arnesi medesimi, ed alla sua famiglia fatta acconciare una bella camera, e fatto apparecchiare un gran convito, al quale con molti uomini del castello fu tutta la famiglia dell' Abate, a lui sen' andò la mattina seguente e dissegli: Messére, poichè voi ben vi sentite, tempo è d'uscire d'infermeria; e per la man presolo, nella camera apparecchiatagli nel menò: ed in quella co' suoi medesimi lasciatolo, a far che il convito fosse magnifico, attese. L'Abate co' suoi alquanto si ricreò, e qual fosse la sua vita narrò loro, dove essi in contrario tutti dissero, se essere stati maravigliosamente onorati da Ghino. Ma l'ora del mangiar venuta, l'Abate e tutti gli altri ordinatamente e di buone vivande e di buone vini serviti furono, senza lasciarsi Ghino ancora all' Abate conoscere. Ma poichè l'Abate alquanti dì in questa maniere fu dimorato, avendo Ghino in una sala tutti li suoi arnesi fatti venire, ed in una corte, che di sotto a quella era, tutti i suoi cavalli insino al più misero ronzino, all' Abate se n'andò, e domandollo come star gli pareva, e se forte si credeva essere

---

*) Ein weißer Wein in Toskana.

da cavalcare. A cui l'Abate rispose, che forte era egli assai,
e dello stomaco ben guarito, e che sarebbe bene qualora fosse
fuori delle mani di Ghino. Menò allora Ghino l'Abate nella
sala, dove erano i suoi arnesi e la sua famiglia tutta: e fattolo
ad una finestra accostare, donde egli poteva tutti i suoi cavalli
vedere, disse: Messer l'Abate, voi dovete sapere, che l'esser
gentiluomo, e cacciato di casa sua, e povero, ed avere molti
e possenti nemici, hanno (per potere la sua vita difendere e la
sua nobiltà, e non malvagità d'animo) condotto Ghino di Tacco, il quale io sono, ad essere rubatore delle strade e nemico
della Corte di Roma: perciocchè voi mi parete valente Signore,
avendovi io dello stomaco guarito, come io ho, non intendo
di trattarvi come ad un' altro farei, a cui, quando nelle mie
mani fosse, come voi siete, quella parte delle sue cose mi farei, che mi paresse: ma io intendo che voi a me, il mio bisogno considerato, quella parte delle vostre cose facciate, che voi
medesimo volete. Elle sono interamente qui dinanzi da voi tutte, e i vostri cavalli potete voi da cotesta finestra nella corte
vedere, e perciò e la parte, e 'l tutto, come vi piace prendere,
e da quest' ora innanzi sia e l'andare, e lo stare nel piacer vostro. Maravigliossi l'Abate, che in un rubator di strada fosser
tante parole sì libere: e piacendogli molto, subitamente la sua
ira e lo sdegno caduti, anzi in benevolenza mutatisi, col cuore
amico di Ghino divenuto, il corse ad abbracciare, dicendo: Io
giuro a Dio *) che per dover guadagnar l'amistà d'un uomo
fatto, come omai io giudico che tu sii, io sofferrei di ricevere
troppo maggior ingiuria che quella, che insino a qui paruta
m'è, che tu m'abbi fatta. Maledetta sia la fortuna, la quale a
sì dannevole mestier ti costringe. Ed appresso queste, fatto delle sue molte cose, pochissime ed opportune prendere, e de' cavalli similmente, e l'altre lasciategli tutte, a Roma se ne tornò.
Avéva il Papa saputa la presura dell' Abate: e comechè molto
gravata gli fosse, veggendolo, il domandò, come i bagni fatto
gli avesser prò. Al quale l'Abate, sorridendo, rispose: Santo
Padre, io trovai più vicino, che' bagni, un valente medico, il
quale ottimamente guarito m'ha; e contogli il modo: di che il
Papa rise. Al quale l'Abate, seguitando il suo parlare, da magnifico animo mosso, domandò una grazia. Il Papa credendo
lui dover domandare altro, liberamente offerse di far ciò che
domandasse. Allora l'Abate disse: Santo Padre, quello che io
intendo di domandarvi è, che voi rendiate la grazia vostra a
Ghino di Tacco, mio medico; perciocchè tra gli altri uomini va-
lorosi e da molto, che io accontai mai, egli è per certo un dei
più; e quel male, il quale egli fa, io il reputo molto maggior
peccato della fortuna che suo, la quale, se voi con alcuna cosa
dandogli, donde egli possa secondo lo stato suo vivere, mutate,

---

*) È un modo di favellare.

io non dubito punto, che in poco di tempo non ne paja a voi
quello, che a me ne pare. Il Papa, udendo questo, siccome
colui che di grande animo fu, e vago dei valenti uomini, disse
di farlo volentieri, se da tanto fosse, come diceva, e ch'egli il
facesse sicuramente venire. Venne adunque Ghino fidato, come
all'Abate piacque, a Corte: nè guari appresso del Papa fu, ch'
egli il riputò valoroso, e riconciliatoselo, gli donò una gran
Prioria di quelle dello Spedale, di quelle avendol fatto far Cavaliere *). La quale egli, amico e servidore di Santa Chiesa e
dell'Abate di Cligni, tenne mentre visse.

*Succinte notizie relative alla Storia della Lingua e Letteratura
italiana.*

La Lingua italiana, quello cioè che coltivano i letterati,
non si usò e non fu peranco ben sistemata prima del secolo quat-
tordicesimo. Bensì incominciossi due o tre secoli avanti in qualche provincia dell'Italia a scrivere in volgare alcuna crona-
chetta o leggenda di Santi, qualche consulto medico, dei qua-
derni e registri d'economia e di traffico, ma furono di poco o
nissun conto. I primi parti però, che meritassero una qualche
stima, e contribuissero il più ad arricchire l'odierno Italiano,
furon opere di Poesia; giacchè per quello riguarda l'Eloquenza
essa non consisteva in quei tempi, che in materie sacre, trat-
tate allora dai Monaci, i quali non usavano scrivere, che i
Latino. Il *Petrarca* assicura, che i primi poeti a scrivere in volgare, sieno stati i Siciliani. Vi fu bensì anche fra' Toscani chi
scrivesse già nel dodicesimo secolo; ma per esser quei lor
pochi versi così ripieni di voci latine, e non consistendo che
in pure rime, non meritano d'esser annoverati fra le prime opere
poetiche volgari. La gloria di padre e fautore dell'ancor imper-
fetta poesia volgare devesi all'Imperator *Federico II.*, il quale
oltre all'aver fondata un'accademia di volgar poesia nella sua
Corte in Palermo, compose eziandio non pochi versi nel suo
linguaggio. Quasi in egual tempo impresero pure a scriver i
Provenziali nel loro dialetto, così in verso che in prosa, ren-
dendosi celebri per la prontezza delle loro poetiche invenzioni,
e per la geniale armonia della loro dizione. Questi eran tenuti
in grande considerazione alle corti de' Principi, ed erano co-
nosciuti sotto il nome di *Troubaduri* (Trovatori) per la facilità,
con cui trovavano improvvisando le rime. La loro lingua era
detta *romanza*, per la sua derivazione da colonie di cittadini
romani stabiliti nella Provenza. Quindi *Arles* chiamavasi Roma
francese, e il suo idioma, Lingua romanza; onde romanzi ven-

---

*) *Spedaliere* oder *Cavaliere dello Spedale*, war der frühere Name der
Johanniter=Ritter.

nero poi anche chiamate le storie favolose de' Provenzali, e
più tardi anche quelle degl' Italiani. Siccome poi i successori
della Corona di Napoli vennero dalla Provenza, e condussero
seco il fiore della corte e della letteratura nazionale, questi
contribuirono vieppiù ad animare e a stendere il gusto della
poesia, e furono cagione, che gl'Italiani imprendessero a scrivere universalmente in quella lor Lingua romanza, la quale però poco dopo, cioè nel seguente secolo quartodecimo, venne
intieramente negletta dagl' Italiani, essendo giunti per l'assidua
emulazione, ch'ebbero coi Provenzali, a rendere la loro volgare, da rozza ed informe qual era prima, cotanto armoniosa,
gentile e ricca, da poter pareggiare colla romanza e disputar-
gliene il primato. Egli è appunto nel mentovato secolo, che si
vuol fissar l'epoca dell' Italiano riformato e colto, secolo felice,
che vide fiorir in esso i tre gran Genj, che inalzarono la toscana Favella a sì alto grado di purezza e di amenità, che a ragione son di essa chiamati padri e ristoratori, formando ancor
a' dì nostri la delizia e l' ammirazione d'ogni più colto lettore.
Questi furono Dante, Petrarca e Boccaccio.

Dante Alighieri è, in quanto al tempo, il primo scrittor
segnalato, che vantar possa l'Italia. Di lui ci restano diversi
poetici componimenti, tra' quali il più considerabile è il suo
poema dell' Inferno, Purgatorio e Paradiso, o sia la così detta
Divina Commedia. Il titolo di divino, che dà l'Italia già da più
secoli ad esso poema, nol soffrono in pace parecchj mal contenti delle molte irregolarità, stranezze, rime sforzate, e tal-
volta ridicole, de' molti versi durissimi, e delle oscurità, che
gli annojano ed arrestano passo passo in essa opera. Nulladi-
meno, frammezzo a tanti difetti, che si von dare ai tempi tuttavia foschi in cui visse, e all' infanzia in cui sino allora erasi
trovata l'italiana Favella, spiccano in quella sua opera con ba-
stevol frequenza tratti luminosi, e pregi degni di qualsisia gran
poeta. Si scorge per entro tutto il suo poema una fantasia viva-
cissima, un ingegno felice e acuto, e ammirasi tratto tratto uno stile
sì sublime, robusto e patetico, che solleva, riscuote e rapisce.

Francesco Petrarca è il secondo Letterato Fiorentino, che
colle sue opere rendesse più luminosa, più gentile e regolare
l'italiana Favella. Il felice e ammirabile talento, che fe' rilu-
cere nelle sue opere, gli acquistò il titolo di padre della Lirica
italiana. L'opera sua più pregiata è il di lui Canzoniere, consi-
stente per la maggior parte in Sonetti e Canzoni da lui fatti in
vita e in morte dell' amata sua Madonna Laura. Lasciò ancora
scritte in Italiano le Vite degli Uomini illustri e la Cronaca delle
vite de' Pontefici e Imperatori.

Segue al Petrarca *Giovanni Boccaccio*, contemporaneo e
grande amico del medesimo; scrisse varie opere in verso, ma
non si mostrò così valoroso poeta, quanto eccellente scrittore
in prosa; avendo in essa sorpassato di gran lunga ogn' altro dei

suoi tempi, e resosi perciò degno, che fosse riguardato siccome il terzo padre e ristoratore del volgare linguaggio. L'opera
sua fra tutte la più pregiata, e a cui deve singolarmente la cele-
brità del suo nome, è il *Decamerone* (una raccolta di cento novelle), che si può dire un prezioso erario dell' Idioma italiano.
Queste novelle per l'amenità dello stile, per la graziosa scelta
delle sue espressioni, la naturalezza dei racconti, l'eloquenza
delle parlate, si reputano a ragione qual perfetto modello del
colto e leggiadro prosaico stile italiano, che ancor oggidì fanno
a gara nell' imitare gl' italiani scrittori.

Fra i restauratori benemeriti della Lingua italiana, che
scrissero poco innanzi del Dante sono degni di menzione: *Fra
Guittone d'Arezzo, Cino da Pistoja, Guido Cavalcanti, Brunetto Latini*, e particolarmente *Giovanni Villani*.

Nel secolo *quindicesimo*, che seguì a un' epoca di tanta
gloria per la Lingua italiana, lungi dal proseguire le tracce se-
gnate da sì gran Maestri, e aggiunger merito alla volgare Favella, tralignarono per lo contrario gl' Italiani dallo stile dei
loro modelli, e neglessero per la maggior parte lo scriver nella
propria lingua. Il gusto, che cominciò in Italia a rinascere per
le scienze e l'arti, pel Greco e Latino, ne fu la principale cagione. Non è pertanto del tutto privo neppur questo secolo di
pregiati Scrittori. Tra questi si contano il *Pulci*, celebre pel
suo Morgante, il *Bojardo* pel suo Orlando innamorato, il *Poliziano* per le sue Stanze e i suoi Sonetti, *Enea Silvio*, il *Giraldi*, ed il *Bandello*, scrittori di Novelle. — *Cristoforo Landino*
distinto pel suo volgarizzamento delle Decadi di Tito Livio, e
delle opere di Cajo Plinio il Naturalista; *Niccolò Machiavelli*,
autore di grande acume, di fino discorso, e superiore di molto
al suo secolo. Il suo stile è conciso e robusto, benchè non del
tutto approvato dall' Accademia della Crusca.

Di gran lunga più fortunato per l'italiana Letteratura fu il
secolo *sedicesimo*, in cui giunse l'eleganza e la purità dello scrivere in ogni genere di studio a tanta perfezione, che ad esempio
dell' età di Augusto, meritò il soprannome di *Secol d'Oro*. Troppo lungo sarebbe, e oltre alla ristrettezza dei limiti propostici,
il noverare uno a uno i celebri scrittori, de' quali va tuttodì gloriosa l'Italia, e che tutti comprende nell' onorevol titolo d'autori del Cinquecento. Basta il dire, che questo secolo vide na-
scere *Lodovico Ariosto* a cui, in vista principalmente del suo
Orlando Furioso, le più colte Nazioni d'unanime consenso danno
il titolo di divino; — e *Torquato Tasso*, ch'emulò nella sua Gerusalemme Liberata l'epica tromba di Omero e di Virgilio. Tra
i più distinti sono però da contare il Cardinal *Pietro Bembo*,
nuovo ristoratore della decaduta italiana Favella; *Giambattista
Guarini*, celebre per il suo Pastor Fido; — *Baldassar Castiglione* pel suo Cortigiano, *Luigi Alamanni*, di cui abbiamo molte
opere assai pregiate, fra l'altre la sua Coltivazione; *Alessandro*

Tassoni, autore della Secchia rapita; il *Sanazzaro*, *Angelo di Costanzo*, il *Trissino*, che fu il primo, il quale avesse dato all' Italia una Tragedia ed un poema regolare sul gusto greco; il *Chiabrera*, ecc. In Prosa si distinsero il *Guicciardini*, illustre per la sua Storia d'Italia; *Paolo Manuzio*, *Annibal Caro*, Monsignor *della Casa*, *Bernardo Davanzati*, il *Varchi* ed il *Salviati*. Il Cavalier *Giambattista Marini*, che morì al cominciamento del seguente Secolo, chiude la schiera dei celebri Poeti del Cinquecento. Egli produsse nel poetare italiano per la novità dei suoi arditi, sublimi concetti, ben lontani da quelli del Petrarca, un' epoca tutto nuova, che dicesi quella del *Marini*. Tra tutte le sue opere la più pregiata è il suo poema dell' *Adone*, che formò la delizia non solo dell' Italia, ma eziandio delle altre nazioni, e segnatamente della Francia. La Regina *Maria de' Medici* se ne compiacque per modo, che fe' dono di ben cento mila fiorini all' Autore, degno per verità di maggior premio, se avesse saputo trattener sempre il suo poetico talento fra i limiti dell' onesto.

Nel secolo *diciasettesimo*, ove l' Italia gemè fra continue calamità di turbolenze politiche, e di morbi contagiosi, che rapirono in alcuni luoghi il terzo, e in altri ben la metà della popolazione, si vide languir di nuovo il buon gusto della letteratura, e corrompersi per modo presso la maggior parte degli Scrittori il puro stile dell' italiana Favella, che ne riesce al dì d'oggi pressochè insopportabile la lettura. Questi si comprendono sotto il nome di *Seicentisti*, al corrompimento de' quali vuolsi attribuire per molto il nuovo gusto di scrivere introdotto dal Marini, dove si scorgono un po' troppo frequenti gl'iperbolici concetti. Non mancarono però alcuni di preservarsi da sì cattivo gusto, divenuto omai contagioso per tutta l'Italia; fra questi son da contarsi principalmente *Fulvio Testi*, che fu valorosissimo nella Lirica, il *Crescimbeni*, il *Menzini*, il *Redi*, il *Filicaja* e il *Guidi*. Tra i Prosaisti si segnalarono particolarmente il Cardinal *Bentivoglio*, il Cardinale *Sforza Pallavicini*, *Carlo Dati*, *Paolo Segneri* e *Daniele Bartoli*.

Felicissimo in uomini grandi fu poi lo scorso Secolo diciottesimo, particolarmente nella sua prima metà. In esso fiorì di nuovo con somma gloria la volgar Letteratura; i lumi principali della quale furono: *Apostolo Zeno*, il *Muratori*, *Scipione Maffei*, il *Salvini*, il *Zappi*, l'*Algarotti*, il *Bettinelli*, il *Metastasio*, il *Roberti*, il *Cesarotti*, il *Denina*, il *Quadrio*, il *Gravina*, il *Genovesi*, il *Bandiera*, e cent' altri d'egual merito, che sarebbe troppo lungo il citare.

Prospetto

delle migliori opere de' più rinomati Scrittori nelle varie dira-mazioni della Letteratura Italiana.

Scrittori in Eloquenza.

In Orazioni si distinsero tra gli altri: il *Lollio*; lo *Speroni*; Monsignor *della Casa*; il *Tolomei*; il *Varchi*; il *Salvini*; il *Salviati*; *Celso Cittadini*; *Carlo Dati*; il *Corticelli*, ecc. — In Prediche poi segnalaronsi: Il Padre *Segneri*; il Padre *Tornielli*; il *Panigarola*; il Padre *Venini*; *Quirico Rossi*; il *Pellegrini*; il *Vettori*, ecc.

In Istoria.

Il *Machiavelli* ed il *Varchi*, le loro Storie Fiorentine. Il *Guicciardini*, Storia d'Italia. Il *Paruta*, le Storie Veneziane. Il *Giannone*, Storia di Napoli. Il *Muratori*, gli Annali d'Italia. Il *Bembo*, Storia della Repubblica di Venezia. Il *Denina*, Rivoluzioni d'Italia. Il *Bentivoglio*, le Guerre di Fiandra. L'Abate *Galluzzi*, Storia del Granducato di Toscana. L'*Orsi*, la Storia Ecclesiastica. Il *Giambulari*, Storia d'Europa. Il Card. *Sforza Pallavicino*, la Storia del Concilio di Trento. Il *Verri*, Storia di Milano. Il *Maffei*, la Verona illustrata. Il *Botta*, Storia della guerra d'independenza degli Stati uniti d'America, e Storia d'Italia.

Novelle e Favole.

Il *Boccaccio*, il suo Decamerone. Il *Lasca*, le Cene. Il *Giraldi*, gli Ecatomiti. Il *Bandello*, le Novelle. Il *Casti*, il *Soave*, il *De' Rossi*, lo *Strapparolla*, il *Sansovino*, il *Passeroni*, il *Firenzuola*, Favole degli Animali, e l'Asino d'oro d'Apulejo. — Il *Pignotti*, le sue Favole, — il *Roberti*, il *Bertola*, il *Cesari*, ecc.

In Lettere.

Francesco Redi, *Apostolo Zeno*, il *Magalotti*, ed il *Gozzi* segnalaronsi in iscriver *Lettere scientifiche*. Il *Costantini*, le sue Lettere morali, scientifiche e giuocose. In Lettere famigliari si distinsero il *Bembo*, *Annibal Caro*, *Claudio Tolomei*, il *Magalotti*, il *Bentivoglio*, Il *Ganganelli*, *Giov. della Casa*, *Antonino Genovesi*, *Paolo Manuzio*, *Franc. Zanotti*, il *Metastasio*, l' *Algarotti*, il *Bonfadio*, il *Parini*, il *Redi*, ecc.

In Opere Filosofiche e Morali.

Il *Filangieri*, la sua legislazione. Il *Beccaria*, dei Delitti e delle Pene. *Algarotti*, Opere filosofiche. Il *Muratori*, la morale Filosofia; la Carità cristiana; la vera Divozione; la Felicità pubblica; Monsignor *della Casa*, il Libro degli Uffizj e il Galateo. Le Opere morali, e l'Incredulo convinto *del Valsecchi*. *Genovesi*, le Meditazioni filosofiche. I Ragionamenti *del P. Nicolai*. L'Incredulo senza scusa, e 'l Cristiano istruito *del P. Segneri. Verri*, sull' Indole del Piacere e del Dolore; sulla Felicità ed Economia politica. Le Opere *del P. Roberti* sul leggere libri di Metafisica; la morale contro i Principj di Rousseau e Voltaire; Probità naturale, e l'Amor verso la Patria. Il *Maffei*, la Scienza Cavalleresca. Il *Conte Castiglione*, il Cortigiano. *Soave*, Elementi di Logica, Metafisica e Morale. Il Co. *Aless. Verri*, le Notti Romane. Il *Cesarotti*, Saggio sulla Filosofia delle lingue e del gusto. Il *Lanzi*, Storia pittorica dell' Italia. Il *Tiraboschi*, Storia della Letteratura italiana. Il *Perticari*, degli scrittori del Trecento e dei loro imitatori. Il *Cicognara*, i Ragionamenti del Bello; Storia della scultura, ecc.

In Romanzi.

Il *Chiari*; il *Verri* (*Aless.*), la **Saffo**, l'**Erostrato**; il celebre *Manzoni*, i **Promessi Sposi**, ecc.; il *Bazzoni*, il **Falco della Rupe**, il **Castello di Trezzo**, ecc.; il *Falconetti*, la **Naufraga di Malamocco**; il *Campiglio*, la **Figlia d'un Ghibellino**; il *Varese*, **Sibilla Odaleta**, la **Preziosa di Sanluri**, **Folchetto Malaspina**, **fidanzata Ligure**, ecc.; il *Bertolotti*, **Amore e Sepolcri**, **Racconti e pitture**, ecc.; il *Brizzolara*, le **Vicende di Elisa**; il **Cav. d'Azeglio**, **Ettore Fieramosca**, **Niccolò de' Lapi**; il *Rosini*, **Luisa Strozzi**, la **Monaca di Monza**; il *Cantù*, la **Cà de' Cani**; **Margherita Pusterla**; *Tom. Grossi*, **Marco Visconti**; *Carcano*, **Angelo Maria**; il *Tommaseo*, **Fede e Bellezza**; *Borella*, **Brazzo da Milano**; il *Mauri*, ecc.

Poeti in Epica seria e giocosa.

Il *Dante*, il **Poema dell' Inferno, Purgatorio e Paradiso**, ossia la così detta *Divina Commedia*. Il *Bojardo*, l'**Orlando Innamorato**, rifatto poi dal *Berni*. L'*Ariosto*, l'**Orlando Furioso**. *Torquato Tasso*, la **Gerusalemme liberata**, e le **VII. Giornate del mondo creato**. Il *Tansillo*, le **Lagrime di S. Pietro**. Il *Marini*, l'**Adone** e la **Strage degl' Innocenti**. Il *Menzini*, il **Paradiso terrestre**. Il *Pulci*, il **Morgante maggiore**. Il *Tassoni*, la **Secchia rapita**. Il *Fortiguerri*, il **Ricciardetto**. *Lorenzo Lippi*, il **Malmantile riacquistato**. Il *Parini*, il **Mattino**, il **Mezzodì**, il **Vespro** e la **Notte**. Il *Bondi*, i **Poemetti**. Il *Monti*, **Cantica in Morte di Ugo Bassville**. Il *Pindemonte*, **Carme de' Sepolcri**. Il *Perticari*, il **Prigioniero Apostolico**, **Cantica**. Il *Foscolo*, i **Sepolcri**. Il *Mascheroni*, il **Poemetto: Invito a Lesbia**.

Scrittori che si distinsero in versi sciolti.

Il *Trissino*, nell' **Italia liberata dai Goti**. L'*Alamanni*, nella **Coltivazione**. Il *Rucellai*, nelle **Api**. I **versi sciolti** del *Frugoni*, dell' *Algarotti* e del *Bettinelli*.

In Lirica.

Il *Petrarca*, il **Canzoniere**, ossia i *Sonetti e Canzoni*, da lui fatti in vita e in morte dell' amata sua **Madonna Laura**. *Fulvio Testi*, le sue **Odi**. Il *Redi*, il **Ditirambo**, intitolato: **Bacco in Toscana**. Il *Chiabrera*, le sue **Poesie liriche e diversi Poemi eroici** Il *Menzini*, le sue **Canzonette Anacreontiche**, la sua **Arte poetica**, ecc. *Poliziano*, inventore del *Ditirambo italiano*, pregiato per le sue *Stanze*, e i suoi *Sonetti*. Il *Molza*, le sue **Elegie**. Il *Costanzo*, l'*Alamanni*, il *Filicaja*, il *Frugoni*, il *Zappi*, il *Pindemonte*, il *Guidi*, il *Monti*, **Clemente Bondi**, il *Parini*, il *Manzoni*, il *De' Rossi*, il *Pananti*, il *Rezzonico*, ecc.

In Pastorale ed in Egloghe.

Il *Tasso*, celebre pel suo *Aminta*. Il *Guarini*, pel suo *Pastor Fido*. L'*Ongaro*, pel suo *Alceo*. Il *Sanazzaro*, eccellente per la sua *Arcadia*. Il *Crescimbeni*, il *Bertola*, il *Zappi*, il *Rota*, ecc.

In Drammatica.

Apostolo Zeno. L'Ab. *Metastasio*, fra tutti il più celebre.

In Tragica.

Il *Maffei*, la sua **Merope**. Il *Trissino*, la **Sofonisba**. Il *Rucellai*, la **Rosmunda** e l'**Oreste**. Il *Giraldi*, lo **Speroni**, il *Gravina*, l'*Alfieri*, **fra tutti il più distinto**; il *Monti*, il *Pindemonte*, il *Bettinelli*, il *Pepoli*, il *Verri*, il *Lugnani*, lo *Scevola*, il *Verri* (*Aless.*), il *Manzoni*, ecc.

In Comica.

Fra gli Antichi: il *Machiavelli*, l'*Ariosto*, l'*Anguillara*, il *Caro*, il *Giraldi*, il *Salviati*; fra i Moderni: il *Goldoni*, il *Gozzi*, l'*Albergati*, il *Villis*, il *Pepoli*, l'Ab. *Chiari*, il *Federici*, l'Avvocato *Nota*, ecc.

In Satire.

L'*Ariosto*, *Salvator Rosa*, l'*Alamanni*, il *Berni*, il *Menzini*, il *Puricelli*, il *Pignotti*, d'*Elci*, ecc.

In Traduzioni.

˙ Dal Greco: il *Cesarotti*, il *Salvini* ed il *Monti*, l'Iliade d'*Omero*. L'*Adimari*, le Odi di *Pindaro*. Il *Giustiniani*, le tragedie di *Sofocle*. Il P. *Carmelli*, le Tragedie d'*Euripide*. *Girolamo Pompei*, le Vite di Plutarco. — Dal Latino: Il *Caro* ed il *Bondi* tradussero l'Eneide di Virgilio. Il *Rolli*, le Buccoliche del medesimo. L'*Anguillara*, le Metamorfosi d'Ovidio. Il *Marchetti*, il Lucrezio. Il Co. *Silvestri*, le Satire di Giovenale. Il *Fortiguerri*, e la Sigra. *Bergalli-Gozzi*, le Commedie di Terenzio. *Lodovico Dolce*, la Poetica d'Orazio. — Dalle altre lingue: *Paolo Rolli*, il Paradiso perduto del Milton. Il Co. *Medini*, l'Enriade di Voltaire. *Gasparo Gozzi*, la Morte d'Adamo del Klopstock. Il *Bottoni*, le Notti di Young. *Mattei*, le Parafrasi dei Salmi. Il *Cesarotti*, le Poesie d'Ossian ecc.

Enbe ber III. Abtheilung bes II. Theils.

Gedruckt bei J. P. Sollinger.

Druck:
Customized Business Services GmbH
im Auftrag der KNV-Gruppe
Ferdinand-Jühlke-Str. 7
99095 Erfurt